Como a Neve Cai

ERIN DOOM

COMO A NEVE CAI

Tradução
Isabela Sampaio

Rio de Janeiro, 2025

Copyright © 2022 by Erin Doom. Todos os direitos reservados.
Copyright da tradução © 2025 by Isabela Sampaio por Casa dos Livros Editora LTDA.
Todos os direitos reservados.

Título original: *Nel modo in cui cade la neve*

Todos os direitos desta publicação são reservados à Casa dos Livros Editora LTDA.
Nenhuma parte desta obra pode ser apropriada e estocada em sistema de banco de dados
ou processo similar, em qualquer forma ou meio, seja eletrônico, de fotocópia, gravação
etc., sem a permissão dos detentores do copyright.

COPIDESQUE	Vinícius Rizzato
REVISÃO	Thaís Carvas e João Rodrigues
ILUSTRAÇÃO DE CAPA	Alessia Casali | AC Graphics
DESIGN DE CAPA	Andrea Balconi
ADAPTAÇÃO DE CAPA	Julio Moreira | Equatorium Design
DIAGRAMAÇÃO	Abreu's System

Dados Internacionais de Catalogação na Publicação (CIP)
(Câmara Brasileira do Livro, SP, Brasil)

Doom, Erin
  Como a neve cai / Erin Doom; tradução Isabela Sampaio. – Rio de
Janeiro : Pitaya, 2025.

  Título original: Nel modo in cui cade la neve.
  ISBN 978-65-83175-08-3

  1. Romance italiano I. Título.

24-238407   CDD-853

Índice para catálogo sistemático:
1. Romances : Literatura italiana   853
Bibliotecária responsável: Eliete Marques da Silva – CRB-8/9380

Editora Pitaya é uma marca licenciada à Casa dos Livros Editora Ltda. Todos os direitos
reservados à Casa dos Livros Editora LTDA.

Rua da Quitanda, 86, sala 601A – Centro,
Rio de Janeiro/RJ – CEP 20091-005
Tel.: (21) 3175-1030
www.harpercollins.com.br

Dedicado a quem aguenta. Sempre.

Prólogo

Dizem que o coração é como a neve.
Ousado, silencioso, capaz de derreter com um pouquinho de calor.
De onde venho, muita gente acredita nesse ditado. É um provérbio dos mais velhos, das crianças pequenas, daqueles que brindam à felicidade.
Todos nós temos um coração de neve, pois a pureza dos sentimentos o torna límpido e imaculado.
Eu nunca acreditei nisso.
Mesmo tendo crescido ali, mesmo com gelo intrincado nos ossos, nunca fui do tipo que acreditava em certos ditados.
A neve se adapta, é gentil, respeita cada detalhe. Cobre sem deformar, diferente do coração. O coração exige, o coração grita, esperneia e se rebela.
Então, um belo dia, eu entendi.
Entendi como quem entende que o Sol é uma estrela, ou que o diamante nada mais é do que uma pedra.
As diferenças não importam, e sim as semelhanças.
Não importa se um é frio e o outro é quente.
Não importa se um esperneia e o outro se adapta.
Eu já tinha deixado de perceber a diferença.
Preferiria não ter que entender. Preferiria continuar na ignorância.
Mas nada faria o tempo voltar.
Nada me devolveria o que eu tinha perdido.
Então, talvez seja verdade o que dizem. Talvez tenham razão.
O coração é como a neve.
Com um pouco de escuridão, acaba virando gelo.

1
A CANADENSE

— Ivy?

Desviei o olhar da toalha de mesa branca. O mundo voltou a encher meus ouvidos. Notei o burburinho ao meu redor, o tilintar dos talheres na cerâmica.

A mulher ao meu lado me observava com um semblante educado. No entanto, entre as rugas discretas de seu sorriso forçado, dava para perceber o desconforto que ela tentava disfarçar.

— Tudo bem?

Eu cerrava os dedos, o guardanapo apenas um pedaço de tecido amassado entre minhas palmas brancas. Coloquei-o de volta na mesa e passei a mão por cima na tentativa de alisá-lo.

— Ele vai chegar a qualquer momento. Não se preocupe.

Eu não estava preocupada. Verdade seja dita, eram poucas as emoções que eu sentia.

A acompanhante que me foi designada parecia *perturbada* com minha falta de sentimentos. Até quando chegamos ao aeroporto, e eu senti aquele odor desagradável de café e embalagens de plástico, ela ficou me assistindo, como se esperasse ver minhas emoções passando pela esteira de bagagens.

Afastei a cadeira e me levantei.

— Vai ao banheiro? Ok, claro. Então... espero você aqui...

Queria dizer que estava feliz de estar ali. Que saber que não estava sozinha já fazia aquela longa viagem valer a pena; que, na minha existência sem cores, via ali uma chance de recomeçar. Mas enquanto observava meu reflexo no espelho do banheiro, com os dedos agarrados à pia, tive a sensação de estar diante de uma boneca costurada com diferentes retalhos que mal conseguia ficar de pé.

— Aguenta, Ivy. Aguenta.

Fechei os olhos e senti a respiração se chocar contra o vidro. Só queria dormir e pronto. E talvez nunca mais acordar, já que no sono eu conseguia encontrar a paz que tanto buscava quando estava acordada, e a realidade virava um universo distante, do qual eu não fazia parte.

Abri os olhos e observei o halo que minha respiração tinha deixado. Abri a torneira, lavei as mãos e os pulsos e, por fim, saí do banheiro.

Enquanto passava no meio das mesas, ignorei as cabeças que se erguiam aqui e ali para me seguir com o olhar.

Nunca tive uma aparência comum, mas só Deus sabia como eu odiava ser observada daquela forma.

Nasci com a pele surpreendentemente pálida. Sempre tive tão pouca melanina que só uma pessoa albina teria a tez mais clara do que a minha.

Não que isso fosse um problema. Cresci perto de Dawson City, no Canadá. Passávamos boa parte do ano debaixo de neve e, no inverno, as temperaturas beiravam os trinta graus abaixo de zero. Para quem, assim como eu, morava na fronteira com o Alasca, não era comum ter a pele bronzeada.

No entanto, quando pequena, fui motivo de chacota para as outras crianças. Diziam que eu parecia o fantasma de uma pessoa afogada, já que meu cabelo era de um loiro bem claro, fininho como teias de aranha, e os olhos tinham a cor de um lago congelado.

Talvez por isso eu sempre tenha passado mais tempo nos bosques do que na cidade. Lá, entre líquenes e abetos que espetavam o céu, não havia ninguém para me julgar.

Quando voltei para a mesa, vi que minha acompanhante não estava mais sentada.

— Ah, aí está você — disse ela, abrindo um sorriso ao me ver. — O sr. Crane acabou de chegar.

Ela deu um passo para o lado. E então eu o vi.

Era exatamente como eu me lembrava.

O rosto quadrado, o cabelo castanho com alguns fios grisalhos, uma barba bem-aparada. Os olhos amigáveis, cheios de vida, ao redor dos quais sempre surgiam rugas de expressão.

— Ivy.

A voz dele de repente fez com que tudo parecesse tremendamente errado.

Eu não havia me esquecido daquela voz sempre calorosa, quase paternal. Por outro lado, o timbre familiar acabou com a apatia que me envolvia e me pôs frente a frente com a realidade.

Eu estava mesmo ali, e aquilo não era um pesadelo.
Era real.

— Ivy, como você cresceu.

Já tinham se passado mais de dois anos. Às vezes, enquanto olhava pela janela embaçada, eu me perguntava quando o veria surgir de novo no fim da rua — as botas afundando na neve, o gorro de lã vermelha na cabeça. Sempre com um pacote amarrado com barbante nos braços.

— Oi, John.

Seu sorriso se contorceu numa expressão amarga. Antes que eu pudesse desviar os olhos, ele se aproximou e me abraçou. Seu cheiro invadiu minhas narinas e eu reconheci a leve fragrância de tabaco que sempre o acompanhava.

— Ah, que moça bonita você se tornou — murmurou, enquanto eu permanecia imóvel como um fantoche, sem retribuir o abraço que parecia tentar me manter de pé. — Bonita demais. Eu avisei que não era para crescer.

Baixei o rosto e ele esboçou um sorriso que não consegui retribuir.

Fingi não perceber suas fungadas enquanto ele se afastava de mim e acariciava meu cabelo. Em seguida, endireitou os ombros e, assumindo uma expressão mais adulta, dirigiu-se à assistente social.

— Peço desculpas, ainda não me apresentei — começou a dizer, estendendo a mão. — Sou John Crane, padrinho da Ivy.

Sempre fomos só meu pai e eu.

Pouco antes da morte de minha mãe, ele havia largado o emprego e, juntos, os dois se mudaram para a cidadezinha de Dawson City, no Canadá. Mamãe se foi antes que eu pudesse ter qualquer lembrança dela, então meu pai me criou sozinho. Comprou um chalé na beira da floresta e se dedicou a mim e à natureza daquele lugar.

Ele me mostrou o esplendor das florestas cobertas de neve: as copas altas, as trilhas escondidas e os galhos salpicados de gelo que brilhavam feito pedras preciosas ao entardecer. Aprendi a reconhecer as pegadas dos animais na neve e a idade das árvores a partir do tronco recém-cortado. E a caçar. Principalmente a caçar.

Meu pai me levava com ele todos os dias, desde quando eu era pequena demais para segurar um rifle. Com o passar do tempo, fui adquirindo uma habilidade que nenhum de nós, especialmente ele, poderia ter imaginado.

Eu me lembrava de quando ele me levava para atirar nos pombos, lá nas esplanadas. Nós espreitávamos na grama alta e, com o passar dos anos, aprendi a jamais errar o alvo.

Quando eu pensava no Canadá, imaginava lagos cristalinos e florestas que se estendiam sobre fiordes enevoados. Naquele momento, porém, ao olhar pela janela do carro, só o que eu via eram palmeiras e rastros de aviões.

— Falta pouco — tranquilizou John.

Observei com má vontade as casinhas que desfilavam uma após a outra, como uma fileira de galinheiros brancos. Ao fundo, o mar brilhava sob o sol escaldante.

Enquanto via crianças andando de patins e lojas de pranchas de surfe, eu me perguntei como iria conseguir viver em um lugar assim.

Califórnia.

Ali, ninguém sabia o que era neve, e eu duvidava que fossem capazes de distinguir um urso de um carcaju, se é que um dia topariam com qualquer um deles.

Fazia um calor infernal e o asfalto tinha um cheiro horrível.

Nunca vou conseguir me adaptar.

John deve ter lido meus pensamentos, porque chegou a desviar o olhar da estrada algumas vezes para me observar.

— Sei que é tudo muito diferente aqui — arriscou, dando voz aos meus pensamentos. — Mas tenho certeza de que, com um pouquinho de paciência, você vai se acostumar. Sem pressa, é só dar tempo ao tempo.

Apertei o colar nos dedos. Quando apoiei a cabeça na mão, ele esboçou um sorriso.

— Finalmente vai poder ver com seus próprios olhos todas as coisas que já comentei com você — murmurou John, com um toque de afeto na voz.

Então, lembrei de quando ele vinha nos visitar e sempre trazia um cartão-postal de Santa Bárbara.

"Eu moro aqui", dizia John enquanto tomava chocolate quente, e eu observava as praias, as palmeiras perfeitas, aquela mancha azul-escura que se via ao longe, cuja vastidão era algo inimaginável para mim.

"Nós surfamos as ondas com pranchas compridas", contava, e eu me perguntava se domar um cavalo seria o mesmo que domar as ondas das quais ele comentava. Eu falava a ele que, sim, o oceano podia até ser grande, mas nós também tínhamos lagos que pareciam não ter fundo, onde pescávamos no verão e patinávamos no inverno.

Então, meu pai ria e pegava o globo terrestre. E, guiando meu dedo, ele me mostrava como éramos pequenos naquela esfera de papel machê.

Eu me lembrava de suas mãos quentes. Se eu me concentrasse, ainda dava para senti-las apertando as minhas, com uma delicadeza que não parecia compatível com palmas tão calejadas quanto as dele.

— Ivy — chamou John enquanto eu fechava os olhos e aquela sensação de sufocamento voltava a apertar minha garganta. — Ivy, vai ficar tudo bem.

"Vai ficar tudo bem", ouvi novamente, e vi uma luz clara e suave, tubos de plástico suspensos no ar. Senti de novo o cheiro de desinfetante e de remédios, e revi aquele sorriso tranquilizador que nunca se apagava ao olhar para mim. "Vai ficar tudo bem, Ivy. Prometo."

Acabei caindo no sono assim, encostada na janela, em meio a lembranças enevoadas e braços dos quais não queria me separar nunca mais.

— Ei. — Alguma coisa tocou meu ombro. — Ivy, acorda. Chegamos.

Levantei a cabeça, meio zonza. A corrente do colar descolou da minha bochecha e eu pisquei algumas vezes.

John já tinha saído do carro e mexia no porta-malas. Tirei o cinto de segurança e joguei o cabelo para trás para pôr o boné.

Quando desci do veículo, fiquei boquiaberta: aquela não era uma das casinhas alinhadas que tinha visto pelo caminho, aquela era uma casa grande, estilo *liberty*, quase uma mansão. O vasto jardim, onde não tinha me dado conta de estar, brilhava em um tom de verde exuberante, e a trilha de cascalho parecia um riacho que ligava o portão à entrada. A varanda era sustentada por colunas brancas, adornadas com pequenos jasmins, e uma grande sacada de mármore coroava a fachada, conferindo à propriedade um ar de elegância e sofisticação.

— Você mora aqui? — perguntei, com uma pontinha de ceticismo que surpreendeu até a mim.

John pôs as malas no chão e limpou a testa com o pulso.

— Nada mal, né? — comentou, observando a casa. — Claro, não é feita de troncos e a lareira nunca foi usada, mas tenho certeza de que você vai achar confortável.

Por fim, abriu um sorriso e pôs uma ecobag nos meus braços. Olhei para ele de soslaio.

— Do jeito que você fala, parece até que eu cresci num iglu.

Eu sabia que o meu estilo de vida até então podia parecer... esquisito. Vim de uma parte do mundo onde, antes de viver, aprendíamos a sobreviver. Mas para mim, o esquisito era tudo aquilo, e não o contrário.

John riu e me observou com afeto por um instante. Então, virou a aba do meu boné para trás.

— Fico feliz que esteja aqui.

Talvez eu devesse ter dito "Eu também". Ou pelo menos "Obrigada", porque o que ele estava fazendo era mais do que eu poderia imaginar. Eu devia isso a John, por não ter me deixado sozinha.

No entanto, só consegui prender um suspiro e curvar o canto dos lábios em algo que pretendia ser um sorriso.

Depois de colocar todas as bagagens na varanda, John pegou um molho de chaves e abriu a porta.

— Ah, ele já voltou — falou ao entrar em casa. — Ótimo! Assim vocês podem se conhecer logo. Vem, Ivy.

Quem já voltou?, pensei, entrando atrás de John. Um frescor agradável envolveu meu rosto.

Larguei a mochila no chão e olhei ao redor. Do meio do teto alto e decorado, pendia um belo lustre feito de gotas ricamente esculpidas em vidro soprado.

O vasto ambiente se abria num elegante hall, iluminado por janelas grandes e pelo brilho perolado do piso de mármore. Um pouco mais adiante, à esquerda, duas portas monumentais davam para uma magnífica sala de estar e, à direita, um bar com banquetas acolchoadas e cintilantes dava para o lado menor da cozinha, acentuando o estilo sofisticado e contemporâneo do espaço.

Ao fundo, bem em frente à parte em que eu estava, uma escada suntuosa com um corrimão de ferro forjado cativava o olhar com seus arabescos anelados.

Não lembrava em nada o chalé com o qual eu estava acostumada.

— John? Onde...? — comecei a dizer.

— Mason! Chegamos! — interrompeu ele.

Meu cérebro travou. Fiquei ali, no meio do hall de entrada, que nem um guaxinim empalhado.

Não.

Não podia ser verdade.

Não era possível que eu tivesse me esquecido do filho de John.

Levei a mão à testa e tive certeza absoluta de que era uma completa idiota.

Não, eu não queria acreditar nisso...

Como pude me esquecer dele?

Passei a viagem inteira pensando em como minha vida mudara. Me fechei, me agarrei à ideia de ter alguém disposto a me acolher.

Esse alguém era John, e minha mente havia apagado todo o resto.

Mas John tinha um filho, e eu sempre soube disso. Droga.

Quando eu era pequena, ele me mostrara, cheio de orgulho, a foto que guardava na carteira, dizendo que tínhamos a mesma idade.

"Mason é um terremoto", contara John, enquanto eu observava aquele menino de sorriso banguela ao lado de uma bicicleta com guidão de plástico.

No pescoço, havia duas luvas de boxe penduradas, que ele ostentava quase com orgulho. E, enquanto eu preparava chocolate quente, John dizia que o filho "já está da minha altura", ou que "odeia matemática", ou então que "entrou para o clube de boxe", e depois dava detalhes sobre as lutas a que assistia, aliviado pelo menino ter encontrado um esporte que o mantivesse na linha.

— Ivy. — Quando a cabeça de John surgiu por trás da parede, eu voltei à realidade. — Pode vir. Deixe as malas aí.

Olhei ao redor, insegura, e larguei minha bagagem para segui-lo.

Naquele momento, eu me dei conta de que meu pai também não tinha conhecido o filho de John pessoalmente. E agora era eu quem o encontraria pela primeira vez. Sem meu pai...

— Mason! — chamou John, abrindo uma janela. Parecia determinado a deixar a casa o mais arejada possível, provavelmente para mim. — Espere aqui — pediu, antes de sumir em um corredor.

A imensidão ao meu redor era impressionante. Observei os quadros de arte moderna e as inúmeras fotos emolduradas aqui e ali, mostrando recortes da vida cotidiana deles.

Enquanto eu olhava para a imensa TV de plasma, uma voz interrompeu o silêncio da casa.

— Ei!

Eu me virei para a escada que levava ao andar de cima.

Um garoto estava descendo. Notei na mesma hora a regata cor de tijolo e o cabelo, tão curto que parecia raspado.

Ele era tão musculoso que os braços pareciam prestes a explodir. O rosto era grande e um tanto bruto, nada a ver com o de John.

Eu o observei com atenção, tentando captar gestos que me lembrassem do homem que eu conheço. Foi só quando desceu o último degrau, arrastando os chinelos, que reparei na vistosa tatuagem na panturrilha.

— Oi — disse, com um sorriso.

Então me ocorreu que pelo menos a personalidade ele poderia ter puxado ao meu padrinho.

— Oi — respondi.

Socializar nunca foi meu forte, mas é que, quando se vive no meio de ursos e caribus, é difícil desenvolver habilidades que sejam úteis às relações humanas. Mas, ao ver a insistência com que ele me observava, acrescentei:

— John me falou muito de você.

Os olhos dele se iluminaram.

— Ah, é? — perguntou, como se estivesse se segurando para não rir. — Ele falou de mim?

— Falou — respondi, sem emoção. — Você é o Mason.

Pronto. Naquele momento, ele não se aguentou e caiu na gargalhada. Fiquei olhando para o garoto com cara de paisagem enquanto aquele som se espalhava pela casa.

— Ah, desculpa — conseguiu dizer entre uma risada e outra. — É que não dá para acreditar.

Percebi que, por baixo da regata, a pele dele tinha uma cor de conhaque queimado. Me lembrou alces que eu via na floresta.

Ele demorou para conseguir juntar duas palavras sem rir na minha cara. Quando se recompôs, ainda havia um brilho de diversão em seus olhos.

— Acho que houve um engano, meu nome é Travis.

Sem entender nada, eu o encarei, e ele pigarreou.

— Olha...

— *Eu* sou o Mason.

Voltei a me virar para a escada.

Antes que meus olhos se fixassem no verdadeiro filho de John, eu não sabia o que esperava encontrar. Provavelmente um rapaz parrudo, de pescoço largo, testa quadrada e nariz quebrado em várias partes. Mas, na verdade, o garoto que descia a escada naquele momento não se assemelhava em nada a um lutador de boxe.

Sempre achei que os californianos fossem loiros, grandes e bronzeados, com músculos reluzentes de óleo e a pele queimada de tanto surfar.

Mason, porém, não era nada disso. Tinha cabelo castanho espesso e olhos igualmente comuns, de um marrom totalmente dentro dos padrões. A camisa de manga curta delineava o peito forte e definido, e a pele não tinha uma cor artificial, e sim a tonalidade que se espera de alguém acostumado a viver num clima ensolarado.

Era um garoto comum. Com certeza mais comum do que eu, que parecia saída do conto de *A rainha da Neve*, de Andersen. Contudo... no instante em que parou naquele último degrau e me olhou de cima, percebi que "banal" era o último adjetivo que eu poderia atribuir a ele.

Não sabia dizer por quê, mas, ao vê-lo, pensei no Canadá.

Que não se resumia apenas a algumas florestas, não se resumia a neve, montanhas e céu. Não, o Canadá tinha aquele *algo a mais* que o tornava cativante como nenhum outro lugar no mundo, com suas trilhas desafiadoras, auroras incríveis e amanheceres em meio a picos gelados.

E Mason era assim. A beleza violenta de seus traços, com aqueles lábios carnudos e a mandíbula bem delineada, tornava todo o resto irrelevante. Ele tinha o nariz reto, com uma ponta bem definida, algo que eu nunca teria imaginado de alguém que leva socos na cara o tempo todo.

Mas, acima de tudo, seus olhos chamavam a atenção: profundos e penetrantes, destacavam-se sob as sobrancelhas enquanto me encaravam fixamente.

— Ah, até que enfim você chegou! — John se juntou a nós e sorriu para o filho. Depois, apoiou a mão no meu ombro. — Quero que conheça a Ivy.

— Ele se virou e inclinou a cabeça na minha direção. — Ivy, esse é o Mason. Lembra dele?

Queria dizer a John que o filho era um pouquinho diferente do garoto banguela que ele tinha me mostrado nas fotos e que, na verdade, *não*, até poucos minutos atrás eu nem sequer me lembrava da existência dele, mas fiquei quieta.

— *Ivy?* — perguntou Travis, talvez curioso com um nome tão incomum, e só então John pareceu se dar conta de sua presença.

Os dois começaram a conversar, mas eu mal prestei atenção.

Os olhos de Mason percorreram a camisa xadrez que eu estava usando, bem maior que o tamanho que costumo vestir, e subiram lentamente até o meu rosto. Ao pararem na minha bochecha, eu me dei conta de que, provavelmente, a marca do colar ainda estava ali. Por fim, ele se concentrou no meu boné com uma cabeça de alce bordada na frente — uma das poucas coisas às quais eu era apegada. Pela forma como analisou o boné, percebi que a situação não estava indo exatamente como eu tinha imaginado.

Foi só quando John voltou a prestar atenção na gente que Mason esboçou um sorriso para mim.

— Oi.

No entanto, eu tinha certeza de ter visto o olhar dele no meu ombro. Bem ali, onde o pai havia apoiado a mão.

Depois que o outro garoto foi embora, terminei de trazer as malas para dentro.

— Os quartos ficam lá em cima — disse John, sem fôlego, colocando algumas caixas de papelão no chão. — Pode começar a levar as coisas lá para cima. Já volto.

Em seguida, pegou a chave do carro, provavelmente para tirá-lo da entrada, e apontou para a escada.

— Mason, dê uma ajudinha, por favor! Mostre o quarto dela, no fim do corredor — pediu, com um sorriso. — Era o quarto de hóspedes, mas agora é seu.

Olhei de relance para Mason e me abaixei para pegar umas ecobags. Eu o vi pegar uma caixa grande que eu sequer conseguiria tirar do chão. Ali dentro estava meu material de pintura, e só as tintas pesavam uma tonelada.

Enquanto o seguia escada acima, observei suas costas largas e os movimentos confiantes. Ele parou em frente a um quarto e abriu caminho para que eu passasse.

Era um cômodo espaçoso e iluminado. As paredes tinham um tom suave de azul e o carpete cor de creme dava a sensação de que estávamos andando em uma nuvem de algodão. Havia um armário embutido e a janela dava para o fundo do jardim, onde o carro de John estava saindo de ré.

O quarto era simples. Nada pretensioso, sem penteadeiras cheias de lâmpadas nem outros adornos do tipo. Mas, mesmo assim, não lembrava em nada meu antigo quarto.

Levei um susto ao ouvir um estrondo. Acabei me virando depressa e perdendo o controle da mala, que caiu nos meus tênis.

Uma lata de tinta rolou lentamente pelo carpete. A caixa de papelão tinha tombado ao lado de Mason, espalhando os pincéis por toda parte.

Virei para ele. As mãos ainda estavam abertas, mas os olhos, totalmente inexpressivos, fixaram-se em mim.

— Ops.

E ouvi seus passos ecoando do outro lado da porta enquanto ele se afastava.

Mais tarde, John veio conferir se estava tudo bem comigo.

Perguntou se eu tinha gostado do quarto, se queria mudar alguma coisa de lugar. Passou um tempinho ali, observando enquanto eu esvaziava as malas lentamente, e por fim se retirou, para que eu pudesse me instalar em paz.

Enquanto guardava minhas coisas nas gavetas, percebi que as roupas mais leves que tinha eram jeans surrados e as camisetas velhas do meu pai.

Tirei da caixa minha câmera, alguns livros dos quais não quis me desfazer e o meu alce de pelúcia.

Desenrolei uma flâmula triangular com a bandeira do Canadá e, por um instante, me ocorreu a ideia de pendurá-la acima da cabeceira da cama, como na minha casa. Depois, eu me dei conta de que pregar qualquer coisa na parede passava uma energia assustadoramente definitiva, então desisti.

Quando terminei, o sol já estava se pondo. Estava desesperada por um banho. Fazia um calor insuportável e eu não estava acostumada com aquele tipo de temperatura, então peguei meus itens de higiene e saí para o corredor.

Levei um tempinho para encontrar o banheiro. Quando finalmente achei a porta certa, entrei e fiz menção de trancá-la, mas não havia nenhuma chave na fechadura. Decidi, então, pendurar minha camiseta do lado de fora e me refrescar antes que ficasse tarde.

A água levou embora o suor, o cansaço, o cheiro de avião e de viagem. Assim que terminei, me enrolei na toalha de banho e vesti roupas limpas.

Ao sair do banheiro, senti um cheiro convidativo no ar.

Na cozinha, encontrei John manejando panelas fumegantes que exalavam um aroma de peixe assado.

— Ah, você chegou! — exclamou ao me ver à porta. — Eu já ia lá te chamar. Está quase pronto. — Ele refogou os legumes e se esticou para pegar alguns temperos. — Espero que esteja com fome. Preparei seu prato favorito!

O cheiro era tão familiar que despertou sentimentos contrastantes em mim. Eu me apoiei na porta, reparando na mesa posta para três.

John foi à geladeira e pegou uma jarra de água, mas parou ao fechar a porta.

— Mason, vai pra onde?

O garoto passou pela cozinha e foi em direção à porta da frente. Carregava uma bolsa no ombro e vestia uma camiseta esportiva com calça cinza. Lançou um olhar indecifrável para o pai, mas não parou.

— Tenho treino.

— Não vai ficar para o jantar?

— Não. Estou atrasado.

— Não acho que seria o fim do mundo você chegar atrasado só dessa vez. — O pai tentou persuadi-lo, mas Mason fez que não com a cabeça e agarrou a alça da bolsa. — Não pode ficar nem um pouquinho? — insistiu novamente, seguindo-o com os olhos. — Pelo menos mostre a casa para a Ivy! Só uns minutinhos, para ela ver onde fica o banheiro e tudo mais!

— Não se preocupe, John — interrompi. — Não precisa, eu já dei meu jeito.

John se virou para mim e Mason parou. Na penumbra da sala, eu o vi dar meia-volta e então me lançou um olhar tão fulminante que quase recuei. Por fim, sem dizer uma palavra, foi embora.

— Bem... — começou John. — Assim sobra mais para a gente.

Então me chamou para sentar. Depois de olhar para a porta uma última vez, me juntei a John.

O jantar era tentador. Ele me serviu um pedaço de salmão fumegante e comemos em silêncio.

Estava bom. Muito bom. No entanto, por mais que John tivesse preparado a refeição exatamente do jeito que eu gostava, sem o ar fresco das noites canadenses o sabor parecia outro.

— Já combinei tudo com a escola.

Empurrei um brócolis no prato antes de levá-lo à boca.

— Não precisa se preocupar com nada — prosseguiu ele, cortando um pedaço de salmão com a lateral do garfo. — Eu cuidei de tudo. Acho que amanhã ainda é meio cedo para começar, mas a partir de quarta-feira você já poderá voltar às aulas.

Ao levantar a cabeça, vi seus olhos encorajadores.

— O que acha?

Fiz que sim, sem muita convicção. Verdade seja dita, era um desconforto enorme só de pensar em começar a estudar em uma escola nova. Dava até para imaginar todo mundo me encarando, os cochichos ao me verem passar.

— E talvez seja bom comprar umas roupas novas para você — prosseguiu John. — Quer dizer, algo que não te faça morrer de calor.

Fiz que sim mais uma vez, distraída.

— E vou mandar fazer cópias das chaves. Dessa forma, você vai poder entrar e sair sem dificuldade. — Eu o ouvi dizer enquanto perdia a noção da realidade e era engolida outra vez pelos meus próprios pensamentos.

Eu gostaria de agradecer por todo o cuidado. Ou ao menos lhe oferecer um sorriso, por mais difícil que fosse, só pela maneira como ele havia organizado tudo sem que eu precisasse me preocupar. Mas a verdade é que nada daquilo me interessava.

Nem a escola, nem as roupas, nem a conveniência das chaves.

E, enquanto a enésima garfada me enchia de lembranças que ainda me machucavam muito, John olhou para mim e abriu um sorriso afetuoso.

— Gostou do salmão?

— Está muito bom.

Depois do jantar, voltei para o quarto e me sentei na cama, abraçando os joelhos.

Ao olhar ao redor, eu me senti ainda mais deslocada do que no momento em que havia pisado ali pela primeira vez. Considerei desenhar, mas a ideia de folhear o caderno me trazia lembranças que eu não queria reviver.

Assim que deitei a cabeça no travesseiro, percebi o quanto era macio. Por fim, antes de apagar a luz, estendi a mão e segurei o colar que meu pai tinha me dado.

Várias horas depois, ainda estava me revirando na cama. O calor não dava trégua e nem mesmo a escuridão me ajudou a dormir.

Sentei na cama e chutei os lençóis para longe. Talvez um copo d'água caísse bem... Por fim, levantei e saí do quarto.

Segui em direção à escada tentando ser o mais silenciosa possível. Cheguei ao andar de baixo me orientando na penumbra e tentei lembrar para que lado ficava a cozinha. Ao chegar à porta e acender a luz, quase morri de susto.

Mason estava ali.

Apoiado na pia, com braços cruzados e um copo d'água na mão. O cabelo castanho caía sobre os olhos, dando-lhe um ar quase selvagem, e a cabeça estava inclinada de lado, numa pose apática.

O que estava fazendo ali, no escuro, como se fosse um ladrão?

Mas, quando notei seu semblante, todos os pensamentos desapareceram. Naquele momento, tive a confirmação de algo que eu já tinha intuído, algo que eu já havia sentido desde que pisei naquela casa. Não importava o que eu fizesse, aquele olhar nunca mudaria.

Mason esvaziou o copo e o deixou de lado. Depois, sem pressa, afastou-se da pia e veio em minha direção. Parou a um palmo do meu ombro, perto o suficiente para que eu sentisse sua presença imponente sobre mim.

— Que fique bem claro — disse ele, indo direto ao ponto. — Eu não quero você aqui.

Então, passou por mim e desapareceu na escuridão, me deixando sozinha na cozinha.

Sim. Eu já tinha entendido.

2
ONDE VOCÊ NÃO ESTÁ

Naquela noite, não consegui pregar os olhos.
Sentia falta da minha cama, do meu quarto, da natureza repousando em sua gelada quietude do outro lado da janela.

Não era só meu corpo que sentia que estava no lugar errado. Era também minha mente, meu coração, minha alma, tudo. Eu estava completamente deslocada, como uma peça forçada a entrar em um molde que não era o seu.

Quando a luz começou a atravessar as cortinas, eu me rendi e levantei. Estiquei o pescoço, que havia passado a noite toda buscando o descanso do travesseiro, e penteei o cabelo desgrenhado com os dedos. Vesti uma calça jeans e uma camiseta velha do meu pai, ajustando-a na cintura e nas mangas. Por fim, calcei os sapatos e desci.

No andar de baixo, o silêncio reinava.

Não sei o que eu esperava encontrar. Talvez John na cozinha, preparando o café da manhã, ou, quem sabe, as janelas abertas e ele lendo o jornal, como fazia nas vezes em que ia nos visitar.

Mas não ouvi qualquer ruído. Estava tudo imóvel, paralisado, sem vida e sem familiaridade. Eu estava sozinha.

Antes que eu pudesse fazer qualquer coisa para impedir, as lembranças começaram a embaçar a realidade. Em um instante, visualizei uma bancada de carvalho, uma figura de costas no fogão. Um vento suave entrava pela janela aberta, trazendo consigo o cheiro de troncos e terra molhada.

E ele estava ali, assobiando músicas que eu nunca tinha ouvido. Vestia o seu suéter azul e sorria de orelha a orelha, prestes a me dar bom-dia...

Recuei e engoli em seco. Desesperada para me afastar daquelas lembranças, cruzei a sala com tanta pressa que, quando peguei as chaves na tigela que ficava perto da entrada, já estava com um pé fora da casa.

A porta se fechou atrás de mim como uma tumba. O ar pareceu mudar de uma hora para a outra e ficou mais fácil respirar. Pisquei várias vezes, em uma tentativa urgente de empurrar tudo para baixo do tapete.

— Estou bem — sussurrei, impondo aquela realidade a mim mesma. — Eu estou bem.

Eu o via por toda parte.

Na rua.

Em casa.

Em meio a desconhecidos no aeroporto.

Nos reflexos das vitrines e dentro das lojas, na esquina de um prédio ou na calçada.

Todos tinham algo dele.

Todos sempre tinham um detalhe que fazia meu coração se contrair, parar, afundar.

Era insuportável.

Belisquei o dorso do nariz e fechei bem os olhos. Tentei me recompor, impedir que as têmporas latejassem ou que a garganta se fechasse como uma armadilha. Depois, engoli em seco, respirei fundo, olhei para o jardim e me dirigi ao portão.

A casa de John ficava em um bairro tranquilo, elevado, com cercas brancas e caixas de correio que acompanhavam a descida suave da rua.

Olhei para o horizonte, em direção ao mar. O sol estava nascendo e os telhados das casas brilhavam como corais sob os primeiros raios de luz.

A rua estava praticamente vazia. Cruzei apenas com o carteiro e com um homem arrumadinho fazendo jogging, que me olhou de relance.

No Canadá, às seis da manhã, as lojas já estavam abertas e as placas, acesas.

O amanhecer era maravilhoso por lá. O rio parecia uma placa de chumbo derretido e a névoa sobre o fiorde era tão densa que parecia de algodão. Lindíssimo...

Para minha surpresa, avistei ao longe uma loja aberta. Ao chegar mais perto, meu espanto só aumentou.

Era uma loja de material de arte. A vitrine estava repleta de ferramentas de desenho e pintura: lápis, borrachas, esfuminhos, uma incrível fileira de pincéis com ponteiras reluzentes; observei toda aquela maravilha e, curiosa, desviei meu olhar para dentro da loja. O espaço era pequeno e apertado, mas um frescor agradável me acolheu assim que entrei.

Um senhorzinho sorriu para mim por trás dos óculos.

— Bom dia!

Era tão baixinho que, quando se aproximou, fui eu que precisei olhar para baixo.

— Posso ajudar? — perguntou gentilmente.

Aquele lugar tinha tantas tintas, canetas e lápis que me perdi na indecisão. Não havia lojas assim onde eu morava. Em Dawson, tinha apenas uma papelaria pequena, e parte do meu material havia sido comprado por meu pai em cidades maiores.

— Eu queria um lápis — falei, recuperando a voz. — Um lápis sanguínea.

— Ah! — Ele abriu um sorriso radiante e me olhou admirado. — Então quer dizer que temos uma tradicionalista aqui!

Em seguida, inclinou-se para abrir uma gaveta, e eu o ouvi remexendo algumas caixas.

— Todo artista de verdade tem um lápis sanguínea, sabia?

Não, não sabia, mas sempre quis ter um. Por um tempo, cheguei até a tentar desenhar com um lápis vermelho, mas não era a mesma coisa. O sanguínea tinha uma suavidade especial, capaz de se misturar com extrema facilidade e criar efeitos maravilhosos.

— Prontinho — anunciou.

Assim que paguei, ele me deu o troco e, em seguida, pôs o lápis em um saquinho de papel.

— Experimente usá-lo num papel grosso! — aconselhou o senhorzinho quando eu já estava na porta. — O lápis sanguínea funciona melhor em papel áspero.

Agradeci com um aceno de cabeça e saí.

Olhei as horas; não queria que John acordasse e não me encontrasse em casa. Acabaria pensando no pior, e causar um infarto nele de manhã cedo não era exatamente minha intenção. Então, refiz meus passos e voltei.

Quando passei pela porta, a casa ainda estava silenciosa. Deixei as chaves na tigela e fui até a cozinha, movida por uma leve fome. Era um espaço sofisticado com um toque contemporâneo, tons escuros e formas geométricas. O fogão reluzente e a enorme geladeira, repleta de ímãs, criavam um forte impacto estético, mas também transmitiam uma grande sensação de acolhimento. Eu me aproximei e abri a porta cromada. No compartimento lateral, vi três garrafas de leite: uma sabor morango, uma de baunilha e outra com tampa marrom, de caramelo. Torci o nariz e peguei a de baunilha, já que me pareceu a opção menos pior. Por fim, localizei o armário em que, com um pouco de dificuldade, alcancei uma panela. Enquanto a enchia de leite, um pensamento me ocorreu.

Talvez eu devesse contar a John que Mason não gostava de mim.

Ao longo da vida, eu tinha aprendido a não me importar com a opinião dos outros, mas dessa vez era diferente. Mason não era uma pessoa qualquer, era filho de John. Ainda por cima, era afilhado do meu pai, por mais que os dois nunca tivessem se conhecido.

Além do mais, eu teria que conviver com ele, gostando ou não. E a parte da minha alma mais ligada a eles sofria com a ideia de que Mason pudesse me desprezar.

"Dei o seu desenho ao Mason", dissera John havia um tempão, quando eu ainda era tão pequena que subia no colo dele. "Ele adora ursos. Ficou muito feliz, sabia?"

O que será que eu tinha feito de errado?

— Ah, bom dia!

O rosto do meu padrinho surgiu na porta. Ao me ver ali, na cozinha dele, preparando meu leite sozinha, abriu um sorriso sincero e radiante.

— Oi — respondi, enquanto ele se aproximava ainda de pijama.

— Já está acordada há muito tempo?

— Um tempinho.

Sempre fui uma garota de poucas palavras. Sabia me expressar mais com o olhar do que com a voz, mas John já tinha aprendido a me entender. Deixou um potinho de mel em cima da bancada, pois sabia que eu gostava, e se esticou para pegar a cafeteira.

— Eu saí hoje de manhã.

Ele parou e virou o rosto para mim, com o pote de café nas mãos.

— Dei uma volta lá fora, enquanto o sol nascia — completei.

— Sozinha?

O tom de John me fez franzir a testa. Quando o encarei, ele deve ter lido meus pensamentos, porque umedeceu os lábios e desviou o olhar.

— Você falou que ia me dar uma cópia das chaves — lembrei, incapaz de entender onde estava o problema. — Para eu poder entrar e sair quando quisesse.

— Claro — concordou ele, com uma hesitação que nunca tinha mostrado antes.

Eu não conseguia entender o que estava acontecendo. Nunca tinha sido hóspede dele, mas o conhecia o suficiente para saber que não era um pai superprotetor e sufocante. Então, por que parecia querer retirar o que tinha dito?

John balançou a cabeça.

— Não, sem problemas. Você fez bem — disse, me dando um sorriso incerto. — Mesmo, Ivy... é que só faz um dia que você chegou e... não estou acostumado.

Eu o observei com muita atenção. A caminho da geladeira, me perguntei o que o preocupava. John sempre foi uma pessoa muito diplomática. Intercedia por mim se eu brigasse com meu pai e eu preferia me sentar ao lado dele. Por que agora parecia diferente?

— Volto já, vou buscar o jornal — avisou.

John saiu da cozinha enquanto eu terminava de preparar o leite. Usei uma das xícaras que ele tinha deixado em cima da mesa, a com barbatana de tubarão pintada na cerâmica. Depois de pôr duas colheres de mel, levei-a aos lábios para assoprar a bebida.

Quando levantei a cabeça, meus olhos se fixaram em Mason.

Estava parado à porta — o cabelo desgrenhado quase roçava o topo do batente. Sua imponência me impactou mais do que no dia anterior. Os cílios projetavam longas sombras sobre as maçãs do rosto pronunciadas e o lábio superior se franziu numa careta contrariada.

Eu me encolhi quando ele se afastou da porta e avançou lentamente na minha direção. Até eu, que sempre tive uma estatura digna, mal batia no queixo dele.

Com a desenvoltura de um predador, parou a uma distância que parecia calculada para me intimidar. Em seguida, sem dizer uma palavra, pegou a xícara que eu segurava. Foi inútil tentar mantê-la: ele a tirou das minhas mãos com tanta firmeza que fui forçada a soltar.

Por fim, girou o braço e despejou meu leite na pia.

— Essa é *minha*. — Ele enfatizou o "minha" de um jeito que dava a entender que não estava se referindo apenas à xícara, mas a muito mais.

Qual era o problema dele, caramba?

— Acredita que o entregador não tinha troco? — queixou-se John, enquanto Mason passava por mim. Em seguida, pôs o jornal na mesa e notou a presença do filho. — Ah, oi! — exclamou, parecendo recuperar um pouco da alegria. — Bem, parece que o time está completo!

Se por *time completo* ele queria dizer eu, ele e Mason, na minha opinião era gente demais.

Provavelmente Mason pensou a mesma coisa, a julgar pelo olhar hostil que me lançou de trás da porta da despensa, sem que o pai percebesse.

Se eu achava que o meu maior problema seria me adaptar a um novo estilo de vida, era porque não tinha levado em conta algumas coisinhas.

A primeira era aquele garoto forte e carrancudo que acabara de me fulminar com os olhos.

A segunda era o jeito como cada centímetro de seu ser parecia gritar: "Não era nem para você estar aqui!".

Depois do café da manhã, Mason foi para a escola e eu fui para o meu quarto. Tinha cometido o erro de deixar a janela aberta e só percebi tarde demais que o calor infernal invadira o ambiente.

John me viu deitada de bruços no carpete, com o cabelo ainda molhado do banho e vestindo só uma camiseta que ia até as coxas.

— O que está fazendo? — perguntou.

Ele estava muito bem-vestido. Eu o olhei de baixo para cima, virando a cabeça para trás.

— Morrendo de calor.

Ele me encarou, surpreso.

— Ivy, mas... tem ar-condicionado. Não viu o controle remoto?

Nós nos entreolhamos por um longo momento.

Ar-condicionado?

Além do fato de eu não fazer ideia de como era um ar-condicionado, já tinha suado mais naquelas últimas vinte e quatro horas do que em toda a minha vida. Será que ele não podia ter me falado isso antes?

— Não, John — respondi, tentando me conter. — Eu realmente não vi.

— Está aqui, olha — disse, tranquilíssimo, entrando com a maleta na mão. — Deixa eu te mostrar.

Então, ele pegou um pequeno controle branco em cima da escrivaninha e me mostrou como ajustar a temperatura, depois me pediu para tentar. Eu apontei o controle para uma espécie de caixa em cima do armário, que emitiu um bipe. No instante seguinte, com um zumbido suave, o aparelho começou a soprar ar frio.

— Melhor agora?

Fiz que sim lentamente.

— Perfeito — falou John. — Agora tenho que ir, já estou atrasado. Consigo resolver algumas coisas do trabalho daqui, então volto à tarde, ok? A geladeira está cheia, caso queira preparar algo para comer. — John hesitou por um instante e vi novamente aquela apreensão nos olhos dele, algo que ele não conseguia esconder. — Não se esqueça de comer. E, qualquer coisa, é só me ligar.

Depois que ele saiu, passei o resto do tempo desenhando.

Eu gostava de me perder em meio às folhas de papel, de dar vida a cenários únicos. Não era só um passatempo para mim. Era uma necessidade, um jeito íntimo e silencioso de me isolar do mundo lá fora e sufocar o caos que ele gerava. Desenhar me permitia *sentir*. No Canadá, eu pegava meu caderno e um lápis e desenhava tudo o que via: folhas, montanhas, florestas escarlate e tempestades. Uma casa destacada na neve e dois olhos claros, idênticos aos meus...

Engoli em seco. Meus cílios tremeram e a respiração ficou abafada, como se inspirasse colada em um vidro. Segurei firme o lápis e, por um perigoso instante, senti a escuridão dentro de mim vibrar. Ela me cercou e tentou me tocar, mas permaneci imóvel, me fingindo de morta, e não a deixei me dominar. No instante seguinte, impulsionada por uma força invisível, virei algumas páginas.

Encontrei o olhar dele impresso no papel e o observei em silêncio, incapaz de ao menos tocá-lo.

Era assim que eu me sentia.

Incapaz de sorrir, de me interessar, às vezes até de respirar. Incapaz de ver além da ausência dele, porque acabava procurando-o por toda parte, mas só o revia de verdade em sonhos.

Ele me dizia: "Aguenta, Ivy", e a dor que eu sentia era tão real que eu desejava estar ali de verdade, com ele, em um mundo onde ainda podíamos estar juntos.

E então eu conseguia alcançá-lo. Por um instante, antes que a escuridão o engolisse e eu acordasse ofegante de pânico, estendia a mão e sentia aquele calor que nunca mais poderia tocar.

John voltou para casa no início da tarde. Quando veio falar comigo, estava com a gravata frouxa e alguns botões da camisa abertos.

— Ivy, volt... *Meu Deus!* — exclamou, arregalando os olhos. — Que gelo!

Desviei os olhos do caderno e o observei. Era o clima ideal para mim.

— Oi.

John estremeceu e encarou, perplexo, o ar-condicionado que funcionava a todo vapor.

— Parece até que estamos em um iglu! Você ajustou para quantos graus?

— Dez — respondi, sem rodeios.

Ele me lançou um olhar incrédulo, mas eu não sabia qual era o problema. A temperatura estava tão agradável que precisei vestir uma camisa de manga comprida, só porque estava começando a ficar arrepiada.

— E você não ficou com frio?

— Só não quero sentir calor.

— Pelo amor de Deus! Não me diga que pretende deixar isso ligado a noite toda?

Eu tinha *toda a intenção* de deixar o ar ligado a noite toda, mas decidi que não era necessário informá-lo. Portanto, não respondi e voltei aos meus desenhos.

— Chegou a comer, pelo menos? — mudou de assunto, desanimado ao perceber que eu não ia responder à primeira pergunta.
— Comi.
— Que bom.
Então, depois de uma última olhada desanimada para o ar-condicionado, saiu para trocar de roupa.
Mason não deu as caras o dia todo. Ligou para John para avisar que ia jantar na casa de amigos, pois ainda estavam estudando. Quando os ouvi tendo uma longa discussão ao telefone, eu me perguntei pela primeira vez a respeito de algo em que não tinha pensado até então: *onde estava a mãe de Mason?*
E por que John nunca tinha falado dela?
Sabia que ele era pai solo, mas naquela casa tão grande havia uma ausência que não dava para ignorar. Parecia algo que tinha sido apagado com uma borracha, deixando apenas um vestígio distorcido e desbotado para trás.
— Parece que seremos só nós dois hoje à noite de novo — informou John, surgindo à porta.
Ele deu um sorriso, mas percebi que não conseguiu disfarçar um leve traço de decepção nos lábios.
Será que Mason o decepcionava tanto que ele estava acostumado?
Será que vivia esperando o filho em casa, à noite, na esperança de passarem tempo juntos?
Será que ficava sozinho?
Eu esperava, do fundo do coração, que a resposta fosse não.

— Está com tudo aí? — perguntou John na manhã seguinte.
Fiz que sim sem olhar para ele, enquanto prendia o boné na alça da mochila. Teria compartilhado do entusiasmo dele se ainda fosse capaz de sentir alguma coisa.
— Mason vai te mostrar onde ficam as salas de aula — prosseguiu John, confiante, mas eu duvidava muito que isso fosse acontecer. — O trajeto é meio longo, mas não se preocupe, vocês vão juntos de carro...
Levantei a cabeça na mesma hora.
Juntos?
— Obrigada — respondi —, mas prefiro ir a pé.
Ele franziu as sobrancelhas.
— É muito longe para ir a pé, Ivy. Não esquenta a cabeça, Mason vai de carro para a escola todo dia. É melhor, vai por mim. E, além disso... eu prefiro

que você fique com ele — acrescentou, como se fizesse um pedido tácito de compreensão. — Não quero que vá sozinha.

Fiquei intrigada.

— Por quê? Não se preocupe, eu não vou me perder — respondi, sem arrogância.

John sabia bem que eu tinha um ótimo senso de direção, até mesmo em lugares que não conhecia direito, mas não parecia me ouvir.

— Lá vem o Mason — acrescentou, deixando minhas perguntas sem resposta. O som de passos atrás de nós me avisou da presença do filho de John. — Não vai ser tão ruim assim, você vai ver. Tenho certeza de que vai fazer amigos.

Soava como uma mentira, mas John se despediu de mim cheio de confiança. Olhei para ele uma última vez antes de sair e, por fim, caminhei em direção ao veículo que me esperava na entrada.

Entrei no carro de Mason de cabeça baixa, evitando ao máximo encará-lo. A ideia de fazer o trajeto até a escola com ele não me animava nem um pouco, mas botei o cinto de segurança e deixei a mochila ao lado dos pés, decidida a ignorá-lo.

O cascalho estalava debaixo das rodas enquanto seguíamos em direção ao portão e, antes de chegarmos à rua, vi John pelo retrovisor, acenando para nós da varanda.

Fiquei olhando pela janela. Vi grupos de adolescentes em bicicletas, uma lanchonete cheia de gente tomando café da manhã. Alguns caminhavam com guarda-sóis debaixo do braço e, de vez em quando, eu me concentrava no oceano lá no fundo, por trás dos prédios. Em Santa Bárbara, todo mundo parecia extremamente relaxado. Talvez o calor e a luz do sol deixassem as pessoas mais afáveis, uma característica com a qual eu não estava acostumada.

Quando o carro parou, tive a impressão de que tínhamos acabado de sair. Então, ao avistar a loja de material de arte do outro lado da rua, percebi que não era só uma impressão.

Nós *realmente* tínhamos acabado de sair.

— Sai.

Pisquei, confusa, e me virei para Mason, que olhava fixamente para a rua.

— O quê? — perguntei, certa de que não tinha entendido direito.

— Eu disse para você sair — repetiu ele, curto e grosso, me encarando.

Fiquei olhando para ele, perplexa, mas Mason me lançou um olhar tão fulminante que entendi na mesma hora que, se eu não saísse por conta própria, ele me tiraria do carro à força, e eu não queria descobrir como faria isso.

Soltei o cinto e desci, mal tendo tempo de fechar a porta. Com um ronco suave, o carro engatou a marcha e foi embora.

Fiquei ali, no meio da calçada, vendo o carro desaparecer sob a luz do sol.

Quando, meia hora depois, atravessei os portões da escola, meu boné estava virado para trás e o suor escorria pelas costas.

Eu não sabia nem como tinha conseguido chegar ali. Precisei parar e pedir informações, até que de longe avistei algumas bandeiras e um prédio que tinha cara de instituição escolar.

Um garoto me deu uma ombrada e parou para me olhar, mas eu não me virei, tão irritada que nem me dei ao trabalho.

Enquanto eu caminhava pelo longo corredor, torci para que pelo menos uma gaivota tivesse feito suas necessidades no carro de Mason. Em pouco tempo, eu me vi espremida na multidão, tentando abrir caminho em meio a mochilas e uma confusão de vozes ensurdecedoras, para dizer o mínimo.

Em Dawson não havia clubes, cursos nem times esportivos. Mal tínhamos um refeitório, e a cozinheira era uma mulher tão ranzinza que parecia até parente de algum urso da região. Nunca aparecia gente nova.

Ali, por outro lado, o caos reinava.

Como era possível dar aula para tanta gente?

Algumas pessoas pararam e ficaram me observando. Atraí vários olhares, a maioria voltada para as minhas roupas e para o meu boné virado para trás, como se o que eu usava e como usava fosse bizarro.

Evitei fazer contato visual e fui direto para a secretaria, onde consegui o número do meu armário. Custei a encontrá-lo naquele tumulto de gente e, quando abri a porta e enfiei o rosto lá dentro, lamentei mais uma vez não estar no meio da floresta.

Suspirei e tirei o boné. Naquele momento, uma sombra pairou sobre mim e uma leve brisa roçou minhas costas.

— Fique fora do meu caminho.

Consegui me virar a tempo de ver Mason passar por mim com um olhar ameaçador.

Senti o sangue ferver até as mãos.

Ah, mas é claro, depois de me largar no meio da rua, ainda havia o risco de eu ficar correndo atrás dele, *né*?

— Vai pro inferno — sibilei, irritada.

Quando bati a porta do armário, Mason parou, mas não cheguei a ver a cara que ele fez pois eu já estava seguindo na direção oposta.

Nunca imaginei que minha primeira conversa com o filho de John acabaria em xingamento.

Na sala de aula, sentei no fundo, perto da janela.

A professora me apresentou para a turma, pediu para que eu me levantasse e leu algumas anotações no registro.

— Dawson City é bem longinho, né? — brincou, depois de ter anunciado que eu vinha do Canadá. — Seja bem-vinda ao grupo, srta. Nolton... — Quando a professora hesitou, senti um arrepio na nuca. — Nolton, I...

— Ivy — eu a interrompi, com firmeza. — Só Ivy.

Ela ajeitou os óculos e sorriu.

— Muito bem, Ivy — corrigiu, juntando as mãos e me convidando a sentar. — Estamos muito felizes em ter você com a gente. Se precisar de qualquer informação sobre as matérias, é só me procurar. Será um prazer ajudá-la.

Quando a aula começou, pouco a pouco os alunos pararam de ficar me encarando. Só o garoto ao meu lado parecia ter muita dificuldade em tirar os olhos do broche em forma de pata de urso na minha mochila.

Não vi Mason a manhã inteira.

Quando, no fim do dia, eu o avistei no corredor, cercado por um grupo de alunos, percebi que não tinha nenhuma matéria em comum com ele. Ainda bem.

— Ei — disse uma voz. — Broche maneiro!

Ao fechar a porta do armário, dei de cara com um rosto familiar.

— Você é a Ivy, certo? — O garoto sorriu para mim. — Eu sou o Travis. A gente se conheceu na casa do Mason.

Como esquecer o vexame que eu passei...

Assenti para ele e, sem saber mais o que fazer, voltei a me virar. Travis aparentemente notou minha falta de eloquência, porque tentou de novo.

— Claro, é difícil não notar a sua presença — brincou, referindo-se ao meu visual nada californiano. — Quando te vi de costas, não tive a menor dúvida de que era você.

— É — respondi. — Um saco.

— Mason é um idiota mesmo — prosseguiu, e nesse ponto estávamos surpreendentemente de acordo. — Não contou que você ia morar com eles. Eu não sabia nem que ele tinha uma prima...

— Desculpa — interrompi. — *O quê?*

— Pois é, absurdo! E isso porque somos amigos bem próximos, daqueles que contam tudo um para o outro. Mas não tem problema, a gente pode se conhecer agora.

— Peraí — falei, entre dentes. — De quem você disse que eu sou prima?

Travis me encarou em choque e depois lançou um olhar para Mason, no fim do corredor.

— Ué, do... *ah!* — De repente, pareceu entender tudo. — Eu tinha entendido que... Mas, olha, não tem por que se envergonhar. Mason é bem popular e...
Bati a porta do armário com força.
Travis parou de falar e nem me dei ao trabalho de pedir desculpas, já estava marchando em direção ao garoto que, com uma precisão cirúrgica, tinha começado a ocupar lugares bem desagradáveis dentro de mim.

3
O ACORDO

"Acho que você ia gosta muito do Mason, sabia?", dissera John certa vez. Seus lábios se curvaram num sorriso ao ver minhas mãos sujas e a lama nos joelhos.

"Ele também adora chafurdar na terra. É um minifuracão, que nem você. Acho que vocês iam se dar muito bem."

Como o diabo e a água-benta, pensei, me aproximando de Mason a passos largos. Por mais que eu estivesse avançando na direção dele como um falcão, ele só notou minha presença quando parei ao seu lado.

— Gostaria de saber por que você saiu dizendo por aí que eu sou sua prima — reclamei.

Exigi a atenção de Mason com toda a força que consegui reunir, mas, mesmo assim, ele fechou a porta do armário com uma calma impressionante.

Seu rosto surgiu lá do alto e eu vi o lábio superior franzido numa careta insolente.

— Eu não fiz nada. — Sua voz me atingiu como um soco na barriga. Mason tinha um timbre bem marcado e o tom de voz cálido, suave e profundo, como o de um adulto. Aquilo me dava arrepios e, por algum motivo, também me irritava profundamente.

Ele fez menção de reabrir a porta do armário e me ignorar, mas eu estiquei a mão e a mantive fechada.

— Fez, sim — retruquei, encarando-o de baixo, destemida, e ele contraiu a mandíbula.

— Acha mesmo que eu quero ser associado a você? — disse ele, quase sibilando.

Então, inclinou-se um pouco para a frente e me perfurou com os olhos, carregados de advertências hostis. No instante seguinte, empurrou a porta com força para fechá-la de vez.

Mason me deixou ali, no corredor cada vez mais vazio, e comecei a me cansar de vê-lo sempre saindo por cima.

Mais tarde, quando cheguei em casa, encontrei o carro dele já estacionado na entrada.

Assim que entrei, John se virou para mim, surpreso.

— Por que não voltaram juntos?

— Ah, Ivy insistiu — falou Mason, se adiantando atrás dele. Era a primeira vez que pronunciava meu nome. — Ela fez questão de reforçar que preferia ir a pé.

Lancei um olhar fulminante para ele, sentindo uma vontade imensa de calar aquela boca. Adoraria dar um chute nele, mas, por incrível que pareça, naquele momento minha prioridade era outra.

Eu me virei para John e o encarei com severidade.

— Por que você saiu dizendo por aí que sou sua sobrinha?

O silêncio tomou conta da sala.

John me encarou em choque. No instante seguinte, um semblante resignado deixou claro que *ele* tinha dito isso a Travis.

Com uma pontinha de surpresa, vi Mason dar meia-volta e ir embora. Eu tinha certeza de que ele ficaria para ouvir, mas me enganei.

— Eu ia te contar — confessou John.

Eu não duvidava disso, mas o que não dava para entender era o porquê. John sabia o quanto eu valorizava minha identidade, o quanto eu me orgulhava de quem era e de onde vinha, mas, mesmo assim, tinha mentido.

— Sei que talvez você não concorde — começou a explicar, com cautela —, aliás, provavelmente não vai concordar, mas achei que seria mais seguro assim.

— Mais seguro para quem?

— Mais seguro para você.

Quando John me encarou nos olhos, tive um pressentimento sobre algo que já sabia, mas não queria admitir.

— Se as pessoas acharem que você é minha sobrinha, farão menos perguntas. Não vai parecer estranho, ninguém vai ficar especulando o que você está fazendo aqui. Isso acaba com qualquer chance de rumores.

Após passar a mão na nuca, prosseguiu:

— Desculpa não ter falado disso com você antes. Eu deveria ter dito assim que você chegou.

— Você não deveria ter dito nada — rebati. — Eu não estou nem aí para o que os outros vão achar, e você sabe disso.

— Mas eu me importo. Ivy, aqui não é igual ao Canadá. — A voz dele ganhou mais firmeza, como se tocar naquele assunto lhe desse determinação.

— Você não está mais na sua casa de madeira. A cidadezinha mais próxima não fica a quilômetros de distância. A notícia sobre o seu pai já deve ter se espalhado pelo continente inteiro, e você aparece aqui, vindo justamente do Canadá, justamente dos arredores de Dawson. E, coincidentemente, seu sobrenome é Nolton.

— John.

— Seu pai pediu para eu te proteger — prosseguiu ele, agitado, me ignorando. — Ele era meu melhor amigo e me pediu para não te deixar sozinha. E eu fiz uma promessa, Ivy. Se esse é o jeito de mantê-la segura, então...

— *John* — insisti, com firmeza, cerrando os punhos. — *Não está comigo.*

As palavras ecoaram no silêncio.

Meus pulsos estavam visivelmente trêmulos. Queria ter disfarçado melhor minha reação, mas, naquele momento, não foi possível. Por um segundo, revivi a lembrança das paredes do hospital e dos homens de terno e gravata a quem eu dissera a mesma coisa. O bipe do monitor tinha acabado de parar. Eu os encarava sem realmente vê-los; meu grito de dor era como um filtro entre mim e o mundo.

— Foram te procurar — deduziu John, com uma nota de choque e desolação na voz. Quando desviei o olhar, ele acrescentou: — Foram atrás de você.

— Eram agentes do governo — disparei, com ressentimento, liberando o nó amargo que me apertava o peito. — Queriam saber onde estava. "Não minta", me disseram. "Não tem como simplesmente ter desaparecido." Deviam achar que meu pai tinha deixado comigo. Mas não é o caso — esclareci. — Meu pai não me deixou nada além do meu nome. Pensei que você soubesse disso.

John baixou os olhos. Quando seu semblante suavizou, percebi que estava pensando no meu pai.

— Nunca tive coragem de perguntar ao seu pai onde ele tinha guardado — confessou, quase num sussurro. — Esperei até o último segundo para que ele me contasse alguma coisa. Que me desse uma pista, uma dica qualquer, mas não aconteceu. Só me disse para proteger você. — John engoliu em seco e eu precisei desviar o olhar. — Ele só me disse: "Leve-a com você e continue de onde eu não posso mais". Só que o governo não é o único interessado no que o seu pai criou. Agora que você está aqui, agora que todos sabem onde ele tinha se escondido, que tinha uma filha... pode ser que outras pessoas venham te procurar. — Voltei a olhar para John, mas seu semblante tinha mudado. — Pessoas que acreditam que está com você.

— Não entendi.

— Entendeu, sim — rebateu ele, sério. — Ivy, você não está mais entre pradarias e vales de gelo. O mundo não é uma bola de cristal, existem pessoas que fariam de tudo para pôr as mãos em você se achassem que tem as respostas.

— Agora você está exagerando — retruquei, tentando recolocar a conversa nos trilhos. — Meu pai não era tão famoso.

— Não era famoso? — repetiu John, incrédulo.

— Naquela época, a notícia foi censurada! O nome dele nunca veio a público, você sabe disso.

Tentei convencê-lo de que estava beirando o ridículo, mas John balançou a cabeça solenemente e não mudou de opinião.

— Você não faz ideia... não faz ideia do valor que aquilo tem.

Tínhamos opiniões contrárias. Para mim, aquele assunto era algo distante e inacessível, porque envolvia o trabalho do meu pai antes do meu nascimento. Eu não fazia ideia de que John realmente temia que alguém pudesse vir atrás de mim.

— E você acha que dizer por aí que sou sua sobrinha vai afastar os mal-intencionados? — Resolvi dar corda para aquele absurdo por um momento. — Se alguém viesse me procurar, bastaria ler meu sobrenome para saber quem eu sou.

— Disso eu não tenho dúvidas. — John olhou para mim, sem forças. — Não posso manter você numa redoma de vidro, não posso tirar sua identidade. Eu nunca chegaria a esse ponto, porque sei que se rebelaria. — Então ele se aproximou lentamente e eu fiquei parada, deixando que viesse até mim. — Eu te conheço, Ivy, e sei o que importa para você. Mas, se isso pode me deixar mais tranquilo, não vejo por que não fazer. Pelo menos agora, quando você for vista indo para a escola, o pessoal do bairro vai pensar: "É só a sobrinha do John". Ninguém vai ficar se perguntando o que uma desconhecida veio fazer na minha casa de um dia para o outro. Você ficaria surpresa com a rapidez com que as fofocas se espalham por aqui. Por mais que pareça pouco, quanto menos falarem de você, mais estará segura.

Então era esse o motivo daquela careta quando falei que tinha saído sozinha.

Era por isso que ele queria que eu fosse à escola com Mason.

John acreditava que aquele pequeno obituário nos jornais pudesse atrair o interesse de quem realmente conhecia o meu pai.

No entanto... eu tinha crescido com um homem que me levava para caçar, que cortava lenha no quintal e tinha mãos ásperas de frio. Do engenheiro de computação que ele tinha sido antes, eu só conhecia histórias.

— É só uma precauçãozinha de nada — arriscou John. — Uma medida tão pequena que você mal vai perceber. Prometo. Não estou pedindo muito.

Fiquei olhando para ele, pensativa, e notei que seu semblante tinha voltado ao normal. Apesar de tudo, concluí que não me custava dizer sim, só desta vez. Ele já tinha feito muito por mim. Aquilo, no fim das contas, era a única coisa que John me pedia em troca. E eu não podia negar que a ideia de passar despercebida me agradava: quanto menos atenção eu atraísse, melhor.

Portanto, baixei o olhar e assenti.

John sorriu, aliviado. E eu me dei conta de que, com um simples aceno de cabeça, acabava de ganhar um tio e um primo muito, muito irritante.

John passou o resto da tarde de ótimo humor.

Ofereceu-se para me acompanhar na compra dos livros para a escola, preparou um sanduíche de abacate para o lanche e deixou na minha escrivaninha um sabonete líquido de pinho silvestre com um castor sorridente na embalagem. Quando fui mostrar para ele, sem acreditar naquilo, John me deu um joinha e piscou, satisfeito.

Mason, por outro lado, não deu as caras.

Ficou trancado no próprio quarto até a hora do jantar.

— Querem fazer alguma coisa depois? — perguntou John à mesa, levando o copo à boca. — A gente podia ver um filme e... *ah!* — exclamou, virando-se para mim. — Eu estou pensando em pintar um quarto, lá no porão. Agora que você está aqui, poderia nos dar uma mãozinha, o que acha? Com certeza você leva mais jeito com o pincel do que eu! — sugeriu, abrindo um sorriso.

— Vou sair.

A voz firme de Mason arrancou o entusiasmo do rosto do pai.

— Ah, tem certeza? — A julgar pelo tom, parecia muito esperar um "não".

— Sim — respondeu Mason, sem tirar os olhos do prato. — Não volto tarde.

Tomei um gole d'água enquanto John perguntava com quem o filho ia se encontrar. Achei que aquela intromissão fosse irritá-lo, mas Mason respondeu tranquilamente, erguendo o rosto em direção à luz.

— Com Spencer e outros colegas dele — limitou-se a dizer.

— Ah, o bom e velho Spencer! — reconheceu John, com um sorriso contente. — Como é que vão as coisas na faculdade? Pede para ele mandar um abraço para a mãe! Se não me engano, eu a vi de relance no posto de gasolina umas semanas atrás, mas não tenho certeza se era ela. Ainda está loira?

De cabeça baixa, analisei Mason enquanto respondia. Foi um choque vê-lo tão comunicativo. Ao olhar para o pai, os olhos escuros saíram da sombra do cabelo castanho e brilharam como moedas.

Então, eu me dei conta de que aquela era a primeira vez que jantávamos juntos.

— ... mas, pelo visto, está tudo bem — dizia Mason. — Vou perguntar a ele hoje.

— Bem que você poderia levar Ivy junto. Talvez pudessem dar uma volta e aí você a apresenta para o Spencer e os amigos dele.

— Não.

Quando John se virou para mim, tentei corrigir a situação às pressas.

— Obrigada, mas... estou cansada e prefiro ir dormir.

Lamentei ter que recusar mais uma proposta dele, mas, só de me imaginar passando uma noite com Mason e outros desconhecidos da mesma laia, minha barriga embrulhava.

Mason informou ao pai que teria uma luta no fim do mês e a conversa desviou para esse assunto. Quando terminamos de jantar, eu me levantei e me ofereci para levar o lixo para fora. Enquanto arrastava o saco pelo caminho, me lembrei do olhar decepcionado de John e suspirei.

Com um aperto no coração, levantei o rosto e me perdi naquele céu azul delicado. Mais uma vez, não pude deixar de pensar em casa.

Lá, à noite, a floresta era um labirinto de luzes e lágrimas de gelo. A neve brilhava como um manto de diamantes, mas havia um momento específico, antes do anoitecer, em que o céu adquiria um tom de azul incrível. Parecia que estávamos em outro planeta, com os lagos refletindo o céu como espelhos perfeitos e o chão se enchia de estrelas.

Era um espetáculo inimaginável...

— ... não está ouvindo?

Fui empurrada de lado. Não foi um gesto agressivo, mas eu não estava esperando, o que me fez derrubar o saco de lixo.

Não precisei virar a cabeça para saber quem tinha feito aquilo. Não precisei nem ouvir a voz dele. Sua simples presença já era uma desgraça por si só.

— Posso saber qual é o seu problema? — resmunguei, levantando a cabeça para encarar o infeliz ao meu lado.

Minha vontade era de jogar o saco de lixo em cima dele.

Mason cravou os olhos no meu rosto.

— *Você* é o meu problema.

Minha nossa, quanta originalidade.

—- Se você acha que eu escolhi vir para cá, está completamente maluco — retruquei, com raiva. — Se eu pudesse voltar para casa, pode ter certeza, é o que eu faria.

— Ah, mas você vai voltar — afirmou ele, sem se mexer. — Se eu fosse você, nem me daria ao trabalho de desfazer as malas.

Aquela insolência me irritou tanto que cerrei os punhos. Talvez Mason achasse que estava me intimidando, mas eu estava acostumada a lidar com feras bem mais perigosas do que ele.

— Acha mesmo que eu quero estar aqui *com você*? Bem, aqui vai uma boa notícia: até poucos dias atrás, eu nem me lembrava da sua existência.

Aquelas palavras surtiram efeito, e um leve tremor nas pálpebras endureceu imperceptivelmente as feições de Mason. Algo pareceu se solidificar nos olhos dele, um brilho de confirmação que me envolveu.

— Não, *claro*. Por que lembraria? — sibilou, com um toque de rancor que me atingiu.

De cara fechada, fiquei olhando para ele, sem conseguir entender. Naquele instante, um carro parou na calçada. Quando a janela se abriu, vi o rosto de uma garota sorridente.

— Oi — cumprimentou ela, olhando para Mason.

Usava uma bandana bem chamativa na cabeça e os lábios brilhavam feito balas.

— Ah, Crane! — gritou o motorista. — Você não se atrasou, para variar!

Mason se virou para eles e os olhos alongados cortaram o ar noturno. A hostilidade em seu rosto assumiu um toque de desdém. Ele os observou por cima do ombro e esboçou um sorriso no canto dos lábios carnudos.

— Está pronto? Vem, entra — ordenou o cara que provavelmente se chamava Spencer, antes de perceber minha presença. Após um instante de hesitação, ele piscou na minha direção. — E você, quem é?

— Ninguém — respondeu Mason. — É só a moça do lixo. Vamos?

Por fim, ele entrou no carro, entre saudações e tapinhas. A garota fechou a janela e, no reflexo do vidro, vi meu rosto transtornado. Em seguida, Spencer deu a partida e foi embora.

Fiquei ali, parada na calçada, com o saco de lixo enrolado na perna.

Não, espera... Ele realmente me fez passar por lixeira?

4
CONVIVÊNCIA IMPOSSÍVEL

Só havia uma coisa mais insuportável do que o calor da Califórnia: Mason. Nos dias seguintes, pensei várias vezes em oferecer a John um teste de paternidade sempre que eu tinha que lidar com o filho dele. Apesar da semelhança física, era impossível acreditar que eles compartilhavam os mesmos genes.

Pelo menos eu não corria mais o risco de acabar no carro com ele. Depois daquele dia, comecei a sair de casa cedo. Falei para John que de manhã — pelo menos de manhã — eu queria caminhar. Não acreditava naquela história de perigo, mas, se era para chegarmos a um acordo, ele precisava respeitar, pelo menos em parte, a minha liberdade.

Mason, por sua vez, começou a me ignorar.

Em casa, raramente o via, e na escola ele estava sempre a um corredor de distância, cercado por um grupinho barulhento que o fazia parecer a anos-luz de onde eu estava.

O que, para a surpresa de ninguém, não me incomodava nem um pouco.

— Senhorita Nolton.

Pisquei. As aulas do dia já tinham acabado, então fui pega de surpresa ao dar de cara com a secretária da direção, que olhou de relance para meu boné de alce e, em seguida, pigarreou.

— Gostaria de informá-la de que a senhorita ainda não apresentou um plano de estudos completo. Existe um número obrigatório de horas semanais, então peço que faça as adaptações o quanto antes. — Com um olhar autoritário, ela me passou uma lista. — Vale lembrar que temos uma variedade de atividades recreativas. Como já optou por um programa didático abrangente, pode escolher uma delas.

— Vocês têm alguma matéria de arte? — perguntei, com uma pontinha de interesse, analisando a folha que ela havia me entregado.

A mulher ajustou os óculos no nariz.

— Claro. As aulas acontecem no último horário da manhã. Se tiver interesse, pode se inscrever no clube de arte que se reúne na parte da tarde, mas para isso precisará falar diretamente com o sr. Bringly, professor do curso.

Eu não tinha a menor intenção de me inscrever em clube nenhum, mas pensei que, talvez, essa aula não fosse uma escolha ruim. Pelo menos não precisaria optar por alguma coisa que não me interessasse, como economia doméstica ou aulas de cantonês.

— Onde fica a sala? — perguntei, dobrando o papel para guardá-lo no bolso.

— Prédio B, primeiro andar — respondeu ela, prática. — É só sair daqui e atravessar o pátio. Fica no edifício adjacente a este. Depois, entre na porta à direita. Não na primeira, na segunda. Preste atenção... primeiro andar, lá no final do... — Ela se interrompeu e balançou levemente a cabeça, irritada. Então se endireitou e procurou alguém na multidão e gritou: — Crane!

Não!

— Sim, você! Venha aqui! — ordenou em tom autoritário.

— Eu vou sozinha — falei às pressas. — Sério, já entendi tudo.

— Deixe de besteira. Alguém precisa te mostrar onde é.

— Mas por que justo ele? — sussurrei, mais irritada do que gostaria.

Ela me olhou de testa franzida.

— Vocês dois não são parentes? Tenho certeza de que o sr. Crane vai mostrar onde fica a sala sem nenhum problema.

Com certeza vai, pensei, enquanto Mason se aproximava com cara de quem preferiria dar um tiro no próprio joelho.

Maldito John.

A secretária perguntou se Mason poderia me acompanhar. Não me virei, mas o ouvi aceitar a contragosto.

— Muito bem — disse ela, voltando a se dirigir a mim —, se decidir fazer o curso, venha me informar imediatamente.

Avancei pelo corredor sem esperar por ele. Já era humilhante o suficiente tê-lo por perto, imagine então segui-lo como uma novata.

Ouvi seus passos atrás de mim no corredor agora vazio. Quando passei pela porta externa, abrindo-a com o ombro, vi seu reflexo no vidro.

— Por acaso eu não te disse para ficar fora do meu caminho? — murmurou.

— Pode ir embora — retruquei, irritada. — Não preciso da sua ajuda.

— Parece que precisa, sim. Está indo para o lugar errado.

Parei de repente e olhei ao redor. A sala de aula ficava no prédio adjacente, mas do outro lado do pátio avistei dois edifícios. Recusei a ideia de estar perdida e, obstinada, fui em direção ao primeiro.

— Não é por aí — avisou Mason.

Eu me perguntei se havia alguma possibilidade de ele ser atropelado pelo cortador de grama do zelador.

Quando cheguei à entrada, decidida a fazer as coisas do meu jeito, uma mão surgiu atrás de mim e empurrou a porta, fechando-a novamente. Os dedos bronzeados se abriram na superfície e suas juntas exibiram uma força incontestável.

— Já falei que não é por aqui — sibilou ele atrás de mim.

Então olhei para o nosso reflexo. De Mason, só dava para ver o peito e a mandíbula contraída a um centímetro da minha cabeça. Antes que eu percebesse que era a respiração dele que roçava meu cabelo, já tinha me virado, furiosa, para encará-lo.

— Quer fazer o favor de ir embora?

— Não tenho nenhuma intenção de ficar seguindo você pela escola.

— Ninguém te pediu isso — retruquei, ácida.

O comportamento daquele garoto me dava nos nervos. Não era ele que tinha me mandado ficar longe?

— Na verdade, me pediram, sim. — A julgar pelo tom, estava fazendo um esforço enorme para se controlar. Ao fixar os olhos penetrantes nos meus, parecia querer me esmagar.

— Bem, não fui eu quem pediu.

Tentei reabrir a porta, mas ele não deixou. Não precisava se impor para exercer sua vontade, já que era bem mais forte do que eu. Mason era imenso, tudo nele irradiava um vigor feroz e decidido, até a postura, que transmitia uma segurança quase irritante. Eu não tinha medo dele, mas, ao mesmo tempo, aquela proximidade despertava uma tensão incomum em mim.

— Pode ter certeza de que, se *você* tivesse me pedido, eu não estaria aqui agora.

Obstinada, sustentei o olhar de Mason e mordi a língua. Travamos em uma batalha tão intensa que quase parecia crepitar no ar. Pela primeira vez, eu me arrependi das gentilezas que, quando pequena, eu havia dedicado ao menino nas fotos de John.

— Agora para de discutir e anda logo — ordenou ele, num tom que não admitia resposta.

Tentei retrucar, mas Mason me lançou um olhar de advertência.

Quando dei por mim, seguia tão a contragosto que, enquanto adentráva-mos no outro prédio, eu já tinha imaginado mil alternativas para encerrar aquela conversa. Mas, na minha mente, eu segurava um rifle e ele corria num campo aberto.

Mason parou ao pé de uma escada e, com um gesto, indicou o andar de cima.

— É a segunda porta à direita.

Fiz menção de passar sem nem olhar na cara dele, mas Mason me deteve com a mão.

— Vê se não se perde.

Puxei o ombro para me desvencilhar dele e lhe lancei um olhar que expressava toda a minha aversão. Nem cheguei a agradecer, simplesmente comecei a subir a escada para me afastar de Mason, e só então ele foi embora.

O eco dos passos dele se misturou à minha raiva. Tentei tirar da cabeça o som insuportável da sua voz, mas foi impossível.

Era intenso. Intrusivo. Invadia minha mente e alcançava os cantos mais ocultos.

Como eu poderia conceber a ideia de dividir o teto com alguém assim, inferno?

Segurei firme a alça da mochila e tentei eliminá-lo dos meus pensamentos. Em vez de pensar em Mason, eu me concentrei no que precisava fazer e subi para o andar de cima.

A segunda porta estava aberta. A sala de aula era grande, com persianas baixadas até a metade e cavaletes dispostos em fileiras ordenadas. O chão reluzente e o leve cheirinho de limão me sugeriam que o local tinha acabado de ser limpo.

Entrei com cautela.

Meus passos ecoaram suavemente. Olhei ao redor e, enquanto examinava o espaço, de repente ouvi uma voz atravessar o ar.

— Opa, será que você pode me ajudar?

Dei meia-volta e vi um par de mãos segurando, com dificuldade, um grande cartaz. Seria o zelador?

— Queria dar uma arrumada na sala, mas não consigo mais pendurar isso na parede. A velhice me prega cada peça...

Com certeza estava de brincadeira, porque, a julgar pela voz e pelos dedos lisinhos, sem nenhuma ruga, ele me parecia bem jovem. Mesmo assim, não contestei e fiz o que tinha pedido. Segurei as bordas e, com certo esforço, conseguimos prender o cartaz nos dois grandes ganchos pregados na parede.

— Obrigado — disse ele, satisfeito. — É importante para motivar os alunos, sabe? Às vezes, para criar uma obra-prima, basta apenas a inspiração certa.

Foi então que reparei no cartaz: mostrava uma feira de arte, com telas expostas para pequenos grupos de pessoas.

Ele se virou para mim e me observou com interesse.

— O que veio fazer aqui?

Desviei o olhar, acanhada. Sem mais nem menos, por algum motivo absurdo, eu me senti um peixe fora d'água.

O que uma garota como eu ia fazer em um lugar onde se trabalhava em grupo? Em um lugar onde promoviam a colaboração, o trabalho em equipe e a participação de todos?

— Nada — murmurei. — Estava só de passagem.

Avancei às pressas em direção à porta, com o boné bem firme na cabeça.

— Quer se inscrever no curso?

A forma como ele perguntou, como se já soubesse a resposta desde o início, me fez parar. Foi só quando finalmente resolvi olhar para aquele homem que percebi o meu erro. Certamente nenhum zelador usava camisa de linho no trabalho.

O professor Bringly tinha lábios arqueados e uma expressão confiante e perspicaz.

O cabelo loiro penteado e os olhos brilhantes se destacavam na pele cor de âmbar. Com as mangas enroladas na altura dos cotovelos, seus antebraços estavam à mostra. À primeira vista, achei que as manchas escuras nas mãos fossem de sujeira, mas agora dava para ver claramente que eram de carvão.

— Você desenha, né? — perguntou, me pegando de surpresa.

Como é que ele tinha...?

— Você tem um calo no dedo médio da mão direita. Reparei enquanto me ajudava a pendurar o cartaz. É típico de quem aplica muita pressão na hora de segurar o lápis em uma superfície vertical. — Então, o professor me deu um sorriso sincero e complementou: — Vários desenhistas têm esse calo.

Eu o encarei com uma leve hesitação e ele inclinou a cabeça.

— Qual é seu nome?

— Ivy — murmurei lentamente. — Ivy Nolton.

— Ivy — repetiu, com mais convicção do que eu esperava. — Como está seu plano de estudos?

No caminho de volta, passei na loja de material de arte.

O professor Bingly tinha me dado a lista de materiais necessários. Eu já tinha quase todos os itens, só faltavam algumas telas em branco.

O senhorzinho dono da loja ficou feliz em me ver de novo.

— Ah, aquela graça de menina! — cumprimentou ele assim que entrei.
— Boa tarde!

Perguntou o que eu tinha achado do lápis sanguínea e pareceu feliz de saber que eu já tinha testado.

Comprei o que precisava e, depois, fui para casa. Ao entrar, deixei as telas apoiadas ao lado da mesinha do corredor.

Ouvi a voz de John na sala. Tirei a mochila das costas e fui atrás dele. Ao encontrá-lo, vi que estava ao telefone, com a mão no queixo e um semblante pensativo.

— Entendo.

Quando me viu, acenou para mim.

— Claro — murmurou, sério. — Compreendo a necessidade. Quantos dias seriam?

Deixei a mochila no sofá e me aproximei enquanto ele passava o celular para a outra orelha e erguia o braço esquerdo para olhar o relógio.

Já sabia que John era consultor financeiro de uma grande empresa de investimentos, mas aquela era a primeira vez que eu o via em ação.

— Certo. Me ligue assim que marcar. Entre em contato com o escritório e informe ao cliente a alteração da reunião.

Ele encerrou a chamada. Antes que eu pudesse perguntar se estava tudo bem, começou a olhar os e-mails com um semblante preocupado.

— Oi, Ivy — disse, antes de iniciar outra ligação.

Passou quase uma hora ao telefone. Enquanto eu bebia um copo de leite debruçada no balcão da cozinha, fiquei ouvindo sua voz.

— Desculpa — pediu John ao entrar na cozinha e se jogar em uma cadeira, aparentemente exausto.

A manga da camisa estava enrolada até os cotovelos, mas não deixava de ser elegante. Eu o observei com certa curiosidade, não estava acostumada a vê-lo daquele jeito.

John sempre tinha me parecido uma pessoa modesta e simples, como eu e meu pai. No entanto, mudei de ideia assim que vi a casa onde ele morava. E os ternos impecáveis com os quais saía para o trabalho toda manhã, o profissionalismo que acabara de mostrar ao telefone.

— Tenho uma coisa importante para falar — começou a dizer, passando a mão pelo cabelo. — De vez em quando, tenho que me ausentar. Não chegam a ser viagens de trabalho, porque normalmente não duram mais que uns dois dias, mas... quando temos várias transações em jogo, é necessário acompanhar de perto. — Ele soltou um suspiro. — Um cliente resolveu de última hora mudar o encontro deste fim de semana para Phoenix. O agente dele acabou de me avisar. Infelizmente, não tenho como recusar...

— John — interrompi calmamente, percebendo o estresse na voz dele.
— Não tem problema nenhum.
— Eu sei que você acabou de chegar. Mason nunca teve problema em ficar sozinho por alguns dias, mas você...
— Eu vou ficar muito bem — garanti a ele. — Sei sobreviver sem você, pode ficar tranquilo.

Meu padrinho me lançou um olhar levemente inquieto, então senti a necessidade de amenizar minhas palavras.

— De verdade. Não tem por que se preocupar. Eu sei me virar, às vezes parece que você se esquece disso.

Ele relaxou os ombros e esboçou um sorriso.

— Eu sei. Mas eu me preocupo com você. E *você*, às vezes, parece que se esquece disso.

Baixei a cabeça e me espremi discretamente no balcão. Ainda havia momentos em que, quando John me olhava, eu me sentia uma criança. Como quando ele comprou aquele sabonete de alce para mim, ou quando disse que ia me levar para fazer compras.

Ou quando me abraçou no dia em que nos reencontramos, naquele restaurante. Ele me envolveu nos braços com tanto carinho que senti cada pedacinho de mim se encaixar em seu coração.

Enquanto me olhava com uma dedicação que mais ninguém teria, era como se dissesse outra vez: "Prometi a ele que ia te proteger".

— Quer que eu prometa não sair sozinha?

Ainda de cabeça baixa, percebi que John me observava.

— Eu não pediria uma coisa dessas.

— Se for para te deixar mais tranquilo, então é isso que vou fazer.

John ficou surpreso. Não esperava uma concessão dessas da minha parte. Mas, justo quando parecia prestes a dizer alguma coisa, a porta foi aberta e Mason entrou em casa.

— Oi — cumprimentou John, assim que o filho chegou à cozinha.

Mason hesitou à porta e olhou no mesmo instante para o pai.

— O que aconteceu? — perguntou, percebendo a expressão no rosto de John.

— Recebi uma ligação. Tenho um encontro marcado no fim de semana e devo passar uns dias fora. O cliente mudou os planos.

— E? — pressionou Mason.

— E por isso vou ter que ir para Phoenix.

— Tomara que não estejam esperando que você vá sozinho.

— Não — assegurou John. — Lá do escritório, Froseberg e O'Donnel também vão. A questão não é essa. É só que fui pego de surpresa com essa mudança de última hora, e... Enfim, hoje é sexta e vou ter que sair amanhã cedo...

— Se os outros vão com você, então não vejo problema — afirmou Mason.

Por um segundo, parecia que ele era o adulto e John, a criança agarrada na cadeira, recusando-se a ir à escola.

— Fico preocupado é com vocês. Legalmente falando, eu nem poderia deixar dois menores de idade sozinhos em casa...

No exato momento em que ele disse aquilo, a ficha caiu. A julgar pela expressão de Mason, ele também tinha acabado de entender tudo.

Se eu ainda não tinha percebido que teria que passar os próximos dois dias sozinha naquela casa com ele, seus olhos, de repente fixos em mim, trataram de deixar tudo muito claro.

Na manhã seguinte, John saiu cedinho.

Antes de ir, me avisou que a geladeira estava abastecida e que havia leite para mim na prateleira de baixo. Tinha comprado um sem açúcar e sem sabores artificiais, porque sabia que eu preferia leite puro. Por fim, ele me deu as últimas recomendações e pediu que ligasse se precisássemos de algo.

Acompanhei John até a porta e assisti enquanto ele seguia até o táxi. Guardou a maletinha no porta-malas, sorriu para o motorista e, antes de ir embora, me lançou um último olhar. Não entendi o motivo, mas tive uma sensação estranha.

Retribuí o aceno que ele me deu e fiquei vendo o carro se afastar até sumir.

Assim que voltei para dentro, fui tomar um banho, depois peguei meu caderno de desenhos e desci para tomar café da manhã.

Só vi Mason de novo ao meio-dia.

Quando deu as caras na varanda, abençoando o mundo com sua *indispensável* presença, eu já estava ali, sentada na poltrona de vime. Não lhe dei atenção, mas ele decidiu que aquele era o melhor momento para começar com uma boa dose de antipatia.

— Por acaso isso é um convite para um ladrão entrar?

Ao levantar a cabeça, vi que ele se apoiava na porta que eu tinha deixado aberta e me encarava, emburrado.

— Não queria ficar trancada do lado de fora — expliquei. — E, de qualquer forma, eu estou aqui.

— Ah, que sorte, então — respondeu ele, ácido, antes de passar por mim e desaparecer em direção à garagem.

Pouco depois, voltou de carro e, dessa vez, eu o ignorei. Cheguei até a cogitar a ideia de lavar aquela xícara idiota dele com aguarrás. Assim, Mason teria motivo de verdade para me encher o saco.

Fiquei feliz ao perceber que ele não voltaria para o almoço. Belisquei algumas coisas perto da pia, tomei um copo de suco de laranja e roubei uns biscoitos de chocolate, os que Mason comia toda manhã, mastigando-os com extrema satisfação.

À tarde, quando me sentei à escrivaninha para estudar, lembrei que em algum lugar da casa havia um quarto para pintar, e que John tinha me dado permissão para cuidar disso. Por um instante, pensei em árvores gigantes e um céu bem azul. Quem sabe assim, com o ar-condicionado ligado e um pouco de sabonete com cheiro de pinho no pescoço, eu não pudesse realmente ter a ilusão de estar ao ar livre, a quilômetros de distância dali?

Algo me fez acordar.

Confusa, levantei a cabeça e tentei entender o que estava acontecendo; um papel se soltou da minha bochecha e caiu na escrivaninha.

Eu tinha dormido?

Antes que conseguisse ligar um pensamento no outro, um estrondo quebrou o silêncio.

Endireitei as costas na hora.

— O... O que... que... — gaguejei.

Ao ouvir um segundo estrondo, eu me levantei em um pulo. O coração subiu à garganta. Tentei raciocinar com clareza, porque, das duas, uma: ou Mason estava demolindo o andar de baixo ou não era ele que estava fazendo toda aquela barulheira.

Em um instante de pavor, eu me lembrei da alfinetada sobre ladrões e um convite para que entrassem, e nunca desejei tanto que ele estivesse errado.

No Canadá, o único risco de deixar a porta aberta era uma raposa ou um guaxinim invadirem, atraídos pelo cheiro de comida, mas aí bastava pegar uma vassoura que eles saíam correndo. Se a gente desse muito azar, um urso-negro podia aparecer no quintal, mas não conseguiria nem subir a escada da frente de tão desajeitado que era, então era só esperá-lo ir embora.

Mas ladrões nunca!

Engoli em seco e resolvi me aproximar da porta. Encostei o ouvido na superfície e fiquei escutando.

Do andar de baixo vinham várias vozes, barulhos e... risadas?

Após um instante de confusão, saí do quarto e segui em direção à escada. Enquanto descia, atraída por aquele alvoroço, me dei conta de que havia mais vozes do que eu tinha imaginado.

Quando cheguei ao térreo, reparei em algumas coisas que não estavam ali antes.

A primeira eram os vários engradados de cerveja empilhados na parede, com pacotes de aperitivos e sacos de batatinha quase do meu tamanho.

A segunda era o bando de desconhecidos espalhados pela casa.

Havia gente por toda parte: alguns conversavam e outros entravam trazendo coisas que iam parar nos sofás ou direto na geladeira.

Travis estava tentando passar pela porta da sala com um sistema de som do tamanho de um filhote de elefante.

— Cuidado! — gritou o cara atrás dele, e então esbarraram de novo no batente.

Definitivamente não era Mason que estava demolindo o andar de baixo.

Fiquei observando aquela invasão enquanto alguns caras enchiam baldes de gelo e um outro, que segurava uma boia em forma de ilha com uma palmeira, passava por mim gritando:

— Licença!

Nem tive tempo de reagir, pois logo vi Mason voando na minha direção.

Ele me pegou pelo braço e me puxou pelo corredor atrás de mim com tanta rapidez que perdi o equilíbrio.

— Volta lá pra cima.

Recuei um passo, tentando enxergá-lo na escuridão. Estava parado na minha frente, todo imponente, com olhos brilhantes e cabelo escuro emoldurando o rosto sombrio.

— O que é que você está aprontando? — perguntei, enquanto começava a distinguir os contornos do rosto dele.

— Não é da sua conta — respondeu, em tom de advertência. — E agora vai embora.

— Você está dando uma festa — observei, ácida. — Por favor, me explique como isso *não* seria da minha conta.

— Pelo visto você não entendeu... — disse ele, dando um passo na minha direção e se inclinando sobre mim com a clara intenção de me intimidar. — O que acontece nesta casa não é da sua conta. Será que fui *claro*?

Eu o encarei com raiva, minhas vísceras quase ferveram.

Como ele se atrevia?

Como ousava falar comigo desse jeito?

Só sabia me espezinhar, me esmagar, como se quisesse impor sua autoridade sobre mim o tempo todo. Ele me tiranizava constantemente, mas, embora eu fosse uma pessoa paciente, não toleraria aquela arrogância.

Mason não sabia com quem estava lidando.

Podia até tentar se impor, me ferir com suas palavras, mas não conseguiria me intimidar.

— O que será que John acha disso? — provoquei, maldosa. — Vou dizer a ele que você mandou lembranças.

Então, eu me esquivei e peguei o celular, me preparando para digitar o número.

Mas não deu tempo.

Senti apenas o deslocamento de ar. Em um segundo, meus pés tropeçaram para trás e bati de costas na parede.

Antes mesmo de entender o que estava acontecendo, prendi a respiração. O peito de Mason estava a um palmo do meu nariz.

Levantei o rosto de repente e o encarei com os olhos arregalados. Um feixe de luz atravessava seu rosto, iluminando de forma ameaçadora o canto dos lábios. Sua respiração invadiu minha boca e quase me sufocou, feito um veneno, mas nada foi mais perturbador do que encarar seus olhos. Densos e brilhantes, me prenderam e me paralisaram como uma armadilha.

— Vou te explicar como vai ser — começou a dizer lentamente. — Você vai voltar lá para cima. Não vai descer, não vai vir para cá, vai ficar no seu quarto cuidando da sua vida, como sempre faz. Não quero mais te ver aqui embaixo. Entendeu?

Meu orgulho se debateu como uma fera acorrentada, mas me calei. Se fossem outras circunstâncias, eu não teria permitido aquilo. Mas, por mais que eu quisesse fazer alguma coisa, naquele momento, com as costas espremidas na parede e seu hálito quente na minha pele, era impossível.

Ele segurava firme o meu pulso. Senti a pressão dos dedos dele na minha pele, mas, antes que eu pudesse temer ser machucada, Mason me soltou e tirou o celular da minha mão.

De nada adiantou tentar detê-lo, pois Mason já tinha fechado os dedos e me olhava como se me desafiasse a tentar pegar o aparelho de volta.

— Vê se não volta aqui de novo, porque senão posso perder a paciência.

No fim das contas, teria sido melhor lidar com ladrões.

Depois de bater à porta do quarto com tanta força que chegou até a tremer, desejei do fundo do coração que Mason fosse se foder.

— Vai à merda! — gritei, de punhos cerrados.

Quem ele achava que era?

Como se atrevia a me tratar assim?

Chutei a mochila para o lado e tirei os sapatos com raiva, jogando-os do outro lado do quarto. Então, de repente, parei e conferi meu colar: tinha virado todo para trás quando bati na parede. A correntinha de ouro brilhava na minha pele clara e, de uma hora para a outra, um alívio inexplicável invadiu meu peito.

Ainda estava ali. Sempre estaria ali.

Acariciei o pingente pendurado. Uma lasquinha de marfim, fina e quase opalescente, balançou diante dos meus olhos com sua presença reconfortante. Eu a cobri com a palma da mão e voltei a colocá-la debaixo da camiseta.

Duas garotas estacionaram suas bicicletas nos fundos da casa, e eu as ouvi rindo do lado de fora, do outro lado da janela, como se fossem passarinhos.

Cerrando os dentes, puxei as cortinas enquanto xingava Mason mais uma vez.

Como eu pude pensar que conseguiria me dar bem com ele? Como?

Meu Deus, eu não queria mais vê-lo.

— "Acho que você ia gostar muito dele"... Em que vida? — reclamei em voz alta, irritada.

Eu me sentei na cama e, por um instante, pensei em fugir pela janela e procurar John para lhe dizer o quanto o filho dele era adoravelmente asqueroso. Ou talvez eu pudesse fugir direto para o Canadá, assim não precisaria mais aguentar aquele calor infernal, ou Mason, ou os olhares que eu recebia na escola.

De repente, o desejo de ir embora se tornou insuportável, como uma sede intensa.

Que diabo eu estava fazendo ali?

Em um lugar onde eu não queria estar?

Onde eu não era bem-vinda?

Bastaria empacotar minhas coisas, pegar as malas e embarcar num avião. Na verdade, não, bastaria apenas uma mochila, uma foto do meu pai e meu boné de sempre. Eu não precisaria de mais nada para fazer tudo voltar a ser como antes.

Só que não, sussurrou uma voz dentro de mim, *não bastaria*.

Mordi os lábios com força, cravando os dedos acima dos cotovelos.

Ele não está mais aqui.

Senti a garganta fechar, a língua queimar. Aquela sensação de distanciamento, como se me arrancassem de mim mesma.

Não, tentei me controlar, mas meu corpo se encolheu como um fósforo consumido. Tentei lutar, mas perdi mais uma vez.

De repente, desmoronei, sem saber como. Enquanto a escuridão me engolia como uma velha amiga, escondi a cabeça nos braços e cerrei os punhos trêmulos.

Só queria que alguém me entendesse.
Que ouvisse meus silêncios.
Os gritos nos meus olhos vazios.
A angústia de um coração partido ao meio.
Eu queria viver, mas tinha a morte plantada no peito. E, quanto mais tentava arrancá-la, mais ela me corroía, fincava raízes em mim, me fazia definhar dia após dia.

Não conseguia mais conter a dor. Tentava sufocá-la, escondê-la, mas era como lutar contra um furacão monstruoso. Aquilo não era vida. Eram só resquícios de uma alma que seguia em frente por pura inércia.

A saudade era enlouquecedora. Sentia saudade do abraço, do perfume, do som da sua voz. Sentia saudade de tudo.

Aguenta, sussurrou minha dor, me acariciando suavemente, mas eu a afastei com raiva.

Eu era a sombra de um destroço, um remendo frágil que, a cada passo, corria o risco de se desfazer. Respirei com dificuldade e me afundei em uma agonia ensurdecedora.

Não sentia nada além daquela dor.
Não sentia nada além daquele vazio desumano.
Não estava viva. Já nem sabia mais o que era...

De repente, um barulho me assustou. Levantei a cabeça, tensa. No instante seguinte, minha porta foi escancarada.

Travis surgiu aos tropeços e fez cara de quem não estava entendendo nada.

— Cacete, que gelo é esse aqui dentro?

Escondi o rosto e passei rapidamente a mão pelos olhos. Não queria que ele visse o meu estado, mas Travis devia ter deixado a sobriedade lá embaixo, porque demorou um tempão para perceber minha presença.

— Ah — disse, me olhando confuso. — Aqui não é o banheiro?
— Não — esclareci em voz baixa. — É a outra porta.

Ele abriu um sorriso bobo.

— Sim, sei qual é a porta... Faz tempo que frequento esta casa! Já dormi aqui algumas vezes...

— Ótimo — interrompi. — Tchau.

Mas ele não se deu por vencido tão facilmente. Entrou no quarto e começou a andar de um lado para outro com uma expressão fascinada.

— É aqui que você mora agora? Então é verdade que você está na casa deles... E eu sem acreditar... mas é verdade mesmo... Loucura... — Ele sorriu feito um bocó, depois piscou algumas vezes. — Ei, mas... Por que você está no quarto?

Teria sido interessante explicar a ele que, na melhor das hipóteses, Mason faria picadinho de mim se eu ousasse descer.

— Não gosto de festas — respondi, louca para me livrar dele. — Barulho demais.

— E isso é um problema? Vem, vamos descer e você vai ver como é divertido!

— Não, obrigada — insisti, notando que Travis cambaleava na minha direção. — Eu quero dormir.

— *Eu quero dormir* — repetiu ele e, em seguida, riu de novo. — Não tem como você ser prima do Mason se fica aqui se lamentando!

Na verdade, não sou prima do Mason!

— Não me interessa — respondi, curta e grossa. — Só quero...

— Fazer crochê?

— Olha só — vociferei, me virando com veemência. — Eu não vou descer. Entendeu ou vou ter que repetir? Agora sai do meu quarto! — Fiz uma careta, apontando para a porta. — Vai! Sai do meu...

Mas a frase morreu na garganta: o quarto girou e, no instante seguinte, eu estava de cabeça para baixo, o cabelo caindo nos olhos e os braços pendurados.

— Ah! — Travis soltou uma risada. — Você não pesa nada!

Senti o destino rir da minha cara.

E, enquanto socava as costas dele, xingando-o de tudo quanto era nome, Travis saiu do meu quarto e, cantando, seguiu em direção ao último lugar onde eu queria estar.

5
A FESTA

Nem sei como fui parar ali.
Em um segundo, estava no meu quarto, pensando na vida, no segundo seguinte, me vi espremida no sofá da sala, ao lado de um casal que estava praticamente se devorando.

Travis caíra na gargalhada quando minha bunda batera na soleira da porta. Naquele instante, enquanto soprava o cabelo da boca, tive que lembrar a mim mesma que homicídio era crime.

Naquela hora, enquanto Travis era atacado por um grupo de energúmenos tão grandes quanto ele e o som dos beijos invadia meu ouvido esquerdo, eu me peguei imaginando as várias formas que eu poderia embalsamá-lo.

— Se dessem um cérebro para o Travis, ele ia usar como bola de futebol...

Eu me virei na mesma hora. Quem tinha falado aquilo foi a garota sentada no braço do sofá à minha direita. Tinha cabelo castanho curto e um rosto travesso, olhos espertos e brilhantes.

— Aposto um dólar que amanhã ele vai estar com pelo menos três galos e um roxo na bunda — acrescentou.

— Ah, por favor.

Após um som de estalo, a loira à minha esquerda se reapropriou do próprio rosto e se virou para ela.

— Travis tem a resistência física de um búfalo blindado. O único galo que ele pode se gabar de ter está no cérebro.

— Você pegou pesado — repreendeu a amiga, mas deu uma risadinha.

— É a mais pura verdade. E, além disso — prosseguiu a garota loira, empurrando o rosto do cara que tentava desesperadamente atrair sua atenção —, ele é musculoso demais. Quer dizer, olha só para ele — falou, apontando com uma careta. — Parece até um touro.

— Até mês passado, você gostava bastante desse touro — retrucou a outra, com um sorrisinho malicioso.

A amiga lhe lançou um olhar fulminante e acenou com a mão.

— É, pois é, águas passadas — retrucou, irritada.

Eu a observei com um pouco mais de atenção. A garota tinha sobrancelhas escuras e uma pinta na bochecha que a fazia parecer uma diva. O cabelo, de um loiro bem mais dourado e quente do que o meu, caía em ondas espessas e brilhantes ao redor do rosto atraente. Continuaram a bater boca, comigo no meio, mas dessa vez eu mal prestei atenção. A multidão se dispersou e eu vi Mason.

Ele se sobressaía no meio de todos, bonito como um deus, com uma cerveja na mão. Sorria enquanto ouvia um dos caras que estavam com ele. A certa altura, esse cara gritou alguma coisa e todos caíram na gargalhada, inclusive Mason.

Seu peito forte vibrou e os lábios carnudos se abriram como uma obra de arte, liberando um carisma avassalador. De repente, senti um frio na barriga. Não dava para ouvir o som daquela risada, mas consegui imaginá-la: suave e sensual, poderosa como um perfume inebriante.

Mais uma vez, percebi como éramos diferentes.

Ele se encaixava perfeitamente bem naquele tumulto, em meio a luzes coloridas e copos de plástico vermelho. Parecia um príncipe em um reino de ruídos, uma criatura de outro mundo em seu maravilhoso caos.

E, quando levou a cerveja aos lábios, reparei na garota ao lado dele.

Enfeitiçada. Era a melhor definição. O olhar faminto que dirigia a Mason me feriu como um espinho embebido em veneno.

Ela o encarava como se ele fosse um anjo, como se tivesse uma auréola ao redor da cabeça e não fosse o cara arrogante que não hesitava em me encurralar.

O que essa garota sabia a respeito dele, afinal?

— Cuidado!

Um cara aleatório tropeçou e caiu em cima de mim com a menina que carregava no colo, derrubando cerveja na minha camiseta.

— Que merda, Tommy! — gritou a loira ao meu lado, irritada, sentando no colo do namorado. — Vê se aprende a andar!

— Ah, meu Deus, me desculpa! Machuquei você? — A garota que caiu em cima de mim me olhou, mortificada. — Juro que foi sem querer! Se quiser, posso lavar sua camiseta! Vai ficar novinha em folha!

Então, segurou a barra da minha camiseta e tentou tirá-la.

— Não! Não precisa! — respondi, apoiando a mão na cabeça dela e tentando afastá-la.

— Para com isso, Carly! — interveio a garota no braço do sofá. — Vai querer lavar roupa agora? Não consegue nem ficar em pé direito!

— Não é verdade! Eu estou supersóbria, o Tommy que é um destrambelhado!

— Você me pediu para te levantar como se fosse um avião — interrompeu Tommy, massageando a cabeça. — Se você se molhou, que culpa eu tenho?

Carly apontou o dedo para ele, endireitando-se numa pose digna.

— Bom, eu achei que você soubesse ficar em pé! Mas não sabe nem andar direito, e agora ela me odeia! — concluiu, cheia de drama, apontando para mim.

— Ninguém te odeia, Carly — falou a garota no braço do sofá, e Carly me encarou com olhos carregados de arrependimento.

— Não me odeia mesmo?

— Mesmo — respondi, recuando para ficar o mais longe possível dela.

A garota subiu no sofá e me olhou toda feliz, como um filhotinho abandonado que tinha acabado de encontrar um dono.

— Meu nome é Carly, a propósito! Ah, elas são minhas amigas, sabia? — afirmou, apontando para as duas meninas que estavam no sofá. — Fiona só quer saber de pegação, mas, quando se lembra da nossa existência, juro que é muito simpática.

— Ei! — protestou a loira, indignada, virando-se de cara amarrada.

— E essa é Sam. Eu sou Carly!

Sim, eu já tinha entendido, mas, ao ver o olhar esperançoso da garota, decidi assentir com a cabeça.

— E você, como se chama?

Senti os olhos das outras garotas se voltando para mim. Até mesmo Fiona, que tinha subido no colo do cara com quem ainda estava aos beijos, virou-se para mim, esperando a resposta.

— Ivy — falei, aproximando um pouco mais os joelhos do abdômen.

— Ivy? De Ivonne? — perguntou Fiona, me observando com atenção.

— Não...

— É uma abreviação?

— Tipo *Poison Ivy*? — perguntou Carly inocentemente, levantando o indicador. — Eva Venenosa.

— Só Ivy mesmo — encerrei o assunto de forma rápida e definitiva, torcendo para que ninguém notasse meu desconforto.

— Nunca vi você nas festas — comentou Fiona, me inspecionando. — Veio com o pessoal da faculdade?

— Ela é prima do Mason — disse Tommy. — Você é prima do Mason, né? Já te vi lá na escola.

Não.
— Sim! É verdade, é você! É a aluna nova! — Empolgada, Carly agitou as mãos e, em seguida, pousou-as no joelho de Sam. — Não tinha reconhecido você com essas luzes! É aquela branquinha! Você tem que ver a cor do cabelo dela — disse à amiga de cabelo curtinho, e eu deduzi que Sam não estudava na nossa escola. — Você pinta? Descolore? Como faz para ficar assim?
— Não faço nada, meu cabelo é assim mesmo. — murmurei.
Àquela altura, Sam me olhava com a mesma curiosidade que costumavam reservar a mim.
— É verdade — declarou ela, após um breve silêncio. — Você parece uma boneca.
— Como faz para pegar sol?
— No Canadá é todo mundo que nem você?
— Você não usa maquiagem? — perguntou Fiona, semicerrando os olhos enquanto se aproximava para me ver melhor.
— Ela não é nenhum ET — defendeu Tommy.
Só naquele momento percebi que estava ainda mais encolhida, com o cabelo quase cobrindo o rosto e observando-as como se fosse um animal selvagem.
— Desculpa — murmurou Carly, com um sorriso triste. — Aqui a gente faz amizade rápido...
Um grupinho de garotos passou carregando um cara bem bêbado. Foi só no instante seguinte que percebi que era Travis.
— Eu nem deveria estar aqui — murmurei.
Fiona se virou para mim enquanto Carly dava pulinhos e tentava convencer Tommy a levantá-la de novo.
— Por quê?
— Mason — respondi simplesmente, lançando olhares inquietos ao redor.
— Não me diga que ele não quer te ver bebendo — respondeu Fiona, fazendo uma careta. — Porque senão ele seria um hipócrita ridículo.
— Ah, acho que não tem por que se preocupar — falou Sam, me tranquilizando e balançando as pernas com um sorrisinho. — Duvido que Mason esteja em condições de te dizer qualquer coisa.
Quando levantei a cabeça, entendi o que ela queria dizer.
Mason abraçava um amigo de lado e gargalhava tanto que o peito chegava a sacudir. Seus olhos tinham se reduzido a duas fendas brilhantes e os lábios irradiavam uma alegria tão grande que era impossível desviar o olhar.
Eu não conseguia conceber a ideia de sentir medo dele depois de ver a forma como Mason enrugava o nariz, jogava a cabeça para trás e ria — com tanta desenvoltura que parecia ter nascido para aquilo.

Naquele instante, percebi que talvez eu também pudesse tê-lo visto assim, como um garoto comum, se Mason não tivesse sido o babaca arrogante que realmente era.

Talvez eu não sentisse tanto rancor ao vê-lo ali, num mundo que, apesar da minha repulsa, eu não podia tocar.

Talvez assim ele teria sido apenas Mason, o menino da foto, o garoto a quem tantas vezes eu tinha tentado dar um rosto enquanto observava a neve do outro lado da janela com John.

— Ei, vai pra onde? — perguntou Sam, perplexa, enquanto eu me levantava.

— Pro meu quarto.

Eu precisava me afastar dele.

Precisava me afastar daqueles olhos, daquela visão e de tudo o que ele representava. Mason despertava sentimentos desconfortáveis e inexplicáveis em mim, que não me deixavam em paz.

Empurrei um casal bêbado que trombou em mim e abri caminho pela sala.

O chão de mármore era um campo minado de batatinhas e bitucas de cigarro. Havia um monte de copos caídos e desejei que alguém vomitasse na casa, dada a quantidade de manchas de ponche que cobriam o piso.

Além disso, o precioso vaso de cristal que ficava na mesa de centro tinha desaparecido misteriosamente.

Ah, como eu adoraria ver Mason se desdobrando para limpar toda aquela bagunça.

— Ai. — Ouvi quando esbarraram em mim.

Assim que me virei, dei de cara com um grandalhão cambaleando na minha frente, piscando os olhos e me encarando com um olhar vazio.

— Desculpa... Deve ter sido o destino — balbuciou, me dando uma piscadela.

— Com certeza — respondi, entre dentes, antes de lhe dar as costas e deixá-lo ali.

— Pra onde você vai? — Assim que me segurou, senti o bafo de álcool que exalava. — Deixa de ser metida.

Eu o encarei, irritada.

— Tá em qual turma? Consigo te achar nas redes? Qual o seu arroba?

Não entendi uma palavra do que ele disse, então foi natural me esquivar quando ele tentou se aproximar.

— Ei, Nate!

Travis deu um encontrão no garoto. Imaginei que rolaria no chão, mas até que o cara recebeu o golpe tranquilamente, com as pálpebras semicerradas.

— Pode parar de dar em cima dela. Ivy só tem olhos para mim. Né, Ivy?

— Meu Deus do céu! — exclamei, empurrando-o quando vi que ele aproximava os lábios de mim.

Travis começou a rir e abraçou o amigo, que nem parecia notar a presença dele.

— Me segue no Insta — prosseguiu ele, me cutucando com a cerveja.

Eu adoraria ter batido a garrafa na cabeça dele, mas, no instante em que essa ideia me ocorreu, aconteceu o pior.

— Ei, Mason! — gritou Travis, e eu tomei um susto. — Tem gente aqui dando em cima da sua...

Travis foi surpreendido por um chute nas costas, grunhiu e se estatelou no chão.

Fiquei tão agradecida pela sorte que eu tinha tido que nem cheguei a me perguntar se ele estava vivo.

— Ah, meu Deus! — ouvi Carly exclamar quando Tommy a devolveu ao chão. — Travis, mil desculpas! Eu te machuquei muito?

Dei um passo para trás, recuando devagar, mas um clarão de luz escarlate e o rosto de Mason surgiram na multidão.

Quando seus olhos afiados me encontraram, eu congelei.

Queria ficar invisível. Me esconder. Desaparecer. Desejei que o chão me engolisse, e, quando ele começou a avançar, meu instinto foi recuar.

Fui me afastando de costas e empurrando as pessoas com uma urgência crescente a cada passo. Mason avançava como um tubarão na correnteza e, ao ver aquilo, uma onda de pânico me dominou.

Eu me virei e me enfiei no meio das pessoas, esbarrando nos convidados e abrindo caminho. Consegui sair da sala. Em um instante, já estava na escada, já estava quase lá, quase...

Quase...

Ele me segurou pelo ombro.

Arregalei os olhos e senti um calafrio na espinha. Dei meia-volta com o coração na garganta e, naquele segundo de frenesi delirante, o rosto dele foi a única coisa que eu vi.

— Eu te avisei... — ouvi, antes que uma sombra me envolvesse.

Então, um peso violento caiu sobre mim.

Tropecei e bati na parede. Minha visão ficou turva. Uma dor lancinante invadiu o fundo dos meus olhos e só reparei que os tinha fechado depois que voltei a abri-los com dificuldade.

Tudo tremia ao meu redor. Minha cabeça latejava, mas, depois de alguns segundos, voltei a ter noção da realidade. Eu estava sentada no chão, com as pernas encolhidas contra o peito e os tornozelos dobrados numa posição dolorosa.

Alguma coisa me esmagava.

Antes mesmo de entender o que estava acontecendo, notei que minhas mão estavam apoiadas... *nos ombros de alguém?*

Arregalei os olhos.

Mason estava caído em cima de mim.

Seu tórax pressionava meus joelhos, a cabeça estava encaixada no meu pescoço. O cabelo roçava minha maçã do rosto e a mão estava apoiada na parede atrás da minha cabeça.

Por um instante, não consegui respirar.

Sentia a respiração dele na minha pele. Era como se estivesse respirando *dentro de mim*, como um arrepio, um choque brutal, um curto-circuito.

Uma estranha sensação de pânico fez minha garganta fechar. No mesmo instante, agarrei a camiseta de Mason e tentei afastá-lo.

Mas, assim que meus dedos seguraram o tecido, ele abriu a boca. Só então percebi que Mason estava ofegante.

— Vou vomitar...

Eu sempre fui uma pessoa sensata.

Era o que repetia a mim mesma, pensando sobre as fortes convicções com as quais cresci.

No entanto, naquele momento, enquanto o fedor de cerveja invadia minhas narinas e minhas pernas pareciam prestes a ceder, prometi a mim mesma que faria uma boa autoanálise em breve.

Porque nada daquilo fazia sentido. Não, não era *possível* que eu estivesse penando para aguentar o peso de um cara que só tinha me tratado com ódio, me esforçando para carregá-lo escada acima, com um dos braços por cima do ombro e a cabeça pendurada.

Não, eu me recusava a acreditar naquilo.

Verdade seja dita, eu sempre tive um instinto protetor. Certa vez, encontrei um castor preso em uma armadilha e chamei a patrulha florestal, só saindo de perto dele quando os agentes chegaram. Enquanto esperava, lhe dei brotos de samambaia, tomando cuidado para não levar nenhuma mordida e tirando a mão quando o castor mastigava e enrolava os bigodes para cima.

Mas Mason não era um castor, cacete, e, quando ele quase tropeçou no degrau, senti uma vontade incontrolável de largá-lo ali e vê-lo rolando escada abaixo.

— Se você vomitar em mim, eu te mato — resmunguei, sacudindo-o, mas ele nem se deu ao trabalho de manter os pés firmes, então caímos em cima da balaustrada de novo.

Apertei seu pulso e consegui arrastá-lo com dificuldade até a entrada do corredor.

Enquanto cambaleávamos até o banheiro — ele com o dobro do meu tamanho e eu rangendo os dentes de frustração —, me perguntei, pela milionésima vez, por que diabo estava fazendo aquilo.

Mason não merecia minha ajuda.

Depois de tudo o que ele tinha feito comigo, eu deveria estar curtindo vê-lo naquele estado. Deveria rir da cara dele, humilhá-lo e ir embora, como qualquer outra pessoa teria feito no meu lugar.

Mas, não. Claro que não.

Eu era idiota a ponto de ficar ali, tentando ajudá-lo.

Estava sentindo pena de uma pessoa que jamais sentiria o mesmo por mim.

— Cuidad... — A cabeça de Mason tombou de lado e bateu na parede. No mesmo instante, ouvi um murmúrio confuso.

Bem, no fim das contas, ele mereceu. Eu tinha direito de ter ao menos uma pequena revanche.

Logo depois, porém, ele inclinou a cabeça para o outro lado e sua bochecha pousou na minha testa.

— Ei!

Semicerrei os olhos, irritada, tentando tirá-lo de cima de mim. Consegui empurrá-lo para o banheiro, mas Mason escorregou no tapete. Acabei perdendo o equilíbrio e caímos a um passo do vaso sanitário. Felizmente não me machuquei, mas, ao ver o estômago de Mason se contrair por baixo da camiseta, me joguei sobre ele e o empurrei para o lado antes que fosse tarde demais.

Sua coluna se contraiu e eu senti os músculos das costas se enrijecerem sob minhas mãos. Por fim, decidi que era melhor não olhar.

Enquanto aquele terrível momento se concretizava, mantive uma mão nas costas dele, virei o rosto e o escondi atrás do cotovelo, que estava apoiado no joelho.

Teria preferido mil vezes não ouvir nada daquilo. Seria melhor ver Travis dançando seminu na mesa da sala.

Tentei me desligar, mas parecia impossível. Sentia os músculos tremendo em contato com meus dedos. Os tremores que percorriam seu corpo chegavam aos meus pulsos em forma de descargas elétricas.

Como era possível chegar a esse ponto?

Olhei para Mason.

Seu cabelo cobria os olhos. Só dava para ver a mandíbula, os lábios entreabertos e vermelhos. Ele suava frio por baixo das roupas, e eu sentia a tensão da pele por trás do tecido. Mason estava tremendo.

Eu deveria ficar feliz em vê-lo assim. Deveria sentir satisfação ao saber que estava mal. Mas... não consegui.

A única coisa que senti, nas profundezas do meu ser, foi mais uma vez aquela emoção contraditória.

Não era raiva. Não era rancor.

Era amargura.

Por mais que eu quisesse, por mais que me esforçasse... algo em mim não conseguia odiá-lo.

Eu via nele o reflexo de John, os mesmos olhos, a mesma risada radiante. Os dois tinham o mesmo sorriso, o mesmo jeito de andar, aquele brilho no olhar quando se alegravam com alguma coisa.

E odiá-lo... odiá-lo era simplesmente impossível.

Uma mecha de cabelo úmida caiu no olho avermelhado de Mason e parecia estar ardendo. Antes que eu me desse conta, já tinha levantado a mão para afastá-la.

De verdade, nem percebi meu próprio gesto...

Esse foi o meu erro.

Mason levou um susto e só então pareceu notar minha presença. Ele se virou e cravou os olhos úmidos e avermelhados nos meus.

Em seguida, me empurrou.

O tapete se embolou nas minhas costas quando escorreguei para longe dele. Apoiei as mãos no chão, atordoada, e o encarei.

— Vai embora. Não quero sua ajuda.

Arregalei os olhos. Senti algo crescendo dentro de mim, como um ataque de animais enlouquecidos. Com a frustração pulsando nas veias, cerrei os punhos e fiquei de pé na mesma hora.

— Ah, agora você não quer minha ajuda? Depois de ter te carregado escada acima, depois de você ter caído em cima de mim? Depois de tudo o que eu fiz, mesmo sendo *você*? — Encarei-o furiosa e humilhada, mal contendo a ira. — Você é mesmo um imbecil.

Dei as costas para ele e fui para o quarto batendo os pés. Estava com tanta raiva de mim mesma que senti o peito arder.

Mas que merda eu estava esperando? Que ele me agradecesse? Que segurasse minha mão e pedisse desculpas por ter sido um escroto?

Assim que cheguei ao quarto, bati a porta ainda mais forte do que antes. A moldura tremeu. Nem me lembrava da última vez que havia sentido tanta raiva, um sentimento tão poderoso.

Eu tinha chegado ao meu limite.

Fui até as caixas atrás do armário, peguei uma bem pesada e a empurrei pelo chão até a porta fechada. Em seguida, subi na cama e arranquei a camiseta que fedia a álcool e suor. Por fim, joguei-a para longe, odiando-a por ter tocado nele.

Vesti uma camiseta limpa e apaguei a luz.

Eu ia dormir e fim de papo. Ia dormir e pronto, torcendo para que Mason vomitasse até dizer chega e que John voltasse para casa mais cedo e encontrasse tudo de cabeça para baixo.

E passar bem.

Horas depois, porém, ainda não tinha conseguido dormir.

Fiquei me revirando na cama, me esforçando ao máximo para pegar no sono. Tentei de tudo, insisti até dizer chega, mas não deu em nada.

Inquieta, eu me sentei e acendi a luz. Enquanto pisava no carpete, parei para ouvir com atenção: a música tinha parado.

Então, me levantei e fui até o corredor para confirmar. Enquanto seguia em direção à escada, tropecei em alguma coisa. Quase morri de susto.

Uma massa escura jazia aos meus pés, disforme e assustadora.

Parecia cheia de protuberâncias, curvas, tentáculos e...

Resolvi olhá-la de perto.

Era Travis.

Aquela boia em forma de ilha com uma palmeira envolvia seu tórax. Havia perdido um sapato e a camiseta estava pendurada nos ombros como uma toalha usada.

Ao olhar para baixo, avistei outras formas amontoadas na escuridão.

Suspirei, exausta.

Por um instante, senti falta de John e da ordem impecável que reinava na presença dele.

Quando ele voltaria?

Será que tinha dado tudo certo com o voo?

Tinha certeza de que ele ligaria para a gente assim que chegasse a Phoenix, mas não...

A luz acesa do banheiro chamou minha atenção. Alguém devia ter esquecido de apagá-la, então fui até lá. Mas, assim que cheguei, fiquei incrédula.

— Ainda está aqui? — sussurrei bem baixinho.

Mason estava no mesmo lugar de antes: estatelado no chão, com os olhos fechados e um braço dobrado sob a cabeça. Além do cabelo desgrenhado, o rosto tinha o aspecto destruído de quem, depois de tentar se afogar, havia se rendido às consequências daquela atitude impulsiva.

Eu me encostei no batente da porta, observando aquela cena lamentável, sem forças nem para me mexer.

Mason devia ter adormecido pouco depois de eu ter saído. Ele tinha me expulsado e dito que não queria minha ajuda antes mesmo de admitir que, sozinho, não conseguiria se virar.

Por quê?

— Idiota — murmurei, mas ele não reagiu.

Observei seu rosto alterado e de repente me senti vazia, nem a raiva tinha sobrado.

Talvez porque os tolos nunca aprendem.

Ou talvez porque, no chão daquele banheiro, no meio da noite, eu só vi o filho de John.

E era verdade: Mason nunca tinha feito nada por mim.

Mas, se eu o largasse ali, naquele momento, não seria diferente dele.

Eu não iria fazer isso por Mason, disse a mim mesma enquanto o observava da porta.

Não.

Dessa vez, eu faria por John, e por todos os momentos em que ele havia me levantado do chão com seus próprios braços.

Demorei um pouco para convencê-lo a me deixar ajudar. Ele resmungou e virou o rosto, tentando me ignorar.

Por fim, depois de passar o braço dele pelos meus ombros, consegui levantá-lo.

Percorremos o corredor em silêncio, pouco a pouco, e o único som que se ouvia era o arrastar incerto dos sapatos de Mason ao lado dos meus pés descalços.

Quando chegamos ao destino, baixei a maçaneta com o cotovelo e abri a porta.

O quarto dele era um ambiente de cores escuras e harmoniosas, com tons de cinza antracite. Numa prateleira acima da escrivaninha, brilhava uma fileira de troféus de boxe, e o design moderno era acompanhado por itens de decoração com detalhes em preto, que davam personalidade ao espaço.

Avançamos até a cama de casal e eu me inclinei para afastar a mochila e as roupas que estavam ali em cima. Por fim, depois de me abaixar, soltei Mason.

Ele caiu no colchão, emitindo um grunhido abafado pelo travesseiro. Empurrei-o mais para o lado e, quando ele encontrou uma posição, concluí que era o suficiente. Em silêncio, fui até a porta.

Mas algo me deteve.

Na penumbra, eu me virei e vi a ponta da minha camiseta presa nos dedos dele.

Observei aquele gesto com olhos semicerrados. Depois, resolvi abri-los e encará-lo em silêncio. Eu não esperava nada dele, e deixei isso claro com o olhar. No entanto, tive a impressão de que os dedos de Mason se fecharam imperceptivelmente, como se, por um breve instante, ele quisesse me dizer alguma coisa.

Mas eu jamais saberia o quê.

Ele soltou a mão e me deixou ir.

Não vi os olhos dele. Não vi como me observaram.

Só o vi escorregando para trás de novo e, por fim, a escuridão o engoliu de uma vez por todas.

6
A CARTA NA MANGA

No dia seguinte, quando acordei, o sol já estava alto no céu. Espreguicei-me lentamente e vi que horas eram.
Passava do meio-dia.
Era a primeira vez que eu dormia até tarde.
Esfreguei as mãos no rosto enquanto me lembrava das condições em que a casa se encontrava na noite anterior. Tinha sido um caos completo, e eu nem me atrevia a imaginar como estaria à luz do dia, então resolvi sacudir a cabeça, me levantar e sair no corredor. Fui recebida por uma lufada de ar fresco no rosto.
Franzi a testa. O chão estava livre de obstáculos.
Travis e os outros deviam ter ido embora antes de eu acordar.
Ainda bem.
Desci a escada um pouco mais aliviada, mas, assim que cheguei ao térreo, meu bom humor evaporou.
O chão estava um brinco e os quadros reluziam nas paredes claras. A mesa parecia uma placa de cristal brilhante e, das janelas abertas, entrava muita luz, o farfalhar do vento e um ou outro gorjeio de pássaro.
Um exército de faxineiras havia ocupado a sala, os corredores e até o jardim lá fora. Algumas varriam e espanavam, outras afofavam as almofadas do sofá. Outro grupo estava encarregado de encher um monte de sacos pretos com tudo que se possa imaginar e depois levá-los para fora, enquanto uma delas passava a enceradeira no chão do hall de entrada.
Naquele momento, o aroma de limpeza estava mais forte do que nunca: desinfetante de limão, cheiro de frescor, cheiro de coisa boa.
Certamente nada a ver com o fedor de Mason na noite anterior.
Enquanto estava parada ali, com olhos petrificados e um mau humor crescente, eu me dei conta de como tinha sido idiota. Mason jamais cometeria um erro daqueles com tanta facilidade.

Pela forma como se organizaram, eu deveria ter sacado que não era a primeira vez que ele dava uma festa.

Provavelmente nunca tinha ficado de fato sozinho enquanto John viajava a trabalho.

Irritada, dei meia-volta e segui para a cozinha, torcendo para que pelo menos o vaso de cristal tivesse quebrado ou que alguém o tivesse roubado para revender.

Peguei uma xícara, leite e biscoitos e fui me sentar no banco do bar.

Enquanto saboreava meu café da manhã, fiquei observando as faxineiras e cheguei a me perguntar se elas sabiam do complô de que estavam participando.

Será que elas também eram cúmplices?
Seria possível que John não suspeitasse de nada?

Mason surgiu no instante em que meu biscoito se partiu no leite. Ao vê-lo afundar, imaginei que não devia ser coincidência.

Tentei ignorar sua presença e estendi a mão para pegar outro, mas, ao tocar no mármore, logo vi que o pacote tinha desaparecido.

— Eu te disse para não descer de novo ontem à noite.

Sua voz soou absurdamente perto.

Então me virei. A cor natural de seu rosto e o cabelo úmido que o emoldurava me levaram a concluir que Mason tinha voltado a ser ele mesmo, em todos os sentidos.

— Adoraria adivinhar onde você estaria agora se eu não tivesse descido — retruquei lentamente. — Talvez preso no roseiral dos fundos.

Mason me observou com aquele olhar profundo e sombrio e mordeu um biscoito. Contrariado, recolheu uma migalha com a língua, e eu me perdi por um instante.

— O que eu faço ou deixo de fazer não é da sua conta — murmurou ele. — Não quero você por perto e já deixei isso bem claro.

— Do jeito que você desabou em cima de mim, eu diria que a culpa foi toda sua — retruquei, com acidez, e me levantei. — Culpe o estado lastimável em que se encontrava.

Ele me lançou um olhar severo. Em seguida, pegou outro biscoito e o levou à boca carnuda, mordendo-o com uma lentidão indecente.

Pelo amor de Deus. Será que dava para ele parar de comer?

— Se não fosse por mim, você ainda estaria no banheiro vomitando até dizer chega! — Explodi, frustrada e tomada por uma necessidade repentina de descarregar toda aquela raiva. — O mínimo que você deveria fazer é me agradecer por não ter te deixado apodrecer lá dentro.

Mason ficou me olhando em silêncio. Por um instante, tive a sensação de que estava me avaliando. Depois, sem mais nem menos, jogou a cabeça para trás e estalou a língua.

— Não faço ideia do que você está falando.

Pisquei, surpresa, e franzi a testa.

— Claro que faz ideia — insisti, me recusando a ser enganada.

— Não, não faço — zombou Mason, com um sorriso sarcástico, e então entendi na mesma hora o que ele estava tentando fazer.

Queria me provocar, aquele desgraçado.

Mas não ia conseguir.

Apoiei a xícara na mesa.

— Tem certeza? — perguntei, enigmática, apreciando seu olhar triunfante. — Porque eu diria que todo esse vômito parece seu.

Mason empalideceu quando lhe mostrei a Polaroid.

Então exibi uma bela foto dele jogado ao lado do vaso sanitário, com a camisa toda amarrotada e o braço virado numa pose de contorcionista.

Foi irresistível. Tirei a foto no meio da noite, depois de ter me convencido a levá-lo para o quarto, contrariando todos os meus princípios.

Afinal de contas, eu nunca falei que era santa.

Além do mais, Mason ainda estava com meu celular, e agora pelo menos eu tinha a chance de lhe mostrar que ele não podia brincar comigo como bem entendesse.

Eu não era forte nem intimidadora, mas sabia dar o troco.

— Esse aqui não é você? — perguntei, toda inocente, apontando para a foto em que ele aparecia com uma expressão alterada.

Mason ficou vermelho na hora.

— Me dá isso agora — sibilou, avançando a passos largos, mas eu rodeei a mesa e escapei dele, guardando a foto no bolso.

— Ah, agora você se lembra? — perguntei, em tom de desafio.

— Me dá isso, senão...

— Senão o quê? — provoquei.

A fúria nos olhos dele deixou claro o que viria a seguir. Mason me analisou dos pés à cabeça e, quando voltou a olhar meu rosto, eu já estava pronta.

Saltei para o lado, mas seu reflexo me surpreendeu: ele me pegou pela camisa larga e senti sua presença atrás de mim em cada vértebra da minha coluna. Cheguei a me virar para afastá-lo, mas Mason já tinha me prendido e me puxou na direção dele.

Fui de encontro ao corpo dele com um gemido surpreso. Senti seus músculos sob meus dedos e me retesei. Sua força me envolveu e seu cheiro me invadiu. Tinha acabado de tomar banho e cada centímetro de sua pele exalava um perfume intenso.

Tentei empurrá-lo, atordoada, só que ele me prendeu pelos cotovelos. Em seguida, pairou sobre mim e, ao se inclinar, seu cabelo roçou meu rosto.

— Agora...
— Você está aí?

Mason se virou bruscamente e eu aproveitei a oportunidade para me desvencilhar. Ele me soltou com tanta relutância que achei que fosse continuar presa ali.

— Ah, Mason. — Havia uma mulher parada perto do bar. Estava sorrindo, os traços afáveis e sinceros. — Já estamos quase acabando.

— Obrigado, Miriam.

— Lá em cima também? — perguntou ela, e Mason fez que sim.

— Só o banheiro e os quartos.

— Sobretudo o banheiro — comentei, e felizmente Mason não reagiu àquela provocação para além de me incendiar com os olhos, para dizer o mínimo.

Então, a mulher chamada Miriam voltou o olhar para mim, surpresa — ela me encarava com um espanto evidente.

— Desculpa, querida! — disse ela, como se fosse a primeira vez que via uma garota naquela casa. — Não tinha visto você aí!

— Não tem problema, Miriam — respondeu Mason, mas ela nem prestou atenção.

Ficou me olhando, fascinada, e observando cada detalhe como se eu fosse algo angelical, raro e especial.

— Que esplendor! — exclamou, extasiada.

Aquele elogio me deixou confusa, então recuei como se tivesse levado um tapa, completamente perdida.

— Mason — falou Miriam, com voz ansiosa, virando-se para ele. — Ela é sua...?

— Não — respondi, curta e grossa, antes mesmo de imaginar o som da palavra que ela estava prestes a dizer.

— Ah — murmurou Miriam, como quem pede desculpas, e eu decidi que era hora de sair dali.

Passei por Mason e saí da cozinha. Após dispensá-la com poucas palavras, ele veio atrás de mim.

— Vem aqui — sussurrou sem paciência, como se eu fosse um cãozinho desobediente, mas segui em frente pelo hall, passando por luvas de plástico e uniformes pretos.

Vi meu boné na mesinha ao lado da porta e o peguei ao sair de casa. A ideia de tê-lo deixado ali, ao alcance de qualquer um, me fez colocá-lo na cabeça imediatamente.

Pelo menos todas aquelas pessoas o impediram de avançar como gostaria. Parte de mim se divertiu ao ouvi-lo resmungar entre dentes e me mandar parar enquanto segurava a raiva.

Caminhei tranquilamente até o portão e peguei as correspondências que estavam ali desde o dia anterior.

— Mas que belo teatrinho você montou — elogiei, fechando a caixa de correio sem nenhuma pressa. — Já que estão aqui, por que não lavam seu carro também?

Mason me fulminou com os olhos.

Parecia prestes a dizer alguma coisa, mas, no instante seguinte, desviou o olhar.

— Bom dia, sra. Lark.

A alguns metros de distância, uma velhinha levantou a cabeça e abriu um sorriso de orelha a orelha ao vê-lo. Como era possível que todo mundo se deixasse levar por aquele jeitinho de bom moço, quando, na verdade, ele era exatamente o oposto?

— Ah, Mason, querido — cumprimentou ela. — Que bom ver você! Belo domingo, não acha?

— Queria pedir desculpas à senhora pelo barulhinho de ontem à noite — disse ele bem alto. — Chamei uns amigos, sabe? Espero que não tenha sido muito incômodo.

Barulhinho?

Muito incômodo?

Era um milagre a polícia não ter batido à porta! Só faltava alguém organizar uma quadrilha e teríamos um circo completo!

— Ah, não diga isso nem de brincadeira — cantarolou a senhora, abanando a mão. — Pode ficar sossegado! Você sabe que de noite desligo o aparelho auditivo — concluiu, me deixando boquiaberta.

Óbvio. A única vizinha era quase surda.

Que sorte, pensei, lançando um olhar de reprovação para o garoto ao meu lado.

Será que alguma coisa na vida desse garoto não vinha de mão beijada?

— E ela, quem é? — perguntou a sra. Lark, com uma pontinha de curiosidade.

— Ah, ninguém — respondeu Mason, virando a aba do meu boné para trás. — É só a entregadora.

— Pode parar de me fazer passar por outras pessoas? — protestei, mas ele me calou colocando a mão no meu rosto e me empurrando para trás.

— Vou dizer ao meu pai que a senhora mandou lembranças — finalizou ele todo cordial, e a sra. Lark riu satisfeita antes de lhe desejar um bom domingo.

Afastei o cabelo do rosto e o trucidei com os olhos.

Ao voltar para dentro, senti alguém me segurar. Ele me pegou pelo ombro, mas me soltei com um puxão e virei para encará-lo nos olhos.

— Agora chega — disse ele, autoritário. — Me dá essa foto.

— Senão o quê?

Mason me encarou com firmeza.

— Senão eu mesmo pego.

Naquele momento, percebi que não havia mais ninguém por perto. Miriam já devia ter levado a equipe para o andar de cima. Mesmo assim, sustentei o olhar dele, decidida a não ceder. Meu espírito tinha sido moldado pelo gelo, firme como o vento do norte. Eu me recusava a me curvar à vontade dos outros.

No entanto, vi o mesmo nos olhos dele. A mesma coragem e o mesmo orgulho que ardiam em mim naquele momento.

E, no instante seguinte, as mãos de Mason avançaram.

Eu lhe dei um empurrão forte no peito, mas ele não se moveu um milímetro. Em seguida, agarrou meu pulso e o boné caiu no chão.

Tentei enfrentá-lo, mas foi inútil. Mason me puxou para si e toda a minha confiança foi por água abaixo quando seu corpo esculpido encostou no meu. O perfume masculino dele voltou a me envolver e, dessa vez, me senti afogar naquela fragrância. Senti sua força, o calor vibrante de seu peito sob minhas mãos, e minha barriga deu um nó. Antes que eu pudesse empurrá-lo, ele me soltou.

Senti o chão ceder sob meus pés. Cambaleei e levantei o rosto. Mason me encarou sem piscar e ergueu a mão com a Polaroid. Não pude deixar de arregalar os olhos para ele, sem fôlego.

Enquanto esmagava a foto na minha frente, o choque se transformou em uma raiva ardente.

— Você é... é... — murmurei, cerrando os punhos. — Você é a criatura mais tirânica... babaca e arrogante que...

— Que...?

Eu o encarei, furiosa, mal conseguindo conter a frustração.

— Tenho outras — arrisquei, apontando para a foto.

Mason inclinou a cabeça de lado e, sem mais nem menos, esboçou um sorriso irônico. Eu sabia que não deveria me deixar intimidar, mas, quando ele se aproximou, cheio de si, e baixou o rosto a poucos centímetros do meu, eu o odiei ainda mais.

— Mentirosa — murmurou, com aquela voz arrepiante.

Um calor inexplicável incendiou meu peito. A sensação foi insuportável, como se alguém torcesse meu coração como uma lâmpada sendo rosqueada.

Eu o empurrei com força, obrigando-o a se afastar. Estava lutando contra a sensação desconhecida que invadia minha alma como se fosse uma doença.

— Fica longe de mim! — mandei, furiosa.

Meu coração batia mais rápido que o normal. Eu me sentia tonta, elétrica e nervosa.

Mas eu não vou demonstrar fraqueza diante desse garoto.
Nunca.

— Devolve meu celular. Quero ele de volta — ordenei.

Mason apertou discretamente a foto e as veias do antebraço definido se destacaram. Ficou me olhando um tempão, claramente desconfiado.

— Para você poder contar tudo pro meu pai?

— O mundo não gira ao seu redor! — explodi, furiosa. — O celular é meu e você tem que devolver!

Não estava nem aí para aquela festa ridícula. Não estava nem aí para os amigos dele ou para qualquer coisa relacionada a Mason. Eu só queria meu celular de volta e nada mais.

Ele me observou por um instante com um olhar cético, mas, assim que abriu a boca para falar, Miriam surgiu no topo da escada.

— Mason — chamou ela, pedindo a ele que fosse até lá.

Eu ia protestar, mas o sorriso gentil que Miriam me deu fez eu engolir o palavrão.

— Tudo pronto...

Então os dois desapareceram no andar de cima e eu me virei, ainda furiosa. Fui até a varanda batendo o pé e parei ali, deixando a brisa brincar com meu cabelo.

Eu queria... queria ver se John tinha me ligado. Era impossível que ele não tivesse tido tempo para ligar.

Por que ainda não tinha dado notícias?

E por que não tinha tentado ligar para o telefone fixo?

Eu não sabia o número dele de cor, mas ele sabia que eu estava em casa, sabia que bastava tirar o telefone do gancho...

— Até logo — disse Miriam, despedindo-se.

Abri caminho para que ela e a equipe passassem e, mais uma vez, ela me deu um sorriso com um apreço que não entendi.

Agora a casa toda estava um brinco. O vaso de cristal tinha voltado à mesa da sala, acompanhado de um lindo buquê de lírios.

Uma perfeita casa de bonecas.

Procurei Mason por toda parte, mas ele parecia ter evaporado. Imaginei que pudesse ter se trancado no quarto de novo. Quando ousei abrir a porta e dar uma espiada, percebi que também não estava ali.

Inferno, onde ele tinha se metido?

De repente, um toque alto me fez pular de susto.

Eu me virei no mesmo segundo, como se tivesse sido atingida por um raio.

John?

Desci a escada, cheia de expectativa, e fui até a porta. Mas, quando a abri, me decepcionei.

— Ah, olá — cumprimentou a sra. Lark. — Eu, bem... Vi que o portão estava aberto. Estou incomodando?

Eu a encarei por um momento, depois olhei para baixo e vi que ela trazia dois carrinhos de compras abarrotados.

— Sou uma tonta mesmo. Me desculpe pela minha distração... Não te reconheci antes. Eu devia ter percebido que era você, a sobrinha querida do John! Mason adora uma brincadeirinha, né? É um amor aquele menino!

— Adorável — comentei, como se fosse algo difícil de engolir.

Ela concordou, com um sorriso no rosto e brilho nos olhos.

— Sem dúvida. Vocês têm a mesma idade, certo? Espera aí... Não me lembro de onde... mas John me contou... Nebraska? — arriscou, semicerrando os olhos. Porém, antes que eu pudesse responder, ela prosseguiu: — Você está tão pálida, mocinha. Tem certeza de que está bem? Está se alimentando direitinho?

— John não está aqui — respondi em voz alta, na esperança de que ela entendesse o recado. — Viajou a trabalho e ainda não voltou.

Ela riu baixinho, como um passarinho.

— Ah, sei disso. Vim ver você!

— Como?

— Pois é, veja bem... — A sra. Lark corou levemente, passando a mão pelo coque grisalho. — John me disse que a sobrinha dele estava para chegar... do Minnesota...? Enfim, fato é que encontrei com ele duas semanas atrás e ele me disse que você precisaria de roupas novas, coitadinha, porque não tem roupas adequadas para o nosso clima quente. — Em seguida, puxou os dois carrinhos para mais perto. — Então pensei: quer saber? Minha neta está na faculdade agora, já saiu de casa há alguns anos e deixou um monte de coisa aqui! Ela não as usa mais, mas talvez você goste de alguma coisa — explicou, me dando um sorriso gentil, e empurrou os carrinhos em direção à porta. — Tem sapatos também, se quiser. Não sei quanto você calça, mas como estava lá, coloquei junto.

Não consegui abrir a boca.

O que eu mais via pela cidade eram garotas usando tops de miçanga, saias coloridas e regatas que deixavam o umbigo à mostra. Não tinha nada a ver comigo. Cresci usando suéteres de lã grossa, meias térmicas e calças compradas na liquidação da seção infantil.

Havia um abismo entre mim e as saídas de praia de renda.

Mas a sra. Lark estava ali e sorria como se já tivesse um carinho por mim. Por isso, puxei um dos carrinhos e murmurei:

— Obrigada.

Ela ficou radiante.

— Coloquei até um maiô aí, sabia? Não cabia mais na Katy, mas veja se dá em você, tudo bem?

— Obrigada — repeti e, quanto mais eu dizia, mais feliz ela ficava.

— Ah, imagina — respondeu a sra. Lark, sorrindo satisfeita e agitando a mão. — Como é mesmo seu nome?

— Ivy.

— Eve?

— Não. Ivy — repeti mais alto, enfatizando o final.

Ela entreabriu os lábios, claramente surpresa.

— Ah, a-i-vi... *Ivy*... — murmurou, como se quisesse testar o som na língua. — Que nome lindo! Muito delicado.

Sem dizer nada, fitei-a nos olhos, bastante tocada.

— Obrigada — falei de novo, em um sussurro, dessa vez com mais sentimento.

— Bem, então vou indo — despediu-se ela, toda contente. — Bom domingo, minha querida. Mande lembranças ao John quando ele voltar e dê um beijo no Mason por mim!

Não consegui disfarçar a careta. Felizmente, ela não percebeu e foi embora para casa. Arrastei todas aquelas coisas para dentro, tomando cuidado para não tropeçar.

Que senhora gentil...

— Comovente.

Parado a poucos metros de mim, Mason me olhava com uma toalha pendurada nos ombros, as mãos enganchadas nas pontas. O cabelo estava todo bagunçado e, a camiseta, meio úmida.

Para onde ele tinha ido, caramba? Como ele tinha conseguido aparecer do nada depois de eu tê-lo procurado por toda a casa?

— Ei! — chamei quando ele deu meia-volta e se afastou.

Soltei os carrinhos e fui atrás dele.

— Devolve meu celular. Vai!

Mason diminuiu o passo e parou no meio do hall antes de se virar para me encarar.

— Agora chega — insisti, apontando o dedo para o chão. — Me devolve, senão...

— Senão você vai pegar sozinha? — murmurou, com um meio sorriso.

— Preciso ligar para o John — deixei escapar.

Mordi a língua. Tarde demais. Mason me observou com bastante atenção, sondando meu rosto com um olhar intenso.

— Por quê?

— Não é nada do que você está pensando — retruquei, com aspereza, mas desviei o rosto quando encontrei os olhos dele.

Algumas mechas do meu cabelo claríssimo caíram nas bochechas, formando um escudo.

— Preciso falar com ele.

Houve um longo instante de silêncio. Mason não se mexeu e eu mantive a cara virada, incapaz de sustentar o olhar dele. Então, devagarinho, ele pegou o celular do bolso de trás da calça. O celular *dele*. Apertou alguns botões e, com poucos passos, se aproximou de mim. Por fim, me mostrou a tela e eu vi o ícone da chamada em andamento.

Era óbvio que não confiava em mim, então lhe lancei um olhar ameaçador e estendi a mão, virando de costas para Mason.

Sabia que ele ficaria por perto, para garantir que eu não contaria nada a John sobre a festa, mas, assim que levei o telefone ao ouvido, todo o resto perdeu importância.

Um, dois, três toques.

Apertei o celular. Fiquei esperando ouvir a voz dele, mas não aconteceu.

Toque após toque ressoava no vazio.

Por que não estava atendendo? Por que não...

— Alô? — Fiquei imóvel, os olhos arregalados. Era a voz de John. Era mesmo sua... — Mason? Alô?

— Não — respondi, com a voz rouca. — É a Ivy.

— Ivy? — John parecia surpreso. — Por que está me ligando do celular do Mason?

— Acabou a bateria do meu — menti, evitando o olhar do filho dele.

— Ah, entendi — disse. — O carregador não está bom? De repente tem que trocar. Né? Está tão velho que nem carrega mais. Se um dia você ficar sem celular na rua...

— John — interrompi. — Por que você não me ligou?

Só percebi a urgência na minha voz quando já era tarde demais, e imediatamente me perguntei se Mason tinha notado.

— Ah, Ivy, eu... — começou John, parecia desconfortável. — Desculpa... Nem me toquei... Faz só um dia que eu saí — disse ele, com uma simplicidade desarmante, e não consegui entender por que parecia muito mais tempo. — Não estou acostumado a ligar. Se acontece algum problema, Mason me liga e... bem, não imaginei que...

Contraí os lábios, rígida.

— Desculpa — repetiu ele, e senti um aperto no peito. — Eu deveria ter ligado para você. Desculpa ter te preocupado.

Bem que eu queria que o volume não estivesse tão alto, porque tinha certeza de que Mason estava ouvindo tudo.

— Eu estou bem — tranquilizou ele, o que me fez desejar que o filho dele não estivesse atrás de mim. — *Estou bem*, Ivy. De verdade. Volto amanhã.

Não consegui responder. Simplesmente assenti com a cabeça, esquecendo que não tinha como ele me ver, mas, de qualquer maneira, John pareceu deduzir pelo meu silêncio que eu tinha entendido.

— Sinto muito, mas tenho que ir, estou no meio de uma reunião. A gente se vê em breve. Tá bom?

— Tá bom.

Engoli em seco.

— Tchau — despediu-se num tom afetuoso.

A chamada foi encerrada. Em silêncio, tirei o celular do ouvido, deixando o braço cair na lateral do corpo.

Não me virei. Não queria saber como *ele* estava me olhando.

Abri a mão e deixei o celular cair na almofada do sofá.

Depois, sem dizer uma palavra, saí da sala.

Só saí do quarto à noite.

Não queria cruzar com Mason, não depois daquela ligação. Se havia uma pessoa para quem eu não queria demonstrar fraqueza, era ele.

Perto da hora do jantar, eu me tranquei no banheiro para tomar banho e tirar o suor do corpo. Usei metade do sabonete líquido de pinho silvestre que John tinha comprado para mim — não sei por quê, mas aquele cheiro artificial me trouxe um alívio que eu jamais esperaria.

Lembrei do sorriso no rosto dele ao comprá-lo para mim, da expressão boba com que tinha balançado a embalagem na minha frente. Sem me dar conta, comecei a passar sabonete até no cabelo.

Exalando aroma de pinho até a pontinha dos pés, saí do box, me sequei e me vesti. Coloquei uma camiseta limpa — a com estampa de alce que meu pai tinha comprado para mim em Ivunik —, e o toque do tecido fresco na pele me trouxe uma sensação inestimável.

Por fim, fui para o andar de baixo.

Enquanto descia descalça, vi a porta da frente aberta. Ao chegar mais perto, me dei conta do que estava acontecendo: Mason estava ali, na varanda. Sua presença alta e inconfundível chamou minha atenção, assim como os olhos baixos e o que ele segurava.

Meu caderno de desenhos.

Eu o havia deixado ali na manhã anterior, mas, naquele momento, vi que as folhas entre os dedos dele estavam amassadas.

Meu coração se esvaziou. Na mesma hora, esqueci o escárnio, a vergonha, tudo. Só senti uma onda crescente de perplexidade.

Cheguei mais perto e arranquei o caderno das mãos dele. Mason olhou para mim e, mesmo depois de tudo, ainda fiquei incrédula ao ver as páginas dos meus desenhos arruinadas.

Levantei o rosto e toda a frustração que eu sentia explodiu nos meus olhos cintilantes.

— Eu realmente não sei como você pode ser filho do seu pai — sibilei, o que o fez parar.

Eu tinha chegado ao meu limite: meu celular, as alfinetadas constantes, o comportamento autoritário e, para completar, isso.

Estava cansada dele, cansada de suas atitudes.

Mason permaneceu imóvel. Primeiro, me olhou surpreso, mas depois uma escuridão dominou suas feições, como o anúncio de uma tempestade. Um véu sombrio ofuscou seus olhos, e desconfiei que minhas palavras o tivessem afetado de verdade.

— Olha quem está aí!

Ao me virar, vi Travis se aproximando pela trilha de cascalho, com olhos sorridentes feito duas meias-luas.

— Como estamos? — perguntou ele, me cumprimentando como se estivesse feliz em me ver. — Se divertiu ontem à noite?

Desviei o olhar, tentando disfarçar o semblante, e ele interpretou meu silêncio como excesso de timidez.

— Vai comer com a gente? Estávamos querendo pedir uma pizza...

— Não — interveio Mason, cravando os olhos em mim sem piedade. — Ela já comeu.

— Ah, que pena... — Travis soltou um suspiro.

Ele coçou a cabeça, mas um sorriso incerto logo voltou aos lábios.

— Pensamos em pedir uma Coca-Cola também. Se quiser...

— Não, obrigada — recusei firmemente, devolvendo o olhar de Mason.

Nós nos encarávamos como se estivéssemos em uma batalha. Nossas almas se mordiam e se arranhavam, travando uma luta invisível, mas devastadora.

Sempre tive um temperamento calmo e sempre fui moderada quanto aos meus sentimentos, mas a raiva que Mason era capaz de despertar em mim derretia até o gelo que me revestia por dentro.

Éramos polos opostos.

Mason era sal, sol, fogo e arrogância. Olhos de tubarão e coração de vulcão.

Eu era gelo, silêncio e vidro bruto. E, assim como o vidro, eu podia até ser frágil, mas preferia ser partida em pedacinhos a ter que me dobrar.

Jamais nos daríamos bem.

Não duas pessoas como nós.

Então olhei para Travis, que no momento me encarava com um brilho estranho nos olhos.

— Então tá... — disse ele.

Eu me virei e voltei para dentro de casa. Estava determinada a me afastar dali o mais rápido possível, mas quase tropecei nas coisas da sra. Lark no hall. Não queria que Travis me contasse nenhuma anedota sobre a festa, então tentei me afastar sem ser notada.

E teria conseguido, se de repente não tivesse ouvido aquelas palavras:

— Cara — disse Travis, de repente —, eu pegaria fácil a sua prima.

7
O QUE OS OLHOS NÃO DIZEM

Arregalei os olhos.
Ele estava falando de mim?
Eu me espremi na parede ao ouvir Mason dizer em alto e bom som:
— Não achei graça.
— Eu não estou brincando — respondeu Travis, tranquilo, quase sonhador. — Ela tem... Não sei explicar, ela é diferente.
— Talvez porque pareça ser de outro planeta — retrucou Mason, irritado.

Por mais que tenha falado com a mesma raiva de antes, aquelas palavras não deixaram de me ferir.

Naquele momento, eu me dei conta de algo que já deveria ter entendido desde o início: *ele era como todos os outros.*

Por um instante, voltei a vê-lo como o menino da foto, com aquele sorriso banguela e luvas de boxe enormes penduradas no pescoço, apontando o dedo para mim como muitos antes dele já tinham feito.

Agarrei a barra da camiseta e meu cabelo caiu para a frente.
— Ah, fala sério — disse Travis, com toda a paciência. — Você sabe o que eu quero dizer. Ela é fora do comum... E tem aquele jeitinho, sempre na dela, como se não quisesse que ninguém se aproximasse. Sei lá... é intrigante demais. A maioria das garotas vive falando pelos cotovelos, mas ela... quase não fala. Em vez de falar, só observa.

Prendi uma mecha de cabelo atrás da orelha e olhei para a porta de onde eu ouvia tudo.
— Pois é — prosseguiu Travis, determinado. — E agora eu entendo por que você nunca me falou dela: ela é bonitinha pra cacete, porra.

Franzi a testa. Era uma das poucas vezes em que ele soava quase... *sério?*
— Travis, não queria falar nada, mas você não está batendo bem da cabeça — zombou Mason.

Travis ficou em silêncio. Imaginei seu semblante confuso. Logo depois, eu o ouvi murmurar:

— Quê?

— Desde quando você se interessa por garotas assim? Caso não tenha reparado, ela mal te dá atenção.

— Vocês brigaram, por acaso? — perguntou Travis, soando surpreso.

Mason aparentemente não tinha contado o que realmente achava de mim.

— Uma coisa não tem nada a ver com a outra — retrucou Mason, irritado. — Mas acho ridículo você se derreter por uma garota que nem ela.

Aquelas palavras me acertaram em cheio. Nem sabia direito por quê. Pela primeira vez, tive a confirmação de que Mason não estava só fingindo: ele me odiava de verdade.

Baixei o rosto e engoli em seco, sentindo um gosto amargo na boca.

Ótimo. Uma conquista.

— Tá, tudo bem, você não quer falar disso... — murmurou Travis, chateado. — Mas não acha que está exagerando, não?

— Não — declarou Mason. — Ela come carne e peixe o tempo todo, sai espalhando as coisas dela por aí. Bebe litros de leite e parece repudiar qualquer coisa que não seja da terra dela. Isso sem falar no fetichismo dela por alces.

O quê?

Eu não tinha fetichismo nenhum por alces! Só tinha o bichinho de pelúcia e o boné, e se eu estava usando uma camiseta com estampa de alce naquele momento, não passava da mais pura coincidência. Eu gostava moderadamente de alces, não era nada doentio!

— Além disso, agora que ela mora aqui, a casa inteira fede a pinho o tempo todo, a ponto de dar dor de cabeça. Parece até que estamos vivendo numa droga de uma floresta. Meu pai cismou com a ideia de fazê-la pintar um dos quartos, e não quero nem imaginar o que ela vai fazer nas paredes.

Parecia quase um desabafo, como se fosse a primeira vez que ele falava do assunto com alguém. Travis deu um leve suspiro.

— Não estou dizendo que ela não seja estranha. Sem dúvida se destaca na multidão, é só olhar para ela. Tem uma pele absurda e não consegue nem achar roupas do tamanho certo. Mas... sei lá... Ivy tem alguma coisa de sensual. Aquele jeito intenso de olhar pra gente me dá vontade de... *Meu Deus*. E ainda tem aqueles lábios de boneca, viradinhos para baixo, como se estivessem sempre pedindo um beijo.

Fiz uma careta, olhando por cima do ombro.

Que merda ele estava dizendo?

Passei os dedos nos lábios e só depois de um instante percebi que os dois tinham ficado em silêncio.

Mason não respondeu às bobagens de Travis.

— Tudo bem. Não vou falar mais nada, tá? — arriscou Travis pouco depois. A julgar pela frieza que até eu consegui sentir, Mason devia ter assumido aquela expressão antipática. — Não queria te irritar. Mas, falando sério, sei lá se você não quer admitir ou se realmente não percebeu... mas não viu como as pessoas olharam para ela na festa? Cheguei a pegar o Nate dando em cima dela descaradamente, e não foi o único que me perguntou o nome da sua prima.

— Nate estava completamente bêbado — observou Mason —, e depois acabou ficando com uma garota do primeiro ano.

— Todos nós estávamos completamente bêbados, mas isso não muda as coisas! — Travis parecia exasperado. — Caramba, tudo bem que Ivy é sua parente e você não quer que ninguém fique com ela, mas, sério, Mason, você nunca olhou para a garota?

Fixei o olhar para frente, com as mãos nas costas, apoiadas na parede.

No silêncio em que eu encarava o escuro, não consegui distinguir os contornos do desprezo que Mason sentia por mim.

Mas não importava o que eu fizesse nem como agisse.

Mesmo que eu o ajudasse ou lhe desse uma mão, nada mudaria.

Dele eu sempre receberia aquele olhar carrancudo, aquela expressão mordaz que me dizia: "Você não tinha nem que estar aqui".

— Sim. Eu... já olhei para ela.

Naquela noite, eu me tranquei no quarto sem jantar. Eu me recolhi na minha solidão e, por um momento, era como se estivesse de volta ao tempo em que me refugiava no meio da floresta para fugir das palavras das outras pessoas.

Por um momento, senti que nada tinha mudado.

Quando desci no meio da noite para comer alguma coisa, aquelas palavras ainda ecoavam na minha cabeça.

Só depois de entrar na cozinha percebi o brilho fraco que iluminava a penumbra.

Meu celular estava ali, no meio da mesa completamente vazia.

"Acho ridículo você se derreter por uma garota que nem ela."

— Ivy?

Pisquei e levantei a cabeça. O professor Bringly me observava sem entender nada.
— O que você está fazendo? Não foi esse o tema que eu te passei.
Observei o manequim e apoiei a paleta de tinta nos joelhos.
— Já sei desenhar um corpo humano — murmurei, me perguntando se era assim tão grave eu estar fazendo outra coisa.
— Eu não duvido — disse ele, olhando surpreso para a minha tela.
Estava cheia de corações, mas não daqueles redondos e fofinhos, eram corações reais, com válvulas, átrios e ventrículos.
— Mas eu gostaria de ver como você desenha um corpo humano. Vamos.
Ele me incentivou, sentando-se no banco ao lado do meu, onde havia um enorme bloco de papel no cavalete.
O professor Bringly virou a primeira página e deixou uma folha em branco à minha frente. Peguei um lápis e me aproximei dele, insegura. Então, comecei a fazer um esboço, mas fui interrompida assim que levantei o braço.
— Está segurando o lápis da forma errada.
Ao ouvir aquilo, eu me virei para o professor, com a mão no ar.
— Como?
— É assim que ganhamos calos — explicou ele calmamente, segurando meu pulso. — Você coloca muita pressão no dedo médio. Quando está desenhando, não pode segurar o lápis assim. Antes de qualquer coisa, você tem que conseguir cobrir áreas maiores. Está vendo como não tem alcance suficiente? — disse, movimentando minha mão e mostrando até onde eu podia chegar. — Desse jeito, você precisa se apoiar e acaba botando pressão no pulso. Não é o ideal. — Por fim, tirou o lápis da minha mão. — Tente segurá-lo assim. Mais longe da ponta.
Então ele me devolveu o lápis e eu o segurei do jeito que havia ensinado.
— Assim eu não consigo — falei, deixando linhas trêmulas no papel.
— Tente se acostumar. Para fazer detalhes ou esboços pequenos, tudo bem fazer como antes. Mas não com desenhos grandes. Espera — pediu, esticando-se até uma mesa e pegando uma caixa de metal. — Experimente com um desses.
Peguei um giz preto. Em seguida, como antes, apoiei a ponta no papel e comecei a desenhar.
— Viu? — questionou Bringly, aproximando-se. — Ficou bom. É assim que se segura um giz, né? É dessa forma que você tem que segurar o lápis quando faz a estrutura e as linhas-guia. É questão de prática, já, já você pega o jeito.
Fiquei encarando ele sem muita convicção, e o professor retribuiu meu olhar com um sorriso de orelha a orelha.

Bringly não tinha cara de professor. Estava mais para um homem que atraía mães solteiras ou um daqueles apresentadores de TV que ofereciam descontos imperdíveis. Às vezes, eu tinha a impressão de que o rótulo de educador era algo que outras pessoas lhe atribuíam, e não como ele de fato se sentia.

— Eu jurava que você gostava mais de desenhar paisagens — comentou, observando minha tela com curiosidade. — No que estava pensando?

Observei todos aqueles corações cheios de válvulas. Corações de carne, corações que pulsavam, que *sentiam*, sem gelo ou frieza.

— Em nada — murmurei.

Quando, no fim da aula, recolhi minhas coisas e saí da sala, o professor se despediu de mim e me aconselhou a praticar.

A vantagem do edifício B era que não tinha muita gente. Os cursos que aconteciam ali eram facultativos, em geral relacionados aos clubes da tarde.

Mas, do lado de fora, estava lotado. Era gente parando para conversar, gente já indo embora, gente distribuindo folhetos.

Quando eu já estava quase nos portões, uma garota pulou na minha frente.

— Ei! Oi! — exclamou alegremente. — Está ocupada? Posso roubar cinco minutinhos do seu tempo?

Sem espaço para respostas, ela foi logo abrindo um sorriso e enfiando um folheto na minha cara.

— Que tal colocar suas habilidades expressivas à prova? — perguntou a garota, como se estivéssemos num comercial. — Junte-se ao clube de teatro!

Fiquei um tempão olhando o papel.

Ela estava zoando com a minha cara?

Quer dizer, habilidades expressivas? Eu? Será que não tinha me visto?

— Não tenho interesse nos clubes — respondi, passando por ela, mas outra garota surgiu e bloqueou meu caminho.

— É o que todos dizem no começo! Mas depois você vai ver a alegria que é! — Ela me encarou com brilho nos olhos, emocionada, e tentou segurar minhas mãos. — Quando você menos espera, acaba se envolvendo! Passa a fazer parte de você!

— *Ser ou não ser* — declamou uma terceira menina, meio aleatoriamente, imagino que para dar apoio moral.

Tentei fugir, mas, não sei como, acabei ficando cada vez mais perto do estande onde faziam as inscrições.

— Imagine só... — murmurou um garoto, envolvendo meus ombros com o braço. — Só você, o palco e os holofotes. Nada mais.

Em seguida, fez um gesto com a mão, mas eu não conseguia tirar os olhos do braço dele.

— Ah, e a glória, é claro — concluiu ele.
— E o público — falei, entre dentes, me desvencilhando do garoto.
Ele riu e voltou a me envolver com o braço.
— Ah, sim, mas isso é óbvio. Não te convenci ainda?
— Não.
— Então você tem que ver com seus próprios olhos. É contra o regulamento trazer gente que não se inscreveu, mas, sabe... eu poderia abrir uma exceção. Aposto que quando você vir o lugar onde ensaiamos...
— *Sinto muito* — falou uma voz, se metendo na conversa. — Ela vem comigo.

Virei para trás. A um passo de distância, com o cabelo desgrenhado sob a luz do sol, Mason não tirava os olhos do garoto colado em mim.

Segurava as chaves do carro em uma das mãos e, a julgar pela curvatura dos lábios carnudos, parecia irritado.

Fiquei encarando Mason, distraída. Depois, pisquei e percebi que não havia mais nenhum braço nos meus ombros. O garoto do clube tinha sumido.

Olhei à minha volta e o avistei atrás do estande, com o boné bem encaixado na cabeça, procurando com insistência algo debaixo da mesa.

— Vamos — ordenou Mason, autoritário, me puxando pela alça da mochila.

Vi o carro dele estacionado do lado de fora dos portões. Era um Ford Mustang cinza-escuro com contornos harmoniosos e modernos, uma verdadeira pérola do design. Estava sempre ali quando eu saía da escola, mas, nos últimos dias, um grupo de pessoas o rodeava, com Mason encostado no capô, altivo e sorridente.

— Espera aí — resmunguei, fincando os pés no chão. — Eu não vou a lugar nenhum com você.

O simples fato de ele achar que podia aparecer ali e me levar como se eu fosse uma encomenda me irritou profundamente.

— Ei! — protestei, dando um puxão.

Aquilo o obrigou a parar, então ele olhou para mim, aborrecido.

— Sem drama — retrucou, com aquele jeito insolente que me tirava do sério.

— Não vou seguir ordens suas.

Franzi a testa e o encarei com firmeza. Por um breve momento, eu me lembrei das palavras de Travis. Seria aquele o olhar profundo e ardente do qual ele tinha falado?

Mason se aproximou.

Senti um frio na barriga ao perceber a proximidade do corpo dele. Tive que inclinar a cabeça para trás para enfrentar sua altura imponente e fiquei tensa quando ele baixou o rosto na minha direção, encurtando ainda mais a distância entre nós. Tentei me afastar, mas ele me segurou, com uma expressão ameaçadora e olhos felinos que brilhavam como âmbar.

— Entra no carro, agora. Meu pai voltou e não tenho nenhuma intenção de chegar atrasado para o almoço por sua causa. Deu pra entender?

Então cravou as íris nas minhas, mas, à luz do dia, as dele pareciam resina. Daquela curta distância, percebi que o sol fazia os olhos dele brilharem com reflexos inesperados.

— Vamos, anda.

Por fim, Mason seguiu em direção ao carro daquele jeito irritante só dele. Fiquei parada o observando com os olhos semicerrados. Quando ele se virou para me lançar um olhar de advertência, eu me forcei a segui-lo.

Cheguei ao veículo no momento em que ele abria a porta.

— Você poderia ter me avisado antes que era por causa do John — retruquei, ácida, puxando a maçaneta com força.

Joguei a mochila no carro e, sem olhar para ele, entrei naquela porcaria de Mustang.

Virei a cara enquanto Mason se sentava ao meu lado e ligava o motor.

Eu não suporto ele. Esse foi o pensamento que me ocorreu, mas logo me dei conta de que o incômodo que eu sentia tinha também outro motivo.

Por que John não tinha me mandado mensagem?

Por que não tinha me avisado também? Bastaria um simples recado, três palavras: *estou em casa.*

Em vez disso, tive que descobrir através da grosseria do filho dele.

Não. Eu estava brava com Mason, não com John.

Estou sempre brava com Mason.

Olhei para ele pelo reflexo da janela, ressentida.

O contorno daquela mandíbula viril, a linha reta do nariz, o perfil arrogante daqueles lábios carnudos. Em seguida, me concentrei nos olhos dele, que transmitiam força, e, sem saber por quê, fiquei com mais raiva ainda.

"Acho ridículo você se derreter por uma garota que nem ela." Odiei essa lembrança pelo simples fato de não sair da minha cabeça.

Por quê?

Por que eu me importava com a opinião de Mason?

Eu tinha nascido no meio das montanhas, como um daqueles líquenes que racham as pedras para poder crescer no gelo.

Minha pele virou marfim.

E minha personalidade, uma armadura contra o mundo.

Já fazia tempo que eu tinha deixado de me importar com a opinião dos outros. Ele era só mais um.

Fiz questão de ficar em silêncio durante todo o trajeto. Depois de um tempo, Mason parou o carro no estacionamento de um belo restaurante. Tirei o cinto de segurança e saí sem esperá-lo.

Segui em direção à entrada e puxei a porta de vidro. Em seguida, ele passou a mão por cima da minha cabeça para mantê-la aberta. Senti sua presença atrás de mim e, por um segundo, tive a impressão de que Mason perfurava minha nuca com o olhar.

Um garçom veio ao nosso encontro.

— Posso ajudá-los?

— Temos uma reserva no nome de Crane — respondeu Mason, direto, enquanto eu tirava o boné.

O garçom sorriu ainda mais.

— Ah, claro. Por favor, sigam-me.

Enquanto nos aproximávamos da mesa, vi John se levantar.

Impecável, ainda de terno e gravata, ele nos recebeu com um sorriso radiante.

— Chegaram! — exclamou. — Foi fácil encontrar o lugar?

— Foi, sim — respondeu Mason, sentando-se de frente para o pai, que lhe deu um tapinha no ombro.

— Tentei te ligar — disse ele, olhando para mim assim que me sentei. — Mas o seu celular estava desligado. Cheguei a mandar mensagem. Você leu?

Eu o encarei, surpresa. Em seguida, me abaixei para tirar o celular da mochila e só naquele momento... Como eu não tinha percebido antes?

— Não... — murmurei. — Eu não... reparei.

Ele sorriu para mim.

— Ah, tudo bem. O importante é que estamos aqui agora. Como vocês estão? Minha viagem foi um pesadelo. O voo atrasou duas horas porque o piloto ficou preso no trânsito.

John contou da viagem, animado. Sentado ao meu lado, Mason se concentrou totalmente no pai — levou um copo ao lábios e ouviu com atenção.

Já eu desviei o olhar para a toalha de mesa branca e me desliguei por um momento. Minha última vez num restaurante foi com a assistente social.

Demorei alguns instantes para notar que estava tocando algo quente. Ao olhar para o lado, vi a mão de Mason perto dos meus dedos brancos.

Ele parou de prestar atenção em John e voltou os olhos para mim.

Mason estava tão perto que senti sua respiração, seu corpo, seu olhar me invadindo, me violando, me estudando, queimando meu coração...

Afastei a mão na mesma hora.

Senti a respiração me queimar por dentro e escondi os dedos debaixo da mesa, como se fosse um atestado de culpa. *Foi um engano, só um...*

A cadeira ao meu lado arranhou o chão e John levantou os olhos, confuso.

— Vou ao banheiro — falou Mason, um segundo antes de se afastar.

Não entendi o motivo, mas não consegui levantar o rosto.

Então, quando Mason já estava longe o bastante, vi, entre as mesas, o momento em que ele desapareceu atrás da parede, abrindo e fechando a mão lentamente.

"Sim. Eu... já olhei para ela."

O que ele quis dizer com aquilo?

8
SOB A PELE

A lua parece ser capaz de influenciar o oceano a ponto de fazê-lo agir de maneiras imprevisíveis.

É a atração, dizem. Um magnetismo irresistível e profundo. É assim que nascem as marés.

O oceano é tenaz e independente, mas não pode escapar da força daquele chamado, é mais poderoso do que a própria natureza.

Certas coisas têm regras, mas nenhuma exceção.

A volta de John trouxe tudo de volta ao normal.

Eu e Mason voltamos a viver nos nossos mundos espelhados: o dele, cheio de ruídos e luzes brilhantes; o meu, isolado no silêncio.

Meu padrinho não era só o nosso ponto em comum. Era o único elo que nos mantinha conectados, e sem ele, eu duvidava que nossos universos se cruzariam.

Mason raramente parava em casa. Na escola, era a mesma coisa. Ele ficava com os amigos, cercado por uma nuvem de sorrisos, e nunca trocava olhares comigo.

De vez em quando, eu o via em meio àquelas luzes vibrantes e, em alguns momentos, tinha a impressão de que ele estava a anos-luz de mim. Às vezes, eu me perguntava se ele sequer me enxergava.

E então tinham as aulas de arte.

Era estranho, mas aquele talvez fosse o único momento em que eu não preferiria ir para casa.

— Então você realmente presta atenção no que eu digo — comentou o professor uma tarde.

Não me virei. Continuei traçando linhas no papel, olhando de vez em quando para o manequim.

— Nem acredito que você dominou a técnica tão rápido. Então, agora, tenho que te fazer uma pergunta — disse, com um sorriso todo convencido. — Eu estava ou não estava certo?

Eu o olhei de soslaio. Fingi estar concentrada demais para responder, mas ele inclinou a cabeça para entrar no meu campo de visão.

— E aí? Muito melhor do que antes, né?

— Ainda não consigo segurar o lápis direito — resmunguei, mas o professor Bringly abriu um sorriso discreto e arqueou a sobrancelha.

— Não é o que parece. Eu diria que você já dominou a técnica básica. — Ele olhou de relance para a minha folha e me fez um sinal. — Vem comigo.

Deixei o lápis de lado e limpei as mãos na calça antes de segui-lo.

Meu professor parou em frente a uma mesa no meio da sala. Apoiou a mão numa pilha de panfletos e me encarou.

— Lembra disso? — perguntou, indicando a parede com o queixo. — Foi você que me ajudou a pendurar quando esteve aqui pela primeira vez.

Observei o cartaz enorme com o cenário da exposição: as fotos dos estandes, as filas de pessoas, os alunos expondo seus trabalhos.

— Nossa escola participa desse evento há cinco anos. É uma feira importante, com vários outros colégios. Um monte de gente vem assistir, é um dia muito significativo. — Ele deu uma batidinha na pilha de papéis. — Todo ano, um grupo de jurados avalia cada trabalho apresentado. Julgam as telas com base em vários critérios... o que é meio subjetivo e provavelmente envolve uma boa dose de gosto pessoal. Em poucas palavras, a tela mais bonita... vence. E sabe para quem vai o dinheiro arrecadado? Para mim.

Olhei para ele, perplexa.

— Brincadeira! O dinheiro é doado para uma boa causa. Várias organizações beneficentes participam do evento e o valor arrecadado com os ingressos é destinado a diferentes setores. Mas não para por aí... Para a instituição vencedora, é uma grande honra. Isso melhora a reputação da escola, e é uma forma de se destacar e promover a criatividade no ambiente educacional.

Continuei olhando para o professor, como se esperasse alguma coisa, e ele sorriu.

— Gostaria que você participasse também.

— O quê?

— Sei que chegou há pouco tempo. E sei que talvez a ideia possa te assustar, mas... vai por mim, você tem plenas condições de participar. É tudo por sua conta: não tem nenhum tema específico nem nenhum limite. Você tem total liberdade de expressão. Pode retratar o que quiser.

Eu o encarei por um tempão, bem tranquila, esperando que terminasse de falar. Ao ter certeza de que não ia dizer mais nada, respondi, em tom neutro:

— Não, obrigada.
Ele piscou, surpreso.
— Desculpa, o quê?
— Não, obrigada — repeti, sem a menor emoção. — Não quero.

Claro. Até parece que eu, que tinha acabado de aprender como se segurava um lápis, agora participaria do evento mais importante da minha carreira artística. E possivelmente ainda teria que ficar ali, ao lado de um quadro medíocre, enquanto uma multidão de desconhecidos nos analisava sem o menor constrangimento.

Com certeza, tudo a ver comigo.

Bringly me olhou sem entender nada.

— Você não pode recusar, Ivy. Eu não estava te pedindo. Agora você faz parte deste curso, e o curso participa do projeto.

Olhei ao redor e vi os outros alunos mexendo nas telas, ajustando os cavaletes, e então entendi por quê. O professor deve ter notado meu semblante, porque suspirou e inclinou a cabeça.

— Vem comigo.

De repente, eu me vi com a pilha de folhetos nas mãos.

— Podem continuar, pessoal. A gente já volta!

Já volta *uma ova*.

Bringly me arrastou pela escola inteira, pendurando folhetos em qualquer superfície vertical que encontrávamos: armários, murais, portas de vidro, até na cantina.

Fomos também à secretaria, e não sei o que me incomodou mais: colar os folhetos enquanto segurava pedaços de fita adesiva na boca ou ver a secretária descaradamente dando em cima do professor.

Bringly tentou se livrar dela de todas as formas e, quando finalmente conseguimos sair, havia um *post-it* azul com o número de telefone da secretária colado na camisa dele.

— Ah, a paixão pela arte... — murmurou, envergonhado, enquanto tirava o bilhete.

Desconfiei que estivesse fazendo tudo aquilo para me envolver no projeto. Talvez quisesse adotar uma abordagem menos direta, ou talvez estivesse tentando me perturbar tanto com aquela história que eu acabaria aceitando.

— Vamos pendurar alguns ali.

A contragosto, eu o segui até o lugar indicado.

— Nossa escola nunca ganhou, sabia? — comentou, num tom casual. — Nem uma vezinha. — Em seguida, me lançou um olhar intenso enquanto pendurava um folheto na parede. — Você não gosta que os outros vejam os seus trabalhos, né?

Observei o papel na parede. Não respondi, mas a verdade era que não, eu não gostava que os outros vissem meus desenhos. As ilustrações eram minha forma de me expressar, a única atividade capaz de me fazer sentir alguma coisa.

Havia uma intimidade naquelas florestas de carvão, naquelas paisagens que falavam de casa. Seria como permitir que me examinassem com uma lupa, e eu não queria aquilo.

Por que eu deveria expor uma parte de mim ao julgamento impiedoso dos outros?

— Não importa o que as pessoas veem de você... e sim o que você quer que elas vejam. Todo mundo tem algo a dizer, Ivy, e tenho certeza absoluta de que você tem também. — Por fim, ele me olhou e, dessa vez, retribuí o gesto. — Pegue uma ideia e a transforme no que você quer contar. O que faz seu coração bater mais forte? Para você, qual é a coisa mais linda do mundo? Expresse suas paixões, mostre a todo mundo. Deixe os outros verem quanta beleza você é capaz de encontrar em lugares onde eles não veem nada.

Naquele momento, ouviu-se um rangido. A porta da sala de aula ao lado se abriu e um professor pôs a cabeça para fora.

— Bringly — disse ele, com um olhar malévolo. — Será que eu poderia saber o que você está fazendo?

— Ah, Patrick — respondeu Bringly, com um sorriso, balançando a fita adesiva. — Desculpa. Estamos pendurando os folhetos da exposição. Vamos ser mais silenciosos.

— Estão atrapalhando a minha aula — informou o outro professor.

Por trás dele, dava para ver boa parte da sala. Em cada mesa havia um computador, e os alunos estavam sentados em duplas: alguns batiam papo com o colega ao lado, outros davam muito a impressão de estar navegando em sites proibidos pelas regras da escola.

Olhei para o meio da sala. Mason estava ali, de braços cruzados.

Conversava com os colegas da mesa de trás, o rosto inclinado exibindo um sorriso discreto nos lábios. Ao lado dele, Travis mexia no computador com um certo ar conspiratório.

Aquela era a primeira vez que eu o via em sala de aula. Não entendi muito bem, mas senti como se estivesse espiando um momento íntimo.

Mason parecia tão... *ele mesmo* quando estava com os outros que às vezes eu tinha dificuldade em compreendê-lo, em definir seus contornos.

Então, ele riu. Seu peito tremeu e, por um momento, perdi a noção de todas as outras coisas que aconteciam naquela sala.

Ele tinha um carisma único.

Aquela capacidade de... *encantar*, de cativar qualquer um que estivesse no campo de visão, qualquer um que se aproximasse, com um olhar, um sorriso, um movimento dos pulsos ou o simples jeito de andar. E, como se não bastasse, *aquele visual*, aquele corpo que transbordava confiança, aquele rosto harmônico com sobrancelhas bem definidas e olhos profundos que exalavam uma atração mórbida.

Ele nem parecia se dar conta disso. Irradiava aquela luz ardente sem saber que era o próprio Sol, e tudo orbitava ao seu redor, tudo pegava fogo com o brilho daquela luz...

Um dos colegas dele apontou para mim.

— Ei, aquela ali não é sua prima?

Desviei o olhar antes que ele me visse.

— Eu estou dando aula aqui. Gostaria de pelo menos um pouco de silêncio — disse Fitzgerald, o professor de informática.

— Você tem toda razão — concordou Bringly, me lançando um olhar amigável. — A culpa é dela. Eu disse para não fazer barulho, mas Ivy não tem nenhum respeito pela minha autoridade.

Olhei feio para ele. Bringly balançou a cabeça como se eu fosse um filhote de cachorro que tinha acabado de fazer xixi no tapete.

— Acho que nunca a vi por aqui — sibilou Fitzgerald, me olhando de cima a baixo.

— É nova. Chegou faz poucas semanas.

E adoraria voltar para o lugar de onde tinha vindo, de preferência agora mesmo.

Olhei de relance para a turma.

Mason estava de cabeça baixa e braços ainda cruzados, mas me olhava fixamente. E não era o único. Alguns cochichavam e Travis tinha se inclinado para o lado, para poder me ver melhor.

— Bem, vamos voltar ao trabalho, então — disse Bringly, colocando a mão no meu ombro. — Desculpa de novo pelo incômodo. Vamos, Nolton. Vamos embora.

Senti antes mesmo de acontecer, como uma vibração imperceptível.

Fitzgerald franziu a testa por um instante. Em seguida, voltou os olhos para mim.

— ... Nolton? — murmurou.

Uma sensação estranha me invadiu, como um gancho cravado nos ossos.

Fiquei paralisada enquanto aquele pressentimento se espalhava por minha carne.

— Sim, Ivy Nolton — respondeu Bringly, com orgulho, quase como se eu fosse sua filha.

Mas Fitzgerald não sorriu. Continuou me encarando, como se estivesse fazendo uma autópsia. Seu olhar questionador amplificou aquele desconforto dentro de mim. Sem saber o motivo, de repente senti uma necessidade urgente de me afastar, de sair dali, de sumir.

Observei a sala. Mason me encarava. A intensidade repentina do olhar dele me fez gelar ainda mais.

— De onde disse que vinha mesmo? — perguntou Fitzgerald, então voltei minha atenção para ele.

Assumi uma postura defensiva, meu rosto ficou frio como gelo e impenetrável como uma fortaleza.

— Eu não disse.

Bringly pareceu surpreso com a minha reação. Piscou os olhos algumas vezes e, em seguida, alternou o olhar entre mim e o colega, um pouco confuso.

— E sua aula, Patrick? Não estava no meio de alguma coisa importante? Já o fizemos perder muito tempo.

Por fim, Fitzgerald desviou os olhos, ainda franzindo a testa.

— Sim... claro — respondeu, hesitante. — Minha aula... claro.

— Boa aula, então. Vamos, Ivy.

Eu o segui na mesma hora.

Enquanto me afastava e a porta da sala de informática se fechava, senti a intensidade de dois olhos queimando minhas costas.

E não eram os do professor.

Quando, poucos minutos depois, a aula de arte terminou, ainda não tinha me livrado completamente daquela sensação congelante.

Já fazia dezessete anos que o nome Robert Nolton estava enterrado. Dezessete anos desde que meu pai havia deixado o país e mudado de vida, dezessete anos que o mundo havia se esquecido dele.

No entanto, bastou ouvir seu sobrenome para que Fitzgerald o reconhecesse.

Como era possível?

— Caramba!

Levantei a cabeça. Havia um garoto entalado na porta. Ele carregava um tripé enorme e tentava baixar a maçaneta com o cotovelo.

Então, eu me aproximei e, enquanto abria a porta para deixá-lo passar, ele quase caiu para a frente.

— Eu... Obrigado. Esse tripé idiota...

Ele se espremeu e levou o pulso à testa. Quando nossos olhares se cruzaram, percebi que já o tinha visto antes.

— Eu, eu te conheço... Ivy, né?
Lembrei dele na sala de casa, levantando Carly para girá-la no ar.
— Tommy — murmurei.
— Thomas, tecnicamente — respondeu, voltando a pegar o tripé. — Mas ninguém me chama assim...
Ele era bastante magro, com ombros pequenos e um rosto lisinho de criança. O cabelo escuro emoldurava a testa como folhas de alface, caindo o tempo todo nos olhos.
— Você faz o curso de fotografia? — perguntei.
— Isso — respondeu enquanto caminhávamos. — Só que nesses últimos tempos tem sido um inferno. O professor Fitzgerald não quer deixar a gente usar o depósito da sala de informática para guardar nosso material, então tenho que ficar levando tudo para casa. Sério, o que que custa, sabe? Eles nem usam aquilo!
Abri a porta do prédio principal e Tommy passou logo atrás de mim.
— O que está fazendo no prédio B?
— Arte — respondi.
— Então vamos nos esbarrar por aí. Os horários são parecidos... — À nossa volta, os alunos se dirigiam aos portões abertos, rindo e batendo papo. — Aliás, desculpa de novo por aquela noite. Por ter caído em cima de você com a Carly.
— Sem problemas.
Ele levou uma ombrada de uma garota que não o tinha visto e, depois, prosseguiu:
— Ela estava procurando você hoje de manhã. Digo, Carly. Quer saber se sua camiseta estragou. Já disse que é só cerveja, mas ela não quis me ouvir.
Sem sombra de dúvida, Carly tinha sido o menor dos problemas. Aquele fedor que se impregnou em mim era por causa de Mason e do estado deplorável em que ele se encontrava.
Parei perto do meu armário. Estava prestes a dizer que já tinha chegado, mas ele me interrompeu.
— E isso? — Ele fixou os olhos no meu braço, com o qual eu pressionava uma capa de couro na lateral do corpo. — Por que está com você?
— Porque é meu — respondi, apertando levemente o caderno de desenhos.
Era um caderninho marrom em formato de carteira, fechado por um cordão. Eu era muito apegada a ele. As páginas ainda estavam amassadas, mas, depois de ter passado uma série de noites debaixo de caixas pesadas, as dobras tinham ficado mais lisas.
Ele pareceu surpreso.

— Achei que fosse do seu tio.

Franzi a testa.

De John?

— Eu vi uns idiotas jogando esse caderno de um lado para outro na festa, depois de o terem encontrado lá na varanda. Quando Mason interveio, achei que fosse do pai...

Fiquei tão tensa que cheguei a fechar os olhos por um instante.

— O quê?

— Ele conseguiu pegar de volta, mas estava pê da vida. Acho que escondeu debaixo da almofada de uma cadeira, para evitar que outra pessoa achasse. Sinto muito. Tomara que não tenha estragado...

Meu corpo estava ali, imóvel, mas eu mal conseguia senti-lo.

— Você está... está de brincadeira? — perguntei, baixinho, desconfiada.

— Não sabia que era seu.

Tommy olhou para o caderno com um suspiro.

— Pelo menos não mancharam de bebida...

Eu o encarei, tentando entender se ele estava zombando de mim.

Não podia ser verdade.

Mason nunca teria feito uma coisa dessas.

Não por mim.

Naquele momento, eu me lembrei da cara de Mason quando eu arranquei o caderno das mãos dele. A hostilidade das minhas palavras, a leve confusão em seus olhos...

— Tenho que ir — disse Tommy, me trazendo de volta à realidade.

Pisquei, confusa, tentando me recuperar daquela revelação. Minha mente estava a mil, meu corpo parecia entorpecido.

— Obrigado mais uma vez. A gente se vê, tá? Tchau.

— Tchau — balbuciei, perdida e intrigada.

Fiquei olhando Tommy se afastar e, depois, encarei meu caderno.

Em seguida, o abri, folheando devagar as páginas cor de creme: animais, árvores, silhuetas de montanhas... Vi os olhos do meu pai, os mesmos que eu já havia desenhado em dezenas de outros cadernos, e contraí os lábios.

Fechei o caderno e balancei a cabeça.

Tudo bem. E daí?

Isso não mudava nada.

Certamente não tinha nascido um coração no peito de Mason sem mais nem menos, não depois da maneira como ele havia me tratado.

Ele não me queria ali, não me queria por perto e não queria ser associado a mim. Já tinha deixado isso bem claro. Ele me via como uma intrusa, algo que não podia controlar, porque aquela invasão tinha cheiro de pinho, dois olhos claros e uma pele pálida.

Perambulava pela casa.

Tocava nas coisas dele. Andava de um lado para outro descalça e deixava marcas por toda parte, até mesmo no ar.

Ajustei a aba do boné na cabeça. O que tinha acontecido não fazia diferença alguma. Ignorei as palavras de Tommy e fui para casa.

Quando passei pelo hall, quase tropecei nos carrinhos da sra. Lark. Estavam ali fazia dias. Eu lembrei que Mason tinha me repreendido por deixar minhas coisas espalhadas, então decidi levá-las para cima.

No quarto, tirei os sapatos e o boné. O ar frio alcançou minha testa, proporcionando um alívio que me fez suspirar.

Depois de me sentar no meio do quarto, comecei a tirar as roupas dos carrinhos, empilhando-as diante de mim no carpete.

Havia de tudo: saias minúsculas, saídas de praia coloridas, alguns cintos com pedras brilhantes que eu nem saberia onde comprar. Abri uma camiseta com dois cupcakes colocados em posições... *estratégicas*, e a fiquei encarando pelo que pareceu uma eternidade.

Revirei um pouco mais as coisas e encontrei algumas camisetas escuras que deviam ser do meu tamanho. Eu as separei, junto com duas regatas brancas caneladas e uma camisa listrada. Depois, peguei o maiô que a sra. Lark havia colocado ali dentro.

Claramente, com toda a sua bondade, ela não tinha percebido que me faltava um requisito essencial: eu jamais conseguiria preencher o bojo, nem se resolvesse amarrá-lo no traseiro, por isso o coloquei de volta onde estava.

Por último, os sapatos: sandálias de amarrar que eu nem saberia como calçar e alguns tênis velhos da Converse. Um dia já deviam ter sido pretos, mas, àquela altura, estavam naquele tom desbotado que o tecido adquire depois de muitas lavagens. Como só eram meio número acima do meu, resolvi experimentar. Couberam.

Estiquei as pernas e balancei os pés, observando-os.

Só naquele momento percebi que ainda havia algo no carrinho.

Uma caixa?

Tirei-a de lá e levei uma mecha de cabelo para trás da orelha enquanto a examinava. Era branca, simples, havia só o nome de uma loja impresso em letras prateadas. Tirei a tampa e, ali dentro, encontrei vários papéis de seda cor-de-rosa. Depois, toquei em algo diferente. Parei no instante em que senti o tecido.

Era muito, muito lisinho. E bem macio, como o interior de pétalas de flores, na parte mais delicada.

Encontrei a borda de um vestido. Era de um lilás delicado, uma tonalidade preciosa e elegante. Contra a luz, refletia nuances escondidas, e então percebi na mesma hora: era de cetim.

Sabia disso porque, quando era pequena, tive um enfeite com uma fitinha do mesmo tecido. Nunca tinha visto nada tão macio e brilhante em toda a minha vida.

Meu Deus, era... *era*...

— Ivy?

Tomei um susto e enfiei o vestido na caixa.

John estava parado na porta, hesitante.

— Tudo bem?

— Tudo — respondi, colocando apressadamente o papel de volta no lugar.

Não que eu me interessasse. Uma roupa dessas não tinha nada a ver comigo...

— Encontrou alguma coisa? — perguntou John, no mesmo tom satisfeito de quando eu lhe contara que a sra. Lark tinha trazido roupas para mim.

— Encontrei, sim — respondi, baixinho, e vi como John sorria. — Algumas coisas.

Peguei a caixa com o vestido e a enfiei no fundo do armário, debaixo de uma pilha de suéteres.

— Estou com a tarde livre.

Ao levantar a cabeça, vi no rosto dele aquela expressão meio hesitante, mas sempre cheia de afeto.

— Está com fome? — perguntou ele, esperançoso.

Escolhi fazer que sim com a cabeça, por mais que não fosse verdade. Eu estava sem apetite, mas, se havia uma coisa que realmente me doía, era não corresponder aos esforços que John fazia para estar ao meu lado.

Eu sabia o que ele estava fazendo, e isso despertava em mim um carinho que quase chegava a doer.

Aqueles gestos eram como flores que eu não sabia cultivar. John me oferecia todos os dias, mas elas sempre acabavam murchando nas minhas mãos.

Ele me levou a uma lanchonete nas colinas, abraçada pelo vento e pela sombra das palmeiras.

Estacionou o carro debaixo das árvores e me pediu que o esperasse numa das mesas. Como sempre, Mason tinha ligado para avisar que só voltaria à noite.

— É um prato típico daqui — disse John, todo contente, me entregando uma salsicha empanada num palito. — Aqui, experimenta.

— O que é isso? — perguntei, aceitando-a com desconfiança.

— É um *corn dog*. — Ele deu uma risada ao ver que eu estava analisando a comida. — Vai, come — incentivou, dando uma mordida no dele.

Eu o imitei. Mordi um pedaço e saboreei a textura estranhamente macia e carnuda, mas no fim das contas gostosa.

— E aí?

Mastiguei com cautela, enquanto sustentava o olhar que aguardava meu veredito.

— Tem uma consistência estranha — murmurei, mas ele esboçou um sorriso, encarando aquilo como uma vitória.

Comemos em silêncio, sentados a mesas de piquenique com os pés apoiados nos bancos. O vento soprou entre as folhas e, naquele momento íntimo, contei a John sobre o projeto de arte.

Eu não tinha muita escolha: ou eu participava ou não receberia os créditos necessários para completar o plano de estudos.

— Então agora você também faz parte do projeto? — perguntou, amassando o guardanapo.

Fiz que sim.

— Acho ótimo. Você vai ter a chance de mostrar do que é capaz, né? Passei a vida toda vendo você pintar. Sei como é talentosa — elogiou, com um sorriso, mas eu o olhei desconfiada e não retribuí. — Pelo menos agora você vai ter a possibilidade de se desafiar.

Maldito seja ele e seu papel de padrinho informado e presente.

Maldito seja o curso de arte e Bringly.

Só queria que me deixassem em paz, era pedir muito?

— Eu sei que dá medo — prosseguiu John. — Se expor. Se mostrar para as pessoas... Mas você ainda tem tempo de escolher o que vai desenhar. Tenho certeza de que vai criar algo incrível.

Suspirei de boca fechada. Um raio de sol caiu em meu rosto enquanto eu girava o palito entre os dedos.

— Aconteceu outra coisa também.

John me escutou enquanto eu relatava o que havia acontecido com Fitzgerald. Não entendi por que tinha sentido a necessidade de contar, mas o fiz mesmo assim.

Percebi o tempo todo, de canto de olho, como ele estava concentrado em mim.

— O professor reconheceu o sobrenome? — perguntou por fim, deixando transparecer a inquietação.

— Não sei. Talvez.

— Associou você a ele?

Fiquei em silêncio e John desviou o olhar, como se fosse invadido por uma onda de preocupação.

— É o sr. Fitzgerald — lembrei a ele, tentando fazê-lo pensar racionalmente. — É só um professor de ensino médio.

O que John achava que ele poderia fazer?

— Se isso se espalhar... — Os olhos dele vagavam, inquietos. — Se... se alguém...

— Ninguém virá atrás de mim.

— Mas e os agentes do governo? Aqueles que foram ao hospital quando seu pai...

Ele mordeu os lábios e desviou o olhar.

— Não precisa se preocupar com eles — falei.

— Não são eles que me preocupam, Ivy!

— Quem, então? — perguntei, exasperada. Eu não queria que a conversa seguisse aquele rumo, só tinha tentado me abrir, não desenterrar aquela discussão. — Quem assusta você, John? Algum maluco desequilibrado? Um grupo de hackers? Quem?

Ele balançou a cabeça, desistindo de me responder.

Era uma conversa absurda e ridícula, mas parecia que só eu achava isso.

— Não entendo do que você tem medo — admiti, baixinho, com sinceridade. — Eu estou aqui com você. Estou aqui, John. Na Califórnia, na sua casa. Foi você mesmo que disse: este é o mundo real. Não estamos num filme. Não é possível realmente acreditar que alguém viria até aqui me sequestrar. É absurdo.

— Você não entende — sussurrou ele.

— Talvez. Mas não sou eu que estou surtando só porque um professor qualquer reconheceu meu sobrenome.

A reação do professor tinha me surpreendido em um primeiro momento, afinal de contas eu vinha de um lugar onde "Robert Nolton" era apenas uma pessoa comum. Nunca temi o sobrenome do meu pai e não conseguia acreditar que teria que começar a fazer isso àquela altura.

Mas Fitzgerald trabalhava com informática, e era plausível que meu sobrenome lhe parecesse familiar.

Isso, no entanto, não queria dizer nada.

Meu pai havia deixado aquela vida para trás antes do meu nascimento.

Havia enterrado, apagado e arquivado seu passado anos e anos antes.

Por que John ainda encarava essa situação como um bicho de sete cabeças?

— Não foi nada — afirmei, com a voz calma e firme. — De verdade. Só pensei que você gostaria de saber.

John não respondeu, apenas limitou-se a ficar em silêncio, mas foi o suficiente para perceber que enxergávamos a situação de formas diferentes.

Enquanto voltávamos para casa, e ele dirigia sem dizer uma palavra, eu me perguntei se não seria melhor não lhe contar mais nada.

Era uma bobagem, mas eu tinha escolhido contar porque sabia que John ia querer se manter informado. No entanto, dar corda para as preocupações dele não o ajudaria a ficar tranquilo, muito pelo contrário, então talvez, em vez de alimentá-las, eu devesse simplesmente reconhecê-las e deixá-las de lado.

Quando chegamos em casa, John foi direto para a cozinha ligar o forno. Eu me ofereci para ajudá-lo, mas ele recusou.

— Você ainda está com o terno de hoje de manhã — observei. — Pelo menos vai trocar de roupa.

— Não se preocupe, já estou acostumado — respondeu, sem me olhar, então percebi que aquela história o havia perturbado de verdade.

John devia estar lendo meus pensamentos, pois se virou para mim e arriscou um sorriso.

— Vamos jantar daqui a pouco. Pode ir lá chamar o Mason, por favor?

Hesitei. Parte de mim preferiria dizer não, ainda mais depois do que Tommy havia me contado. Não queria vê-lo, muito menos falar com ele, mas deixei minha hesitação de lado e resolvi obedecer.

Procurei Mason por toda a casa, mas não o encontrei em lugar algum.

— Deve estar no porão — sugeriu John. — Já procurou lá?

Fiquei olhando para ele, intrigada.

Como assim, havia um porão?

— A porta depois da escada. Aquela branca! — informou, antes de voltar a mexer o molho dourado do assado.

Refiz meus passos, contornei a escada e vi que na parede havia mesmo uma porta branca entreaberta.

Um pequeno corredor com paredes claras descia em direção ao porão.

Como era possível que eu não tivesse percebido antes?

Era para lá que Mason ia quando parecia desaparecer. Era assim que surgia do nada.

Ao descer, um cheiro familiar me fez cócegas no nariz e, de repente, a ficha caiu.

Era o quarto. Aquele do qual John tinha me falado, o que ele queria que eu pintasse.

As paredes estavam vazias, e o chão, coberto de plástico. Havia vários potes de tinta espalhados, junto com alguns pincéis largos e rolos de pintura.

Era um ambiente espaçoso, com um teto não muito alto e, enquanto eu observava as paredes, uma série de golpes secos chamou minha atenção para uma porta no fundo. Um filete de luz cortava a penumbra e eu me aproximei devagar.

Empurrei a porta para o lado.

À minha frente, surgiu um quarto cheio de tralhas: uma prancha de surfe velha, algumas cestas empilhadas, cadeiras e caixas amontoadas nas paredes.

No meio, um espaço completamente vazio abrigava uma estrutura metálica robusta, formada por painéis planos e acolchoados, dispostos em diferentes alturas.

E Mason estava ali, à luz de uma luminária de mesa.

Aquela barulheira vinha dele. Era o som dos seus punhos, o rangido do suporte que absorvia a violência dos impactos.

O cabelo, encharcado de suor, caía em cima dos olhos. As mangas da camiseta estavam enroladas, revelando os ombros, e os músculos contraídos transmitiam uma força avassaladora.

Fiquei olhando aquela cena sem respirar. Suas mãos estavam envoltas em bandagens brancas que iam até os pulsos e, de tão concentrado que estava, as pupilas não se mexiam abaixo dos cílios compridos.

De repente, eu me peguei quase sobressaltada diante de cada impacto dos seus punhos. Cada golpe era brutal, preciso, uma explosão assustadora de poder.

Mason sabia exatamente onde acertar para machucar.

Sabia como fraturar uma costela, como deslocar um ombro. Era uma máquina perfeita de disciplina e violência.

O que aquelas mãos seriam capazes de fazer, se quisessem?

Naquele momento, ele me viu ali.

O brilho dos seus olhos perfurou a escuridão, e eu me senti presa ao piso. Quis fugir. De repente, eu me arrependi de ter ficado parada ali, em silêncio, como se o estivesse espionando.

— O jantar está pronto — falei, quase como se precisasse me justificar.

Mason levantou o braço e parou o reloginho que usava no pulso — imaginei que servisse para monitorar a frequência cardíaca e a quantidade de golpes durante o treino.

Então, ele pegou a barra da camiseta e a puxou para cima para enxugar a mandíbula. Seu abdômen bronzeado, com os músculos pulsantes e contraídos, chamou minha atenção. Vislumbrei a pele trêmula, a barriga esculpida, o suor escorrendo pelo torso.

Senti uma queimação no estômago e desviei o olhar no mesmo instante.

Agarrei a barra da minha camiseta e dei meia-volta.

— Espera um pouco — pediu ele.

Fiquei parada um tempo antes de me virar novamente. Mason estava concentrado, ajustando as bandagens ao redor do pulso.

— Hoje... o que foi que aconteceu com Fitzgerald?

Aquela pergunta me pegou de surpresa, mas foi logo substituída por uma mais importante:
Por que ele estava me perguntando aquilo?
Enquanto eu falava com John sobre o motivo pelo qual ele tinha me feito passar por sua sobrinha, Mason não tinha dado bola. Na verdade, eu me lembrava perfeitamente que ele havia se retirado.
Naquele dia, ele parecia ter ficado irritado. Como se não quisesse nem ouvir, como se não se importasse. O que tinha mudado?
— Não aconteceu nada.
Ele me lançou um olhar intenso, e eu me senti enjoada. Era tão raro Mason me observar que eu estava começando a desenvolver intolerância aos olhos dele.
— Não pareceu ter sido nada.
— Não precisa se preocupar, não tem nada a ver com você — retruquei, áspera, enquanto me apressava em lhe dar as costas.
Saí dali quase por necessidade, como se a presença dele fosse uma luz muito forte, nociva, a qual não se podia encarar.
Mesmo assim, continuava vendo aquele olhar.
Por toda parte, como uma luz muito forte, mesmo sem olhar diretamente para ele.

Naquela noite, depois do jantar, fiquei no quarto.
Uma sensação estranha percorria minhas veias. Estava me sentindo irritada, acalorada e nervosa sem nenhum motivo aparente.
A pergunta de Mason não parava de ecoar na minha cabeça.
No fim das contas, eu tinha mesmo sido sincera na resposta: nada tinha acontecido. Não importava o que John dissesse, a verdade era essa.
Era *eu* que tinha vivido com meu pai, *eu* o conhecia pelo homem que havia se tornado.
Por dezessete anos, seu passado nunca representara um perigo. Por que àquela altura alguém me procuraria?
Porque ele morreu, respondeu uma voz traiçoeira dentro de mim, *porque você não mora mais no meio do gelo nos confins do mundo, porque você é tudo o que resta dele.*
Porque ele morreu.
Pisquei. Senti de novo aquele gosto amargo na boca. Tentei ignorá-lo, mas meu coração bateu mais devagar, pesado, sufocante, como se cada batida fosse um hematoma.

Recuei um passo, como se quisesse fugir da dor. Enquanto meus olhos vagavam pelos arredores, febris e perdidos, acabei me concentrando numa caixa com fita adesiva azul.

Fui até lá e retirei um recorte de jornal de dentro. A data era de pouco antes de eu me mudar para Santa Bárbara.

"Morre renomado engenheiro da computação", dizia o pequeno parágrafo. "Robert Nolton, americano, faleceu aos 42 anos em uma cidadezinha remota do Canadá, onde morava com a filha. A causa da morte parece ter sido um grave tumor, considerado incurável. Apesar de ter abandonado precocemente a carreira, durante seus anos de atividade a contribuição de Nolton foi indispensável no campo da inovação, sendo pioneiro na engenharia da computação e no design tecnológico de ponta. Para a amada filha, deixou todo o seu legado, na esperança de que isso possa, com o tempo, preencher o grande vazio de sua perda."

Amassei o papel com os dedos.

A dor invadiu meu coração e eu tentei não me deixar afetar por aquele peso, mas foi inútil. Minha garganta se fechou e a visão ficou turva.

— Não — falei, engolindo em seco enquanto minha alma desmoronava.

A ausência dele desabou sobre mim de uma só vez.

Às vezes, parecia impossível acreditar.

Às vezes, era como se aqueles dias no hospital nunca tivessem existido, como se eu ainda esperasse vê-lo entrar pela porta, me cumprimentar e me levar para casa.

Às vezes, chegava até a achar que o via entre as pessoas, por trás do chapéu de um homem ou através da janela de um carro. Era só por um instante, mas meus olhos me iludiam e o coração caía na mentira.

"Aguenta", sussurrou a voz do meu pai, e a dor atingiu um pico insuportável.

Senti as ruínas dentro de mim implorando para gritar, para se libertarem, para explodir de uma vez por todas.

Saí do quarto e fui ao banheiro. Abri a torneira e a água fria explodiu na pia. Lavei o rosto várias vezes, me esforçando para engolir tudo, para esfriar aquela sensação dentro de mim.

Estava me corroendo por dentro.

Em pouco tempo, tomaria conta de tudo: da minha alma, dos meus olhos, até mesmo da minha voz.

Dizem que há cinco fases do luto.

A primeira é a negação. A rejeição da perda, a incapacidade de aceitar um choque tão radical. As outras são raiva, barganha, depressão e, por fim, aceitação.

Eu não me encaixava em nenhuma delas.

Não queria *rejeitar* a realidade. Eu nem sequer conseguia associar o que tinha acontecido. Eu me iludia achando que estava superando e suprimia uma dor que, depois, explodia como uma besta enjaulada. Tinha trancado meu coração, mas o sofrimento não é algo que se possa domar.

Ele respira junto da gente.

Ele se alimenta das nossas esperanças. Bebe dos nossos sonhos, dos nossos olhares e dos nossos medos.

Senta-se à mesa e nos observa comer.

Podemos até fingir não o ver, mas ele não nos deixa.

De vez em quando, sussurra algo em nosso ouvido. Tem a voz mais doce do mundo, mas é uma melodia que dilacera o coração.

Não se pode esquecê-lo. Ele aprende a nos esperar.

E se adapta a nós, como se fosse uma criatura viva. Aprende a viver no nosso silêncio, voa em meio aos nossos pesadelos, cava um buraco na escuridão e finca raízes.

Ele se parece conosco mais do que ninguém.

O sofrimento somos nós mesmos.

Respirei fundo e olhei meu reflexo. Meus olhos avermelhados tentavam conter uma dor que eu não conseguia mais sufocar. Eu continuava tentando estrangulá-la, suprimi-la, trancá-la e amordaçá-la nos meus recantos mais escondidos.

Com o coração trêmulo, acariciei a lasquinha pendurada na minha corrente.

Fechei os olhos. Na minha mente surgiram florestas frescas e um céu azul-claro. A cadeira de balanço e nossa varanda de madeira, onde meu pai lia todas as noites.

Desesperado, meu coração se agarrou a ele. Envolveu-o com tanta força que quase o esmagou, até me esmagar junto, aninhou-se como uma fera e ficou ali, com meu pai.

Ao olhar para aquele rosto familiar na minha alma, rezei para que pudesse revê-lo de novo um dia.

Assim, eu lhe mostraria a casca vazia que me tornei sem a presença dele — e então seria eu a acariciá-lo, com a mesma doçura que ele tinha.

Abraçando-o até que se fundisse ao meu coração, eu diria: "Aguenta firme comigo, porque sozinha eu não consigo".

Fiquei assim por tanto tempo que perdi a noção das horas.

Depois do que pareceu uma eternidade, passei a mão nos olhos e observei a banheira atrás de mim. Era grande e branca, como um barquinho de porcelana.

Fui até lá, devagar, e abri a torneira. O barulhinho suave e borbulhante teve o poder de me relaxar e me trouxe lembranças das nossas fontes termais.

Assim que a água morna começou a escorrer pelos meus dedos, resolvi tomar um banho. Depois, com o corpo relaxado, iria dormir e não pensar em mais nada. Tampei o ralo e comecei a me despir. Ainda zonza, pendurei distraidamente uma peça de roupa na maçaneta e voltei a fechar a porta.

Peguei o sabonete de pinho silvestre e o cheirei antes de despejá-lo na água. Espalhou-se no ar um perfume balsâmico, familiar, capaz de acalmar meus nervos.

Mergulhei lentamente e apoiei a cabeça na borda com um suspiro. Precisava manter a mente ocupada, então virei a embalagem do sabonete e li o rótulo.

"Para um aroma de floresta dos sonhos, com extratos naturais. Idade recomendada: crianças até 7 anos."

Fiquei olhando para o castor da embalagem, indecifrável.

Não quis imaginar a cena de John no supermercado, indo à seção infantil e saindo de lá com aquilo, *para mim*.

Enquanto ainda tentava tirar aquela imagem da cabeça, de repente vi a maçaneta da porta se mexer.

A embalagem escorregou das minhas mãos.

Mal tive tempo de perceber o que estava acontecendo: a porta se abriu, quase como em câmera lenta, e à minha frente surgiu a última pessoa que eu queria que me encontrasse naquela situação.

Com a testa franzida, Mason tinha o olhar fixo no objeto que segurava na mão.

E, como se as coisas não pudessem piorar ainda mais, o que ele segurava nos dedos era justamente meu sutiã.

— O que... — começou a dizer, antes de levantar a cabeça.

Assim que ele olhou para mim, eu corei.

Meu rosto pegou fogo por um momento angustiante e, em um impulso de vergonha, peguei a coisa mais próxima que achei e atirei nele com toda a força que havia em mim.

A vela aromática de lírio de John atingiu em cheio o rosto de Mason, que cambaleou para trás, pego de surpresa.

Ouvi ele xingar enquanto eu saía da banheira e pegava a primeira toalha que encontrei pela frente. Então, me enrolei nela com movimentos frenéticos, puxando-a o máximo possível para me cobrir, porque definitivamente era muito pequena.

Encarei Mason com olhos arregalados, respirando com dificuldade. Ele, por sua vez, me lançou um olhar ameaçador, massageando o local em que eu o tinha acertado.

— Você ficou maluca? — vociferou ele, furioso.

Segurei a toalha o mais forte que pude e me aproximei dele com passos decididos, arrancando meu sutiã de suas mãos.

Ele ficou observando meu gesto e, num ímpeto de raiva, avançou na minha direção.

— Estava pendurado na maçaneta! — gritou, indignado, como se estivéssemos falando de uma carcaça de animal. — O que raios estava fazendo ali?

— Eu me enganei — sibilei. — Certamente não era um convite para entrar!

— Você se enganou? Mas que tipo de engano é esse, deixar a lingerie pendurada na porta do banheiro?

— De quem você pensou que fosse? Está vendo outra mulher nesta casa?

Mason contraiu a mandíbula com um lampejo de raiva nos olhos.

— Felizmente, só você.

A fúria fez minhas mãos tremerem.

Ele ainda tinha a coragem de me culpar? Era eu quem tinha motivo para estar explodindo de raiva!

— Estava ali por um motivo — enfatizei. — Não pensou nisso?

— E o que você acha que eu deveria ter pensado?

— Talvez que eu estivesse *pelada*! — falei aos berros.

O eco das minhas palavras reverberou pelo corredor como um tiro de canhão.

Mason não se mexeu. Ainda contraía a mandíbula, mas notei nos olhos dele uma emoção sutil que eu nunca tinha visto.

No instante seguinte, como se de repente tivesse caído em si, seu olhar recaiu sobre mim. Observou minha pele pálida, a água que escorria pelo vale dos meus seios, a toalha minúscula por onde saíam minhas coxas molhadas.

Fiquei sem ar e o sangue subiu às minhas bochechas. Tentei me mexer, só que meu corpo, quente e paralisado, não reagiu. Quase dava para sentir o *toque* dele em mim, seus olhos acariciando minha coluna com uma lentidão ardente.

Agarrei a borda da toalha enquanto Mason pairava sobre mim, como uma fogueira que me queimava violentamente.

Não era ele.

Não era ele que estava mexendo comigo daquela maneira.

Não era ele, me convenci com todas as forças, *não eram suas mãos nem seus pulsos*. Era meu mal-estar, minha dor, meus sonhos despedaçados. Era o que eu carregava dentro de mim, e *ele* não tinha *nada* a ver com isso.

Fechei bem os olhos e, com um esforço imenso, passei por Mason.

Saí às pressas, levando comigo aquela sensação que parecia fincar raízes cada vez mais profundas nos meus ossos. Era como uma teia de aranha que envolvia os pulmões, a medula e a garganta, mas tão sensível quanto um nervo. E, quanto mais eu tentava me desvencilhar, mais sentia que se grudava em mim.

Engoli em seco, com dificuldade.

O que estava acontecendo comigo?

John desviou o olhar do jornal assim que me viu. Observou meu estado lamentável, o sutiã de algodão que eu segurava firme, e tirou o charuto da boca.

— Ivy, o que...

— John, quero uma porcaria de uma chave para aquele banheiro!

9
COMO UMA BALA

Eu estava acostumada a evitar as pessoas.
    Sempre tive uma personalidade mais fechada e cheia de arestas, como o gelo, o que nunca me ajudou a fazer amigos. Passava muito tempo sozinha, na companhia da natureza, porque só no silêncio eu conseguia me ouvir.
    Só que aquela era a primeira vez que eu evitava alguém com quem dividia o mesmo teto.
    A presença de Mason tinha se tornado insuportável. Senti-lo por perto me incomodava, sua proximidade me provocava uma agitação tão profunda que eu era invadida por uma necessidade repentina de sair do ambiente e respirar um ar que ele não tivesse tocado. Embora Mason fosse o primeiro a manter distância e nunca me olhar, todo contato entre nós me causava aborrecimento.
    Por outro lado, não era difícil imaginar o motivo.
    Mason era pretensioso, arrogante e egocêntrico. Ele me irritava absurdamente e fazia com que eu me lembrasse de todos os motivos pelos quais eu preferia a solidão às pessoas.
    Mas havia outra coisa.
    Algo que parecia ainda pior que seus incontáveis defeitos, que me levava a mantê-lo afastado com mais força de vontade do que o necessário.
    Algo que rastejava dentro de mim, que se escondia na sombra dos meus suspiros e se enterrava lá no fundo.
    Não sabia o que era, mas tinha certeza de uma coisa: eu não gostava de nada disso.
    Naquela tarde, enquanto eu descia a escada que levava ao porão, me perguntei por quanto tempo conseguiria continuar ignorando sua existência.
    Talvez para sempre...
    Esfreguei os olhos. O sonho que tive na noite anterior me impediu de descansar direito. Ainda sentia sua presença viva na pele, como uma marca

que havia ficado dentro de mim. Pisquei várias vezes e, quando avistei meu caderno, senti uma ponta de alívio. Devia ter deixado ali na noite anterior, depois de ter descido em busca de um momento para desenhar. Em seguida, eu me abaixei e o peguei.

Já estava prestes a subir de novo quando notei a luz acesa vinda da porta do fundo.

Mason devia ter esquecido de apagar, porque, ao parar na entrada, pude confirmar que não havia ninguém.

Fui até a luminária em cima do móvel e a apaguei. O sol brilhava lá fora, então a luz que entrava pelas janelas estreitas era suficiente para enxergar tudo com clareza.

Notei uma pasta transparente em cima da escrivaninha ao lado. Dentro, havia vários papéis com seus dados médicos, seu peso e até mesmo a altura.

Um metro e oitenta e oito.

Mason tinha alcançado uma estatura vertiginosa. E só tinha 17 anos...

Fiquei impressionada com a longa lista de exames médicos necessários para praticar seu esporte: eletrocardiogramas, monitoramento do tórax, ressonâncias magnéticas cerebrais. Havia um monte de requisitos a cumprir, e então cheguei à conclusão de que o boxe não era uma atividade para qualquer pessoa. Exigia constância, seriedade e determinação absoluta, com muito rigor e muito treino.

Por que isso me surpreendia?

Em seguida, eu me virei para o enorme saco de pancadas. Lembrei da facilidade com que o vi ranger e ceder aos golpes de Mason e toquei nele com a ponta dos dedos. Parecia quase macio.

Peguei impulso com o braço e tentei desferir um soco.

O saco de pancadas não se mexeu nem um milímetro. O som foi patético; arregalei os olhos e apertei a mão dolorida, com o caderno de desenhos enfiado debaixo do braço.

— O que você está fazendo?

Levei um susto.

Sua presença alterou as batidas do meu coração. Aqueles olhos escuros me prenderam onde eu estava com uma força desarmante.

— O que está fazendo aqui dentro? — prosseguiu ele, territorialista como sempre.

Eu tinha invadido seu espaço outra vez, e ele tratou de deixar isso bem claro. No entanto, um impulso profundo me fez baixar o rosto.

Fiz menção de ir embora sem responder, mas Mason apoiou a mão no batente e me impediu de passar.

— Estou falando com você.

A voz saiu baixa e vibrante através dos lábios carnudos, provocando um estranho arrepio na minha espinha. Eu me encolhi na moldura da porta e fui invadida de novo por aquela sensação de frustração.

— Percebi — retruquei, olhando-o de soslaio.
— Então me responde.
— Nada — rebati. — Eu não estava fazendo nada.

Mason me observou do alto de seus um metro e oitenta e oito. Seu olhar me despiu, tornou-se insistente, íntimo, ardente.

Segurei o caderno com força. Ao notar o que eu tinha em mãos, um antigo rancor brilhou em seus olhos.

— Eu não fico mexendo nas suas coisas. Então vê se não mexe nas minhas.
— Ah, sim, você ainda não tinha deixado isso claro — rebati, bufando como um animal selvagem.

Apesar de estar errada, fui ainda mais grossa que o necessário. Estava nervosa e sem paciência, como se estivesse sendo perturbada por uma ferida aberta que eu ainda não sabia que tinha.

Era uma sensação odiosa, que me deixava vulnerável.

Eu não estava acostumada com aquilo.

— Foi você que deixou a luz acesa — acrescentei. — Só entrei por causa disso.

Com um movimento firme do ombro, eu o afastei, escondendo a urgência com que eu queria me distanciar.

Enquanto voltava para cima com passos firmes, pensar nele ardia como uma queimadura.

Como ele conseguia ser tão insuportável? Como?

E pensar que ele era afilhado do meu pai...

Por um instante, tentei imaginá-los juntos, rindo e brincando, mas era impossível.

Meu pai jamais teria gostado dele.

Claro, ele adorava certas qualidades, como ter iniciativa e determinação, e Mason, em alguns aspectos — como os olhos, a postura e a risada —, até que se parecia com John... mas meu pai não teria gostado dele. De jeito nenhum.

Entrei no quarto, irritada. Sentia as bochechas formigarem. Resolvi tocá-las e, justo naquele momento, notei meu reflexo no espelho. Eu tinha uma pele que nunca corava, e quando isso acontecia costumava ser por causa do frio, então fiquei surpresa ao ver o leve rubor que tingia minhas maçãs do rosto.

Ainda mais nervosa, eu me aproximei da escrivaninha e deixei ali meu caderno.

Minha atenção se voltou para a caixa com fita adesiva azul. Estava aberta desde que eu tinha tirado aquele recorte de jornal. Fui me aproximando devagar, como se fosse uma criatura adormecida. Havia poucas coisas ali dentro: a carteira do meu pai, os documentos, as chaves da casa no Canadá.

No fundo da caixa, vi um álbum azul que dizia apenas "Ivy".

Ele quem me dera.

Dentro, havia só desenhos, cartões-postais e algumas Polaroids que meu pai tinha guardado. Eu sabia que ver aquilo me machucaria, mas foi mais forte do que eu.

Peguei o álbum e o abri.

Os cartões-postais eram todos da área onde morávamos: o vale, o lago próximo, a floresta atrás da casa. Não havia nada escrito neles, mas eram suficientes para despertar lembranças ainda vívidas na minha pele. Os desenhos, por sua vez, eram apenas alguns rabiscos meus, feitos em pedaços de jornal velhos. Não entendia por que ele os havia guardado, não tinham nada de especial além de serem engraçados, confusos e caóticos. Por último, havia apenas duas Polaroids. A mais antiga estava meio desbotada e mostrava três pessoas. Eu não passava de um pacotinho branco. Meu pai era superjovem, com uma cabeleira inimaginável e orelhas rachadas de frio. E, ao lado dele, minha mãe.

Eu sempre a achei linda: o cabelo loiro-claro emoldurava o rosto em forma de coração, doce e orgulhoso ao mesmo tempo. A pele era branca como porcelana e os olhos verdes brilhavam logo acima das maçãs do rosto. Os lábios lembravam os meus, só que os dela ostentavam um sorriso deslumbrante.

Chamava-se Candice. Ao contrário do meu pai, era canadense. Os dois se conheceram na Califórnia, na Universidade de Berkeley — ele na faculdade de engenharia e ela cursando gestão ambiental. Ela morreu em um acidente pouco depois de terem se mudado para Dawson City, quando eu tinha apenas um mês.

Acariciei sua imagem com os dedos. Da minha mãe eu só tinha puxado o cabelo claro e aquele olhar profundo, com as sobrancelhas compridas e arqueadas e os olhos alongados de um antílope.

Eu gostaria de dizer que sentia saudade dela, mas seria mentira.

Eu não sabia como era o toque das suas mãos. Não sabia como era seu perfume nem o som de sua voz. Sabia que era divertida, que sua risada era capaz de quebrar o gelo, de tão calorosa e envolvente. Meu pai dizia que eu era muito parecida com ela, só que, vendo o calor que emanava daqueles olhos, não conseguia concordar.

Queria que ela tivesse me ensinado a sorrir daquele jeito. A ser amada daquele jeito tão brilhante e espontâneo que sempre admirei. Mas não tivemos tempo.

Com delicadeza, virei a página e olhei a segunda Polaroid. Nela estávamos meu pai e eu na beira de uma floresta coberta de neve. Ele me segurava no colo, ajoelhado no chão, e eu sorria sem um dentinho, abraçando-o no pescoço com minhas luvas azuis. Minha calça estava suja de terra nos joelhos, talvez por conta de uma queda.

Havia algo de especial naquela foto, mas eu não conseguia lembrar o que era...

— Ivy? — John estava à porta do quarto. — Estou indo — informou, entrando cautelosamente. Tinha voltado para o almoço, mas os compromissos no escritório o chamavam de volta. — Queria só lembrar que daqui a um pouquinho o eletricista vem aí. Mason provavelmente vai sair, então será que você poderia recebê-lo? Não se preocupe, ele vem aqui há muitos anos. Sabe direitinho o que tem que fazer.

Eu me limitei a assentir com a cabeça. John já tinha aprendido a entender meus silêncios, mas sempre parecia esperar uma frase, uma resposta que eu não sabia como lhe dar.

Ele acariciou meu cabelo e abriu um sorriso amargo.

— Está bem grande.

Meus fios batiam entre a clavícula e o peito, mas, para mim, era um recorde — sempre os usei dois dedos abaixo dos ombros.

— Não me lembro da última vez que te vi assim. — Percebi um tom de hesitação na voz dele. — Se quiser cortar... sei que você nunca gostou de deixar crescer...

— Não está me incomodando tanto — murmurei, sem olhar para ele.

No Canadá, eu nunca tinha precisado ir ao cabeleireiro, era sempre meu pai que cortava meu cabelo na varanda, mas, nos últimos meses, ele já não conseguia mais.

John pareceu entender.

— Tudo bem. Se mudar de ideia... é só avisar.

Ele pôs a mão na minha cabeça. Por fim, foi embora, me deixando sozinha.

Eu ainda segurava o álbum do meu pai, então dei uma última olhada nas páginas antes de fechá-lo.

Naquele momento, notei uma coisa. No fundo, logo abaixo da Polaroid de nós dois juntos, havia uma frase escrita a caneta.

Li aquelas palavras como se viessem de outro planeta.

"Nem todas as naves espaciais vão para o céu. Quem disse essa frase?"

Era a letra *dele*.

A letra do meu pai.

O que significava?

Levei um susto quando meu celular tocou.

— Ivy, quando o eletricista chegar, deixe ele entrar com a van — disse John assim que atendi. — Não quero que ele fique indo e vindo e deixando o portão aberto. Pode ser?

Percebi de novo sua apreensão, mas, dessa vez, não argumentei.

Murmurei uma resposta antes de desligar e voltei a encarar aquela frase enigmática.

A tinta parecia recente.

Eu só tinha aberto aquele álbum uma vez, logo após a morte do meu pai. Ofuscada pela dor, não tive a presença de espírito para notar aquele detalhe.

Pouco depois, enquanto eu me preparava para tomar um banho, voltei a pensar naquelas palavras, sem conseguir entender o que significavam.

Meu pai nunca tinha sido como os outros homens da nossa região. Vivia me falando de números, de mecânica celeste, me ensinava a identificar as constelações. Sempre achava um "mas" nas coisas, mesmo quando eu não via nenhum.

Ficávamos presos por causa da chuva?

"Mas pensa só em quantas flores vão brotar."

Nevava por dias a fio?

"Mas olha que silêncio incrível."

Estávamos perdidos numa trilha intransitável?

"Mas reparou que vista linda?"

Ele sabia enxergar as coisas de um jeito diferente, com uma cor que mais ninguém conseguia ver. Muitas vezes, nem eu.

"Nem todas as naves espaciais vão para o céu. Quem disse essa frase?"

O som da campainha ecoou pela casa.

O eletricista!

Reclamei do péssimo timing e desliguei a água, saindo do chuveiro. Então, me enrolei na toalha e, pingando por toda parte, vesti a calcinha às pressas.

Infelizmente, tinha me esquecido de pegar roupas limpas.

Praguejei e segurei firme a toalha no corpo, saindo do banheiro. Fui ao armário do quarto e já ia pegar uma das camisetas que eu usava todo dia, mas, quando abri a gaveta, estava vazia.

— Sério mesmo? — sibilei, irritada.

De nada adiantou revirar as outras gavetas. Por causa daquele calor infernal, todas as minhas roupas estavam para lavar.

A campainha tocou de novo, o que me fez morder a língua. Não tinha como receber o eletricista pelada!

Naquele momento, eu me lembrei do quartinho no fim do corredor. Uma vez, vi Miriam guardando algumas camisetas ali.

Será que tinham ido parar lá dentro?

Saí correndo descalça, o cabelo pingando nos ombros. Quando cheguei à portinha de madeira escura, abri-a e acendi a luz. Era um cômodo minúsculo, com várias prateleiras cheias de casacos, sapatos e mochilas esportivas.

Revirei as prateleiras com gestos frenéticos, mas não encontrei o que estava procurando.

Não era possível que não tivesse uma única camiseta ali!

Os toques insistentes da campainha me fizeram ranger os dentes. Vi algumas camisetas que pareciam novas em folha dentro de uma caixa e, na pressa, peguei uma do Chicago Bulls e a vesti.

Ficou enorme em mim.

O tecido cobria meu traseiro, parecendo um vestido. Sabia que não eram trajes apropriados, mas, mesmo assim, voei escada abaixo e atendi à porta.

Fiz o que John havia pedido e me certifiquei de que o eletricista tinha entrado com a van, mas, quando abri a porta da frente, ele não estava lá.

Ao ouvir o enésimo toque, explodi.

— Ô caramba!

Segui aquele som vibrante, que me levou aos fundos da casa. Depois, abri a pesada porta de metal que dava para dentro da garagem, escancarando-a para que não se fechasse, e destranquei a entradinha que dava para o jardim.

Um homenzinho petulante levantou o boné de trabalho.

— Ah, sabia que tinha gente.

Olhei feio para ele.

— Eu já tinha ouvido.

— É claro — disse, abrindo um sorriso falso e entrando como se estivesse em casa. — O sr. Crane tinha me avisado que não estaria em casa. Ele já me explicou tudo. Posso?

Abri espaço e o sujeito passou pela entrada dos fundos.

Suspirei, irritada, enquanto a porta se fechava atrás dele com um baque.

Espera... Um baque?

— Não!

Corri para tentar abrir, mas foi inútil. Aquela porta não abria por fora sem a chave.

— Ei! — protestei, batendo na superfície na esperança de que o eletricista me ouvisse. — Espera!

Soquei a porta várias vezes, mais nervosa do que nunca, chamando o homem aos gritos. Estava prestes a xingá-lo quando a porta foi aberta.

— Muito obrigada! — explodi, irritada.

E me arrependi na mesma hora.

Não era o eletricista.

Dois olhos castanhos me observavam de uma altura imponente, com aquela intensidade crua. Mason me encarava com raiva, a mandíbula brilhava de suor. Devia ter ouvido meus gritos e chutes enquanto treinava. Os nós dos dedos estavam enfaixados e o cabelo úmido caía ao redor dos olhos emoldurados por cílios escuros.

— Posso *saber* o que você está...

Então, ele reparou na camiseta que eu estava usando.

Não entendi o que aconteceu. Ou talvez tenha entendido até demais.

Uma expressão de surpresa muda e gélida surgiu em seu rosto, que havia adquirido uma aparência sombria e resplandecente ao mesmo tempo.

Mason ficou olhando para a roupa que eu estava vestindo com olhos tomados por uma fúria brutal, que teria afugentado qualquer um.

— Pode tirar — disse em voz baixa.

Recuei um passo. Aquele tom me fez estremecer, mas nada se comparou às mãos: ele estendeu o braço na minha direção e pegou a camiseta pelo ombro, esmagando-a lentamente com seus dedos fortes.

— Tira *agora*.

Ele devia ter enlouquecido, porque, naquele momento, parecia fora de si. Nem chegava a olhar para mim, só para o que eu estava vestindo, e não tive coragem suficiente de dizer que não estava usando nada por baixo.

— Eu...

— Onde você pegou isso, porra? — sussurrou ele, de forma tão áspera que me fez tremer.

Eu sabia o quanto ele odiava que eu mexesse nas suas coisas, mas aquela reação acendeu mil sinais de alerta no meu corpo. Meu coração disparou. Mason apertou mais os dedos e o tecido subiu, quase expondo a virilha coberta pela calcinha.

Então fiz a única coisa que me veio em mente: em um impulso, peguei a mangueira do jardim e, com um movimento rápido, girei a válvula.

O jato de água gelada explodiu.

Mason virou o rosto na mesma hora e me empurrou, sem soltar a camiseta. Tropecei nos pés dele. Os jatos d'água instauraram um caos generalizado e nossos corpos se chocaram, lutaram, tentaram dominar um ao outro.

Acabei contra a parede, toda molhada, o tecido grudado na pele. Lutei para jogar o jato d'água no rosto dele e fazê-lo me soltar, mas ele agarrou meu pulso e prendeu minha mão na parede.

De repente, aquela loucura parou.

O mundo à nossa volta pingava, úmido e desfocado. Minha pele estava escorregadia por causa do calor, as pernas nuas cheias de gotas geladas. Sob a sombra que me envolvia, meus olhos se fixaram no rosto acima de mim.

Mason inclinava a cabeça, a camiseta encharcada, o peito subindo e descendo. A respiração saía quente e ofegante dos lábios inchados e entreabertos.

Ainda me segurava pela camiseta, mas não foi isso que gelou meu sangue.

Foi sua respiração, intensa e próxima, que se chocava contra minha boca como um oásis de veneno.

— O que você tem na cabeça? — resmungou em voz baixa, quase dentro do meu ouvido.

E algo em mim tremeu, se rebelou, se inflamou como uma doença. Senti meu coração bombear uma sensação parecida com medo, porém mais forte, mais intensa, visceral e assustadora.

A calça dele roçou a parte de dentro da minha coxa e senti um arrepio percorrer meu corpo. Minha pele ardeu, gritando algo que eu não queria admitir.

Girei o pulso e a água espirrou para a frente.

Mason fechou os olhos, cego de raiva, e eu aproveitei a distração para lhe dar uma cotovelada.

A mangueira caiu no chão.

Tropecei nos meus pés descalços enquanto corria como um coelho pela porta aberta de casa, escapando o mais rápido possível.

Fugi dele.

Fugi como nunca havia feito, nem no Canadá, naqueles bosques que eu conhecia tão bem, subindo por trilhas que nunca me assustaram.

Enquanto corria para o quarto com o coração disparado, eu me lembrei do sonho que tinha tido na noite anterior.

Havia árvores, neve e montanhas.

Um silêncio cristalino.

O dedo no gatilho, a bala pronta para o disparo. À minha frente, dois olhos brilhantes rompiam a brancura.

Mas a fera não estava fugindo. Ela me encarava.

A presa era eu.

O rifle era o olhar dela, e mirava no meu coração.

10
A PRAIA

— Agora prestem atenção. No movimento circular, a velocidade e a aceleração variam de acordo com a mudança de direção do movimento...
A aula de física me fazia viajar.

Olhando pela janela, observava as nuvens brancas que corriam pelo céu. Não estava prestando atenção. Minha mente estava desconectada, aérea e dispersa.

Ultimamente, andava distraída. Não conseguia me concentrar em nada. Eu sempre fui uma garota diligente, mas perder alguém tão importante tinha bagunçado toda a minha alma, e até escutar era difícil.

Às vezes, eu me perdia dentro de mim mesma. Cacos de vidro brilhavam no escuro, mas, se os observasse de perto, via no reflexo ombros cobertos por uma camisa xadrez e um sorriso familiar. Via dois olhos azuis bem parecidos com os meus, mas não dava para tocá-los sem me cortar no vidro.

Ouvi um apito. No campo de futebol, do outro lado da janela, um professor de educação física incentivava um grupo de alunos.

Algumas garotas davam risadinhas durante o aquecimento. Esticavam-se para alongar os músculos das pernas, e uma delas deu uma olhada para trás para verificar se estavam admirando sua bunda.

Segui o olhar dela até um grupinho de garotos. Eram quatro, todos do último ano. Fiquei inesperadamente paralisada quando vi Mason entre eles.

Com um sorriso discreto, ele conversava enquanto se alongava. Fiquei hipnotizada pelos movimentos dos dedos empurrando o cotovelo para esticar os músculos tonificados.

Fazia dias que eu quase não o via.

Depois do ocorrido na garagem, voltei a evitá-lo com ainda mais determinação. Além disso, ele tinha passado quase todas as tardes fora, voltando sempre tarde.

Por um lado, estava grata por não ter mais que cruzar com ele pela casa. Por outro, porém, não conseguia entender aquela sensação desconhecida entalada dentro de mim, em meio a fragmentos de luz e alma.

Sem nem perceber, fiquei olhando para ele.

Contava alguma coisa para os outros com uma alegria radiante e, pouco depois, eles caíram na gargalhada. Um dos garotos lhe deu um empurrão e Mason se virou, ainda com aquele sorriso cativante. Com o movimento, o cabelo formou uma espécie de auréola castanha em volta da cabeça.

Negar aquilo não tornaria as coisas menos reais: Mason... era fascinante.

Ele tinha um algo a mais em que era impossível não reparar, como um dom natural que lhe cabia perfeitamente. Era como se fosse feito de um material único, diferente, tipo um fragmento de lua em meio a um cesto de pedras comuns.

E *aquele algo a mais*... poderia me enlouquecer se eu tentasse encontrar seus contornos. Não dava para ver onde começava nem onde terminava.

Apenas estava ali.

Nos seus gestos, no jeito de rir, no movimento harmonioso do corpo. Estava em cada pedacinho de Mason e, quanto mais você o observava, mais difícil era tirar os olhos dele.

Porque esse algo a mais grudava nos olhos e não nos deixava ver mais nada. Entrava na pele, misturava-se aos nossos sentimentos e nos fazia perguntar: "Por quê? Por que ele não me olha?"

— Nolton?

Levei um susto. Senti uma espécie de choque no coração quando me virei, desnorteada.

O professor apontou para a fórmula no quadro.

— Quer responder?

Pisquei, confusa por um instante. Olhei para a fórmula enquanto os outros alunos me observavam.

— Eu... não... não estava prestando atenção.

— Percebi — repreendeu o professor, irritado. — Da próxima, em vez de ficar divagando pela janela, seria melhor prestar atenção.

Por fim, ele se virou para continuar a aula. Troquei olhares com meus colegas e baixei a cabeça para encarar o livro, fazendo um esforço para não me distrair mais.

Quando a aula terminou e fui até meu armário, aqueles pensamentos ainda pareciam entranhados na minha mente.

— Ei! — chamou alguém. — Ivy! Oi!

Quando me virei, encontrei um rosto sardento bem perto do meu. Afastei a cabeça na mesma hora e Carly tocou meus braços várias vezes, animadíssima.

— Que bom, finalmente te encontrei! Você não faz ideia de quanto tempo eu passei tentando falar com você, mas sempre que eu te via você já estava indo embora! Como ficou a camiseta?

— Ficou tudo bem, botei pra lavar — respondi, seca.

— Tem certeza? Não manchou, né?

— Não — falei, olhando ao redor quase como se fosse uma garotinha perdida esperando alguém vir me buscar. — Continua como era antes.

Carly me encarou como se eu tivesse acabado de tirar um peso das suas costas.

— Graças a Deus... Fiquei com medo de ter estragado. Mil desculpas por ter caído em você. Tommy fica muito destrambelhado quando bebe.

Senti vontade de lembrá-la de que foi ela quem havia batido naquele touro chamado Travis, mas decidi deixar para lá.

— Está indo para onde agora?

— Para casa.

Ela abriu um sorriso radiante e me olhou empolgada.

— Perfeito, então! A gente vai à praia porque o pessoal quer surfar! Sam e Fiona vão também, vem com a gente! — exclamou, batendo palmas e sorrindo de orelha a orelha. — Você ainda não foi à praia, né? Ah, vai adorar, você vai ver! A gente conhece um lugar menos cheio a poucos quilômetros de...

— Não, eu... espera — interrompi, levantando a mão. — Não posso.

Carly ficou paralisada. Os olhos perderam o brilho.

— Por que não? — perguntou, com uma vozinha de criança.

Tentei encontrar as palavras certas com uma dificuldade inesperada. Tive a sensação de que a estava... decepcionando.

— Não é pra mim. Não tenho nada a ver com o mar.

— Mas se você nunca foi... — argumentou Carly, quase sussurrando.

Bem, não dava para discordar. Eu só tinha visto o mar de longe, uma faixa azul que marcava o horizonte, mas nunca o tinha visto de verdade.

Mas não era por isso que eu não queria ir.

A simples ideia de estar em um grupo de desconhecidos me causava um desconforto profundo.

— Por favor, Ivy — insistiu Carly, implorando com aqueles olhões. — Vem com a gente.

Eu a encarei por um momento, depois desviei o olhar. Por fim, me virei para fechar o armário.

— Não, obrigada. Prefiro ir para casa.

— Mas por quê?

— Porque sim. Não conheço o resto do grupo. E, além disso... — hesitei. — Mason não quer que eu vá.

Aquelas palavras deixaram um gosto estranho na minha boca, e me arrependi de as ter dito. Era só uma desculpa, mas, no fim das contas, eu sabia que era verdade. Mason nunca ia querer que eu andasse com eles.

— O quê? — Carly pareceu confusa. — Por que não?

Pois é... Por quê?

Por que Mason sempre me tratava daquele jeito?

Por que com os outros era todo sorrisos, mas, comigo, agia como se fosse um animal selvagem que não deixava ninguém chegar perto?

Àquela altura, já fazia tanto tempo que eu me perguntava isso que perdi a esperança de obter uma resposta.

— É uma longa história — murmurei, evitando o olhar de Carly.

Ela inclinou a cabeça e me observou por um longo período.

— É por isso que você não está a fim de ir?

Fiquei em silêncio. Então, ela sorriu.

— Não tem problema, Ivy. Pode deixar que eu falo com o Mason.

Arregalei os olhos.

— Não...!

Mas mordi a língua, porque Carly já tinha virado as costas e se afastava pelo corredor. Ao levantar a cabeça, vi Mason não muito longe. Estava guardando os livros dentro do armário, mas baixou os olhos quando Carly se aproximou com o cabelo esvoaçante. Depois, ela cruzou as mãos nas costas e os dois começaram a conversar.

Senti vontade de sair, fingir que estava ocupada, não ficar ali olhando para eles como se estivesse esperando a permissão de Mason. Mas não consegui me mover.

Estudei o rosto de Mason para tentar entender o que estavam conversando.

Carly riu e ele se encostou no armário, pairando acima dela. Ela mal alcançava o peito largo de Mason. Observei os braços atléticos que ele cruzava lentamente.

Engoli em seco quando, de repente, ele esboçou um leve sorriso. Quando a covinha se formou na bochecha, senti uma vertigem tão intensa que parecia corroer minhas entranhas.

Por quê? Por que ele sorria para todo mundo daquele jeito?

Por que não sorria para mim?

O que eu tinha feito para ele?

Por que... não me olhava?

Por que não me olhava nunca?

Afastei aqueles pensamentos, quase assustada. Franzi a testa e contraí os braços cruzados, dominada por um desconforto áspero e pungente. Afastei uma mecha de cabelo do rosto, incomodada com aquele mal-estar, e só então percebi que Mason não estava mais sorrindo.

Encarava Carly, que agora falava tranquilamente, mas havia um véu de seriedade no rosto dele. No instante seguinte, seus olhos me encontraram.

Meu coração deu um salto. Fiz um esforço para suprimir a sensação que se apoderava de mim, como se de repente eu me destacasse contra o metal dos armários. Em vez disso, sustentei o olhar dele, encolhendo os ombros de forma tão sutil que torci para que ele não percebesse.

Mason nem deixou Carly acabar de falar: endireitou-se com desinteresse e, sem se dignar a continuar me olhando, disse algo que não entendi.

Carly ficou em silêncio por um instante, depois assentiu com a cabeça. Após lançar um último olhar para ela, Mason foi embora.

Ela voltou para perto de mim quando ele já estava longe.

Fiz menção de ir embora, mas Carly me olhou perplexa.

— Aonde pensa que vai? Ele disse sim!

Na verdade, descobri que Mason não tinha dito exatamente "sim".

Do jeito que Carly me explicou, estava mais para um: "Faça o que quiser, não estou nem aí".

Porém, naquele momento, não me preocupei muito com o assunto, pois estava sendo esmagada por Fiona, que, nos braços de um cara diferente da última vez, emitia sons pegajosos à minha esquerda.

— Carly, está indo para onde? É por ali! — gritou Sam do banco da frente.

— Por aqui é mais rápido!

— Mas é contramão!

Socorro.

O carro fez uma curva brusca e a cabeça de todo mundo balançou. Alguém buzinou, agitando o punho em protesto contra aquela motorista louca e imprudente.

Eu nem tinha me despedido de John. Cheguei a me perguntar se já era tarde demais para escrever um testamento no verso do meu estojo. Deveria ter dito a ele que, sinceramente, seu purê de batata tinha gosto de papelão, ou pelo menos que me enterrasse lá no Canadá.

— Carly, o sinal está fechado!

Gostaria que a cerimônia fosse ao ar livre. De preferência uma coisa simples, sem aquele discurso de "ela era uma boa garota" e outros floreios de sempre. John choraria muito, penduraria meu boné na lápide, estenderia os braços para o céu e gritaria: "Por quê?"

Quando Carly pisou no acelerador, decidi que minhas telas seriam leiloadas. O resto das minhas coisas também, menos a casa. Tudo, mas jamais a casa.

— Carly, eu gostaria de chegar à praia sem partir dessa para uma melhor! — protestou Fiona, agarrando-se ao namorado como um gato em um avião.

— Bom, pelo menos você vai morrer aos beijos! Não tem do que reclamar!

— Não olha para mim... olha para a frente! Para a frente!

— O poste, *cuidado*!

— Vamos todos morrer — murmurou o cara, quase resignado.

Sempre fui uma pessoa de pouca fé, mas, quando chegamos à praia, tive certeza de que tinha sido por intervenção divina.

Saímos do carro como um bando de sobreviventes milagrosos. Carly, por sua vez, saiu radiante como um raio de sol. Quando viu que tínhamos sido os primeiros a chegar, declarou com satisfação:

— E ainda dizem que mulher não sabe dirigir!

Fiona praguejou baixinho, arrumando o cabelo com uma expressão irritada.

— Vamos, vamos! — incentivou Carly e, em seguida, começou a saltitar em direção à duna que antecedia a praia.

Um barulho violento invadia meus ouvidos, mas só eu parecia perceber.

Quando cheguei ao topo, o vento bateu no meu rosto e o mar se abriu à minha frente.

E eu... fiquei sem fôlego.

Era colossal. Não, *mais do que isso*, era a coisa mais grandiosa que eu já tinha visto, muito maior do que nossos vales ou nossas montanhas. Quase senti vertigem ao olhá-lo, como se minha vista não pudesse contê-lo.

Não havia horizonte. *Ele* era o horizonte.

E era azul, azul como nos cartões-postais de John, azul como eu nunca tinha visto igual no mundo.

Fiquei parada no topo daquela subida, sendo atingida por um vento com gosto de sal. Por um instante, eu me perguntei como era possível ter vivido uma vida inteira sem ter visto algo assim.

— Lindo, né? — sussurrou Carly.

Sim, era lindo. Mas de uma beleza impetuosa, agressiva, que nos cavava por dentro, que corroía o coração.

E eu jamais teria imaginado encontrá-la ali, em meio a prédios cintilantes e cheiro de asfalto.

Eu estava enganada.

— Vem, Ivy.

Eu as segui sem hesitar mais.

A areia brilhava e irradiava calor à nossa volta. O sol estava de rachar, então agradeci por ter um boné para me fazer uma sombrinha no rosto.

— Aqui — disse Carly, me entregando um tubo laranja. — É de proteção total. Com uma pele da cor da sua, melhor não arriscar.

Segui o conselho dela. Passei o protetor solar nos braços e nas outras partes descobertas, sentindo uma textura grossa na pele. Não gostei nem um pouco daquela sensação, só que não tive outra escolha.

— Ah, como eu queria um sorvete agora — lamentou-se Fiona enquanto tomava sol.

A pele dourada dela brilhava como caramelo naquela luz. Como não pegava fogo?

Então eu a vi abrir um olho e espiar o cara ao seu lado.

— *Ah* — suspirou descaradamente.

Atrás dela, Sam revirou os olhos.

— Eu queria muito mesmo — repetiu Fiona. Por fim, cutucou o garoto, que levou um susto e deixou cair o celular. — Você não quer? — perguntou, aborrecida.

— É... na verdade, quero...

— Resolvido, então — disse ela, com um sorriso, voltando a pôr os óculos escuros. — Eu quero um picolé de morango.

Ele se levantou, sem graça. Atrás dele, vi Tommy descendo a duna.

— Oi, gente.

Então, suspirou exausto e se jogou no chão.

— Não vem se esparramar em cima de mim — reclamou Fiona, afastando-se. Em seguida, depois de ter dado uma olhada nele, perguntou: — Quer sorvete?

— Com certeza.

— Traz um Cornetto também — pediu ela ao pobre peguete, dando um sorrisinho. — E vocês?

— Ah, ah, eu quero um de chocolate! — disse Carly, levantando a mão.

— Eu quero aquelas bombinhas de creme... como se chama mesmo? Ah, sim, *Bon Bon*!

— E você? Quer o quê? — perguntou Fiona para mim.

Fiquei surpresa por ela ter se dirigido a mim diretamente.

— Não, eu... nada.

— Traz dois Cornettos — acrescentou.

Por fim, com um gesto, dispensou o garoto, que foi em direção ao quiosque mais próximo.

— E aí? — perguntou Tommy. — Como vão as coisas?
— Ah, eu estou trabalhando de babá! Sabiam disso?
Todos nós nos viramos na mesma direção, surpresos. Carly abriu um sorriso orgulhoso.
— Você? Está cuidando de outros seres humanos? *De crianças?* — perguntou Tommy, incrédulo.
— Com certeza! A gente se diverte horrores!
— E... elas sobrevivem?
— Ué! Elas me adoram, viu? — esclareceu ela, ofendida.
— Ah, eu não duvido. Entre iguais...

Carly procurou alguma coisa para jogar nele, mas, como só havia areia por perto, ela jogou uma concha. Tommy tentou se esquivar, mas foi atingido bem entre os olhos.

— Nem todo mundo é desastrado que nem você! — disse, mostrando a língua para ele.

Vi as orelhas de Tommy ficarem vermelhas debaixo do cabelo, mas ele voltou a observá-la quando Carly se distraiu. Era uma olhada furtiva e, por isso, foi o último a perceber que os sorvetes tinham chegado.

Fiona jogou um Cornetto para ele e, em seguida, outro para mim. Eu a olhei surpresa enquanto ela abria seu picolé.

— E aí? — perguntou. — Não vai ficar sem almoço, né?

Então mordeu o sorvete.

— Obrigada — murmurei, lambuzando os dedos.
— Ei, finalmente chegaram!

A voz de Sam me fez erguer o olhar. À distância, vi um grupinho de pessoas se aproximando da praia por um ponto diferente do nosso. Carly se levantou para ir até eles.

— Quem é que eles trouxeram? — perguntou Tommy, semicerrando os olhos.

— Ah, não vai me dizer que...
— É uma praga — comentou Fiona, levantando os óculos escuros.
— Quem? — perguntei em seguida.

Então, eu a vi. No mesmo instante em que vi Mason.

A garota ao lado dele, com outras amigas a tiracolo.

Cheia de pulseiras, avançava pela areia segurando as sandálias na mão. Tinha cabelo comprido de um castanho muito quente, que reluzia à luz do sol, e um rosto que eu esperaria encontrar numa capa de revista. As unhas estavam pintadas com cor de bala. Ela as levou à boca sorridente e, depois, estendeu o braço para o lado.

Por fim, fez um carinho em Mason, e eu nem me dei conta de que o sorvete estava derretendo na minha mão.

— Olha como ela é grudenta — disse alguém, mas mal percebi.

Mason esboçou um sorriso. Estavam apenas conversando, mas ela não perdia a oportunidade de tocá-lo, de sorrir para ele e se inclinar na direção dele.

— Meu Deus, como eu odeio essa garota — declarou Fiona, com uma pontinha de inveja que me despertou.

— Quem é?

— Quem? A deusa deslumbrante que está flertando com Mason? Apenas Clementine Wilson — respondeu Tommy, levantando-se. — A garota mais popular do colégio, a rainha dos anuários... Sabe, coisa básica — concluiu, com ironia, enquanto sacudia a areia do corpo.

— Aonde você vai? — perguntou Sam, franzindo a testa.

— Vou até eles. Até parece que vão vir até aqui.

Então revirou os olhos e foi embora. De longe, Travis levantou o braço para nos cumprimentar, e Sam fez o mesmo.

O som de ventosas recomeçou. Ao me virar, vi Fiona devorando o rosto do namorado com tanto ímpeto que imaginei que de fato fosse comê-lo. Estava praticamente no colo do garoto, com as pernas ao redor da cintura dele, que a correspondia com entusiasmo, até que ela se levantou, segurando-o firme pela mão.

— A gente se encontra mais tarde.

Ela deu uma olhada onde estavam os outros e, em seguida, puxou-o em direção ao estacionamento.

Vi Sam balançar a cabeça, então não perguntei nada.

Ao me virar de volta, notei que alguns já tinham colocado as pranchas na areia. Mason, que não parecia tão interessado em surfar, estava sentado perto de um amigo. E ela estava ao lado dele.

Era linda, como uma rosa numa redoma. Aqueles olhos cheios de cílios percorriam o corpo magnífico ao seu lado, o pulso largo apoiado no joelho e os dedos másculos que transmitiam uma força reconfortante. Havia uma certa avidez na forma como ela o olhava, mal conseguindo se conter. A garota aproveitou o momento em que Mason se distraiu para estudar o contorno de seus lábios carnudos com uma intensidade tão indecente que até eu fiquei tensa.

— Clementine não desiste nunca — murmurou Sam.

— Ela está a fim do Mason? — perguntei, com a voz rouca, enquanto a garota ria e sacudia o lindo cabelo.

Era uma pergunta tão óbvia que me senti uma completa idiota, mas a resposta veio mesmo assim.

— Ah, dizer assim chega a ser simplista. Já faz meses que Clementine tenta fisgá-lo. Não faz parte do nosso grupo, mas, veja só, está sempre por perto. É absurdamente bonita e sabe disso, então é divertido vê-la se esforçar tanto por um pouquinho de atenção.

Fiquei olhando os dois e, sendo sincera, não conseguia ver aquela barreira intransponível que Sam percebia entre eles.

— Você faz parecer que ela não tem chance.

Ela deu de ombros.

— Sempre foi assim. Mason... nunca deixou ninguém chegar muito perto. Não que ele não faça sucesso com as garotas, só não vê quem não quer. A questão é que Clementine quer colocá-lo em sua linda gaiola dourada, só que não percebeu ainda com quem está lidando.

Sam o observou por um tempão e, naquele momento, eu me dei conta de que ela já devia conhecê-lo havia muito tempo.

— Pessoalmente, nunca vi Mason ceder à bajulação das garotas que o cercavam, por mais atiradas que fossem. Ele sabe o que quer, e não é com duas palavras provocantes ou um corpo de tirar o fôlego que ele vai se entregar. Isso deixa as meninas loucas. Eu já vi gente fazer de tudo para conseguir um pouquinho da atenção dele, de verdade, é coisa de maluco. — Ela estava se divertindo, dava para ver pelo brilho nos olhos. — Eu me lembro de quando a gente tinha acabado de se conhecer. Para ele, só existia o boxe no mundo, e você tinha que ver as garotinhas da nossa idade, elas não tinham nenhum freio. Sempre se aproximavam dele com as desculpas mais ridículas, e o próprio Mason também devia perceber, porque, *convenhamos*, ele sempre foi bonito. Até quando tinha 14 anos.

Ela deu uma risada enquanto mexia os dedos dos pés.

— E Fiona não conseguia acreditar que ele não queria saber de nenhuma delas, então insistia que ele era gay. Ah, que *divertido*! — Sam caiu na gargalhada até os olhos se encherem de lágrimas. — A cara que ela fez quando viu ele beijando uma garota atrás do pátio da escola! — Sam balançou a cabeça, sem conseguir conter as risadas. — Então, até Fiona teve que admitir que Mason gostava de garotas. E tivemos mais provas disso ao longo dos anos, por mais que eu nunca o tenha visto de fato se envolver com alguém. Acho até que já teve um rolo com a vizinha, mas a história não terminou muito bem.

— A neta da sra. Lark? — perguntei, quase sem voz, de olhos arregalados.

— A própria. Ela saiu dessa história bastante machucada. Pouco depois, foi para a faculdade em outra cidade e, desde então, nunca mais se viram.

Não sei explicar o motivo, mas me senti desconfortável ao falar dele naqueles termos. Mason beijando alguém, tocando alguém, *abraçando alguém*. Tive que afastar esses pensamentos como se fossem veneno.

— Se ele não dá atenção, não vejo por que as garotas continuam tentando.

Sam riu.

— Você faz parecer fácil. Mason não é o tipo de cara que desperta indiferença, não acha? E não é só pela aparência... Ele é um amigo extremamente leal. Sempre se faz presente quando a gente precisa, mesmo que não demonstre abertamente. Talvez não seja muito bom com sentimentos, talvez não consiga expressá-los da maneira certa, não sei... mas ele faria de tudo pelas pessoas de quem gosta. Certa vez, eu o vi dar um soco em um cara do último ano só porque ele tinha ofendido Travis. E Mason sabe dar socos. Acabou com o rosto do cara.

Eu a encarei, surpresa. Não conseguia acreditar que estávamos falando da mesma pessoa, era surreal. Para mim, Mason havia mostrado um lado totalmente diferente, uma personalidade hostil e ofensiva que havia me impedido de ver além, de entender mais. *Seria possível que ele tivesse feito isso de propósito?*

De repente, o olhar de Sam pareceu distante, sonhador, quase absorto.

— Imagina só ter um cara como ele — sussurrou — e saber que ele não teria olhos para mais ninguém. Imagina vê-lo rodeado de pessoas obcecadas, de todos os gestos e a atenção das garotas, e saber que você é a única que ele escolheu para estar ao lado. Imagina roubar o coração de Mason, entrar na cabeça dele, saber que ele vai sempre querer só você, porque um cara assim só se liga a quem ele gosta de verdade. Imagina ser tudo na vida de alguém assim...

Suas palavras se perderam no vento. O que ela acabara de descrever parecia até uma história de conto de fadas, o desejo de qualquer garota diante da beleza encarnada daquele rosto. Fiquei olhando para Sam em silêncio, com um nó na garganta, e só consegui soltar uma palavra trêmula.

— Você...

Ela notou meu olhar. Ao baixar o rosto, havia um sorriso melancólico em seus lábios.

— Já faz muito tempo. Por um período... mas são águas passadas. Mais que passadas.

Aquilo causou um efeito estranho em mim. Sam era sarcástica e despreocupada, e não consegui imaginá-la sofrendo por Mason.

Quantas garotas ele já havia deixado para trás?

Quantas já tinham desejado aquela migalha de atenção, aquele olhar a mais que lhes permitiria dizer: "Você é só meu?"

Por um instante terrível, quase consegui *entendê-las*.

Abracei os joelhos e voltei a olhar para a praia.

Clementine esticou as pernas, como se quisesse exibi-las, e eu me perguntei se Mason tinha reparado.

Ela lhe deu um empurrão, tocando-o outra vez com aquelas mãos, e uma sensação de repulsa me invadiu a garganta: *ele a olhou de novo, cravou os olhos nela e sorriu de um jeito que nunca tinha feito comigo.*

Naquele momento, os dois pareceram estar a anos-luz de distância de mim.

Eram perfeitos juntos, duas pecinhas idênticas de um mosaico incrível, um colar de diamantes em que ambos brilhavam como estrelas.

E eu estava ali, na ponta mais distante do universo. Um orbitava ao redor do outro, e eu me sentia um meteoro à deriva, um planeta sem vida que Mason jamais notaria.

— Agora vamos lá. Vocês ficam de olho em nós daqui? — disseram ao meu lado.

Alguém tinha se aproximado, mas eu não me virei.

— Pode deixar — respondeu Sam.

— Hoje está perfeito — comentaram. — Olha só essas ondas!

— Vê se não vão fazer besteira...

— Não precisa ter medo — disse um deles. — Alguém quer tentar?

Levantei o rosto lentamente.

Observei o mar agitado à distância enquanto o vento bagunçava meu cabelo com força. Então, com determinação na voz e a imagem de um rosto que nunca se voltaria para mim, olhei para cima e declarei:

— Eu.

II
ATÉ O FIM

Três pares de olhos se viraram para mim.
— Você? — perguntou Sam, espantada.
— Está falando sério? — questionou Travis, enquanto eu me levantava e sacudia a areia da calça.
— Sim, quero tentar.
— Caramba — disse a terceira voz. — Por essa eu não esperava.
Então, eu virei para ver o garoto que estava com eles e que, no momento, me olhava com interesse. Na mesma hora, tive a impressão de já tê-lo visto antes — era o grandalhão que esbarrara em mim na festa e que Travis havia afastado, dizendo para não tentar nada comigo.
— Não fique aí achando que ele é o cara, Ivy — comentou Travis, como se houvesse algum perigo. — Nate não é nada de mais na prancha.
O outro caiu na gargalhada.
— Bem que você queria, né? Da última vez, fiz cinco manobras e você só três.
Travis bufou, murmurando algo incompreensível, e Nate voltou a falar comigo.
— E aí? Quer tentar?
— Nate, Ivy está vendo o mar pela primeira vez hoje. Não acho que seja uma boa...
— É, sim — falei por cima de Sam, me impondo.
Ela pareceu surpresa ao me ouvir tão decidida, tanto que ficou me observando enquanto eu encarava Nate nos olhos e dizia:
— Me ensina.
Ele sorriu.
— Você não trouxe biquíni? — perguntou depois de alguns segundos, enquanto nos aproximávamos dos outros.

Fiz que não com a cabeça.

— Tá... Alguém deve ter algum do tamanho certo. Espera, vou ver.

Assim, fiquei observando-o se afastar em direção ao grupo, com seu cabelo capturando a luz do sol. Seu corpo era extremamente esguio, mais alto do que forte, com uma pele delicada e um bronzeado quase dourado, em harmonia com seus traços claros. Ainda o estava estudando quando a sombra de uma figura musculosa se sobrepôs à minha.

— Ei, Ivy.

Travis parou do meu lado e chutou uma concha. Estava com as mãos nos bolsos e a testa franzida, como uma criança.

— Então, primeiro... cadê a Fiona?

Levantei o rosto, mas ele evitou cuidadosamente encontrar meus olhos.

— Disse que encontraria a gente mais tarde.

Travis coçou a cabeça, assimilando minhas palavras.

— *Hum*... Tá — murmurou, pensativo, mas, a julgar pelo silêncio, percebi que não era a resposta que ele queria.

Seguimos em direção aos outros, passando por pessoas sentadas e garotos concentrados em raspar a cera velha das pranchas.

Um estrondo vindo do mar me fez virar. As ondas devoravam a praia, agitadas como cavalos selvagens. Parecia quase uma criatura viva, uma entidade imersa e ancestral que fazia a terra tremer com seu respiro.

— Pronto, Ivy.

Nate me entregou um traje preto e sorriu para mim. Eu tinha um pouco de dificuldade de decifrá-lo. No começo, tinha percebido uma certa arrogância no seu jeito de ser, mas havia algo na pressa dos movimentos e na maneira como ele andava que, em vez de lhe conferir segurança, o fazia parecer quase desajeitado.

— É Ivy, né? Não chegamos a nos apresentar...

Peguei a roupa de surfe e inclinei a cabeça.

— Pois é, o destino já cuidou disso, né?

Ele corou ao se lembrar do que tinha me dito na festa.

— Você se lembra, é? Eu, nem tanto. Sabe, com aquele monte de cerveja nas ideias... E as luzes também não ajudavam muito... — Então, ele se endireitou e se apoiou na prancha, tentando parecer descolado. — Mas... ha-ha... Sem problema. Eu sou forte para bebida! Ninguém tem o fígado como o meu, não é à toa que me chamam de rei do...

— Travis me contou que no dia seguinte te encontraram sem calça no jardim. Com a cabeça enfiada no vaso de cristal da sala.

Ele empalideceu na mesma hora.

— S-Sim... Bom, mas aquilo ali não foi por causa do álcool... Quer dizer, o vidro precisa respirar de vez em quando, sabe... faz bem para o material... e além disso...

— Vou me trocar — interrompi, pondo fim aos balbucios incoerentes de Nate.

Ele assentiu vigorosamente.

— C-Claro. As cabines ficam ali.

Segui na direção indicada e, atrás de mim, ouvi Nate soltar uma série de xingamentos direcionados a Travis.

Dobrei o traje debaixo do braço e passei no meio das pessoas sentadas na areia.

Eu sabia que *ele* estava ali, no meio de um grupinho. Todos os meus sentidos captavam sua presença, como se Mason fosse o centro de uma energia irresistível e poderosa, capaz de me atrair e me repelir ao mesmo tempo. Pretendia passar por ele sem me dignar a olhá-lo, mas o destino não deixou.

Tudo aconteceu num piscar de olhos: alguém esbarrou com a prancha em mim e eu perdi o equilíbrio, mas não consegui me segurar. Arregalei os olhos enquanto tropeçava nos próprios pés.

Caí toda desajeitada no meio do grupo.

Alguns levaram um susto, outros se aproximaram para ver o que tinha causado tanto alvoroço na areia.

— *Ah, meu Deus...* — sussurrei, constrangida demais até para entender o que tinha acabado de acontecer.

A vergonha corroeu meu estômago, mas obviamente o pior não foi aquilo.

O pior foi quando levantei a cabeça e dei de cara com Mason bem na minha frente.

Estava com a boca entreaberta e o rosto virado, mas os olhos voltados para baixo.

Fixos em mim.

Desejei que a praia me engolisse. Eu literalmente tinha caído aos pés dele, mas, ao encontrar seus olhos, foi como se aquela fosse a única luz que preenchia a imensidão do mundo. Suas íris brilhavam com emoções conflitantes, como pedras preciosas que, sob a luz do sol, revelavam veios ocultos e inesperados. Aqueles olhos me encaravam com uma surpresa genuína, e sua força avassaladora me atingiu como nunca. De repente, deixei de perceber a areia. O mar. O calor, o sol, o vento...

— Ivy!

Fui levantada pelos braços, e o contato entre nós se rompeu. Foi como se tivessem me arrancado de mim mesma. Cambaleei quando me puseram de pé, e todos me observaram com preocupação.

— Você está bem? Se machucou?

Travis verificou se eu não estava ferida enquanto eu tentava tirar a areia da roupa, ainda atordoada.

— Não... Só tropecei.

— Tem certeza? — perguntou Tommy.

— Sim, eu... Alguém esbarrou em mim e...

Mason ainda estava ali.

— Não consegui me equilibrar...

Ele estava ali, ele...

— Estou bem.

Estava me olhando.

Por instinto, baixei os olhos. E perdi o fio da meada quando percebi que Mason continuava me observando. Aquele olhar se sobressaía por baixo das sobrancelhas esculpidas, profundo e indecifrável. Antes que me desse conta, já estava me afogando naquelas íris tão sérias.

— Ei, mas... para onde você está indo com isso?

Voltei a mim com dificuldade. Tommy apontava para o traje que eu segurava, mas Travis foi mais rápido.

— Essa doida quer aprender a surfar em um dia! Acabou de ver as ondas pela primeira vez e já quer subir nelas!

— Você quer aprender a surfar? Está falando sério?

— Foi o que eu disse também — concordou Travis, pegando uma bebida gelada de alguém que passava com um engradado. — E nem me deixa ser o professor.

— Ah, Ivy!

Carly se aproximou com um sorriso, balançando o longo cabelo, e me ofereceu uma garrafa.

— Você ainda não derreteu de calor? Beba alguma coisa... Travis, não! Não é para você. Acha que eu sou boba? Vi que você já escondeu uma garrafa nas costas!

— Ivy quer aprender a surfar — revelou Tommy, e Carly ficou paralisada.

Depois, sorriu para mim, maravilhada.

— Sério? Você? Está falando sério?

Já eram dois.

— E quem vai te ensinar? Só espero que não seja ele — disse Carly, e vi Travis tomar um gole da bebida, emburrado.

— Bem, certamente ela aprenderia mais. Mas não, quem vai ensinar é Nate.

— Mas Nate por acaso viu a ventania de hoje? — perguntou Tommy. — Olha essas ondas!

Até Carly, que sempre era o suprassumo da empolgação, se virou para olhar o mar. A hesitação em seu rosto revelou uma insegurança inesperada.

— Você... sabe nadar, né, Ivy?

— Claro que sei nadar — respondi, franzindo a testa. — A gente tem lagos no Canadá.

— Não é a mesma coisa que nadar no mar...

— Vamos, o Nate só vai ensinar a ela — interveio Travis. — E ele não é bobo.

— Nate se acha demais — murmurou Tommy, mas sua voz se perdeu em uma rajada de vento.

Eles começaram a discutir, um falando por cima do outro, e eu cheguei à conclusão de que já tinha perdido muito tempo.

— A gente se vê depois.

Então dei meia-volta e, sem olhar para Mason, segui em direção às cabines, que ficavam no topo de uma pequena subida, atrás de um quiosque. Entrei em uma delas e pendurei o traje de banho no gancho.

Resolvi me dar um segundo. Ao erguer as mãos, vi que meus dedos tremiam.

Eu realmente estava prestes a me jogar no mar em cima de uma prancha?

Ali, aquilo era totalmente normal, afinal de contas.

Era mais ou menos como sair para caçar na minha terra. Se eu contasse que, por lá, caçar era tão natural quanto ir à escola, ninguém acreditaria.

Mas, no Canadá, era uma tradição minha e do meu pai. Havia um significado por trás daqueles passeios juntos, por trás do silêncio incomensurável da natureza.

Naquele momento, porém... por que eu estava fazendo isso?

Balancei a cabeça e comecei a me despir. Deixei as roupas caírem no chão e vesti o traje. Era preto, elástico e levemente forrado, ajustando-se ao corpo. Estava acostumada a usar roupas largas e confortáveis, então foi estranho sentir algo tão justo, como se fosse uma segunda pele.

Puxei o traje pelos quadris e enfiei os braços nas mangas compridas. Depois, olhei o reflexo no espelho. O tecido contornava cada mínima curva. Nunca tive um corpo voluptuoso, sempre fui esguia, com pernas flexíveis e curvas bem delicadas. No entanto, enquanto eu passava os dedos pelo tecido, percebi que, por mais estranho que parecesse, aquilo não me trazia desconforto. Em vez de exposta, eu me sentia protegida.

Estava ajustando o tecido em volta do tornozelo quando percebi uma sombra.

Havia alguém na frente da porta.

Parei onde estava, prendendo a respiração e mantendo a perna levantada. O cabelo roçou minhas bochechas enquanto eu permanecia imóvel, ouvindo o som imperceptível de uma respiração atravessar o ar. Do outro lado, tive a impressão de que a figura se mexia, hesitava...

No instante seguinte, a sombra sumiu.

Os passos se afastaram e eu perdi o equilíbrio, esbarrando na parede. Com movimentos rápidos, fechei o traje de banho, peguei a calça, a camiseta e os sapatos e abri a porta de supetão.

Não havia ninguém.

Olhei ao redor, vasculhando cada canto com os olhos.

Quem eu esperava ver?

Ouvi as risadas dos outros na areia. Caminhei lentamente naquela direção, mas logo parei.

Nate estava ao pé da subida que levava às cabines. E, ao lado dele, de costas para mim, estava Mason.

Os braços dos dois se tocavam, como se estivessem discutindo. Nate estava de testa franzida. Mason, por sua vez, exibia um semblante rígido e os lábios bem fechados, como se tivesse acabado de dar a última palavra.

De repente, ele percebeu minha presença e se virou para me lançar um longo olhar por cima do ombro. Senti seus olhos penetrantes percorrerem meu corpo enquanto o vento bagunçava meu cabelo, acariciando suavemente minha silhueta envolta no traje. Ele observou minhas pernas, o pescoço branco que despontava do colarinho justo e, por fim, meus olhos sombreados por cílios compridos, que sustentaram os dele como minerais brilhantes. Por fim, ele se virou e foi embora.

Enquanto o observava se afastar, não pude deixar de me perguntar.

Fora ele quem tinha ido até a porta da minha cabine?

Por quê?

Queria... falar comigo?

Senti as perguntas presas na garganta enquanto me aproximava de Nate. Ele começou a caminhar em direção à costa e eu o acompanhei.

— O que Mason queria?

Minha pergunta pareceu irritá-lo ainda mais. Ele se limitou a ajeitar a prancha debaixo do braço e a balançar a cabeça, carrancudo.

— Nada... não se preocupa.

— Não parecia nada.

Nate desviou o olhar, mas eu notei a ruga de contrariedade em seu rosto.

— Mason não concorda muito com a ideia de eu te ensinar a surfar.

— Por quê?

— Porque está ventando muito. As ondas estão grandes e a correnteza está forte, ele acha que não seria bom você começar hoje. — Então, Nate se virou para olhar para mim, a testa franzida. — Ele acha mesmo que eu não percebi isso? Não vou te levar para o mar aberto!

Ele voltou a olhar para a frente, irritado com a situação. Baixei o rosto e encarei a areia enquanto Nate continuava a resmungar ao meu lado.

— Você e Mason são muito amigos? — perguntei.

Ao me dar conta do que havia perguntado, mordi os lábios. Que importância tinha aquilo?

Nate pareceu pensar a respeito.

— Não... Para dizer a verdade, não muito. Quer dizer, somos do mesmo grupo. Só que eu não tenho uma relação tão próxima com ele. Saímos todos juntos, mas eu comecei a me enturmar porque já conhecia Travis. Eles dois, sim, são bem amigos.

Nate me analisou por um instante.

— Por que está interessada?

— Não estou — retruquei na mesma hora. — Só perguntei por perguntar.

Ele não tirou os olhos de mim. Cheguei a me questionar se aquela pergunta tinha soado estranha, se havia notado o desconforto que eu senti por ter tocado naquele assunto, mas, quando por fim resolvi levantar o rosto, percebi que Nate me olhava de um jeito completamente diferente.

— Que foi? — perguntei, porque ele parecia incapaz de desviar o olhar de mim.

Por fim, Nate piscou, virou a cabeça e limpou a garganta.

— O traje... ficou bem em você — respondeu, forçando um tom casual.

Em seguida, ele fungou e eu afastei uma mecha de cabelo do rosto, olhando para o meu corpo. Talvez Nate esperasse me ver corar, mas não aconteceu. Eu não acreditava muito em elogios, não sabia reconhecê-los direito e não tinha certeza se aquilo era mesmo um.

O vento começou a soprar mais forte. No mastro, a bandeira tremulava com violência, pressagiando a força que agitava aquela imensa extensão à minha frente.

Prestei atenção no mar, no som poderoso das ondas, e, em meio ao brilho da água, avistei várias pessoas.

— Muito bem — disse Nate. — Vamos começar.

Descobri que, na Califórnia, o surfe era um estilo de vida.

Desde que cheguei ali, via lojas em cada esquina e homens de negócios que, depois do trabalho, ainda de gravata, tirava os equipamentos do carro.

Pareciam viver para aquilo.

— A prancha te guia. Está sentindo? Agora tente se inclinar. Devagarinho...
Segui a voz de Nate e me inclinei para o lado.
— Isso, agora para o outro lado.
Já fazia uma hora e meia que eu estava de pé em cima daquela prancha. Não conseguia entender por que precisava praticar tanto em terra firme se, no fim, teria que entrar na água.
— O *take-off* é a parte mais importante — repetia ele. — Está sentindo a parafina nos pés? Você precisa garantir que o atrito te mantenha bem firme, senão vai cair na primeira inclinação.
Ele tocou no meu quadril, mas eu não me mexi.
— Assim — mostrou ele, com um sorriso satisfeito. — E aí? O que achou?
— Fácil — falei, ousada, e ele caiu na gargalhada.
— É o que parece mesmo... Qual é a dificuldade de ficar em pé numa prancha? Só que na água é outra história. O mar tem vida própria, vai por mim.
Nate deu uma olhada nas ondas e esboçou um sorriso discreto no canto dos lábios.
— Quer tentar entrar na água?
Fiz que sim com a cabeça e desci da prancha. Então ele se abaixou para prender algo no meu tornozelo.
— O que é isso? — perguntei, vendo-o ajustar uma tira de velcro.
— É a corda de segurança. Serve para te manter presa à prancha, senão as ondas levam embora e é uma trabalheira pegá-la de volta.
Por fim, ele levantou a prancha e, juntos, seguimos em direção ao mar.
Quando chegamos à beira, a água cobriu meus tornozelos.
Reprimi um calafrio. *Estava congelante.*
O rugido das ondas preencheu meus ouvidos, mas segui em frente enquanto o vento roçava minhas costas, tentando me empurrar para o mar aberto.
— Muito bem, Ivy — disse Nate quando a água já batia na barriga dele e quase no meu peito. — Vem aqui. Sobe.
Ele segurou a prancha para mim e eu montei nela, sentada com uma perna de cada lado.
As ondas quebravam à nossa volta. Deitei de bruços e dei algumas braçadas, como ele tinha mostrado, sentindo a água passar entre meus dedos. Escutei a voz de Nate me guiando, corrigindo meus movimentos e me dando dicas, até que tentei me levantar.
Fui subindo devagar, e foi bem mais difícil do que na areia. A superfície do mar era instável demais e minhas pernas não paravam quietas, apesar dos movimentos cautelosos e dos braços abertos. Cambaleei e tentei manter o equilíbrio, mas foi em vão. No fim das contas, caí na água.

O frio me atingiu com tanta força que, por um momento, perdi o fôlego. A correnteza me puxava, mas a corda me manteve presa à prancha, que Nate segurava firme.

Voltei à superfície e inspirei pela boca com vontade, em meio a bolhas efervescentes.

— Tudo bem? — perguntou ele, preocupado, enquanto a espuma percorria meu traje e me fazia cócegas.

Por um instante, *quase* tive vontade de sorrir.

O frio, a pele arrepiada, o coração batendo forte... Meu corpo acolheu aquelas sensações familiares como um pássaro ferido que finalmente reencontrava o céu e redescobria sua essência na imensidão. Aquele gelo purificou meu coração, tirou toda a poeira e trouxe à tona emoções que eu acreditava ter esquecido.

— Sim... está tudo bem — respondi, com a voz suave e serena.

Nate me olhou surpreso.

— Quero tentar de novo — falei.

Ele chegou a me perguntar se eu tinha certeza, mas eu já estava de volta à prancha.

Montei nela, arqueando as costas para acompanhar o movimento das ondas. Senti que ele observava minha postura firme e decidida, minhas maçãs do rosto que não estavam escondidas pelo cabelo, para variar, e as mechas prateadas que caíam sobre os ombros. Enxuguei uma gota d'água na mandíbula com o pulso e segurei firme as bordas da prancha, bem na frente dos joelhos. O vento soprou em mim, o frio se misturou ao calor do sol. Aguardei algumas ondas passarem ao nosso lado e, por fim, tentei de novo.

Dessa vez eu ia conseguir.

Foi difícil, exigiu tempo. Segui as orientações de Nate enquanto tentava me levantar de novo, determinada a completar aquela missão. Depois de vários minutos e muita paciência, finalmente consegui manter o equilíbrio.

— Você conseguiu... Conseguiu!

Os tornozelos tremiam, mas eu estava em pé. Levantei a cabeça de braços abertos, e então o sol encontrou meu rosto, como se quisesse me dar um beijo por aquela vitória.

Nate me deu um sorriso satisfeito.

— Acho que você leva jeito...

Uma onda passou muito perto da gente. A água deixou de dar pé para Nate e, sem querer, ele acabou soltando a prancha.

— Ivy! — chamou, tentando me segurar novamente.

— Consigo me virar — tentei tranquilizá-lo, enquanto a onda me levava para mais longe.

Mantive o equilíbrio e me apoiei nos calcanhares à medida que a água corria por baixo da prancha, como ele tinha ensinado. Com um pouquinho de sorte, dei um jeito de não cair.

— Viu só? — falei, empolgada. — Conseg...!

Foi então que meu corpo perdeu o equilíbrio. Fui puxada para trás e, por um instante, eu me vi no vazio, antes de afundar.

Aquele mundo gelado me envolveu mais uma vez. Emergi com a vista meio turva, ouvidos tampados e um gosto de sal na língua, e percebi que ali não dava pé para mim. Bati as pernas para me manter à tona, sobrecarregada por um ruído ensurdecedor.

— Ivy!

Ouvi ao longe.

Vi de relance Nate agitando o braço. Levantei a mão para dizer que estava bem, só que ele não parava de me chamar.

— Ivy! Sai daí!

Quando consegui enxergar melhor, percebi pela expressão de pânico que ele estava gritando.

Mas não era Nate que fazia aquele barulho. O estrondo terrível vinha de trás.

Dei meia-volta, mas já era tarde demais. Foi como ser atingida por uma avalanche, um muro letal e incontrolável que me arrancou de mim mesma.

O impacto foi monstruoso. A onda me engoliu e me empurrou para o fundo, e o mar se fechou sobre mim.

Senti um puxão fortíssimo no tornozelo e as pancadas violentas esvaziaram os meus pulmões. O turbilhão me atordoou, como o rugido de uma fera enorme preparada para me devorar.

Bati as pernas, tentando recuperar o controle para voltar à superfície, mas era como se uma força invisível me impedisse. A prancha estava à mercê das ondas e os puxões da guia não me deixavam nadar direito.

Senti um nó na garganta, o peito ardia. Estava sem ar.

Estendi o braço para cima, arregalando os olhos. Vi lampejos de luz acima de mim e me debati numa tentativa de alcançá-los.

Estava quase lá, quase na superfície, e *ar, eu precisava de ar*, mas fui sugada de volta de um modo devastador.

Tudo tremeu como um terremoto de proporções colossais. O mundo virou de cabeça para baixo e fui empurrada para o fundo outra vez.

Meu joelho bateu no abdômen e rangi os dentes com tanta força que cheguei a sentir gosto de sangue. A visão ficou embaçada. A água atrasava a dor, mas eu a sentia explodir debaixo da pele como golpes que não deixavam ferida.

As veias da minha garganta tremiam como se alguém estivesse me estrangulando. Em desespero, levei as mãos ao pescoço. Não havia ar para respirar. Lutei para voltar à superfície, para me mexer, para fazer qualquer coisa que pudesse me salvar.

Não era possível, eu não podia me afogar assim. Só precisava nadar, só precisava chegar à superfície, parecia muito simples. Mas era como se o mar tivesse vontade própria.

Meus pulmões ardiam, contraídos e esmagados pela pressão da caixa torácica. Meus batimentos desaceleraram até ecoarem nos ouvidos, e meus membros ficaram dormentes. Estava sem forças.

A cada novo giro, os golpes violentos me sacudiam como uma carcaça.

Já não sentia mais nada.

Só aquele tumulto sombrio.

Só a energia abandonando meu corpo.

Com a visão cada vez mais turva, virei o rosto com dificuldade. Eu estava de cabeça para baixo, o cabelo flutuava e a luz da superfície tremulava à distância.

Em meio àquela agonia, vi chegar o fim dos meus dias. Naquela massa enorme que me engolia, a impotência do meu corpo inerte.

E, enquanto a escuridão caía sobre mim, com as últimas forças que ainda me restavam, levantei a mão. Para o lugar inalcançável onde se encontrava minha salvação. Onde surgiu uma casa de madeira iluminada no escuro.

Então, a água entrou em mim de uma só vez. Invadiu minha garganta, ocupou cada espaço e trouxe uma queimação inimaginável, a última coisa que senti.

Depois... mais nada.

Só o vazio.

12

LONGE DOS SEUS OLHOS

Não estava frio.
Não estava escuro.
Eu me sentia dentro de um sonho, sem começo nem fim.
Havia algo macio debaixo dos meus pés.
Algo familiar dentro do meu coração.
E, quando abri os olhos, bastou um olhar para entender.

À minha frente, vi picos de montanhas e florestas imortais, lagos onde dava para ver o fundo rodeados por samambaias. Vi vales sem fim e aquelas nuvens que eu conhecia, rios que brilhavam como faixas de cristal.

Era o meu Canadá.

Estava tudo do jeito que eu me lembrava, uma harmonia perfeita entre céu e terra.

Foi lá que eu o vi.

No reflexo do horizonte, como se brilhasse com luz própria.

Projetava sombras que não apareciam nos meus sonhos, um caminho de pegadas que secava a terra.

Meu pai veio ao meu encontro, mais real do que nunca. Eu não o via com clareza, mas o sentia de um jeito que nunca havia sentido até então. Sentia os contornos do corpo, a aura de sua presença, a doçura nos olhos tão parecidos com os meus. Ele parou diante de mim e sorriu.

— Ivy — declamou, com uma voz que não era dele.

Desesperada, absorvi cada detalhe do seu rosto, mas havia uma luz estranha, quase suave. Estendi a mão para ele.

Mas ele não a pegou, então senti vontade de dizer: "Fique comigo, nunca mais me deixe". No entanto, minha garganta estava fechada, cheia de água. Eu não conseguia falar.

— Ivy — disse outra vez, sem mexer os lábios.

Ele era esplêndido e familiar, e senti a ponta dos dedos adormecerem quando tentei segurar sua mão. Sua pele era de gelo.

— Não me deixe, por favor — falei, só que meus dedos ardiam e, quanto mais eu estendia as mãos na direção dele, menos conseguia senti-las.

Meus pés afundaram na terra quando o sol nasceu atrás dele. Então, meu pai se tornou imenso, monumental, ocupando todo o espaço.

— Ivy...

Então o céu desabou.

Eu queria ficar ali, naquele lugar maravilhoso.

Ali, onde ele estava, onde era o meu lar, onde até minha pele branca parecia brilhar diante daquela luz.

Mas tudo desapareceu e o frio me envolveu.

Foi um sobressalto da alma.

Um jato d'água violento subiu pela garganta e saiu pelos lábios.

A primeira sensação que tive foi da minha respiração: um sibilo rouco e áspero.

Outro espasmo retorceu minhas entranhas. Vomitei mais água enquanto meu corpo sacolejava. Senti o gosto de sal na língua, o peito ardendo, a pele espessa e tensa.

Meu corpo estava rígido, pesado, tomado por cãibras imperceptíveis que se espalhavam por todos os músculos.

A visão foi voltando aos poucos, embaçada e incerta. Percebi que estava deitada.

Havia areia embaixo de mim.

Havia sol. Vento. O balanço do mar.

O mar.

A realidade desabou sobre mim de uma só vez. *E então eu me lembrei.*

As pancadas, a correnteza, a sensação de estar morrendo, segundo após segundo, contração após contração. O terror voltou a dominar minha pele. Comecei a me debater. Revi aquela escuridão à minha volta e o pânico se transformou em um grito que subiu do meu ventre, elevou meu peito até me tirar o fôlego e depois... morreu nos meus lábios.

Minhas pupilas pararam de vibrar feito insetos enlouquecidos e se concentraram no que pairava sobre mim.

E foi como ver o céu desabar pela segunda vez.

Como se o mundo inteiro tivesse se calado, reduzido finalmente ao silêncio, diante da respiração entrecortada que acariciava a pele do meu rosto.

Acima de mim, preenchendo meus olhos arregalados, estava Mason.

Não meu pai.

Não John.

Ele.

Ele, com a boca entreaberta, os lábios de um vermelho mortal, o cabelo encharcado de onde caíam gotas frias que pingavam na minha bochecha.

Ele, que naquele momento me encarava com os olhos arregalados, como se eu fosse algo assustador e lindo ao mesmo tempo.

E, quando fitei aqueles olhos, tão únicos e brilhantes à luz do dia, *senti que uma parte de mim se perdeu para sempre.*

— Ivy — murmurou.

O universo explodiu nos meus ouvidos.

Algo se rompeu, um estrondo que me rasgou ao meio. Meu coração trovejou, ardeu, os batimentos pulsaram na garganta. Tremi, abalada, enquanto tentava me recompor como podia. Mas era tarde demais.

Eu já não tinha mais escapatória.

Porque não importava que eu estivesse ali, com a boca cheia de sal e as coxas trêmulas de frio.

Não importava que eu ainda me sentisse engolida pela escuridão, ou que os golpes me ferissem.

Não...

Tudo que eu queria, tudo que desejava... era que ele me olhasse exatamente como estava fazendo naquele momento, *como se olha quando alguém está prestes a morrer.*

Queria os olhos dele em mim. Sua respiração na minha pele.

Queria seu perfume e seus olhares profundos.

Queria falar com ele, entendê-lo. Conhecê-lo e ouvi-lo.

E queria vê-lo sorrir para mim, porque, quando ele sorria, partia meu coração.

Por mais que Mason nunca tivesse me deixado chegar perto... por mais que sempre me afastasse, me mantivesse longe, me fizesse sentir uma estranha... sentia sua voz cravada em algum lugar dentro de mim.

Já tinha tentado arrancá-la, mas ela se fundiu aos meus ossos antes que eu pudesse evitar. Havia se misturado à minha escuridão numa harmonia esplêndida, e até meu esqueleto passou a dançar ao som daquela música.

Não.

Tentei lutar contra aquela vontade, repeli-la. Franzi as sobrancelhas e teria chorado, se pudesse, mas seus olhos me embalaram e me carregaram consigo.

Seus olhos me levaram para um lugar seguro. E, ao mesmo tempo, me condenaram para sempre.

Porque, quando Mason me olhava, eu me sentia como neve exposta ao sol, reduzida a quase nada.

Ele era de mil cores e eu, branca como o marfim, me tingia dele, de cada pensamento seu, de cada toque, olhar ou suspiro.

E então ali estava ele, uma visão magnífica entre arrepios de terror, a luz no fim de um abismo no qual eu acreditava ter me perdido, mas, em vez disso, o encontrei.

E, como sempre... estava tão bonito que chegava a doer.

Meu Deus, Mason era tão lindo que eu podia morrer só de ficar olhando para ele.

Eu, que achava fascinante ver botões de flor na neve, o brilho das escamas de um peixe ao passar o dedo por cima... queria tocá-lo, traçar as gotas d'água no seu rosto e sentir o calor de sua pele nas minhas mãos frias.

Na loucura daquele momento, desejei continuar ali para sempre, no reflexo dos seus olhos, com areia quente nas mãos e a morte ainda grudada ao corpo...

Mason estendeu a mão. A incerteza o fez hesitar, fez seus dedos tremerem como os meus, e nem notei a presença das pessoas que se aproximaram.

— Ivy!

— Ela está bem? Meu Deus, está respirando?

— Deem espaço para ela!

Estavam todos ali, ao meu redor. Uma mão masculina tentou me tocar, mas não deu tempo. Mason cerrou a mandíbula e vi o brilho feroz de seus olhos escuros surgindo atrás de mim.

No instante seguinte, ele me puxou bruscamente para perto de si, me afastando daquele toque, e eu arregalei os olhos.

— Nate, eu vou te matar! — disse, num rugido que irrompeu do fundo do peito.

Perto do meu ouvido, foi como um vulcão entrando em erupção, um terremoto sacudindo meus ossos.

Mason estava frio como gelo, talvez mais frio do que eu, mas seu corpo vibrava de força e vida. Aquela respiração explosiva se misturou à minha, e foi como se eu também vivesse das batidas do seu coração, que pulsava de maneira caótica, martelando direto na minha alma.

Eu poderia continuar existindo só para estar em contato com ele.

Poderia sobreviver apenas disso, dessa simbiose desesperada em que seu coração batia junto ao meu.

Enquanto sentia aquelas batidas me esculpindo, pedaço por pedaço, cheguei à conclusão de que aquele era exatamente o lugar onde eu queria estar.

Não.

Não importava como.
Não importava de que jeito.
Para o meu próprio bem... eu precisava me libertar daqueles sentimentos a qualquer custo.

Passei horas intermináveis na torre dos salva-vidas.
Depois que o Jeep de resgate chegou e a equipe confirmou que eu estava consciente, fui levada para lá quase na mesma hora.
Os salva-vidas me deram oxigênio e me enrolaram em uma manta térmica. Havia um protocolo a ser seguido para situações daquele tipo. Eles me examinaram para confirmar que eu não tinha sofrido nenhum trauma evidente e insistiram em entender as circunstâncias do acidente. Verificaram se meus pulmões estavam limpos, sem barulhos anormais, chiados ou dores no peito.
Eu não soube responder às perguntas direito. Estava com taquicardia e a respiração acelerada, como se soprasse dentro de um balão minúsculo. Isso me assustou, mas eles disseram que era uma reação esperada.
Voltando para casa, já no fim da tarde, o silêncio reinava no carro de Mason.
Parecia outra realidade: lá fora, o céu estava azul e os pássaros ainda cantavam, mas meu mundo tinha virado de cabeça para baixo.
Aqueles sentimentos tinham explodido e amordaçado a mente e o coração, ofuscando minha lucidez.
Mesmo naquele momento, enquanto Mason respirava perto de mim, eu sentia seu corpo tão claramente que meus dedos chegavam a tremer.
— Não vamos contar nada ao meu pai.
Ele tinha estacionado nos fundos da casa. Durante todo o trajeto, mantive os olhos fixos nas mãos, apoiadas no colo.
— Não... Não vamos contar.
John ia enlouquecer, para dizer o mínimo, depois de todas as precauções que tinha tomado para me manter em segurança. Pela primeira vez, senti vergonha de minhas ações. Eu não era uma pessoa imprudente, sempre fui cuidadosa, calma e responsável. Só que, daquela vez, tinha feito papel de idiota.
Mesmo assim... não consegui me impedir de fazer aquela pergunta.
— Foi você?
— Fui eu o quê?
— Que...
Quando Mason se virou, desejei não ter perguntado nada. Tinha medo da resposta, mas, ao encará-lo nos olhos, cada pedacinho de mim esperava

que sim, que ele tivesse se jogado no mar e me tirado de lá. Que tivesse feito aquilo por impulso, por uma necessidade inexplicável e profunda, a mesma que me consumia naquele momento.

E, acima de tudo... que tivesse feito aquilo por mim, *por mim*, e não por John.

— Disseram que você pode sentir tonturas — murmurou, desviando o assunto para questões mais importantes. Enquanto me olhava, falava com uma voz suave e mansa. — Náusea ou ataques de pânico...

— Eu estou bem — interrompi.

Mas era mentira.

Eu *não* estava bem.

Insistia em parecer forte, indiferente a tudo, mas não era verdade.

Eu me sentia zonza. Vulnerável.

Assustada.

Estava desorientada num mundo que não conhecia, imersa numa escuridão que havia roubado minha luz. Lutava constantemente contra uma dor que massacrava minha alma, e não nutriria uma atração por um garoto que me afugentava, me rejeitava e me afastava.

Eu não aguentaria mais feridas.

Não...

Eu quase tinha morrido. E Mason me parecera um anjo na luz, mas foi só devido ao choque emocional, nada mais. Até os animais, quando são salvos, desenvolvem um tipo de ligação empática com quem os resgata, algo que às vezes vai além dos instintos naturais.

Era só isso.

Só um momento de fraqueza.

Eu enterraria aqueles sentimentos.

Desviei o olhar e abri a porta do carro.

Por uma fração de segundo, imaginei ter visto uma expressão de surpresa no rosto dele.

Desci do carro, determinada a me afastar de Mason, mas não consegui dar nem um passo. Uma pontada repentina me obrigou a segurar na porta, e por um instante a dor me enfraqueceu, pulsando no tornozelo como se o sangue estivesse preso ali. Foi só então que percebi o quanto estava inchado e dolorido.

Em seguida, eu me lembrei dos puxões debaixo d'água, da guia que tinha machucado minha pele.

Como eu não tinha percebido antes?

— O que foi? — perguntou Mason, confuso.

— Nada.

Minha resposta foi seca demais, mas não queria que ele soubesse que eu estava passando mal.

Tinha acabado de me declarar emocionalmente independente dele e já precisava de sua ajuda?

De jeito nenhum.

Eu vinha do Canadá, de invernos congelantes, sabia sobreviver sozinha na floresta e, com toda certeza, sabia cuidar de mim mesma!

Ajustei a mochila nos ombros e comecei a caminhar com toda a dignidade que pude reunir. A cada passo, a dor me mordia com força, então acabei me dando conta de que, por mais que me esforçasse, não conseguiria deixar de mancar. A cena devia estar patética, pois Mason não demorou a agir.

— Ivy.

Ele me chamou, mas eu o ignorei. Cheguei à porta de casa e entrei.

Seus passos uniformes ecoavam atrás de mim enquanto eu me dirigia, com muita dificuldade, à escada que levava ao andar de cima.

Engoli em seco e fiquei olhando aquela sequência interminável de degraus. A escada sempre foi tão grande assim?

— Ei — insistiu Mason, e foi o incentivo que me fez dar o primeiro passo.

Mas o esforço foi demais.

O tornozelo cedeu e eu mordi a língua de dor. Teria caído se uma mão não tivesse me segurado pelo cotovelo.

— Posso saber o que você está fazendo? — repreendeu Mason, irritado.

Olhei feio para ele e senti sua mão me apertar, como se quisesse me puxar para mais perto.

— Estou indo para o meu quarto.

Dava para sentir seu perfume. O peito largo e forte irradiava uma atração irresistível. Mesmo com a camiseta colada ao corpo, havia algo por baixo do cheiro de sal que era só dele.

— Você nem consegue andar direito — rebateu, muito sério, como se eu merecesse um sermão. — O que aconteceu?

Virei o rosto, porque sua proximidade, sua voz penetrante e a forma como pairava sobre mim me enchiam de sensações que eu tentava a todo custo suprimir.

— O tornozelo. — Foi um custo admitir, mas tive que deixar o orgulho de lado. — Quando eu estava presa à prancha, a corda me puxou algumas vezes.

Mordi os lábios. *Satisfeito?*

Mason ficou em silêncio. Eu tinha acabado de admitir que não ia conseguir me virar sozinha e aquilo me encheu de vergonha.

Apenas por um instante, desejei que ele me visse na minha casa. Que desse uma olhada em quem eu realmente era, aquela que manejava rifles em campos selvagens e, de noite, adorava ler à luz da lareira...

— Por que não disse antes? — perguntou ele.

Continuei olhando para o lado oposto, sem querer dar o braço a torcer, e então o ouvi suspirar, um suspiro ao mesmo tempo paciente e exasperado.

Em seguida, tirou as mãos do corrimão e se aproximou.

— Então tá.

Arregalei os olhos.

Mason me pegou nos braços e o universo virou de cabeça para baixo.

Fiquei sem ar. Agarrei a camiseta dele e, antes que tivesse tempo de respirar, ele me trouxe para junto de seu peito forte.

— Não... — tentei dizer, mas a garganta fechou.

Não faça isso, eu queria implorar, *você não pode me tocar, não você. Por favor.*

— Fica quieta — murmurou, em um tom baixo e suave.

Quando começou a subir a escada, meu coração mal conseguia acreditar no que estava acontecendo.

Eu sentia aquele corpo sólido em contato com o meu, a força e a tranquilidade com que me segurava. Seu calor me envolveu como uma luva sedutora, silenciando qualquer protesto.

Mason estava me levando no colo para o meu quarto.

Queria me desvencilhar, me afastar daquele garoto que estava se infiltrando dentro de mim, mas não tive forças.

Degrau após degrau, eu repassava cada palavra, cada confronto... Desde o primeiro dia em que o encontrei, a batalha já estava perdida.

Ele sempre me vencia.

E, agora que o prêmio havia mudado, agora que eu queria mais que tudo ganhar um olhar ou um sorriso dele... não tinha a menor chance.

Eu era atraída por sua obstinação, pela força que ele emanava, pela forma como, desde o primeiro momento, nunca tinha me olhado com pena nem me tratado como uma boneca prestes a se desfazer.

Mason tinha visto a mim antes da minha dor. E talvez fosse justamente essa a salvação de que eu precisava. Gritar, desabafar, me soltar... dar voz ao caos que havia dentro de mim, sem me sentir diferente por isso.

Com ele, tinha conseguido ser eu mesma. E, de alguma forma... isso mudara tudo.

Franzi a testa, angustiada ao me dar conta daquilo. Queria muito afastá-lo, mas, em vez disso, encostei a cabeça naquele peito forte e quente e, por fim, fechei os olhos.

As batidas regulares do seu coração beijavam meu ouvido. Desejei atravessar a pele dele e mergulhar lá dentro até me fundir àquele som. Queria caminhar em meio aos pensamentos dele, explorar sua alma, conhecer aquele lado sincero e leal de que me falaram.

Enquanto seus passos ecoavam pelo corredor, me perguntei se algum dia Mason me permitiria conhecê-lo de verdade...

O mundo tinha parado de dançar. Nós dois paramos no lugar.

Meio atordoada, voltei à realidade e vi os contornos do meu quarto.

Tudo estava como eu tinha deixado. A cama, o armário, as caixas... mas, quando vi nosso reflexo no espelho ao fundo, foi como levar um balde de água fria na cabeça.

Mason parecia abalado, os lábios entreabertos. E o olhar fixo em mim.

Em mim, que estava tão grudada nele, como se quisesse lhe pertencer.

Em mim, que mantinha a mão fechada na altura do seu coração, como se quisesse pegá-lo.

Eu me afastei de seus braços na mesma hora. Recuei um passo, ofegante, enquanto ele ficou ali parado, incrédulo, com as mãos ainda abertas.

— O que deu em você?

Ele deu um passo na minha direção, mas eu recuei mais, como se tivesse sido queimada.

— Nada.

Vi que Mason franziu as sobrancelhas, tentou se aproximar mais uma vez, confuso, e meu coração subiu à garganta.

— Não chega perto! — falei alto.

Alto demais.

Mason ficou paralisado. Um véu de perplexidade cobriu seus olhos.

Meu coração virou um redemoinho de sentimentos assustadores, então temi que ele tivesse *entendido*, temi que fosse zombar de mim e me humilhar. Só consegui me proteger e afastá-lo. Por fim, disparei, na esperança de que ele não percebesse o quanto eu tremia:

— Não... não chega perto. Não preciso da sua ajuda.

Quando me arrependi, já era tarde demais.

Como se estivéssemos em câmera lenta, observei cada reação do seu corpo se transformar. O choque desaparecendo do rosto; a mão, que por um momento havia se estendido na minha direção, cair lentamente.

E os olhos... Os olhos foram a parte mais dolorosa.

Os únicos sentimentos que consegui ler ali foram mágoa e aquela rejeição que eu já conhecia muito bem. Mas havia algo mais... algo escondido, submerso nas profundezas daquelas íris belíssimas. No entanto, não fui capaz de decifrar.

Sem dizer uma palavra, ele deu meia-volta e foi embora.

E eu fiquei ali, sozinha, no meio do meu quarto.

Mas essa não era a pior parte.

A pior parte foi perceber que eu tinha lhe dito as mesmas palavras que, no passado, já me feriram tanto.

13
VENCEDORES E VENCIDOS

No dia seguinte, acordei com febre.

Só eu mesmo para ficar doente ali, num lugar onde fazia trinta graus na sombra. No entanto, depois do trauma físico pelo qual tinha passado, não fiquei surpresa.

Nos dias em que fiquei em casa, sem ir à escola, não consegui fazer outra coisa além de pensar em Mason. No que eu tinha lhe dito, na forma como tinha me afastado dele, gritando para que não se aproximasse.

Eu fui uma idiota.

Ele só queria me ajudar. Desde o momento em que acordei naquela tarde na praia, ele não havia me rejeitado. E tudo que eu fiz foi recuar e lançar olhares horrorizados.

Tinha me arrependido do erro cometido, mas não do motivo que me levara a isso.

Senti medo.

Medo de que ele percebesse. De que entendesse meus sentimentos.

Porque, por mais que agora eu soubesse que estava atraída por Mason, não tinha esquecido em que pé estavam as coisas.

Não tinha esquecido a raiva nem a repulsa que ele sempre direcionava a mim.

Eu estava percorrendo um caminho desconhecido, mas não tinha perdido o rumo.

Não. Eu não ia permitir que a fera que habitava ali tomasse meu coração.

Já tinha sobrevivido a coisas muito piores.

Já tinha sobrevivido ao gelo.

Aos invernos eternos.

Ao julgamento alheio e à solidão do meu isolamento.

Tinha sobrevivido à morte do meu pai.
Mason podia esperar na fila.

Alguns dias depois, voltei à escola.

A dor no tornozelo tinha diminuído, mas meu corpo ainda trazia marcas do acidente. John percebera que eu estava mais pálida e, em algumas ocasiões, chegara até a notar que eu respirava com dificuldade. Mas, à medida que fui melhorando, ele havia chegado à conclusão de que tinha sido por causa da febre.

Mason, por sua vez, começara a sair mais cedo de casa, com a clara intenção de me evitar. Eu nem precisei me esforçar para não o encontrar, ele tratara de afastar um pouco mais a própria vida da minha e, mesmo eu sabendo que era melhor assim, não conseguia ficar aliviada como deveria.

— E aí, encontrou alguma inspiração? — perguntou Bringly certa tarde.

Eu balançava as pernas em um banco em frente à tela em branco, com uma mecha de cabelo atrás da orelha, enquanto mordiscava os lábios.

— Ainda não — respondi.

Mas, dessa vez, ele não me ofereceu palavras de incentivo.

— Ivy, você precisa começar. Todo mundo já terminou o esboço inicial e você ainda não decidiu o que vai fazer. O tempo está passando!

— Estou sem ideias — confessei. — Não consigo me concentrar em nada de concreto.

Era verdade. Quanto mais eu tentava pensar a respeito, mais minha mente se perdia em um universo de possibilidades, sem chegar a lugar nenhum.

— Você é uma pessoa muito reservada... use isso a seu favor. Expresse o que sente, tenho certeza de que não tem como errar. Mostre aos outros que é possível viver experiências intensas apenas com os olhos.

Ele me deixou sozinha com aquelas palavras, em frente à tela vazia que fiquei olhando por uma eternidade. Quando, no fim da aula, estava saindo da sala, me perguntei por que a ideia de pintar um vale congelado não me parecia mais o suficiente.

— Ivy!

Uma cabeleira cor de mel me envolveu, me fazendo cambalear. De mãos estendidas, olhei para baixo e reconheci a figurinha que estava me abraçando.

— Nossa, que alegria ver você — murmurou Carly, me apertando com força. — Eu queria ter ido fazer uma visitinha, mas Mason me disse que você estava com febre e nem conseguia sair da cama. — Ela levantou os olhos para mim, sem me soltar. — Como você está? Está se sentindo bem?

— Sim — respondi, afastando-a um pouco. — Estou bem.
— Mesmo?
Fiz que sim e percebi que seus olhos transbordavam remorso. Antes que eu pudesse dizer qualquer coisa, ela falou primeiro:
— Nunca quis que algo do tipo acontecesse com você — disse, contraindo os lábios, e torci muito para que ela não começasse a chorar. — Se eu não tivesse te convencido a ir... Se não tivesse insistido... Ah, Ivy, eu...
— Carly — interrompi. — Não foi culpa sua. Foi um acidente, não precisa se desculpar por nada.
Ela baixou o rosto. Em seguida, se aproximou, lenta e silenciosa, e, sem motivo aparente, me abraçou de novo. Mas dessa vez com delicadeza, passando os braços ao meu redor com um carinho que me desestabilizou.
— Foi horrível — sussurrou, como se tivesse medo até de dizer aquilo em voz alta. — Achei que... que...
— Estou aqui — falei por instinto, mas, naquele momento, eu me lembrei de como tinha desejado que meu pai me levasse com ele.
Talvez a essa altura estivéssemos juntos, em um lugar onde ele ainda teria mãos quentinhas e o sorriso das minhas lembranças.
— Estou bem, Carly. — Engoli em seco. — De verdade.
Ela pareceu entender. Afastou-se e, depois de passar a mão no rosto, comentou que as outras garotas tinham perguntado por mim.
Descobri que todos se sentiam responsáveis pelo que tinha acontecido comigo.
Cada um deles atribuía a si mesmo uma culpa que não existia, acreditando ter causado — direta ou indiretamente — meu afogamento: Carly porque tinha me levado à praia, Fiona porque acreditava que o sorvete tivesse me dado dor de barriga enquanto eu estava na água, Sam porque tinha me atordoado com toda aquela conversa, Travis porque não tinha me impedido e Nate porque tinha se oferecido para me ensinar.
Ou seja, a culpa era de todo mundo, menos minha.
Absurdo.
— Quer uma carona para casa? — perguntou ela depois de alguns minutos, pegando a chave do carro.
Recusei na mesma hora, mas Carly insistiu.
— Tem certeza? Não custa nada! Você não deveria se esforçar muito depois de ter tido febre... Vai acabar piorando de novo. Já te contei da vez que Fiona...
Naquele momento, eu me distraí. Uma figura familiar me chamou atenção, então ergui a cabeça.

No fim do corredor, de costas para mim, Nate gesticulava de forma agitada. Parecia envolvido em uma explicação acalorada, mas sem muito sucesso.

Encostado na fileira de armários, Mason o ouvia com o queixo levemente abaixado e os braços cruzados. Seu semblante estava neutro, mas havia um brilho de dureza inequívoca e assustadora nos olhos.

— Ivy... o que foi? — Carly seguiu meu olhar. — Ah...

— O que está acontecendo?

Ela coçou a bochecha, hesitante.

— Não tenho certeza... mas acho que eles ainda estão falando sobre o que rolou lá na praia.

As coisas não pareciam muito boas para Nate. Não que Mason o estivesse agredindo, mas eu conhecia bem demais aquela frieza de aço em seu olhar.

— Mason está com raiva — explicou Carly. — Já faz uns dias que Nate tenta falar com ele para se explicar, mas não parece estar adiantando muito.

— Mas isso é absurdo! — exclamei. — O que ele tem para explicar?

Vi Mason inclinar a cabeça. As sobrancelhas arqueadas lhe davam um aspecto sombrio e severo, carregado de uma rigidez implacável. Tentei não me perder naquele rosto.

— Bem... Ele era o único que estava com você...

— Não foi culpa do Nate — insisti, surpresa e contrariada por ela não pensar como eu. — Foi um acidente. Se a culpa é de alguém, então é minha!

— Mas Mason avisou a ele. Disse que você não sabia nadar...

— Eu sei nadar!

— Não no mar, Ivy! — Carly me encarou, exasperada. — Não na correnteza daqui! Você realmente achou que era a mesma coisa? Até o Tommy chegou a avisar, mas Nate não quis dar ouvidos. Acho que Mason tem todo o direito de estar com raiva. Afinal de contas, é de você que estamos falando.

É de mim que estamos falando?

De mim?

Só podia ser brincadeira.

— Ah, por favor — rebati, ríspida, sem conseguir me conter. — Desde que eu cheguei aqui, não tem um dia em que eu e Mason não briguemos.

Tudo tinha limite.

Eu podia até ser prima dele aos olhos dos outros, mas nós dois sabíamos como eram as coisas.

Não éramos parentes. Não éramos amigos, não éramos nada.

Mason nunca teve problemas em deixar isso claro. Como se atrevia a se comportar daquela maneira?

— Pelo amor de Deus, Ivy! — exclamou Carly, sem fôlego. — *Você quase morreu!* O que importa algumas brigas bobas e fúteis que vocês tiveram?

Mason... Sei que não viu como ele ficou enquanto você estava inconsciente, mas ele achou que tinha te perdido! Você não acha que qualquer coisa que tenha acontecido entre vocês fica em segundo plano depois de algo do tipo?

Eu a encarei um tempão, absorvendo aquelas palavras como se fossem uma espécie de acesso a um cenário oculto, paralelo, que eu nunca tinha enxergado.

Será possível que ele...
Será possível que ele tivesse sentido o mesmo?

Meu coração bateu com força. Uma frestinha se abriu na minha alma, deixando um fio de luz se insinuar na escuridão.

Tudo pareceu se tingir daquele raio dourado, assumindo uma tonalidade que nunca tinha visto antes.

Mason me olhando, chocado e encharcado.
Mason se preocupando com meu bem-estar.
Mason me ajudando a subir a escada. Dando um passo na minha direção, antes de eu o ter hostilizado.
Mason baixando a mão e me olhando como se... eu o tivesse magoado.
Mason indo embora com os punhos cerrados nas laterais do corpo.

O que tinha acontecido naquela praia enquanto eu explodia em uma chuva de estrelas?

Passei a tarde estudando no quarto.

Tive dificuldade em me concentrar nos livros, porque, a cada instante, minha mente viajava para longe.

Tentei não me prender na teia dos meus pensamentos. Mas, quanto mais eu mandava as perguntas para longe, mais pensava nelas. E, quanto mais pensava nelas, mais difícil era não me perguntar...

"Nem todas as naves espaciais vão para o céu. Quem disse essa frase?"
Pisquei.

Aquelas palavras se materializaram bem diante dos meus olhos. O álbum ainda estava na escrivaninha, onde eu o havia deixado da última vez. Quase tinha me esquecido...

Estendi a mão e o puxei para mais perto. Observei meus joelhinhos sujos de terra e imaginei que devia ter levado um senhor tombo naquele dia. Mesmo assim, meu sorriso e meus olhos brilhantes expressavam uma alegria deliciosa.

Analisei de novo a frase, mas não cheguei a lugar algum. Aquelas palavras não me diziam nada.

Qual era o sentido de escrevê-la ali, perto de uma foto antiga nossa?

Franzi a testa e, de repente, uma dúvida me ocorreu. Raspei um canto da Polaroid até descolá-la da fita dupla face e depois... a levantei.

Congelei ao ver o que estava ali debaixo.

No centro da folha em branco, três pétalas côncavas formavam o botão de uma flor.

E eu entendi o que era.

Era eu. Era para mim.

Levantei na mesma hora, deixando o lápis cair, enquanto meus pensamentos se agitavam. Fiquei olhando aquele desenho com os olhos arregalados, a mente a mil por hora. Verifiquei debaixo da outra foto, aquela com minha mãe, depois conferi debaixo dos desenhos e dos cartões-postais, em busca de um símbolo, de uma mensagem, de qualquer coisa. Mas não encontrei nada.

Só havia aquilo.

Eu não entendia.

O que significava aquela frase?

E por que era importante?

Meu celular tocou, me fazendo pular de susto antes de pegá-lo debaixo dos livros. Atendi com a mente em polvorosa, incapaz de tirar os olhos do rosto do meu pai.

— Oi, tudo bem? — A voz de John ecoou no meu ouvido, doce e familiar. — Como está se sentindo?

— Bem — respondi, distraída, tranquilizando-o ao contar que a febre não tinha voltado.

Ele pareceu feliz em saber. Perguntou como tinha sido o dia e sugeriu que eu descansasse um pouco, para evitar recaídas.

— John? — interrompi.

— Sim?

Hesitei com a foto na mão.

— A frase "Nem todas as naves espaciais vão para o céu" te diz alguma coisa?

Ele pareceu confuso.

— *Mmm...* não, acho que não.

— Já ouviu meu pai dizer essa frase?

— Não, nunca... — murmurou, pensativo, enquanto eu apoiava o pulso na testa e fechava os olhos. — Por que quer saber?

— Por nada — respondi. — É só... uma curiosidade. Será que eu poderia usar seu computador?

— Claro que pode. Está lá no escritório. A senha é dois, um, zero, seis.

— Dois, um, zero, seis?

— É o aniversário do Mason — acrescentou, com uma simplicidade que me pegou de surpresa.

Não entendi o porquê, mas havia algo na doçura e na sinceridade daquela frase que me atingiu de uma forma incompreensível.

— Obrigada — murmurei.

Me despedi, desejei-lhe bom trabalho e desliguei.

Peguei a foto e fui ao escritório no térreo. Era um cômodo organizado e iluminado, com uma estante de livros na parede e uma escrivaninha na frente. Entrei, me acomodei na poltrona cor de creme e observei a mesa diante de mim. Era feita de uma madeira bem polida, espaçosa como a ponte de comando de um navio, e adornada com pequenos detalhes de ardósia. Abri o laptop de John e digitei a data 21 de junho.

Fiquei um tempão na internet.

Eu não era especialista. No Canadá, o único acesso que eu tinha era através dos computadores da escola. Como morávamos no meio do nada, nunca tivemos computador em casa.

Chegava a ser paradoxal que a filha de um engenheiro da computação tão conhecido mal soubesse mexer num laptop. Nunca tinha pensado muito nisso, mas começava a fazer sentido, uma vez que meu pai fizera de tudo para cortar todo e qualquer contato com aquele mundo.

Depois de uma hora, eu me recostei na poltrona.

Nada.

Não tinha encontrado nada, nem sequer uma vaga menção. Fui parar em páginas de astronomia, mecânica de foguetes, lançamentos espaciais, mas nada que tivesse a ver com a citação do meu pai.

Nenhuma pessoa famosa havia pronunciado aquela frase.

O que ele queria me dizer?

Saí do escritório com a foto no bolso. Uma leve corrente de ar bagunçou meu cabelo e, quando cheguei ao hall, percebi que a porta de casa estava aberta.

Franzi a testa.

Fui até lá para fechá-la, mas, naquele momento, ouvi um farfalhar de páginas.

Olhei para fora e meu coração disparou.

Mason estava sentado na cadeira da varanda. O cheiro de jasmim se espalhava pelo ar e uma brisa suave acariciava seu cabelo desgrenhado. Estava com um livro no colo, a mão apoiada entre as páginas, a cabeça inclinada na parede e os olhos fechados.

Estava... dormindo?

Era como se eu estivesse sob um feitiço, uma magia que me prendeu com fios prateados. Minhas pernas ficaram pesadas feito chumbo, mas meu coração parecia voar e me puxar em direção àquela cena.

Devia estar exausto para adormecer assim, com o livro ainda aberto no colo. Eu sabia que ele estava treinando o tempo todo para a luta do fim do mês. De vez em quando, eu o ouvia descer a escada e treinar até de noite.

Com todo o cuidado do mundo, parei na frente dele. O ar estava repleto de sons, os pássaros cantavam sob o sol da tarde, mas, mesmo assim, tive medo de acordá-lo. Estava me sentindo desconfortável, como se estivesse espiando um fragmento da vida de Mason ou fazendo algo de que deveria me envergonhar. No entanto, ao me inclinar, me dei conta de que era mais forte do que eu.

Observei seu rosto como se fosse a primeira vez, como se fosse uma pintura.

Ele tinha uma pequena cicatriz no canto do lábio, um cortezinho mais claro que eu não tinha percebido antes. Havia outras entre as sobrancelhas, quase invisíveis — certamente eram resultado do esporte que praticava.

Não estava acostumada a vê-lo daquele jeito. Os ombros relaxados, os cílios repousando sobre as maçãs do rosto definidas, o rosto tranquilo e sereno... Deus do céu, como ele era bonito.

Senti uma atração pulsante e irresistível, mas, ao mesmo tempo, uma profunda vulnerabilidade.

Mason fazia meu coração tremer.

Ele o moldava sem ao menos tocá-lo.

Ele o encantava sem ao menos olhá-lo.

E ainda tinha aqueles olhos ferozes, mas uma alma calorosa como o sol pulsando sob sua pele.

Às vezes, eu tinha a impressão de enxergá-la.

Às vezes, quando eu sonhava com aquela praia, via aquela alma refletida nos seus olhos arregalados.

Às vezes, acreditava até que poderia alcançá-la.

Eu queria tocá-lo.

Só queria...

Levantei a mão. Hesitei, insegura, e recuei, antes de estendê-la de novo, como se fosse uma pomba branca e tímida. Com temor e delicadeza, pousei a ponta dos dedos na bochecha dele.

Sua pele era quente e macia.

O vento virou as páginas do livro, misturando seu perfume ao das flores e criando uma combinação inebriante. Soltei um suspiro, aterrorizada e encantada com o que estava vivendo naquele momento.

Eu sempre tinha odiado perfumes artificiais. Preferia a fragrância da terra, o aroma insolente da floresta nas noites de verão.

Mas Mason... Era o cheiro de sua pele que fazia minha cabeça girar, o perfume que seu cabelo espesso emanava.

Cheguei ainda mais perto. Meu coração martelava no peito, a respiração acelerada. Seus lábios estavam entreabertos, macios e sedutores. Respirei perto da boca dele, com a alma tensa, e meu ar se misturou ao dele, lento e profundo.

De repente, recuperei o juízo e recuei bruscamente, assustada comigo mesma. Observei com os olhos arregalados e a respiração presa enquanto ele franzia as sobrancelhas. Fugi dali antes que Mason acordasse e corri para o meu quarto como uma covarde.

E se ele tivesse aberto os olhos?

E se tivesse me visto?

— Droga — repreendi a mim mesma, pressionando os pulsos nas pálpebras.

Eu era patética.

Por que não conseguia ficar longe daquele garoto?

Por que eu pensava uma coisa e fazia outra totalmente diferente?

Eu não era assim. Sabia endurecer meu coração, sabia controlá-lo. Nunca perdia a cabeça daquele jeito.

No entanto, não conseguia afastá-lo.

Eu tinha aprendido a me proteger da maldade.

Tinha aprendido a me proteger da dor.

Mas ninguém nunca tinha me ensinado a me proteger do amor.

Naquela noite, não desci para jantar.

Fiquei no quarto para terminar de estudar enquanto tentava tirar o rosto de Mason da cabeça.

Quando já era tarde e meu estômago começou a roncar, resolvi largar a caneta. Vi que horas eram e me levantei para comer alguma coisa.

Enquanto descia a escada, torci para que John tivesse deixado alguma coisinha para mim. Então ouvi um som inesperado de vozes vindo da cozinha. A luz estava acesa e eu hesitei antes de me aproximar devagar.

Mas, quando cheguei à porta, desejei não ter feito isso.

John e Mason estavam ali.

Ainda não tinham tirado a mesa, e os talheres estavam largados nos pratos já vazios.

Mas o que me chamou atenção foi que eles não estavam comendo. Na verdade, não estavam fazendo nada.

Estavam sentados lado a lado, as cadeiras meio afastadas, e Mason contava alguma coisa. John estava de braços cruzados e *ria* uma risada sincera.

O rosto tranquilo e os olhos cheios de vida reverberavam à luz do cômodo. Nem tinham notado minha presença.

Não entendi o motivo, mas aquela intimidade entre os dois me abalou. De repente, eu me senti uma completa desconhecida, como se, antes daquele momento, nunca tivesse percebido o pequeno universo que John e Mason formavam juntos.

Eles eram aquilo. Sempre tinham sido. Eram aquele calor, aqueles olhares de cumplicidade, aquela relação intensa que mais ninguém era capaz de entender.

Eram uma família.

Assim como eu e meu pai.

E, até aquele momento, eu não tinha enxergado isso. Ou talvez não quisesse enxergar, porque me sentia sozinha, porque havia me apegado a John como se ele fosse apenas meu. De repente, tudo fez sentido: Mason não querendo se atrasar para o almoço com ele, Mason sempre procurando os olhos do pai e nunca fazendo malcriação. Mason sorrindo para ele e John sabendo quem são todos os amigos do filho. Mason tentando me suportar na frente do pai, talvez para não o decepcionar.

Só então os dois perceberam minha presença. Deu para sentir aquela harmonia se romper, como uma linda música interrompida por uma nota desafinada: *eu*.

John me viu e parou de rir. Quando Mason também me encarou, eu instintivamente dei um passo para trás.

— Ah, Ivy. Deixei o jantar separado para você.

Observei o sorriso do meu padrinho, e a inadequação me deu um nó na garganta. Eu nunca tinha me sentido tão deslocada como naquele momento. *Nunca*.

— Eu... — balbuciei, baixando o rosto. Apertei os dedos, me forçando a engolir. — Eu... vou dar uma volta.

Dei as costas para o olhar surpreso do meu padrinho. Ao lado dele, Mason se limitou a me observar, mas fiz de tudo para evitar seus olhos.

— O quê? — perguntou John, levantando-se da cadeira. — O quê? A essa hora?

— É — respondi sem me virar, e pude ouvir o som daquele momento se despedaçando.

Atravessei a sala e, quando passei pelo sofá, peguei meu boné e o apertei com força.

— Ivy, deixei seu jantar separado! — repetiu ele, me seguindo, e eu me senti tão mal que contraí os lábios.

Não me siga. Por favor...

Eu só não queria ser sempre um incômodo.

— Eu como depois — respondi, segurando a maçaneta, mas John me deteve.

— Aonde você vai sozinha? Já está tarde. Está escuro lá fora, não quero...

— Só preciso passear um pouco — murmurei, mas a verdade era que eu queria sair dali, escapar, parar de atrapalhar a harmonia deles. — Já volto. Só vou dar uma volta pelo bairro. Prometo.

Ele me olhou com preocupação, tentando me entender, tentando ler nos meus olhos o motivo daquele comportamento.

Mas eu não permiti.

Antes que pudesse dizer mais alguma coisa, dei meia-volta e saí pela porta. Percorri o caminho de entrada, passei pelo portão e cheguei à rua, em meio a fileiras de postes acesos e sombras de um céu sem lua.

Andei sem rumo por um tempo interminável.

Caminhei no silêncio do bairro, com as mãos nos bolsos e o boné firme na cabeça. O vento se misturou aos meus pensamentos e a escuridão trouxe alívio ao meu espírito.

Tive uma sensação estranha em alguns momentos, como se estivessem de olho em mim. Já tinha acontecido antes, na verdade, quando ia a pé para a escola de manhã. Olhei em volta, mas o fato de não ter visto ninguém não me tranquilizou. Aliás, pelo contrário, me deixou desconfortável. Apertei o passo e decidi voltar.

Quando entrei na rua de casa, vi que havia alguém em frente ao portão.

Não, não alguém.

Mason levantou a cabeça. Seu rosto emergiu sob a luz dos postes, e eu senti minha respiração se alterar.

O que estava fazendo ali?

Tentei encontrar uma resposta enquanto me aproximava, mas meu coração começou a bater forte e não consegui raciocinar com clareza.

Quando parei diante dele, seus olhos brilharam no escuro e se demoraram nos meus.

— Você deixou meu pai preocupado.

Sua voz profunda foi como uma carícia na minha coluna. Contraí a mandíbula e me forcei a não me retesar.

— Eu achei que você fosse imune às paranoias dele — retruquei. — Só se passaram dez minutos.

Eu deveria estar feliz por ele ter me dirigido a palavra de novo depois do jeito como eu o tratara. Mas, por mais que a ideia de me agarrar às panturrilhas de Mason como um polvo não me desagradasse, ainda tive dignidade suficiente para me conter.

Ao observá-lo por baixo do boné, vi que estava com a testa franzida.

Ah, perfeito. Eu o irritei de novo.

Por que eu parecia ser incapaz de fazer outra coisa?

Passei por ele e pousei a mão no portão, mas, no último segundo, parei. Com os dedos firmes no metal, deixei escapar um pensamento.

— Você não deveria culpar Nate. — Após uma pausa, acrescentei: — Ele não teve culpa do que aconteceu.

— Não tem nada a ver com isso, na verdade.

Então eu me virei.

Ele fixou os olhos penetrantes em mim.

Na penumbra, seus lábios pareciam grandes e macios, quase aveludados, e, por um instante de loucura, eu me perguntei o que aconteceria se eu passasse o dedo ali.

Reprimi aquele impulso com um calafrio.

— Tem a ver com o quê, então? — perguntei em um sussurro suave, e Mason olhou para a minha boca.

Um arrepio percorreu meu coração.

Quando inclinou o rosto de lado, vi a mandíbula se sobressair contra a luz enquanto os lábios murmuravam duas palavras:

— Outra coisa.

Era seu jeito de encerrar o assunto, de dizer que eu não deveria fazer perguntas. Já estava aprendendo a decifrá-lo, mas, pela primeira vez, intuí que havia algo mais.

— Outra coisa? — questionei.

— Parece que você se importa muito com assuntos relacionados a ele.

Fiquei olhando para Mason sem entender nada, mas, naquele momento, seus olhos adquiriram um tom sombrio e brilhante ao mesmo tempo, e ele avançou um passo.

— Queria que tivesse sido ele? — perguntou, e eu o senti ainda mais perto. — Queria que *Nate* tivesse salvado você?

Baixei o queixo discretamente, um gesto de defesa. Sua presença me chamava, me dominava, como se fosse inevitável.

— Então foi você — falei. — Foi mesmo você.

Algo cruzou suas íris escuras. Tentei captar o que era, mas ele desviou o olhar antes que eu conseguisse.

— Sobre o que vocês dois estavam discutindo? — insisti.

— Não é da sua conta.

Lá vinha ele de novo.

"Não é da sua conta", insistia em dizer. "Fique fora disso." Aquela distância entre nós era um abismo que nada preencheria.

Eu não fazia parte da vida de Mason, não pertencia ao mundo dele, e isso nunca mudaria.

— Talvez, no fim das contas, eu preferisse que fosse o Nate mesmo — sussurrei ao sentir a frustração me dominar mais uma vez.

Era mentira, mas teve o mesmo efeito, e Mason semicerrou os olhos, sombrio.

— *É mesmo?*

— Pelo menos ele é coerente com as próprias atitudes.

— Coerente... com as próprias atitudes? — repetiu Mason, aproximando-se mais.

Eu estava atacando o orgulho dele, e aquilo me deu uma discreta sensação de poder.

— Sim. Ele não me evita para depois ficar me esperando na porta de casa.

Mason pairou sobre mim.

— E eu, por outro lado?

— Você nem olha para mim — soltei, irritada, mas mordi a língua no mesmo instante.

Que merda eu tinha acabado de dizer?

Uma pontada de pânico fez minha garganta secar. Na mesma hora, eu me coloquei na defensiva e mudei a abordagem.

— Você faz de tudo para me evitar, para fingir que eu não existo. Me larga no meio da rua só para deixar claro que me odeia e aí depois briga com Nate por ter me colocado em perigo, como se você se importasse. Como você chama isso?

Eu estava desabafando uma raiva que nem sabia que tinha. Queria ouvi-lo admitir que se preocupava comigo, que tinha sentido medo, mas, por outro lado, não tinha qualquer esperança de que fosse verdade.

— Esse teatrinho funciona com os outros. Funciona com seus amigos, com os vizinhos e até com John. Mas não comigo.

— Esse... *teatrinho?* — repetiu ele, com olhos fulgurantes.

Estava tão perto que dava para sentir a energia intensa que emanava e, por um momento, raiva e atração se fundiram numa mistura letal.

— Que tal falarmos do *seu* teatrinho? — sibilou ele, me fazendo tremer.

— Você nunca se interessou por nada deste lugar, não sabe nem como é uma onda, e aí, de repente, morre de vontade de se jogar no mar? Eu diria que a incoerência é o *primeiro* dos seus problemas.

Sua voz tinha um poder de persuasão fortíssimo, como uma droga inebriante.

— Você está errado — respondi, cerrando os punhos.

— Não adianta tentar negar.

— Foi você que veio até aqui. Eu só queria ficar sozinha!

Ele abriu um sorriso mordaz.

— Por quê? Já não está sempre sozinha?

Mason acertou com tanta precisão que só me restou o silêncio.

De repente, toda a frustração que eu tentava descarregar nele evaporou, e eu me senti vazia. Baixei o rosto, sem conseguir encontrar palavras para rebater, e vi a mão de Mason se contrair. Seus dedos se fecharam num punho, mas eu sabia que ele não tinha mentido.

Era a verdade.

Mas... eu estava cansada.

Não aguentava mais lutar contra ele.

Não aguentava mais aquela batalha.

Então, quando Mason levantou a mão e a aproximou da minha cabeça, fechei os olhos e inclinei o rosto para o lado.

Ele pegou a aba do meu boné e o tirou devagar. Talvez quisesse afirmar sua dominância. Mas, por outro lado, já tinha vencido aquela luta.

Meu cabelo deslizou suavemente pela minha pele, roçando meus cílios fechados. Um véu de seda finíssima, com reflexos prateados, acariciou meu pescoço. Senti o aroma de pinho que emanava quando o vento suspirou entre nós.

Voltei a olhar para Mason.

Mas ele... já não sorria mais.

O sarcasmo havia deixado seu rosto. Ele me olhava fixamente, sem mexer um músculo, com a mandíbula tensa e a mão ainda erguida naquele gesto.

Então, vi nos olhos dele algo que nunca tinha visto antes. *Como se, por um instante, lá no fundo daquele olhar... ele tivesse acabado de admitir para si mesmo que não podia vencer.*

Eu queria que pudéssemos nos entender.

Queria que pudéssemos conversar, nos escutar, nos comunicar.

Mas a verdade era que não tínhamos sido feitos para isso.

Eu sempre fui um desastre com as palavras.

E ele nunca quis se deixar conhecer.

Talvez um dia encontrássemos um ponto de equilíbrio.

Ou talvez seguíssimos caminhos diferentes. Esquecendo um do outro, como asteroides que se cruzam por acaso e depois se perdem para sempre.

Nós cresceríamos e ficaríamos ainda mais teimosos, ainda mais obstinados, fortes e orgulhosos. Mas ele sempre seria o mar no qual eu não conseguia nadar.

Sempre seria a bala no meu coração.

Com aquela alma ardente e aqueles olhos de tubarão.

E ele nunca saberia disso.

14
DE MARFIM

— Zombaram de você de novo?
A voz dele era como uma luva quentinha. Eu me aninhei nos seus braços, pequena demais para fazer outra coisa.

Não era boa em fazer amigos. Era uma criança reservada e introvertida, e meu pai era o único capaz de me consolar.

— O que foi dessa vez?

— É por causa do meu nome — contei aos soluços. — Todo mundo fala que é ridículo. Que é feio. Que faz eu ser ainda mais estranha.

— Não chora, Ivy — disse ele. — As outras crianças não entendem... Não sabem o quanto você é preciosa. Você é perfeita do jeitinho que é.

— Não é verdade — insisti, com minha voz fraquinha.

Eu sabia que a opinião do meu pai não contava, porque meu nome tinha sido ideia dele. Ele quem o escolhera quando eu nasci.

— Você só tá falando isso porque é meu pai.

Mas ele apertou o abraço, e meu choro se misturou aos batimentos do seu coração. Queria lhe dizer que os olhares das outras crianças me machucavam, que eu ficava triste por não conseguir brincar com elas. Que, por mais que eu fosse quieta, tinha algo a oferecer.

Eu conhecia as estrelas. E aqueles jogos com números. Sabia até sorrir, se aquelas pessoas não nos olhassem daquele jeito.

— Não. Eu digo isso porque sei o seu valor. Você é minha flor. Minha florzinha de marfim.

Abri os olhos lentamente. O mar rugia ao longe.

Não sabia por que tinha ido ali, à sombra daquelas árvores. Observava a extensão da água com um olhar vazio, perdida em lembranças distantes.

Tinha sonhado com meu pai de novo.

Seu rosto, seus olhos familiares. Nos meus sonhos, ele ainda estava comigo. Às vezes, quando eu o tocava, seu calor parecia tão real que chegava a me dar falta de ar. Minhas pálpebras tremiam, o coração se contraía e depois se despedaçava de tanta dor. Eu sangrava no silêncio da noite, sozinha, sufocando no travesseiro a agonia que, ao longo do dia, tentava a todo custo suprimir. Naqueles momentos, sempre rezava para que John não me ouvisse.

— Você tinha razão — murmurei, olhando o mar. — É muito maior do que as nossas montanhas...

Imaginei ouvir sua risada. Ele sempre ria quando eu admitia estar errada a respeito de alguma coisa. Nunca me respondia com obviedades, pelo contrário. Ele me ensinava a me abrir, a me questionar, mas fazia isso com serenidade.

— Estou com saudade — sussurrei.

Minha voz falhou. Odiava quando isso acontecia, porque tornava tudo ainda mais real. Era como admitir que ele não estava mais ali. Que nunca mais estaria.

Que aquelas lembranças eram a única coisa que me restava.

Eu nunca tive uma família *de verdade*. Mas tive uma família *verdadeira*.

E não havia necessidade de ser numerosa; para mim, família era apenas uma pessoa. Eram seus olhos, sua doçura e seu bom coração. Era um conto de fadas contado à noite e um sorriso na porta da escola. Era um conselho, um perfume, um carinho discreto, era ele me ensinando a caminhar, primeiro na vida e depois pelo mundo.

Família é quem doa o próprio coração para que o nosso cresça.

E eu o tinha perdido para sempre.

— Ah — cantarolou Miriam quando cheguei em casa. — Bem-vinda de volta!

Respondi só com um aceno de cabeça. Apesar da minha falta de entusiasmo, ela me ajudou a tirar a mochila.

Tinha a sensação de que aquela mulher gostava muito de mim. Às vezes eu a pegava observando meus traços delicados e, quando eu ia desenhar na varanda, ela me lançava olhares satisfeitos.

— Mason já está na mesa — informou Miriam. — John deixou o almoço separadinho.

— Obrigada — murmurei, e então ela sorriu.

Entrei na cozinha com certa fome, talvez por isso eu tenha olhado primeiro para o frango e não para Mason.

Ele estava sentado ali, sozinho.

Apesar do meu estado de espírito, senti o coração disparar. A presença dele sempre me deixava apreensiva e emocionada. Fui me aproximando devagarinho e, ao chegar à mesa, puxei uma cadeira e me sentei de frente para ele.

Mason segurava um pedaço de frango. Sua mandíbula se movia lentamente e os olhos se fixaram em mim. Quando lambeu o lábio inferior, vermelho e inchado, senti a garganta fechar.

Peguei uma coxa e comecei a comer, mantendo a cabeça baixa.

Tinha certeza de que ele estava me olhando, mas... naquele momento, me dei conta de que era a primeira vez que comíamos juntos sem John. Geralmente, Mason se levantava da mesa, ou eu não me sentava.

Um sopro de ar quente se espalhou pelo meu corpo. Será que, apesar das nossas brigas, alguma coisa estava começando a mudar?

— Mason — chamou Miriam. Seu tom preocupado chamou minha atenção. Ela se aproximou agitada, com o volumoso cabelo preto jogado para trás. — Mason... tem gente lá na porta.

— Quem é?

— Dois homens. Dois homens... vestidos de preto.

Mason franziu as sobrancelhas e passou o guardanapo na boca.

— Meu pai não está. Seja lá quem for, pode voltar mais tarde.

— Eles não vieram falar com o sr. Crane — disse Miriam. Quando olhou para mim, congelei na mesma hora. — Querem falar com ela.

O silêncio se instalou.

Mason se virou para me encarar. Eu, que ainda estava de boca cheia, não ergui o rosto.

— O que eles querem? — perguntei, me levantando.

— Não sei, senhorita. Não me disseram.

Limpei as mãos no guardanapo e saí da cozinha. Segui em direção ao hall e, assim que cheguei à porta, dois pares de olhos se voltaram para mim.

Ambos me olhavam com um semblante sério e frio, mas não foi isso que notei primeiro.

Antes de qualquer outra coisa, o que me impressionou foram os ternos escuros e as gravatas impecáveis que ostentavam, como uma marca registrada. Um deles, o que estava mais perto da porta, tinha cabelo grisalho e mantinha as mãos uma sobre a outra, numa postura rígida mas composta.

— Senhorita Nolton. Bom dia.

Distantes, frios, profissionais. Até a voz me pareceu a mesma. A sensação de déjà-vu invadiu todos os meus sentidos e me deixou em estado de alerta.

— Desculpe a intrusão. Podemos entrar?

— Quem são vocês? — perguntou Miriam, reunindo coragem.

Um deles tirou um crachá do bolso e me entregou.

— Agente federal Clark, srta. Nolton. Precisamos conversar com você.

Ergui os olhos sem pegar o crachá. Ele não estava sorrindo.

Eu sabia por que tinham vindo. Sabia muito bem, e eles também sabiam. Um sentimento discreto foi abrindo caminho no meu peito. Cada fibra do meu corpo lutava para impedir que aquela sensação me dominasse e me levasse para longe dali. Dei meia-volta e me dirigi para dentro de casa.

— Por aqui.

Os dois agentes me seguiram. Miriam balbuciou alguma coisa, mas eles passaram por ela sem cerimônia.

Conduzi os dois até a sala e esperei que se sentassem. Em seguida, fechei as portas enormes e, enquanto puxava as maçanetas, minha atenção se voltou para Mason.

Ali estava sua figura esguia, de pé, no meio do hall. Como sempre, sua presença me marcava, mas minha única reação foi lhe lançar um olhar indecifrável. Seus olhos penetrantes foram a última coisa que vi antes de nos isolarmos dentro da sala.

— Vamos lá — declarei, ainda de costas. — Sou toda ouvidos.

— Sente-se, por favor — pediu um deles.

Obedeci sem entusiasmo. Em seguida, o outro ajeitou a gravata e começou a falar.

— Senhorita Nolton, você sabe o que é segurança nacional?

Nem me dei ao trabalho de responder, e o homem continuou:

— Trata-se da proteção do país contra ameaças que comprometem sua independência e integridade. A área de atuação é vasta, abrangendo desde a esfera militar até a territorial, do campo social ao cibernético. — Uma pausa. — A senhorita certamente sabe que os Estados Unidos da América são a república federal com o mais alto nível de sigilo do mundo. Os órgãos responsáveis por *manter* esse sigilo não perderam tempo em localizá-la assim que chegou ao país. Temos certeza de que a senhorita entende a importância de colaborar conosco. É necessário que compreenda que precisa cumprir com seu dever pelo bem desta nação. Assim sendo, se tiver conhecimento de informações confidenciais, este seria o momento de falar.

Eram as mesmas palavras. Os mesmos argumentos, as mesmas frases cheias de termos que queriam dizer tudo e nada ao mesmo tempo.

Igual àquele dia no hospital.

A mesma sensação estranha daquele dia me atravessou e, de repente, senti a sala desmoronar.

Minha própria escuridão me engoliu diante daqueles olhares fixos.

E, no entanto, eu ainda estava ali, na mesma posição. Só que sentada em outro universo, que cheirava a hospital e medicamentos.

— Ivy.
Naquela luz, só existia o som da voz dele. O bipe era baixo, distante, bem fraquinho.
— Aguenta, Ivy — repetiu ele, com dificuldade. — Aguenta.
As lágrimas me sufocavam. Fechei bem os olhos sofridos e fui dilacerada por aquela dor, incapaz de combatê-la.
— Não — sussurrei, mas estava desmoronando.
E me encolhi no seu peito, tentando lhe dar tudo o que havia dentro de mim.
— Vai ficar tudo bem — falou ele, baixinho, enquanto cada fibra do meu corpo gritava e eu morria, sentindo uma dor insuportável. — Prometo.
Então me agarrei ao meu pai, a testa marcada por linhas de tensão.
Meu coração se partiu em mil pedaços quando vi aquele sorriso familiar, que nunca tinha desaparecido, se abrir para mim.
— Prometo, Ivy. Você não vai ficar sozinha.

Esmaguei os dedos. Dentro de mim, tudo tremia, como um planeta prestes a implodir.
— Não tenho nada a dizer. Não sei de nada que interesse vocês.
— Senhorita Nolton, preste atenção: temos motivos para acreditar que você esteja em posse de...
Naquele momento, eu me levantei de supetão.
— Não, vocês é que vão me ouvir. Outros agentes iguais a vocês já vieram atrás de mim no hospital, quando o corpo do meu pai nem tinha *esfriado* — disparei, cheia de raiva. — Não está comigo nem sei onde está. Ele não me deixou nada. E, se eu tivesse a sorte de ter mais um momento com ele, podem ter certeza de que não seria sobre isso que eu perguntaria.
Os dois agentes da CIA me encararam como cães de guarda.
— Se estiver escondendo alguma informação...
— Eu não estou escondendo *NADA*! — explodi.
Não era do meu feitio gritar dessa forma, mas a raiva que eu estava sentindo, venenosa e corrosiva, me impedia de ser racional.
— Vocês acham que eu ia proteger o monstro que acabou com a vida dele? O motivo pelo qual ele foi incriminado? Não — sibilei, antes que pudessem

me interromper. — Não me importa o que significava para ele. Nem o que significa para vocês. Vou dizer o que significa para mim: a última coisa no mundo que eu me daria ao trabalho de proteger.

— E a senhorita nunca chegou a se perguntar qual seria o paradeiro?

O tom indignado do outro me fez olhar diretamente para ele.

— Um engenheiro de renome nacional projeta uma arma cibernética de altíssimo nível, capaz de derrubar infraestruturas estratégicas inteiras, e a senhorita não se pergunta como pode ter sumido do mapa? — questionou, me lançando um olhar acusador. — Não minta.

Foi pior do que levar um soco.

"Não minta", também disseram os agentes do serviço secreto canadense.

— Diga a verdade.

Para eles, não importava que ele tivesse acabado de morrer.

Que eu tivesse perdido um pai.

Que a dor estivesse me rasgando em duas.

Para eles, não importava que eu também tivesse morrido junto.

Só queriam o que ele havia criado.

— É a verdade que vocês querem? — sussurrei enquanto meus punhos tremiam. Bem devagar, eu me virei para os agentes com olhos devastados, cheios de rancor. — Bem, então tenho uma ótima notícia para vocês, senhores: o país está a salvo. Não há nenhum motivo para se preocuparem. Robert Nolton não é mais uma ameaça à segurança. O código morreu com ele. E, agora, fora daqui.

Eles não se mexeram. Permaneceram ali por um instante interminável, com aqueles ternos impecáveis e expressões intimidadoras. Mas, quando perceberam que não iam conseguir tirar nada de mim, levantaram-se.

Clark me olhou com frieza.

— Caso tenha alguma revelação milagrosa... — disse, me entregando um cartão de visitas. — Entre em contato conosco.

Dei as costas com os punhos cerrados, então ele acabou deixando o cartão na mesinha.

— Tenha um bom dia.

Sem responder, eu os acompanhei até a porta e a abri. Em seguida, me afastei, indo na direção oposta ao hall, por onde os dois finalmente desapareceram.

Subi a escada com os olhos ardendo. Só conseguia ver a escuridão. A vista pulsava e se dilacerava, revelando tudo aquilo que eu guardava dentro de mim.

Quando cheguei ao quarto, parei abruptamente.

"Aguenta, Ivy."

Com um movimento brusco, empurrei os livros da escrivaninha. O caos se espalhou pelo chão enquanto eu afundava as mãos no cabelo e me agachava, apertando até doer.

Não aguentava mais.

Eles queriam o que meu pai tinha criado, só que ele tinha morrido, *tinha morrido*, e com isso ninguém se importava.

Para eles, era só dinheiro, e eu queria ter gritado e dito que eu também tinha morrido naquele dia, que o mundo não tinha mais cor desde quando ele se fora.

Que ninguém poderia trazê-lo de volta para mim.

Que dele só me restava o nome.

Meu nome, que durante a infância tinha sido motivo de chacota, de olhares sarcásticos e palavras cruéis.

Meu nome, que para mim era o tesouro mais precioso, porque ele tinha me dado.

E eu o havia protegido, escondido do jeito que pude, pois não permitiria mais que usassem isso como pretexto para me ferir. Não agora que era tudo o que me restava.

— Quem eram aquelas pessoas?

Levei um susto e estremeci.

A figura imponente de Mason estava à porta.

Levantei-me na mesma hora, torcendo para que ele não tivesse notado minhas lágrimas. Engoli em seco e tentei empurrar tudo de volta para dentro, sentindo as emoções presas na garganta. Eu não suportaria que ele me visse naquele estado.

— Ninguém — menti.

Não precisei nem olhar para ele para saber que não acreditava em mim.

— O que queriam com você?

Cerrei os dentes. Vi de canto de olho que ele observava minhas mãos trêmulas.

— Ivy.

— Nada — disparei. — Eles não queriam nada.

Então, me esquivei e saí do quarto. Minhas têmporas latejavam. Eu precisava me afastar, trancar o caos a sete chaves dentro de mim, mas Mason não deixou. Dava para ouvir seus passos me seguindo de perto enquanto eu descia a escada e me dirigia à porta do porão, tentando evitá-lo. Mas, no último degrau, senti sua mão no meu braço.

— Não mente.

Ele não poderia ter dito nada pior. Dei um puxão no braço, que já começava a queimar ao toque dele, e o encarei com uma raiva devastadora.

— Fica fora disso, não é da sua conta!

— Está de brincadeira? Dois agentes federais acabaram de sair da minha casa, como isso não seria da minha conta? Me explica.

— É assim tão difícil acreditar em mim?

Eu tinha chegado ao limite. Era demais: a dor, a frustração, aquela fúria destrutiva. Pela primeira vez, senti uma necessidade imensa de machucá-lo. De arranhá-lo com as mãos, com as palavras, de qualquer jeito possível.

— Você não aguenta não ser o centro das atenções, né? Acha insuportável. Deve ser difícil viver montado em ego e não enxergar além do próprio umbigo. Quase chego a sentir pena de você — disparei, venenosa. — Talvez esteja na hora de aceitar a realidade.

Aqueles olhos me prenderam no lugar.

— Para com isso.

— Ah, deve ser bem difícil mesmo — continuei, impassível. — Ter toda a atenção do mundo e nunca sentir falta de nada. Você olha o mundo do alto da sua vida perfeita e acha que todos te devem alguma coisa, mas é aí que você se engana — falei, encarando-o com firmeza. — Eu não te devo nada.

Queria muito que Mason percebesse minha angústia. Que entendesse o quanto eu estava sofrendo.

Se fôssemos diferentes, e não as almas caóticas que éramos, ele teria visto que, por trás da minha intenção de machucá-lo, havia uma necessidade desesperada de canalizar a dor que me dilacerava por dentro.

Mas não. Ele não conseguia enxergar o que havia além do meu muro.

Éramos diferentes demais.

Não...

Éramos parecidos demais.

Feitos dos mesmos defeitos.

E, quem sabe, das mesmas fragilidades.

Tínhamos os mesmos medos, os mesmos sonhos e as mesmas esperanças.

E, como dois espelhos muito próximos, eu e ele nos refletíamos.

Mas nunca nos tocaríamos.

— Ah, mas você não...

Foi um murmúrio baixo, vibrante como a profundidade de um vulcão.

Ao olhar para ele, vi os olhos sombrios brilharem no rosto dominado pela raiva.

Mais uma vez, tive a impressão de ter mexido em algo que não deveria, uma ferida aberta que ele tentava esconder a todo custo.

— Você sabe de tudo, né? Você enxerga além, *e como* — disse ele, pairando sobre mim, furioso. — Você se cerca de segredos e os carrega para a vida dos outros, mas ai de quem se atreve a te perguntar qualquer coisa.

Quer saber? Pra mim *já deu* — sibilou, com uma ira feroz. — Você julga os outros como ninguém, mas e você? Se acha diferente? *Melhor?* Você é tão obcecada por si mesma que esconde dos outros até seu nome.

Fiquei imóvel. Olhei para ele, congelada, e Mason semicerrou os olhos.

— Que foi? Pensou que eu não soubesse? Achou que eu já não soubesse esse tempo todo? *Eu sei tudo sobre você.* Morre de preocupação com bobagens como essa, quando, na verdade, são *ridículas* — declarou, a um palmo de distância do meu rosto, me ridicularizando. — Mas você... Não... você tem que ter mil segredos. Gosta tanto deles que não consegue viver sem. Você se diverte vendo a angústia dos outros com seus mistérios? Se diverte vendo todo mundo se desesperar por sua causa? Você gosta, sim... *ah, você adora, né, Ivory?*

O tapa foi forte e preciso.

O cabelo de Mason voou para o lado e, por um momento, o som ecoou pelo espaço vazio, como o estouro de um canhão.

Minha mão já não tremia. A pele da palma ardia, mas infelizmente eu sabia que não era por conta da força do golpe.

Depois de paralisar por um momento, ele olhou para mim. Ficou me observando por entre as mechas de cabelo castanho, e eu vi naquele olhar o reflexo do meu, sombrio e furioso como nunca.

— Você não sabe de nada.

Já deveria ter feito aquilo havia muito tempo.

Deveria ter feito logo de cara, no primeiro momento.

Talvez assim ele nunca tivesse se infiltrado nas minhas rachaduras. Talvez nunca tivesse tocado meu coração.

Assim, eu poderia tê-lo odiado e ponto-final, com todas as forças, sem sentir minha alma dilacerada a cada respiro dele.

Mason semicerrou os olhos e me encarou furioso, tão lindo que chegava a doer. Em seguida, de repente, pegou um pincel da prateleira ao lado e o enfiou bem na minha cara.

Pega de surpresa, eu me sobressaltei, e as cerdas roçaram minha bochecha. Parti para cima dele em meio segundo.

Agarrei a primeira lata que alcancei e a despejei no peito dele. A tampa se abriu e a tinta o cobriu por completo.

A partir daí, virou uma briga generalizada: mãos, potes e respingos de tinta. Eu pegava tudo o que encontrava pela frente e ele fazia o mesmo. Alcancei o rolo de pintura e consegui esfregá-lo naquela maldita boca de Mason antes que ele o arrancasse de mim. Mason passou uma tampa suja na minha cara e eu consegui pegar uma lata grande para despejá-la com força na sua cabeça: uma cascata de tinta azul explodiu em cima dele e nós dois tropeçamos, escorregando no plástico.

Caímos no chão, num emaranhado de sujeira pegajosa. Lutamos como gatos de rua, até que ele conseguiu me segurar pelos pulsos e aquela loucura chegou ao fim.

Só naquele momento percebi a respiração ofegante.

Quando dei por mim, estava sentada em cima dele, as coxas encharcadas e as mãos estendidas para frente como garras de águia.

Mason me encarava com olhos arregalados. Olhos grandes e escuros, em meio a manchas e marcas de dedos sujos de tinta. Sua respiração oscilava embaixo de mim, ampla e profunda, e, por um instante, era como se não houvesse mais nada.

Suas íris sugaram minha alma.

Tiraram de mim toda a raiva, a fúria. Até a força.

Acabaram me deixando vazia e impotente... Sozinha com a minha consciência.

Nós dois continuaríamos machucando um ao outro. Continuaríamos nos arranhando e nos ferindo.

Era um beco sem saída: a besta bloqueava meu caminho e, àquela altura, já era tarde para voltar atrás.

Eu sabia de cor as regras de sobrevivência: diante do perigo, era atacar ou morrer.

Eu tinha tentado atacar. Mas foi quase como morrer.

Machucá-lo também me feria. Ferir a ele e a mim já tinha virado a mesma coisa.

E, naquele momento, a fera estava ali, cara a cara comigo, mas tinha olhos bonitos demais para que eu não perdesse o coração no caminho.

E eu... só queria poder tocá-la.

— Às vezes, para enxergar, não basta ter dois olhos — sussurrei.

A lembrança daquelas palavras me deu um nó na garganta.

— Às vezes, é preciso ter um coração... capaz de ver — concluí.

Eu queria deixá-lo entrar.

Confessar minhas inseguranças.

Dizer que eu tinha medo. Que ultimamente havia muita raiva e muita dor dentro de mim, mais do que um corpo tão pequeno como o meu conseguia suportar.

Que, na verdade... eu gostava das estrelas. E que não tinha uma cor favorita, mas, a cada dia que passava, mais ela se parecia com a cor dos olhos dele.

Que eu sabia patinar, caçar, desenhar.

Que um dia já soube sorrir.

Mas tinha perdido meu arco-íris. Havia se apagado na minha frente.

E eu nunca mais o veria.

Saí de cima de Mason. Por um momento, tive a sensação de que ele tentava me segurar.

— Ivy — sussurrou, mas eu não parei.

O mundo estava desmoronando.

Fui embora antes que ele pudesse me ver desabar.

Porque, às vezes, amar não é suficiente.

Às vezes, é preciso coragem para aguentar.

E eu... Eu nunca tive essa coragem.

15

AGUENTA

"Aguenta", me dissera ele pela primeira vez, quando eu tinha 7 anos.
As crianças zombavam de mim, diziam que meu nome era ridículo, que aquele excêntrico do meu pai tinha me feito com neve, por isso eu não tinha mãe.
"Aguenta, Ivy", me disse depois de um tombo feio, enquanto tirava os estilhaços do meu joelho. Ele me pedia aos sussurros que eu resistisse, então cerrei os dentes e lutei contra a dor.
"É o maior poder que nós temos", explicara. "Vem direto do coração."
Meu pai me ensinou aquilo porque, para ele, a verdadeira coragem era medida pela força para se manter inteiro e não desmoronar.
"Aguenta", sussurravam seus olhos enquanto a luz deixava seu rosto.
Eu nunca tinha odiado tanto uma palavra em toda a minha vida.

Dawson era pequena, remota e desolada, uma noz encravada entre as montanhas.
Era uma cidadezinha fechada e fria, mas seus habitantes eram ainda mais.
Ele não era como os outros. Nunca tinha sido. Cumprimentava todo mundo, ria com brilho nos olhos e distribuía sorrisos.
Ninguém sabia do que ele estava fugindo.
Ninguém sabia quem ele realmente era.
Meu pai tinha um coração ensolarado e um passado tempestuoso, e talvez justamente por isso ele fosse o arco-íris mais bonito que eu já tinha visto.

— Por que te olham assim?

— Assim como?

— As pessoas sempre te olham... assim. Todo mundo.

— Vai ver é porque eu sou bonito.

Eu, à época com 8 anos, franzi a testa. Estendi a mãozinha e toquei aquele sorriso despreocupado.

Eu o achava engraçado e simpático, com aquele nariz sempre avermelhado. Mas bonito?

— É por isso que nos olham assim? Porque somos bonitos?

— Lindíssimos — sussurrou meu pai, com uma simplicidade que me convenceu.

Quando o encarei com meus olhões, ele retribuiu o olhar com aquele sorriso sincero.

— Quer ver as estrelas hoje à noite?

Ele via coisas que os outros não viam.

Havia uma luz naqueles olhos que ninguém entendia, a genialidade de uma pessoa grande demais para um lugar tão pequeno.

Ele conhecia as constelações, as leis dos números, as linguagens escondidas nas sequências criptografadas.

Ele me ensinava coisas que as outras crianças não chegavam nem a sonhar, e eu via nele uma magia invisível aos olhos de todos.

Bem que eu queria que os outros também o vissem assim. Queria que entendessem o quanto ele era especial.

Mas, às vezes, para enxergar, não basta ter dois olhos.

Às vezes, é preciso ter um coração.

Capaz de ver.

— O que foi que ele te disse?

De punhos cerrados, eu evitava seu rosto.

— Ivy — repetiu meu pai. — O que foi que ele te disse?

— Que você é louco.

Ele me olhou. Depois, jogou a cabeça para trás e... começou a rir. Era tão jovial e tão radiante que cheguei a me perguntar o que estava fazendo no meio daquela gente tão sem graça.

— E você acredita nisso? Que eu sou louco?

— Eu disse a ele que você é forte. Que brincamos com os números, que você sabe um monte de coisa... Que meu pai é inteligente.
— E o que foi que o pequeno Dustin falou?
— Que só uma maluca diria que um louco é inteligente.
— Foi por isso que você o mordeu?

— Por quê? — perguntei certa vez.
Eu não aguentava mais os comentários maldosos das outras crianças. Elas me chamavam de "fantasma". Diziam que eu era um "monstrinho feito de neve e de ossos, que nem o seu nome". Só queria ser invisível, não dar mais nenhum motivo para debocharem de mim.
— Por que você não me deu um nome normal, como todo mundo?
— Porque você não é como todo mundo. Porque, quando existe algo diferente, único e raro, não se deve esconder, e sim valorizar. — Quando ele me olhou nos olhos, vi ali o mesmo brilho com que sempre o enxerguei. — Tenho um presente para você. Quer ver?
Ele me mostrou um pingente branco. Estava preso a uma correntinha, e eu vi como brilhava quando meu pai a fechou no meu pescoço.
— Tem forma de pétala. Lembra aquela flor que a gente viu ontem na floresta? — perguntou, com um sorriso. — É uma campânula-branca. É pequena e branquinha, assim como você. Essa flor é a primeira a desabrochar no fim do inverno. Por mais que pareça frágil, é a única que consegue brotar na neve, antes de todas as outras flores.
O pingente de marfim reluziu na minha pele.
— As pessoas podem até te enxergar, Ivy, mas poucas vão saber te ver de verdade. Às vezes, só os olhos não bastam. Nunca se esqueça disso.

O inverno em que nasci tinha sido difícil. O mais frio dos últimos anos.
Só depois de muito tempo meu pai me confessara que achou que eu não fosse sobreviver. Mas, quando vim ao mundo, ele me viu como uma daquelas florzinhas brancas que brotam da neve.
Como a campânula-branca, que surge do manto de neve com toda a sua força, que desafia o inverno para conseguir florescer.
Para ele, eu sempre fui como a campânula-branca.
A flor de marfim.

— Por que nunca vamos visitar John?
Meu pai não se virou. Continuou tirando o casaco, de costas para mim.
— Você quer ir à Califórnia?
— Ele sempre vem aqui — observei. — Visita todo ano, mas a gente nunca foi lá vê-lo. Nem uma vezinha.
— Não achava que você quisesse ir. E se acabar se apaixonando por um jovem surfista e decidir ir embora?
Eu o encarei com a sobrancelha arqueada enquanto deixava o rifle na mesa. A garotinha que havia dentro de mim se mostrou um tanto quanto cética.
— É disso que você tem medo?
— Não. A verdade é que todo mundo ficaria me olhando.
— E por quê?
— Talvez por eu ser bonito?

Não parecíamos pai e filha.
Nós éramos diferentes demais: ele, extrovertido como o verão; eu, silenciosa como o inverno.
Só fui entender isso com o tempo.
Toda lua tem um sol que a faz brilhar. E ele era o único que me fazia sorrir. O único capaz de me confortar.
Nós não éramos estranhos, éramos autênticos.
Meu pai pegava minha solidão pela mão e, de repente, tudo parecia funcionar, como se, através dos seus olhos, eu também pudesse ver o mundo do jeito dele.
E, no fim das contas, não importava que eu não tivesse um monte de amigos, tudo bem eu ser um espírito solitário. Contanto que ele estivesse comigo, eu nunca me sentiria sozinha.
"Olhe com o coração", ele sempre me dizia, quando eu não era capaz de ver além.
E eu... nunca tinha deixado de tentar.

Então, um dia, ele caiu da escada.
Já fazia semanas que vinha sentindo dor nas costas e, por conta de uma tontura, não tinha visto o degrau. Eu o encontrei no porão, caído de bruços, com aquela palidez preocupante na pele fria e suada.
— Perdi o equilíbrio — dissera ele.

E eu não quis enxergar.

Não quis porque, se é verdade que é necessário olhar com o coração, também é verdade que existem coisas que preferimos ignorar.

— É tudo sono. Não tenho dormido direito — respondeu ele depois, quando eu lhe perguntei por que vivia sempre tão cansado.

Mas ele entendia coisas que eu não entendia.

Sabia de coisas que eu não sabia.

Sempre tivera a capacidade de imaginar, de compreender antes dos outros.

Poucos dias depois, conheci a palavra "adenocarcinoma".

Mesmo com a voz do oncologista ao fundo, eu não consegui assimilar aquelas palavras. Terapias, tratamentos antitumorais, ciclos intensivos de quimioterapia...

Eu não tirava os olhos do reflexo plastificado do relatório médico. Mantive os dedos entrelaçados no colo enquanto meu pai segurava minha mão.

— Vai ficar tudo bem — sussurrara.

Ele nunca foi bom em mentir para mim.

O hospital virou minha segunda casa.

Eu ficava com ele durante a aplicação do medicamento com ciplastina. Enquanto o remédio corria por suas veias, assistia ao corpo do meu pai prostrado na cama, torcendo para que funcionasse.

Tinha conseguido permissão para dormir ali, mas de dia eu era obrigada a ir para a escola, pensando o tempo inteiro no momento em que poderia voltar para perto dele.

Depois do primeiro ciclo de quimioterapia, achei que o pior já tivesse passado.

Mas me enganei.

Meu pai passou a noite toda vomitando. Enquanto as enfermeiras corriam para me ajudar, eu o sentira tremer, assim como eu tremia quando era pequena e sofria nos braços dele.

Em pouco tempo, as pernas se encheram de hematomas. A quimioterapia havia reduzido suas plaquetas, tornando-o mais suscetível a hemorragias.

Sua pele foi ficando cada vez mais fina. Por outro lado, o corpo estava tão inchado que os sapatos não entravam mais no pé quando eu o levava para dar uma volta no corredor do hospital.

"Aguenta, Ivy", dizia ele, um fio de sutura que me mantinha inteira. Eu levava aquela voz comigo aonde quer que fosse e, quanto mais tentava aguentar, mais ela me dizia aos sussurros que eu precisava ser forte.

"Aguenta", ele repetia sem parar. Aquela palavra já estava gravada no meu coração e, à noite, ela enchia meus sonhos de flores brancas com manchas de hematomas.

"Vai ficar tudo bem. Prometo."

Mas, pouco a pouco, ele ia perdendo a força e os olhos iam ficando cada vez menos vívidos. A cada dia que passava, ele tinha menos energia no corpo — cada vez mais seco.

Durante a noite, meu pai era acometido por crises violentas de dor que o arrancavam de sonos profundos e artificiais. Às vezes era uma forte queimação no estômago; outras, uma pressão avassaladora atrás do esterno, que parecia querer quebrá-lo por dentro.

Depois, acabava vomitando, repetidas vezes, e sua dor era tão intensa que eu a sentia em mim.

— Queria que parassem de ficar te olhando — sussurrei certa noite.

Naquele dia, meu pai tinha comido o pão que o diabo amassou. Seu abdômen inchou a ponto de precisarem enfiar uma agulha enorme no peritônio para drenar o líquido acumulado através de um cateter.

— Todo mundo vive te olhando... sempre desse jeito. Não suporto isso.

Então, meu pai abriu um sorriso ao mesmo tempo duro, ferido e gentil.

— Vai ver é porque sou bonito.

E eu não tive forças para responder.

Àquela altura, o cabelo dele caía aos montes.

Meu pai sempre teve cabelo cacheado, grosso e castanho, uma cabeleira que eu reconheceria em meio a outras mil.

Na nuca, por debaixo dos fios ralos, já dava para ver o crânio.

Ele vomitava tanto que o suco gástrico tinha enchido sua garganta de bolhas. De vez em quando, não conseguia respirar, e era eu que chegava antes das enfermeiras, afastava as cobertas e o virava de lado para que não sufocasse.

"Aguenta." Aquela voz já tinha virado uma obsessão que, à noite, torcia meus cílios para que eu não pregasse os olhos.

"Aguenta", ordenava a voz, a ponto de me tirar a fome e a sede.

Mas, quanto mais ele murchava, mais eu me esvaía com ele.

Quanto mais definhava, mais meu mundo perdia a luz. E à noite ele gritava, uma pena cumprida na cadeira do hospital, uma dor terrível que despedaçava minha alma e não me deixava respirar.

— Lembra quando você me disse que queria visitar John? — Seus olhos eram dois pedaços de um céu sofrido. — Até que poderia ser uma boa ideia... Você poderia gostar.

— Não quero ir para a Califórnia — dissera eu, com um nó na garganta.

Não queria falar daquilo, não naquele momento. Meu pai me olhara com ternura.

— É um lugar muito bonito. Cresci lá. Já te contei que John era meu vizinho? Na época, ele ainda morava nos arredores de San Diego. O céu é tão azul que chega a parecer que dá para nadar nele. E você poderia ver o mar. É bem bonito, sabia?

Eu não queria ver o mar.

Não queria ver aquele céu.

Só queria a nossa vida, uma casa de madeira, o sol nos olhos dele.

Queria o som dos seus passos e nossas botas lá na varanda, um par maior e o outro, menor.

Queria vê-lo andar, rir, comer. E depois correr, sonhar e respirar.

Queria vê-lo viver.

O resto não importava.

— Nós vamos lá juntos — respondi. — Quando você estiver curado.

Então meu pai me olhou. Mas daquela vez... não sorriu.

Porque ele sempre soubera.

E eu também nunca fui boa em mentir.

— Ivy.

O bipe ecoava baixinho no ar. Àquela altura, eu não ouvia mais nada.

— Ivy — *repetiu*.

Levantei o rosto magro com dificuldade. *Quando criança, me chamavam de "fantasma". De "espectro". Talvez as acusações tivessem virado realidade.*

— Tenho uma coisa para você — disse meu pai, com um sorriso, e aquele gesto lhe custou um esforço imenso. — Olha.

Então, ele me mostrou o álbum que tinha em mãos.

— Quero que fique com você — falou, enquanto eu o pegava lentamente. — Já faz tempo que eu queria te dar. Abre.

Vi meu nome na capa. Entendi o significado daquele gesto e senti o coração desabar. Ele estava me dando aquilo de recordação.

Recordação dele.

Minhas mãos começaram a tremer.

— Você não pode — sussurrei.

Quando o tremor aumentou, cerrei as mãos.

— Você não pode me deixar sozinha.

De repente, toda a angústia que eu sempre tentei ignorar explodiu como um monstro.

Então, eu me levantei na mesma hora e senti uma repulsa fortíssima, um mal-estar que me incendiou o estômago, a mente, o coração, tudo. Precisava vomitar aquela dor porque estava corroendo minha alma.

Eu não conseguia respirar.

Não conseguia dormir, comer, viver.

Era pesado demais.

— Ivy...

— Não pode! — gritei, enquanto as lágrimas queimavam meus olhos. — Você disse que ficaria comigo, disse que ia ficar tudo bem, mas olha só pra você!

Eu estava sofrendo como nunca, mas ele não parecia entender. Queria que ele parasse de sorrir o tempo todo, que visse a minha dor, o tormento que me dilacerava. Queria lhe dizer que a ideia de perdê-lo estava me enlouquecendo, que eu lhe daria meu coração, se isso adiantasse.

— Você disse que iríamos pescar juntos, que me levaria ao Alasca no próximo verão! E agora me dá isso? Acha que eu não sei o que significa?

Naquele momento, a realidade desabou sobre mim.

Eu nunca mais ouviria sua risada.

Nunca mais sentiria seu perfume. E não ouviria mais o som da sua voz.

Ele não me veria crescer.

Eu não estava preparada, aquela situação estava despedaçando minha alma.

Havia um limite para a dor que uma pessoa era capaz de suportar.

— Você é forte. Sempre foi...

— Não sou nada! — gritei, e as lágrimas escorreram pelo rosto.

Eu me sentia dilacerada. Era nova demais, perdida demais, insegura demais. E estava com medo, porque ele estava me deixando sozinha naquele mundo.

— Quem vai me ajudar a enfrentar a vida? Quem vai estar ao meu lado? Quem vai me ensinar a diferença entre o certo e o errado se você não estiver mais aqui? Quem?

Queria arrancar todos os tubos aos quais ele estava conectado.

Queria tirá-lo daquela cama, livrá-lo daquela doença, pegá-lo pela mão e levá-lo para longe dos meus medos.

Eu nunca mais seria a mesma sem ele.

— Vem aqui...

— Não! — explodi, aos prantos.

Meu pai me deu um sorriso triste. Com muito esforço, abriu o braço, e o choro me destruiu.

Fui até ele e me aninhei em seu peito, tremendo da cabeça aos pés.

"Aguenta", gritava sua voz na minha mente, então escondi o rosto no pescoço dele.

— Você acha que quero te deixar? — sussurrou, com afeto. — Acha que um dia eu iria abandonar minha menininha?

Fechei bem os olhos, e ele prosseguiu.

— Eu sei que você está com medo. Eu sei que está assustada... Eu também estou. Mas... às vezes, as coisas não acontecem do jeito que gostaríamos. Lembra aquela música que ouvimos no rádio? Aquela que a gente adorava? No fim das contas, descobri o nome. É *"Always With Me"*. Você sempre estará comigo, Ivy. E eu... eu sempre estarei com você. Onde quer que você esteja.

Segurei firme seu pijama hospitalar enquanto ardia em lágrimas. Eu não daria conta. Não sem ele.

— Quer saber o que a campânula-branca representa? — Meu pai fechou os olhos. — Esperança. E vida nova. Porque ela floresce em meio às dificuldades. E, dentro dela, há uma força que as outras flores não têm. A força de viver. Nenhuma é como ela... Nada é tão forte quanto minha florzinha de marfim.

Fechei os olhos também, devastada pela angústia.

— Não vou dar conta — supliquei. — Não vou dar conta, pai...

— Você não vai ficar sozinha. Prometo, Ivy. Vão cuidar de você — garantiu ele, me apertando com o pouco de força que lhe restava. — Mas... não se esqueça de quem você é. Siga seu coração, sempre. E saiba que... tenho orgulho da garota que você é. E da adulta que vai se tornar. Tenho certeza de que vai ser uma mulher incrível... Determinada, corajosa, assim como sua mãe...

A dor atingiu um pico insuportável.

Queria dar a ele meu ar e meus anos de vida, queria curá-lo com meu amor. Queria trazer esperança para dentro daquele espaço, como uma campânula-branca. Só que não podia.

Só me restava aguentar. E eu não tinha forças para isso.

Meu pai fez carinho no meu cabelo. Fiquei abraçada a ele pelo que me pareceram horas, até que, a certa altura, ele perguntou:

— Como estão as estrelas lá fora?

Então fiz uma loucura. Ajudei meu pai a se levantar e o levei até a porta da saída de emergência.

— Ahhh — suspirou ele, e seus olhos brilharam no reflexo de milhares de estrelas.

O céu estava maravilhoso, mas não tirei os olhos dele.

"Não me deixe!", *gritava cada centímetro de mim.* "Não me deixe, eu imploro, fique comigo, sou lua demais para este mundo e, se você se apagar, eu também me apago. Eu te empresto meus olhos, pode deixar, fique com meu coração também. Deite-se na minha alma, eu te dou meus sonhos de presente, minha voz é sua. Pode pegar o que quiser, pode tirar tudo de mim, mas eu imploro, não vá embora. Contei meus batimentos, e são suficientes para nós dois. Não me deixe", *implorei a ele.* "Preciso de você mais do que o ar que eu respiro."

Fechei os olhos enquanto meu pai apoiava a cabeça na minha.

— Você sempre estará comigo — *repetiu num sussurro que me dilacerou por dentro.*

Eu o abracei com força e, no silêncio, nossos corações se abraçaram. Mais uma vez.

Ele partiu poucos dias depois.
Partiu enquanto eu estava com ele, com a mão ainda na minha.
Não a soltou em nenhum momento.
Quando seu coração parou de bater, o meu fez o mesmo.
— Sinto muito — sussurrou alguém.
Uma rachadura se abriu, rangeu e então explodiu. Minha alma se partiu em duas e algo gritou dentro de mim, mas dessa vez não era eu.
"Aguenta", ouvi na cabeça. Aquele sibilo me remendou como uma boneca de pano, mas nada restava de pé, nada parecia superar a dor de morrer sem de fato morrer.
— Meus pêsames — disseram as enfermeiras, mas, àquela altura, eu já não ouvia mais nada.
Minha mente estava se fechando como uma casca protetora.
Aquela casca havia selado meu pai dentro de mim, protegendo-o. E tinha deixado de fora o hospital, seus olhos cansados, o cheiro dos remédios. Meu coração estava anestesiado.
Talvez tudo aquilo não passasse de um sonho. Logo, logo eu acordaria.
Sim, eu o encontraria na cozinha, preparando o café da manhã e assobiando com o rádio ligado.
Iríamos juntos ao Alasca.
Ele tinha prometido.
— Senhorita Nolton?
Dois homens se acomodaram nas cadeiras do corredor. Nem cheguei a levantar a cabeça: meus olhos vazios eram o espelho da minha alma.

— *Somos da CSIS, srta. Nolton. Serviço secreto canadense. Lamentamos sua perda. Eu sinto muito, mas gostaríamos de fazer algumas perguntas...*

"Olhe com o coração", ele me ensinara.
Porque, às vezes, os olhos não bastam.
Mas meu coração estava quebrado. Meu coração estava com defeito.
E nunca mais saberia enxergar.
Ficaria, como meu pai tinha me prometido...
"Para sempre com ele."

ENTRE TODOS OS SEUS PORQUÊS

Eu me lembrava de quando ele era assim.

Cabelo grosso, bochecha rosada, olhos azuis e radiantes.

Sentada no chão, com as costas apoiadas na cama, eu observava minha foto com meu pai.

Na época, eu o considerava um gigante, com aqueles braços fortes e o nariz sempre rachado. Tinha herdado dele meu um e setenta e dois de altura, mas, mesmo assim, nunca tinha deixado de olhá-lo de baixo para cima.

Pelo menos até os últimos dias.

Senti a alegria daquele momento e me lamentei.

Queria poder dizer àquela garotinha que não o irritasse. Que lhe desse abraços mais demorados, que não desperdiçasse um só segundo.

Com uma sensação de vazio, contemplei o álbum ao meu lado. Encontrei o símbolo das três pétalas, que representavam a campânula-branca. Tinha exatamente aquela forma, como se fosse um sininho branco virado para baixo.

Não era uma simples decoração.

Era um sinal.

Era o símbolo da nossa relação, do meu nome, de tudo aquilo que está escondido e volta à luz.

Não podia estar ali por acaso.

Sempre havia uma lógica por trás de tudo que meu pai fazia. Ele havia me ensinado coisas grandes através dos gestos mais simples, e a correntinha que eu usava era a prova disso.

Mas o que ele queria me dizer?

Analisei a Polaroid e a virei para ver o verso.

Não adiantava. Não havia nada além da película envelhecida e dos números de série...

Olhei melhor. Alguns números estavam mais escuros do que outros, como se tivessem sido traçados de novo. Examinei-os com atenção e percebi algo diferente.

Então, finalmente vi.

E o mundo parou.

Algo em meu cérebro se encaixou, como o clique de uma fechadura: o quarto desapareceu, assim como a foto, e uma lembrança muito, muito antiga surgiu na minha mente, meio desbotada, mas poderosa...

Os sapatos pretos reluzentes se destacavam no tapete de lã.

Espiei pela porta, pequena demais para que notassem minha presença.

Os dois homens de preto falavam baixinho.

Eu não fazia ideia de quem eram. Não eram da escola. Vi no peito de um dos dois um crachá com as letras CSIS. Só que, naquele dia, tínhamos brincado com os números, então pensei em três, dezenove, nove e de novo dezenove.

— Quando chegou aqui, há oito anos, declarou não estar com o senhor.

— Exatamente.

Meu pai parecia calmo, como sempre. Sorria de leve, mas nos olhos brilhava uma inteligência aguçada feito uma navalha.

Nunca o tinha visto com aquele semblante.

— Isso é tudo que tem a dizer?

— São informações confidenciais, senhores. Certamente a Inteligência Canadense não espera que eu quebre o sigilo imposto pelo meu país.

Os dois homens lhe lançaram um olhar ameaçador, mas meu pai os ignorou.

— Por que agora? Vocês já revistaram a casa dois anos atrás...

— O senhor seria capaz de esconder uma bomba dentro de uma uva. — O homem mais alto estalou a língua, irritado. — Poupe-nos dos joguinhos, Nolton. Um engenheiro do seu calibre sabe muito bem como não ser pego desprevenido. Sabe disso, né? Há quem te defina como um criminoso.

— O Código foi destruído — garantiu meu pai, lentamente. — Eu mesmo cuidei disso.

— Gente como o senhor não destrói as próprias criações. Vocês são sentimentais demais.

O homem lhe lançou um olhar penetrante. Eu não estava gostando da maneira como ele falava com meu pai.

— Quem é que destruiria um trabalho como o seu? Não, a verdade é outra. E o senhor sabe. É por isso que não perdeu tempo em sair do seu país assim que teve a chance. Construiu uma bela vida aqui, com sua filha...

— Minha filha não tem nada a ver com isso. — O sorriso do meu pai desapareceu. Na penumbra, seu rosto jovem e familiar revelava uma mente formidável. — Nasceu aqui e, de acordo com as leis do país, é cidadã canadense. Assim como minha esposa.

— E seus concidadãos americanos?

— Ah, então é esse o problema... — Meu pai ergueu o canto da boca, mas não era seu sorriso habitual. Parecia uma fera noturna, daquelas que eu ouvia uivar à noite. — Vocês querem revistar John Crane toda vez que ele vem me visitar?

— Ele vem com frequência.

— Ele me traz torta de maçã. Isso quebra algum protocolo de segurança?

O homem explodiu como um cão de guarda.

— Deixe de gracinha! — vociferou. — O senhor pode até se esconder como um rato no lugar mais remoto do mundo, mas isso não muda as coisas.

— Senhor Nolton — interveio o outro homem, mais calmo. — John Crane conhece bem o Caso Tártaro.

— É meu amigo. Não tem nada a ver com meu trabalho.

O sujeito mais alto lhe lançou um olhar frio enquanto contraía a mandíbula.

— Veremos.

— Papai?

Os homens de preto olharam para mim.

Fiquei de olho neles da porta, hesitante, com o punho cerrado perto do peito.

Quando meu pai me viu, a sombra deixou seu rosto.

— Está tudo bem, minha linda — disse, abrindo os braços. Corri até ele na mesma hora e deixei que me pegasse no colo. — Esses senhores já estão de saída.

Eles não pareciam concordar. Depois de lhe lançarem um olhar cheio de significados, retiraram-se.

Antes de sair, porém, o homem irritado olhou para mim.

Eu o veria de novo alguns anos mais tarde, diante de uma parede branca de hospital.

Ele diria para eu não mentir.

Segurei firme o pescoço do meu pai enquanto eles se afastavam debaixo de neve.

— E aí... decifrou minha mensagem? — perguntou, quando os homens já estavam longe.

Fiz que sim com a cabeça.

— E o que dizia?

Vasculhei o bolso da jardineira e lhe entreguei o papelzinho com os três números. Em seguida, olhei para ele e respondi, sem rodeios:
— Ivy.

Aquela lembrança atravessou meus olhos arregalados.
A brincadeira dos números.
A criptografia.
"Ele é louco", diziam as crianças, mas meu pai nunca tinha sido igual aos outros.
Ele me ensinava coisas que elas não entendiam, e me dizia que tudo podia ser traduzido em números, até as letras do alfabeto.
As técnicas de criptografia eram a base de qualquer linguagem informática. Havia muitas, todas diferentes, e ele me explicava as mensagens em código à medida que eu, à época criança, conseguia entender.
Era bem simples, bastava substituir os números pelas letras correspondentes do alfabeto. Era também intuitivo demais, por isso meu pai afirmava que era uma criptografia fraca. Havia outras mais seguras, mas essa foi a primeira que me ensinou.
"Não há chave", dizia ele. "Está vendo? Alguns sistemas têm uma chave, quer dizer, uma palavrinha mágica para decifrá-los. Um dia eu te ensino, mas esse aqui é fácil, olha só: um para a letra A, dois para a letra B, três para a C e assim por diante. Ivy, por exemplo, é..."
— Nove, vinte e dois, vinte e cinco — sussurrei, olhando aqueles números destacados na sequência.
"Ivy".
Com o coração a mil, me inclinei para a frente. Peguei o álbum e, apressada, comecei a folheá-lo no chão. Não havia encontrado outras palavras, mas aqueles números estavam por toda parte: no verso dos cartões-postais, na foto da minha mãe, até nos recortes de jornal dos meus desenhos. Eu achava que fossem apenas números de série, mas estava errada.
Eram mais que isso.
Eram uma mensagem.
Peguei meu caderno de desenho, abri numa página em branco e, com pressa, comecei a listar o alfabeto e os números correspondentes, do um ao vinte e seis, para me ajudar.
Marquei os números destacados com um círculo e, depois, escrevi as letras uma a uma numa linha reta. Meus dedos tremiam.

Meu pai era programador. E se tivesse deixado uma mensagem codificada naquelas páginas para que eu encontrasse?

Talvez aquele álbum tivesse um propósito, talvez significasse alguma coisa, talvez fosse importante, talvez... *talvez*...

Larguei a caneta e prendi a respiração.

Diante dos meus olhos, duas palavras saltaram da página.

"Aguenta, Ivy".

Fiquei olhando aquela frase, imóvel.

A realidade me deu um tapa tão forte que senti a cabeça latejar. Com olhos arregalados, eu me levantei. Meu coração acelerou e começou a bombear uma emoção assustadora e destrutiva.

Peguei o álbum e o joguei longe.

— *Não!* — gritei, enquanto uma raiva monstruosa rompia minha pele.
— Você disse que ficaríamos juntos, que nada nos separaria, mas *mentiu*!

As lágrimas fecharam minha garganta. Joguei longe nossa foto e parte de mim morreu com a dor desse gesto.

— Como você pôde me deixar aqui? Como pôde me abandonar? Eu só tinha você! *Você é um mentiroso!*

Arranquei seu sorriso do meu coração. Seu olhar. Nossos dias felizes. Não queria mais nada. Aquilo me machucava demais, cada lembrança era como uma facada na carne.

— Você deveria ter ficado comigo! — denunciei, com os olhos cheios de lágrimas. — Você prometeu, *você tinha que ficar comigo*! Cadê você agora? Cadê você, enquanto eu fico aqui aguentando? *MENTIROSO!*

A porta foi aberta de repente. Alguém se aproximou de mim com um passo alarmado e, naquele momento, meu corpo desabou no chão, destruído pelo tormento.

Afundei os dedos no carpete e senti o mundo vibrar ao meu redor.

— Ivy.

A voz de John me alcançou como uma carícia. Minha dor tentou afastá-la, mas meu coração reconheceu sua presença.

— Ivy... — repetiu ele, ajoelhando-se ao meu lado.

A tristeza em seu tom de voz foi o golpe de misericórdia. Eu me estraçalhei como uma tela de vidro, e todas as minhas feridas vieram à tona, escorrendo da minha pele. Não me mexi quando ele rodeou meus ombros com o braço.

— Sou eu... — sussurrou. — Estou aqui...

Quando fechei os olhos, John passou a mão na minha cabeça e a puxou para perto de si. Senti vontade de ficar assim para sempre, naquele abraço envolvente que lembrava muito o *dele*.

— Eu... também sinto muita saudade do seu pai — disse John, corajoso. — Ele também me faz muita falta, Ivy...

Sua voz falhou, assim como acontecia com a minha. Deixei que ele me encontrasse, que tocasse minhas feridas, e sua respiração perto da minha foi um alívio.

— Sinto falta do senso de humor dele, da forma como sorria por qualquer coisa. Ele sempre foi assim, desde garoto... Sabia ver a essência das coisas... e encontrava força para enfrentar qualquer obstáculo. Às vezes, eu o vejo em você — admitiu, com ternura. — Nos seus gestos, nos seus olhos. Você se parece muito com ele.

Olhei para baixo, sentindo um vazio por dentro. John não me soltou.

— Já estou sabendo dos agentes federais. Miriam me contou.

Aquelas palavras trouxeram de volta uma enorme vontade de chorar.

— Posso imaginar como você se sentiu. Sinto muito, Ivy...

— Queria que você estivesse aqui — interrompi num sussurro. — Queria... que você estivesse comigo.

John se afastou um pouco para me encarar, e eu fechei os olhos.

— Eu vivo irritada... Tenho uma raiva dentro de mim o tempo todo. Não sei mais quem sou... Estou perdida — confessei, dominada pela dor. — Queria que você estivesse aqui. Do meu lado...

Naquele momento, percebi o quanto tinha sido boba.

Durante todo aquele tempo, dia após dia...

Nunca estive sozinha.

Eu tinha John.

John, que sempre tentava se aproximar de mim; John, que às vezes me olhava como se implorasse para que eu falasse alguma coisa, qualquer coisa, para podermos conversar.

John, que me amava como se também fosse um pouco meu pai. Senti as lágrimas se acumularem nos olhos enquanto ele franzia a testa, comovido com minhas palavras.

Ele *sempre* tinha me entendido.

Era eu que não tinha percebido.

Se existia alguém no mundo que se importava com meu pai tanto quanto eu, esse alguém era John.

— Eu... estou aqui.

Ele levou a mão ao meu rosto. Após um instante de incerteza, me acariciou devagarinho, meio sem jeito.

— *Estou aqui*, Ivy. Não vou embora. Eu prometo...

Baixei a cabeça e uma lágrima escorreu pelo nariz. Engoli em seco e depois, bem devagar, me inclinei e... o abracei.

John ficou imóvel enquanto eu afundava o rosto na sua camisa. Absorvi o cheiro de limpeza e me aninhei ali como uma criancinha. A angústia com que ele retribuiu o abraço me fez entender que ele esperava aquele momento fazia muito tempo.

— *Obrigada*, John — falei de uma vez por todas, enquanto ele me abraçava ainda mais forte.

— Você sabe o quanto eu te amo — sussurrou, emocionado. — Muito, muito mesmo...

E então, consegui dizer.

Com o ouvido encostado em seu peito, abraçada ao homem que havia me esperado dia após dia, finalmente encontrei forças para responder:

— Eu também.

Ficamos assim por um tempo indefinido. Com a cabeça apoiada no ombro de John, redescobri depois de tanto tempo o calor aconchegante de um pai.

— John... preciso confessar uma coisa.

Senti sua respiração tocar minha testa quando, um tempo depois, ele perguntou:

— Tem a ver com Mason, né?

Confirmei com a cabeça.

— A gente... a gente não se dá muito bem.

Dizer que eu e Mason não nos dávamos bem era o mesmo que dizer que os ursos e os salmões são grandes amigos.

Era um eufemismo de dimensões constrangedoras, mas eu sabia que doeria demais em John se eu contasse em que pé as coisas realmente estavam.

— É... — murmurou ele. — Eu já tinha percebido. — Quando me afastei do seu ombro para olhá-lo, John suspirou. — Mason não te acolheu como eu esperava. Apesar do que eu disse... sei que ele ainda não superou. E nunca vai superar.

John hesitou, como se procurasse as palavras certas, e eu percebi que estava prestes a me revelar a resposta para muitas das minhas dúvidas. Eu nunca tinha ousado perguntar, aprendi a respeitar suas palavras tanto quanto seus silêncios. Então, fiquei quieta enquanto ele se preparava para abrir aquela brechinha.

— A mãe do Mason... era uma pessoa muito peculiar. Assim como sua mãe, Evelyn também estudava com a gente em Berkeley. Na época, era uma mulher linda, inteligente, determinada... e muito ambiciosa. Ela enxergava um futuro de muito sucesso para si mesma e, pode acreditar, ninguém seria capaz de tirar isso dela. Era uma pessoa *brilhante,* literalmente. Um lindo tubarão num mar de possibilidades.

Fiquei ouvindo o que John tinha a dizer em silêncio, deixando-o falar no tempo dele.

— Quando Mason nasceu, Evelyn já estava estabelecida no mercado de trabalho. Tinha sido contratada como gerente de uma famosa empresa automobilística. A vida dela estava deslanchando, assim como a carreira. Mas, apesar de toda a sua sagacidade, deixou de lado um detalhe. Não tinha levado em conta que o filho, ao contrário do trabalho, não era uma máquina. — Após uma pausa, continuou: — Mason nem sempre esbanjou saúde. Aos 3 anos, era um garoto frágil, delicado, que adoecia com frequência. Os médicos diziam que, nessa idade, muitas crianças têm uma saúde delicada mesmo, não era nada alarmante. Com os devidos cuidados, cresceria forte e saudável. Ele não era uma criança difícil... Era bem gentil, carinhoso, vivia contente. Só exigia paciência. Cuidado e amor. Precisava apenas de uma mãe, mas ela não tinha esses dotes.

Fiquei olhando para John enquanto ele fechava os olhos, amargurado.

— Aos 4 anos, Mason pegou uma infecção bacteriana bem séria nos pulmões. Ela disse que não era nada, que, como ele adoecia facilmente, com certeza era uma tosse como qualquer outra. Escolhi acreditar nela, convencido de que uma mãe saberia o que era melhor para o filho, e esperei. Quando a febre piorou, Evelyn insistiu que ia passar. A verdade... era que a primeira internação exigia a presença dos dois genitores, e ela não tinha tempo. Lembro que, alguns dias depois, eu o levei ao pronto-socorro, porque ele não estava conseguindo respirar direito. Mason passou mais de uma semana no hospital, e Evelyn teve que deixar de ir a uma viagem importante de trabalho no Japão. Ela ficou furiosa — sussurrou John. — Gritou com os médicos, me acusou de atrapalhá-la, de não me dar conta de que ela estava se tornando uma pessoa importante e que a empresa contava com ela. Evelyn tinha uma carreira impecável pela frente, e Mason não a deixava viver aquela ascensão ao sucesso. — John balançou a cabeça. Os olhos pareciam vazios, fixos em algum ponto do quarto. — Ainda me lembro do dia em que ela foi embora. Mason se agarrou à saia dela, chorando. Era tão pequenininho... Tentou impedi-la, como se aqueles bracinhos pudessem fazê-la ficar ali com a gente. Ele a chamava de "mamãe", implorava para que ela não o deixasse, mas Evelyn foi embora sem olhar para trás.

Passei um bom tempo o encarando, sem conseguir dizer nada.

Era a primeira vez que John falava dela. Eu já tinha me perguntado várias vezes onde ela estava. Por um tempo, cheguei a acreditar que um destino cruel, como a morte, os havia separado. Mas estava enganada.

Como essa mulher pôde deixá-los para trás?

Enquanto segurava lentamente sua mão, me perguntei como era possível abandonar um homem bom como ele.

— Depois desse dia, tentei dar tudo de mim ao Mason. Fiz o que podia para que ele não sentisse a ausência da mãe, fiz questão de garantir que não precisaria de mais nada, que nós dois bastávamos. E ele... Ele se apegou a mim com todas as forças. Crescemos juntos. Desde então, sempre fomos a família um do outro.

Eu nunca tinha entendido nada de Mason.

Sempre achei que não passasse de um filho mimado que tratava mal os pais, o típico garoto bonito e arrogante, acostumado a receber toda a atenção que queria.

Mas não era assim.

Mason era profundamente ligado a John.

E a única pessoa que ele gostaria que cuidasse dele o desprezara.

Não tinha tido o amor nem o tempo da própria mãe. Só a indiferença.

— Mason te ama muito — sussurrei. — Dá para ver pelo jeito como ele te olha.

John abriu um sorriso triste, um raio de luz em meio à tristeza.

— Eu sei. Quando ele tinha 13 anos, contei que estava saindo com outra mulher. Você tinha que ver a cara dele... parecia que eu tinha dado uma punhalada nas costas dele. Agora que cresceu, sei que quer me ver feliz, mas sei também que a ausência de Evelyn deixou nele uma cicatriz difícil de esquecer. Mason nunca chegou a perdoá-la. Não quer nem ouvir falar dela, perde a cabeça. Ele a odeia, mas, mais do que tudo, odeia o fato de se parecer tanto com ela. No jeito, na aparência... Não suporta carregar uma parte da mãe dentro de si o tempo inteiro.

"Eu realmente não sei como você pode ser filho do seu pai", eu disse a Mason uma vez. Só agora entendia o quanto o havia machucado. Indiretamente, eu tinha lembrado a ele o quanto se parecia com a mulher que tanto desprezava.

Ela o havia abandonado.

Sem nunca olhar para trás.

— Foi por isso que ele começou a lutar boxe — confidenciou John, acrescentando mais uma pecinha ao quebra-cabeça. — Para provar à mãe que era forte. Que não precisava dela. Que não era mais um peso para ninguém. Quando venceu a primeira luta, Evelyn mandou de presente uma camiseta do

Chicago Bulls. Ah, ela sempre admirou os vencedores. Manda um presente toda vez que ele ganha.

Eu o encarei, imóvel.

A camiseta.

Aquele olhar incrédulo.

A fúria, a raiva e o rancor na voz.

— A camiseta vermelha? — sussurrei. — Aquela... no quartinho no final do corredor?

John fez que sim.

— Tem uma caixa cheia de coisas. É lá que vão parar todos os presentes dela.

Eu me senti uma idiota.

Como não tinha percebido antes? Como não tinha ligado os pontos?

Eu sabia melhor do que ninguém: as feras mais agressivas são sempre as mais vulneráveis.

— Nunca mais nenhuma mulher morou aqui? — perguntei, começando a entender.

— Não... Tirando as diaristas, nunca mais houve uma presença feminina nesta casa. Mason nunca trouxe nenhuma garota, nenhuma que tenha passado ao menos uma noite aqui.

Naquele instante, percebi o que John estava prestes a dizer.

— Você é a primeira mulher que vem morar aqui depois da Evelyn.

Então era por isso que Miriam tinha me olhado daquele jeito na primeira vez.

Era por isso que tinha ficado tão surpresa.

Quando olhei para John, a verdade de repente se fez muito clara. Eu esperava estar errada, mas escapou da minha boca antes que eu pudesse impedi-la.

— Você não contou a ele — murmurei, dando voz à minha suspeita. — Que eu viria morar aqui... Ele não sabia.

O silêncio que se instalou foi a pior confirmação possível.

— Não deu tempo — admitiu John, cheio de culpa. — Tudo aconteceu tão rápido... Entenda, eu... já tinha prometido a Robert que não deixaria você sozinha e... nunca tinha tocado no assunto com Mason. Só falei que você viria morar com a gente, sem perguntar a ele se concordava. Ele não sabe nada sobre o passado do seu pai, Ivy. Nem por que você finge ser minha sobrinha. Sempre foi o segredo de vocês... O segredo do Robert. Eu não queria que Mason se envolvesse nisso.

— John, ele se sentiu traído porque você estava saindo com outra mulher! Você não achou que deveria explicar por que uma desconhecida vinha morar com vocês?

— Você não é uma desconhecida.

— Pior ainda — retruquei, exausta. — Como você pôde deixar de informar uma decisão tão importante?

De repente, eu me lembrei da tarde em que eu perguntara a John o motivo da encenação. Mason tinha se retirado. Agora eu entendia o porquê: estava com raiva do pai.

Além de ter uma desconhecida na própria casa, ainda tinha tido que mentir sem ter nenhuma explicação.

Mesmo assim, apesar de tudo... Mason fizera o que lhe fora pedido. Aceitou as condições do pai e não fez perguntas nem exigências.

Por quê?

A resposta, mais uma vez, era apenas uma: o amor e o respeito que tinha por aquele homem que estava ao meu lado.

— Eu sempre contei tudo a ele — sussurrou John. — Menos isso.

A verdade, no momento, brilhava como um globo de cristal nas minhas mãos.

A fera ainda me encarava com seus olhos fulgurantes, só que eu não a considerava mais raivosa ou ameaçadora. Não.

Eu a considerava humana.

Incontrolável e cheia de defeitos.

Mas sincera.

Nada justificava tudo o que ele tinha me feito passar.

Mas, como a tola que eu era... passei a desejá-lo mais do que antes.

Com suas falhas e suas cicatrizes, com as sombras que forjavam aquele coração tão orgulhoso.

As coisas mais lindas brilham sob o medo.

E, entre todos os meus terrores, Mason era a coisa mais esplêndida que eu já tinha visto.

— Sinto muito — sussurrou John. — Queria que você e Mason tivessem se conhecido de outra forma. Talvez as coisas tivessem sido diferentes... Talvez vocês acabassem se dando bem. — Então ele me olhou e inclinou a cabeça. — Eu acho que você ia gostar muito dele, sabia?

Ainda bem que eu estava de costas, caso contrário não teria conseguido disfarçar a cara que fiz.

Queria dizer a John que eu gostava de Mason até demais. Que a forma como fulminava seu filho com os olhos era igual à ansiedade com a qual às vezes eu abria a porta do banheiro na esperança de encontrá-lo ali, com os músculos de fora. Ou que, da última vez que estive montada nele, preferiria continuar brigando a ter que sair daquela posição.

Então, por fim, enquanto olhava para qualquer lugar, menos para John — que seguia me encarando com aqueles olhos escuros típicos dos Crane —, murmurei um vago:

— Quem sabe.

Talvez, no fim das contas, ele teria ficado feliz.

Talvez teria gostado de saber a verdade.

Talvez um dia eu confessasse.

Mas aquele não era o momento.

Ainda não tinha coragem.

E, por enquanto... era melhor assim.

— Eva?

Aquele dia não tinha começado da melhor maneira.

Bringly tinha acabado de me dar uma bronca daquelas porque eu ainda não tinha a menor ideia do que fazer no projeto. Mas jamais havia imaginado dar de cara com Clementine Wilson ao lado da minha tela vazia, sorrindo para mim.

— Oi — cantarolou ela, enquanto eu me levantava. — Desculpa surgir assim do nada. Não sei se você se lembra, mas a gente se viu lá na praia. Enfim, sou Clementine. Prazer em conhecê-la.

Ela estava usando um colete jeans e o cabelo preso em um rabo de cavalo alto. Era deslumbrante, completamente diferente da minha aparência introvertida e nada feminina.

— Ah, e fico muito feliz em saber que está bem, aliás. Nossa, que coisa horrível o que aconteceu com você! Os gritos, você sem sair da água... Uma tragédia, sério. É um alívio saber que não aconteceu nada com você, Eva.

— Na verdade...

— Então quer dizer que você é prima do Mason? — interrompeu Clementine, cruzando as mãos nas costas.

Pisquei, surpresa. Ao notar a insistência que ela tentava disfarçar no rosto, entendi por que estava ali. Então lhe lancei um olhar firme e, enquanto botava a mochila nas costas, respondi com frieza:

— É *Ivy*.

— Ah, é? — murmurou, com um sorriso afetado. — Sério mesmo? Desculpa, devo ter entendido errado... Ivy. É diminutivo de Ivana?

— Não — respondi, seca.

Não foi nada educado, mas, em vez de se incomodar, ela me encarou com um brilho de sarcasmo nos olhos.

— Ah, nossa. Não precisa ficar nervosa... Não vou roubá-lo de você nem nada.

Ela sorriu outra vez e levou a mão ao peito. Era descontraída, mas tinha um toque teatral em cada gesto e piscar de olhos.

— De qualquer maneira, foi assustador. Eu nunca tinha visto Mason reagir daquele jeito... Um verdadeiro drama. Nem sabia que ele tinha uma prima.

Nem eu.

— E vocês são... próximos?

Vi o interesse se acender nos olhos de Clementine e congelei. Eu sabia o que ela queria ouvir.

Queria a confirmação de que eu não era um obstáculo, que, apesar de eu ter aparecido do nada, ela poderia ignorar minha existência tranquilamente.

Ela queria tanto que eu dissesse *não* que, quando dei por mim, já estava ouvindo o meu orgulho responder:

— Somos. *Muito.*

— É mesmo? — perguntou, com olhos quase famintos. — Mas ele nunca falou de você.

— Pergunta pra ele, então — desafiei, certa de que ela não teria coragem de fazer isso, ou não teria vindo me sondar.

E, de fato, Clementine começou a rir.

— Ah, imagina! Só estava brincando! — Em seguida, exibiu os dentes belíssimos e me lançou um olhar brilhante. — Enfim, pelo jeito como Mason te socorreu, já deu para perceber... Talvez você devesse evitar a praia, se não sabe nadar.

— Eu sei nadar.

— *Claro* — falou, brincando e me olhando de baixo para cima. — De qualquer maneira, eu estava te procurando por outro motivo, na verdade. Então, vai ter uma festa lá em casa hoje à noite. Meus pais vão estar fora a semana inteira e me deixaram chamar quantos amigos eu quisesse. Você também está convidada, é claro.

De repente, tive certeza de que, se eu não tivesse dito que era tão *próxima* de Mason, ela não estaria ali me convidando.

— Mas amanhã tem aula — observei, confusa.

— E daí? Não me diga que no Canadá vocês só fazem festa no fim de semana, que nem criança — disse, com uma risadinha, levando os dedos perfeitos à boca. — Vai, não se faz de difícil.

Naquele momento, seu celular tocou e ela o tirou do bolso do colete.

— Tenho que ir agora — afirmou, atendendo a ligação. — Espero você lá, hein? Até mais.

Fiquei olhando Clementine se afastar com o rabo de cavalo balançando nas costas. Era tão óbvio que ela tinha feito aquilo para agradar a Mason que o convite me irritou ainda mais.

Tipo, *eu*? Participar de mais uma festa cheia de loucos descontrolados? Ainda por cima por vontade própria? Estávamos todos malucos ou o quê?

Pode esperar sentada.

Saí do prédio B em direção ao principal pisando firme. Estava tão irritada que nem reparei no garoto que segurou a porta para mim. Só o reconheci quando ele estava à minha frente, com a mão na maçaneta e os olhos fixos nos meus.

— Ah — murmurou Nate. — Então era você mesmo. Eu tinha visto direito.

Ele abriu caminho para que eu passasse, mas percebi que estava sem jeito. Desviou o olhar e enfiou as mãos nos bolsos, claramente desconfortável.

— Está... com pressa?

— Não — respondi num tom mais suave, esquecendo Clementine por um instante.

— Como você está? — perguntou ele.

— Estou bem. E você?

Nate passou um tempo me encarando e, no seu olhar, notei emoções impossíveis de se ignorar. Eu não o via desde o dia da praia, e desconfiei que não fosse coincidência. Torci para que não tivesse esperado todo aquele tempo só para vir falar comigo.

— Ivy. — Nate engoliu em seco. — Eu...

— Não diga — falei, me antecipando. — Não precisa dizer.

— Sinto muito.

Fitei-o nos olhos dele e balancei a cabeça. Eu não precisava daquilo, Nate não tinha feito nada que exigisse um pedido de desculpas. Era um absurdo que só eu pensasse assim.

— Não quero mais ouvir isso — murmurei. — Tá bom? Você não teve culpa no que aconteceu. Pare de se culpar.

— Eu deveria ter prestado mais atenção. — Ele mordeu os lábios, aflito. — A correnteza me levou para muito longe... Tentei alcançar você, mas tive uma cãibra por causa da água gelada e... nem consegui te ajudar. Quando me recuperei, já estavam tirando você da água...

— Nate, você não me deve explicação nenhuma. — Olhei bem nos olhos dele para que entendesse que eu estava sendo sincera. — Eu que fui imprudente. Não fazia ideia de como era o mar até aquele momento, e acabei subestimando a coisa. Não é culpa sua. Sei que você nunca quis que nada de ruim acontecesse comigo.

Nate baixou a cabeça, como se não soubesse se acreditava em mim. Tentei fazê-lo entender que estava sendo sincera e fiquei ao lado dele até que, por fim, depois de muito esforço, ele pareceu se convencer. Então, lhe dei um leve aceno de cabeça.

— Vem, vamos embora.

Seguimos juntos. Ele bagunçou o cabelo e me olhou de soslaio.

— Queria ter procurado você antes.

— Mas não procurou — afirmei, tranquila, enquanto os alunos saíam das aulas e seguiam em direção à saída. — Chegou a voltar à praia?

— Voltei. Mas sem prancha.

— Ainda tenho que devolver o traje de banho... — falei, distraída.

Levei uma ombrada e me aproximei de Nate. Quando me virei, vi que era Tommy.

— Ei!

— Desculpa, Ivy — disse, ofegante. — Tenho que correr para casa. Ainda não preparei as coisas para hoje à noite. Que horas vocês vão chegar na festa? Nate, Travis disse que vai passar na sua casa para pegar as cervejas. Fiona está atrás de uma carona porque não quer ir de carro com Carly... Temos espaço ou devo colocá-la com os outros?

Pisquei, perplexa.

Por acaso estavam falando *daquela* festa?

— Vocês vão à festa da Clementine? — perguntei, incrédula e meio desconfiada.

— Claro — respondeu Tommy. — E quem não vai? Meio mundo vai estar na casa dela hoje. Vem gente de pelo menos três escolas e o pessoal da faculdade. Ela sempre dá festas incríveis! E hoje vou ser o fotógrafo.

— Você?

— Assim bebo de graça e não me jogam na piscina. Ano passado, fui tacado com celular e tudo. Travis perdeu a carteira e nem te conto como os outros ficaram. Pelo menos assim eu garanto minha segurança.

Fiquei olhando para ele, sem palavras. Em seguida, me virei para Nate, com mais irritação do que gostaria.

— Você vai também?

— Bem... vou, sim — respondeu, meio hesitante, lançando um olhar confuso para Tommy. — Como sempre. Hoje à noite é minha vez de levar as bebidas. Por quê, precisa de carona?

Eu não precisava de nada.

Mas aquilo era sério? Todo mundo ia mesmo para aquela festa idiota?

Engoli meu descontentamento. Não ia ficar ali explicando por que não pretendia ir.

A simples ideia de ver Clementine se esfregando na única pessoa que eu queria com todas as forças já era o suficiente para me irritar.

Mas... não era só isso.

Era eu. Não importava quanto tempo eu passasse ali, ainda havia uma parte de mim que não conseguia se enturmar. Eu estava me prendendo à minha solidão, apesar das pessoas que conheci, das coisas que vivi, de tudo que passei.

E isso me afetava.

— Bem, até mais tarde — despediu-se Tommy antes de sair correndo.

Fiquei um tempo observando-o se afastar e, quando Nate voltou a andar, eu o segui.

— Tudo bem?

— Claro.

Após sorrir para uma garota bem bonitinha, ele me olhou, hesitante.

— Tem certeza?

— Por quê? — perguntei, tentando não soar amarga.

— Você não me disse se precisa de carona ou não.

Fiz menção de responder, mas as palavras morreram nos lábios. Uma figura familiar chamou minha atenção, como se tivesse encantado minha alma.

Mason estava de braços cruzados, encostado nos armários.

Não, não nos armários. No *meu* armário.

Meu coração começou a martelar nas costelas.

Parecia indiferente aos alunos ao redor. Encarava o chão, e seus olhos se destacavam sob as sobrancelhas marcadas, conferindo intensidade ao olhar. Irradiava um charme magnético, áspero e ardente, como a faísca de um fogo de artifício. Quando ergueu o rosto em direção à luz, sua beleza me atingiu como um soco na barriga.

Foi então que ele me viu e se endireitou, mas eu jamais estaria preparada para o que aconteceu em seguida: Mason cravou os olhos nos meus, e o brilho em seu olhar acabou comigo.

Fiquei paralisada, como se de repente me visse rodeada por uma luz incrível, quente e suave, uma luz que se assemelhava à esperança.

Desculpa, seus olhos pareciam dizer. *Vamos conversar, eu exagerei, sei que exagero às vezes, e a raiva não ajuda. Estava esperando você, quero conversar.* Meu coração lia aquela cena como se fosse uma página de um lindo conto de fadas, mas durou pouco.

— Ei... Ivy?

Nate pegou meu queixo e o virou na sua direção. Depois, deu uma risadinha e sorriu para mim, quase com ternura.

— Está viajando na maionese aí?

Normalmente, eu não deixaria ninguém me tocar assim, mas fui pega de surpresa. Ele inclinou o rosto na minha direção de brincadeira, e só então voltei a mim. Coloquei a mão na dele para abaixá-la e me virei outra vez.

Mason ainda estava de olho na gente. A luz tinha desaparecido — eu a senti se despedaçar quando reencontrei seus olhos, agora apagados como planetas queimados pelo fogo.

Ele viu Nate ao meu lado, a intimidade entre nós, minha mão ainda na dele, e desviou o olhar. No instante seguinte, deu meia-volta e foi embora. Fiquei olhando Mason se afastar enquanto meu coração o chamava.

Não, grunhi por dentro. *Não, não, não...*

— Ah, droga — sussurrou Nate, acompanhando meu olhar.

Engoli em seco e recuei alguns passos, tentando esconder o quanto aquilo tinha me afetado. Nate ficou tenso.

— Ele ainda está bravo comigo. Não gosta de me ver perto de você.

— Não fala besteira — murmurei, voltando a andar em direção à saída.

A decepção e a amargura fechavam minha garganta.

— Não estou falando besteira... você viu, não viu? Você viu como ele me olhou...

— Do mesmo jeito que sempre olhou para mim — rebati. — Deixe essas paranoias inúteis de lado.

— Não é nenhuma paranoia inútil. Ele mesmo me disse.

— Disse o quê?

— Que não quer me ver perto de você.

Parei na mesma hora. Pisquei, desconcertada, e levantei a aba do boné para encarar Nate.

— O quê?

— É, então... — Nate ficou me olhando com certo desconforto. — Na verdade, ele me disse para não ser babaca com você e me acusou de dar em cima de todo mundo, então acabamos discutindo... Mas depois de eu ter te enchido o saco quando estava bêbado na festa... Enfim, você é prima dele, então eu entendo.

Eu não sou, pensei na mesma hora, enquanto o encarava com olhos arregalados. Porque, para Mason, eu não era ninguém.

— Ele... O que mais ele te... — balbuciei.

— Nate!

Levei um susto com a interrupção.

A alguns metros de distância, Travis acenava.

— Hoje à noite vou passar na sua casa para pegar as cervejas, avisa a sua mãe para amarrar o cachorro!

— Acho que vou ter é que amarrar minha mãe — rebateu Nate, aproximando-se do grupo de Travis. — Ela disse que da próxima vez que visse você ia mandar te prender.

— Ah! — Travis riu e balançou a cabeça. — Aquela mulher me adora.

— Mas você não atropelou a caixa de correio dela? — interveio Sam, e fiquei surpresa ao vê-la em frente à nossa escola. — Ela já fez muito não denunciando você.

— Justamente porque ela *me adora* — rebateu Travis, cheio de orgulho. — E, além do mais, foi um acidente. Apostaram que eu não conseguiria mijar numa latinha enquanto dirigia, então, quando virei na entrada da casa dela...

— E você, Ivy? — perguntou Sam, enojada. — Com quem você vai?

Não fui a única a me virar ao ouvir aquelas palavras. Um rabo de cavalo comprido se afastou do grupinho e a cabeça de Clementine surgiu na minha frente.

Meu Deus do céu...

— Ah, então você vai! Tenho certeza de que vai se divertir...

— Ela não gosta de festas.

Aquela voz, fogo e gelo dentro de mim.

Aquela voz, que me deixou tensa assim que levantei a cabeça e dei de cara com suas costas bem à minha frente.

Mason me observava por cima do ombro.

— Estou certo?

Estava certíssimo, e nós dois sabíamos disso.

— Ah, é mesmo? — questionou Clementine. Ela olhou de relance e, em seguida, voltou a forçar um sorriso. — Bem, que pena. A gente vai se divertir. Se mudar de ideia, vai ser super bem-vinda.

Foi só então que Mason pareceu notar a presença dela. Assim que focou o rosto de Clementine, ela abriu um sorriso charmoso.

Mason lhe lançou um olhar demorado por baixo dos cílios. Em seguida... retribuiu.

Ele a dominou e lhe deu o sorriso mais sedutor de seu repertório, transbordando um magnetismo cruel pelos olhos. Foi desconcertante. Quase estava acariciando Clementine com as mãos, e ela parecia se esforçar ao máximo para não derreter a seus pés.

Então ele voltou a me olhar, enquanto ela o devorava sem tocá-lo.

E eu percebi que cerrei os punhos e cravava os olhos nele como se fossem flechas.

Ah, ele sempre tinha sido absurdamente bom nesse jogo.

Mason tinha nascido com aquele olhar desafiador. Diferente de mim.

Mas, enquanto eu tremia, dominada por uma raiva ardente, e Mason parecia prestes a conseguir mais uma vitória, decidi que dessa vez eu não o deixaria ganhar.
Dessa vez, não, jurei a mim mesma.
Já estava cansada de recuar.
Ele queria jogar?
Bem, então nós jogaríamos.
Jogaríamos *do jeito dele*.
Passei por todos e segui em frente.
Em seguida, fui atrás de um grupinho ali perto, marchando com uma determinação que até então eu não conhecia. Deixei para trás o desinteresse, a apatia e até a indiferença. Com o reflexo de Mason ainda vivo nos olhos, cheguei à pessoa que estava procurando e parei à sua frente.
— Fiona — falei. — Preciso da sua ajuda.
Então vamos lá: vamos jogar.

17
NÃO SOU SUA BONECA

— Vocês têm certeza de que não querem comer antes?
— Não. Afunda o pé nesse acelerador.
Carly virou o volante com tudo e nós tombamos feito pinos de boliche dentro do carro. Eu me agarrei ao banco da frente, onde Fiona parecia estar repensando suas prioridades. Só que, para ela, aquela situação devia ser um verdadeiro alerta vermelho, por isso cravou as unhas na mochila e não disse uma palavra.

— Me expliquem de novo qual é a *grande emergência* — disse Sam, que de repente parecia arrependida de ter vindo nos encontrar.

Carly furou um sinal vermelho, mas decidi que, naquele momento, eu tinha que me concentrar em outra coisa.

Como, por exemplo, no que eu estava prestes a fazer.

Eu ia *mesmo* fazer aquilo?

— Para ali na frente do portão, serei rápida — falei para Carly.

Claro que eu ia fazer aquilo.

Ela freou na frente da casa e eu desci às pressas. Cheguei à porta, entrei e não parei nem quando John surgiu da cozinha.

— Ah, bem-vinda de volta, Ivy! — exclamou, feliz por eu estar em casa mais cedo que o normal. — Está com fome? Fiz polpetone... Ei, aonde você vai?

— Oi, John — respondi, seguindo em direção à escada.

Subi e, assim que cheguei ao quarto, abri a mochila e a esvaziei de uma só vez.

Escancarei as portas do armário e comecei a enchê-la de roupas quando John apareceu na porta.

— Mas... o que está acontecendo? — perguntou, perplexo.

— Não vou ficar para comer.

— O quê? — Ao ver meus materiais de desenho espalhados pelo chão, arregalou os olhos. — E para onde você vai?

Vou finalmente pegar o que é meu, quis responder, sem saber ao certo se me referia a Mason ou à vitória.

Mas, se minha vida de invernos rigorosos e temporadas de caça tinha me ensinado alguma coisa, era justamente que não se podia esperar sobrevivência sem estar bem equipada.

Se eu estivesse no Canadá, teria vestido luvas reforçadas, o colete de caça por baixo das roupas e botas até os joelhos. Depois, pegaria meu rifle e essa seria minha proteção, minha armadura de batalha.

Mas, ali, eu teria que contar com armas bem diferentes e, infelizmente, não poderia trocar uma atividade pela outra.

— Vou a uma festa.

John deixou cair o pano de prato e me olhou boquiaberto, em choque.

— Uma... uma festa? Você... vai a uma festa?

Fechei o zíper da mochila e vi seu olhar atordoado acompanhar o boné que joguei na cama.

— Sim — respondi, passando por ele.

John me seguiu escada abaixo totalmente apreensivo.

— E vai comer onde? Não pode pular o almoço! Vai com quem? Eu...

— Vou com umas amigas — respondi, com praticidade, já à porta de casa. — Vou comer na casa daquela garota ali. Estou indo para lá agora. Vamos nos arrumar juntas.

John se inclinou para ver a garota no banco do carona: Fiona lixava as unhas e fazia bolas de chiclete rosa-choque, com óculos escuros enormes sobre o cabelo.

Ele a encarou em choque, numa expressão muito parecida com *O grito*, de Munch. Na dúvida, eu lhe dei um beijo na bochecha, o que fez todo o sangue do seu rosto se esvair de vez. John me olhou como se eu tivesse crescido de repente, como se em um segundo eu tivesse passado de filhotinho de lêmure a gorila com tutu.

— A gente se vê amanhã — falei, antes de sair pelo caminho da entrada.

Atravessei o jardim às pressas e entrei no carro, fazendo um sinal para Fiona.

— Vamos — ordenou ela, mastigando o chiclete.

Carly engatou a marcha e pisou no acelerador.

— Você tinha mesmo que parar para comprar uma revista na banca? — perguntou Sam, irritada.

— A gente vai subir — declarou Fiona na porta de casa, ignorando-a. — Vocês podem sair e comprar alguma coisa para gente almoçar.

— O que querem comer?

— Sushi — respondeu, e depois virou-se para mim. — Pode ser?

Eu a encarei, impassível, e pisquei repetidas vezes.

— Nunca comi — falei.

— É peixe cru.

— Tem salmão?

— Com certeza.

— Então está ótimo.

Sam e Carly voltaram para o carro, e Fiona pôs a chave na fechadura. Assim que entrou, eu a segui sem hesitar. Enquanto avançava pelo corredor, de repente uma porta foi aberta e uma coisinha pequena e muito veloz se agarrou às pernas dela.

— Fiona! Você voltou! — gritou o menino, com uma vozinha delicada. — Vamos ver desenho?

— Oi, monstrinho — cumprimentou Fiona, fazendo um cafuné nele.

O menino abriu um sorriso feliz — faltava um dentinho.

Fiona rasgou o plástico da revista. Em seguida, soltou o bonequinho e o entregou ao irmão, que o pegou e o encarou com brilho nos olhos.

— É o Capitão América! Você achou!

— É ele mesmo — concordou Fiona, segurando o queixo dele de forma carinhosa. Em seguida, apontou para mim com o polegar. — Ela é uma amiga minha. Já comeu?

O garotinho fez que sim com a cabeça daquele jeito exagerado e decidido que toda criança tem, e me peguei reavaliando minha primeira impressão: jamais teria imaginado que Fiona tivesse um irmãozinho.

Ela sempre tinha me passado uma imagem de filha única, talvez com uma senhora casa no topo da colina e uma aura de luxo à sua volta. Mas, na verdade, sua casa era mais uma entre tantas outras geminadas que a gente via da estrada, com alguns brinquedos espalhados pelo chão e um garotinho sempre disposto a brincar.

— Bom garoto — disse ela, fazendo carinho nele.

Depois, deu um leve beliscão no pescoço do irmão, e ele se encolheu com a língua entre os dentes.

— Vai lá brincar com seu novo boneco, Allen. A gente vai lá para cima... Vem, Ivy.

Enquanto eu a seguia escada acima, o irmão de Fiona sorriu para mim.

— Então tá — disse ela. — Antes de tudo, me diga uma coisa: é por causa de algum garoto?

Olhei à minha volta. Aquele era claramente o quarto dela. A cama parecia uma nuvem de merengue e no chão reinava o caos. Havia roupas, sapatos e bolsas espalhados por toda parte.

— É, sim.

Eu não ia contar quem era, mas também não queria mentir. Precisava da ajuda dela, mesmo sabendo que seria um ato cruel.

Fiona soltou um suspiro rápido.

— Então temos muito trabalho pela frente. Sabe usar curvex?

— Usar o quê?

— Deixa pra lá — disse, agitando a mão. — Mostra pra mim as roupas que você trouxe.

Abri a mochila e fiz o que ela pediu.

— Nada disso serve. Dá para ir ao mercado, ou passear com o cachorro... E o que é isso *aqui*? — perguntou, enojada, e me mostrou uma camiseta com estampa de alce.

— É minha camiseta preferida — retruquei, defendendo-a com unhas e dentes.

— *Deus do céu* — invocou. — A situação é pior do que eu pensava.

Eu a fulminei com um olhar de poucos amigos e ela pôs as mãos na cintura.

— Presta atenção, eu preciso entender. Qual é exatamente o resultado que você está buscando?

Olhei para o rosto dela e, no mesmo instante, pensei naquele olhar esplêndido, penetrante, capaz de me provocar como ninguém.

Cerrei os punhos.

— Quero que *ninguém* consiga tirar os olhos de mim.

— Meu Deus.

Eu a ouvi se lamentar pouco depois.

— O que foi que você fez com esses dedos, esfolou coelhos?

— Bem...

— Fica quieta, nem responde — cortou Fiona, mexendo nas minhas unhas.

— Caramba, está tudo quebrado! E olha essas *cutículas*! Nem nos piores filmes de terror... — Ela me deu um tapinha nos dedos e eu resmunguei, irritada. — Para de comer todas as fatias de pepino!

— Estou com fome — protestei. — Carly comeu quase tudo! E parece que já estou aqui há horas.

— Bom, a gente mal começou. Foi você que me pediu ajuda, então me deixa trabalhar. Qual cor de esmalte você quer?

— Não quero essa coisa fedorenta nas mãos — respondi. — Depois fica manchando as folhas em branco quando eu apago...

Arregalei os olhos quando Fiona enfiou um punhado de fatias de pepino na minha boca.

— Uma cor clara, então — brincou ela, limpando a mão.

— *Olha só* — vociferei. — Não estou aqui para virar uma boneca. Entendeu? Essas futilidades não me interessam, *eu só quero impressionar o...*

Todas elas se viraram para mim e me encararam imóveis, esperando o fim da frase.

— O...? — perguntou Fiona, falando por todas.

Teria sido interessante dizer que se tratava de Mason. Sim, *esse Mason mesmo*, meu primo recém-encontrado, que de primo não tinha nada, considerando as fantasias que me vinham à cabeça só de olhar para ele.

— Um cara aí.

— Um cara aí?

Enquanto todas me encaravam, eu enfiei mais uma fatia de pepino na boca, numa tentativa de parecer ocupada.

— E esse cara aí... você quer que ele venha falar com você? Quer que fique surpreso quando te ver?

— Quer que ele te olhe como uma princesa? — arriscou Carly, animando-se.

— Quero que ele fique de queixo caído — falei, entre dentes, só para deixar bastante claro. — Quero ouvir o baque no chão.

Todas me encararam com olhos arregalados, como três corujas perplexas.

Eu queria ver a língua de Mason bater no chão, aqueles olhos selvagens saírem das órbitas só por minha causa. Queria sentir suas pupilas me queimarem por toda parte, então fiquei em silêncio quando Fiona voltou a trabalhar nas minhas mãos.

— Então você tem que confiar em mim — murmurou, sem ser ouvida pelas outras, que já tinham voltado a bater papo. — Eu quero ajudar, não vou transformar você em alguém que não é. Mas você precisa aceitar que não dá para impressionar outra pessoa numa festa vestida com camisetas masculinas e jeans largos. É possível ser você mesma de um monte de formas diferentes, ninguém nunca te disse isso?

Eu a encarei em silêncio.

Não sabia por que tinha recorrido a Fiona quando decidi dar o troco no filho do meu padrinho, mas não me arrependi.

Eu sempre a vi em um pedestal diferente do meu, mais próximo ao de Mason e Clementine, mas estava enganada.

Enquanto ela abria o esmalte rosa-claro, eu me perguntei se Fiona esperava que alguém também a notasse aquela noite.

— Fiona... Você está a fim de alguém, por acaso?

Ela ficou me olhando por um instante, surpresa. Com certeza não esperava ouvir aquela pergunta de mim.

— Não — limitou-se a responder, e logo retomou o trabalho meticuloso. — Por que está me perguntando isso?

— Sempre vejo você com vários garotos — falei em tom suave, tomando cuidado para não parecer ofensiva. — Então fiquei pensando se não é porque tem um em especial que você não consegue tirar da cabeça...

— Não, imagina — respondeu, mas me pareceu meio forçado. — Aqui só tem caras com menos cérebro do que uma lesma-do-mar, não conseguem pensar em nada a não ser a próxima transa ou qual bronzeador comprar para realçar os músculos. Enfim, de quem eu poderia estar a fim? Aqui tem mais imbecil do que mosquito.

Talvez um imbecil ainda mais imbecil do que os outros...

— Além disso, estou de saco cheio — prosseguiu. — Ou eles não te deixam respirar, ou te ignoram completamente.

Senti um toque de ressentimento naquelas palavras.

Atrás dela, vi Sam sair do quarto junto de Carly.

— Travis perguntou por você — falei.

O esmalte borrou no meu dedo. Fiona levantou o rosto, chocada.

— Na praia, naquele dia que... Bem, você sabe.

— Travis? — perguntou num sussurro, e eu confirmei.

Ela engoliu em seco e pegou um pouco de algodão para limpar a mancha.

— Vai saber o que ele queria — resmungou Fiona, tentando parecer indiferente, mas não deu muito certo.

— Ele queria saber para onde você tinha ido. Quem era aquele cara que estava com você — continuei, e vi um brilho discreto nos olhos dela.

Imaginei que fosse franzir a testa, acenar com a mão e fazer aquela cara de nojo tão característica.

Mas Fiona... não fez nada disso.

Ficou de cabeça baixa, e aquilo foi o suficiente.

— Você gosta do Travis — concluí.

Para dizer a verdade, não foi muito difícil perceber no comportamento de Fiona o mesmo desejo de ser notada que eu sentia por Mason.

Eu e ela tínhamos almas parecidas, verdes de esperança. Mas a minha era mais escura, de um tom desencantado, como uma flor destinada a murchar.

— Aquele brutamontes nunca vai entender — resmungou, irritada. — É burro demais para perceber que existem mais coisas no mundo além de bonecas infláveis e óleos de bronzear.

— Não acho que seja bem assim — comentei, tranquila. — Acho que Travis gostaria de poder se aproximar de você sem te ver sempre no colo de algum garoto.

— Até parece... Ele está sempre ocupado com a boca de uma garrafa.

— E você com a boca de um cara.

Dessa vez, ela me fulminou com o olhar. Imaginei que tivesse falado demais, mas, ao olhar nos meus olhos, Fiona pareceu entender que eu não a estava julgando. Talvez eu tenha sido direta demais, mas jamais a criticaria.

— Certa vez, um tempo atrás... a gente se beijou — sussurrou ela. — Foi uma noite como outra qualquer... Nós tínhamos bebido, é verdade, mas já estava rolando um clima havia um tempão. E foi... *foi*...

Ela engoliu em seco e mordeu os lábios.

Devia ter sido *ótimo*.

Por um instante, tentei imaginar como teria sido para mim. Se tivesse ficado frente a frente com Mason... Sua respiração nos meus lábios... Os lábios inchados e atrevidos... E aquelas mãos, os dedos fortes me segurando, levantando meu cabelo, deslizando pelas mechas...

Não, não teria sido ótimo. *Teria sido enlouquecedor.*

Fiona balançou a cabeça.

— Só que aí, no dia seguinte, ele não se lembrava de nada. Veio falar comigo feliz da vida, como sempre, me tratando como se nada tivesse acontecido. Saiu com outra garota na maior tranquilidade, e ainda tive que ver os dois se pegando no estacionamento antes de virem falar com a gente... Ele é um elástico que não para quieto nunca, é isso que Travis é.

— Fiona, talvez ele não se lembre porque estava bêbado demais — opinei.

— Claro que ele estava bêbado demais — concordou, furiosa. — E foi isso que ele veio me dizer semanas depois, desesperado, quando o frenesi do álcool passou e ele percebeu o que tinha acontecido entre a gente. Bom, tarde demais, *babaca*! — vociferou. — Eu já estava saindo com vários caras e estava com muita, muita raiva dele. Como alguém esquece uma coisa dessas? Foi importante, porra!

Não dava para culpá-la.

Travis sem dúvida era um cara peculiar, mas até ele tinha que ter se tocado do que fizera.

— Acho que ele... só precisa de um empurrãozinho — arrisquei, com cautela, e por pouco não me arrependi ao ver Fiona me fuzilar com os olhos. — O que estou querendo dizer é: se você deixasse as coisas claras, ele seria o primeiro a...

— Eu deveria é dar um chute no saco dele, em vez de um empurrãozinho! — sibilou ela. — Não tenho nenhuma intenção de perdoá-lo. Ele nunca me demonstrou nada.

— Não acho que você tenha dado uma oportunidade.

Ela me olhou escandalizada. Chegou a abrir a boca para balbuciar algo, mas eu me antecipei:

— Você deveria conversar com ele.

— Para falar o quê? Nem pensar. Ele tem que se tocar sozinho!

— Não podemos dizer que Travis é um cara esperto — retruquei. — Não concorda?

— Concordo e assino embaixo — disse ela em tom mordaz.

— Você tem que falar com ele — declarei, com determinação, como uma serpente encarando sua presa.

— E como eu faria isso, na sua opinião?

— Deixe o orgulho de lado, não serve para nada. Você tem que o confrontar de uma vez por todas.

— Você fala como se fosse fácil, mocinha das montanhas.

— Ninguém disse que vai ser fácil. Mas pelo menos você vai ter feito alguma coisa.

Então, ficamos em silêncio. Fiona me encarou com olhos duros, reluzentes, cheios de emoções conflitantes.

Depois, virou o rosto.

— Você deve gostar muito desse cara — murmurou. — Nunca vi se importar tanto com um assunto.

Fingi checar o esmalte e não respondi. Mas, quando a olhei de soslaio, poderia jurar que tinha visto um leve sorriso se abrir nos lábios de Fiona.

— Ei, não vale! — gritou uma vozinha irritada. — O meu é muito mais forte!

Carly irrompeu no quarto com o irmãozinho de Fiona a tiracolo.

— Sim, mas o meu voa! — declarou, vitoriosa. — E solta raios!

— É uma batalha perdida — interveio Sam. — Carly, não pode deixar ele ganhar, só para variar um pouco? Ele tem 7 anos!

— E por quê? Ele também tem que aprender!

— Carly, se você for ficar *brincando*, faça isso lá fora — ordenou Fiona, lançando um olhar fulminante para a amiga. — Aqui estamos tratando de coisa séria.

— E o que seria?

— Acontece que Ivy não tem nada para vestir. E, como nós usamos tamanhos diferentes, não tenho nada para emprestar — disse Fiona, num tom tão dramático que me deixou preocupada. — Então, a menos que você tenha um vestido matador escondido por aí, nós estamos com um... Ei, o que está fazendo?

Sem prestar atenção nela, voei até a mochila e comecei a tirar as roupas ali de dentro. Revirei as regatas e as camisetas da neta da sra. Lark, até que... encontrei.

Já tinha me esquecido. Eu o havia enfiado na mochila sem pensar muito, e agora...

— O que é? — perguntou Sam, curiosa.

Então, Fiona se aproximou e viu o que eu segurava.

— Ah... — sussurrou em tom conspiratório. — É *perfeito*.

— Fica quieta...

Fiz uma careta.

— Fica quieta, já disse!

— Mas o que é isso? — perguntei, lutando contra as mãos de Fiona franzindo a testa.

— É iluminador. Pelo amor de Deus, dá pra parar de fazer essa cara?

— Eu já sou pálida o suficiente. Não tem nada para iluminar aí!

— Você não sabe de nada. Agora fica *parada* enquanto eu passo o rímel, senão vai parecer um panda com conjuntivite. E para de puxar a barra do vestido!

Olhei feio para ela, dividida entre o desconforto e a irritação.

— E por que você colocou esse elástico no meu pescoço?

— É uma gargantilha — respondeu ela.

— Não gostei. Parece uma coleira.

— É delicada e discreta — retrucou Fiona, passando o rímel nos meus cílios com precisão. — Desculpa se eu não tenho pingentes com cabeça de alce à disposição. Passou o batom que eu te dei?

— Não — respondi, sem rodeios. — Fica todo gruden... — resmunguei, entre dentes.

Fiona me segurou pelo queixo e passou o batom nos meus lábios.

— Meu Deus, como você é tonta! — disse ela, bufando.

Enquanto isso, eu a peguei pelos pulsos e lhe lancei um olhar fulminante, como um cachorro cara a cara com uma focinheira.

— Só uma abestalhada como você poderia ignorar o fato de ser tão atraente. Se todo mundo tivesse esse seu rosto lisinho... Ei, que merda é essa? *Não tenta me morder de novo, entendeu?*

— Meninas, falta muito aí? — perguntou Carly, fofíssima com seu vestido florido. — Posso ver agora?

Sam se esticou para espiar.

— Também quero te ver, Ivy!

— *Tá bom* — consentiu Fiona, irritada.

Em seguida, saiu da frente para que pudessem me observar.

— Satisfeitas?

O silêncio se instalou no recinto.

Quando resolvi levantar a cabeça, ainda sentada no banquinho, vi que todas me encaravam boquiabertas.

Até o irmãozinho de Fiona, sentado no chão, me observava com olhos arregalados.

— E aí?

Engoli em seco, nervosa com aquela reação de filme de terror.

— Ah... meu Deus — murmurou Sam, enquanto Carly, pela primeira vez na vida, parecia sem palavras.

A situação era grave!

Fiona sorriu, satisfeita.

— Pois é... *Eu sei.*

— Mas... o que você fez com ela? — perguntou o garotinho, apontando para mim. — Por que está parecendo um anjo?

— *Nossa senhora*, Ivy! — Carly levou a mão às bochechas coradas. — Você está um escândalo! Está... Caramba! Você já se viu? Precisa se ver agora mesmo!

Ela me pegou pelo braço e me arrastou até o espelho. Quase tropecei. Carly ficou atrás de mim e pôs as mãos na minha cintura enquanto eu analisava lentamente o reflexo.

E então eu me vi.

Tive que olhar bem nos meus próprios olhos para me reconhecer naquela figura envolta em tecido brilhante.

O vestido lilás se ajustava perfeitamente à minha pele, com duas alças finas que se cruzavam quase até a base das costas, deixando-a exposta. O decote suave abraçava meus seios, destacando suas curvas delicadas, e a saia descia por meus quadris com um brilho que dava um toque ainda mais deslumbrante ao cetim. E não parava por aí: pela primeira vez, minhas pernas estavam à mostra, alongadas por um par de sandálias de salto baixo que Fiona havia me emprestado. Eu não sabia andar com elas, mas as tiras subiam pelas panturrilhas, criando um efeito incrível.

E minha pele... minha pele brilhava.

A maquiagem não escondia minha cor, em vez disso, a iluminava. Os lábios se destacavam com um tom rosado e dois olhos cor de gelo me encaravam como faróis resplandecentes, contornados por cílios escuros.

— Nem acredito! — murmurou Carly, admirada. — Caramba, esse vestido é...

— Curto demais — disparei, tentando puxá-lo para baixo.

Achei tudo aquilo *excessivo*. Estava envergonhada de me ver daquele jeito, me sentia exposta. Fui eu mesma que quis isso, mas, de repente, minhas camisetas largas e retas me pareciam um porto seguro.

— Você está encantadora, faça-me o favor — retrucou Fiona. — Não está se vendo?

— Vão rir de mim.

— Vão rir de você? — repetiu ela, incrédula. — Está maluca? Isso aí na sua frente é um espelho ou o quê?

— Essa cor ficou maravilhosa em você. Meu Deus, como você está linda! — Carly acariciou minhas pernas enquanto cantarolava elogios. — Seja lá quem for esse cara misterioso, vai desmaiar aos seus pés.

— Isso se eu não cair primeiro — retruquei, insegura, enquanto olhava para as sandálias.

Já dava até para me imaginar tropeçando na frente de todo mundo.

— Vai dar tudo certo — garantiu Fiona.

Em seguida, se agachou para ajustar as tiras das sandálias, para que não me incomodassem.

— E agora — anunciou, voltando a me encarar —, vamos lá deslocar algumas mandíbulas.

A casa dos Wilson era uma bela mansão com vista para o mar e para a cidade. Tinha grandes portões de ferro batido e um jardim imenso onde Carly estacionou.

A música já ecoava pelo ambiente. O jardim estava cheio de carros e de gente descendo de jipes abertos.

— Está pronta? — perguntou Fiona, como se estivéssemos prestes a entrar em uma batalha.

— Eu...

Quando já estava a ponto de falar mais uma vez das minhas dúvidas em relação ao meu visual, vi atrás dela um carro bem familiar.

O carro de Mason.

Duas garotas, provavelmente bêbadas, escreviam o próprio número de celular com batom no para-brisa dele.

De repente, recuperei a determinação como um fogo que ardia dentro de mim. Esqueci tudo: as incertezas, a vergonha, até mesmo o desejo constante de ser invisível.

Eu estava ali. E dessa vez, não. Dessa vez eu não iria recuar.

— Estou. Vamos.

Seguimos em direção à entrada da mansão.

Tommy estava certo: meio mundo estava naquela festa. Fui passando pelas pessoas e, à medida que avançava pela multidão, notei vários olhares se voltando para mim.

— Vocês estão vendo? — perguntou Fiona, assim que cruzamos a porta da casa. A música estava altíssima. — Nossa, que luxo... Onde diabo Carly foi parar?

— Ali — falou Sam, mas eu já estava indo naquela direção.

Perto do bar, Travis e Nate riam, um apoiado no outro. Já estavam completamente no clima da festa, e eu vi Travis se curvando de rir quando Nate arrotou sem pudor e jogou nele um cubo de gelo retirado do drinque.

Avancei em meio ao mar de gente, desviando de um casal bêbado, e parei na frente deles.

— Oi — murmurei, olhando ao redor.

Enquanto os dois se viravam distraídos para me olhar, eu já estava com a fatídica pergunta na ponta da língua: "Caramba, onde está Mason?"

Mas, de repente, Travis se engasgou e quase cuspiu a bebida.

Ele me encarou em estado de choque. Nate, por sua vez, ficou imóvel e boquiaberto, com cara de quem estava frente a frente com a morte e não sabia se apertava sua mão ou não.

— *Puta merda* — soltou Travis, de braços abertos, como se tivesse acabado de ser perseguido por um bisão. — *Ivy?*

Eu os encarei e, numa tentativa de acabar logo com aquilo, resmunguei um:

— Sim.

— *Misericórdia* — disse ele, desesperado. — Eu bebi tanto assim?

Carly se juntou a nós.

— Ei! Alguém viu Tommy? Ele não está lá fora... — Assim que reparou na cara de choque dos amigos, abriu um sorrisinho malicioso. — Estão admirando Ivy, é? Viram só que maravilha?

— Eu não usaria exatamente essas palavras... — disse Travis, esfregando o queixo, e ela lhe deu uma cotovelada nas costelas.

— Guarde a baixaria para você. Se Fiona ouvisse isso...

— Aliás, falando em Fiona — intervim, olhando diretamente nos olhos dele. — Ela estava te procurando. Precisa conversar com você.

Travis ficou ainda mais pálido, se é que era possível.

— C-comigo?

— Sim. Acho melhor ir atrás dela.

— Mas... Mas eu não sei, quer dizer...

— Ela estava sozinha — especifiquei, e ele engoliu em seco.

— Ah... — Por fim, ele expirou e olhou ao redor, claramente tentando escapar. — Então... Tá, *hum*... Se é assim... *vou lá.*

Enquanto se afastava, vi Travis virar a bebida de uma só vez, na esperança de reunir um pouco de coragem.

— Fiona estava mesmo procurando por ele? — perguntou Nate, enquanto Carly cumprimentava algumas pessoas.

— Não — respondi.

Quando me virei de novo, Nate desviou o olhar e corou.

Não ouvi se ele falou mais alguma coisa.

Meus olhos encontraram Mason e eu senti um arrepio, como se irradiasse um campo gravitacional vibrante e muito intenso, só dele.

Ali estava ele. Não muito longe de mim. Sempre longe demais de onde eu gostaria que estivesse, mas, mesmo assim, estava ali.

Mason estava encostado na parede, vestindo uma calça escura e uma camiseta preta que lhe caía muito bem. O cabelo bagunçado e o jeito autoritário exalavam uma espécie de encanto quase cruel, e notei que não segurava nenhum copo. Parecia uma magnífica criatura noturna que dominava o ambiente com total desenvoltura.

Ele irradiava magnetismo, até mesmo numa sala lotada.

Clementine estava diante dele, com sandálias de salto altíssimo e um vestido tubinho tão justo que parecia pintado no corpo. Era uma visão estupenda. Só um louco negaria isso.

Enquanto a via rir, encantada com qualquer palavra que saísse daqueles lábios perfeitos, eu a achei ainda mais bonita. Nunca tinha sentido inveja do corpo de outra garota, mas, pela primeira vez, eu me perguntei qual seria a sensação de ser tão... curvilínea e sensual.

Eu não era sedutora.

Quando pequena, era só ossos. Depois cresci e me tornei uma garota esguia, com formas delicadas.

Não sabia piscar de um jeito provocante, não sabia dançar, não sabia andar de salto e muito menos empinar o peito daquele jeito.

Mas talvez meu encanto estivesse exatamente aí.

Um encanto etéreo, inesperado. Quase selvagem.

Será que Mason já tinha percebido isso?

Será que já tinha visto, ao menos uma vez, aquela criatura de gelo que brilhava nos meus olhos de antílope?

Os questionamentos duraram um segundo.

Porque, naquele exato momento, ele ergueu a cabeça e me viu.

18

MECUM

Seus olhos me encontraram quase por acidente.
Eu os vi passando reto antes de se voltarem no instante seguinte para mim, como se fosse um engano, algo inacreditável.

Ele cravou as pupilas no meu corpo. E o tempo parou.

Um choque congelante se apoderou do seu rosto. Mason me olhou com as pálpebras paralisadas, a mandíbula contraída, os olhos de um animal selvagem encarando o cano de uma arma.

E era eu.

Eu era a bala. A sala pareceu desaparecer quando lancei um olhar intenso, como se, pela primeira vez, a fera perigosa e deslumbrante fosse eu.

Estou aqui, rugiu cada poro da minha pele, enquanto o espanto o paralisava. Eu vi o momento em que ele cedeu: seus olhos desceram por meu corpo e percorreram o tecido brilhante que moldava meus quadris, as tiras que envolviam minhas panturrilhas e os fios prateados que caíam por cima dos ombros.

Por fim, voltou a cravar os olhos nos meus e me encarou com um desejo obscuro e ardente, alheio ao mundo, às pessoas ao nosso redor. Naquele momento, quis arrastá-lo para perto de mim e tocá-lo, como aquela mão havia feito.

A realidade se impôs como um tapa: o contato entre nós se quebrou e a última coisa que vi foi o rosto de Clementine perguntando se ele tinha ouvido o que ela dizia.

— Ivy!

Fiona foi forçando caminho em meio ao mar de copos de plástico enquanto alguém aproveitava para dar uma olhadinha na sua bunda. Quando finalmente me alcançou com uma cerveja na mão, bufou.

— Até que enfim encontrei você. Cadê o Nate?

— Ele estava... aqui — respondi, atordoada, e então percebi que o tinha perdido de vista.

Por fim, eu o vi de relance no bar, rindo e enchendo o copo de uma garota.

— Dou dez minutos para ele acabar na piscina.

Balancei a cabeça e lhe lancei um olhar obstinado.

— Falou com Travis?

Ela fez uma careta.

— Não.

— Eu mandei ele procurar você. Vocês não se encontraram?

— O quê? O que foi que você fez?

Ela ficou olhando para mim, indignada. Logo depois se deu conta de que Travis tinha fugido em vez de procurá-la de verdade, e então ficou ainda mais irritada.

— Vai lá falar com ele — intimei Fiona.

— Nem pensar!

— Estão falando do Travis? — perguntou Carly, aparecendo atrás de Fiona. — Eu poderia jurar que o vi no depósito da piscina... Ah, Ivy — disse, aproximando-se com ar conspiratório. — Tem um amigo meu que quer te conhecer. Está ali, perto da janela.

Segui o olhar de Carly e vi um cara loiro de olho na gente. Ele sorriu para mim, mas eu já tinha virado o rosto, incapaz — como sempre — de lidar com esse tipo de situação.

— Pode dizer a ele que a cabeça da Ivy está em outro lugar — respondeu Fiona por mim. — Aliás, você conseguiu impressionar quem queria?

— É verdade, Ivy! Chegou a ver o cara de quem você gosta?

Fiquei em silêncio e desviei o olhar.

Que palavra boba. *Gostar?* Não...

Eu não *gostava* de Mason.

Eu o desejava de um jeito que nem conseguia entender.

Desejava vê-lo caindo aos meus pés tanto quanto torcia para que me arrastasse com ele para uma ruína sem fim.

Ele respirava, e eu o odiava pelas sensações que provocava em mim.

Era um veneno. Um delírio vivo.

Mas seu rosto preenchia meus sonhos.

E sua risada... era música para os meus ouvidos. Uma música que eu nunca soube tocar, mas que invadiu meu coração como a melodia de uma canção incrível.

Era pedir demais querer tê-lo por perto?

Era pedir demais... querer tocá-lo?

Acariciá-lo, vivê-lo, respirá-lo?

Vi Clementine se aproximando dele e minha alma se contorceu.
E se ela o beijasse?
Bem ali?
Bem ali, na minha frente?
Desviei os olhos e me concentrei em outra coisa.
— Posso? *Obrigada*.
Arranquei a cerveja da mão de Fiona e dei um longo gole. Em seguida, fechei os olhos, tentando afogar aqueles pensamentos no sabor amargo.
— Melhor nem perguntar — comentou ela.
Limpei a boca com a mão de uma forma nada delicada e a fulminei com os olhos.
— Uau. — Uma voz masculina se intrometeu. — Então é assim que o pessoal lá do Canadá bebe.
Um garoto que eu nunca tinha visto antes me analisava com um olhar atento e interessado, as mãos nos bolsos. O cabelo era escuro, mais curto nas laterais. Ele me olhava com um magnetismo impressionante, e as garotas o analisavam de cima a baixo, sem nenhum pudor.
— A gente tem que dar um jeito de se aquecer — respondi, com cautela.
Não estava acostumada a ser abordada por desconhecidos, nunca fui do tipo que dava abertura.
Ele ficou me olhando como se tivesse gostado da resposta e esboçou um sorriso.
— E esse é o único jeito que vocês conhecem?
Entendi a insinuação, mas, por algum motivo, não deixei passar. Talvez porque não estivesse no meu melhor estado de espírito, ou talvez porque, naquele momento, eu estivesse com raiva demais para não provocar de volta.
— Ah, não. A gente costuma se esquentar de jeitos bem diferentes.
Fiona me lançou um olhar, e ele inclinou a cabeça.
— Como, por exemplo?
Minha resposta foi interrompida por um flash ofuscante. Pisquei, desorientada, e ouvi Tommy vibrar de alegria.
— Isso! Olha só, ficou incrível.
Então, ele se aproximou, e Carly começou a implorar para que ele fizesse uma foto dela.
— Já tirei cinquenta fotos suas, Carly. Você é pior que a Clementine.
Carly bufou e Tommy voltou a me olhar, tamborilando o dedo na câmera.
— Nem te reconheci. Foi Travis que me contou que você estava aqui também. Eu encontrei ele perto da piscina faz pouco tempo.
— Ah... É verdade, a piscina — disse o garoto ao meu lado. — Vocês vão nadar?

— Claro! — exclamou Carly.

— Não — respondeu Fiona, de braços cruzados.

— E você? — perguntou ele para mim.

Levantei a cabeça e olhei nos olhos do garoto.

— Não — respondi, devagar, enquanto Carly corria atrás de Tommy pedindo a ele que tirasse mais fotos dela e Fiona desaparecia, provavelmente em direção à piscina.

Ele estalou a língua e ficou me olhando um tempão.

— Que pena.

Tínhamos ficado a sós, naquele caos de luzes intermitentes.

O garoto esboçou um sorriso e estendeu a mão na minha direção. Em seguida, tirou a cerveja da minha mão e a levou em direção à boca bem devagar, sem deixar de me olhar.

Foi então que eu percebi, atrás dele, no fundo da sala.

Por um instante, no clarão das luzes, não vi mais nada além de Mason.

O rosto estava um pouco para baixo, com suas sobrancelhas bem definidas e as sombras que envolviam suas feições perfeitas. Mas os olhos...

Os olhos eram abismos.

E estavam fixos em nós.

Mason cruzou os braços e seu semblante era indecifrável — naquele olhar profundo, brilhava o reflexo de uma emoção que não consegui identificar.

O cara desconhecido percebeu e se aproximou de mim com um olhar irônico.

— Quem é? Seu namorado?

— Não — respondi, enquanto Mason nos observava por trás dos fios de cabelo, as íris escuras feito diamantes negros.

Parecia entender o que estávamos falando, só que não parou de nos encarar.

— Parece estar... com ciúme.

Não diga isso. Desviei os olhos antes que acabasse acreditando naquelas palavras. Cair naquela ilusão era como lhe entregar meu coração para vê-lo sendo destruído.

— Eu... — Engoli em seco. — Quero sair daqui.

Estava agitada. Precisava me afastar, fugir daquela música insistente e reorganizar os pensamentos por um instante.

— Claro — disse o cara, com um sorriso. — Vamos.

Mal percebi sua mão tocando minhas costas quando me virei e segui em direção à porta. Meus pensamentos ainda estavam lá, naquela sala...

— A gente podia ir embora daqui. Encontrar um lugar menos caótico...

Parei no corredor e me afastei, incomodada com aquele contato. Por acaso eu tinha dito que ele podia me tocar?

— Não preciso de companhia.
— O quê?
— Vou sozinha — afirmei.

Por fim, deixei ele para trás e saí de perto, me misturando à multidão.

Subi a escada que levava ao andar de cima, em busca de um refúgio que me livrasse daquele caos. O volume da música foi diminuindo enquanto eu ia me aproximando de um corredor amplo e cheio de cômodos. Aquela casa era enorme.

Quando finalmente encontrei o banheiro, entrei e fechei a porta. Então me encostei no batente e comecei a respirar fundo.

O espelho à minha frente refletia minha imagem. Observei os cílios pretos que contornavam os olhos, o batom suave nos lábios.

Por que eu tinha me vestido daquele jeito?

Por que tinha deixado que me maquiassem como uma boneca?

O que eu estava querendo provar?

Queria que ele soubesse que eu podia ser o que bem entendesse. Até uma delas.

Mas não era verdade.

Eu amava suéteres macios e galochas. Usava meias de lã até o joelho e adorava um boné velho com um alce bordado.

Fiquei olhando o meu reflexo com tristeza, ciente de que tinha sido ridícula. Aquela não era eu.

Eu nunca quis ganhar.

Queria ele. Ele e nada mais.

Saí do banheiro de cabeça baixa, decidida a procurar os outros. Eu queria ir embora. Talvez Carly me acompanhasse...

— Esse vestido fica lindo em você — disse uma voz.

Levantei a cabeça. Aquele cara, o desconhecido de antes, estava ali.

Ele tinha me seguido?

— O que está fazendo aqui?

— Você disse que não queria companhia. Então fiquei esperando.

Ele se afastou da parede e se aproximou lentamente de mim. Caminhava com passos seguros, quase predatórios.

— Eu sou Craig, aliás. Você nem me disse seu nome — sussurrou.

Reparei no brilho em seus olhos ao encarar minha boca.

Então lhe lancei um olhar cortante.

— Tem razão. Não disse mesmo.

Pensei que minha grosseria de sempre fosse desmotivá-lo, mas não funcionou. Ele esboçou um sorrisinho, como se meu jeito de ser o agradasse. Parou na minha frente e me observou a fundo.

— Aposto que no Canadá nem todas são tão bonitas como você...
— Como você sabe de onde eu sou?
Ele deu de ombros, discreto.
— Bastou perguntar por aí...
Era fácil assim mesmo? Todos sabiam da vida de todo mundo?
Não dava para acreditar naquilo. Então, naquele momento, ele acariciou minha boca com os dedos. Recuei um passo, assustada.
— O que está fazendo?
— O que você acha?
— Por acaso eu pedi para você encostar em mim?
A irritação fez minha voz sair mais áspera.
Mas que merda ele queria? Eu não suportava gente que forçava intimidade, ainda mais se tratando de um desconhecido.
Semicerrei os olhos e tentei passar, mas ele arriscou me tocar outra vez. Empurrei a mão dele.
— Para com isso!
— Ah, qual é, você não pode ser tão séria assim — disse, rindo de mim. — Pensei que você quisesse se divertir um pouco... Seus amigos não te deixaram sozinha?
Cerrei os punhos.
— E daí?
— Bem que você podia me mostrar como as pessoas se esquentam lá na sua terra...
Então pegou meu queixo com os dedos e se inclinou na minha direção. Eu lhe dei um empurrão no peito antes que ele pudesse chegar mais perto. Aquilo pegou o cara de surpresa e o fez tropeçar. Eu passei por ele.
— Sério mesmo?
Ouvi sua risada, quase como se estivesse intrigado com o meu jeito. Saber que ele estava vindo atrás de mim me causou um mal-estar extremo. O garoto parecia se divertir com a minha recusa, como se, em vez de afastá-lo, aquilo o motivasse a insistir ainda mais.
Ele estendeu a mão e por pouco não desfez o nó das alças que seguravam o vestido. Estava prestes a me virar para lhe dar um tapa quando, de repente, ao virar no fim do corredor, alguém me pegou pelo pulso e me puxou de lado.
Craig esbarrou na gente e deixou escapar um grunhido de surpresa. Piscou, confuso, antes de levantar o rosto.
Um par de olhos ferozes o encarava de cima.
— Você...
— *Vai embora* — sibilou Mason. — *Agora*.
Enquanto Craig o encarava, hesitante, vi a paciência de Mason se esgotar.

— Já disse — repetiu, dando um passo à frente — para você *ir embora*.

— Senã...

Mason estendeu a mão e o empurrou. Craig tropeçou e bateu com força na parede. Depois, olhou para mim, atônito, antes de voltar a analisar o cara gigante ao meu lado.

Desafiá-lo não era uma boa ideia. O corpo e a estatura de Mason eram intimidadores, mas nada se comparava ao seu olhar.

Aquele olhar era *brutal*.

Craig pareceu se dar conta disso e recuou um passo. Mason, por sua vez, me pegou pelo pulso e seguiu em frente, me arrastando pelo corredor e me forçando a acompanhá-lo. Fui tropeçando atrás dele, tentando seguir seu ritmo acelerado. Arrisquei desacelerar o passo, mas ele me apertou mais e acabei esbarrando nele.

Foi a gota d'água.

— Me solta!

Mason me largou como se eu tivesse virado brasa e se virou para mim.

— Que joguinho é esse?

Ele estava furioso. Tive que levantar o rosto para encará-lo e, instintivamente, senti o impulso de me afastar da força persuasiva que aquele corpo esculpido emanava.

— Não tem joguinho nenhum.

— Não mente pra mim — disse ele. — Nem tenta.

Os músculos por baixo da camiseta preta se contraíram e as sobrancelhas aguçavam seus olhos, tornando-os hostis.

Sem dúvida não era assim que eu queria que ele me olhasse.

Olhei para o chão. Não tive coragem de encará-lo ao murmurar:

— Não sei do que você está falando.

De repente, um movimento brusco me fez arregalar os olhos e cambalear para trás. No instante seguinte, bati de costas na parede e o gesso arranhou meus dedos.

Foi tão repentino que cheguei a me desestabilizar. Fiquei agarrada à parede e perdi o fôlego ao levantar o rosto.

Ele me encurralou ali com os braços levantados e o peito a um palmo do meu nariz. Eu me senti minúscula contra aquela parede, enquanto sua figura imensa pairava sobre mim.

— Mentirosa.

Sua voz rouca era um beijo ardente que percorria minha espinha. Mason estava tão magnificamente próximo que tive a impressão de senti-la no fundo dos ossos, criando um vínculo sensual e insidioso. Meu coração foi parar na garganta e as pernas tremiam, mas rezei com todas as forças para que ele não percebesse.

— Você veio *aqui* hoje à noite... e fez isso por um motivo bem específico.

Engoli em seco, sustentando seu olhar. A proximidade de Mason era como um ímã poderoso, mas consegui reunir forças para enfrentá-lo.

— Não acho que seja da sua conta.

— Se envolve *você*, é da minha conta, sim.

Senti o coração acelerar a ponto de doer. O que ele estava dizendo?

— Desde quando? — perguntei em tom de desdém.

Quando arqueei levemente as costas, ele contraiu a mandíbula.

— Desde que ficou impossível ignorar você.

Fiquei paralisada. Um tremor incontrolável se apoderou de mim e minha obstinação foi por água abaixo.

Então não me ignore, cada pedacinho do meu corpo quis gritar. Fiz um esforço para disfarçar minha reação e engoli em seco, encarando-o com firmeza.

— Foi por isso que você mandou Nate ficar longe de mim?

Seus músculos se contraíram de maneira quase imperceptível. *Já te ouvi, tarde demais*, pensei, entreabrindo os lábios. Mason semicerrou os olhos, como se não esperasse por aquela pergunta.

— O que isso tem a ver?

— Você disse para ele não dar em cima de mim.

— Eu disse para ele *não ser idiota* com você. Tem diferença.

— Talvez eu goste de idiotas — sibilei, teimosa.

Ele estreitou ainda mais os olhos.

— Caras que não sejam arrogantes e insolentes. Não sei se me entende.

Eu o estava instigando, mas não importava. Meu coração bombeava uma loucura estranha no sangue, como uma espécie de adrenalina.

— E do que mais você gosta? — perguntou Mason, em um tom tão alterado que me pareceu provocante.

Ele me dominava e seu perfume exalava uma energia ardente, afrodisíaca, mas me mantive firme.

— Caras que não dão ordens. E que não se impõem sobre os outros.

Seu cheiro invadiu meus pulmões e eu o absorvi por completo, até me embriagar.

— Caras que... se deixam ser compreendidos.

Ele cravou os olhos nos meus e eu retribuí.

— Caras honestos — sussurrei, com uma combatividade sincera. — Aqueles que sabem o que querem e não têm medo de admitir.

— E você? Você sabe o que quer? — provocou Mason, inclinando o rosto para sibilar aquelas palavras perto dos meus lábios.

Sua agressividade me causou um arrepio e aquele olhar intenso me engoliu, selando meu destino.

Você, eu queria gritar, apesar de tudo. *Você e só você.* Mas rezei para que ele não entendesse.

Que não ouvisse meus batimentos socando as costelas, naquele ritmo frenético que parecia gritar: "Feche os olhos, porque está dando para ver seu coração!".

Mas talvez... Mason tenha visto alguma coisa.

Uma emoção atravessou seus olhos. Um sentimento obscuro, brilhante e tão forte que fez meu sangue se agitar.

— Encontrar você aqui... te ter sempre por perto... poderia me dar uma impressão errada — murmurou ele, devagar. — Eu poderia achar... que você quer ficar *comigo*.

— Com você... — falei num sussurro que se perdeu entre nós.

Eu estava me acostumando àquele perfume, àquele corpo, àquela respiração no meu pescoço.

— Comigo... — repetiu ele, falando mais baixo, queimando meus lábios com sua respiração.

Senti o impulso de molhá-los, então os umedeci com a língua.

Seus olhos acompanharam meu gesto. Achei que fosse morrer quando Mason soltou um suspiro mais curto que o fez entreabrir os lábios carnudos.

Eu queria tocá-lo. Minha pele ardia, as mãos queimavam e cada piscar de olhos era um incêndio violento que me enlouquecia.

Eu o encarei sem respirar, sem raciocinar. Quase em transe, me vi repetindo inconscientemente:

— Com você...

Mason já não apoiava mais as mãos na parede. Seu braço foi deslizando pela superfície, descendo cada vez mais, até... envolver minha cintura. Então, me apertou com vontade, possessivo.

Uma vertigem tomou conta de mim. Agarrei sua camiseta enquanto ele voltava a me encarar com olhos sérios e determinados, sussurrando com a voz rouca, a um centímetro dos meus lábios:

— Comigo...

Perdi a noção de tudo. Meu coração estava em pleno voo.

E, quando a outra mão se entranhou no meu cabelo, e aqueles dedos fortes apertaram as mechas... por um segundo de loucura, *eu me senti verdadeiramente dele...*

— Ali! É ele!

De repente, o clima foi por água abaixo. Fiquei sem chão quando deixei de sentir o ar de Mason nos lábios.

Quando ele virou o rosto, notei uma estranha confusão naqueles olhos escuros.

— Foi aquele cara ali que me ameaçou!

Alguns garotos avançaram na nossa direção. À frente deles, Craig apontava para nós.

— Você aí! Que merda você disse para o nosso amigo?

Mason se endireitou bem devagar enquanto os caras se aproximavam com passos determinados.

Tinham bebido. Era fácil perceber. O álcool parecia aflorar uma estranha agressividade nas pessoas, quase como se fosse um impulso animal.

Eram quatro meninos, grandes, impetuosos e cheios de raiva.

— Achou que pudesse se esconder, é?

Eles pararam na nossa frente em uma fileira desordenada. Exalavam uma aura violenta que quase dava para sentir na pele, como um sinal de alerta. Por instinto, me encolhi na parede, mas, naquele momento, eles notaram minha presença. Foi inevitável. Aqueles olhares ferozes se voltaram para mim e eu me retraí um pouco.

Porém, com um movimento sutil, Mason levantou a mão e a apoiou na parede, entre mim e eles, como se quisesse deixar claro que não deveriam nem me dirigir o olhar.

Aquilo os enfureceu ainda mais.

— Você é um *merda* — provocou um deles, chegando perto demais. — Um daqueles merdas que eu adoraria arrebentar na porrada.

Ao meu lado, Mason ficou imóvel. Achei que ele fosse explodir como uma máquina de guerra, mas não reagiu da forma que eu esperava. Em vez disso, se limitou a estudar os rostos e os gestos dos caras, como se seus olhos impusessem um limite que ninguém, nem mesmo ele, deveria cruzar.

— Que foi? Agora que meus amigos estão aqui você não vai falar nada? — desafiou Craig em tom de deboche. — Vai se agachar e lamber meus pés?

A calma de Mason começou a me assustar. Naquele momento, eu me dei conta de que aqueles caras não o conheciam.

— *Ei, seu babaca*, ele está falando com você! Está ouvindo ou é surdo?

— Talvez esteja se mijando de medo.

— Ou talvez queira pedir desculpas — zombou outro. — Né?

Quando percebi que seu braço começava a vibrar, gelei.

A tensão que irradiava me fez olhar para ele. Só consegui ver o contorno da mandíbula e os músculos do ombro contraídos.

— Tem alguém aí que quer pedir um pouco de misericórdia...

— Parem com isso.

Tinha sido um simples sussurro, mas os olhos deles se voltaram para mim.

— Parar? — repetiu Craig, enquanto os amigos caíam na gargalhada. Ele me encarou com olhos insolentes, debochando das minhas palavras. — Me pede de novo, meu bem. Vai. *Implora.*

Os dedos de Mason ficaram brancos.

Senti aquele clima de tensão crescer quando Craig levou a mão ao zíper da calça e, inclinando-se na minha direção, sussurrou:

— Fica de joelhos e mãos à obra.

Foi um golpe fulminante.

Só ouvi o som da cartilagem se rompendo e um estalo seco quando o nariz de Craig encontrou o punho de Mason. Foi tão rápido que nem tive tempo de processar a situação. Em um segundo, ele estava de pé, no outro, já estava no chão, segurando o nariz enquanto o sangue escorria por entre os dedos.

Só senti o impacto no chão e, em seguida, Mason me empurrou bruscamente. Acabei cambaleando e caindo, um segundo antes de os outros se jogarem em cima dele como se fossem animais descontrolados.

— Não! — gritei em choque. — Não! Mason!

Fiquei assistindo àquela cena sem conseguir respirar. A violência atingiu o ápice e só pude distinguir uma confusão de gritos, socos e golpes, numa barulheira que rasgava o ar. Não dava para entender mais nada. Os gritos se tornaram brutais e ele sumiu em meio àquela pancadaria, bem diante dos meus olhos.

— *Não!*

Outras vozes se sobressaíram. Nate e Travis surgiram no corredor, seguidos por alguns caras. Eles entraram de cabeça naquela loucura no momento em que senti alguém me segurar.

— Ivy!

Alguém me puxou pelo braço, tentando me levantar.

— Ivy! Vem! Anda!

Eu não conseguia me mexer. Estava congelada, paralisada diante daquela cena terrível...

— Vamos!

Carly me deu um puxão.

Por fim, ela conseguiu me botar de pé e me arrastar dali. Carly me conduziu para o andar de baixo e depois me levou até o carro, sem me soltar em momento algum. Eu mal percebia o que estava acontecendo.

Meu coração pesava no peito como chumbo. Meu corpo seguia em frente no piloto automático, quase como se não fosse meu.

Deixamos para trás a mansão dos Wilson e seus portões enormes. Por fim, mergulhamos na escuridão da noite.

Eu estava atordoada. Aquela imagem terrível, gravada nos meus olhos como se fosse um hematoma. Ainda dava para ver os golpes, os socos, a violência assustadora que tinha partido dele...

— Ivy — sussurrou Carly. — Meu Deus, o que foi que aconteceu?

Fiquei encarando a rua com um nó na garganta, incapaz de enxergar qualquer outra coisa além das imagens que sobrecarregavam minha mente.

Mason me empurrando para longe.
Tentando me defender.
Impedindo que os caras se aproximassem de mim.

Eu não tinha conseguido fazer nada. Simplesmente fiquei ali, no chão, sem forças, enquanto tudo desmoronava diante dos meus olhos.

— Preciso ir para casa.

Eu o esperaria lá. Precisava vê-lo, saber como ele estava e... e...

— Ivy, olha só o seu estado. Você está em choque e não para de tremer. Tem que se acalmar. Vamos parar para comprar uma água e...

— Não quero beber nada. Quero...

— Mason está bem, tenho certeza — disse Carly, tentando me tranquilizar, mas dava para perceber a preocupação na voz dela mesmo assim. — Travis e Nate devem ter conseguido separá-los, prometo. Mas você parece à beira de um colapso. Está branca feito cera... Não vou te deixar sozinha assim.

Meus protestos não serviram de nada.

Carly parou em uma loja de conveniência, desceu do carro e comprou uma garrafinha d'água para mim. Eu a apoiei nos pulsos enquanto ela abria as janelas para deixar entrar um pouco de ar fresco. Depois que bebi alguns goles em silêncio, Carly enfim pareceu mais tranquila.

Quando paramos em frente ao portão de casa, a noite já ia dando lugar ao amanhecer.

Amassei a garrafinha vazia entre os dedos.

— Obrigada.

Ela arriscou um sorriso, mas parecia cansada demais para demonstrar aquela energia de sempre.

— A gente se vê amanhã... Quer dizer, *mais tarde*, lá na escola — respondeu, gentil.

Saí do carro, peguei a mochila que eu tinha deixado no banco de trás antes da festa e fui direto para casa. Quando cheguei à varanda, meu coração foi parar na garganta.

O carro dele estava ali.

Ele já tinha voltado.

Entrei às pressas. Com falta de ar, corri até a sala, procurando-o na penumbra.

Talvez já tivesse subido. Talvez estivesse no quarto...

Meus pés pararam.

No escuro, havia uma figura silenciosa deitada no sofá. Fui me aproximando devagar, como em um sonho.

Era ele.

Estava ali, em uma posição desconfortável, com a chave do carro na mão e a cabeça largada de qualquer jeito no braço do sofá. Tinha um corte na sobrancelha e uma vermelhidão na maçã do rosto que logo viraria um hematoma. Parecia destruído.

Senti um aperto no coração.

Ele tinha adormecido daquele jeito.

Como se tivesse se recusado a ir para o quarto. Como se tivesse ficado ali, até desabar, esperando...

Por mim.

A angústia que eu sentia se desfez de uma só vez e, de repente, se transformou em Mason me procurando, Mason abrindo caminho em meio à multidão e correndo para casa só para me encontrar. Mason entrando para ver se eu tinha voltado, para saber se eu estava bem, sem se importar com o sangue no rosto ou os cortes nas mãos.

Simplesmente ele, decidindo me esperar e permanecendo ali, *por mim.*

Só por mim.

Senti a alma dilacerada.

Antes que eu concluísse o pensamento, já estava perdida.

Era como se eu soubesse desde sempre, mas tivesse medo.

Concluí naquele exato momento, só de olhar para ele, só de ouvir o som tão desejado de sua respiração.

Era tarde demais.

Caí de joelhos e arregalei os olhos enquanto meu coração se escancarava e eu me dava conta, de uma vez por todas, da verdade.

Eu... estava apaixonada pela pessoa que, em toda a sua vida, nunca me quis. O mesmo garoto que, naquele momento, dormia na minha frente, sem saber o quanto minha alma o desejava.

Eu... estava perdidamente apaixonada por Mason.

19
SEM FREIO

— Pai... o que é o amor?
    Naquela noite de verão, o vento era uma carícia no rosto. Deitados na caçamba da caminhonete, olhávamos o mar de estrelas em silêncio.
— O amor é... algo espontâneo.
— Espontâneo?
— Isso mesmo... — Ele parecia procurar as palavras certas. — É algo que não se ensina. É como sorrir: um gesto natural desde que somos pequenos. Antes mesmo de nos darmos conta, nossos lábios já resplandecem de tanta beleza. O amor é assim. Antes que possamos nos dar conta, a pessoa já preencheu nosso coração todinho.
— Não entendi — murmurei, e meu pai riu.
— Um dia você vai entender.
Refleti a respeito daquelas palavras. Eu conhecia os garotos da minha cidade, sua crueldade ainda estava viva na minha mente. Eu não ia perder a cabeça por qualquer um deles. Jamais.
Só tinha 12 anos, mas declarei com convicção:
— Não vou me apaixonar.
Ele se virou e me olhou com curiosidade e, talvez, com um toque de ternura.
— Você parece bem certa disso.
— Sim. Por que eu entregaria meu coração a alguém?
Meu pai sorriu e voltou a contemplar o céu. Sempre fazia aquela cara quando eu dizia algo que o surpreendia. Eu era obstinada por natureza, igual à flor de onde vinha meu nome.
— A questão é justamente essa, Ivy — murmurou, com carinho. — Sabe quando a gente percebe que é amor de verdade? Quando não sabemos explicar por que amamos aquela pessoa. A gente apenas ama e ponto-final. E aí... você vai saber.

— O quê?
Ele fechou os olhos.
— Que você já entregou seu coração há muito tempo.

Aquela lembrança se perdeu no meu olhar atormentado.

Não, repeti a mim mesma numa espécie de desespero incrédulo, como se tentasse a todo custo segurar os cacos de alma que insistiam em se desprenderem de mim.

Lembrei a mim mesma que não éramos nada, que nunca tínhamos rido juntos nem compartilhado nada. Não havia promessas entre nós, não havia intimidade, nada que nos unisse.

Era impossível.

No entanto, em vez de cair, meu coração caminhava por aquela trilha de nuvens. E uma luz poderosa iluminava o caminho, como uma força que ultrapassava até mesmo as estrelas.

Eu sempre ergui um muro entre mim e os outros. Sempre mantive distância de todos. Mesmo assim, Mason tinha conseguido me alcançar. Havia se infiltrado pelas frestas e ficado ali, em meio ao caos, esculpindo nos destroços um único nome.

O dele.

E agora... agora eu já não via mais nada além dele.

Nem percebi que tinha igualado minha respiração à de Mason quando enfim encontrei forças para me mexer.

Como se não me pertencesse, vi minha mão seguir em direção ao rosto de Mason...

Levei um susto quando meu celular tocou. O toque ecoou no silêncio e Mason abriu os olhos.

Vi meu reflexo nas suas íris escuras, sentada no chão, com o braço ainda suspenso.

— Ivy...

Tremi dos pés à cabeça. Ele se apoiou no cotovelo e eu recolhi a mão, me forçando a olhar para baixo.

Eu tinha medo do que Mason poderia ler nos meus olhos. Estava me sentindo frágil, confusa e vulnerável.

— Desculpa... — disse, com dificuldade, enquanto pegava o celular e o apertava com força.

Em seguida, me levantei e torci para que ele não percebesse o peso dos meus sentimentos.

— Eu... tenho que atender.

Segui em direção à porta de casa e saí, pressionando o pulso contra os olhos. Tentei conter a tempestade de emoções que orbitava meu coração e um suspiro me fez fechá-los.

— Alô...

— Onde foi que você se meteu? — gritou Fiona, me fazendo pular de susto. — Eu quase morri do coração! Tem noção? Bem que você podia ter me dado um toque quando foi embora! Com toda aquela confusão, fiquei megapreocupada!

Voltei a aproximar o celular do ouvido e ajustei uma mecha de cabelo atrás da orelha.

Ela estava preocupada... comigo?

— Desculpa — murmurei, com a voz fraca.

Eu não entendia por que estava pedindo desculpas, mas também era verdade que eu não estava acostumada a dar satisfações para as pessoas.

— Desculpa, Fiona, eu... voltei para casa com Carly.

— Droga — resmungou ela. — Achei que tivesse perdido vocês naquela bagunça... todo mundo enlouqueceu! Nem acreditei quando me contaram!

— Você está falando de...

— Da briga! — exclamou ela, apavorada. — Meu Deus, Ivy! Mason perdeu completamente a cabeça! Tiveram que intervir para separá-los, e nem te conto o estado em que os caras ficaram!

Encarei o jardim com um embrulho na barriga. A cena voltou à minha mente e precisei desviar o olhar.

— Nate quase levou um soco tentando intervir! Foi horrível... Mason não é de se meter em briga, nunca. Ele sabe perfeitamente o risco que corre, por causa do esporte que pratica... Mas quer saber da parte mais absurda? Disseram que foi tudo por causa de uma garota. — Congelei enquanto ela falava mais alto, incrédula. — Quer dizer, dá pra acreditar? Do nada, Mason caindo no soco com desconhecidos, e por quem? Por uma garota! Onde já se viu?

— Fiona — interrompi. — Foi por minha causa.

Não fazia sentido esconder. Ainda assim, a ideia de estar tão envolvida — a dúvida, o pressentimento de que eu tinha sido a causa de tudo aquilo — me dava enjoo.

— O quê?

— A tal garota... era eu.

Do outro lado da linha, o silêncio se instalou. Fiona ficou calada por um bom tempo.

— Está falando sério? — perguntou a certa altura.

— Estou — respondi, cobrindo os olhos com a mão. — Eles... eles nos encurralaram, e Mason... Ele...

— Então ele fez aquilo por você... — disse, processando a informação e se acalmando. — Achei que ele tivesse perdido a cabeça. Quer dizer, Mason luta boxe, sempre foi sensato o suficiente para não reagir às provocações... Ah, mas quero saber de tudo. Aliás, se prepara, porque vou aí te buscar...

Mas eu já não estava mais ouvindo nada.

Mason não reagia a provocações? Desde quando?

Voltei a me lembrar do ocorrido na festa. Do silêncio dele. O tremor no braço. Ele não tinha reagido. Cheguei a notar o esforço que fez para não ceder, mesmo quando o insultaram, mesmo quando gritaram, riram e o ofenderam.

Mason permanecera imóvel.

Pelo menos até Craig...

— Ei.

Congelei ao ouvir aquela voz. Com o celular ainda em mãos, me virei e dei de cara com seu peito a um centímetro do meu nariz.

Levantei o queixo.

Mason tinha inclinado levemente a cabeça e olhava para baixo. Passava a mão pelo cabelo bagunçado de um jeito que, se não fosse ele, eu teria definido como... *inseguro*.

— Podemos... conversar? — sussurrou, num tom tão suave que quase deixei o celular cair.

Olhei para ele, atônita.

"Claro", eu queria ter dito, mas não saiu nada. Só consegui afastar a mão do ouvido lentamente, torcendo para não parecer hipnotizada.

Ele se encostou no batente da porta e ficou me olhando do alto de sua estatura imponente. Daquela distância, senti seu suspiro morno na testa.

— Sobre o que aconteceu... — disse ele, balançando a cabeça, enquanto procurava as palavras certas. — Eu não deveria ter reagido daquela maneira. Deveria ter me controlado. — Sua voz era uma carícia rouca, lenta, arrepiante. — Às vezes, eu me deixo levar pelas coisas. Tenho reações exageradas, mas... é uma energia que eu sempre canalizei no esporte. Não nesse tipo de coisa. Eu não sou... assim.

Eu estava incrédula.

Ele estava *realmente* dizendo o que eu achava que estava dizendo?

— Não tive medo de você — respondi, sem pensar.

Tive medo por você.

Seus olhos encontraram os meus. Eu sabia como ele era, sabia quem estava ali, diante de mim. Pouco a pouco, fui aprendendo a conhecê-lo, por mais que talvez ele não fizesse ideia. Mason tinha um coração impetuoso, ardente como o fogo, e uma personalidade vigorosa que dobrava o mundo a seu redor. Era impulsivo e, na disciplina do boxe, havia encontrado uma maneira de controlar e lidar com seu lado mais explosivo e instintivo. Mas não era violento. E eu jamais pensaria isso.

— Você está bem? — perguntou, baixando o tom de voz.

Fiz que sim, enquanto Fiona continuava falando do outro lado da linha. A intensidade daquele olhar me arrancou da realidade.

Comecei a respirar com dificuldade só de senti-lo tão perto. Quando inclinou a cabeça para a frente, todos os meus sentidos se perderam nele.

— Sobre o que aconteceu antes...

— Ei, Ivy! — gritou Fiona. — Vai me responder ou não? Você ficou com o cara de quem está a fim?

O silêncio se instalou, interrompido apenas pelo som do celular.

Incapaz de me mexer, vi que Mason também tinha congelado. Olhava para meu celular com a cabeça inclinada e a boca entreaberta, prestes a falar.

Encerrei a ligação bruscamente. Ele voltou a me olhar na mesma hora e eu desejei sumir, evaporar, ser engolida pelo chão.

— Quem é?

— O... o quê?

Seus olhos sérios e profundos não me deram chance. Encurralaram meu coração e, de repente, me senti fraca, vulnerável e exposta. Mason chegou mais perto e perguntou, com uma voz suave como veludo:

— Preciso mesmo dizer?

Engoli em seco. Evitei o olhar de Mason e tentei me esquivar, mas foi um erro. Ele me encurralou no batente da porta com um movimento calmo da mão, bloqueando meu caminho.

Sua presença me dominou e eu fiquei vermelha de um jeito quase indecente, tentando reprimir um grunhido ridículo, como se fosse um bichinho preso. Desesperada, procurei uma saída enquanto ele se aproximava ainda mais, me fazendo tremer de pânico e desejo.

— A pessoa de quem você está a fim — sussurrou Mason, pertinho da minha orelha em chamas. — Quem é?

— Ninguém.

Eu devia ser o ser humano mais frouxo que existia. A maior covarde do mundo. Estava ridícula e perdidamente apaixonada por ele, mas jamais teria coragem de admitir.

A ideia de confessar isso a ele me trazia lembranças da infância, quando as crianças apontavam o dedo e riam de mim.

Na esperança de não o machucar, eu o segurei pelo pulso e insisti que me deixasse passar. Segui em direção à cozinha, tentando ao máximo esconder a agitação, mas Mason veio atrás de mim.

Droga, Fiona!

Peguei o leite e a caneca de John e me aproximei da bancada. Quase deixei a caneca cair quando Mason apoiou as mãos nas laterais do meu corpo, me encurralando contra o mármore.

Naquele exato momento, comecei a desconfiar que ele tinha plena noção do poder que exercia sobre mim.

— Responde — murmurou, não como uma ordem, mas como um pedido.

Sua proximidade fez meu coração arder, e comecei a tremer.

— Por quê? O que isso tem a ver com você? — rebati, mais ríspida do que o necessário.

Eu me sentia encurralada, pressionada por sua presença e minhas inúmeras inseguranças.

— E não vem me dizer que é da sua conta. Porque não é.

— E se eu dissesse... que quero que seja?

Congelei.

Será que eu estava me iludindo? Não era possível que Mason estivesse me dizendo o que eu queria ouvir. Parecia bom demais para ser verdade e, por isso... totalmente irreal...

Meu celular vibrou.

"Estou aqui."

Fiona.

A escola.

A carona.

Ela estava me esperando.

— Tenho que ir — sussurrei.

Mason continuou atrás de mim, sem se mexer.

Queria me virar e ver a expressão no rosto dele. Encará-lo e saber que podia acreditar naquelas palavras, que podia *ter esperança*, que podia mergulhar de cabeça nesses sentimentos sem me despedaçar.

Só que eu tinha medo daquele garoto fascinante e impetuoso. Tinha medo dos seus olhos. Das suas mãos. Daquele sorriso esplêndido que fazia o céu tremer.

Eu tinha medo da sua força e da sua imensidão, porque, quanto mais eu me apaixonava por suas profundezas, mais os tubarões me devoravam.

Porém, acima de tudo, eu tinha medo do amor que estava sentindo. Porque nada mais parecia ser suficiente. Nada se comparava ao seu toque, ao som da sua voz.

Eu já tinha lhe entregado meu coração.

E tinha medo de vê-lo se despedaçar de novo.

Eu o empurrei com a cabeça baixa, obrigando-o a me deixar passar.

Fui ao quarto pegar os livros, apanhei a mochila que tinha deixado no hall e saí de casa às pressas, fugindo de mim mesma.

Fiona estava lá, em frente ao portão, me esperando dentro de um carro branco. Após cumprimentá-la, entrei.

— O que foi? — perguntei, notando seu olhar fixo no retrovisor.

— Nada — murmurou. — Tenho a impressão de já ter visto aquele carro antes...

— Deve ser de alguém do bairro — comentei, distraída.

— Ontem estava perto lá de casa, quando a gente saiu...

Naquele momento, também olhei pelo retrovisor.

No fim da rua, um pouco além das árvores, havia um carro escuro estacionado. Estava quase na esquina, parcialmente escondido pela cerca de uma casa branca.

Não entendi o que havia de estranho.

— Devem existir milhares de carros assim por aí.

Ela balançou a cabeça e pôs os óculos escuros.

— Acho que ainda estou meio bêbada. Vamos tomar café da manhã, preciso de pelo menos um litro de café.

Naquela manhã, os efeitos da festa de Clementine eram nítidos. Por toda parte, rostos cansados e abatidos mostravam claros sinais de uma noite regada a álcool e música.

Dentro do carro, troquei o vestido pelas roupas que tinha usado no dia anterior, após uma parada na cafeteria, onde Fiona me contou que, no fim das contas, não tinha conseguido encontrar Travis. Contou que correu atrás dele que nem barata tonta até que alguém resolveu jogá-la na piscina. Assim, ele fugiu e ela não o encontrou de novo.

— Aquele covarde — sibilou, mordendo com raiva uma rosquinha de mirtilo, e não pude culpá-la.

Enquanto eu descia com os outros alunos para a educação física, cheguei a me perguntar se um dia os dois conseguiriam encontrar um equilíbrio.

Se conseguiriam alcançar um meio-termo, ou se seria sempre assim: ela o perseguindo e ele escapando...

Então, parei. De pé, em frente a uma janela no corredor, percebi algo que chamou minha atenção.

Os portões estavam fechados.

Os grandes portões da escola, que ficavam só encostados no início das aulas, estavam realmente fechados...

— Nolton! — gritou o professor. — Anda logo! Vamos!

Desci a escada às pressas e me juntei aos meus colegas. Naquele dia, não teríamos aula de educação física ao ar livre. Um céu roxo ameaçava uma tempestade pela primeira vez desde que eu tinha me mudado para Santa Bárbara.

Vesti o uniforme de ginástica que guardávamos nos vestiários: um short preto justo e uma camiseta vermelha com o logo de um urso rugindo, o símbolo da escola.

O ginásio era um prédio à parte. O piso de madeira brilhante e as enormes arquibancadas que cercavam a quadra de basquete pareciam monumentais em comparação com a minha antiga escola no Canadá. Eu ainda não tinha participado de nenhum evento escolar ali, mas imaginava que, com os gritos da plateia e o eco daquele espaço, seria grandioso.

Quando entrei, vi que havia mais gente do que o normal.

Por que tinham alunos de outra turma ali? Enquanto me perguntava aquilo, de repente vi Mason entre eles. Por instinto, me escondi atrás dos meus colegas.

Não era possível. O que diabo ele estava fazendo ali?

— Seus colegas estão com uma aula vaga — anunciou o treinador. — Vamos fazer algo produtivo esta manhã, entenderam? Lewis, Ramírez, levantem essa calça! Gibson, vê se acorda! O que deu em todos vocês hoje?

Meus colegas se espalharam sem muito entusiasmo, tentando se movimentar.

— Vamos! Quero esses cones aqui, formando um percurso! Nolton, está dormindo?

Levei um susto quando o treinador me deu uma bronca. Em seguida, apontou para a porta do ginásio, me fulminando com os olhos.

— Vai lá buscar duas bolas de basquete e traz para cá! Rápido!

Saí imediatamente, antes que ele tivesse que repetir.

O depósito de materiais esportivos ficava no corredor ao lado dos vestiários. Era um espaço pequeno e apertado, com aquele cheiro típico de borracha e umidade. Acendi a luz e peguei duas bolas do carrinho. Por fim, dei meia-volta para sair. Mas não deu tempo.

Alguém entrou e me empurrou de volta. As bolas caíram das minhas mãos e quicaram no chão.

Levantei a cabeça na mesma hora para encarar o intruso que bloqueava a porta.

— Mas o que... *Travis?* — disparei.

— *Shhh!* — Ele levou a mão aos lábios. — Quer que todo mundo escute?

Fiquei olhando para ele, desconcertada.

— Posso saber o que está fazendo?

— Preciso falar com você. Sobre a briga na festa. Toda aquela confusão que aconteceu. Eu preciso saber, Ivy... Você tem que me contar o que aconteceu.

— E você acha que este é um bom momento? — sussurrei, irritada. — O treinador vai acabar com a gente!

— É importante! Você estava lá, você sabe como tudo aconteceu!

— Travis, me deixa sair — ordenei em tom de ameaça.

Eu era bem mais baixa do que ele, mas lhe daria um chute se fosse necessário.

— Não, só vou deixar se você me explicar...

— Não é o momento de falar sobre isso!

— Você é a única que sabe a verdade! — explodiu ele, desesperado. — Vamos, Ivy, Mason não quer me contar nada! Você não entende...

De repente, Travis se calou e apoiou os braços na porta. Alguém estava tentando entrar.

O professor!

— O que você está fazendo? — sibilei em pânico, me dando conta de que Travis só estava piorando a situação.

Mas, naquele instante, a porta foi aberta.

Nate entrou rápido e a porta se fechou com um baque sob o peso de Travis.

Fiquei olhando para os dois em estado de choque.

— Vocês estão malucos? — sussurrei, agitada. — Têm ideia do que o treinador vai fazer se pegar a gente aqui?

— Ele já vive de mau humor mesmo... — comentou Nate.

— Exato!

— Não, não! Calma! — gritou Travis. — Ainda não resolvemos nada! Se meu melhor amigo se mete numa briga, eu quero pelo menos saber o motivo! — Então, ele se virou para mim. — E aí?

— Aqueles caras queriam briga — respondi, sem paciência, cerrando os punhos nas laterais do corpo. — Essa é a explicação! Eles o provocaram... e ele reagiu! Agora sai da frente!

— Ele... *reagiu?* — repetiu Nate.

— Estamos falando do Mason — observei. — Não sei se vocês têm noção. Ele não é exatamente uma pessoa contida.

— Mason não perde o controle por nada — rebateu Travis, desconcertado. — Muito menos porque uns idiotas o provocaram!

Fechei a cara para ele.

— Ele não deu um soco num cara do último ano só por ter te ofendido?

— Ivy, aconteceu uma vez! Já faz um tempão, a gente só tinha 15 anos! Mas o que aconteceu ontem... Ele não estava reagindo, estava massacrando aqueles caras! Além disso, Mason tem uma luta amanhã, uma luta muito importante, aliás. Os dias que antecedem as lutas são sempre de treinamento e concentração total! Você não tem noção!

Fiquei em silêncio, desconfortável.

Mason... tinha uma luta?

Aquela luta para a qual ele vinha treinando tanto?

— Ele chegou até a me acertar enquanto a gente tentava separar a briga — murmurou Nate, e Travis arregalou os olhos.

— Ele me acertou também! Bem aqui, nas costelas!

Quando ele levantou a camiseta até o pescoço, eu recuei um passo.

— Olha, Ivy! Olha esse hematoma! Viu direito? Não? Chega mais perto! Olha de novo...

A porta foi aberta de repente.

O silêncio que se seguiu foi a ocasião perfeita para que eu listasse a chuva de insultos mentais que eu gostaria de ter proferido contra Travis até o fim dos seus dias.

E teria feito isso na mesma hora, se não estivesse petrificada pela visão do treinador, parado à porta, bufando como um urso furioso.

Ele cravou os olhos flamejantes em nós: em Travis, seminu a um centímetro do meu rosto roxo de vergonha; na minha mão, que o agarrava pelo pulso em uma tentativa inútil de puxar sua camiseta para baixo; e em Nate, que segurava meu braço.

— *Vocês!* — berrou o treinador, ensandecido. — Vou acabar com essa palhaçada de se esconder no vestiário! *O que deu em vocês?* — Ele bateu a prancheta na parede e a veia em seu pescoço pulsou perigosamente. — Detenção! — gritou, histérico. — Para os três! E ainda vão levar advertência por comportamento inapropriado! Agora, para a sala do diretor Moore!

Travis puxou a camiseta para baixo e, naquele momento, eu me senti tão humilhada que nem pensei em atentar contra a vida dele.

O treinador gritou mais um pouco com a gente, confiscou nossos celulares e nos mandou para a diretoria sem pensar duas vezes.

Enquanto esperávamos ser chamados, não quis nem imaginar a cara de John quando descobrisse que eu tinha levado advertência por... o que o treinador tinha escrito mesmo?

Peguei o papel para ler.

Ah, claro. "Tentativa de fornicação coletiva."

Meu Deus.

— Desculpa, Ivy — murmurou Travis, enquanto Nate me observava, morto de vergonha.

Lancei um olhar fulminante para os dois e virei a cara, obstinada.

O silêncio só foi interrompido por um leve farfalhar de papéis. Atrás da escrivaninha, a secretária da diretoria organizava alguns documentos.

— Er... senhora? — disse Travis a certa altura. — Quanto tempo ainda temos que esperar?

De braços cruzados, olhei feio para ele.

— Está com pressa para entrar, por acaso?

— É que essas cadeiras minúsculas estão acabando com a minha bunda — comentou ele, e a secretária lhe lançou um olhar de reprovação.

— O diretor vai atendê-los assim que possível. De qualquer maneira, a punição de vocês não vai a lugar nenhum. Vão ter tempo de sobra para cumpri-la hoje à tarde.

Por fim, ela empilhou os papéis e os bateu na mesa. Enquanto eu a observava, acabei me lembrando de uma coisa.

— Com licença, por que os portões da escola estão fechados hoje?

Ela me olhou de testa franzida, sem entender nada.

— Como?

— Os portões da escola. Estão fechados.

— Os portões sempre são fechados durante as aulas — observou ela, como se fosse óbvio.

— Mas até a porta do estacionamento dos professores está abaixada.

— Claro que não — respondeu ela, curta e grossa. — Aquela porta nunca é fechada antes do fim do expediente.

Fiquei em silêncio, perplexa.

Será que eu tinha visto errado? Mas eu tinha certeza de que não estava enganada...

A espera se estendeu por um tempo interminável.

Travis bufou mais uma vez, fazendo a cadeira ranger, e só então a secretária se deu ao trabalho de olhar para o relógio pendurado na parede.

Ela afastou a cadeira e decidiu se levantar para ir à sala do diretor.

Quando bateu à porta, todos nos endireitamos ao mesmo tempo.

— Diretor Moore? Trouxe os registros da sala dos professores, como o senhor me pediu. E tem três alunos aqui que receberam advertência. Posso mandá-los entrar?

Nenhuma resposta.

— Diretor Moore?

A mulher franziu a testa e abriu a porta, devagar.

Não havia ninguém ali. Sem palavras, ela ficou olhando para o escritório vazio. Em seguida, ajustou os óculos no nariz e, com passos decididos, passou por nós.

— Não saiam daqui — ordenou antes de se retirar, provavelmente para procurar o diretor.

Fiquei me perguntando se seríamos suspensos. Torci muito para que não e, enquanto segurava firme o papel da advertência, me preparei para a bronca. Mas uma eternidade se passou e nem sinal da secretária.

Depois de ouvir Travis se remexer na cadeira pelo menos mais quatro vezes, comecei a perder a esperança.

Onde ela havia se metido?

Suspirei e me levantei do assento.

— O que está fazendo? — perguntou Travis.

— Preciso ir ao banheiro.

— Você não ouviu o que ela disse? — interveio Nate. — Não podemos sair daqui.

— Eu preciso ir — reforcei, nada tranquila com aquela situação. — E, a essa altura, duvido que as coisas possam piorar.

Travis assentiu e se levantou.

— Vou com você.

— Não precisa — retruquei, olhando feio para ele.

— Preciso me movimentar um pouco. Se eu ficar mais um minuto naquela maldita cadeira, minha bunda vai ficar quadrada!

— Tudo bem — disse Nate. — Mas sejam rápidos! Não quero estar sozinho quando ela voltar!

Saí andando sem nem esperar Travis, e ele veio logo atrás. Seguimos pelo corredor e ele acelerou o passo para me acompanhar. Depois, me olhou de soslaio.

— Está muito brava comigo?

— Quer mesmo que eu responda? — retruquei, irritada.

— Vai que você diz não...

— *Por sua culpa* todo mundo acha que a gente estava fazendo uma orgia no vestiário do ginásio — sibilei. — O "não" não é uma opção!

— Orgia é uma palavra forte! No máximo uma farra, mas orgia é exagero...

Parei no meio do corredor e levantei as mãos como se fossem garras. Estava considerando a possibilidade de estrangulá-lo quando ele pareceu perceber algo.

— Ei... — disse Travis, levantando o dedo. — Espera. Escuta só...

Fiquei olhando para ele com uma expressão ameaçadora. Se estivesse achando que ia se safar assim...

— Não estou ouvindo nada — disparei pouco depois.

— Exatamente... Não... Não acha estranho esse silêncio todo?

Franzi a testa para ele. Como assim?

— Não tem nenhum barulho — acrescentou. — Presta atenção...

Era verdade.

Não se ouvia nenhuma voz, nenhum ruído distante, nenhum som de passos, nada.

A escola parecia deserta.

— A gente está no meio das aulas — falei, olhando para ele de relance. — Não vejo nada de estranho nisso.

Minha resposta não pareceu convencer Travis. Ele ficou de olho no corredor, examinando os arredores, e, antes que eu perdesse a paciência, o incentivei a seguir em frente.

Quando chegamos ao banheiro feminino, ele parou do lado de fora.

— Vai rápido. Se nos pegarem aqui, vai ser um prato cheio para sermos expulsos.

Olhei feio para ele antes de entrar.

Até parece! Pior do que estava não podia ficar, certo?

Como eu fui acabar me envolvendo com eles? Com Travis, Nate, Fiona e os outros? A gente não tinha nada a ver. Nada...

Quando saí do banheiro, Travis tinha sumido.

— Onde foi que ele se meteu? — sibilei, exasperada.

Dessa vez, eu o mataria de verdade. Sem sombra de dúvida. John não tinha se queixado de que estava cansado daquele vaso de flores?

Bem, agora teríamos Travis empalhado bem no meio da...

As luzes piscaram.

Olhei para cima no mesmo instante. As grandes lâmpadas fluorescentes crepitavam como se fossem enxames de borboletas.

Fiquei imóvel enquanto as luzes voltavam ao normal, mas a inquietude não foi embora.

Talvez fosse culpa do mau tempo, pensei, olhando à minha volta. Um furacão podia estar a caminho. Afinal de contas, na Califórnia tinha furacão aos montes... Já tinha visto na televisão que muitas vezes se manifestavam com ventos fortes e tempestades tropicais, mas torci para estar errada.

Segui em frente pelo corredor.

— *Travis!* — sussurrei, inquieta.

Passei um tempão procurando por ele, sem sucesso. Mas, quando fiz a curva, me vi obrigada a parar. Ali, o corredor dava lugar à sala de química. Travis não poderia ter passado por ali sem ser pego vagando sem rumo.

Pelo vidro transparente dava para ver o quadro lá no fundo da sala e os alunos sentados nos bancos, de costas para mim.

A aula devia ser muito importante, porque a turma estava em silêncio absoluto.

Espera... O que todo mundo estava olhando?

— Pois não? — disse a professora. Ela também estava olhando para a porta.

Só então percebi que, do outro lado da sala, a porta estava aberta. Havia um homem na entrada.

— Posso ajudá-los, senhores?

Não, havia mais de um. Consegui ver outros dois, que esperavam em silêncio. Nenhum deles respondeu. O homem observava a turma com olhos quase vorazes.

— Sim... — murmurou. — Na verdade, pode.

Com passos lentos e pesados, ele entrou na sala. Era forte e corpulento, e usava uma jaqueta preta enorme com uma calça escura enfiada por dentro de botas militares. O cabelo estava totalmente raspado nas laterais e ele mordia algo fino, preso firmemente entre as mandíbulas largas e angulosas.

— Ah, pedimos desculpas pela invasão. Espero que não se importem... A educação vem sempre em primeiro lugar.

A voz cavernosa se transformou em um sorriso afiado. Não havia nenhum traço de arrependimento naqueles olhos penetrantes feito agulhas. Quando tirou o palito de dente dos lábios, percebi que suas mãos eram grandes como pedras.

— Não vamos tomar muito tempo. Estamos procurando uma pessoa.

— Seja lá quem for, pode esperar o fim da minha aula — retrucou a professora. — Eu estou no meio de uma explicação.

Ele nem pareceu tê-la escutado.

As solas das botas rangiam pelo chão enquanto a professora o encarava, indignada por ter sido ignorada.

O homem parou diante da mesa dela, dominando o ambiente com uma ousadia fora do comum. Ao se dirigir aos alunos, seu tom de voz soou quase *faminto*.

— Eu e os senhores aqui estamos procurando uma aluna desta escola. Ela é do ano de vocês, na verdade. Chegou há pouco tempo. — Em seguida, olhou para cada aluno com uma expressão ávida antes de dizer: — Ivory Nolton. Ela está aqui?

Arregalei os olhos. Um burburinho se espalhou pela sala.

— A srta. Nolton não está presente hoje — interveio a professora, sem paciência, mas ele não se virou.

O homem examinava a turma como se achasse que estivessem me escondendo atrás de algum colega, ou debaixo da mesa, e repetiu mais uma vez:

— Nolton. Ela está nesta turma?

— Já chega! — protestou a professora. — Com que direito vocês vêm aqui atrapalhar minha aula? Tudo isso é intolerável! Saibam que o diretor Moore será informado imediatamente! Isso aqui é uma escola, não um balcão de reclamações! E agora, fora da minha sala!

Sua voz ecoou pelo ambiente. Nenhum deles se mexeu.

Por fim, o homem virou o rosto devagar e encarou a professora.

A encarou por um longo instante e, em seguida, sussurrou com um meio sorriso:

— Talvez eu não tenha sido claro.

O tapa foi brutal.

Com o impacto, ela virou o rosto e caiu para trás, derrubando a cadeira e se estatelando no chão com um estrondo.

O terror que tomou conta da sala me deixou sem fôlego. Alguns alunos se levantaram de supetão e bancos tombaram, mas bastou um simples *clique* para congelar o mundo.

Um dos homens parados à porta abriu a jaqueta e segurou o cabo de uma pistola.

Uma onda de pânico mudo, glacial e devastador se espalhou pelo ambiente.

Um silêncio atônito dominou todo o recinto, interrompido somente pelos grunhidos da professora.

O homem se endireitou e voltou a caminhar pela sala. O som das solas de borracha ecoava no vazio como o sibilar de uma serpente.

— Vou perguntar mais uma vez.

Então ele pisou com força no rosto dela. A turma se desfez em gritos, a professora se contorceu no chão e ele pressionou ainda mais o pé, esmagando a cabeça dela contra o chão. Ouvi seus soluços enquanto ele empurrava a sola da bota na sua têmpora. Depois, apoiou os antebraços no joelho e se inclinou sobre a professora com todo o seu peso. Voltou a mastigar o palito, mas, dessa vez, não sorriu.

— A canadense — sibilou, entre dentes. — *Cadê?*

20
A CAÇA

Eu já não sentia mais nada.

Um frio cortante preenchia meus ouvidos, pulsando, martelando e embaralhando meus sentidos.

Dei um passo para trás, lentamente.

O rangido dos meus sapatos interrompeu o silêncio, e comecei a tremer.

Recuei outro passo enquanto a sensação de urgência crescia, queimava, golpeava meu peito...

Esbarrei em alguma coisa. Meu coração foi parar na garganta e me virei no mesmo instante.

— Ah, aí está você! — disse Travis. — Não consegui te encontr...

Fechei sua boca com as unhas e ele arfou, surpreso. Em seguida, tropeçou nos meus pés enquanto eu o empurrava para trás, em direção à entrada do depósito. Na velocidade da luz, eu o forcei a entrar e fechei a porta. Por fim, me encostei ali e levei a mão trêmula à boca, enquanto minha respiração descontrolada agitava os fios de cabelo que caíam no rosto.

Não.

Não, não, não. Não era possível, aquilo não estava acontecendo.

O pânico me tirava o fôlego. Meu coração disparou e senti a pele tremer e suar frio.

A negação do que estava acontecendo subiu pela garganta e por pouco não me sufocou. As palavras *estamos na escola, não pode ser real* martelavam meu crânio numa tentativa desesperada de manter a calma, só que meu corpo parecia agir por conta própria, bombeando um pânico mais verdadeiro do que qualquer outra coisa.

Ainda dava para ouvir os gritos na minha cabeça. Ainda via o rosto daquele homem gravado na minha mente...

Eles vieram me procurar. O medo de John, seu pior pesadelo, estava se concretizando — e eu já sabia o que queriam, aquele segredo indelével que eu carregava como um estigma.

Senti um nó terrível nas vísceras. Eu arfava, tentando recuperar o fôlego, e a náusea quase me fez vomitar.

Não era possível que eles estivessem ali, no meu colégio...

Como tinham entrado? E por que ninguém os tinha visto?

— Ivy?

Travis me olhava sem entender nada.

— O que está acontecen...?

Eu reagi de novo. Agarrei ele pela nuca e tapei sua boca, sufocando aquelas palavras. Percebi tarde demais que a janelinha do depósito estava aberta.

Passos no cascalho.

Prendi a respiração enquanto a tensão me esmagava por dentro.

— Ela não está aqui — disse uma voz assustadoramente próxima.

Uma sombra passou a poucos centímetros de nós.

— Em nenhuma sala.

Enquanto o suor escorria por minhas mãos, apertei ainda mais a boca de Travis. Ele ficou olhando para mim, imóvel, como se o pânico pulsasse através dos meus olhos arregalados.

— E as outras turmas? — perguntou alguém.

— Já verificamos — respondeu outra voz.

— O ginásio — ordenou o homem mais próximo, depois de um leve clique.

Estava falando por um dispositivo eletrônico.

— Já olhamos o ginásio. Ela não está lá.

— Não está aqui também. Já verificamos a sala de música, o pátio, o campo...

O rangido dos sapatos esmagou meu coração. O homem parou bem ali, na frestinha.

Travis ficou tenso.

Um arrepio o percorreu dos pés à cabeça, percebi ao sentir um espasmo na mão. No momento, ele olhava fixamente para a brecha na parede.

E então eu vi o que ele tinha visto.

O vislumbre de uma pistola dentro de um coldre.

— Confiram os outros dois prédios. As salas do andar de cima. Os banheiros, a sala dos professores. Nós a vimos entrar. Ela está aqui. Encontrem-na.

O homem respondeu alguma coisa e, em seguida, se afastou, esmagando o cascalho.

Travis se soltou de mim. Corri até a janelinha e a fechei enquanto ele me encarava, alarmado.

— Quem... quem era aquele?

Senti o coração pulsar no cérebro, enchendo-o de perguntas.

Quantos eram?

Onde estavam?

Há quanto tempo estavam na escola com a gente?

— Ivy — chamou Travis. — O que está acontecendo?

— Preciso de um celular — interrompi, agitada, e senti os lábios tremerem com a intensidade daquelas palavras. — Me dá o seu, preciso de um celular. Preciso agora, me dá!

— Ivy, quero saber o que está acontecendo!

— Me dá o seu celular!

— Não estou com o meu! — respondeu ele, cada vez mais assustado. — O treinador pegou, esqueceu? Mas dá pra me explicar o que está acontecendo? Ivy, aquele cara estava armado!

Afundei os dedos no cabelo.

Eu precisava ligar para alguém. Precisava ligar para John, para a polícia, eu...

Estava com ânsia de vômito. Enquanto me apoiava na porta, senti o estômago se revirar como um pano torcido. A pele gelou, as têmporas latejavam, o pânico literalmente me devorava por dentro.

Não fazia sentido. Se era a mim que queriam, por que não me pegaram enquanto eu estava andando por aí sozinha?

Por que ali? Por que naquele momento?

Estávamos presos num depósito claustrofóbico, sozinhos e sem saída. O que estava acontecendo nas outras salas? O que será que estavam fazendo com as outras pessoas?

A culpa era minha. A culpa de tudo aquilo era minha...

— Ele estão espalhados pela escola — murmurei, com dificuldade, e engoli em seco, porque não conseguia nem olhar para Travis. — Eu os vi na sala de química... Agrediram a professora Wels na frente da turma. Acho que é por causa deles que a secretária não voltou. Já devem estar por toda a escola a esta altura.

Travis me olhou horrorizado, sem mexer um músculo. Minhas palavras ecoaram no seu cérebro e o deixaram atordoado.

— O quê? — sussurrou, quase sem voz.

— Temos que ligar para a polícia — falei, tentando manter a lucidez. — Temos que avisar as autoridades, contar o que está acontecendo aqui dentro. Precisamos de um celular.

Travis piscou repetidas vezes, esforçando-se para processar tudo aquilo.

— Não é possível — sussurrou, incrédulo. — Deve ser algum tipo de brincadeira... ou um treinamento... Isso, tipo aqueles contra atentados. Deve ser isso, Ivy. Ninguém avisou a gente, mas...

— Eles deram uma *surra* nela! — O nó na garganta fez minha voz sair rouca. — Eu sei muito bem o que vi. Aqueles caras estão armados... Praticamente ameaçaram os alunos com uma pistola. E você ouviu! Você também ouviu o que eles disseram. O prédio A, o B... Podem estar em qualquer lugar agora. Não é uma simulação. — Olhei para ele, determinada, tentando me agarrar à adrenalina que corria pelas veias. — Precisamos pedir ajuda. Precisamos de um celular, temos que avisar a polícia.

Travis me encarou sem piscar.

Era o medo, pensei, porque eu também não conseguia piscar. Parecíamos dois animais assustados numa toca muito apertada.

— Não temos celular — murmurou Travis depois de um instante interminável, parecendo finalmente se recompor. — Nem você, nem eu...

— A secretaria. Tem um telefone lá. Podemos usá-lo, mas temos que voltar.

E Nate está lá, eu me lembrei de repente, apavorada. *Nate está lá e eles podiam encontrá-lo a qualquer momento... ou talvez já tenham até encontrado...*

Travis pareceu pensar a mesma coisa. Ficou me olhando com a garganta contraída e, por fim, assentiu.

Procurei uma confirmação nos olhos dele, ou talvez apenas a coragem para me mexer. Eu me sentia paralisada, mas meu peito bombeava sangue pelo corpo quase como se fossem choques elétricos. Então, me virei. Com dedos trêmulos, estendi a mão e girei a maçaneta.

Depois de espiar pela fresta e garantir que não havia ninguém ali, abri a porta devagar.

O corredor estava vazio.

Fiz sinal para Travis. Saí do depósito com ouvidos atentos, ansiosa e preparada para reagir ao menor som, mas não havia nada além do silêncio.

Percorremos todo o trajeto colados à parede e nos escondendo onde dava. Tentamos ser o mais silenciosos possível, mas, na reta final, o pânico nos dominou e corremos feito loucos.

Entramos na sala de espera e...

Nate estava ali, exatamente onde o havíamos deixado.

Ao nos ouvir, levantou a cabeça.

— Onde vocês se meteram?

Não me permiti um segundo de alívio. Corri até a mesa, quase tropeçando, e peguei o telefone, pronta para discar o número.

Mas a linha estava muda.

Fiquei olhando para o aparelho, em choque.

— Não...

Pressionei o fone na orelha e disquei nove, um, um sem parar. Não adiantou nada. O telefone estava mudo.

Larguei o aparelho com dedos tensos e me virei.

Travis e Nate discutiam acaloradamente, mas Nate parecia incrédulo, de testa franzida.

— Tem terroristas na escola — contou Travis, enquanto eu corria para a sala da diretoria.

Escancarei a porta e olhei direto para a mesa. Peguei o telefone dali e, prendendo a respiração, levantei o receptor.

Também estava mudo.

— Pelo amor de Deus!

A angústia fechou minha garganta e eu rugi de raiva e frustração antes de voltar à sala de espera.

Passei às pressas por Travis e Nate, que discutiam ainda mais alto. Quando cheguei à entrada, me joguei contra as portas com tudo.

Mas as maçanetas não se mexeram. Estavam trancadas.

Não era possível, parecia um pesadelo. Deslizei os dedos trêmulos pela superfície fechada, tentando achar uma brecha entre os batentes. Arranhei, puxei, tentei dar um jeito de abri-la, incapaz de aceitar que estávamos presos. Comecei a dar ombradas, dominada pelo desespero, mas, quanto mais doía, mais eu percebia que era inútil.

Não tinha como sair dali.

Mas precisava haver um jeito, outra saída...

Ignorei a dor no ombro e voltei atrás, sem fôlego. Os garotos ainda discutiam e Nate encarava Travis com olhos arregalados.

— E você acha mesmo que eu vou acreditar nisso?

— *Porra*, Nate, vê se acredita em mim uma vez na vida! Não estou brincando! Nós vimos, estou falando sério!

— As saídas de emergência — interrompi os dois. — Onde ficam?

Travis se virou para mim, confuso.

— As saídas?

— É, onde ficam?

Ele passou por mim e eu o segui às pressas.

Quando chegamos às portas, entramos no corredor oposto à secretaria.

Aquele silêncio surreal tinha um toque assustador, tão angustiante quanto um labirinto sem saída ou um cemitério vazio no meio da noite.

Travis parou diante de uma porta cinza e tentou abrir a maçaneta.

— Conseguiu ligar? — perguntou ele. — O que a polícia disse?

— Estamos sem linha. Não consegui. — Olhei nos olhos dele e engoli em seco. — A escola foi isolada.

Travis se virou e forçou a porta, mas nada aconteceu. Quando viu que não ia abrir, tentou arrombá-la.

E, enquanto eu olhava para a saída com os lábios contraídos, me dei conta de que não importava quantas ideias eu tivesse, os terroristas já teriam pensado o mesmo e se antecipado. Não adiantava.

Eles nos trancaram ali.

— Droga! — resmungou Travis, socando a porta.

Logo seríamos encontrados, era uma questão de tempo. Não podíamos nos esconder para sempre. Era a mim que eles queriam, e não iam parar até me pegarem.

— Vocês enlouqueceram?

Nós dois nos viramos, nervosos. Nate nos olhava sem entender nada.

— Vocês querem mesmo ser suspensos? Se o diretor nos encontrar aqui, vai expulsar a gente!

"O diretor está com eles", eu gostaria de ter dito. Mais uma peça do quebra-cabeça que se encaixava.

— Nate — murmurou Travis, mas o amigo o cortou e se virou para mim.

— Ivy, até você? O que está acontecendo, Travis fez sua cabeça? Pode parar de me sacanear! Dele eu já espero esse tipo de palhaçada, é mais do que normal! Mas de você? Aí já é demais...

Um grito ecoou pelo ar.

Nós três tomamos um susto. Recuei na mesma hora e tropecei quando Nate esbarrou em mim. Em seguida, nos espremmos nos cantos da porta, tremendo de tensão, e dei um pulo quando algo caiu com um estrondo à distância.

O eco se esvaiu e aquele silêncio dramático voltou a reinar, congelando nossa respiração.

Nate ficou branco feito papel. Também prendia a respiração e, pela forma como espremia meu pulso, concluí que não precisava lhe explicar mais nada.

— A gente não está de brincadeira — sussurrou Travis, com dificuldade, mas Nate não respondeu. Continuou petrificado, com o rosto pálido e os olhos arregalados.

— Precisamos sair daqui — falei. — Deve haver um jeito.

— As janelas das salas — sugeriu Travis. — Não é possível que eles tenham bloqueado todas. Podemos sair por alguma...

— As janelas dão para o campo, não para fora da escola. E os portões estão fechados. Se tentarmos atravessar o jardim, vão nos pegar.

— Eles estão armados mesmo? — perguntou Nate num sussurro nervoso, e confirmei com um aceno de cabeça. — E são muitos?

— Precisamos fazer alguma coisa — disparou Travis, com a voz carregada de tensão. — Eles não sabem que estamos aqui...

— Fazer alguma coisa?! — exclamou Nate. — O que vocês acham que a gente pode fazer? Os caras estão armados!

— Não podemos ficar aqui escondidos que nem ratos só esperando que nos encontrem...

— Também não podemos ser assassinados!

— Travis tem razão — afirmei. — Eles não sabem onde estamos. Ao contrário dos outros, nós podemos fazer alguma coisa.

— Esse não é o momento de bancarmos os *heróis* — vociferou Nate, tentando pôr nossas prioridades em ordem. — Podem me dizer como vamos agir se eles estão espalhados pela escola? Estamos expostos! Vocês não ouviram o grito agora há pouco? Aqueles caras não estão de brincadeira!

— Ninguém disse que temos que continuar expostos.

Eu e Nate piscamos, confusos, e nos viramos para Travis. Ele olhava fixamente para a frente e fazia uma cara que, em outras circunstâncias, já teria me feito sair correndo.

Travis... estava pensando. *Não, pior: estava tendo uma ideia.*

— Como assim? — perguntou Nate, dando voz ao meu mau pressentimento.

— Estou querendo dizer que temos que encontrar uma maneira de nos protegermos. Se queremos agir e pôr um plano em prática, precisamos ter a possibilidade de nos defendermos. Estão me entendendo?

Nos defendermos? E com o quê?

— Não estamos numa loja de armas! — exclamou Nate, completamente incrédulo. — Não estamos numa maldita partida de *Call of Duty*! Como você pretende se defender, com as mesas da cantina? Quer fazer uma armadura usando os azulejos do clube de cerâmica? Travis, a gente está numa escola!

Passei a língua nos lábios, nervosa. Nate estava certo. Era totalmente absurdo achar que poderíamos, de alguma forma...

— Depende da gente assumir o controle da situação. Querem me ouvir ou não? Se é verdade que eles já ocuparam o ginásio e as outras partes da escola...

De repente, a ficha caiu.

Mason.

Eu tinha tentado não pensar nisso, reprimir aquele medo horrível, mas, naquele momento, a angústia se estendeu como uma garra e esmagou meu coração.

Mason estava com os outros.

Ele tinha ficado lá, no ginásio, nas mãos daquelas pessoas, e saber disso me destruía a cada respiração.

E se o tivessem machucado?

E se o tivessem agredido?

Senti o peito arder e congelar de um jeito insuportável. Me arrependi de nunca ter dado ouvidos a John, de não ter acreditado nele. Se alguma coisa acontecesse com o filho dele, eu...

— Tá bom — falei, cerrando os punhos. Os dois se viraram para mim e eu levantei o rosto. — Vamos ouvir.

Travis ficou me encarando por um instante, depois fez que sim com a cabeça.

— Se eles estão armados, nós também precisamos estar.

— Não estou vendo nenhum arsenal pela área — retrucou Nate, entre dentes.

— Tem o clube de airsoft.

Nate e eu o encaramos, atônitos.

Clube de airsoft? Aquilo existia mesmo?

Era esse o plano?

— Está falando sério? Aquelas são armas de pressão! — gritou Nate, levando a mão ao rosto. — São praticamente brinquedos!

— Não fala merda! Não tem nada a ver com um brinquedo! Se te acertam na cabeça, você vai parar no hospital!

— Travis, as balas são de plástico!

Fiquei assistindo nervosa enquanto os dois batiam boca. Não... aquilo era ridículo demais. Aqueles caras tinham pistolas de verdade, armas de fogo. Na primeira oportunidade, apontariam todas para nós. Onde estávamos com a cabeça? Achávamos mesmo que seríamos capazes de intimidá-los? Que eles iam acreditar que estávamos armados?

Não tínhamos nenhuma chance.

Nenhuma.

A não ser que...

A não ser que usássemos outro tipo de bala...

Umedeci os lábios.

— Talvez eu tenha uma ideia.

— Vocês são malucos.

Eu o ignorei. Continuei espiando o corredor, escondida na curva.

— Eles vão nos pegar. Ô, se vão...

Olhei de relance para ele, antes de me virar de novo.

— Eles vão acabar com a gente. E tudo por quê? Porque estamos aqui parados que nem estátuas em frente à sala de marcenaria. Será que alguém pode me explicar por que estamos aqui? Achei que tivéssemos um plano!

Descobri que Nate lidava muito mal com o pânico. Quer dizer, ainda pior do que eu ou Travis, que, após o choque inicial, parecia estar respondendo bem à descarga de adrenalina.

— *Consegui!* — sussurrou Travis, aparecendo ofegante à porta.

Nate arregalou os olhos ao ver o punhado de pregos enormes que ele tinha surrupiado.

— Esses, não — falei, descartando alguns. — Não entraria no pente da pistola. Esses aqui são bons. Acho que podem servir.

— Ah, não, não me digam... — Nate suspirou, estava pálido. — *Esse* é o plano?

— Você tem um melhor? — retrucou Travis.

— Temos que ir — interrompi os dois, inquieta. — Onde fica o material de airsoft?

— No último andar. Antes eles se reuniam no prédio C, só que o diretor Moore não gostava que o clube ficasse tão escondido. Mas, sempre acabava escapando um tiro acidental naquele espaço fechado, então ele mudou o clube para dois lances de escada mais longe.

Estávamos no subsolo, bastava pegar a porta ao lado da saída de emergência para chegarmos lá.

Dois lances de escada...

Dois lances de escada sem sermos vistos ou ouvidos...

— Tá bom. Vamos.

Queria que os dois fossem menos desajeitados. Éramos o trio mais improvável do mundo e, quando Nate tropeçou nos meus pés, por pouco não bati num extintor.

— Será que não dá pra ser um pouco mais gracioso? — sussurrou Travis, que sem dúvida tinha deixado qualquer sinal de graciosidade em outra vida, e Nate seguiu em frente, resmungando.

— Se vocês voltarem a bater boca, *eu mato os dois* — sibilei, dando uma ombrada em Travis. — Vamos!

Levamos uma eternidade. Ao menor ruído, tomávamos um baita susto. Nate se agarrava à minha camiseta e me puxava para perto, como se quisesse me proteger e, ao mesmo tempo, me usar como escudo humano.

Quando chegamos à escada que levava ao andar de cima, já estávamos suando em bicas.

Travis fez sinal para que esperássemos. Então, com extrema cautela, deu uma espiada pela parede que ficava na curva da rampa. Enquanto ele olhava os arredores com atenção, nós, logo atrás, aguardávamos com a respiração suspensa e pupilas dilatadas.

— Ok. Acho que a barra está lim...

Um barulho assustador nos fez recuar. Congelamos contra a parede, encolhidos, apavorados, com os olhos arregalados. Travis ficou com a última sílaba presa nos lábios.

Aquele baque vinha da porta de uma sala de aula sendo fechada.

Meu coração estremeceu só de pensar no que estariam fazendo com uma turma cheia de alunos. E eu ali, escondida e consumida pela consciência de que, se eu me entregasse, talvez aquela caçada sangrenta chegasse ao fim...

Não, não, não, pensei, trêmula, me encolhendo junto a eles. Aquela não era a solução.

Eu não possuía o que eles estavam procurando. Se tinham batido daquele jeito em uma mulher só porque ela não havia colaborado... O que fariam comigo?

Ergui o queixo de repente, tremendo, e olhei para Nate. Não pude deixar de pensar que ele não se agarraria a mim daquele jeito se soubesse que eu era o alvo.

— Temos que seguir em frente — sussurrou Travis, com a voz embargada. — Temos que chegar à sala. Se ficarmos aqui...

Ele não terminou a frase. Enquanto eu contraía os lábios, ele se inclinou mais uma vez para espiar o caminho, antes de desaparecer.

Esperei alguns instantes. Por fim, criei coragem e o segui pela escada.

Cheguei ao primeiro andar com as mãos trêmulas e Travis me puxou para trás da parede. Nate chegou logo depois e quase gritou quando Travis também o agarrou pelo braço.

Ele apontou para a sala do clube e, com o coração na boca, seguimos de fininho até lá.

Travis tentou baixar a maçaneta, mas a porta não se abriu.

— Não — resmungou, dando ombradas na superfície, e Nate afundou as mãos no cabelo.

Ele estava fazendo barulho demais. Muito, muito barulho!

Depois de inúmeros golpes, a porta cedeu um pouco. Alguma coisa parecia bloqueá-la do outro lado, mas eu me joguei contra ela e, juntos, conseguimos abri-la.

— Conseguim... *Ah!*

Algo passou voando perto da cabeça de Travis. Ele se encolheu e levantou as mãos para se proteger.

— Calma! Calma, somos alunos!

O silêncio foi interrompido por alguns cliques.

Do outro lado das cadeiras e mesas empilhadas contra a porta, vi um movimento.

Lá no fundo, atrás da mesa virada no chão, despontavam canos de armas. Eram de três rapazes fortes e estrategicamente posicionados, que se levantaram surpresos.

Por fim, vieram ao nosso encontro e Nate os ajudou a refazer a barricada improvisada.

— Como vieram parar aqui?

— Somos membros do clube. Estamos trancados aqui há pouco mais de uma hora — respondeu um deles, agitado. — De que ano vocês são?

— Do último.

— Nós também. Esse foi o primeiro lugar que nos passou pela cabeça. Não sabemos o que está acontecendo...

— Como vocês saíram da sala sem serem vistos? — prosseguiu Travis.

— Não estávamos na sala quando aconteceu — respondeu ele. — Tínhamos saído para fumar escondido. Aí ouvimos gritos, depois vimos aqueles caras armados. Eles mandaram a gente entregar tudo que tínhamos nos bolsos.

O desânimo me fez estalar a língua de tanta frustração.

Os celulares.

Eles nos tiraram qualquer possibilidade de chamar ajuda.

— Não tivemos escolha. Os caras queriam levar a gente para dentro também, chegaram a pegar um amigo nosso, mas conseguimos escapar no último segundo. E vocês?

— Secretaria. Tínhamos que cumprir uma detenção, só que o diretor não apareceu. A gente viu uns caras em uma sala e outros no pátio, depois viemos para cá. Acho que tivemos a mesma ideia.

Ficamos nos entreolhando, inquietos e consumidos pela ansiedade.

— Que merda está acontecendo lá fora? — perguntou o garoto em voz baixa, e os outros também se viraram.

Travis balançou a cabeça, amargurado.

— Não sabemos. Mas eles não têm boas intenções.

— São quantos? — perguntou Nate.

— A gente viu pelo menos oito. Isolaram os prédios, não dá para passar de um para o outro. Assim, conseguem controlar melhor a escola. Fizeram as turmas de reféns.

— Só pode ser um ato terrorista — acrescentou Travis. — Ninguém fora daqui sabe o que está acontecendo. Eles cortaram as linhas telefônicas e certamente o sinal de internet da sala de informática também. Os portões estão fechados. Não dá para sair, a gente já tentou.

Os outros nos observaram em choque, trocando olhares entre si. Um deles engoliu em seco e murmurou, quase sem voz:

— Então... estamos fodidos.

Travis se virou para mim e Nate, enfiou a mão no bolso e pegou os pregos.

— Não. A gente tem um plano.

— Onde pegaram isso? — perguntou um dos garotos, um cara loiro de cabelo raspado.

— Na sala de marcenaria. Foi ideia da Ivy — comentou Travis, colocando uma série de pregos no rifle. — Claro que não dá para competir com as armas deles, mas já é alguma coisa.

— E o plano de vocês... qual seria?

— Não podemos usar os telefones. Não podemos informar às autoridades o que está acontecendo aqui. Nossa prioridade é conseguir avisar a polícia. Precisamos de um celular, mas as salas estão sendo vigiadas. Eles não estão poupando ninguém lá dentro, não tem como pegarmos um celular sem sermos capturados. A única chance é torcer para encontrar um na sala de achados e perdidos.

Como se tivessem acabado de ouvir uma piada ridícula, os garotos ficaram nos encarando com olhos arregalados.

— *O quê?*

— É a única maneira — prosseguiu Travis. — Quando alguém encontra um celular sem dono, é para lá que ele vai. Lá tem de tudo: casacos, fones de ouvido, chaves, até coisas velhas que já estão perdidas há meses...

— Mas quem é que perde o celular? — questionou um dos garotos, nervoso. — E, mesmo assim, ainda temos que conseguir chegar lá! Vocês acham que vai ser fácil? Assim que virem alguém, vão atirar sem pensar duas vezes!

— Não acho que vão agir de forma tão leviana assim — murmurou Nate, surpreendendo até a mim. — Eles vão tentar nos pegar primeiro. Não? Como fizeram com vocês. Afinal de contas, não somos exatamente uma ameaça...

— E você acha que eles vão parar para refletir? — retrucou o garoto, nada convencido. — Por que estão armados, então?

— Eles não querem atacar os alunos — declarei, e todos se viraram para mim. — Não diretamente, pelo menos.

— O que quer dizer com isso? — perguntou um dos garotos, irritado.

Que eles querem só a mim.

— Cortaram as linhas telefônicas — respondi, cruzando os braços. — Eles nos isolaram completamente. Estão querendo que, de fora, tudo pareça

normal por aqui. Não vão atirar à primeira vista, isso colocaria tudo a perder. Daria para ouvir o disparo a quarteirões de distância.
— Como pode ter tanta certeza?
— As pistolas não têm silenciador. — Sustentei o olhar de todos, sem vacilar, e prossegui: — Precisamos dar um jeito de abrir uma rota de fuga. Por mais que conseguíssemos ligar para alguém, demoraria muito até as autoridades chegarem e arrombarem as entradas. Precisamos tentar pegá-los de surpresa. Eles mesmos se trancaram aqui dentro. Se conseguirmos abrir caminho para a polícia, não vão ter para onde fugir.
— As portas estão trancadas e os portões também — prosseguiu Travis.
— Não tem como ajudarmos a polícia a entrar pela entrada principal. Mas tem o estacionamento dos professores.
— O estacionamento?
— Dá direto para a rua. Fica longe dos prédios principais e o portão está fechado, mas, se conseguirmos forçá-lo, vai ser o caminho para a polícia entrar.
Eles ponderaram o que havíamos dito.
O plano tinha um monte de falhas. As chances de dar errado eram tantas que o que nos unia naquele momento provavelmente não era a esperança, e sim o desespero.
— Tudo bem — disseram os garotos por fim, cautelosos. — Estamos dentro.
Travis me deu um sorriso tenso, mas eu não retribuí.
— Então tá. Temos que pensar em como proceder.
— Primeiro, temos que conseguir o celular — especificou um deles. — Assim que ligarmos para a polícia, podemos pensar em como ajudá-los a entrar.
— Não — discordou Nate. — Assim que sairmos daqui, vamos estar expostos. Se cruzarmos com eles, não vamos conseguir chegar ao estacionamento.
— Então precisamos nos dividir.
Uma tensão repentina se espalhou pelo ar.
— Pensem bem, não tem outro jeito. Andar em grupo só vai chamar mais atenção. Por outro lado, se nos separarmos e eles pegarem um grupo, o outro ainda tem chance.
— Se dividir nunca é uma boa ideia... — murmurou Travis, passando a mão no rosto, mas eu balancei a cabeça.
— Não, ele está certo. Se ficarmos juntos, não vamos chegar longe.
Queria que houvesse outra maneira, mas não havia. Formávamos um grupo muito grande e, se andássemos juntos, não conseguiríamos passar despercebidos.

— Tudo bem — cedeu Travis. — Então vamos fazer assim. A gente se divide em dois grupos. Um vai para o estacionamento e tenta abrir o portão para garantir uma rota de fuga. O outro vai atrás do celular.

— Como vamos nos dividir?

— Precisamos nos separar de acordo com as armas que temos, para não ficar desequilibrado demais.

— Três de nós vão para o estacionamento — disse o garoto loiro, jogando uma arma para Travis. — Eu vou atrás do celular. Meu nome é Kurt, a propósito.

— Travis. E vou com você.

— Nate, você vai para o estacionamento — falei, com determinação.

Ele lançou um olhar confuso para os dois grandalhões armados ao seu lado.

— O quê?

— Você vai com eles. Eu fico com Travis.

— O quê? Não, eu ajudo vocês! E se pegarem vocês? Eu vou junto, não...

— Você vai abrir o portão — insisti. — Você não é discreto o suficiente, só ia atrapalhar.

— Ivy está certa, Nate — disse Travis, me apoiando. — É melhor assim. Você vai ser bem mais útil com eles, com certeza. Seja lá como o portão estiver fechado, vai precisar de força para abrir. Melhor que sejam três caras fazendo isso. Ela não pode ir.

Nate ficou nos olhando sem dizer nada. Depois, resignado, assentiu.

— Tudo bem.

— Então está decidido. Peguem a escada dos fundos. Passem pelo subsolo, vai ser mais fácil chegar ao estacionamento por lá. Nós temos que atravessar o prédio... E chegar à sala de achados e perdidos.

Todos assentiram e, de repente, um silêncio desconfortável pairou no ar.

Não passávamos de um grupo de adolescentes com um plano capenga, munidos de armas de pressão ridículas carregadas com pregos. Até onde podíamos ir?

Nate se aproximou de nós enquanto os outros se despediam.

— Nem pensem em morrer, hein...

Travis lhe deu um tapinha nervoso no ombro. Depois, engoliu em seco e sussurrou:

— Você também.

Então, ele se virou para mim e pôs a mão na minha cabeça. Com um suspiro preso nos pulmões, retribuí o olhar. Ficamos os três ali, meio abraçados, trocando olhares.

— Tomem cuidado.

Os outros já estavam perto da porta, afastando os móveis que bloqueavam o caminho, e eu decidi não esperar mais. Reunindo um pouco de determinação, dei um passo à frente e declarei:

— Quero uma arma.

Os garotos se viraram para mim. Nate e Travis me olharam com a testa franzida.

— Desculpa, o quê? — perguntou Kurt.

— Eu também quero uma arma — repeti.

Ele arqueou a sobrancelha e direcionou o olhar para os meus braços frágeis. Pela cara dele, tinha certeza de que eu não conseguiria empunhar uma arma, e aquilo me irritou.

— Fora de cogitação.

— Que foi? Não sou homem o suficiente para os seus padrões? — retruquei, porque sabia exatamente o que ele estava pensando.

Já fazia um bom tempo que eu era obrigada a lidar com os preconceitos inúteis dos outros.

Ele ficou irritado e me lançou um olhar penetrante.

— Essas aqui são M14 EBR. Estrutura de metal, engrenagens de aço. Muito resistentes, as armas mais precisas e potentes que temos. Têm um desempenho excelente e um alcance de até cinquenta metros. E pesam mais de três quilos. Devo continuar?

— Eu sei atirar — retruquei, me impondo com firmeza. — Na minha terra, eu saía para caçar todos os dias. Tenho condições de...

— Caçar? — repetiu ele, com um sorriso sarcástico. — Aqui ninguém vai mirar em um bando de patos no lago. Só temos quatro armas, e a quarta vai ficar com ele — disse, apontando para os braços musculosos de Travis. — Deixe isso para quem sabe atirar de verdade. Nós fazemos parte do clube, princesa. Eu diria que a conversa termina aqui.

Fiquei olhando para Kurt com uma frustração cega. Seu raciocínio limitado me corroeu por dentro — estava me descartando só por eu ser uma garota. Na cabeça dele, isso significava que eu não era capaz de lidar com a situação.

— No Canadá, eu usava um Winchester XPR Renegade — sibilei. — Pesava quase quatro quilos. Acha que eu estou insistindo só pra gente acabar morto?

— Ah, não me diga... Você deu uma folheadinha em meia dúzia de revistas de caça, é isso? — julgou ele, esboçando um sorrisinho debochado. — Só porque conhece alguns nomes, não significa que saiba do que está falando.

— Eu sei perfeitamente do que estou falando! — retruquei, irritada, dando um passo à frente. — Me dá uma arma.

— Pode esquecer.

— Me dá uma!

— Já disse que não! — vociferou, me encarando com um olhar que me fez desistir. — Agora chega. A discussão termina aqui.

Eu queria provar que ele estava errado, mas não tinha como. Kurt era uma daquelas pessoas que associavam talento à força bruta.

Mas não era uma questão de força.

Tratava-se de técnica. E prática. E precisão milimétrica.

Era uma questão de *capacidade*.

E eu sabia muito bem disso.

— Está cometendo um erro — adverti, fervendo de raiva.

— Vou correr esse risco.

Por fim, ele virou as costas e eu mordi a língua. Enquanto me afastava, ressentida, torci para que pelo menos ele soubesse o que estava fazendo.

A certa distância, meus amigos me observavam, surpresos com a discussão. Ao vê-los em silêncio, imaginei que talvez até eles compartilhassem, de certa forma, das dúvidas de Kurt. Olhei para os dois com uma cara séria e percebi que trocaram olhares entre si.

O grupo de Nate foi o primeiro a sair. Ele se virou para nos lançar um último olhar e, pela primeira vez, vi algo parecido com determinação naqueles olhos.

Em seguida, foi nossa vez.

Saímos de fininho e chegamos às escadas. A sala de achados e perdidos ficava no térreo, do outro lado do prédio, perto do banheiro dos professores.

Nós nos agachamos perto da parede e Kurt olhou de relance lá para baixo.

— Talvez devêssemos passar pelo mesmo caminho que os outros — sussurrou Travis, quase sem voz.

— Se fizermos isso, vamos parar em outro lugar — respondeu Kurt. — Temos que passar por aqui. Não se mexam, eu vou na frente.

Ele empunhou a arma e desceu agachado. A tensão era palpável. Nós o encaramos com olhos arregalados, como dois cervos escondidos atrás de um arbusto.

Quando ouvimos seu sussurro, nós o seguimos.

Assim que chegamos ao térreo, o medo atravessou minha pele. Eu sentia a presença deles, as vozes, os passos do outro lado das portas...

Mais uma vez, pensei em Mason.

Revi seus olhos profundos e senti um aperto no peito.

A gente tinha que conseguir. Precisava dar certo, estava tudo nas nossas mãos...

Esbarrei em Travis. Atordoada, balancei a cabeça e levantei o rosto. Por que tinham parado?

Quando um rangido de sapatos ecoou pelo ar, fiquei petrificada.

Uma onda de terror me atravessou e eu levei a mão à boca, com a palma gelada.

Havia alguém ali.

À nossa frente, Kurt estava paralisado.

— Não — disse uma voz, bem clara. — Já verificamos.

Estava logo ali, virando o corredor. Senti um arrepio na espinha. O chiado do radiotransmissor se misturou a várias vozes diferentes, e tive certeza de que a *dele* estava entre elas, dando ordens.

"Encontrem-na", quase dava para ouvir. "Ela está aqui."

— Entendido — respondeu o homem no corredor, e eu arregalei os olhos.

Ele estava vindo na nossa direção.

O pânico me tirou o fôlego e eu recuei, apavorada.

Precisávamos fugir, sair correndo dali, ainda dava tempo de voltar atrás...

Mas os outros não me seguiram. Quando olhei com atenção, percebi que eles tinham destravado as armas.

Assim que se entreolharam, vi o terror nos olhos deles, como se fosse o meu próprio.

Foi como uma cena em câmera lenta. Eles se viraram para o corredor e eu estendi a mão: o grito que deixei escapar veio tarde demais.

— *Não!*

O ar irrompeu em tiros.

Um estrondo ensurdecedor reverberou por toda parte e eu ouvi o som de algo caindo no chão.

O homem desabou, surpreso, cobrindo o rosto com o braço.

Os pregos passaram zunindo perto dele, uma chuva de metal que ricocheteava por toda parte, arranhando-o e rasgando sua jaqueta.

Ele começou a retroceder em meio a xingamentos e gestos furiosos, até finalmente conseguir se levantar.

Enquanto o sujeito fugia na direção oposta, eu gritei com as mãos no cabelo:

— Nas pernas! Travis, atira nas pernas!

O homem desapareceu atrás da parede e um prego riscou o reboco.

Estávamos expostos.

O caos se desenrolou à nossa volta, eu respirava com dificuldade, de olhos arregalados. Em meio a passos, gritos e portas se abrindo com força, eu puxei Travis pela camiseta.

— Corre! CORRE!

Tropeçamos nos próprios pés e corremos o mais rápido que podíamos.

Nossos passos ecoavam pelas paredes enquanto uma tempestade de vozes rugia ao nosso redor, amplificadas pelo corredor.

Eu corri, corri como nunca tinha feito na vida. Com cabelo na boca, os pulmões à beira do colapso e os tendões doloridos. Corri cada vez mais rápido, e empurrei Travis para a frente quando ele tentou mexer na arma.

Eu não sentia o coração.

Viramos a esquina quase escorregando e, de repente, ali estava: a sala de achados e perdidos, no fim do corredor.

Eu me forcei além do limite, prendi o ar e mirei naquela sala, somente nela.

Estávamos quase lá... *Quase lá!*

Nós nos jogamos contra a porta, que permaneceu fechada.

Estava trancada, e Kurt disparou um prego ali, mas o metal ricocheteou e caiu no chão.

— Seus desgraçados imundos.

Pulei de susto e me enfiei entre os dois garotos, enquanto o brilho da arma refletia nos meus olhos arregalados.

Tremi quando o homem olhou de relance para os meus colegas e, por fim, se deteve em mim.

Era o fim.

Um sorrisinho malicioso se abriu nos lábios do homem, acima do cano do revólver.

Enquanto outros homens nos cercavam, selando nossa ruína, ele empunhou o rádio. A última coisa que ouvi foi o tom áspero de sua voz.

— Achei você.

Por fim, tudo o que ouvi foi o som do disparo.

21
TÁRTARO

Outro lance de escadas.

Pisei em falso, e uma mão agarrou meu ombro e me deu um puxão. A gola da camiseta me cortava a garganta, uma força feroz no meu pescoço.

Levantei o rosto. Uma fila de pessoas de costas se estendia até o topo, onde a porta estava escancarada. Um raio de luz atravessava os corpos amontoados e amedrontados.

Consegui interceptar o olhar de Travis. Ele me encarou por um instante, em meio ao mar de cabeças, antes de outro solavanco me obrigar a seguir em frente.

No momento daquele disparo, eu tinha sentido o sangue gelar nas veias.

Ficamos imóveis, cara a cara com a arma apontada para nós, sem sequer respirar.

Mas o cano seguira frio. Silencioso.

O tiro tinha vindo de fora.

Naquele momento, o mundo viera abaixo. Os homens praguejaram como um bando de lobos enfurecidos: ordens, gritos e palavrões reverberaram por toda parte, e o lugar se tornara um vespeiro furioso e virulento.

Algo tinha dado errado.

Eles abriram as portas das salas, uma a uma. Com armas em punho, ordenaram que alunos e professores saíssem e tiraram todos do prédio A.

Me levaram para o prédio B, situado na área central do complexo.

Fiquei para trás, separada dos outros, submetida a uma vigilância rigorosa.

Não sabia por que tinham nos levado até ali. Mas, quando chegamos à escada que levava ao telhado, entendi que se tratava de uma retirada.

O ponto mais alto. Afastado das portas, dos portões, de qualquer rota de fuga. Ninguém poderia chegar até nós sem ser interceptado.

— Anda — vociferou o homem que me segurava.

Cheguei à porta escancarada e, com um último empurrão, me vi sob o céu estrondoso da tempestade. O telhado era imenso. Cercado apenas por um parapeito, estendia-se tanto em largura quanto em comprimento para formar um L gigantesco, grande o bastante para acomodar uma multidão.

Estávamos todos ali.

Até os funcionários, o treinador e o pessoal da cantina. Tive a impressão de ter visto a cabeça loira de Bringly, talvez a da secretária também. Aglomeraram todos lá no fundo, na curva do L, de costas para os homens e longe da frente do prédio. Fizeram-nos ajoelhar no chão, com as mãos na cabeça. Notei que alguns alunos, os maiores, tinham marcas de agressão no rosto e as mãos atadas.

Foi ali que eu o vi.

Os pulsos de Mason estavam amarrados com uma fita adesiva preta e grossa. Tinha sido obrigado a ficar de joelhos, mas, assim que se virou e nossos olhares se encontraram, meu coração parou.

Eu me acorrentei a ele e aos olhos que me reconheceram sob a luz doentia daquele céu tempestuoso. Minha alma ardeu de desejo, louca para alcançá-lo.

Queria correr até Mason, abraçá-lo, tocar seu rosto com mãos trêmulas e desesperadas, mas fui puxada com força.

Seu rosto congelou ao ver a mão que me segurava. Fui empurrada para o outro lado do terraço e ele se debateu, tentando não me perder de vista. Chegou a tentar se levantar, mas o homem ao seu lado lhe deu um golpe no rosto, e essa foi a última coisa que eu vi.

Eu sabia para quem eles estavam me levando.

Ele estava ali, com sua silhueta imensa, de costas, berrando como um animal.

— *Seu incompetente!* — rugiu para um dos seus. — O que foi que eu disse, porra? *Hein?* Não atirem! A ordem era *não atirar!*

— Aqueles filhos da puta ali me atacaram! — falou o outro, defendendo-se e apontando para o grupo do ginásio.

— Um bando de *criancinhas!*

— Eles tentaram pegar minha pistola! A arma disparou, eu sei quais eram as ordens!

— Cuidado, McCarter — sibilou ele, projetando saliva. — Se o plano der errado por sua causa, eu *arranco* essa sua cabeça de merda com os dentes. Entendeu? Você sabe que estão de olho nela, porra! Se tiverem ouvido o tiro da rua, vão entrar aqui sem pensar duas vezes, e acho bom você *rezar* para que isso não aconteça.

O outro cuspiu no chão. Naquele momento, percebi a tensão no rosto dos homens. Pareciam nervosos e agitados.

— Era para ter sido um trabalho limpo. Pegar a garota e sair do jeito que entramos. Se eles souberem que estamos aqui, vão nos cercar. Vá verificar com Griver e Vinson.

O outro assentiu e se retirou.

— Aqui está ela.

Fui empurrada para a frente.

Caí desajeitada aos pés dele, ralando as mãos. Assim que levantei o rosto, vi com horror seus sapatos se virarem na minha direção.

— *Finalmente.*

Seus capangas ocuparam o outro lado do terraço e formaram uma barreira na frente das pessoas. Daquela distância enorme, mal dava para ouvir os gritos misturados ao vento.

— Faz ideia do quanto procuramos por você? — perguntou, com aquela voz áspera e cortante. — Claro que faz... Estava se escondendo com os amiguinhos.

Estremeci no chão. O homem se agachou e chegou bem perto do meu rosto.

— Você sabe por que estamos aqui.

Seu rosto parecia esculpido em pedra. Era duro, quadrado, com traços grosseiros e duas pupilas afiadas. Fiquei paralisada, como um bichinho diante do predador.

— Você sabe mais do que eu, não é? Montei todo esse circo só por sua causa. Vim aqui só para te procurar. Agora você vai ter que me dar o que eu *quero*.

Tentei me esquivar do seu olhar, mas ele me pegou pelo ombro.

— Cadê? — Só conseguia olhá-lo, apavorada. Quando apertou meu ombro, vi a fúria estampada em seus olhos. — *Eu sei* que está com você. Não tem como ele ter deixado com mais ninguém. Me diz, vai: *onde está Tártaro?*

Aquele nome era minha sentença. Era isso que todos queriam. O segredo que tinha arruinado a vida do meu pai.

Eu queria passar uma borracha naquilo.

Eu queria me livrar daquele segredo.

Jogá-lo na lixeira do mundo e esquecê-lo para sempre.

Queria simplesmente ter uma resposta. Mas não tinha.

E, quando ele viu que eu seguia em silêncio... tirou lentamente o palito dos lábios.

— Talvez você não tenha entendido direito.

Então o homem me deu um tapa na cara, com força, e foi como levar uma chicotada no cérebro. Minha cabeça bateu no chão, minha visão ficou embaçada e a dor me invadiu de modo nauseante.

Eu me encolhi, mas ele me pegou pela camiseta e me ergueu como se eu fosse uma boneca de pano.

— Eu não estou com muita paciência.

Em comparação a mim, o homem era uma montanha, e sua força era assustadora.

Quando ele fechou aquela mão enorme no meu pescoço, eu a agarrei com todas as forças. Meus olhos aterrorizados refletiram nos dele, mas ele não apertou os dedos: se limitou a me observar, e uma espécie de sorriso irônico se insinuou naquele rosto bruto.

— O famoso engenheiro Nolton — sussurrou. — Um pioneiro da tecnologia... Ele se escondeu, né? Igual a você. Mas depois, olha só que coincidência... pouco tempo atrás, saiu aquela notinha no jornal sobre o engenheiro americano que morreu no Canadá. — O homem acariciou meu pescoço com o polegar, como se pudesse despedaçá-lo a qualquer momento, e esboçou um sorrisinho. — Ah, foi fácil entender. Quem mais poderia ser, se não o grande Robert Nolton? Te encontramos na mesma hora. Assim que soubemos de você... a *filhinha* dele... que tinha migrado para os Estados Unidos. *Você veio até nós.*

Então, ele apertou meu pescoço, com um semblante feroz. Eu me contraí, sentindo os olhos quase saírem das órbitas. Arranhei a mão do homem com movimentos frenéticos, tentando me soltar, mas meus joelhos começaram a tremer e o sangue subiu ao rosto.

— Você sabe quanto tempo eu tive que esperar? — sibilou ele. — Quanto tempo fiquei esperando o momento certo? Ah, você estava sob vigilância *intensa*. Desde o momento em que botou os pés aqui, o governo te cercou com os cães de guarda deles. Desde a porra do primeiro dia. Você se divertiu muito, né? Zanzando por aí sob a proteção deles? Desse jeito, quem poderia *pôr as mãos em você...* — Em meio a lágrimas ardentes e uma dor latejante, eu o vi sorrir sem dó nem piedade. — *Mas na escola...* quem poderia imaginar? Ninguém. Nem mesmo eles. Monitoram cada passo seu, veem você entrar, mas jamais imaginariam que alguém fosse te pegar aqui dentro. Não é verdade?

De repente, ele me soltou e eu abri a boca. Comecei a tossir, sacudida por espasmos e ânsias de vômito, e levei as mãos trêmulas ao pescoço. A saliva escorria por meus lábios e a cabeça latejava, mas era impossível esquecer aquelas palavras.

Eu estava sob vigilância? De quem? Dos federais?

A CIA... tinha me protegido esse tempo todo?

— Você sabe onde está.

— Não... — sussurrei, congestionada.

— Fala — vociferou ele. — Senão eu te faço falar.

O homem me pegou pelo cabelo. Trinquei os dentes e fechei bem os olhos quando ele me levantou, me submetendo a uma dor insuportável.

— *Onde foi que ele colocou?*
— Não... não sei! Não...

Eu me agarrei à mão dele, mas ele me sacudiu e deixei escapar um grito esganiçado.

O instante em que me prendeu daquela maneira, me chacoalhando, me apertando e berrando comigo pareceu durar uma eternidade. E a dor me mantinha tensa, rígida, como se estivessem arrancando a pele do meu crânio.

Quando finalmente me soltou, desabei no chão. O cimento ralou meus joelhos expostos e o impacto esvaziou meus pulmões.

— Fedelha idiota — sibilou ele.

Nem sei de onde tirei forças para me mexer. Tentei rastejar para longe dali, trêmula e devagar, mas o sujeito me pegou pelo tornozelo e me puxou de volta.

Quando pairou sobre mim, senti vontade de desaparecer.

Desejei poder voltar no tempo. Voltar para quando meu pai ainda estava vivo.

E lhe perguntar por quê.

Por que tinha me deixado aquele fardo. Por que ele, que sempre tinha sido tudo para mim, tinha me condenado a algo tão horrível.

Tártaro!, gritava o mundo. E eu só queria arrancar as orelhas para não ouvir.

Para me convencer de que eu não estava de fato ali, à mercê daquele monstro, pagando um preço tão cruel.

E, quando ele afundou o pé na minha barriga, me dei conta de que a única maneira de me salvar seria dando uma resposta que eu não tinha.

— Você vai me dizer — sussurrou o homem, furioso.

Senti uma lágrima escorrer pela têmpora. Sem forças, olhei para ele, presa no chão.

Daquele ângulo, me parecia uma criatura gigantesca, maior que o oceano, que o céu e que a tempestade. A escuridão do temporal formava uma coroa ao redor dele, e não havia nada que eu pudesse fazer para detê-lo. O sujeito apoiou um joelho no piso e pegou minha mão. Quando sacou o palito de dente, comecei a tremer.

— P-por favor...

— Sabe por que escolheram esse nome, mocinha? — perguntou ele, sem mais nem menos. — Seu querido papaizinho não te contou?

Após uma pausa para enfiar a ponta do palito debaixo da unha do meu dedo anelar, prosseguiu:

— Cada código tem um nome. *Se for digno de ganhar um.* Nos mitos antigos, o Tártaro era um abismo obscuro, situado nas profundezas da Terra. Foi lá que Zeus trancafiou os Titãs. Abrir as portas do Tártaro significava libertar os horrores mais abomináveis para a superfície. Agora imagina ter as chaves. Imagina poder controlá-lo. Imagina ter na palma da mão o poder de dominar o mundo. — Enquanto ouvia a voz dele, a angústia me sufocava. — E sabe o que me separa desse poder?

Balancei a cabeça, me recusando com todas as forças a ouvir a resposta, mas ele me deu mesmo assim.

— Você.

— Não...

O homem enfiou o palito na minha unha com toda a sua raiva. Eu berrei. As lascas de madeira se cravaram na carne viva, rasgando-a, e as lágrimas queimaram meus olhos. Comecei a me debater alucinadamente, mas ele torceu o palito debaixo da minha unha, e aquela dor me enlouqueceu.

— Eu não sei! — gritei, devastada.

Feri os dedos da outra mão de tanto arranhá-los no chão. Ele forçou o palito ainda mais, e o desespero explodiu da minha garganta.

— Eu entreguei para eles! — berrei, agoniada. — Eu entreguei para eles, para os agentes! É a verdade... eu entreguei para eles!

Ele parou.

Deixei escapar um soluço. Àquela altura, já não passava de um amontoado de músculos trêmulos, extenuados depois de tanto esforço. Eu respirava aos soluços enquanto o suor impregnava minha pele por baixo das roupas, fazendo com que eu me sentisse suja. Ele cravou as pupilas em mim, com a fúria cristalizada nos olhos.

— Está mentindo — sussurrou.

Eu o encarei com olhos arregalados.

— Você não entregou o código para eles. Se fosse o caso, nós saberíamos. Aqueles cães sarnentos são ótimos em deixar *escapar* informações quando precisam proteger algum civil... Eles teriam espalhado a notícia de que finalmente tinham Tártaro nas mãos — acusou ele, me olhando com uma raiva glacial. — E que você já não era mais um alvo.

Por fim, arrancou bruscamente o palito. Ao fechar os olhos, a dor me pareceu uma agulha incandescente. Senti o sangue escorrendo pela palma enquanto ele me puxava pela camiseta.

— Acha que pode me fazer de bobo? — perguntou, segurando meu rosto e o pressionando no chão enquanto cravava as unhas na minha bochecha. — Acha que pode *mentir* para mim?

Senti o cheiro forte da pólvora e estremeci ao pensar no que aquele homem poderia fazer comigo.

Mas ele não queria me torturar. Não.

Ele queria me abrir como um invólucro cheio de segredos. E me destruir de formas que eu nem conseguia imaginar.

— Vamos ver se você muda de ideia.

Então, me soltou violentamente e se levantou. Voltei a respirar em meio a arfadas e me encolhi como um amontoado de ossos quebrados. Senti um alívio inevitável quando ouvi o som de seus passos pesados se afastando em direção aos capangas.

Não... ele não estava indo em direção aos capangas.

Estava se aproximando dos alunos.

Estava se aproximando de...

— Esse aqui mora com você, né?

Quando o homem pegou Mason, arregalei os olhos. Senti o coração parar de bater assim que ele o arrastou para longe do grupo e o trouxe até mim, forçando-o a se ajoelhar com um empurrão.

— Você o conhece bem, não?

Em seguida, puxou-o pelo cabelo e o forçou a levantar o rosto. Mason lhe lançou um olhar furioso e o terror me cegou.

— Não...

O homem sacou a arma.

— Não!

Eu me levantei aos tropeços. Um dos homens me pegou e eu me debati, desesperada, sem tirar os olhos dele.

Mason não!, berrou meu coração.

Quando ele lhe deu uma coronhada, gritei sem nem perceber.

— *Não!*

Comecei a dar chutes no ar e a me debater enquanto o cabelo cobria meu rosto. Ele deu outra pancada em Mason e eu me joguei para a frente na mesma hora.

— Eu não sei! — gritei, aflita. — Não está comigo! Nunca esteve comigo! Ele não deixou comigo!

Queria correr até Mason, abraçá-lo e protegê-lo.

Queria salvá-lo, me sacrificar no lugar dele e acabar com aquele tormento. Mas não podia.

Fui obrigada a testemunhar nossa destruição, dilacerada e sem forças. A cada golpe que recebia, eu me dobrava junto dele. A cada pancada, sentia sua dor em mim, e aquilo era insuportável.

— EU NÃO SEI! — gritei, sentindo a garganta rasgar.

Percebi o esforço que Mason fazia para não me olhar, ou talvez para não ser visto, e as lágrimas queimaram ainda mais meus olhos.

— *Por favor!* — gritei, implorando pela primeira vez. — Por favor, eu estou falando a verdade! É a verdade!

De repente, tudo parou. O homem do palito respirou fundo e eu também parei, sentindo o coração suspenso e a angústia pairando no ar. Em seguida, se virou para mim, mas eu só tinha olhos para Mason.

Ele estava de mãos atadas e respirava com dificuldade. Pendia para o lado, a ponto de desmaiar. Naquele momento, percebi que estava errada.

Existia algo ainda mais injusto do que meu sofrimento por causa da invenção do meu pai: Mason pagando por algo do qual não tinha a menor culpa.

O homem me encarou com ódio.

— Agora *chega*.

Engatilhou a arma com um clique.

E eu perdi o chão. Uma vertigem violenta me invadiu e fiquei horrorizada ao vê-lo inclinar a cabeça de Mason para trás.

— Não...

— Eu juro — disse ele, entre dentes. — Eu juro por Deus que explodo a cabeça dele. *Está ouvindo?*

— NÃO! — berrei com todas as forças, em meio às lágrimas. — Eu já disse! Não sei de nada!

O homem puxou ainda mais o cabelo de Mason.

— Já disse a verdade! *Eu juro!* — gritei, desamparada.

— *Um.*

— NÃO!

Eu me debatia freneticamente, sentindo a garganta destruída pelos gritos. Quando o rosto de Mason começou a sair de foco, o pânico me arrancou a alma.

— EU JURO!

— *Dois* — prosseguiu, e um desespero ensurdecedor se apoderou de mim. Queimou cada veia, cada pensamento, cada vestígio de lucidez.

Vi o homem pressionar a arma na têmpora de Mason e berrei, altíssimo, como nunca tinha feito na vida.

Com lágrimas e dentes.

Com o medo que só tinha sentido quando vi meu pai morrer na minha frente.

Com os braços estendidos e a alma escancarada para ele — e o mundo todo gritava, *o meu mundo inteiro gritava junto comigo...*

Um estrondo seco virou o universo de cabeça para baixo.

Em questão de um segundo, a porta do terraço foi aberta e um dos homens se apoiou no batente.

— Eles estão aqui!

Aquelas três palavras me tiraram o fôlego. Três palavras bastavam para fazer a terra parar.

— O quê?! — vociferou o homem do palito de dente.

— *Eles estão aqui!* O governo, a SWAT! Conseguiram entrar!

— É impossível! — gritou ele, furioso. — Nós bloqueamos as entradas! Não é possível que em tão pouco tempo...

— Já entraram! — retrucou o outro, em pânico. — Pelo estacionamento! *Eles estão chegando!*

A mão que me segurava me largou de repente.

Caí feio no chão. Bati os dentes e senti gosto de sangue na língua. Meu corpo implorava por piedade, mas consegui levantar a cabeça diante daquele lampejo de esperança.

Nate... Nate tinha conseguido!

Ouvi os gritos, as vozes alarmadas e, por fim, o medo. O caos os devorou como um incêndio. A frase "Eles estão chegando" serpenteou entre o grupo, e a tensão foi aumentando até explodir em fúria.

— A gente tinha que ter pegado a garota enquanto ela passeava sozinha! — gritou um.

— Ela estava sendo vigiada! Não teríamos avançado nem cem metros com ela!

— Não vamos conseguir agora!

— Eu não vou parar na cadeia! *Vocês me ouviram?*

Alguns começaram a recuar, nervosos, e o homem se enfureceu.

— Não ousem! — vociferou, empurrando Mason bruscamente. Em seguida, passou por cima dele e avançou em direção aos capangas. — Aqui *ninguém* faz nada sem eu mandar! Fui claro?

Um tiro ecoou no ar. Vi a agitação nos rostos contraídos se transformar em pânico.

— Fiquem onde estão! — berrou o homem, fora de si. — Seus desgraçados inúteis! Nós temos reféns! Eles não vão tocar na gente!

— Eu não vou ser morto! — exclamou um. — Não era esse o plano!

— *Não tem mais plano nenhum!* Foi tudo pra puta que pariu quando McCarter disparou aquele tiro! Ninguém vai sair daqui!

— Eu não vou ser morto!

— Já disse...

— Eu não vou morrer *por causa dela*!

Os caras recuaram, desobedecendo às ordens. Enquanto lançavam olhares nervosos ao redor, me dei conta de que todas as forças armadas da cidade estavam ali, prontas para atacar de todos os lados.

Outro tiro explodiu à distância.

O homem começou a praguejar quando viu os outros se dispersarem, empurrando uns aos outros e correndo de maneira desordenada em direção à escada de incêndio.

— A garota! — berrou, segurando dois deles. — Peguem a garota!

Mas ninguém parecia disposto a perder tempo comigo. Eles desceram a escada como loucos enquanto eu tentava escapar, mas o homem gritou com toda a raiva acumulada dentro de si e bloqueou meu caminho com um rosnado.

— Parada!

Em seguida, me agarrou e me levantou, e eu me debati enquanto ele me arrastava.

Àquela altura, o frenesi reinava soberano. Gritos, vozes, socos nas portas, os passos dos agentes dentro do prédio. Ao ouvir mais tiros no pátio, me dei conta de que os homens estavam lutando para não serem capturados.

Tentei me desvencilhar das garras daquele sujeito. Quando vi que não estava adiantando, mordi com força o braço dele.

Ele me sacudiu e pressionou a arma nas minhas costelas.

— Já disse para...

Algo o atingiu com força.

Caímos os três e a arma escorregou para longe. O impacto me tirou o ar. Bati com violência no chão, bem ao lado do corpo que havia se jogado sobre o homem com todo o seu peso.

Mason e eu nos entreolhamos. Notei que ele tinha um corte na têmpora e hematomas no rosto, mas as pupilas brilhavam intensamente. Estendi no mesmo segundo a mão e Mason a segurou firme entre as dele. Chegou a me puxar para perto, mas o homem agarrou meu tornozelo.

Tentei acertá-lo às cegas, enquanto minha barriga era arrastada pelo chão. Fechei os olhos, rezando para que Mason não me soltasse. Segurei firme seus pulsos atados, mas o sangue e o suor escorriam por meus dedos, tornando-os escorregadios...

Então, outros alunos partiram para cima e o homem, por fim, afrouxou o aperto e eu acabei caindo sobre Mason.

Senti sua respiração na minha testa. Nossos olhares se encontraram e minha alma se enlaçou à dele como um fio de seda.

Tentei dar um jeito de soltar a fita adesiva que atava suas mãos enquanto ele seguia ali, com o rosto curvado e o queixo roçando meu cabelo.

Atrás de mim, o homem rugia feito um animal. Lutava furiosamente, arrancando as pessoas de cima com as próprias garras. Quando enfim conseguiu se libertar, desistiu de me levar junto. Em vez disso, abriu caminho até o portão e desceu a escada de emergência às pressas.

Fiquei olhando aquele monstro desaparecer e senti uma queimação no estômago. O ruído metálico se misturou aos sons que preenchiam o ar e aos gritos dos agentes ao longe.

Consegui soltar Mason. Ele ficou massageando os pulsos avermelhados, mas eu me levantei na mesma hora. Abri caminho em meio às pessoas e fui até o parapeito do terraço.

Lá embaixo, a situação era infernal. A rua em frente ao muro da escola estava cheia de viaturas policiais e vans com vidros escuros. No campo de futebol, homens corriam de um lado para outro, disparando tiros e tentando fugir.

Todos, menos um.

Cravei os olhos nele.

Dois agentes gritaram, mas nada o impediu de correr feito louco em direção à cerca.

Não... Não em direção à cerca. Ele corria para um canto distante do campo, onde a escola não dava para a rua, mas para o pátio de uma casa. Um lugar onde nenhuma viatura o esperava.

— Ele está fugindo! — gritou alguém.

Cerrei os punhos devagar. Revi aquele sorriso implacável, a crueldade com que havia se divertido ao me torturar, e algo em mim explodiu com a força de um incêndio.

A dor, o medo, a angústia e a impotência borbulharam ao mesmo tempo e se alastraram em mim como fogo. Uma força inabalável moldou meu coração, e senti esse calor se solidificar como metal nas minhas veias.

Eu me virei e abri caminho entre as pessoas. Localizei Travis, que havia recuperado o rifle e estava ajudando alguns garotos a se soltarem. Eles me olharam em choque quando arranquei a arma de suas mãos.

— Ivy? O que você vai fazer? Ivy!

Alguns saíram da frente, outros ficaram me olhando como se eu tivesse enlouquecido. Avancei às cotoveladas, firme e determinada, e, na frente de toda a escola, subi no parapeito.

Gritos de surpresa ecoaram pelo ar.

Meus pés pousaram na borda e ouvi desconhecidos me chamando, inclinando-se e estendendo as mãos para me fazer descer. Em um instante, eu já estava estabilizada.

Com o vento da tempestade agitando meu cabelo, com todos os olhos voltados para mim e uma enxurrada de gritos ao meu redor, segurei o rifle com firmeza, mirei e puxei o gatilho.

22
COMO A NEVE CAI

— A canadense atirou no terrorista.

Aquele sussurro me seguia por toda parte. No corredor, pelas escadas, entre adolescentes protegidos por mantas térmicas, que apontavam para mim e cochichavam meu nome.

— Foi legítima defesa.

O escritório do diretor nunca esteve tão cheio. Sentada na poltrona em frente à mesa, fiquei ouvindo o debate entre o capitão da polícia, o agente federal Clark, John e o diretor da escola.

— Infelizmente, não pode ser considerado legítima defesa. Por lei, não havia perigo grave e iminente...

— *Não havia perigo grave e iminente?* — repetiu John, que, desde que havia chegado, não saíra mais do meu lado.

Ele me segurava pelos ombros, tenso, como se, de uma hora para outra, uma arma fosse estar apontada para minha cabeça.

Viera correndo assim que o chamaram. Deixara o que estava fazendo no trabalho e chegara num piscar de olhos, transtornado e trêmulo.

— Na opinião do senhor, ser feito de refém, agredido e ameaçado com uma pistola é o quê?

— Foi um ato desnecessário.

— *Desnecessário?*

— A menina é menor de idade — decretou o capitão. — Acho legítimo querer compreender a dinâmica do que aconteceu. Mas, mesmo assim, ela atirou em uma pessoa.

— *Em um criminoso!*

— Ela atirou nele com um prego de carpinteiro — observou o capitão, enfatizando as palavras. Em seguida, virou-se para mim e me lançou um olhar firme. — Você atirou nele com um prego de carpinteiro.

— Uma bolinha de plástico não o teria detido — respondi, evasiva.

— Então você não nega.

Levantei o rosto e olhei para o capitão. Já tinham me medicado e enfaixado meu dedo, mas a dor que irradiava pela mão espantava qualquer tipo de incerteza.

— Eles agrediram alunos. Eu os vi espancando minha professora enquanto ela implorava por piedade. Sinto muito, policial, mas fui ensinada a atirar em certos animais.

Senti John apertar meus ombros. Mordi a língua, mas não baixei o rosto. O capitão da polícia me observou com atenção.

— Você o acertou no ligamento cruzado do joelho esquerdo.

— Eu sei.

Ah, ele não conseguiu mais correr depois disso. Caíra na mesma hora, como uma torre desmoronando, e a polícia teve tempo de sobra para prendê-lo.

À distância, eu o vi olhar para cima.

E ali estava eu, de pé no parapeito, com a coronha do rifle apoiada na coxa e o cabelo formando uma auréola branca ao vento, uma fogueira de fogo frio. Eu o encarara sem piedade, e ele gritara, rosnara e amaldiçoara meu nome. Seus gritos se misturaram à tempestade quando, enfim, o levaram embora.

— Você já tinha empunhado qualquer tipo de arma, antes de hoje?

— Não em solo americano — interveio John para me defender.

— Não responda por ela — repreendeu o capitão. — Estou falando com a menina.

— A srta. Nolton não representa uma ameaça civil. — Todos os olhares se voltaram para o agente Clark, perto da porta. Eu só o havia visto uma vez, na casa de John, mas ele sempre tinha aquela mesma expressão impassível. — Ela está sob vigilância rigorosa do serviço secreto desde que pôs os pés em nosso país. A CIA atesta sua conduta. O infeliz acontecimento de hoje foi uma simples consequência de seu silêncio obstinado.

— Eu não estou escondendo nada — retruquei. — Já disse a vocês.

— De todo modo — prosseguiu Clark —, os integrantes da organização criminosa responsável pelo ocorrido hoje foram presos. Para as famílias dos alunos e para a imprensa de todo o país, tratou-se de um ataque terrorista contra o colégio.

— Mas isso é inconcebível! — protestou o capitão. — Esta garota é um perigo para si mesma e para quem a cerca! Todo mundo precisa saber...

— Vale lembrar que o Caso Tártaro está sob sigilo de Estado, capitão — interrompeu o agente. — Divulgar qualquer informação a pessoas não autorizadas é crime de traição contra os Estados Unidos da América. Garantir a segurança e o sigilo do nosso país é trabalho meu, não seu. A menina não representa ameaça alguma, isso é tudo que o senhor precisa saber.

— Isso é o que o senhor diz — retrucou o capitão em tom de desafio.

— Isso é o que diz o governo americano — afirmou Clark, curto e grosso —, e, como já falei, não diz respeito ao senhor.

O capitão parecia furioso, prestes a rebater, mas optou sabiamente pelo silêncio. O agente Clark voltou os olhos calmos para mim.

— Senhorita Nolton, está liberada. A CIA vai querer fazer algumas perguntas, mas isso pode ser feito em sua residência. Vá para casa. Agentes a acompanharão até lá.

John não me soltou nem quando me levantei. Continuou com o pescoço encolhido, como um condor protegendo seu ninho, e lançou olhares severos para o capitão da polícia, para o diretor da escola, que não tinha dito nada contra mim, e por fim para Clark — imagino que mais para manter a coerência consigo mesmo do que qualquer outra coisa.

Foi só quando pousei a mão na dele que John entendeu que ninguém ia me esfaquear nos próximos vinte segundos.

Ele assentiu e saiu da sala do diretor na minha frente. Fiz menção de segui-lo, mas parei ao chegar à porta.

— Então vocês sempre me vigiaram.

Clark permaneceu impassível. Não havia ninguém nos ouvindo. O diretor e o capitão da polícia estavam ocupados demais discutindo entre si para prestarem atenção.

— Desde o primeiro momento.

— Não entendo por que não vieram logo bater à minha porta. Qual é o sentido de esperar tanto tempo?

— Acreditávamos que Robert Nolton tivesse deixado Tártaro nos Estados Unidos. Que o Código, na verdade, sempre esteve aqui, e que você, quando voltasse, iria procurá-lo — explicou, e então se virou para me olhar. — Mas não foi o caso.

Claro. Tudo se encaixava.

Eles me monitoraram desde o começo, esperando para ver se eu os levaria até Tártaro. Quando isso acontecesse, interviriam, o levariam e se tornaria propriedade indiscutível do governo.

Mas as coisas não saíram como previsto. Então exigiram que eu o entregasse.

Eram eles que estavam nos carros pretos que Fiona tinha visto perto de nossas casas.

Eram eles que me despertavam aquela sensação de estar sendo seguida.

Nunca me perderam de vista.

— Se estavam me vigiando vinte e quatro horas por dia, como é que tudo isso pôde acontecer? — perguntei.

— Nosso objetivo era descobrir onde estava o Código, então nos limitamos a isso: segui-la quando saía. Nunca a vigiamos aqui dentro. Eles passaram despercebidos porque entraram no prédio pela van de um funcionário.

Então, me lembrei da primeira vez que eu tinha saído, do céu do amanhecer, daquele homem fazendo jogging. Sua postura rígida, o rosto nem um pouco suado e o olhar que dirigiu a mim ressurgiram em minha mente...

— Eles tinham acesso aos horários, ao sistema telefônico — murmurei. — Tinham pistolas, mas não silenciadores. Por que trazer armas se sabiam que não ia dar para usá-las?

— Sua confiança no crime organizado me consola, srta. Nolton — comentou Clark, lacônico. — A maior parte dos ataques desse tipo é conduzida por indivíduos com pouca experiência. E que cometem erros graves na hora de avaliar as circunstâncias. Eles tendem a subestimar a situação quando há menores de idade envolvidos.

Eu o encarei em choque. A ideia de que esse tipo de coisa acontecia com mais frequência do que eu imaginava me deixou assustada. Ele pareceu entender isso e suavizou um pouco o semblante.

— Vamos investigar minuciosamente. Não vai acontecer outro incidente como o de hoje. Pode ficar tranquila.

Tentei confiar naquelas palavras e assenti, exausta. Meus membros doíam, a cabeça estava quente e pesada e meu dedo latejava como se tivesse um coração batendo ali. Estava me sentindo literalmente destruída.

— Ivy!

Aquela voz me fez virar. Carly surgiu no fim do corredor. Não estava sozinha: Nate, Travis, Tommy e Fiona a acompanhavam.

Ela veio correndo e me abraçou com força. Naquele momento, vi o estado em que se encontravam. Os rostos estavam abalados; as roupas, sujas e manchadas.

— Ah, Ivy — sussurrou ela, enquanto alguém se inclinava sobre nós.

Era Travis. Ele nos abraçou e seu calor me envolveu como uma manta.

— Vocês foram incríveis — falei, com a voz trêmula.

Em seguida, olhei nos olhos de Fiona, que apertou minha mão, ainda abalada.

— Se não fosse por Nate, a gente ainda estaria lá em cima — comentou Travis. — Ele foi brilhante.

Nate sorriu, meio inibido mas orgulhoso. De todo o grupo, era o que parecia mais inteiro.

— Eles ouviram o tiro. O primeiro, lembram? Não sei porque já estavam por ali, mas... quando os policiais se aproximaram, conseguimos liberar o caminho. E eles entraram!

— Um herói!

— Graças a Deus, Nate...

Travis lhe deu um tapinha no braço e todos começaram a conversar. Fiquei em silêncio entre eles e, pela primeira vez... me senti em paz.

Como se eu não tivesse acabado de sobreviver a uma coisa horrível. Como se, lá fora, não houvesse uma horda de viaturas de polícia e transmissões ao vivo para todo o país.

Estávamos todos ali, juntos.

E estava tudo bem...

Estava tudo bem assim, com Carly pendurada no meu pescoço, Nate gesticulando e Tommy prestando atenção, fascinado. Com Travis e seu tom de voz sempre altíssimo e Fiona voltando a se lamentar, mas sem me soltar.

E, quando levantei a cabeça e olhei para a frente... a imagem que vi parecia banhada por uma quietude dourada.

Mason estava no fim do corredor. Com o cabelo bagunçado e a camiseta reduzida a trapos, debaixo da manta térmica. John, um pouco mais baixo que o filho, o abraçava.

Aquela cena envolveu meu coração em uma luz quente e reconfortante. Fiquei olhando enquanto eles se reconfortavam e, um instante depois, o olhar de Mason encontrou o meu.

Um amor ardente invadiu minha alma. Cheguei a me perguntar se seria loucura sair correndo e abraçá-lo também, me aninhar em seus braços e torcer para que ele retribuísse.

Eu tinha encarado a morte.

Tinha sentido sua presença na pele.

Mas, mesmo assim... perto dele, eu era sempre aquela garotinha presa nos próprios sentimentos, apaixonada demais para ter certezas.

— Ivy...

O sussurro de Carly me despertou. Voltei à realidade e vi que ela me olhava bastante preocupada.

— O que aconteceu? Por que aquele homem queria levar você?

— A srta. Nolton foi vítima de um terrível engano — interveio uma voz.

Quando nos viramos, vimos o agente Clark se aproximar.

— O ataque terrorista tinha como objetivo sequestrar a filha de um notório empresário de Essex, provavelmente para exigir um resgate. Acreditando que se tratava de um disfarce, devem ter pensado que fosse ela, recém-chegada do exterior. Felizmente, conseguimos intervir antes que acontecesse o pior. Não há mais nada a temer.

Mentiras. Uma montanha de mentiras.

No entanto, por algum motivo, eles pareceram acreditar naquilo. Eu sabia que não tinham visto nada. Sabia que não tinham ouvido nada. A distância e o barulho do vento os impediram de entender o que estava acontecendo. E talvez fosse melhor assim.

— É melhor todos vocês irem para casa — prosseguiu Clark. — Seus pais já devem estar esperando. Sr. Crane, o mesmo vale para você.

John voltou a si.

— Claro, sim. Pessoal, se alguém precisar de carona, meu carro está ali fora. Ivy...

— Eu levo ela.

Mason e eu nos entreolhamos, ele queria saber se eu estava de acordo. Senti um calor surpreendente se espalhar pelo peito.

Fiz que sim com a cabeça.

— Então tá — concordou John.

Fomos andando todos juntos. Conforme nos aproximávamos da saída da escola, eu me sentia cada vez mais fraca e cansada. Agora que o perigo tinha passado, um estranho torpor se apoderava dos meus ossos.

A situação fora da escola estava caótica: agentes, familiares, ambulâncias e carros por toda parte. A chuva caía, mas eu estava exausta demais para me importar.

Enquanto eu seguia em frente debaixo da tempestade, tentando me manter em pé, algo me envolveu. Assim que me virei, vi que era a manta de Mason nos meus ombros: ele a puxou sobre minha cabeça num gesto automático, sem me olhar, e minha alma se desfez.

— Eu... — balbuciei, desajeitada, observando seu cabelo encharcado.

Minhas bochechas estavam quentes e eu respirava com certa dificuldade. Não dava para entender o que estava acontecendo comigo. Eu me sentia fraca, sem forças, como se meu corpo tivesse descarregado toda a sua energia e agora estivesse desligando.

Quando chegamos ao carro, me joguei no banco do carona. Tentei fechar o cinto de segurança com gestos impassíveis, mas a dor no dedo fazia meu pulso tremer.

Tentei várias vezes, até que, por fim, Mason interveio e prendeu o cinto em silêncio. Eu me afundei no banco com um suspiro exausto e senti sua presença ao meu lado.

— Mason — sussurrei, com a voz fraca.

Minhas pálpebras se fecharam, mas consegui forçar as palavras antes que sumissem nos lábios.

— Eu nunca... nunca quis colocar você em perigo... Se tivesse acontecido alguma coisa com você, eu...

Minha mente ficou turva.

Meus sentidos se embaralharam e, antes que eu me desse conta, mergulhei na escuridão.

No último segundo, tive a impressão de sentir alguma coisa.

A mão de alguém.

Que roçava meu cabelo, como uma carícia.

Ivy...

A voz de John fez cócegas na minha mente.

Abri os olhos com muito esforço. Atordoada, vi o portão aberto e sua mão no meu ombro.

— Ivy, chegamos...

John soltou meu cinto de segurança e eu saí do carro enquanto ele pegava minha mochila.

Quando me virei para Mason, vi apenas meu reflexo na janela: ele seguiu com o carro e foi estacioná-lo na garagem.

— A CIA está vindo — informou John, me acompanhando para dentro de casa. — Quer beber alguma coisa? Está com fome? Você não comeu nada desde hoje de manhã. Cuidado com o degrau...

— John...

— Seria bom tomar um chá. Você precisa de açúcar. Eles te examinaram com tanta pressa... Está sentindo dor na mão? Quer que eu chame um médico?

— John — interrompi. — Sinto muito por não ter te dado ouvidos.

Então, ele parou e me olhou, surpreso. Eu prossegui:

— Você estava certo desde o início. E me avisou várias vezes... Eu devia ter te escutado.

Se eu o tivesse levado a sério, talvez...

— Seria impossível evitar o que aconteceu hoje — murmurou John, apertando meu ombro. — Você ouviu o que Clark disse. Não havia nenhum agente disfarçado infiltrado na escola. Eles estavam de olho em você o tempo todo, mas nunca imaginaram que corresse perigo *real*. Não estavam aqui para te proteger, Ivy, mas para te seguir. Se tivessem imaginado tudo que ia acontecer, teriam trocado até os nossos jardineiros pelos deles. — Então, balançou a cabeça bem devagar: — Achei que estivesse ficando obcecado. Dizia a mim mesmo que estava exagerando com toda essa história de sobrinha vinda de longe, mas...

— Você tinha razão — completei, com um sussurro.

John franziu as sobrancelhas e me puxou para um abraço apertado. Naquele gesto, senti todo o medo que o havia invadido ao receber aquela ligação no trabalho e descobrir que se tratava de mim.

— Vamos dar um jeito de manter você em segurança — prometeu ele, com veemência.

Seu perfume familiar preencheu meus pulmões e eu fechei os olhos devagarinho.

Estou bem, pai... Não estou sozinha. Não mais.

Mas queria que você estivesse aqui. Para me dizer que eu não preciso me preocupar. Que um dia finalmente não vou mais precisar aguentar firme.

O mundo quer Tártaro, pai. E eu só queria dizer ao mundo que você foi muito mais que isso.

Que você era a alegria dos meus dias, uma felicidade que eu nem saberia descrever.

Que ainda me lembro dos seus carinhos, de cada constelação que você me ensinou.

E não importa quantos dias passem... Não importa quantos anos. Por mais que se ausente por muito, muito tempo, não faz mal.

Eu e John te esperamos aqui...

Quando levantei a cabeça e fitei John nos olhos, ele pareceu ainda mais comovido.

Eu devia estar parecendo um pintinho saído da chaminé: o uniforme imundo, o rosto manchado de poeira, o cabelo em petição de miséria.

— Eu... preciso fazer uma ligação. Para o trabalho... Fui embora sem avisar nada. Do lado da geladeira tem um kit de primeiros socorros. Caso você precise...

Quando assenti, ele abriu um sorriso discreto.

— Volto já, já.

Assim, John se afastou para fazer a ligação e eu fui para a cozinha. Olhei direto para a caixinha branca. Cheguei mais perto e a peguei, encarando-a por um momento interminável. Por fim, enfiei-a debaixo do braço e segui para o andar de cima.

Subi a escada com passos pesados e cheguei ao corredor. Vi que a porta do quarto dos fundos estava aberta. Aquilo nunca acontecia.

Fui me aproximando aos poucos, até parar na entrada.

Ali estava ele.

Sentado na beirada da cama, de cabeça baixa, acariciando os pulsos vermelhos. Mason era esplêndido. Como pude negar a mim mesma quando o conheci?

Era o garoto mais lindo que eu já tinha visto. Um corpo de tirar o fôlego, traços perfeitamente esculpidos, lábios carnudos que me davam palpitações. Era uma daquelas belezas inesquecíveis, porque chama atenção como um terremoto, ou como uma tempestade avassaladora.

Ele tinha o charme de um destino imprevisível.

E meu coração estava nas mãos dele.

Mason levantou a cabeça e me prendeu com os olhos, como sempre. Eu poderia passar horas admirando e detectando suas infinitas nuances. Sentir seu olhar em mim era sempre uma experiência íntima e poderosa.

Segurei firme a caixinha de primeiros socorros e entrei. Fui chegando perto e, com uma pontada de hesitação, coloquei o kit na mesa de cabeceira. Mason observou o gesto e voltou a me encarar.

Eu queria dizer um monte de coisas.

Que sentia muito.

Que o havia colocado em perigo.

Que, por minha culpa, ele tinha sido amarrado, espancado, ferido. E, depois, torturado e ameaçado com uma arma na cabeça.

Queria reconhecer que tudo tinha acontecido por minha causa.

Mas não havia necessidade. Ele já sabia.

Eu me sentia responsável por seus hematomas, por seu tormento e por sua dor. Se ele já tinha motivos para me desprezar antes... como me olharia a partir de então?

Eu me virei, pronta para fugir de novo.

Pronta para me martirizar pelo que jamais conseguiria confessar a ele, pronta para fugir para sempre sem ter coragem de lhe dizer...

— Eu sinto muito.

Parei de andar na mesma hora.

Incrédula, fiquei em silêncio por tanto tempo que esqueci até como se respirava.

Lentamente, eu me virei, surpresa.

— Pelo quê?

Mason levantou a cabeça.

Você sabe pelo quê, seus olhos pareciam dizer. E eu me perguntei qual tinha sido o exato momento em que aprendi a lê-los. Aqueles olhos sempre me pareceram impenetráveis, como se não quisessem ser decifrados.

— Por tudo — falou, com a voz calma e profunda. — Por... não ter te aceitado.

Fiquei imóvel, como se tivesse medo de estragar aquele momento. Até meu coração estava suspenso naquele silêncio cristalino.

Mason baixou a cabeça, desviando o olhar, e o gesto me afetou ainda mais.

— Eu... estava com raiva. Muita raiva. De você, de mim mesmo e, acima de tudo, do meu pai — confessou, passando a mão pelo cabelo castanho e segurando firme as mechas. — Sempre fomos só nós dois. Ele...

Mason respirou fundo, esforçando-se para admitir aquelas palavras.

— Ele sempre foi tudo para mim. — Em seguida, contraiu de leve a mandíbula e apoiou o cotovelo no joelho. — Eu não cresci em uma família com pai e mãe, não tive avós com quem passar o tempo. Mas eu sempre tive ele. E o resto não importava.

Eu já conhecia essa triste verdade. Por mais que Mason nunca a mencionasse, nem mesmo naquele momento, eu sabia que estava falando da mãe. Na época, ele não passava de uma criancinha. Seu forte apego a John era fruto do desespero, mas compreensível.

— Mas houve momentos em que ele também se ausentou — prosseguiu. — Ele me deixava aos cuidados da vizinha e pegava um avião rumo ao desconhecido. E, na volta da viagem, me contava tudo. Me contava do seu pai, do Canadá, da neve... — Após hesitar por alguns instantes, completou: — Me contava de você.

Senti o coração acelerar debaixo da roupa.

— Cresci ouvindo essas histórias — revelou ele, com aquela voz viril e maravilhosa que tocava minha alma. — Parecia um mundo de contos de fada, tipo um daqueles globos de vidro com vilarejos mágicos dentro. E eu... queria ver com meus próprios olhos, queria conhecer as pessoas de quem ele falava. Eram importantes, até uma criança entendia isso. Mas, toda vez que eu pedia ao meu pai para me levar junto... ele falava que eu era pequeno demais. Que era um voo longo, cansativo, e que eu tinha que crescer mais um pouco. — Mason balançou a cabeça discretamente, desviando o olhar. — A situação nunca mudou. Nem com o passar dos anos. Ele me trazia o sorriso das viagens, histórias de um céu onde dava para ver as estrelas de verdade. Mas nunca me levou junto. Achava melhor me deixar para trás, e eu não... não entendia o motivo. Por que ele me excluía? Por que vocês nunca se incomodavam com isso?

Mason franziu as sobrancelhas e inclinou a cabeça.

— Eu não conseguia aceitar — confessou, com um tom duro e amargo. — Com o passar dos anos, parei de pedir para ir junto. E quando, há pouco tempo, ele me contou o que tinha acontecido com seu pai... vi nele uma dor indescritível. Um sofrimento forte demais para que eu não sentisse também.

Mas, ao mesmo tempo, fiquei com raiva — contou, fechando bem os olhos, como se aqueles sentimentos ainda o machucassem. — Porque nunca tive a chance de conhecê-lo quando ainda era possível. Era culpa do meu pai. E agora já era tarde demais. Eu nunca poderia conhecê-lo. Justamente o melhor amigo de quem eu sempre ouvia. O homem que ele amava como se fosse um irmão. Meu padrinho.

Quando Mason engoliu em seco, um músculo se contraiu na mandíbula. Depois, apoiou o outro cotovelo no joelho, e os pulsos largos penderam no ar.

— E então... — prosseguiu, com a voz rouca. — Ele me disse que você viria morar aqui com a gente. Sem me explicar nada, sem considerar que nós sempre tomávamos as decisões juntos. Ele tinha me excluído de novo. Aí você chegou e eu estava com muita, muita raiva... — A amargura se refletiu nos olhos dele. — Você, justo você, que até então nunca tinha movido uma palha para vir nos ver. Apareceu do nada, sem se importar com nosso equilíbrio, sem se importar com nada além do seu próprio mundo. E no momento em que te vi entrando por aquela porta... só consegui pensar que não queria você aqui. Não queria você aqui pela forma como as coisas tinham acontecido, sem que eu pudesse fazer nada. Pela forma como, mais uma vez... a única família que eu tinha havia me deixado de fora.

Fiquei imóvel.

Era a primeira vez que Mason conversava de fato comigo. Sempre achei que ele fosse um garoto fechado e reticente, com um temperamento difícil e propenso a desconfianças. Sempre o culpei por não entender o que eu sentia.

Mas eu não fui diferente.

Nunca tentei me pôr no lugar dele.

Nunca tentei entender seus sentimentos.

Tinha até esquecido que ele existia.

Pela primeira vez, olhei para Mason com olhos que de fato o enxergavam.

— Foi tudo muito repentino para mim também — sussurrei. — Eu... nunca achei que seria fácil.

Nunca quis forçar minha entrada na vida dele. Nunca.

Nós dois nos sentimos excluídos do nosso próprio mundo, mesmo que de maneiras muito diferentes.

— Sei bem como é isso. Não ter mais ninguém — acrescentei, com dificuldade. — Para mim, meu pai também...

Ah, não.

Engoli em seco e pisquei várias vezes. A dor tentou me dominar, mas lutei para impedi-la. Eu não ia chorar. Não ali.

Senti que Mason me observava, percebi que respirava com cautela, e sua presença incendiava o quarto como um asteroide.

— Acho... que John queria te proteger — falei, com a voz rouca. — Tinha medo de te envolver... e correr o risco de colocar você em perigo.

De repente, também senti a necessidade de derrubar meus muros. De desmontá-los, tijolo por tijolo, e mostrá-los com minhas próprias mãos. Mason tinha o direito de saber por que tinha acabado com uma arma apontada na cabeça. E eu... não queria mais mentir.

— Meu pai... — comecei, com um tom amargo, desviando o olhar. — Antes do Canadá... antes de mim... era engenheiro da computação. Um homem genial, com uma mente fora do comum. O governo se interessou por ele quase de imediato. Ofereceram recursos, financiaram as pesquisas dele. Meu pai só tinha 22 anos — murmurei —, mas seus estudos sobre programação senciente eram incríveis. Pediram para ele criar algo que impedisse o vazamento de dados governamentais, um software que protegesse informações confidenciais.

Agarrei a barra da camiseta enquanto procurava as palavras certas. Senti o dedo latejar, mas a dor não me distraiu.

— Ele colaborou com o governo — sussurrei. — Passou anos naquele projeto, mas as coisas saíram do controle. Os estudos dele o levaram à formulação de um código sem precedentes. Foi o dia em que ele deu origem a Tártaro — revelei. — O vírus informático mais poderoso já criado.

Fechei os olhos, aflita. Estava tentando extrair das profundezas do meu ser tudo que eu sabia. Eu tinha guardado aquelas informações lá no fundo, longe de tudo que ele tinha sido para mim, debaixo da luz, do manto de neve e dos botões de campânula-branca.

— Tártaro corrompia qualquer arquivo. Atacava e se apoderava de todos os sistemas operacionais, e não havia maneira de pará-lo. Não era só um vírus, era muito mais. Meu pai tinha dado um jeito de implementar técnicas de inteligência que permitiam que o vírus sofresse mutações, se escondesse. Até mesmo... se adaptasse.

— Adaptasse?

— Uma inteligência artificial — falei em voz baixa. — Era isso que ele vinha estudando havia anos. Uma tentativa experimental de pôr a informática a serviço da humanidade. — Hesitei, sentindo os fios de cabelo roçando nos cílios. — Quando ele percebeu o que tinha em mãos, foi um caos total. — Fechei os olhos e me forcei a continuar: — Os jornais chamaram o código de "arma do futuro", o produto de uma civilização avançada, mas o governo censurou a notícia como segredo de Estado e acusou meu pai de traição ao país. Tártaro podia invadir qualquer sistema de vigilância, até os mais avançados do mundo... — Minha voz falhou, mas tentei encontrar forças para não parar. — O Pentágono, as bases de dados da Área 51, os códigos de autenticação de ogivas nucleares... Nada estava a salvo.

Contraí os dedos e engoli em seco com amargura. Falar daquele assunto chegava a quase doer, porque eu sabia o quanto tudo aquilo tinha nos custado. Era como descobrir que havia espinhos dentro de mim e precisava arrancá-los, um por um.

— Meu pai *não* era hacker — sussurrei, cheia de raiva. — Não precisou da pressão do governo para entender que o que tinha criado poderia desencadear o inferno se parasse nas mãos erradas. Mas o governo não queria que isso caísse em mãos estrangeiras... eles queriam para *si mesmos*. — Semicerrei os olhos, ressentida. — Uma arma que controlava todas as outras, até mesmo as de destruição em massa? Não podiam perdê-la. — Balancei a cabeça, tentando deixar meus sentimentos de lado. — O mundo não estava preparado para Tártaro. E meu pai sabia disso. Então, antes que pudessem tirá-lo dele... ele o destruiu. Ou o escondeu, para quem acredita que Tártaro ainda existe. E o código marcou o nome dele para sempre.

Finalmente, parei de falar.

Senti algo estranho no peito. Como se contar a história do meu pai para Mason não me fizesse querer chorar, e sim... respirar.

Depois de um longo instante, olhei para ele.

Aqueles olhos límpidos não desviaram de mim nem por um segundo. Uma luz cristalina, quente e maravilhosa os iluminava, e me perguntei se havia algo mais lindo do que o ver me ouvir com tanta atenção.

Baixei o rosto, numa tentativa de esconder o quanto aquilo me emocionava.

— O governo acha que meu pai deixou Tártaro para mim. Que talvez ele o tivesse escondido por aqui, sabendo que um dia eu viria buscá-lo. E aqueles homens de hoje também...

Mordi os lábios e desviei o olhar. As lembranças do dia ainda estavam vivas na minha pele.

— Ele queria ter vindo te visitar — confessei, convencida das minhas próprias palavras. — Mas tinha ido longe demais para não haver riscos se voltasse. Ele queria ter te conhecido... sei disso.

Engoli em seco e uma pontada de dor me lembrou das mãos brutais que tinham me agarrado. Acariciei a garganta, me perguntando se havia marcas.

— Dói?

Mason estendeu a mão em direção ao meu rosto. Por instinto, dei um pulo de susto, pega de surpresa, e acabei derrubando o kit de primeiros socorros. Algumas gazes rolaram no chão e o frasco de antisséptico se abriu.

— Ah — falei, me abaixando às pressas para levantar o frasco, constrangida.
Por que eu sempre era um desastre na frente dele?
— Desculpa, eu...

O braço de Mason ainda estava suspenso. Percebi que me olhava enquanto baixava a mão com cautela, como se tivesse medo de me assustar de novo.

Ele se inclinou sem pressa e abriu a última gaveta da mesa de cabeceira. Logo em seguida, pegou um pacote de lencinhos para secar o chão, mas, quando foi fechá-la, algo chamou minha atenção.

Prendi a respiração.

Não era possível...

Parei a mão dele. Por baixo de um anuário antigo, dava para ver a ponta de um papel amarelado. Estava quase escondido em meio a chaveiros, carregadores e fones de ouvido. Mas ali, bem no cantinho, havia um Y esticado e meio torto...

Com cuidado, levantei o anuário e puxei o papel até tê-lo nas mãos.

Fiquei analisando aquela folha com os lábios entreabertos e os dedos um pouco trêmulos. Naquele exato momento, me lembrei de John me dizendo: "Dei seu desenho ao Mason. Ele adora ursos. Ficou muito feliz, sabia?"

Levantei o polegar. Ali no cantinho estava minha assinatura tremida.

Olhei para Mason lentamente, incrédula e ajoelhada no chão, segurando aquele desenho antigo.

— Você guardou...

Depois de tanto tempo, de todos aqueles anos... Depois de tudo o que tinha feito para me manter afastada do seu mundo.

— Por quê? — sussurrei, sem palavras.

Quando ele inclinou a cabeça, uma mecha de cabelo escuro caiu sobre a sobrancelha. Encarei Mason enquanto ele desviava o olhar para o desenho de um jeito que, por um segundo, me fez pensar não no garoto que ele era no momento, e sim no menino que tinha sido.

— É meu — limitou-se a dizer. Sua voz exalava pura sinceridade. — Eu gostava... muito.

E foi então que a ficha caiu: Mason me conhecia desde sempre.

Desde quando eu não passava de um nome no papel, a menina muito branca das histórias do pai, *que corria debaixo de um céu onde realmente dava para ver as estrelas.*

Meus pensamentos se despedaçaram. Minha alma se encheu de luz. Tudo virou de pernas para o ar e, de repente, só havia Mason me vendo entrar pela porta de casa. Vendo a mim, Ivy, a garota de quem John sempre tinha falado.

Mason sentado à minha frente à mesa, cruzando comigo na escada, me vendo desenhar na varanda e pensando que, apesar de tudo, ele gostava de mim quando eu era criança.

Mason me vendo andar pela casa descalça, encontrando, enfim, sentido no meu nome... *Mason guardando meu desenho na gaveta do quarto durante todo aquele tempo.*

Fiquei olhando para a folha em minhas mãos, imersa em um universo de emoções, sentimentos e desejos reluzentes.

Aquele, sem dúvida, era o momento de dizer algo inteligente.

Algo profundo.

E íntimo. E oportuno, e...

E...

— É horroroso — disparei, olhando aquele urso deformado.

Droga.

Mas, meu Deus, era feio demais. Quase chegava a dar medo — e pensar que eu tinha considerado aquilo uma obra-prima quando era pequena.

Um longo silêncio pairou no recinto. Por um instante que pareceu interminável, eu desejei que um raio me atingisse ou que o chão me engolisse.

Então, de repente, Mason riu.

A tensão foi embora diante daquele som suave e rouco. Continuei imóvel, sem soltar o desenho.

Mason estava rindo, com os olhos luminosos, o peito vibrando e o rosto ainda sujo de poeira. E era a coisa mais linda que eu já tinha visto.

Sua risada era como uma carícia nos meus ouvidos, como seda nos meus tímpanos, e senti aquela melodia se misturar ao meu sangue.

Absorvi aquele momento e senti a alma vibrar. Agora que, pouco a pouco, ele estava me permitindo vê-lo de verdade, sem me mostrar apenas o pior de si... já não dava mais para distinguir os limites do que eu sentia por ele.

E isso me proporcionou uma alegria imensa, suave e calorosa, cuja sensação achei que já tivesse esquecido.

Meu coração se encheu de vida e, quando dei por mim, já estava sorrindo de volta.

Pela primeira vez desde que pisei na Califórnia, eu sorri.

Eu sorri para Mason. Para o som vigoroso da sua risada. Para a felicidade de poder olhá-lo daquele jeito.

Abri um sorriso doce e profundo, como não fazia desde a última vez que estive com meu pai, com bochechas quentes e brilho nos olhos. E com todas as cores que eu sabia mostrar.

Só depois de um instante percebi que ele tinha parado de rir.

Naquele momento, todos os seus músculos estavam imóveis. Percebi que os lábios estavam entreabertos e que a mão, que antes acariciava o braço, tinha parado. Mas não tirava os olhos da minha boca.

Mason me observava de um jeito que eu nunca tinha visto, com olhos ardentes e incrédulos, como se o universo tivesse se cristalizado ao redor das pupilas.

No momento seguinte, ele se aproximou. Só deu tempo de perceber o deslocamento de ar e a sombra sobre mim. Assim que levantei o rosto, sua boca encontrou a minha, seus cílios roçaram minha bochecha. Pega de surpresa, arregalei os olhos.

Senti uma forte vertigem no estômago. Arfando, me afastei e deixei o desenho cair.

Olhei para ele sem fôlego, completamente chocada. O sangue pulsava nas minhas orelhas e queimava minhas bochechas, enquanto as pernas tremiam.

E Mason estava igual, seu rosto era o reflexo perfeito da minha expressão. Ficou me olhando, atordoado, e não entendi se foi pela minha reação ou pela atitude dele. Respirava com dificuldade, como se, de alguma forma, eu o tivesse deixado sem ar.

O mundo pulsava. Era como se estivéssemos acorrentados um ao outro, a um suspiro de distância. Aquela tensão reverberava no ar, nos nossos olhares, nos nossos respiros, até chegar ao limite...

Seu suspiro despedaçou minha garganta. Mason me beijou de novo e eu explodi.

Um universo de fogo e estrelas se espalhou pelas veias. Senti o corpo arder em meio aos arrepios e, por um momento, só me dei conta do delírio do meu coração incrédulo.

Sua boca era um veludo quente, uma carícia suave e intensa que esculpiu as paredes da minha alma. Fiquei imóvel, tentando não desfalecer. Fui atingida por uma carga emocional tão forte que me senti à beira do desmaio: minha pele brilhava, as palpitações sacudiam meu peito.

Seu cheiro invadiu minha mente e não consegui absorver o que estava acontecendo.

Senti sua mão deslizar pelo meu cabelo. Ele fechou os dedos bem devagar e, quando roçou os lábios carnudos nos meus, perdi completamente a cabeça.

Mason estava me beijando e eu não conseguia respirar.

Tentei inspirar, tremendo um pouco. Eu me sentia tensa e vibrante, quase a ponto de me derreter aos pés dele como uma poça de mel. Quando inclinou meu rosto de lado, meu cabelo deslizou por seus ombros largos.

Ele ia me matar.

Seu hálito quente acariciou minha pele e incendiou meus lábios. Dava para senti-lo na garganta como o mais doce dos venenos e, quando o mundo estremeceu com o impacto úmido de nossas bocas, uma fogueira de chamas impetuosas ardeu no meu ventre.

Estendi as mãos e o toquei.

Eu nunca tinha beijado ninguém. Não sabia como agir, mas tentei retribuir o beijo com toda a emoção que pulsava no meu corpo. Movimentei a boca do jeito que ele fazia, insegura e ansiosa, ao mesmo tempo que, com um suspiro trêmulo, recuperava o fôlego. Meu coração tinha ido parar na garganta, meu estômago parecia revirado e as mãos não paravam de tremer.

Eu estava atordoada.

Deslizei os dedos por seus ombros, incerta. Em seguida, eu o apertei, sentindo seus músculos firmes se moverem sob as palmas.

Ele era quente, macio e vigoroso.

Senti a cabeça girar, entorpecida pela sensação de poder tocá-lo. Enfiei as mãos em seu cabelo e me agarrei a ele com todas as forças.

Mason arfou com os lábios nos meus. O ímpeto das minhas carícias nos embriagou, deixando-o ofegante. Ele fechou a mão no meu cabelo e me beijou com paixão. Quando sua língua quente encontrou a minha, achei que fosse morrer.

Perdi todas as forças. Os joelhos cederam e eu caí para trás, de costas no chão. Seu corpo pairou sobre mim. No instante em que colou o peito musculoso no meu, não consegui pensar em qualquer lugar melhor para estar além daquele, onde nossos corações batiam juntos.

Eu desejava que Mason entendesse o quanto aquilo significava para mim.

Que sentisse o quanto eu tremia, o quanto minha pele ardia só de ser tocada por ele.

Queria lhe dizer que o amava, que não sabia em que momento ele tinha invadido minha alma daquele jeito. Que era completamente louca por suas mãos, aquelas mãos ásperas, marcadas por calos, que tantas vezes eu havia sonhado em segurar nas minhas fantasias.

Que me apaixonei por ele da mesma forma como a neve cai, em silêncio, com delicadeza, sem fazer alarde. Sem nem perceber. E, quando me dei conta, já estava imersa até o coração.

Ao envolvê-lo nos braços com um desespero inconsolável, desejei que ele sentisse cada poro da minha pele gritar: *Me beija outra vez. Me abraça até doer e não me solta nunca mais...*

— Ivy?

Um arrepio, um som de passos. A voz de John ecoou no ar e eu arregalei os olhos.

Sem pensar duas vezes, afundei os dedos nos ombros de Mason e o empurrei bruscamente. Ouvi seu grunhido contrariado e o baque do corpo caindo no chão antes de me afastar.

Quando John surgiu na porta, encontrou o filho sentado aos pés da cama, passando a mão pelo cabelo em movimentos nervosos.

E eu ali, no canto mais distante do quarto, virada para a parede.

— Ivy, os agentes chegaram... — começou a dizer, hesitante. Alternou o olhar entre nós dois e, por fim, perguntou: — Está tudo bem?

Senti o rosto pegar fogo e levantei os ombros até as orelhas.

— Está, sim — falei, com a voz esganiçada. Em seguida, pigarreei e tentei disfarçar o rubor. — Já estou indo... só um minutinho.

John relutou por um momento, ainda incerto. Depois de me olhar por um longo instante, assentiu.

— Então vou recebê-los. Espero você lá embaixo.

Ouvi John se afastar pelo corredor, confuso e desorientado.

O silêncio voltou, amplificado pelo clima de tensão, e decidi agir na mesma hora.

Bati a poeira inexistente das roupas e segui em direção à porta de cabeça baixa. Não queria ignorar o que tinha acontecido, mas o constrangimento me fez agir como uma tola. De repente, senti vergonha de ter me agarrado a Mason com tanto desespero. Será que ele tinha percebido?

— Espera.

Ele me segurou pelo pulso e me impediu de sair. Com os lábios entreabertos, parei.

— Amanhã... tem uma luta.

Senti o coração acelerar.

A luta de boxe?

— Meu pai nunca perdeu uma...

— Você quer ir mesmo assim? — sussurrei, surpresa.

Depois de tudo o que tinha acontecido? Depois de tudo que tinha passado... Mason ainda queria lutar?

Eu me virei devagar.

O corte na sobrancelha e o hematoma na mandíbula ainda estavam ali, mas ele me encarou com olhos serenos ao dizer:

— É importante para mim.

Olhei para Mason com o amor pulsando na pele. Quando ele baixou a cabeça, sua presença forte e imponente me envolveu com todo o seu encanto.

— Estava aqui pensando... se você não queria ir — falou, me acariciando com o polegar, hesitante — me ver lutar.

Naquele momento, não tive dúvida de que dava para Mason sentir meus batimentos acelerados através da pele fina do pulso.

Ele estava me convidando. Estava me convidando para fazer parte de algo dele.

Olhei para Mason com o coração palpitando.

Claro que eu queria ir.

Sim, sim, sim, com certeza sim!

— Tá bom — foi tudo o que consegui murmurar, meio atordoada.

Mason encontrou meus olhos, um de cada vez, como se estivesse intimamente contente, ou surpreso, e ao mesmo tempo quisesse ter certeza da minha resposta.

Passou a língua pelos lábios inchados e os cílios roçaram as maçãs do rosto definidas quando ele desviou os olhos para o meu pulso.

— Tá bom... — murmurou ele, e me perdi naquela voz que me dava arrepios.

Será que um dia eu me acostumaria à presença de Mason?

Será que em algum momento eu deixaria de sentir a pele vibrar, ou aquelas faíscas no sangue, toda vez que ele chegasse perto demais?

E, no instante em que seus dedos me soltaram... me dei conta pela primeira vez do que tinha acabado de acontecer.

Mason... estava me convidando para fazer parte da vida deles.

23
DE CARNE E VIDRO

— Tudo bem?
Pisquei, surpresa. Do outro lado da mesa, John me olhava com apreensão.
Eu tinha acordado bem tarde.
A necessidade de dormir havia me arrancado da realidade logo após o jantar. Cheguei a sentir medo de reviver nos sonhos o que tinha acontecido comigo, mas meu corpo exausto mergulhou em um sono profundo, pesado, obscuro.
— Tudo — respondi, meio atordoada.
No fim das contas, tirando o leve incômodo nos músculos e nos ossos, eu me sentia descansada.
— Como está o dedo? — perguntou John.
Olhei para a bandagem e a apertei com a outra mão.
— Está latejando um pouco. Mas nada insuportável.
John pousou a mão na minha cabeça e me ofereceu um copo de leite fresco. Sempre comprava o meu favorito, então agradeci e aceitei a bebida.
— Você e Mason... brigaram?
Não estava esperando aquela pergunta. Quando olhei para ele, John hesitou.
— Quer dizer... Quando fui te chamar ontem, tive a impressão de que vocês tinham acabado de discutir...
Arregalei os olhos e senti as bochechas pegando fogo. Constrangida, virei a cara e levei o copo aos lábios.
Parte de mim ainda não conseguia acreditar.
Eu e Mason tínhamos nos beijado.
Parecia um sonho. Daqueles tão vívidos e intensos que ficam impregnados na pele e ecoam na cabeça. Mas era real.

Ele, suas mãos, aquela sensação agonizante e turbulenta dos nossos lábios colados, entre paraíso e suplício. Se eu parasse para pensar nisso, ainda sentia o corpo tremer...

— Não brigamos — disse, baixinho, sem encará-lo.

— Não? — perguntou John, me olhando com preocupação. — Mas ele estava com uma cara... Parecia abalado.

Quase me engasguei com o leite.

— Não — respondi, engolindo em seco. Em seguida, passei a língua nos lábios para limpar o bigode branco de leite. — Na verdade, a gente se acertou.

John arqueou a sobrancelha e me encarou maravilhado, com um brilho inesperado nos olhos.

— Vocês... se acertaram?

— Sim.

— Como?

Senti uma necessidade imensa de me enterrar. Eu me encolhi na cadeira e observei, com olhos culpados, a vaquinha que me dava uma piscadela no rótulo da garrafa de leite.

Seria constrangedor demais dizer a John que eu e o filho dele tínhamos passado de gritos e insultos para pegação no chão do quarto.

Torci para que pelo menos meu rosto não entregasse tudo enquanto eu pensava em uma explicação mais aceitável.

— Contei a ele sobre meu pai. Sobre Tártaro, sobre o passado... tudo. — Após uma pausa, voltei a falar, mais baixo: — Sei que você sempre escondeu isso dele. Era um segredo do meu pai, e você não queria que Mason acabasse envolvido nessa história. Mas ele merecia saber a verdade.

John ficou me olhando, assimilando aquelas palavras. Observei seu rosto familiar e apreciei o fato de conseguirmos conversar de maneira franca. Eu sempre tinha imaginado que ele devia ser um ótimo pai, e agora tinha a confirmação disso.

— Essa verdade pertencia a vocês — disse ele em tom calmo. — E cabia a vocês compartilhá-la. Sei que, quando pequeno, não teria como ele entender. Mas talvez agora Mason compreenda por que escolhi não contar nada. — Então, sem mais nem menos, ele suavizou o semblante e sorriu. — Na verdade, gostei de saber que se abriu com ele. Por um momento, tive medo de que as coisas entre vocês tivessem piorado de novo...

Em seguida, balançou a cabeça e se levantou. Pegou uma caixinha branca de papelão que estava ao lado do armário e voltou a se sentar.

— O que é isso? — perguntei quando ele a entregou para mim.

— É para você.

Eu lhe lancei um olhar desconfiado e John me incentivou a abrir. Então peguei a caixa e abri a lingueta de papelão.

Dei uma espiadinha na parte de dentro e vi algo liso e branco.

Era uma caneca.

Eu a tirei da caixa e a girei entre os dedos para admirar seu brilho sob o sol do meio-dia. Era simples, sem qualquer estampa nas laterais.

Olhei para John.

— Assim não vou mais precisar usar a sua — reconheci. — Obrigada.

— Não fui eu que comprei. — Ele sorriu para mim e eu franzi a testa.

— Foi Mason.

Quase deixei a caneca cair. Levei-a ao peito e a abracei, surpresa.

— O quê?

— Já estava ali anteontem. Acho que ele queria que você a encontrasse. Tentei avisar, mas você chegou às pressas, dizendo que ia para aquela festa, e aí não deu tempo.

De repente, me lembrei de quando, dois dias antes, Nate e eu tínhamos atravessado o corredor juntos.

Revivi a imagem de Mason encostado no meu armário.

Ele me olhando com aquela expressão no rosto, como se quisesse me pedir desculpas.

Ele, que já tinha comprado a caneca para mim, talvez para me dizer algo que ainda não conseguia expressar com palavras...

Fiquei observando a cerâmica branca, incapaz de encontrar palavras que dessem conta do que eu estava sentindo. Em seguida, inclinei a caneca em direção ao rosto, como se fosse tomar um gole, e John começou a rir na mesma hora.

Olhei para ele sem entender nada. Depois, como se de repente a ficha tivesse caído, virei a caneca de cabeça para baixo.

Eu estava enganada. Não era uma caneca totalmente branca. Na base, havia o desenho do focinho pontudo de um animal, com pelos brancos e pretos e bigodinhos finos.

Voltei a levar a caneca à boca, chocada, e, quando a inclinei de novo, os olhos risonhos de John me disseram que, abaixo dos meus olhos, havia um focinho de guaxinim.

Algumas horas depois, eu estava no quarto, imersa na minha própria solidão.

Era sábado, e Mason estava no ginásio se preparando para a luta.

Eu tinha dito a John que queria ficar sozinha, mas a verdade era que eu não conseguia parar de pensar no dia anterior, no instante em que ele me convidara a participar de uma parte tão importante da vida dele.

Também tem lugar para você. Será que era isso que estava tentando me dizer?

Vi algo no canto do quarto, ao pé de uma caixa de papelão. Andei descalça no carpete e, quando entendi do que se tratava, hesitei. Com certa relutância, me abaixei para pegar o álbum do meu pai. Permanecera onde eu o tinha jogado no meu ataque de raiva. As páginas grossas estavam meio amassadas, mas, mesmo assim, eu o abri para dar uma olhada.

Será que ele sempre soubera? Que, cedo ou tarde, seus monstros me encontrariam?

Queria acreditar que havia um motivo pelo qual ele tinha me ensinado a aguentar a dor. Ele nunca tinha me ensinado a evitá-la, mas a tolerá-la. A conviver com ela e aceitá-la, porque há certas coisas que não podemos mudar.

Era isso que ele sempre tinha tentado me dizer. A verdadeira força não está na dureza, mas na capacidade de se dobrar sem jamais quebrar.

Acariciei o álbum e o folheei, revendo nossa foto. Ainda estava ali, no meio daquelas páginas, justamente onde uma florzinha se destacava no centro.

De repente, notei que a faixa de fita dupla face à qual a Polaroid estava presa ainda estava colada na página. E um dos cantos estava solto.

Franzi a testa. Passei a ponta do dedo ali e então... a puxei bem devagar.

Meu coração bateu tão forte que me deixou surda por um instante.

Havia apenas uma palavra escrita embaixo.

"CHAVE".

E aquilo mudou tudo.

— Não consigo — falei, com meu tom impertinente de adolescente.

A lareira crepitava nos fundos da sala. Era uma noite como outra qualquer, mas o pedaço de papel à minha frente me parecia incompreensível. Eu já tinha decifrado várias mensagens do meu pai por diversão, mas aquela era diferente.

— É porque você não usou a chave.

— Eu não entendo. Prefiro a linguagem secreta que você me ensinou quando eu era pequena.

Ele esboçou um sorriso.

— Porque é mais fácil. Mas aqui você precisa usar esse número. Está vendo? Isso se chama chave criptográfica. É o segredo para encontrar a solução.

Ele me explicava esse tipo de coisa com muito afeto e paciência. Por mais que eu amasse ficar ao ar livre e me perder na natureza, à noite, diante de uma caneca de chocolate quente, meu pai abria as portas para um universo novinho em folha. Seus ensinamentos sempre me fascinaram. Era isso que o tornava especial. As coisas que ele me ensinava pareciam vir de um mundo distante, liso e metálico, como um daqueles foguetes que desafiavam as estrelas.

— É difícil demais.

— Não é, não — sussurrou, com voz gentil. — Olha só. A chave é cinco. Certo? Significa que, para decifrar a mensagem, você precisa trocar as letras por aquelas que vêm cinco posições à frente. Se for A, vira F. Se for B, vira G...

Segui o raciocínio dele e me perguntei qual era o sentido de tudo aquilo. Não era mais divertido quando trocávamos mensagens do jeito antigo?

— É muito... tecnológico — murmurei, emburrada, porque gostava de coisas simples e aquilo, sem sombra de dúvida, não era.

Quando meu pai começou a rir, empurrei sua bochecha barbuda.

— Por que está rindo? Não ri — repreendi.

— Porque essa é a Cifra de César — respondeu ele, enquanto segurava meus dedos. — É um dos códigos mais antigos do mundo. E chamá-lo de tecnológico, bem...

Seus olhos brilharam, risonhos, e eu tentei virar seu rosto de novo, ofendida. Eu gostava mais quando ele me ensinava a seguir pegadas na floresta.

— Por que está me ensinando isso? — perguntei, girando o papel na mão.

Ao ver que ele não ia responder, levantei o rosto.

Meu pai estava me observando, mas havia uma intensidade diferente nos olhos dele.

— Porque, dependendo de como você enxerga cada coisa, seu significado muda — explicou ele, num tom que eu jamais me esqueceria. — A chave de uma frase muda tudo, Ivy. Não se esqueça disso.

A chave muda tudo.

Levei a mão à boca e dei um passo para trás, tremendo de incredulidade.

Não podia ser.

Com um nó na garganta, corri até a escrivaninha em busca do meu caderno. Revirei os livros até encontrá-lo e, na pressa, acabei derrubando uma caixa e espalhando o conteúdo no chão. Comecei a folhear as páginas freneticamente, sem me importar de amassá-las.

"Aguenta, Ivy" era a mensagem oculta naqueles números. Achei que já tivesse entendido o significado, mas a dúvida de que não fosse bem assim me trouxe uma estranha e persistente esperança.

Como eu não tinha percebido antes? Como não tinha prestado mais atenção?

Sentei no carpete e, com mãos trêmulas, coloquei o álbum e o caderno lado a lado.

A palavra CHAVE se destacava na página branca, mas abaixo dela não havia um espaço vazio.

Havia o símbolo da flor.

A campânula-branca.

Aquela era a chave.

Senti o coração disparar. Eu podia estar errada, ter interpretado mal o que meu pai queria me dizer. Se a resposta era campânula-branca, então a chave seria quinze, o número de letras que a compunham. Ou podia ser flor, e então a chave seria quatro.

Passei a mão pelo cabelo que caía na minha testa. Precisava me concentrar. Raciocinar. Eu podia tentar várias combinações, mas, se errasse a chave, não daria para decifrar a mensagem corretamente.

Olhei para o símbolo e tentei vê-lo com os olhos do meu pai. Não se tratava de uma campânula-branca qualquer, nem de uma flor qualquer.

Era mais do que isso, era o significado que importava...

Era eu.

Fiquei olhando a página, sem respirar. Minha mente inteira se fixou naquele único pensamento, e todo o resto desapareceu.

Pensei em Ivory, porém mais uma vez concluí que cinco não era o número certo. Ele nunca me chamava assim.

Era três. O número de letras de Ivy. Como as pétalas brancas que formavam o botão.

A chave era três.

Peguei a caneta com dedos trêmulos e comecei a escrever. Passo a passo, decodifiquei cada letra de "Aguenta, Ivy".

Tentei não cometer erros, não me deixar levar pela pressa. Cada letra era importante, senão o resultado poderia ser comprometido. Nem sabia se o que estava fazendo era correto, mas não dava para ignorar meu instinto.

Quando terminei, larguei o lápis no chão e ergui o caderno. Diante dos meus olhos, havia uma série de letras que não reconheci: "D J X H Q W D L Y B".

Olhei fixamente para cada uma delas, querendo arrancá-las do papel, querendo dissecá-las e compreender seu significado.

Talvez as letras estivessem fora de ordem. Talvez precisassem ser reordenadas...

Outras perguntas começaram a se formar na minha cabeça, e comecei a duvidar de mim mesma.

E se a chave não fosse três?

E se eu tivesse cometido um erro?

E se fosse só mais um fracasso?

— O que você está fazendo?

Levei um susto. Meu coração foi parar na boca quando me virei para a porta.

Fiona estava ali. Com uma bolsa pendurada no braço e o cabelo loiro-acobreado preso para trás com uma presilha grande. Fechei o caderno, perplexa, e me levantei.

— Você... o que está fazendo aqui?

— Seu tio abriu para mim — respondeu ela, olhando para o álbum no chão e depois para o meu semblante consternado. — Queria saber como você estava...

Fechei os lábios, ainda atordoada. Por um momento, sua resposta me deixou ainda mais confusa. Fiona tinha vindo... para ver se eu estava bem?

— O que você está aprontando? — perguntou ela, franzindo a testa.

— Eu... Nada.

Baixei o rosto e segurei firme o caderno. Aquela descoberta ainda eletrizava minha pele, mas tentei não demonstrar. Peguei o álbum também e coloquei os dois na escrivaninha, tentando acalmar meus pensamentos.

Eu falaria com John sobre o assunto. Talvez fosse loucura, podia ser só um engano, mas ele saberia o que fazer.

— Sei que Mason tem uma luta hoje — comentou Fiona, entrando no quarto.

Em seguida, deu uma olhada ao redor, observando o ambiente, e depois parou em mim. Eu sabia que minha aparência não era das melhores. Estava com um hematoma na têmpora e marcas de dedos no pescoço, sem falar do dedo anelar enfaixado, que eu não parava de mexer.

No entanto... não pude deixar de lembrar que Mason tinha me beijado assim, como se o sorriso fosse meu aspecto mais atraente.

— Sim — respondi, virando o rosto. — Você vai?

Ela fez que não e pôs a bolsa na minha cama.

— É um esporte violento demais para o meu gosto. Mas Travis sempre vai... Não perde uma.

Limpei a garganta e, sem saber por quê, me vi dizendo:

— Eu também vou.

Com certeza ela havia percebido meu constrangimento, porque, de repente, parou e se virou para mim com um brilho estranho nos olhos.

— Ah, é?

Fiquei olhando para Fiona, sem saber o que dizer. Não entendi o motivo daquele olhar, mas, antes que eu pudesse responder, ela endireitou a postura e virou as costas para mim. Fingiu procurar alguma coisa na bolsa enorme e disse, num tom forçado:

— Ainda é por causa daquele garoto de quem você gosta?

Observei aquele teatrinho sem me abalar.

— Fiona — retruquei em tom monótono. — Você não está achando que é o Travis, né?

Ela corou, visivelmente irritada.

— Claro que não. — Fiona deu de ombros de forma arrogante, mas notei uma leve fragilidade em seu olhar. — Ele fala mais com você do que comigo, isso é fato. Chegaram até a tomar advertência juntos...

— A advertência foi um engano — falei. — E, se não fosse por isso, muitas coisas teriam sido diferentes ontem.

— Eu sei.

— É por isso que você está aqui?

Ela hesitou. Achei que fosse se abrir, confessar, mas de repente se virou com raiva e me encarou com uma expressão furiosa.

— Sabe, às vezes você me parece bem limitada — disparou do nada, e eu a encarei, atônita.

— Vocês que são exagerados!

— Vim aqui porque ontem uns malucos tentaram te *sequestrar* — sibilou. — Será que você não consegue entender?

Foi só quando ela me lançou um olhar de reprovação que entendi: Fiona estava *me repreendendo*.

— Eu tive medo por você! Todos nós tivemos! Às vezes, parece que estou falando com alguém de outro planeta. Andar com você é tipo tentar quebrar uma pedra de gelo com as unhas — disse ela, com gestos exasperados. — Você é teimosa, introvertida, isso sem falar do jeito como se esconde dentro das roupas, como se não quisesse ser vista por ninguém... Você faz isso de propósito ou é mesmo tão cega assim?

Fiquei olhando para ela em silêncio, intimidada, e ela chegou mais perto.

— Você é capaz de aceitar que alguém queira ser seu amigo? Que, se te olham, não é porque estão rindo de você? Será que dá para parar de afastar todo mundo?

Desviei os olhos, abalada e sem saber como agir.

— Eu...
— O quê?
Senti um desconforto inexplicável.
Fiona voltou sua atenção para algumas fotos antigas. Tinham caído da caixa que eu derrubara sem querer. Ali estava eu, sempre sozinha, em meio a vales nevados e mundos cobertos de neblina. Uma delas era uma foto de turma, em que ninguém ao meu lado sorria. Eu odiava aquela foto, mas aquele registro tinha acabado ali, junto com os outros. Um colega tinha tentado puxar meu cabelo antes que o professor pudesse intervir.
Foi então que Fiona pareceu entender. Seus olhos pareceram relaxar, mas sua voz cortou o ar mesmo assim.
— Antes de duvidar de si mesma, garanta que não está cercada de idiotas.
Ela contraiu os lábios e virou a cara. Continuamos assim, uma de frente para a outra, como dois gatos de rua que tinham acabado de brigar.
— Desculpa — disse depois de um tempo, bem baixinho. — Ainda estou abalada com o que aconteceu ontem, e...
Queria lhe dizer que eu não fazia isso de propósito. Que não queria afastar todo mundo. Mas não sabia lidar com as pessoas. Ao longo da vida, tinha estabelecido vínculos com pouca gente, e Fiona estava certa, porque eu era teimosa e introvertida.
Eu não conseguia nem entender como tinha me apaixonado.
— Obrigada por ter vindo — falei, tentando dar voz ao meu coração eremita.
Ela fungou, seca, e arrumou uma mecha de cabelo. Naquele momento, percebi que, por trás daquela atitude meio desdenhosa, havia um carinho que Fiona não conseguia demonstrar.
— Vem... Senta aqui.
Ela me fez sentar na beirada da cama e tirou um estojinho de maquiagem de dentro da bolsa. Então começou a cobrir o hematoma da minha têmpora com um pouco de corretivo, aplicando-o com delicadeza. Seu perfume era doce, talvez um pouco artificial, mas curiosamente não me incomodou.
— Onde foi que você aprendeu a atirar?
Observei seu rosto concentrado. Uma ruga tinha surgido entre as sobrancelhas escuras.
— No Canadá.
— Quer dizer que alguém te ensinou?
— Eu tenho licença — afirmei.
Fiona parou de me maquiar e me olhou, chocada.
— Como assim?

— No Canadá, com 12 anos você pode obter autorização.
— Com 12 anos? — repetiu ela, incrédula.

Como gesticulei que não era nada de mais, Fiona ficou ainda mais impactada.

— Está de brincadeira?

— Não — respondi, tranquila. — Você só precisa da autorização de um dos pais e fazer um curso de segurança ministrado pelas autoridades nacionais.

— Isso é... é absurdo! — balbuciou.

Eu a observei em silêncio, porque sabia que vinha de um mundo que poucos entenderiam.

— Lá na minha terra, existem famílias que vivem do que conseguem caçar e pescar — admiti. — No verão, cortamos a lenha para prepará-la para o inverno. Usamos a neve para conservar a carne e o peixe. É outra forma de viver. Bem diferente daqui.

Fiona ficou me olhando um tempão, assimilando aquelas palavras. Quando se inclinou devagar na minha direção, para retomar seu trabalho, ainda parecia reflexiva.

— Aos 12 anos eu brincava de boneca — murmurou ela. Então perguntou: — Como é lá?

— Onde?

— O Canadá. Como é lá?

Senti um quentinho no coração e desviei o olhar, tentando encontrar dentro de mim as palavras certas para responder àquela pergunta.

— Bom, é... — Engoli em seco, reflexiva. — Grande. No verão, se enche de flores e o ar fica com um cheiro maravilhoso. As montanhas se perdem no horizonte e o céu é tão amplo que chega a dar vertigem. Quando uma tempestade se aproxima, as nuvens ficam de um amarelo intenso e tudo parece mergulhar em uma luz mágica, estranha, diferente de tudo o que você já viu. Mas, no inverno... a noite se ilumina e parece até que caminhamos entre as estrelas. Além disso, dá para ver a aurora boreal — sussurrei, com a voz carregada de emoções. — O céu se divide em faixas, e é como... É como uma música. Uma melodia intensa e cheia de cores, que dança no ar e domina o mundo. As pernas chegam a tremer.

Demorei a perceber que Fiona já tinha terminado seu trabalho e estava me analisando.

Despertei do devaneio e baixei o rosto, envergonhada, apertando o dedo enfaixado. Não queria que ela notasse o tremor nos meus olhos. Não queria que me visse como um bicho enjaulado, longe de casa.

Mas, no fundo, eu ainda ouvia o som das tempestades.

Sentia os arrepios do vento.

Guardava as lembranças dos cheiros e da neve debaixo dos dedos.

Guardava aquele espírito silvestre, que corria pelas montanhas e à noite descansava sob um teto de estrelas.

Guardava os sons, os perfumes e as cores de uma terra imensa. E tudo aquilo vivia dentro de mim.

— Parece lindo — disse ela, com um toque de ternura.

Sim, senti vontade de responder baixinho. Mas fiquei em silêncio.

Talvez porque certas coisas não precisem ser ditas.

Vivem no nosso olhar e vibram através da nossa voz.

Animam nosso coração.

E isso já responde tudo.

Quando John me disse que Mason praticava boxe a nível competitivo, eu jamais tinha imaginado que tanta gente assistia às lutas.

Quando chegamos ao local do evento, me vi num ambiente totalmente novo. A arena era grande e oval, com um espaço central circundado por fileiras de assentos elevados. O ringue ficava bem no meio, bem iluminado, em contraste com a penumbra ao redor. Um rugido de vozes preenchia o ar à nossa volta, carregando-o de eletricidade.

— Vou pegar uma bebida — avisou John. — Quer alguma coisa?

Fiz que não com a cabeça e ele prometeu voltar logo.

Olhei ao redor e levantei a aba do boné para enxergar melhor. Havia vários adolescentes, famílias e até algumas crianças acompanhadas.

— Ivy!

Avistei dois ombros fortes avançando em meio ao público. Travis abriu um sorriso para mim e veio ficar ao meu lado. Parecia feliz em me ver ali.

— Não estava esperando encontrar você aqui! É a primeira vez que está vindo?

Respondi que sim e ele se inclinou para a frente para olhar os assentos próximos ao meu.

— Veio sozinha?

— Estou com John — respondi, mas, pela forma como me olhou, percebi que não era isso que queria ouvir. — Fiona não veio — acrescentei.

Ele deu de ombros.

— Imagina, não estava querendo saber dela... perguntei só por perguntar...

Fingi acreditar, pelo menos por um momento.

— Aliás, agora ela está solteira — informei, como quem não quer nada.

Travis me lançou um olhar furtivo e eu o encarei.

— Estou só dizendo.

— Sei — murmurou, como um menininho que tinha crescido demais. Seu humor pareceu melhorar na hora.

Pouco tempo depois, a intensidade das luzes sobre o ringue diminuiu bastante. De um lado, Travis esticava o pescoço para ver o árbitro e a entrada de Mason. Do outro, John, que já havia voltado, fazia barulho ao tomar sua bebida num estranho copo de plástico em formato de ursinho sorridente. E, no meio dos dois, estava eu, segurando um copo igual.

Droga. E isso porque eu disse que não queria nada!

Lancei um olhar levemente irritado para o meu padrinho e ele, por sua vez, me deu um sorriso satisfeito.

— Eles devem entrar a qualquer momento — informou Travis.

Fiquei olhando a movimentação perto das portas dos vestiários e, de repente, senti uma estranha apreensão.

Eu tinha visto as marcas no rosto dele. Os golpes que tinha levado na cabeça. E, mesmo assim, Mason estava pronto para subir naquele ringue e levar mais alguns.

— Ele só vai se machucar — sussurrei, expressando minha preocupação. — Por que não desistiu?

Travis me ouviu e, apesar de tudo, deu um leve sorriso.

— Desistir não é uma palavra que entra na cabeça dele — disse, apoiando os cotovelos nos joelhos e observando o ringue com um olhar intenso. — Mason nunca faltou a uma luta. Mesmo machucado, mesmo com febre, ele sempre comparecia. Na maioria das vezes perdia, levava uma bela surra e, no dia seguinte, faltava à escola porque a febre o impedia de sair da cama. Mas ele sempre tentava.

Travis balançou a cabeça, como se aquela simples lembrança o exasperasse e o divertisse ao mesmo tempo.

— Sabia que, toda vez que John queria colocá-lo de castigo quando ele era pequeno, não o deixava ir aos treinos? — revelou. — Ligava para o treinador e avisava que Mason ia ficar uma semana sem treinar, e aí os dois ficavam loucos. Dá pra imaginar? No nível em que Mason estava, ele não podia se dar ao luxo de perder um treino sequer. Sem dúvida John sabia fazer o filho andar na linha.

John tomou outro gole ruidoso e eu o olhei de soslaio. Não conseguia imaginá-lo dando uma bronca em um Mason criança e colocando-o de castigo.

— Vocês sempre assistem às lutas? — perguntei, voltando a atenção para Travis.

— Bem, sim. Os outros também vêm de vez em quando, mas acho que ainda estão muito abalados depois de ontem. Carly costuma trazer o irmãozinho da Fiona. Mason adora. — Ele me lançou um meio sorriso. — E agora você também está aqui.

Levei uma mecha de cabelo para trás da orelha, sentindo as bochechas queimarem.

Eu estava ali com o pai e o melhor amigo de Mason. Só de pensar nisso, senti uma onda de euforia e nervosismo invadir minha barriga.

— Ei, olha eles ali!

Em meio a um coro crescente de vozes, levantei a cabeça.

Duas figuras avançavam em direção ao centro iluminado. Um cara de roupão amarelo atravessava o corredor com passos instáveis acompanhado do treinador. Sua aparência me intimidou. Tinha um porte maciço, quase rochoso, com ombros atarracados e caídos. Fiquei observando sua chegada ao ringue em meio aos aplausos da multidão.

Pouco depois, Mason apareceu.

Meu coração acelerou. O capuz do roupão estava levantado e, na sombra do tecido de seda, seus olhos escuros brilhavam como estrelas. Ele caminhava com postura confiante, exalando calma e desenvoltura, enquanto o treinador mantinha a mão em seu ombro e sussurrava alguma coisa no ouvido.

Por fim, entrou no ringue pelo lado oposto.

Apoiado nas cordas, o árbitro conversava com alguém ali perto. O adversário tirou o roupão e, quando Mason fez o mesmo, senti a tensão no meu corpo aumentar.

O tecido escorregou dos ombros dele e a luz iluminou aquele peito forte e definido, desenhando uma obra-prima de curvas e ângulos de tirar o fôlego. O peitoral era amplo e modelado à perfeição, compondo um corpo que parecia feito sob medida, como uma máquina sem defeitos. Sua aparência exalava uma harmonia viril e magnética, típica de um belo gigante dotado de um vigor avassalador.

Mason sacudiu o cabelo castanho e, ao ver seus músculos dorsais se mexerem sob a pele, me dei conta de que já tinha tocado tudo aquilo com as próprias mãos.

— Você nem imagina o que eu faria com Mason Crane...

A garota sentada à minha frente deu uma cotovelada na amiga. Então, as duas riram, balançando os tornozelos, e, quando Mason abriu a boca para colocar o protetor nos dentes, fizeram um comentário tão atrevido sobre os lábios dele que quase estourei meu copo.

— Calma, Ivy — disse Travis, reparando no ursinho com olhos esbugalhados entre as minhas mãos. — Não precisa ficar nervosa. Mason é muito bom.

Mordi os lábios e voltei a encarar o ringue. Uma voz anunciou no microfone a categoria dos dois e os detalhes dos respectivos treinadores. Por fim, o árbitro se posicionou no centro e se preparou para dar início à luta.

O silêncio tomou conta da plateia enquanto os oponentes assumiam suas posições. Eu me endireitei no assento e me preparei para assistir à primeira luta de boxe da minha vida.

A espera encheu o ambiente de eletricidade, de olhares, de empolgação e de expectativas.

Ao soar do gongo, os dois avançaram.

Travis tinha razão, Mason era realmente bom.

A mira calibrada, os golpes precisos, os movimentos rápidos e certeiros. Os socos partiam dos pés e integravam toda a força do corpo, com resultados devastadores.

Não relaxei em momento algum. Ele terminou o primeiro round em vantagem, só que o segundo foi diferente. O adversário conseguiu abrir sua defesa e acertá-lo no rosto. As feridas fizeram Mason cerrar os dentes com tanta força que eu mesma fiquei paralisada no assento. O corte na sobrancelha voltou a se abrir. Ele enxugou o sangue com o pulso enquanto o técnico gritava alguma coisa. Mason, por sua vez, lhe lançou um olhar atento e assentiu antes de voltar a atenção para o árbitro.

Eles se dirigiram ao centro para o último round. Ambos respiravam com dificuldade e brilhavam de suor. Mason encarava o adversário enquanto retomavam suas posições. Eu o vi acompanhando cada movimento do rosto do outro, como se assimilasse cada mínimo detalhe. Quando baixou o queixo, notei em seu rosto uma severidade assustadora.

O gongo soou.

O adversário avançou e Mason fechou a defesa. Absorveu uma série de golpes, mas, de repente, esquivou-se do último e, como um relâmpago, acertou um soco no estômago do outro.

O garoto se contraiu e Mason continuou a golpeá-lo cada vez mais forte, como uma máquina. Brutalidade e concentração se fundiram numa mistura mortal. O oponente tentou se proteger, mas Mason desferiu um golpe lateral que o atingiu em cheio na boca.

O impacto da luva foi devastador. A mandíbula do garoto vibrou e o protetor bucal saiu voando junto com um jato de saliva. O adversário revirou os olhos e desabou no chão com um estrondo que fez todo mundo pular. Eu estremeci, e Travis levou as mãos à cabeça.

— Caralho! *É knockdown!*

— O que é *knockdown*? — perguntei, enquanto o árbitro começava a contagem dos segundos.

Ao meu lado, John bebia avidamente pelo canudinho, com os olhos colados no ringue.

— É quando alguém vai ao chão! — explicou Travis, impaciente. — Se em dez segundos a pessoa não levantar, a luta acaba! Não... cinco... quatro... três... dois...!

O som do gongo fez a arena explodir.

Travis e John se levantaram na mesma hora e a voz no microfone anunciou:

— *Nocaute!*

Mason arrancou o protetor da boca enquanto o treinador comemorava com os punhos no ar e o rosto roxo de emoção. O árbitro levantou o braço de Mason para declarar a vitória e meu coração disparou.

Também me levantei, meio desajeitada, e observei Mason em meio àquela algazarra. Tive a sensação de sempre tê-lo visto assim, em meio às luzes daquele universo cheio de cores, no centro de um mundo que lhe caía como uma luva. Seu rosto brilhava, os ombros eram um emaranhado de nervos quentes e vibrantes. Vi que seus olhos percorreram todo o espaço até nos encontrar. John levantou o copo e eu escondi o meu.

Vi o olhar de Mason se encher de afeto no instante em que localizou o pai. Ao olhar para Travis, porém, notei um brilho de ironia diante da figura espalhafatosa do amigo.

Por fim, ele olhou para mim.

Em meio a dezenas de pessoas, com o boné virado para trás e aquele copo ridículo na mão, tive certeza de que ele leria nos meus olhos o ritmo acelerado das batidas do meu coração.

E, quando Mason relaxou o rosto e me observou soltando um suspiro profundo... senti o coração explodir.

De repente, fui envolvida por uma luz linda, puríssima, a mesma que, naquele instante, brilhava em seus olhos esplêndidos. Aquela luz me alcançou e me cobriu como um banho de ouro.

Eu não me sentia mais de fora.

Seu olhar tinha me colocado exatamente onde eu queria estar: entre o pai e o melhor amigo dele.

Porque eu, enfim, *pertencia* àquele lugar, em meio às cores e à gritaria, em meio às tempestades quentes e ao cheiro de maresia.

Eu podia recomeçar.

Podia voltar a sorrir.

Podia encontrar a felicidade, por mais que a dor matasse a cada dia um pedacinho do meu coração. Mas esses pedacinhos *voltavam a florescer* nos olhos de Mason, transformando-se em campos infinitos de onde eu podia contemplar o céu.

Eu poderia voltar a ter uma vida, embora meu pai não estivesse mais ao meu lado.

Ali também havia espaço para mim...

Mason foi forçado a desviar o olhar. Seu treinador o abraçou com entusiasmo e ele riu, divertido.

— Que luta! — exclamou Travis, maravilhado. — Bem que eu poderia começar a lutar boxe também, hein? Que tal, Ivy? Eu consigo me ver lutando boxe... Olha só quanta força.

Em seguida, ele flexionou os bíceps, fazendo pose de fisiculturista.

— *Bang!* — gritou, dando um soco no ar. — Um gancho de direita, outro de esquerda... e mais um de direita...

— Gostou da luta? — perguntou John, enquanto Travis continuava se exibindo.

— Ele se saiu muito bem — respondi. — Dá pra ver o quanto isso é importante na vida dele.

— É verdade — murmurou John, enquanto Mason deixava o ringue e desaparecia nos vestiários. — Tentei convencê-lo a desistir, mas não teve jeito. Hoje ele queria estar aqui de qualquer maneira — acrescentou, com um sorriso. Em seguida, se endireitou com um suspiro e bateu palmas. — Bem, acho que podemos comemorar com uma bela pizza. Travis, vem com a gente?

— Não precisa nem perguntar! — respondeu ele, todo alegre. — Ligo para os outros também? Posso chamar todo mundo!

— Ótima ideia — disse John, olhando o relógio. — Só temos que avisar ao Mason... — Ele se virou para mim. — Você pode ir lá?

O sorriso que John me deu mostrava como ele estava feliz com nosso bom relacionamento.

— Claro...

— Ah, Nate! — gritou Travis ao telefone. — Acredita que o mané ganhou hoje também? Liga pro pessoal, vamos comemorar na Ciccio Pizza!

— Ciccio Pizza? — repetiu John, um tanto incrédulo. — Não, não, é melhor na Re Provolone.

Travis arregalou os olhos.

— Mas a Ciccio Pizza tem borda recheada de toucinho!

— A Re Provolone tem toucinho frito nas bordas.

— E na Ciccio Pizza, não? Na Ciccio Pizza eles capricham na gordura!

Enquanto John e Travis discutiam qual pizzaria era mais gordurosa e digna, fui avisar Mason.

Abrindo caminho entre as pessoas que seguiam para a saída, me dirigi ao lugar por onde tinha visto ele desaparecer. A cortina no fim da arena revelou um corredor escuro. No fundo havia uma porta entreaberta. O raio de luz que saía dali me ajudou a chegar mais perto.

Não queria atrapalhá-lo. Talvez estivesse com o técnico, falando de coisas importantes...

— Você foi ótimo.

Congelei. Aquela *não* era a voz do treinador de Mason.

Aproximei o rosto da fresta e vi várias portinhas de armário reluzirem sob a luz de uma lâmpada. A bolsa de Mason estava em cima do banco central, mas não foi isso que chamou minha atenção.

Clementine estava sentada em uma mesa perto da parede. Balançava as pernas bronzeadas e exibia o longo cabelo solto por cima dos ombros.

Meus nervos se contraíram. O que ela estava fazendo ali?

— Não sabia que você se interessava por esse tipo de coisa.

Mason estava de costas para ela. Vestia uma camiseta branca e segurava uma toalha nas mãos. Já tinha tirado as luvas, mas não olhava para Clementine.

— Claro que me interesso. Meu pai é dono da associação esportiva que administra esta arena.

A tornozeleira que ela usava tilintou no momento em que cruzou as pernas.

— Isso te surpreende?

— Não muito — murmurou Mason, desinteressado. — O que não estou entendendo é por que você está aqui.

Ela franziu o nariz, satisfeita.

— Bom, ser a filha do dono tem seus privilégios, né? Por motivos especiais, eu posso quebrar uma regra ou outra...

— E esses tais *motivos* — destacou Mason em tom sarcástico — se encontram dentro do vestiário dos atletas?

Clementine ficou em silêncio. Observou cada detalhe da figura imponente de Mason, os dedos fortes que seguravam a toalha, e uma faísca iluminou seu olhar. Senti a barriga revirar quando ela murmurou bem baixinho, num tom sedutor:

— Com certeza.

Mason virou o rosto devagar.

Clementine descruzou as pernas e desceu da mesa. Em seguida, aproximou-se dele com passos sinuosos e o piercing no umbigo exposto brilhou.

— São ótimos motivos, de fato — sussurrou ela. — Mas que, de um jeito ou de outro... sempre acabam escapando das minhas mãos.

Ela o contornou e parou bem na frente dele. Senti um nó na garganta que me impediu de engolir.

Clementine encarou o peito de Mason com olhos famintos e se perdeu ali, como se aquela proximidade hipnotizante absorvesse sua alma e sua respiração.

— Eu sei que você entendeu — sussurrou, com uma pontinha de vulnerabilidade na voz. — Você sempre soube, mas nunca fez nada. Nem uma vez sequer...

Seu queixo tremeu sob o olhar silencioso de Mason. Em seguida, levantou a mão e, com extrema sensualidade, tocou o peito dele. Seus dedos encontraram o tecido da camisa e a voz ficou mais fina.

— Se você precisar de alguma coisa, eu posso ajudar. A encontrar patrocinadores, ou os melhores treinadores da cidade... Tenho muitos contatos. E, quem sabe, para outras coisas... O que você quiser...

Mason a olhou de soslaio. Quando Clementine suspirou e fixou o olhar nos seus lábios carnudos, ele permaneceu impassível.

Então, ela pousou a mão na dele e a apertou. Quando já estavam bem próximos, vi Mason se inclinar na direção de Clementine.

Aproximou o rosto do dela, com os lábios a milímetros de distância da pele.

— Tem uma coisa que eu quero, sim... — sussurrou no ouvido dela. — Mas não é nada que você possa me dar.

Em seguida, afastou a mão de Clementine e a soltou.

Senti um frio na barriga quando Mason começou a remover as faixas que envolviam os punhos. Clementine se virou na mesma hora e arregalou os olhos.

— É só isso que você tem a dizer? — perguntou, chocada.

— Não — disparou Mason, sem se virar. — Fecha a porta ao sair.

Nunca amei tanto seu jeito ríspido e reservado como naquele momento. Mason era bem direto quando queria, e eu sabia disso mais do que ninguém.

Naquela frestinha de luz, vi as mãos de Clementine tremerem.

— Meu interesse por você te incomoda tanto assim? — perguntou ela, furiosa e magoada ao mesmo tempo.

— Pelo contrário. Não me afeta como deveria. — Mason começou a abrir e fechar os dedos em movimentos ritmados e depois parou. Então, em tom mais suave, acrescentou: — Eu te disse isso na festa. Achei que você tivesse entendido.

Não consegui desviar os olhos de suas costas largas, e ainda bem que não. A esperança florescia em cada parte do meu corpo, nos ossos e em cada respiração, e eu só vivia por causa dela.

Voltei os olhos para Clementine, certa de que ela desistiria.

Mas o que vi foi outra coisa.

Uma emoção corrosiva escorria dos seus olhos. A garota sofisticada de antes tinha desaparecido. A raiva que chacoalhava seu corpo era uma tempestade prestes a explodir.

— Ah, sim, *é claro*... — sibilou, entre dentes. — *É por causa dela, né?*

Clementine parecia um lindo demônio furioso. Enquanto cerrava o punho, Mason virou o queixo bem devagar em sua direção.

— Não sei de quem você está falando.

— Não adianta *fingir* — disparou, enfurecida. — Nem tenta manter essa farsa comigo. Desde quando aquela garota chegou... aquela *canadense* — acrescentou, cheia de ressentimento —, você não me olhou mais nenhuma vez.

Dava para perceber uma competição quase doentia em sua voz. Eu sabia que Mason nunca tinha lhe dado a atenção que ela alegava e, pela primeira vez, vi Clementine em sua verdadeira essência. A possessividade que nutria por ele era um veneno que ela própria havia alimentado.

— Acha que sou cega? Talvez os outros sejam burros o bastante para comprar esse papo, mas eu, não. Eu vi — sibilou. — Acha mesmo que eu não reparei nos olhares que você lança para ela na escola, quando ela vai embora? Ou o jeito como você a socorreu na praia, rosnando para qualquer um que sequer respirasse perto dela? Acha que eu não *sei* — enfatizou, consumida pela raiva — que aquela garota não é sua prima?

Senti um calafrio. Os músculos de Mason se contraíram a ponto de ser visível através da camiseta branca fininha.

— Pois é — sussurrou Clementine, satisfeita. — Não acreditei nessa história nem por um segundo. Sua mãe não tem irmã nenhuma. E essa garota tem muito a esconder, né? Está mergulhada em mentiras, nada no meio delas que nem um *animal* — sibilou. — Fingiu para todo mundo, sem nenhum pudor. Era ela que os caras queriam ontem. Podem dizer o que quiserem, mas eu entendi. E você sabe a facilidade que eu teria de contar tudo para a imprensa — acrescentou, com um sorriso sádico e um brilho louco nos olhos. — Ah, se todo mundo soubesse que aquilo aconteceu por culpa dela... imagina só? Aposto que a devorariam viva. Iam acabar com ela. Ah, eu adoraria ver como você olharia para ela depois. Queria ver se ainda correria atrás dela como fez lá na festa, ou se finalmente a veria do jeito que ela é: uma vadiazinha imunda e desprezível...

De repente, ouvi um estrondo violento.

Clementine levou um susto e recuou um passo, assustada.

A mão que havia socado de maneira brusca o armário emanava uma energia brutal. Os dedos se contraíram e Mason cerrou as mãos bem devagar.

— Deixa ela em paz — disse, num sussurro perigoso que serpenteou no ar.

Ela o encarou, desconcertada com aquela reação. Em seguida, fechou bem os olhos, tremendo e irradiando um ódio insano por todos os poros da pele.

— Então é isso — falou Clementine, naquele mesmo tom acusatório, ainda mais decidida a me destruir. — É exatamente isso, você a...

— Eu não estou nem aí pra ela, *porra*!

Estremeci. A voz de Mason explodiu como um trovão, açoitando minha pele.

Ele se virou, fazendo o ar vibrar com sua presença avassaladora, e lançou a Clementine um olhar de pura fúria.

— Quer saber a verdade? *É essa* — confessou ele, com uma repulsa autêntica. — Desde o momento em que essa garota pôs os pés na minha casa, eu quis que ela desaparecesse da minha frente. Ela, suas roupas e tudo o que pegou sem permissão. Você acha mesmo que algo mudou? Acha que eu tenho qualquer afeto por ela? A única coisa que sinto quando a vejo é *pena* — cuspiu as palavras, com nojo. — Se agora eu tolero a presença dela, é só por causa do meu pai. Só por ele, para tentar ter a vida que eu tinha antes de ela aparecer. Mas eu não a suporto. Tudo nela me irrita e, se você acha o contrário, então não entendeu porra nenhuma.

Ele está mentindo, sussurrou meu coração, desesperado. *Ele está mentindo, ele não pensa assim de verdade...*

— Só está falando essas coisas para protegê-la — balbuciou Clementine, fora de si.

— *Protegê-la?*

Mason esboçou um sorrisinho e seu sarcasmo foi como um tapa na cara.

— Eu fingi me aproximar dela só para recuperar o que é meu. Fingi aceitá-la porque não tive escolha. Você realmente acha que eu me importo? Estou esperando o dia em que ela vai voltar para o lugar de onde veio e eu vou enfim ter a minha vida de volta. Mas não quero problemas com o meu pai. Então deixa minha família fora disso.

— E você espera que eu compre essa? — sussurrou Clementine, mas parecia confusa com o desprezo estampado no rosto de Mason. — Acha mesmo que isso vai me fazer mudar de ideia?

Ao ouvir aquelas palavras, Mason fechou a cara. As íris viraram dois abismos, reflexos sombrios de uma raiva primitiva. Então, ele se aproximou dela, emanando uma presença imponente e assustadora que até o ar parecia sentir.

— Você é igual a *ela*... É igual à minha mãe. O egoísmo doentio de vocês me *enoja*. — Quando pairou sobre Clementine, ela engoliu em seco. — Não estou nem aí para em que merda você acredita ou não. Mas se eu descobrir que você fez alguma coisa, *qualquer coisa*, para causar problemas à minha família... — O olhar de Mason irradiou uma fúria que faria qualquer um estremecer. — Terá cometido um grande erro. Fique longe dela, não vou falar de novo. Sou tão indiferente a ela quanto sou a você. Estou só esperando o dia em que Ivy vai sumir *de vez* e voltar para o fim do mundo de onde veio. Deu pra entender agora? — disparou Mason, com sinceridade. — Eu não a quero aqui, nunca a quis aqui e *nunca* vou querer.

Recuei um passo. Tive exatamente a mesma sensação das outras vezes: o aperto no peito, o gelo, a luz se apagando dos meus olhos vidrados.

Era sempre assim. Tudo vibrava, tudo se embaçava e afundava na escuridão.

O escuro me devorou como as garras de um monstro imenso e me arrancou a coragem, a força, a vida. Arrancou tudo.

Eu me afoguei nas próprias dores e as lágrimas embaçaram minha visão.

Vi o desgosto no rosto de Mason e aquele desprezo me quebrou por dentro.

Eu não aguentaria mais aquele olhar. Não vindo dele.

Semicerrei os olhos, visando ele. Então, de repente, me peguei destruída pela ideia de ficar assim para sempre, presa entre gritos e golpes, entre palavras cheias de ódio que eu não conseguia mais suportar.

Eu me vi destruída pela ideia de aguentar *repetidas vezes* a frieza daqueles olhares — e *não*, dizia meu mundo, tremendo. *Por favor, não, chega.*

"Aguenta", gritou a dor, como um castigo eterno — mas *não, dessa vez não. Eu não queria mais aguentar.*

Uma força destrutiva tomou conta de mim e me roubou todas as cores. As pernas já não me pertenciam, a respiração não era mais a minha. Encontrei a saída de emergência logo à frente, empurrei a porta e o céu se abriu sobre mim.

Levantei o rosto, agarrada à porta. Minha escuridão me cobriu como um hematoma, me tingiu com o desespero de querer pertencer a alguma coisa.

Eu não queria mais ficar ali. Não havia nada para mim. Nunca houve.

Eu deveria ter entendido isso desde o início. Minha casa só podia ser *lá onde ele estava*. Meu verdadeiro lar.

Soltei a maçaneta e, sem me dar conta do que estava fazendo, saí correndo. Corri sem coragem de olhar para trás.

Corri como só fazia na infância, quando fugia para os braços do meu pai.

E, enquanto o mundo desabava ao meu redor, formando um caos de gelo em torno do meu coração, concluí que o único lugar ao qual eu pertencia também era o único de onde eu nunca deveria ter saído.

Minha terra.

Meu lugar de verdade.

O Canadá.

24
HIRAETH

Eu nunca fui inconsequente.
Nunca tomei decisões impulsivas ou insensatas, nunca fiz nada imprudente. Sempre preferi me fechar em mim mesma a fugir.

Era o meu jeito.

Eu me perguntei como pude ter mudado tanto depois da morte do meu pai.

Eu me perguntei se ele me reconheceria naquela garota apagada, com o rosto marcado, que olhava o mundo pela janela suja de um ônibus.

Tinha chegado à casa de John num piscar de olhos.

Foi como um borrão: a escada, minhas mãos pegando a mochila e jogando poucas coisas ali. Documentos, roupas, meu caderno, todo o dinheiro que eu tinha. Uma garrafinha d'água e o álbum do meu pai.

Não senti nada. Nem mesmo quando deixei aquele bilhete apressado na mesa da cozinha. Nem quando começou a chover e eu peguei o primeiro ônibus que havia encontrado, a caminho de Fresno.

Voltei a ser aquela boneca de retalhos, sentada à mesa de um restaurante com a assistente social.

Nunca tinha me dado conta de como estava longe de casa. Foram necessários cinco ônibus e um trem só para chegar à fronteira com o Canadá.

Dormi algumas vezes debaixo das marquises das estações. A cada parada, o vento ficava mais frio e cortante, e à noite eu o sentia morder meus tornozelos, aninhada nas cadeiras de metal das estações.

Entre as lembranças desfocadas daquelas horas, recebi inúmeras ligações de John. E mensagens, primeiro confusas, depois cada vez mais preocupadas, que se acumularam e acabaram com a bateria do meu celular.

A sensação de culpa destruíra meu coração só de imaginar seu rosto ao me procurar. A dor me corroera, e eu só tinha conseguido mandar uma mensagem patética: "Estou bem". Depois, meu celular descarregara.

Eu nunca tinha me sentido tão vazia na vida.

Mas, ao chegar à fronteira, surgiu um problema.

O ônibus parou e a polícia rodoviária quis verificar os documentos de cada passageiro.

— Menores de idade não podem viajar sozinhos — dissera um deles, me lançando um olhar severo.

Por fim, me fizeram descer e me levaram para um escritório, onde um guarda inspecionou minha identidade. Também pediu meu passaporte e perguntou para onde eu estava indo e o motivo da viagem, enquanto analisava minha cidadania com olhos cirúrgicos.

Eu expliquei que estava só voltando para casa.

— Menores de idade não podem viajar sozinhos — repetiu o guarda, conferindo o visto de entrada e saída emitido pela embaixada canadense, anexado aos meus documentos.

Mas eu era de lá, tinha nascido e crescido lá. Não era estrangeira, estava só voltando. O Canadá era, para todos os efeitos, meu país.

Àquela altura, já fazia mais de trinta horas que eu estava viajando. E tinha passado mais duas naquele escritório, tentando convencer o agente de que meus documentos estavam em ordem.

No fim das contas, depois de muitos olhares superficiais e perguntas, me deixaram seguir viagem.

Até chegar em Yukon, foram mais dois dias. Eu fui de um ônibus a outro, encolhida nas salinhas de espera, com o capuz do casaco levantado e o boné cobrindo o rosto. Toda vez que via as pessoas em situação de rua nas paradas, me sentia mais parecida com elas do que gostaria de admitir.

Mas tudo mudou quando aquela paisagem tão familiar começou a surgir diante dos meus olhos.

Quanto mais ao norte eu chegava, mais verdes as florestas ficavam. Os galhos brilhavam com gotas de chuva, como cacos de vidro contra a luz.

E aquele sol cristalino reluzia nas encostas, em meio a nuvens brancas e montanhas cobertas de neve.

Aquele era o meu Canadá.

Enfim... eu estava em casa.

O ar penetrava minha pele. Tinha um sabor diferente, *aquele* sabor.

Uma rajada repentina me envolveu e eu fechei os olhos, respirando fundo. Enchi os pulmões daquele vento e me dei conta de como tinha sentido falta daquilo.

Eu estava mesmo de volta.

À medida que caminhava pela estrada, ouvia o chão crepitar sob meus pés. Aquele tempo todo, eu tive a sensação de me movimentar como uma marionete quebrada que arrastava os fios soltos pelo caminho. Preso a cada um dos fios havia um arrependimento, mas, enquanto eu avançava em meio às montanhas que conhecia desde sempre, sentia que ali poderia me recompor.

Aquele lugar foi feito sob medida para mim.

Meu mosaico perfeito.

A certa altura, ergui o olhar. A estrada se dividia em duas, serpenteando como uma fita em meio à neve. E ali, bem ali, estava a trilha de terra das minhas lembranças.

Nada tinha mudado. Lá estava nossa pilha de lenha, a picape coberta pela lona, a caixa de correio enferrujada.

E, ao fundo, a casa de madeira, aninhada na floresta de lariços.

Imóvel, intocada, como da última vez que eu a tinha visto.

Por um instante, perdi a noção da realidade.

Voltei à época em que eu chegava da escola e avistava a sala de estar da janela. Os biscoitos assando no forno à lenha e o cheiro de gengibre se espalhando pelo ar.

E ele estava ali, de costas, cortando lenha. As mangas do suéter arregaçadas até os cotovelos e o halo da sua respiração o faziam parecer mais real do que nunca. Ele parecia vivo...

Fiquei sem ar.

Vi uma sombra se mexer atrás da janela. Arregalei os olhos e uma esperança ardente e irracional pulsou febril no meu coração.

Corri em direção à casa, tropeçando várias vezes no caminho. A mochila batia nas costas enquanto eu pegava o molho de chaves. Assim que cheguei à varanda, inseri a chave certa na fechadura e escancarei a porta com a respiração presa na garganta.

Ele se virava para mim, parado diante do fogão. Os cachos estavam bagunçados, como sempre, e os olhos brilhavam sorridentes ao me ver.

— *Bem-vinda de volta, Ivy.*

Uma cauda espessa passou correndo pela sombra. Um guaxinim pulou para cima de um móvel e saiu pelo buraco de uma janela quebrada.

Fiquei parada na soleira, envolta em silêncio.

Após um instante, afastei os dedos da maçaneta e larguei a mão na lateral do corpo. Por um momento, acreditei mesmo que encontraria alguém ali.

Me virei devagar, fechei a porta e encarei as tábuas da varanda, onde só havia pegadas de uma pessoa: as minhas.

Ele não estava ali.

O vento soprava entre o mármore dos túmulos, trazendo o cheiro de terra e neve.

Ao meu redor, mais uma vez, reinava o silêncio.

A correntinha roçava minha pele enquanto eu encarava a lápide branca — um lembrete de que ele um dia existira. Que, em algum momento, já estivera ao meu lado. Que aquilo que destroçava meu peito não era loucura.

Por mais que o mundo tivesse seguido em frente, tinha existido uma vida em que ele esteve comigo.

Não tive coragem de tocá-la. Sentia que, se botasse a mão ali, acabaria desabando. Continuei parada, frágil e inútil, olhando meu pai em meio às campânulas-brancas que eu trouxera.

Tentei demonstrar a força que ele via em mim, mas só consegui me lembrar da imagem que eu tinha dele quando eu era criança.

Meu pai sempre me dizia: "Olhe com o coração". Senti as pálpebras tremerem, os olhos arderam e a angústia me envolveu com toda a sua força.

Ele se agachava na minha frente, e eu caí de joelhos diante dele.

Ele segurava minha mão, e eu apertei o boné entre os dedos, a testa marcada por um labirinto de rugas.

Queria lhe dizer que eu estava ali. Ao lado dele.

Que tinha tentado seguir em frente, mas tudo gritava sua ausência. O vento gritava, as nuvens gritavam, cada lembrança que eu tinha dele gritava.

Eu tinha sido uma tola.

Minha casa só podia ser onde ele estava. Só que meu pai tinha morrido, e o Canadá nunca mais teria as mesmas cores. Nada seria como antes. O vazio que ele tinha deixado era grande demais para ser preenchido por uma casa de madeira.

Enquanto eu soluçava ali, encolhida perto de sua lápide, me perguntei se ainda havia esperança de lhe dar, pela última vez, tudo o que eu tinha.

Ele sempre seria meu sol.

Minha estrela na escuridão.

E eu nunca mais conseguiria brilhar.

Foi o zelador do cemitério, um senhor de idade, que me acordou.

— Você não pode ficar aqui — disse ele, tocando meu ombro.

Levei um susto e o encarei com dois olhos inchados e vermelhos. Ele me encarou com pena. Perguntou se eu precisava de alguma coisa, se podia me ajudar, mas eu me levantei às pressas e sacudi as roupas, envergonhada demais para responder. Em seguida, me afastei no frio cortante, com os lábios rachados e o sal das lágrimas seco nas bochechas.

Quando voltei para casa, as tábuas da varanda rangeram sob meu peso. Entrei no piloto automático e larguei a mochila no chão.

Tudo estava do jeito que eu tinha deixado. A poeira cobria o piso. Havia um monte de lençóis brancos esticados sobre os sofás e as janelas fechadas projetavam uma penumbra sombria e pesada no ambiente. Ao entrar no meu quarto, vi o colchão envolvido por um plástico. Peguei a mochila e fui para o quarto do meu pai.

Era tudo bem familiar, mas a magia das minhas lembranças não parecia ser mais a mesma. Estava enterrada sob camadas de cinza e abandono.

O que eu tinha achado? Que moraria ali sozinha? Que voltaria à minha vida como se nada tivesse acontecido?

Observei a casa vazia. Revi nós dois sentados à mesa, com uma xícara de chocolate quente nas mãos em meio àquela luz quente que a lareira emanava, escrevendo mensagens em pedaços de papel.

Uma determinação antiga me dominou. Cerrei os punhos e, nos meus olhos devastados, brilhou uma teimosia ardente.

Tirei o boné e o deixei na cama. Depois, prendi o cabelo com um elástico e comecei a trabalhar. Primeiro, fui ao porão. Encontrei o quadro geral e liguei a eletricidade da casa, assim como abri o registro da água. Em seguida, fui até o aquecedor. Coloquei ali dentro dois grandes pedaços de lenha. Quando o fogo pegou, fechei a portinha e voltei para cima.

Tirei os lençóis e abri a janela para deixar o ar circular. Depois, comecei a limpeza. Varri o chão, tirei o pó da lareira, da cozinha e da sala. Fiz o mesmo na casa inteira. Levei horas, mas, quando terminei, fiquei contemplando o resultado.

À minha frente estava a sala de estar, já quente e cheia de luz. À esquerda, o fogão amplo, impecavelmente limpo, e a bancada de carvalho, que dava um toque rústico e atraente àquele cantinho. À direita, o sofá de couro com a mesa de centro e o tapete macio de lã vermelha, tudo imerso em um agradável contraste com a madeira escura do ambiente. A grande lareira de pedra dominava o cenário, dando um toque de simplicidade e conforto.

Uma série de velas e porta-retratos trazia nova vida à atmosfera, recriando a aura acolhedora que eu ainda guardava nas minhas lembranças.

Naquele momento, estava tudo como sempre tinha sido.

Fui ao banheiro e me despi. Reprimi um calafrio quando a água gelada saiu do chuveiro, mas criei coragem e entrei mesmo assim. Ia demorar um pouquinho até o aquecedor fazer efeito. Lavei a sujeira dos dias de viagem, do suor e da poeira, e saí revigorada.

Em seguida, me vesti com as roupas que tinha deixado no meu armário: uma camisa térmica, um confortável suéter cinza-perolado com mangas bufantes e uma calça legging. Vesti o casaco, peguei as botas de cano alto e as luvas de meio dedo e fui à varanda para terminar de me arrumar.

O céu era um manto prateado. Ao redor, a neve endurecida cobria o chão e as pontas das árvores.

Tirei a lona da picape e tentei dar partida. A bateria se recusou a colaborar. No frio, aquilo acontecia muito, então eu sabia exatamente o que fazer. Peguei o carregador e as pinças no depósito dos fundos e, depois de alguns minutos, consegui ligar o motor.

Fui à cidade para fazer compras. Meu pai havia me deixado todo o dinheiro que tínhamos, mas eu ainda precisaria dar um jeito de me virar sozinha. Algumas pessoas me olharam e cochicharam, querendo saber se era mesmo eu, a filha do Nolton, mas eu baixei o boné e evitei fazer contato visual.

Quando voltei para casa, fui recebida por um calor suave. Guardei o leite e as outras compras e, naquele exato momento, me lembrei do meu celular.

Quando finalmente consegui ligá-lo, uma enxurrada de notificações invadiu a tela. Havia ligações perdidas de Carly, Fiona e de vários números desconhecidos.

Mordi os lábios e mandei outra mensagem para John. Eu sabia que, cedo ou tarde, teria que conversar com ele. Não podia deixá-lo assim, não depois do que eu tinha feito. Ir embora sem dar explicações tinha sido um erro, e a culpa me consumia. Queria explicar que estava tudo bem, que não era culpa dele. Que ele tinha feito tudo por mim e que era a última pessoa no mundo que eu queria magoar. Escrevi isso para ele, na esperança de que entendesse que eu estava sendo sincera.

Pouco depois, enquanto limpava o rifle, sentada à mesa perto da janela, me perguntei se ele acreditaria em mim...

Um barulho repentino chamou minha atenção.

Pensei que tivesse ouvido errado, mas, logo depois, ouvi um estalido por cima dos sons suaves da floresta. Talvez o guaxinim daquela manhã ainda estivesse por perto. Suspirei e prometi a mim mesma que não deixaria o lixo para fora, senão ele nunca iria embora.

Retomei a limpeza de onde havia parado, passando o pano no cano do rifle, e o virei para o outro lado.

Um baque violento me fez estremecer.

Foi tão inesperado que deixei o pano cair.

Quando ouvi o barulho outra vez, meu coração disparou. Afastei a cadeira com um movimento brusco e me levantei, porque, das duas, uma: ou havia um guaxinim de dois metros lá fora, ou era um maldito urso tentando entrar.

Empunhei o rifle, mas, naquele instante, a porta foi escancarada.

O cheiro da floresta invadiu o ambiente com uma lufada fria, e diante dos meus olhos congelados surgiu uma figura imponente. Carregava uma mochila nas costas e usava um gorro de lã, calça cargo, coturnos pretos e um casaco da mesma cor. Ele entrou com passos pesados e um cachecol puxado até o nariz.

Mas foi só quando nossos olhos se encontraram que meu coração parou.

Senti o mundo vacilar e a língua virar pedra.

Não era possível...

— Mason? — sussurrei, incrédula.

Fiquei chocada, incapaz de acreditar no que estava vendo.

Não, não era possível que ele estivesse ali.

Eu estava em Yukon, na minha casa, a centenas de quilômetros dele. Aquilo era pura ilusão. A ilusão mais cruel e traiçoeira que eu poderia imaginar...

Mason analisou os arredores. Seus olhos felinos examinaram com calma aquele ambiente desconhecido. Depois, ele levou a mão ao cachecol e o abaixou.

Vi a marca do frio nas suas bochechas, os lábios avermelhados pelo ar da montanha, e minha alma saiu do corpo.

Era real.

Eu não estava imaginando aquilo, não era como ver meu pai. Mason estava no Canadá, à porta da minha casa. E, quando por fim cravou os olhos em mim, tive a confirmação de que estava mesmo ali.

— O que está fazendo aqui... como... — gaguejei, enquanto ele avançava com toda a sua imponência.

Ele olhou de soslaio para a fuinha empalhada acima da lareira e, quando enfim decidiu falar, o som de sua voz destruiu qualquer dúvida que eu ainda pudesse ter.

— Todos os seus documentos tinham sumido — murmurou, sem rodeios. — Até o visto de entrada e saída que você tinha quando chegou. Estava na cara que ia precisar dele para passar pela fronteira. Para onde mais você teria ido?

Ele não me cumprimentou, não me disse nada além daquilo, como se fosse normal vê-lo dominando as paredes da minha casa.

Era surreal.

Eu o encarei sem saber o que dizer. Meu corpo estava entorpecido e a mente, em polvorosa — eu me sentia desconectada do mundo.

— O que... O que você veio fazer aqui?

Mason me encarou com determinação. Aquele olhar revirou minha alma.

— Acho que é bem óbvio. Vim levar você de volta para casa.

Tive a sensação de que um enorme vazio havia sugado tudo. Por um instante, fiquei imóvel, como se ele tivesse me dado um tiro.

Uma emoção intensa percorreu minhas veias e comecei a tremer, mas dessa vez não era por causa da surpresa.

Mason estava ali. Aquela certeza se solidificou sob a minha pele. As lembranças inflamaram meu estômago e eu lhe lancei um olhar incendiário.

— Eu *estou* em casa.

Então desviei o olhar e segui até a porta com passos firmes. Passei por ele às pressas, mas sua mão forte me segurou pelo cotovelo.

— Aonde você pensa que vai? — perguntou, pairando sobre mim. Puxei o braço e o encarei com fúria.

— É melhor você ir embora. Vir até aqui foi inútil, fez toda essa viagem à toa.

— Não sei se entendi — disse ele, com um tom irritante. Então, aproximou-se de mim e, nos seus olhos cortantes, percebi toda a sua perturbação. — Tem ideia do susto que deu no meu pai? Você sumiu sem dizer nada, passamos horas te procurando até encontrarmos aquele bilhete na cozinha! Posso saber que merda tem na cabeça?

Segurei firme o rifle. Mason congelou. Contraiu a mandíbula e olhou para a minha mão. No instante seguinte, voltou a me encarar.

Sustentei aquele olhar com toda a obstinação que fui capaz de reunir.

— Estou exatamente onde quero estar. John cometeu um erro ao te mandar aqui. Você é a última pessoa que poderia me convencer a voltar — sibilei, mais machucada do que gostaria. — Afinal de contas, você sempre quis isso, não é?

Vi algo brilhar nos olhos dele e semicerrei os meus, despejando em Mason toda a minha ira.

— Você queria sua vida de volta. Queria se livrar de mim. Bom, meus parabéns, Mason, você conseguiu.

Passei por ele e, dessa vez, lhe dei uma ombrada. Queria abalá-lo, despedaçá-lo, mas a única que se machucou fui eu. Virei um labirinto de rachaduras só com aquele toque e contraí os lábios, lutando para não desabar.

Apoiei a alça do rifle no ombro e cerrei os punhos enquanto os poucos fragmentos de alma que ele ainda não havia arrancado de mim pulsavam como estrelas moribundas.

— Vai embora — ordenei, sem olhar para trás. — Não quero encontrar você quando eu voltar.

Então segui em direção à floresta, com um nó apertado na garganta. Deixei Mason para trás de uma vez por todas, tentando ignorar o aperto no peito.

Eu tive esperança, e ela me tornara frágil.

Eu conheci o amor, e ele destruíra meu coração.

Finalmente entendi uma coisa: no mundo, existem milhares de maneiras de morrer, as que matam por fora e as que matam por dentro.

Mas só existe uma com seu nome gravado.

E bate no peito de outra pessoa.

25
Para sempre comigo

Claro que Mason não me deu ouvidos.

Além de não ter ido embora, ainda veio atrás de mim.

Ouvi seus passos em meio aos arbustos às minhas costas enquanto me embrenhava na floresta. Ele manteve certa distância, como se o animal perigoso e indesejado fosse eu.

Segui em frente até chegar a uma clareira nos limites da floresta.

Avancei com passos decididos em meio ao mato seco pelo frio e, quando encontrei um bom lugar, arranquei um punhado de grama e o esfreguei nos dedos até desintegrá-lo. Verifiquei a direção do vento e aguardei.

Demorou um tempinho até eu avistar algo, mas, quando a vegetação começou a se mexer, me preparei. Um par de gansos levantou voo e o disparo ecoou duas vezes. O som se espalhou pelas montanhas, levantando bandos distantes.

Esvaziei o cano com um movimento rápido e os cartuchos caíram no chão. Recolhi tudo enquanto uma rajada de vento subia ao meu redor.

Era como se a terra me abraçasse e o ar se moldasse ao meu corpo. Minha alma tinha sido forjada por aquele céu, fortalecida por aquela brisa, e nada poderia quebrar aquele vínculo.

Tive uma sensação estranha na nuca e, com o rifle apoiado no ombro, me virei.

Ele estava no limite das árvores. A sombra dos galhos ocultava parcialmente o rosto, mas as pupilas estavam cravadas em mim. Retribuí o olhar por cima do rifle, enquanto meu cabelo dançava ao vento.

É Mason, sussurrou meu coração. Eu me lembrei do quanto havia desejado que ele me visse assim. Do quanto tinha sonhado que ele me conhecesse de verdade. Que conhecesse a verdadeira eu...

Reprimindo o calor indesejado no peito, desviei o olhar. Aquele segundo de fragilidade só reforçou minha determinação.

Eu não ia deixar que ele me enfraquecesse.

Nunca mais.

Concluí meu trabalho e voltei, passando por ele, ignorando-o por completo. Pendurei o rifle no ombro e coloquei os gansos na caçamba da picape, certa de enfim ter encontrado um pretexto para me livrar de Mason.

Pelo menos até ele se sentar no banco ao meu lado.

Mason se acomodou como se eu o tivesse convidado a entrar no carro e, então, fechou a porta com a arrogância de quem não tinha a menor intenção de ser ignorado.

Segurei firme o volante, tentando me controlar. Minha vontade era de expulsá-lo aos pontapés, mas eu sabia que a melhor estratégia era a indiferença.

Mason não suportava ser ignorado, aquilo o irritava profundamente. Ele *precisava* receber a devida atenção, graças à personalidade dominante e orgulhosa.

Bom, ele vai ver só.

Engatei a marcha e parti. Durante todo o trajeto, tentei disfarçar a irritação franzindo a testa e me concentrando obsessivamente na estrada.

Foi mais difícil do que eu imaginava.

Mason tinha a incrível capacidade de *exalar* seu cheiro, mesmo por baixo de todas aquelas camadas de roupa. Irritada, tive que abrir a janela, preferindo a friaca ao perfume inconfundível dele.

Mason ainda ousou pigarrear, contrariado. Mas, naquele momento, o carro passou *acidentalmente* por um buraco e ele bateu a cabeça no teto.

Ele me lançou um olhar ameaçador, enquanto eu me preparava para passar sobre todos os buracos da estrada com obstinação.

Quando chegamos à cidade, estacionei em frente ao armazém e saí batendo a porta. Mason ainda teve a audácia de fazer o mesmo.

Entrei e deixei os gansos em cima do balcão, esperando o dono me pagar. Contei as notas com os dedos e as guardei no bolso.

— Você pretende me evitar por muito tempo ainda? — perguntou ele, com um tom irritado.

Até a morte, pensei, enquanto abria a porta. Mas, naquele momento, ele passou a mão por cima do meu ombro e a fechou com força.

— Gostaria de saber por quanto tempo você ainda vai fingir que eu não existo.

— Até você ir embora — retruquei, tentando puxar a porta.

Mas Mason não a soltou. Continuou atrás de mim, me encurralando no calor sufocante do seu corpo.

— Olha pra mim.

Eu me senti presa por uma força invisível, um poder que ele exercia só de estar por perto. Apertei a chave com tanta força que achei que fosse quebrá-la. Aquela voz rouca tinha um forte poder de persuasão, capaz de tocar minha alma e ler nela meus desejos mais profundos.

— Ivy, olha pra mim — repetiu.

— Já falei — sibilei, fazendo de tudo para não tremer. — Você tem que ir embora. Não tenho nada para te dizer.

— É mesmo? — sussurrou ele no meu ouvido, num tom sombrio.

A urgência de me desvencilhar me levou a dar outra ombrada nele. Mason se virou, e eu, sem saber para onde mais fugir, entrei direto no pub de Joe.

O calor me envolveu como uma onda, balançando as mechas de cabelo nas laterais do rosto. Senti na mesma hora aquele cheiro forte e inconfundível de malte, madeira e couro.

Havia troféus de caça e fotos do final do século XIX por todas as paredes. Pôsteres e cartazes antigos celebravam os tempos em que Dawson City tinha sido símbolo da corrida do ouro. Para completar, havia também placas de neon, e uma enorme cabeça de cervo dominava o espaço acima do balcão, acompanhada do som das torneiras de chope borbulhando no ar.

Não tinha mudado nada.

— Ivy! — Um rosto sardento me olhava com uma expressão surpresa. — Não acredito! É você mesmo?

Quase tinha esquecido que não estávamos na Califórnia.

Eu estava em casa e todo mundo se conhecia.

Já fazia um tempão que Mandy trabalhava no Joe's. Ela era alguns anos mais velha que eu, então nunca estudamos juntas, mas, nas raras vezes em que nós conversamos, ela sempre foi simpática.

Eu me lembrei de quando vínhamos ao pub e meu pai me estimulava a fazer amizade com ela. Mandy era gentil e madura, diferente das outras garotas.

— Joe me disse que tinha visto você hoje — comentou, segurando a bandeja. — Só que, caramba, aquele velho caolho não bate bem da cabeça! Achei que estivesse de brincadeira!

Não teci qualquer comentário sobre a confiabilidade do velho Joe, que falava por si só, e me limitei a assentir. Mandy aceitou aquilo como resposta.

— Nossa! — exclamou. — Não achei que fosse te ver de novo por essas bandas... Você está com uma cara ótima! Vai ficar na cidade? Até quando? Quer alguma coisa para...

As palavras se perderam nos seus lábios. Mandy piscou, confusa, enquanto arregalava os olhos e corava.

Nem precisei ouvir a porta se fechar para saber que Mason tinha acabado de entrar.

Conforme ele avançava, Mandy abraçava a bandeja, olhando bem por cima da minha cabeça.

— Olá! — cantarolou ela. — Seja bem-vindo ao Joe's... *Hum*... Quer uma mesa?

Mason fulminou o ambiente de cabeça baixa, com uma expressão sombria. Examinou a fila de animais empalhados nas paredes e, por fim, deu atenção a ela.

Observou Mandy com olhos semicerrados, enquanto mechas de cabelo que despontavam das laterais do gorro roçavam a mandíbula quadrada. Quando parou atrás de mim, ela pareceu chocada.

— E-espera... Vocês estão juntos?

Encolhi o pescoço e lancei um olhar furtivo para Mason. Mandy, por sua vez, levou a mão à testa.

— Desculpa, não imaginei que... — Ela sorriu e alisou o avental. — Ai, caramba... Venham cá! Por que não comem alguma coisa? Tenho certeza de que ainda não jantaram. Hoje tem caldo de feijão, mas, caso queiram uma bela carne, Joe trouxe um urso de dar água na boca ontem!

Não consegui ver com clareza o semblante de Mason, mas, a julgar pela forma como ele me olhou, com as narinas dilatadas e a testa franzida de tanto nojo, imaginei que estivesse horrorizado, assustado e ultrajado ao mesmo tempo.

— Podem se sentar, se quiserem — convidou Mandy, e ele, com cara de quem preferiria levar um tiro no pé, desviou os olhos de mim e cedeu.

Com relutância, foi até a mesa. Quando fiz menção de segui-lo, Mandy me segurou.

— Cacete, Ivy — disparou em tom conspiratório. — Quem é esse cara?

Eu já deveria ter imaginado. Era óbvio que um rosto novo despertaria a curiosidade daquela cidadezinha. Além disso, era inegável que Mason não passava despercebido.

O que eu deveria dizer?

Que era um amigo? Definitivamente não.

Um conhecido? Já melhorava um pouco...

O filho arrogante do meu padrinho, de quem eu guardava um rancor inimaginável, que só se igualava ao desejo irracional de vê-lo se ajoelhar aos meus pés e me implorar para termos vários filhos juntos?

— É Mason — respondi simplesmente, vendo que não ia ter jeito.

No fim das contas, resumia bem.

— Que pedaço de mau caminho — disse ela, com um assobio, apoiando a mão na cintura. — Nunca vi um cara assim por essas bandas. Então é verdade o que dizem sobre os californianos, hein? Se todos forem que nem ele...

Não, não são, sussurrou minha voz interior, enquanto meus olhos voavam para encontrá-lo.

Mason tirou o gorro e sacudiu a cabeça. Quando dei por mim, já estava perdida nos ombros dele, no jeito como passava a mão pelo cabelo grosso, na boca carnuda entreaberta.

Minha barriga deu um nó.

— Parabéns, Ivy! — disse Mandy, com uma piscadela e um tapinha no meu ombro, e eu corei violentamente.

Estava prestes a murmurar uma resposta, mas ela foi mais rápida:

— Mudar de ares te fez bem! Fico feliz. Sabe... — Seu sorriso murchou um pouco e uma expressão triste invadiu os olhos. — Depois do que aconteceu com Robert... Aliás, nunca tive a chance de prestar minhas condolências... — Ela hesitou, me olhando com afeto. — Seu pai era uma pessoa incrível.

— É... — Suspirei, desviando o olhar. — Obrigada, Mandy.

Tentei forçar um sorriso, mas não deu muito certo.

Ela reagiu com um beicinho cheio de ternura.

Pensei no quanto meu pai teria ficado feliz se me visse conversando tanto com ela. Talvez tivesse escondido o sorriso por trás da espuma da cerveja, sentado ao balcão. Teria rido de mim por encarar as pessoas com tanta intensidade, mesmo quando falavam de coisas simples. E eu rebateria dizendo que só olhava à minha volta daquele jeito por culpa dele. Ele, que sempre me ensinara tantas coisas, havia me levado a observar o mundo do jeito dele...

— O quê? — perguntei, despertando do devaneio.

Mandy dizia alguma coisa em que não prestei atenção.

— Estou dizendo que ele está te olhando — sussurrou Mandy. — Esse seu Mason... está de olho em você. Talvez seja melhor ir até lá.

Então, olhei para ele.

Mason tinha apoiado o cotovelo na mesa e esfregava a mandíbula bem devagar. Desviou o olhar assim que percebeu que eu o observava.

Fiquei paralisada por um segundo, mas Mandy me deu um empurrãozinho, piscou para mim e se retirou antes que eu pudesse explicar que aquele garoto lindo e nervosinho sentado nos fundos do bar era tudo... menos meu.

Fui até Mason e, por mais que tivesse insistido para que ele fosse embora, joguei a chave da picape na mesa e me sentei.

Desabotoei o casaco e já ia tirá-lo, mas esbarrei sem querer na pessoa atrás de mim.

— Ô cacete — resmungou alguém. — Custa olhar por onde anda?

Reconheci aquela voz logo de cara. Fechei os olhos e rezei para que estivesse errada, mas já tinha aprendido que, quando se tratava de sorte, não adiantava rezar.

— Não acredito. *Nolton?*

Na mesma hora, desejei que Mason não estivesse ali.

— Galera, olha só quem está aqui! — gritou Dustin. — O Cubinho de Gelo voltou para o ninho!

Os amigos dele riram e assobiaram, fazendo coro ao deboche. Voltei a vestir o casaco discretamente, mas ele se levantou e parou na nossa frente.

— Quem diria, hein? Cubinho de Gelo! Como assim você volta e nem dá um oi?

Dustin era um dos rostos mais vivos nas minhas lembranças.

Quando pequeno, era um menino gordo, com um sorriso torto e uma incrível vontade de me fazer chorar. Adorava me atormentar e sempre arrumava um novo jeito de me fazer lamentar o nome que eu tinha.

Agora, ele parecia um touro com as bochechas repletas de espinhas. Eu sabia que ele namorava uma garçonete de uma cidade vizinha, porque, na escola, vivia se gabando de transar com ela no banco de trás da van dele.

— Como assim você voltou? Achei que nunca mais fôssemos te ver — provocou. — Para onde tinha ido mesmo? Hein? Para a *Flórida*?

Alguém segurou a risada e ele se inclinou na minha direção, me encarando de perto.

— Parece que não pegou muito bronze. A gente apostou que, se deixasse o seu braço debaixo do sol, você se queimaria em menos de quinze minutos. Eu acho que não chega nem a dez. Agora que está aqui, que tal a gente testar?

Ele já ia botar a mão no meu cabelo, mas eu me afastei. Dustin pareceu achar graça.

— Ah, sempre com essa cara. Você sabe que é só brincadeira. Que foi, não sabe rir? Vai, me dá um sorriso, Ivory. Um sorriso bem branquinho... Anda! E bem que você podia olhar para mim quando eu estou falando, né? — disse ele, com uma risadinha, chegando mais perto. — É muita falta de educação da sua parte, não acha? Quando o velho Robert estava vivo...

De repente, uma cadeira foi arrastada violentamente.

Por um momento, só vi a luz do neon e uma silhueta. Pareciam asas reluzentes despontando das costas dele, a expressão sombria de um anjo vingador.

Mason se ergueu com toda a sua imponência, e só então Dustin reparou na presença dele. Deu de cara com um olhar implacável. Os olhos de Mason estavam escuros; as mãos, cerradas, e um silêncio carregado de tensão se instalou no recinto.

— Mason.

Foi tudo o que eu disse.

Ele contraiu a mandíbula.

Ao me encarar, os olhos pareciam dardos de gelo. Mason me observou com dureza, como se meu pedido fosse intolerável. Em seguida, se voltou para Dustin.

Mason esticou a mão e pegou a chave da picape. Quando afastou a cadeira com um chute, Dustin quase tremeu de susto. Por fim, lançou um olhar incendiário para o garoto e passou por ele, libertando-o da sombra que o dominava.

Ouvi o tilintar da porta enquanto encarava o lugar onde Mason estava sentado segundos antes. Depois, com calma, também me levantei.

— Tchau, Dustin — murmurei, passando por ele.

Sem palavras, Dustin não respondeu, mas notei que os amigos não desviaram a atenção de mim enquanto eu seguia em direção à porta.

Quando saí, o frio beliscou minhas bochechas.

Mason estava encostado na minha picape, de braços cruzados e sobrancelhas franzidas em um olhar severo. Parecia bravo.

Bravo comigo.

Seu temperamento explosivo o fazia reagir de modo impulsivo, e ele sabia disso. Já tinha até admitido para mim. Mas eu sabia que o motivo daquela irritação era outro.

Ele se afastou do carro e subiu no banco do motorista. Ligou o motor enquanto eu abria a porta e me acomodava ao seu lado, de cabeça baixa.

Passamos o trajeto inteiro em silêncio.

Fiquei olhando pela janela. Lá longe, para além das nuvens e das montanhas, vi uma faixa roxa de pôr do sol colorir o vale com uma luz surreal.

Mason estacionou a picape na frente da casa e desligou o motor. Passamos um bom tempo assim, imersos na quietude da floresta.

— Por que você não reagiu?

Havia frustração na voz dele. Os amigos de Mason já tinham me dito várias vezes que ele não reagia a provocações, ignorava todas por conhecer muito bem a própria força. Mas, por algum motivo, quando estávamos juntos, essa regra não se aplicava.

— Eu não reajo a provocações — murmurei, tirando o cinto de segurança. — Você também não.

Ele apertou o volante.

— Eu reajo porque você não sabe se defender sozinha.

O quê?

— Eu sei muito bem me defender sozinha — rebati, me virando para ele e semicerrando os olhos. — Só porque não saio ameaçando socar a cara de todo mundo não quer dizer que eu não saiba me cuidar. E, de qualquer maneira, não preciso que você faça isso por mim.

Eu lhe dei as costas e saí da picape batendo a porta.

Mason realmente achava isso, mesmo depois de ter me visto empunhar um rifle, mesmo que eu não tenha hesitado no telhado da escola?

Mesmo que, um ano antes, quando Dustin tinha passado na minha casa só para me provocar, eu arrancara o gorro dele com um tiro?

Eu sabia me virar.

Não tinha medo dos garotinhos da minha cidade nem dos olhares que me lançavam. Eu cresci ali, minha pele era uma armadura feita sob medida para aquelas montanhas.

Se havia alguém capaz de me assustar de verdade, de me destruir sem sequer me tocar... Era esse que havia acabado de sair do carro.

— Ei — chamou Mason.

Tirei o rifle da caçamba da picape e segui em direção à varanda com passos firmes, mas ele me pegou pelo braço antes que eu pudesse subir o primeiro degrau.

— Dá pra parar?

Tentei empurrá-lo. No entanto, sempre que ele estava por perto eu me sentia fraca, sobrecarregada, como se minha alma se rendesse à sua presença. Mason me forçou a recuar e me encurralou no corrimão de madeira.

Eu o empurrei, rejeitando aquele senso de pertencimento que ele sempre me dava. Era um sentimento que se infiltrava nos ossos, e os pedaços do meu coração ameaçavam remendar só para se despedaçarem de novo.

— Agora chega. — Mason me olhou de cima e me prendeu no lugar com suas íris escuras. — Eu vim até aqui... vim até o Canadá por você, e tudo o que você fez foi rosnar para mim.

— Mason, me solta — murmurei, com a voz rouca, pressionando a mão no peito dele.

— Não — retrucou, com firmeza. — Viajei quilômetros e quilômetros para te buscar. Você não atendeu nenhuma ligação. Passei o dia inteiro procurando esta casa e te encontrei aqui, levando a vida como se nada tivesse acontecido — sibilou, mordaz. — E, agora que finalmente te achei, você nem se dá ao trabalho de me responder. Eu quero uma explicação, Ivy. E quero agora.

Estremeci. Fiquei encarando meus dedos, incapaz de encará-lo.

— Não tem o que explicar — disparei. — Eu apenas voltei ao lugar de onde não deveria ter saído.

Pressionei o peito dele para deixar claro que o queria longe. Meu coração bombeava uma dor semelhante a veneno, o mesmo sentimento que me fazia querer feri-lo. Afastar aquele garoto que já tinha me feito tanto mal.

— Talvez agora você esteja orgulhoso. O que foi que você disse mesmo? Quando eu cheguei... "Se eu fosse você, nem me daria ao trabalho de desfazer as malas." Agora você tem sua casa de volta, sua vida de volta. Missão cumprida, Mason. Finalmente saí do seu caminho.

— Olha pra mim.

Um arrepio percorreu minhas costas. Aquele tom devastava minha alma. Cerrei os dentes, e Mason me segurou firme.

— Olha pra mim! — disparou, com um toque de angústia que me perturbou.

Estremeci e, por fim, obedeci. Fitei-o nos olhos, vulnerável e consciente de que não poderia escapar do poder que aquele olhar exerce sobre mim.

Mas, pela primeira vez... vi algo diferente nas suas íris.

Uma dor oculta. Um sofrimento silencioso, ardente, que pulsava como um coração.

— Quer saber o que eu senti? — sussurrou. — Quando percebi que você tinha ido embora... quer saber como me senti?

De repente, algo brilhou no ar.

Vi a raiva se cristalizar no rosto de Mason no momento em que um floco de neve pousou no meu nariz. Enquanto ele observava o floco derreter com olhos ferozes, vi também a perplexidade abrir caminho.

Ficamos imóveis enquanto o silêncio se instalava lentamente entre nós.

O ar explodiu em um milhão de flocos brancos. Espirais dançantes nos envolveram como um feitiço, parando o tempo e nossas respirações. Nossos olhares se fundiram, capturados por aquela magia silenciosa.

Não havia mais raiva no rosto dele. Tinha desaparecido.

Mason nunca vira neve antes. Só em sonhos. E, agora que o rodeava, agora que enfim podia admirar aquela magia encantadora com os próprios olhos... fiquei tonta.

Porque ele só olhava para mim.

Em meio àquele espetáculo da natureza, ele só tinha olhos para mim.

Em um mundo que sonhava em ver desde pequeno, um mundo que tinha imaginado e vivido através das histórias de uma vida inteira... ele só tinha olhos para mim.

Minha terra brilhava na minha pele e Mason se perdeu no meu rosto, me observando como se ele fosse o céu e eu, sua aurora. Como se eu tivesse nascido com aqueles flocos no cabelo e nos cílios, vestindo a pureza do gelo em todo o seu encanto glacial.

E, quando um floco de neve derreteu nos meus lábios, ele levantou a mão e removeu o inverno do meu rosto.

Desabei ao perceber como tinha sentido falta daquele toque. Meu coração derreteu e minha alma se entregou a ele.

Mason respirou perto da minha boca. O coração bateu na garganta e...

O medo me invadiu. Agindo por instinto, arregalei os olhos e o empurrei com força.

Ele cambaleou para trás e me olhou sem fôlego. Foi então que percebi que eu estava ofegante.

Eu o encarei com um olhar assustado e o coração nos olhos.

Não. De novo, não.

Você já levou tudo de mim.

E me deixou sem nada.

Então lhe dei as costas e subi os três degraus de madeira da varanda às pressas.

Quando abri a porta, senti sua presença preencher a sala ao entrar atrás de mim.

— Ivy...

— Tem cobertores no baú. Pode dormir aqui esta noite. — Deixei o rifle ao lado do cabideiro e tirei o casaco. — Se estiver com fome, na despensa tem biscoito, pão e manteiga de amendoim. A geladeira também está cheia. Pode pegar o que quiser.

Segui em direção ao quarto do meu pai e me fechei lá dentro.

Havia uma tempestade no meu peito que não me deixava em paz. Eu me apoiei na madeira com um suspiro trêmulo e senti a armadura rachar.

Não dava mais, não desse jeito.

Ele estava me alcançando de novo, justo onde eu estava mais fragilizada.

Em meio ao silêncio, tive a impressão de ouvir o som de passos se aproximando e parando do outro lado da porta. Então, algo se apoiou na superfície com um ruído quase imperceptível.

Bastaria abrir.

Bastaria deixá-lo entrar mais uma vez.

Ele tomaria meu coração sem pedir permissão, e aí eu poderia parar de lutar.

Bastaria sair daquele quarto.

Mas depois... eu não teria mais forças para olhar para trás.

Eu amava descansar ali. Aquele lugar me dava uma sensação de segurança. Envolta no frescor do edredom em contato com a pele, gostava de dormir só com um suéter macio e meias de lã até o joelho para cobrir as pernas nuas. Era uma sensação incrível e familiar.

Mas acordei com o coração pesado e a alma inquieta.

A porta do quarto ficou me chamando o tempo todo. Me perseguindo até nos sonhos, revelando cenários que não tive coragem de enfrentar.

Eu me sentei na beirada da cama e passei a mão pelo cabelo. Puxei as meias cor de creme que tinham se enrolado nos tornozelos durante a noite e, antes de sair do quarto, inspirei fundo.

Atravessei o corredorzinho que dividia os quartos da sala e parei na entrada do espaço aberto.

Uma luz radiante iluminava o ambiente. A atmosfera parecia quase leitosa e invadia as janelas numa paisagem ofuscante: grandes flocos de neve caíam silenciosamente do outro lado do vidro, cobrindo tudo. Eu tinha esquecido da janela quebrada perto da lareira.

Mason estava encostado na bancada, olhando para fora. Vestia um suéter do meu pai, que ele devia ter encontrado no baú junto com os cobertores.

Fiquei olhando para o suéter, e foi como se uma flor quentinha desabrochasse no meu peito, me fazendo cócegas com suas raízes minúsculas. Coube perfeitamente em Mason. O azul combinava muito bem com a pele bronzeada, formando um contraste harmonioso e intrigante. Eu sempre amei aquele suéter, e vê-lo em Mason tocou meu coração.

Mason se virou para mim e observou meu cabelo bagunçado, o suéter claro que batia nas coxas e, por fim, as meias macias.

Uma veia se destacou na sua mandíbula. Ele baixou o queixo e cravou os olhos em mim com uma intensidade ardente e uma força voraz e turbulenta.

Reparei no que ele tinha em mãos, e um pensamento iluminou meu rosto. Avancei na direção dele e sustentei seu olhar sem desviar. Fui me aproximando em silêncio até parar na sua frente, a um palmo daquele corpo robusto. Em seguida, levantei a mão e, observando-o com intensidade, murmurei:

— Essa é minha.

Tirei a caneca das suas mãos e Mason semicerrou os olhos quando a levei aos lábios diante daquelas pupilas incandescentes.

Ele me fulminou com o olhar enquanto eu voltava para o quarto. Vesti uma regata de lã, um pulôver azul macio com botões grandes que ficava meio largo nos ombros e uma calça térmica justa. Em seguida, coloquei as botas e as luvas sem dedos e segui em direção à porta, onde peguei o rifle.

— Meu voo sai em breve. — Congelei. Sua voz se insinuou no meu peito e me prendeu no lugar. — É o mesmo que você pegou quando foi para a Califórnia.

Pouco depois, ouvi seus passos no chão. Odiei o efeito daqueles passos sobre mim. Dobravam meu coração e sempre me puxavam para perto dele.

— Eu sei que essa não é a vida que você realmente quer.

— Você não sabe nada sobre o que eu realmente quero — sussurrei.

De repente, me senti indefesa, como se ele pudesse enxergar dentro de mim.

— Então me diz que estou errado.

Não dava para entender o que estava acontecendo. Era como se minha alma se recusasse a mentir. Como se, lá no fundo, eu soubesse que ele estava dizendo a mais pura verdade.

Mason chegou mais perto.

— Você sabe que eu estou certo.

— O que você espera que eu responda? — retruquei, magoada, sem olhar para ele. — O que exatamente você quer ouvir? Não precisa continuar fingindo, Mason. Não adianta mais.

Reuni forças para me mexer e segui em direção à saída. Abri a maçaneta, dominada por uma necessidade incontrolável de sair dali, mas levei um susto quando senti sua mão me segurar pelo cotovelo. Mason bateu à porta e me puxou para perto de si, com os nervos à flor da pele.

— Fingir? — repetiu ele, no mínimo incrédulo. — Acha mesmo que eu vim até aqui só para *fingir*?

Sustentei seu olhar furioso e, como não falei mais nada, ele seguiu com a expressão que misturava raiva e perplexidade. Mas então algo aconteceu, algo que eu nunca tinha visto. Uma espécie de sombra envolveu seus olhos e levou embora qualquer resquício de calor. No instante seguinte, ele me soltou.

— Já *chega*. — Sua voz saiu baixa e contida. — Eu aguentei os segredos. Aguentei todo mundo acreditando que você é minha prima. Aguentei ver você perambular pela casa com camisetas que eu queria ter encontrado no chão do meu quarto de manhã... Mas você me dizendo o que eu devo *sentir*, isso não. Isso eu não aceito.

Completamente chocada, eu o encarei enquanto ele me dava as costas e se afastava, começando a mexer em alguma coisa.

O que ele tinha acabado de dizer?

De repente, me vi sem ar e senti o coração afundar quando Mason começou a tirar a roupa. Suas costas nuas se materializaram na minha frente enquanto os músculos saltavam dos ombros largos e definidos.

O pânico tomou conta de mim. Por instinto, peguei o rifle meio sem jeito enquanto olhava à minha volta em desespero.

O que você vai fazer... apontar o rifle para Mason?

Não, não... o que deu em mim? Por acaso eu tinha enlouquecido?
— O q-que está fazendo? — perguntei, com a voz esganiçada.
— Trocando de roupa — respondeu ele, tirando uma camiseta limpa da mochila encostada na parede. — Eu é que não vou ficar aqui fingindo acreditar que você faz parte deste lugar.

Fiquei olhando para ele, imóvel.
— Eu...
— Ah, você sempre foi boa em julgar, né? — acusou ele, com raiva, e então se virou para mim com um olhar fulminante. — Sempre tão precipitada, sempre tão errada. Quer saber qual é o seu problema? Você só sabe fugir — continuou, ríspido. — Você só foge, não é mesmo, Ivy? É assim que você lida com as coisas? Só sabe fazer isso.

Eu o encarei como se tivesse levado um tapa. Uma parte de mim, a parte mais solitária, frágil e deplorável da minha alma, sussurrou que era verdade.

Mason inclinou o rosto e uma luz intensa brilhou nos seus olhos, capaz de destruir o céu. No instante seguinte, largou a camiseta e se aproximou daquele jeito lento e perigoso que já tinha me causado tantos tremores.
— Por que você não admite?
— O quê?
— Que está apaixonada por mim. Que sente alguma coisa por mim. É verdade, não é? — perguntou, me lançando um olhar implacável. — Seu coração bate mais forte, Ivy. *Não adianta negar.*

Foi como levar um tiro. Eu o encarei com olhos incrédulos e, de repente, me vi sem chão.

Mason parou bem na minha frente e eu evaporei sob o peso daquele olhar.
Ele sabia. Tinha percebido.
Não dava mais para fugir.
Minhas defesas colapsaram. Vibraram e palpitaram, derrubaram o orgulho, a obstinação, desintegraram tudo. Fiquei ali, vestida apenas com a minha alma, vendo os cacos da armadura espalhados aos meus pés.
— É verdade... — sussurrei.
Então olhei para ele desarmada e sem forças para lutar. Tinha acabado de admitir o único fato que jamais imaginei ter coragem de confessar.
Eu podia fugir dele.
Podia fugir daquele olhar.
Podia fugir do seu mundo, do toque dos seus dedos.
Mas não podia fugir do que sentia. E nós dois sabíamos disso.
— Está satisfeito? Você venceu, Mason. Finalmente... você venceu.
Detectei uma emoção desconhecida naqueles olhos, nascida no instante em que eu havia admitido estar ligada a ele de modo irreversível.

— Só vou ter vencido quando levar você de volta para casa.

Senti algo em mim vibrar diante daquelas palavras, um rio de lembranças que contaminou meu coração. Uma ardência umedeceu minhas pálpebras e Mason ficou parado, incapaz de entender. Enquanto o encarava com raiva nos olhos, disparei:

— Para você me ostentar para John como um troféu, né? Vai voltar a sentir *pena* de mim para poder ter sua vida de volta?

— Do que...

— Do que estou falando? É isso que você quer saber? — interrompi, com lágrimas nos olhos, e o empurrei. — *Eu te ouvi!* Ouvi o que você disse para Clementine, ouvi cada palavra. Bastou juntar as peças para entender que era isso que você queria desde o início. Nunca existiu lugar para mim naquela casa.

— Você ouviu... — sussurrou Mason.

Em seguida, deu um passo na minha direção, com urgência estampada nos olhos.

— Foi por isso que você foi embora? Por isso? Ivy, o que eu falei...

— Não me interessa.

— Escuta...

— Não!

Recuei bruscamente quando Mason chegou mais perto. Ele me encurralou contra a janela, apoiando uma mão de cada lado da minha cabeça.

— *Você tem que me ouvir!* — A angústia no tom de voz me comoveu. — Você não pode entrar na vida das pessoas e depois ir embora como se nada fosse. Não pode virar a existência delas de cabeça pra baixo e depois sumir. Não pode!

Ali estava ela mais uma vez. Aquela dor. Áspera, pungente, como um veneno que gritava meu nome e escorria dos seus olhos escuros.

— Você pode até suportar a maldade alheia. Pode até tolerar a intenção das pessoas de te ferir, mas eu, *não* — admitiu ele, com esforço. — Falei aquelas coisas porque era o que Clementine queria de mim. Queria me atingir através de você, então precisava ser convencida de que você não tem importância na minha vida. Você não deveria ter ouvido, mas tinha acabado de passar por uma situação terrível e eu só queria... — Mason contraiu a mandíbula e se afastou de mim, fazendo um esforço para confessar aquelas palavras. — Queria te proteger.

Eu o encarei com um nó na garganta e o coração acelerado.

Senti uma agitação na alma ao ouvi-lo dizer:

— Não foi meu pai que me mandou vir. Eu vim por conta própria, porque quero que você volte.

— Você nunca me quis — sussurrei, quase sem voz.

Mason balançou a cabeça, exausto, e se aproximou de novo. Quando apoiou a testa no vidro, me senti pequena diante dele, encarando-o de baixo para cima.

— Eu te quero agora... — sussurrou, me olhando nos olhos.

Como se me quisesse por perto.

Como se não quisesse outra coisa.

Sem orgulho.

Sem hipocrisias.

Sem continuar fingindo que não nos queremos mais que tudo, porque o oceano sempre será louco pela lua.

Sem novas fugas, permanecendo juntos — nós e somente nós, imperfeitos e meio equivocados, mas verdadeiros.

Senti um calafrio quase doloroso.

Mason chegou mais perto e meus olhos se perderam nos seus ombros nus antes de chegarem ao rosto dele. Não desviei o rosto enquanto ele tocava meu pulso com movimentos lentos e cuidadosos. Depois, com delicadeza, tirou o rifle da minha mão e o apoiou na parede.

Em seguida, soltou o velcro da minha luva. Fiquei observando em silêncio enquanto ele a tirava devagar. Ele examinou com cuidado e depois fez o mesmo com a outra.

Mason removeu minha armadura.

Até a última peça.

Não com raiva. Nem com força.

Só com as mãos.

E, quando enfim voltou a levantar o rosto, me dei conta de que nunca tinha me sentido tão exposta.

Nem quando usei aquele vestido de cetim.

Nem quando ele me viu na banheira, coberta apenas por espuma.

Mason segurou minhas mãos nas dele, pairando sobre mim com sua imponência, e vi naqueles olhos exatamente o que eu tinha acabado de lhe dizer: "Você nunca me quis".

— Eu te quero — disse ele, com a voz séria. — Eu te quero desde que vi você naquela praia, respirando por conta própria e nada mais. Te quero desde que vi você levantar o rosto em busca de estrelas, por mais que não dê para vê-las na cidade. Desde que vi você desenhar e depois sorrir, porque um sorriso raro como o seu só brilha para poucos. Te quero desde a primeira vez que me ajudou e eu não soube agradecer.

Mason ergueu minhas mãos e as apoiou no seu peito.

Senti o calor dos seus músculos contraídos irradiar pelas veias. Um tremor atravessou meus dedos, mas ele os segurou firme, pressionados contra sua pele.

Senti seu coração. Os batimentos.

Quando dei por mim, estava olhando fixamente para o rosto dele, como se eu tivesse nascido para tocá-lo, para ter mãos bem menores que as dele para se encaixarem. Lábios para senti-lo e olhos para observá-lo, e ser vista por ele.

Quando abri as mãos e as relaxei devagar no seu peito, senti um arrepio percorrer o corpo de Mason.

Ele entreabriu os lábios, segurando meus pulsos. Ao levantar a cabeça e ver seu rosto inclinado sobre mim, senti seu desejo com uma expectativa ardente.

Deslizei os dedos bem devagar por sua pele, sentindo o calor maravilhoso que emanava em cada centímetro, e cheguei à área sensível do pescoço.

Comecei a acariciá-lo com a ponta dos dedos e ouvi um suspiro profundo. As reações do seu corpo me abalavam e me faziam tremer, frágil e confusa.

Senti seu peito vibrar quando ele sussurrou, com a voz rouca e decidida:

— Te quero *comigo*.

Eu também!, gritaram minhas mãos, agarrando sua nuca.

Eu também!, exclamou minha alma, desesperada, enquanto me esticava.

Fiquei na ponta dos pés e Mason veio ao meu encontro. Aquele beijo me arrebatou, a sensação foi incrível.

Sua boca me deixou atordoada e meu coração explodiu no peito.

Porque ele pintava minha alma, essa era a verdade. Ele a tornava muito mais leve e quente. Disseminava flores no meu inverno mais sombrio, o que me levou a refletir se o amor não era justamente isso: florescer no coração de outra pessoa.

Desabrochar juntos, cada um com seus próprios defeitos, e querer um ao outro apesar de tudo, por mais que sejam diferentes a ponto de não conseguirem dar um abraço sem também saírem machucados.

Ele deslizou os dedos pelo meu cabelo e puxou meu rosto para trás, me trazendo para perto do seu peito poderoso. O calor daquele corpo, a sensação de segurança que me transmitia e a dominância que exercia sobre mim me faziam enlouquecer.

Mason me queria. Por mais que eu não me encaixasse, por mais que eu sempre fosse uma peça defeituosa.

Ele me queria pelo que eu era, exatamente como eu era, e senti cada átomo do meu ser vibrar, sem acreditar.

Então me pinte como se eu fosse o Canadá, faça de mim sua aurora, seja a montanha onde eu possa me abrigar. Me dê o ar puro de uma floresta de lariços e pegue tudo que eu posso lhe dar... Porque tenho muita coisa dentro de mim, ainda tenho muito a oferecer, e não quero conceder nada a ninguém além de você.

A você. Só a você, enquanto você quiser...

Falei isso com as mãos, com os lábios e o coração. Falei com todo o meu ser, e, quando Mason me levantou, senti a alma alçar voo.

Eu o enlacei com as pernas, ardendo de desejo. E me modelei ao seu corpo, mas ele se afastou de mim, ofegante. Então, olhei nos olhos dele, frágil e confusa.

— Ivy... não estou aqui para ficar. — Mason me observou com o cabelo bagunçado e os lábios inchados de me beijar. — Estou aqui para levar você de volta.

Ao me colocar no chão devagarinho, fiquei perdida.

Entendi o que ele estava tentando dizer. Mason iria embora. Ficarmos juntos naquela casa não mudaria o momento em que eu o veria ir embora por aquela porta para sempre. Apenas tornaria tudo mais doloroso.

Ele segurou minha cabeça entre as mãos e se inclinou sobre mim, encostando a testa na minha.

— Vem pra casa, Ivy — sussurrou. — Vem pra casa que eu vou te dar motivos para ficar.

Só consegui retribuir o olhar, com os braços soltos nas laterais do corpo.

Dentro de mim, um mecanismo quebrado travava meu coração. Havia algum cabo queimado ali dentro, um defeito que me prendia àquela casa, a um vazio imenso que não ia embora.

Senti suas mãos se afastando da minha cabeça. Mason sentiu a hesitação nos meus olhos e voltou a se endireitar. Em silêncio, pegou a camiseta que tinha largado no chão e a olhou por um instante antes de vesti-la.

— Tem uma passagem para você também — murmurou enquanto se vestia. — Se quiser, é sua.

Então percebeu que havia deixado o gorro no carro e, talvez para me dar um pouco de tempo, saiu para pegá-lo.

Fiquei sozinha.

Olhei a casa em que havia crescido. As fotografias. As marcas no batente da porta onde meu pai registrava minha altura.

Tudo aquilo pertencia a uma vida passada, uma vida que não existia mais. Uma vida que eu não conseguia deixar para trás.

Estava profundamente ligada a ela. À lembrança dele. Mantinha-o vivo.

Ele estava pertinho da lareira. Naquela poltrona.

Estava na mesa e do outro lado da janela.

Estava em todo lugar que eu olhava, e não importava que não estivesse mais presente, porque ainda dava para ouvi-lo sussurrar...

"Aguenta, Ivy."

Pisquei e esfreguei os olhos, certa de que tinha visto errado, mas as palavras não sumiram. Continuaram ali, cada letra diante de mim.

Fui me aproximando devagarinho da geladeira, com uma estranha sensação pulsando na pele.

Um desenho meu, antiquíssimo, decorava a porta.

Com dedos incertos, toquei aquela frase escrita com marcador, que eu não me lembrava de ter visto ali antes.

Não. Nunca tinha estado ali.

Analisei as letras e reconheci a caligrafia trêmula do meu pai. Será que tinha escrito antes de ser internado?

Engoli em seco e olhei para o desenho preso por ímãs. Estava lá desde que me entendia por gente. Eu o tinha feito aos 5 anos de idade. Ali estávamos eu, meu pai e uma grande árvore coberta de neve ao fundo.

Eu me lembrava daquele dia. Não tinha sido uma tarde como outra qualquer. Aquele tinha sido o dia em que meu pai e eu...

Levantei o rosto devagar e arregalei os olhos enquanto uma verdade se cristalizava. Dei meia-volta, desesperada, e voei até o quarto para pegar a mochila. Tirei de dentro o álbum e meu caderno e os abri na bancada da cozinha.

Peguei a foto que tinha dado início a tudo, a de meu pai e eu abraçados na beira da floresta. O desenho representava aquele dia. Olhei para meus joelhos sujos de terra e, em seguida, as lembranças vieram à tona com força.

Eu não tinha caído. Eu tinha me ajoelhado.

Com o coração disparado, fui até o mapa emoldurado no corredor. Sabia onde ficava aquele lugar, não era longe de casa. Ficava a sudoeste de uma estrada pontilhada no mapa, perto de uma trilha de sobrevivência que tinha recebido o nome de um famoso pioneiro, Jonathan Bly.

Será possível que...?

Um calafrio me paralisou.

As letras. A sequência de caracteres confusos. Peguei o caderno e minhas suspeitas se confirmaram.

D J X H Q W D L Y B

H e W representavam *High-West*. D era a abreviação comum de *Drive*.

D J X Q L Y B, por sua vez, se juntavam em DBQ e JBLY.

E X, bem, era a marcação de um tesouro.

X: High-West Drive, Dubuque J. Bly.

Fiquei encarando a descoberta com olhos arregalados. Recuei com o coração batendo forte e, num impulso, me virei, peguei o rifle e saí correndo pela porta dos fundos.

Disparei em direção às árvores, cortando caminho pela floresta. A neve me cegava. Minhas botas ficaram encharcadas e quase escorreguei várias vezes, mas não parei. Corri em meio aos arbustos com os pulmões ardendo de frio e só desacelerei para me orientar, retomando em seguida a corrida com toda a força que eu tinha.

Não era possível. Não podia ser...

Parei de repente. Ali, as árvores começavam a rarear e um enorme abeto se destacava naquele cantinho da floresta, dominando a paisagem com toda a sua majestade. Era exatamente como eu lembrava: a casca avermelhada e os galhos altos, imponentes, quase tocando o céu.

Corri até a árvore o mais depressa que pude e larguei o rifle no manto de neve. Em seguida, me ajoelhei diante das raízes e, sem perder tempo, comecei a cavar.

Não demorei a sentir os dedos ficarem dormentes. Estava sem casaco e sem luvas, mas continuei cavando a terra com olhos arregalados, enquanto o frio invadia a gola do meu pulôver.

Tinham que estar ali. Tinham que...

De repente, encostei em uma superfície de madeira.

Ansiosa, limpei a parte de cima, revelando um pequeno baú. Tentei remover a terra ao redor, enquanto a imagem do meu pai ganhava vida dentro de mim.

"São coisas para serem vistas daqui a muito tempo", dizia sua voz nas minhas lembranças. Eu o olhara de baixo para cima, pequena demais para entender o que queria dizer. "Um dia vamos abri-las e ver o que colocamos dentro. Elas se chamam..."

— Cápsulas do tempo — sussurrei, abrindo a tampa.

No silêncio da floresta, dois cilindros de metal brilhavam contra a neve.

Prendendo a respiração, encarei as cápsulas. Tinha uma vaga lembrança do que colocara na minha: uma estatueta de um alce e um dos meus desenhos feitos com canetinha.

Mas meu pai...

"O que tem na sua?"

Estendi a mão com cuidado, tocando a superfície gelada de um dos cilindros. Eu o peguei e o examinei com lábios trêmulos, me dando conta de que não tinha nada a ver com o meu. Não... O meu era de aço bruto, com uma tampa de rosca. O do meu pai era perfeitamente liso, polido, feito de um material que parecia inoxidável. Não tinha tampa nem capa. Só uma fenda quase imperceptível que o cortava ao meio.

"Pai", eu chamei. "O que tem na sua cápsula do tempo?"

Tentei abrir. Puxei, arranhei, mas nada adiantava. Fiquei olhando o cilindro sem conseguir entender, mas, no instante seguinte... notei que havia um pequeno entalhe logo acima da fenda.

Meus joelhos falharam. Ali, naquela superfície de metal, havia uma flor minúscula gravada. Três pétalas, com um sulco quase invisível no centro.

Eu mal respirava. Um arrepio de incredulidade me atravessou em silêncio. Com os lábios trêmulos, toquei meu pescoço.

A correntinha do meu pai.

A lembrança mais importante que eu tinha dele, o objeto ao qual era mais apegada.

Ele mesmo tinha pendurado ali. E eu nunca mais tirei.

Ergui o pingente e, como se sentisse sua presença guiando minha mão, encaixei-o no sulco.

O som de um mecanismo ecoou no ar. Com um leve assobio, a tampa hermética se abriu.

E ali estava ele. Onde sempre tinha estado.

Um segmento minúsculo, embutido no aço.

O poder de um mundo inteiro bem ali, nas minhas mãos.

— Pai? E aí?

Ele finalmente se virou para mim.

— Segredo! — confessou, me dando uma piscadela.

Parecia um garoto travesso sempre que fazia aquela cara. Ele pegou a cápsula das minhas mãos e pôs as duas no baú aberto.

— Um dia eu conto.

— Promete?

— Prometo.

Então abri um sorriso, entretida com aquela brincadeira.

— O que vai acontecer quando a gente abrir?

Ele pareceu buscar as palavras certas para me responder.

— Vamos encontrar os objetos do jeito que os deixamos. Vão permanecer inalterados pelos anos. E aí vamos ter vencido o tempo.

Não sabia se ele estava só de brincadeira comigo, mas, de todo modo, continuei olhando para meu pai, fascinada. Ele tinha uma aura mágica, como aquela que se via nas noites de inverno, dançando no céu com cores maravilhosas. No meu caso, a minha magia era meu pai.

Olhei para os cilindros metálicos que viajariam no tempo e me lembrei de algo.

— Parecem naves espaciais.
Um brilho de curiosidade iluminou seus olhos.
— Naves espaciais?
— Sim — afirmei, com minha vozinha entusiasmada. — São que nem aquelas naves que vão para o espaço... só que as nossas não vão. As nossas são diferentes. Não é, pai? Mas tudo bem, elas também são lindas. — Olhei nos olhos dele e sorri. — Nem todas as naves espaciais vão para o céu.

Quando a realidade se revelou diante dos meus olhos, senti um calafrio.
"Quem disse essa frase?"
— Eu — sussurrei, quase sem voz. — Fui eu.
As pecinhas voltaram ao lugar, uma a uma. Por fim consegui enxergar o quadro completo, e nunca foi tão fácil entender tudo.
Ele tinha escrito aquilo para chamar minha atenção, para me induzir a parar e pensar naquela pergunta.
Nunca tinha sido um sinal. Nunca tinha sido um enigma ou uma charada.
Era uma pista. Como quando ele me ensinava a reconhecer as pegadas na trilha.
E agora eu conseguia enxergar.
Por isso ninguém nunca o havia encontrado. Por isso acreditavam que ele o tivesse destruído. Meu pai tinha enterrado Tártaro no Canadá, num lugar que só eu poderia achar.
Ele o havia confiado a mim, com seus pequenos ensinamentos, consciente de que, se havia alguém capaz de entender... esse alguém seria eu.
Somente eu.
Uma emoção intensa envolveu minha alma e aqueceu meu coração da melhor maneira possível. Quando vi a inscrição dentro da tampa, que só eu poderia ler... senti aquele meu coração quebrado voltar a funcionar.
Eu não precisava mais procurar.
Não precisava mais perseguir sua presença.
Era ele que me dizia isso. Como se ainda estivesse ali, sussurrando para mim o que estava gravado no metal: "Para sempre com você".
Minha visão ficou embaçada. Os olhos arderam e o coração se afogou junto àquelas palavras.
Então o que ele me dissera era verdade. A chave de cada frase muda tudo. E, desde o início, ele havia escondido naqueles números dois significados. Opostos, mas complementares.
"Aguenta, Ivy. Porque estou sempre com você."

Abracei a cápsula com força e fechei bem os olhos. Sua lembrança desceu para me confortar, acariciou meus olhos úmidos e, então, desapareceu dentro de mim.

E, ao sentir a neve cair, quis dizer a ele que, no fim das contas, eu tinha entendido.

É a lua que precisa do sol.

Sem ele, ela não pode brilhar.

Mas é o amor que damos aos outros que faz de nós quem somos.

E eu brilharia graças a um amor que duraria para sempre. Que venceria o tempo e atravessaria as estrelas, porque existem magias que não brilham apenas no céu. Algumas permanecem ao nosso lado, nos ensinam a caminhar e iluminam nosso caminho.

Nos pegam pela mão.

E, no nosso coração... não morrem nunca.

Alguns minutos depois, Tártaro se fechou sob a pressão dos meus dedos.

O frio castigou meus ossos. As pontas dos dedos ardiam e latejavam e, de repente, voltei à realidade.

Mason.

Pendurei o rifle nas costas e refiz o caminho de volta, ansiosa para encontrá-lo.

Queria falar com ele, abraçá-lo, mostrar o que eu tinha encontrado.

Queria falar que era verdade, era tudo verdade. Meu pai tinha deixado Tártaro para mim.

E agora já não me sentia mais presa ao passado. Eu o carregaria sempre comigo, tanto na minha antiga vida quanto na nova.

Estava pronta para dizer sim.

Estava pronta para recomeçar.

Havia um futuro naqueles olhos castanhos. E estava esperando por mim.

A casa apareceu entre as árvores. Parei, apoiada em uma delas para recuperar o fôlego e, com um último esforço, cheguei à porta dos fundos e entrei na sala.

Estava vazia.

— Mason? — chamei.

O silêncio reinava na casa.

Procurei em todos os cômodos, ansiosa para encontrá-lo, mas não demorei a perceber que não havia ninguém ali.

Com um péssimo pressentimento, olhei para perto da porta.

A mochila dele. *Não estava mais ali.*

Não!, gritaram meus olhos.

Uma dor aguda atravessou minhas costelas como um punhal. Imaginei Mason voltando e não me encontrando. Imaginei ele me procurando, me esperando e olhando à sua volta com o semblante decepcionado. E, por fim, convencendo-se de que, talvez, minha resposta tivesse sido fugir de novo.

— Não... — sussurrei, angustiada.

Deixei o cilindro sobre a mesa e saí correndo pela porta, descendo pelo caminho de terra. Escorreguei, a neve me cegou e o frio queimou meus pulmões.

Cheguei à estrada com o coração disparado. Fazia um frio de rachar, mas cerrei os dentes e olhei ao redor, tentando enxergar em meio aos flocos de neve grossos que caíam do céu.

Então, finalmente o vi.

Estava muito longe, mal dava para enxergá-lo. Era uma mancha indistinta que se afastava cada vez mais.

— Mason! — gritei a plenos pulmões.

Aquele grito ecoou pela brancura da neve e me fez tremer até os ossos.

— MASON!

Tentei de novo, na esperança de que me ouvisse.

Usei todo o fôlego que havia em mim, me esgoelei até irritar as cordas vocais, mas não adiantou nada.

Ele estava longe demais.

Voltei para casa o mais rápido possível e, depois de me livrar do rifle, entrei na picape. Girei a chave na ignição, mas a bateria falhou.

— Vamos! — gritei, tentando ligar o motor.

Rezei pelo melhor, mas estava nevando demais para tentar recarregar a bateria.

Saí batendo a porta e voltei correndo pelo caminho. Segurei firme o rifle nas mãos congeladas, aflita e paralisada.

Jamais conseguiria alcançá-lo.

Sem forças, cheguei à conclusão de que sempre o tinha visto assim. Desde o início, Mason tinha sido aquele par de ombros que se afastava.

Olha para mim, implorou cada centímetro da minha pele. *Por favor, olha para mim, pelo menos dessa vez, olha para mim, porque eu entendi, finalmente entendi.*

Minha casa não era um lugar. Minha casa não ficava na Califórnia ou no Canadá.

Minha casa estava no reflexo dos seus olhos.

No perfume da sua pele.

No vão do pescoço e nos espaços entre os dedos.

Minha casa estava nos seus lábios, nos seus sorrisos, nos defeitos e naquele orgulho irremediável.

Minha casa estava onde quer que seu coração estivesse.

E eu, enfim, a havia encontrado.

Olha para mim, gritou cada fibra do meu ser, *eu estou aqui!*

Senti uma ardência no peito e, quando dei por mim, já tinha contraído a mandíbula e semicerrado os olhos. Com um movimento brusco, apoiei o rifle na coxa e o mirei para cima.

O tiro explodiu. O disparo ecoou bem mais alto do que minha voz seria capaz. Rasgou aquele reino de neve e fez os pássaros alçarem voo.

Pela primeira vez na minha vida, ele parou.

Mason ficou imóvel por um momento.

Logo depois...

Virou-se para mim.

Uma brisa suave fez cócegas na minha pele.

O pôr do sol coloria o ar e trazia consigo o som das gaivotas.

Toquei a campainha. Em meio àquela quietude, minhas botas sujas se sobressaíam no chão da varanda.

A maçaneta girou e eu esmaguei o boné entre as mãos. Levantei a cabeça no instante em que a porta foi aberta à minha frente e um rosto familiar apareceu.

Encarei-o nos olhos e sorri.

— Oi, John.

26
OUTRO TIPO DE DESTINO

— Ivy?

Ergui a cabeça. Ao meu redor, só se ouvia o som das conversas. John veio ao meu encontro com um sorriso no rosto.

— Desculpa o atraso, peguei fila na entrada.

— Não está atrasado — garanti a ele, sentada no banco com o boné virado para trás.

John pareceu aliviado ao ouvir aquilo.

O pavilhão da exposição era enorme. Os estandes estavam todos lotados e, nas paredes altas e brancas, as faixas das escolas se destacavam orgulhosas.

Ele olhou de relance para as pessoas que passavam por nós.

— Cadê seu professor? O sr. Bringly?

— Disse que ia dar uma olhada na concorrência.

John pareceu incerto, mas assentiu mesmo assim. De repente, olhou para um ponto atrás de mim.

— É esse? — indagou, mas a pergunta era desnecessária.

O quadro vistoso estava bem às minhas costas, pendurado em um dos vários painéis do nosso estande. Ao lado de cada tela havia plaquinhas com os nomes, e John se aproximou para ver melhor.

Desci do banco e fiquei ao seu lado quando ele parou diante daquele quadro enorme.

Havia várias pessoas admirando a obra, numa tentativa de adivinhar o significado.

Um vale imenso se abria à distância, revelando lagos e florestas brilhantes. Bandos de pássaros se destacavam em meio às nuvens cinzentas, e florzinhas brancas se misturavam à ampla extensão de sombras, criando um tapete de pétalas. As cores tinham contrastes fortes, e tudo estava imerso em um amanhecer tão escuro que parecia um eclipse.

Mas havia também uma luz radiante, clara e brilhante que irrompia das nuvens no lugar do sol e tinha a forma de uma mão luminosa. Irradiava força e clareava os picos das montanhas, levando vida para todo aquele breu.

John sorriu com uma mistura de orgulho e melancolia. Seus olhos se encheram de lágrimas ao olhar aquela mão cheia de calor, força e significado.

— Acho que seu pai... Robert ia gostar muito.

Então, levantei a cabeça. Observei sua expressão comovida e a gravei no coração.

— Mas não é meu pai — expliquei. — É você, John.

Ele ficou imóvel. Os olhos pareciam arder e ele piscou repetidas vezes, sem deixar de encarar a tela.

— O quê? — balbuciou, com dificuldade, e então olhou para baixo, atônito, quando eu segurei sua mão.

— É você — repeti, com firmeza. — Você me tirou da escuridão.

John era a mão estendida que havia me segurado. A luz que havia me salvado.

Ele nunca desistira de mim. Nem quando a dor me afastara de tudo.

John tinha sido meu amanhecer, minha nova chance, e eu enfim tinha encontrado um jeito de lhe dizer isso.

De *agradecer* por ter me acolhido, por ter me recebido na sua vida sem nunca pedir nada em troca.

E, quando vi seu rosto relaxar aos poucos... entendi que tinha conseguido tocar seu coração, assim como ele sempre tinha feito comigo.

John me envolveu com o braço e me puxou para perto. Encostei a bochecha no seu ombro e inalei aquele cheiro tão familiar.

— Desculpa ter fugido — sussurrei.

Ele apoiou a cabeça na minha, e esse simples gesto me consertou por dentro. Senti a alma florescer repetidas vezes, como se não conseguisse mais parar. Já não havia mais gelo.

Ficamos em silêncio, olhando juntos para a tela, sem precisar dizer mais nada.

— Queria estar errado — murmurou pouco depois —, mas acho que você tem visita.

Confusa, afastei a cabeça do ombro de John e acompanhei seu olhar.

Assim que avistei a figura no meio da multidão, entendi o motivo do tom cauteloso.

Olhei para John e ele assentiu com a cabeça. Então me desvencilhei do seu abraço e, ajeitando o boné, resolvi me aproximar.

O agente Clark não passava despercebido. Em meio a balões coloridos e criancinhas correndo de um lado para outro, o terno preto que ele usava o fazia parecer um coveiro.

Eu me juntei a Clark enquanto ele contemplava um quadro do outro lado do recinto. Não chegou a se virar, mas não tive dúvida de que estava me esperando.

— Você não parece surpresa em me ver.

— Está enganado — retruquei, tranquila. — Eu não esperava encontrá-lo aqui.

Depois do ocorrido com os invasores, a CIA havia interrogado todos os funcionários da nossa escola. O professor de informática ficara retido a tarde inteira após minha revelação sobre meu episódio com ele. Fitzgerald, no entanto, se provara inocente.

Todos os envolvidos tinham sido capturados. O caso estava realmente encerrado.

Mesmo assim, Clark ainda estava ali.

— Achei que o assunto já estivesse resolvido.

Ele inclinou o rosto, fingindo interesse pelo quadro.

— Talvez o governo americano discorde.

Ah, o governo americano tinha pouquíssimos motivos para discordar. Na verdade, o Departamento de Segurança Nacional nunca tinha estado tão de acordo quanto quando eu contei que tinha algo para eles.

— Já entreguei Tártaro para vocês — afirmei.

— Mas sem a chave.

— Seus engenheiros não conseguem abrir?

— Existe um sistema de segurança que nos impede de acessar o Código — explicou ele. — Se tentarmos forçar a cápsula, o conteúdo será destruído. Nossas bases de dados realizaram uma análise comparativa das sequências e confirmaram que a estrutura interna está configurada para conservar o vírus. Mas não conseguimos extraí-lo.

E não vão conseguir nunca, sussurrou minha voz interior.

Eu já me perguntara várias vezes por que meu pai não o havia destruído.

Aquele Código arruinara sua vida, mas, apesar de tudo, ele não tinha conseguido se desfazer dele. Sabia o impacto da sua própria criação. Sabia o que poderia desencadear.

No entanto, preferiu escondê-lo.

Talvez porque certas coisas nos transcendam e tenham significado, algo que o resto do mundo não consiga entender. Apesar da sua natureza, apesar do que são, representam para nós algo insubstituível.

Algo único.

Quando segurei aquela cápsula nas mãos, meu primeiro impulso foi de colocá-la de volta onde eu a encontrara. Escondida do mundo. Esquecida para sempre no coração do Canadá.

Mas esconder não seria suficiente. O governo não ia parar de me perseguir e, depois do que tinha acontecido na escola, não havia nenhuma garantia de que eu estaria segura.

Outras pessoas viriam atrás de mim. Eu nunca teria paz.

Depois, olhando para Mason, eu me lembrara do que o homem do palito de dente tinha dito.

"Você não deu para eles. Se fosse o caso, nós saberíamos."

Sim, todo mundo saberia. A CIA espalharia a notícia de que Tártaro estava nas mãos do governo, afirmando sua autoridade, e eu deixaria de ser uma pessoa de interesse no caso.

Clark finalmente desviou o olhar e se voltou para mim.

— Nós vamos conseguir.

Eu o encarei com olhos firmes.

Não vão, não. Jamais conseguiriam. Porque ele não está lá dentro.

Ele está em um cilindro lacrado, enterrado entre milhares de abetos vermelhos, no coração de uma floresta comum, a quilômetros de distância daqui.

Ele está em segurança, dentro da minha cápsula do tempo, e vocês nunca vão encontrá-lo.

"O que você está fazendo?", me perguntara Mason, enquanto eu abria meu cilindro e esvaziava aquele que continha Tártaro. Eu havia pegado o pequeno alce entalhado que meu pai tinha feito para mim e o colocara na cápsula de aço inoxidável.

"Estou dando para eles algo que meu pai criou", eu respondera, selando a cápsula.

Eles nunca conseguiriam abri-la.

Nunca conseguiriam tê-lo.

Ninguém o encontraria.

Observei Clark com atenção, sustentando seu olhar.

— Isso é tudo?

Ele me encarou com frieza. Provavelmente estava esperando conseguir alguma resposta de mim.

— Vim informá-la de que a senhorita não precisa mais se preocupar com Clementine Wilson. O Departamento já tomou providências. Qualquer divulgação a respeito do ocorrido está sob nossa jurisdição. A srta. Wilson não violará os termos de confidencialidade.

Assenti, absorvendo aquela informação. Não via Clementine desde o dia da luta. Nem na escola. Ouvi dizer que, após o ataque, seu pai resolvera matriculá-la em um colégio particular, e isso me trouxe certo alívio.

— Tenha um bom dia.

Fiquei olhando Clark se afastar. Enquanto seu terno preto desaparecia em meio às pessoas, segurei firme o pingente de marfim. Aquele segredo estaria protegido. *Para sempre comigo.*

Dei meia-volta e comecei a andar entre os estandes. Passei por famílias e professores de escolas afiliadas, atraindo alguns olhares de tempos em tempos. Vi dedos apontados e ouvi sussurros me seguindo a cada passo. Só que, dessa vez... era diferente.

— É ela, aquela canadense — diziam os cochichos, e as crianças menores me olhavam com medo e admiração. — Ela atirou no terrorista.

— Ela explodiu as tripas dele — exclamavam, e, a cada vez que era contada, a história mudava.

— Ela acertou bem no olho, foi uma loucura!

— Dizem que uma vez ela matou um urso só com um estilingue. Um cara do último ano me jurou.

Agora, porém, as pessoas não desviavam mais o olhar quando eu me virava. Agora se endireitavam com um sorriso no rosto e me cumprimentavam com um aceno.

Dei tchau para alguns meninos de bonés tortos. Eles, por sua vez, prenderam a respiração e voltaram a cochichar entre si com brilho nos olhos.

De repente, levei um esbarrão. Cambaleei para o lado e, ao me virar, vi um emaranhado de braços e lábios. Um som inconfundível de beijos me fez inclinar o rosto.

— Travis?

Ele arregalou os olhos e afastou o corpo enroscado no seu.

Fiona o encarou ultrajada enquanto ele assumia uma expressão de culpa, para dizer o mínimo.

— Foi ela que se jogou em cima de mim — justificou ele, escondendo as mãos que pouco antes apalpavam Fiona com paixão.

— O quê?! — gritou ela, indignada. — Foi você que enfiou a língua na minha boca!

— Ah, e você se esforçou muito para me afastar! — retrucou Travis, corando e apontando o dedo para Fiona. — De qualquer maneira, achei que você estivesse engasgada com a pipoca.

— Que pipoca? Eu não estava comendo nada!

— Pode acreditar, Ivy — garantiu Travis, assumindo um tom de mártir —, eu sou a vítima dessa história.

Àquela altura, Fiona decidiu que Travis realmente merecia ser a vítima, mas de um homicídio. Começou a bater nele enquanto ele levantava os braços robustos para se proteger.

— Você, seu... covarde... é isso que você é!
— Ai! Fiona! Não, as unhas... ai!
— Vou te mostrar quem é a vítima!
— Ah, vai, meu bem, era brincad... AHH!

Travis se encolheu, fugindo daqueles punhos hostis e, atrás de mim, alguém riu.

— Não me diga... — disse uma voz. — De novo?

Assim que me virei, vi Tommy e Nate se aproximando.

— Acho que a gente deveria intervir — sugeri, enquanto Fiona dava uma bela surra no garoto por quem era apaixonada.

— Não, relaxa, eles sempre foram assim. Fazem as pazes rapidinho.

Naquele momento, dois braços magrinhos me abraçaram por trás. Carly inclinou a cabeça e me deu um sorriso de orelha a orelha.

— Oi!

Atrás dela, Sam se aproximou com um sorriso.

— E aí? Cadê a grande obra-prima?

— Não precisava vir todo mundo — murmurei, envergonhada. — Não é nada de...

— Ué, mas você passou uma semana inteira pintando, dia e noite — retrucou Sam. — Achou mesmo que a gente fosse perder sua estreia?

— Ela está bancando a modesta — minimizou Nate, e eu olhei feio para ele. — E, além do mais, temos uma aposta em jogo.

— Uma aposta?

— Claro. Foi Travis que começou — respondeu ele, e Tommy tentou esconder o rosto no capuz do casaco.

— Eu, ou melhor, *nós* apostamos que você pintaria uma paisagem. Com certeza algo grande, já que levou mais de uma semana. Algo que desse asas ao seu espírito livre.

— E o que Travis apostou?

— Que você pintaria um alce.

Todos eles caíram na gargalhada.

Olhei feio para os meus amigos, de braços cruzados. Sem saber o que fazer, Tommy tirou uma foto e nos imortalizou daquele jeito: eu empurrando o braço de Nate, Carly me abraçando e sorrindo para a câmera e Sam inclinada para frente, de boca aberta.

Uma voz familiar me fez virar. John vinha ao nosso encontro e conversava segurando uma latinha. Ao lado dele estava Mason.

Uma alegria ardente dominou meu coração. Era sempre assim quando eu o encontrava. Mason se aproximou e nossos olhares se cruzaram. Relaxei os ombros e senti Carly me acariciar toda feliz.

— Os jurados já estão quase encerrando as votações! — anunciou John. — Daqui a pouco vai acontecer a premiação. O que... o que Travis está fazendo?

Naquele exato momento, Travis bateu o pé, segurou o rosto de Fiona e a beijou com força.

Achei que ela fosse acabar com ele, mas, em vez disso, se agarrou a Travis e retribuiu o beijo com ainda mais intensidade do que o anterior. Eles voltaram a se beijar como loucos no meio da multidão, e duas crianças fizeram caretas de nojo.

— Ah — constatou John.

O beijo se estendeu por um bom tempo, até que eles decidiram recuperar o fôlego. Os dois se separaram vermelhíssimos, mas triunfantes.

— E, só para constar, foi você que me beijou primeiro — retrucou Fiona, antes de pegar Travis pela mão e arrastá-lo para perto da gente.

— E aí, como vão as coisas? — perguntou Travis, dando um tapinha em Mason. — Ivy, espero que, no fim das contas, você não tenha pintado um retrato meu. Tenho uma aposta a ganhar.

Olhei feio para ele.

— Acho bom você parar de dizer por aí que eu mato ursos com estilingues.

Travis piscou repetidas vezes, fingindo inocência.

— Quem, eu?

— Sim, você — resmunguei, me lembrando da vez em que o peguei contando minhas façanhas a um grupinho extasiado de alunos do primeiro ano. — As pessoas estão começando a ter ideias estranhas.

— Não faço ideia do que você está falando...

Até parece.

— Acho que está na hora de irmos — interveio John, olhando para o relógio. — A premiação vai começar a qualquer momento.

Os outros assentiram e Carly, empolgada, mal conseguia ficar parada. Quando enfim me soltou, vi Fiona me dar um sorrisinho furtivo. Havia um brilho surpreendente naqueles olhos quando os encontrei por cima do braço de Travis.

Eu me perguntei se Bringly já tinha terminado de visitar os estandes das outras escolas. Torci para que pelo menos tivesse conseguido relaxar um pouco, visto que, mais cedo, não pude deixar de notar a tensão nos seus olhos enquanto massageava os ombros de um colega meu.

— Calma, Cody! — dissera, enquanto apertava o garoto como se fosse uma bolinha antiestresse. — Não precisa ficar nervoso, está tudo bem! É só uma competição! Afinal de contas, que importância tem o prestígio? A glória? O reconhecimento eterno? Nada, nada! É um evento beneficente! Ha!

Em seguida, dera uma risada histérica, e foi aí que comecei a duvidar da sua lucidez.

Carly me puxou pelo braço.

— Vamos!

— Espera só mais um pouco.

Senti algo roçar meu cabelo. Um pulso masculino deslizou por meus ombros e eu olhei para Mason, confusa.

— Tem só mais uma coisa.

— Estamos atrasados! — disse Carly. — O que quer que seja pode esperar!

— Não — murmurou ele —, não pode mais esperar.

Em seguida, inclinou-se sobre mim e me beijou na frente de todo mundo.

Tudo o que consegui ouvir naquele silêncio repentino foi o som abafado do meu boné caindo no chão.

E o barulho da lata de John, que ainda estava meio cheia, escorregando da sua mão e se estatelando no chão.

Não foi fácil explicar aos outros que eu não era prima de Mason.

Agora que a questão Tártaro estava resolvida, não havia mais motivo para continuar com aquela mentira.

Foi ele quem contou. Todos ouviram, sem interromper, alguns boquiabertos e outros confusos.

Não falou nada a respeito do meu pai ou do vírus, mas explicou que tudo tinha sido feito por motivos de força maior, para me proteger. Ouvi a explicação em silêncio, sem intervir, e seu apoio me confortou. Sustentei seu olhar com toda a intensidade que eu enfim não precisava mais disfarçar e me encostei nele.

Ninguém se mexeu. Ficaram ali um tempão, paralisados pelo choque, sem saber como reagir.

Até o caos reinar.

Em meio a um monte de perguntas e expressões perplexas, Fiona me encarou com um tique estranho no olho e sussurrou:

— Era ele o cara de quem você gostava? Era *ele*?

Sam levou a mão à cabeça e Travis, após um primeiro momento em que só conseguia nos encarar com as narinas dilatadas, começou a gargalhar tanto que roncava.

Ele pegou meu boné e o enfiou na cabeça do melhor amigo. Mason permaneceu de braços cruzados, contrariado, enquanto Travis entoava gritos de torcida e tirava sarro dele de um jeito que eu jamais teria imaginado.

Nate, por sua vez, o encarou com incredulidade, como se de repente tivesse entendido um mistério importantíssimo do universo.

Mas não parou por aí.

Algo inacreditável aconteceu.

Algo ainda maior.

Uma voz anunciou o impensável no microfone e fiquei paralisada ao ouvir o nome da nossa escola ser chamado.

Eu, que nunca tinha ganhado nada na vida além de competições de tiro ao alvo nos festivais da cidade... não consegui acreditar quando meu nome ecoou por toda a exposição.

Alguém teve que me sacudir para me convencer de que realmente estavam me chamando. Fui empurrada e arrastada até a sala de conferências.

— E-espera. — gaguejei — Tem certeza de que...

Fui levada pela escada do palco, diante de uma multidão que me aplaudia.

Eufórico, Bringly veio correndo me ajudar a subir. Gritou e comemorou em meio a olhares contidos dos outros professores. O presidente da exposição me deu o certificado de primeiro lugar e, então, senti as bochechas pegarem fogo enquanto posávamos para a foto oficial: meu professor, escarlate de emoção, e eu, igualmente vermelha, com os olhos espreitando por cima do certificado. E minha tela atrás, com uma fita de cetim azul colada em cima.

— E pensar que você nem queria participar! Vê se pode! — Ele me repreendeu com um tapinha orgulhoso. — Eu sabia que você ia me trazer grandes alegrias! Não se importa se eu tirar uma foto com o certificado, né?

No fim das contas, eu mesma tirei a foto dele, segurando o documento emoldurado numa das mãos e apertando a do presidente com a outra, com o sorriso radiante de quem tinha acabado de ganhar o Nobel.

Certa vez, Bringly me dissera: "Deixe os outros verem quanta beleza você é capaz de encontrar em lugares onde eles não veem nada."

E eu tinha feito exatamente isso.

Tinha mostrado minha terra.

Tinha mostrado as flores, os lagos e as montanhas.

Tinha mostrado o céu e sua liberdade.

Mas, acima de tudo, tinha mostrado a esperança.

E talvez seja verdade que a força de certas coisas é a sua maior beleza.

Voltamos para casa bem tarde.

Meu quarto estava banhado por uma luz rosada. O céu parecia uma pintura em aquarela e, no horizonte, o mar brilhava como um baú de tesouros.

Parei na soleira e deixei meu olhar vagar pelo ambiente.

Não havia mais caixas empilhadas perto da parede. Não havia mais nenhum "se" e nenhum "mas" em suspenso dentro de sacos plásticos.

Em um dos cantos, meu cavalete sustentava uma tela cheia de cores, com um monte de esboços a lápis pendurados perto da janela. A flâmula com a bandeirinha do Canadá se destacava acima da cama, e minha foto com meu pai, agora emoldurada, sorria para mim da mesa de cabeceira. Ali estavam meus sapatos, meus livros nas prateleiras e o alce de pelúcia no travesseiro, onde Miriam sempre o deixava depois de arrumar o quarto.

Agora aquele quarto era meu. Em todos os sentidos.

Apoiei o certificado na parede, com cuidado. Passei os dedos pelo vidro e senti uma emoção rara e incrível, difícil de explicar. Onde quer que estivesse, eu sabia que meu pai estava sorrindo.

— Que gelo aqui dentro.

Ao ouvir o som daquela voz, me virei.

Mason entrou e olhou feio para o ar-condicionado, contraindo ligeiramente o lábio superior. Eu nem sabia por quê, mas estava começando a amar as caras zangadas que ele fazia.

— Acha que seu pai ficou chateado? — perguntei enquanto ele se aproximava.

John não tinha dito mais nada depois do ocorrido.

Eu cheguei a acreditar que ele ficaria feliz se algo acontecesse entre mim e Mason. Quando fizemos as pazes, eu vi uma alegria genuína em seu olhar, como se ele também se sentisse mais aceito.

Mas, pelo choque estampado no rosto, percebi que, quando John tinha me acolhido, havia também assumido, sem nem perceber, os sentimentos e os deveres de um pai. *Todos* os deveres, até aqueles não ditos e não escritos, como o impulso de querer dar uns chutes em qualquer um que me olhasse de um jeito que ele, como homem, entendia bem.

Devia ter sido desarmante perceber que a pessoa que merecia os chutes era ninguém menos que o próprio filho.

— Ele vai superar — respondeu Mason, olhando distraído para o certificado. — Não estava esperando por isso.

Ninguém estava esperando, cheguei a pensar, enquanto Mason me encarava nos olhos.

Nem você. Nem eu...

Mason inclinou a cabeça. O crepúsculo incendiava o perfil harmonioso do seu rosto, transformando seus olhos em duas poças de chumbo derretido. Ele me olhou de cima e estendeu a mão para tirar lentamente meu boné.

Em seguida, colocou-o na escrivaninha ao nosso lado, sem desviar os olhos de mim, atento e silencioso. Fiquei parada, à espera do momento em que ele encostaria na minha pele. O toque áspero daqueles dedos na minha bochecha me fez estremecer. Deixei que pousassem na minha pele, acariciando-a com uma delicadeza que não parecia compatível com mãos tão fortes.

Inclinei o rosto para me entregar àquele gesto. Suspirei baixinho enquanto voltava a olhar para cima.

Ele não havia tirado os olhos de mim o tempo todo.

— Você não vai mais fugir... — murmurou. — Né?

— Diz você — sussurrei, quase sem voz.

— Não, diz você.

Mason segurou meu rosto com a mão e me puxou para mais perto. Sua respiração se misturou à minha. Desfrutei do contato com aquele corpo enquanto ele se inclinava até roçar a testa na minha.

— Quero ouvir você dizer. Quero ouvir da sua boca.

— Não vou embora — sussurrei, encarando-o.

Aquelas palavras entraram nele e abriram caminhos que se perderam na sua alma.

Ainda havia muitas coisas que eu não sabia sobre Mason. Havia muitos universos naquelas íris. E eu queria descobrir todos eles.

Eu o havia procurado entre bilhões de pessoas.

Eu o havia perseguido nos olhos de muita gente. E o encontrara dentro de mim.

Agora queria vivê-lo.

Fiquei na ponta dos pés e ele se curvou para me beijar. Senti sua força, sua mão na minha bochecha, o polegar no cantinho da minha boca.

Tínhamos vivido nossas vidas sem nos conhecermos.

Tínhamos crescido em dois mundos distantes.

Mas talvez certos vínculos desconheçam o tempo e o espaço.

Talvez ultrapassem qualquer barreira.

Constituem outro tipo de destino.

Assim como nós dois.

27
DESDE O INÍCIO

Eu odiava hospitais.
Tinha esperança de nunca mais ter que sentir aquele cheiro. A náusea sufocante.
A sensação de impotência.
Tudo aquilo me lembrava do período em que minha vida havia sido arruinada.
Naquele momento, enquanto nossos passos ecoavam pelo corredor, voltei a me sentir aquela garota perdida.
Fizemos a curva às pressas, correndo feito loucos. Eu sentia o coração na garganta, as mãos suadas, a respiração ofegante de Mason ao meu lado.
A preocupação me impedia de raciocinar e ofuscava minha lucidez.
Chegamos ao quarto quase escorregando no chão. Eu me segurei à porta e, de repente, um ambiente cheio de luz se abriu à nossa frente.
John estava ali, na cama.
— Ei — disse ele, meio sem jeito.
Eu estava com falta de ar. Comecei a examiná-lo obsessivamente, percorrendo cada centímetro do seu rosto com olhos desesperados. Ele parecia tranquilo, o rosto luminoso, o cabelo penteado e... uma bandagem no pulso?
— Eu falei que estava tudo bem — murmurou John, com o semblante levemente culpado ao notar nosso choque.
"Caí e me levaram para o hospital", dizia a mensagem que ele tinha enviado para a gente. Achei que eu fosse morrer. Lembranças terríveis emergiram do meu coração, e não foi só comigo. Pela primeira vez, eu tinha visto em Mason uma angústia tão profunda quanto a minha.
— O que aconteceu? — perguntou seu filho, com a voz rouca.
— Um colega meu derrubou alguns papéis. Escorreguei e caí em cima do pulso — explicou John enquanto nos aproximávamos.

Fiquei em silêncio, mas não consegui deixar de olhá-lo como se sentisse uma estranha necessidade. Observei os olhos límpidos, a boa aparência, a camisa recém-lavada que realçava o calor da sua pele.

Não tinha sido nada.

Ele estava bem.

John estava bem.

Soltei um suspiro trêmulo e notei que Mason também estava relaxando, como se a tensão fosse uma camada de gelo que deixava nossa pele.

— Desculpa ter preocupado vocês.

John sorriu, envergonhado, e tocou o braço do filho, que estava mais perto. Também senti alívio ao ver aquele gesto e, quando nossos olhos se encontraram, foi como se um raio de sol voltasse a me aquecer.

Só então percebi que não estávamos sozinhos.

No fundo do quarto cheio de camas, havia uma presença que logo chamou nossa atenção. Como um ímã de força excepcional, a mulher sentada na cadeira capturou nossos olhares, como se estivesse nos esperando em silêncio.

— Que merda ela está fazendo aqui? — sibilou Mason, me fazendo estremecer.

Senti arrepios ao ouvir aquela voz tão carregada de ódio. Quando me virei na direção de Mason, vi em suas íris tão familiares a sombra de uma raiva glacial que me desestabilizou.

Não eram os olhos que eu conhecia.

Transbordavam uma ira profunda e devastadora, vinda de lugares dentro dele que ninguém jamais tinha alcançado.

Não tive a menor dúvida: aquela era a mulher de quem eu já tinha ouvido falar, o fantasma que permanecera tanto tempo naquela casa enorme.

Aquela era sua mãe.

— Vim conversar com seu pai sobre algumas questões — respondeu, calma.

Sua voz era profunda e elegante, transmitia um encanto fatal.

Fiquei mais impressionada com sua aparência do que com qualquer outra coisa. Evelyn era uma mulher esplêndida, sofisticada, de uma beleza enigmática e voluptuosa. As pernas cruzadas e a postura orgulhosa emanavam um carisma que eu poucas vezes tinha visto.

— Soube que ele tinha sido trazido para cá e ofereci ajuda.

— Não queremos nada de *você* — sibilou Mason num tom cortante.

Seu corpo todo irradiava uma tensão semelhante a um veneno abrasador.

Ela esboçou um sorriso discreto.

— Fiquei sabendo que você ganhou a última luta. Recebeu meu presente?

— Pode enfiar...

— Mason — sussurrou John.

Evelyn estalou a língua devagar e se voltou para meu padrinho com olhos risonhos.

— Tínhamos que ter lavado a boca dele com sabão...

Mason estava prestes a avançar, mas seu pai o segurou pelo pulso.

John foi atingido por um rio de rancor ardente. O filho o encarou com uma sombra daquela raiva, mas percebi o enorme esforço que ele fez para não ceder a ela.

Mason poderia ter expulsado a mãe dali aos pontapés.

Tinha força para isso e, sem dúvida, vontade também.

Mas não fez nada.

Mais uma vez, a profundidade do vínculo entre eles se fez visível. John não era só seu pai, era o homem que o havia criado.

E Evelyn também percebeu. Vi seus olhos frios registrarem aquele gesto, e percebi no seu olhar algo que não consegui entender direito.

Uma pitada de obsessão. O apego a um filho que ela mesma tinha abandonado, mas que, apesar de tudo, era *dela*. Não era instinto materno. Evelyn tinha perdido uma disputa e seu espírito competitivo não conseguia aceitar isso.

— Por favor, esperem lá fora — murmurou.

— Não vou esperar em lugar nenhum — respondeu Mason, mal conseguindo conter a raiva.

Foi só quando ele pegou minha mão para me tirar dali que sua mãe encontrou meus olhos na sombra do boné.

— Candice — sussurrou.

Congelei. Ela me encarou sem se mexer por um momento, processando um pensamento.

— Você é a filha do Robert.

— Vamos — ordenou Mason, me puxando para fora do quarto.

Ele odiava que sua mãe estivesse falando comigo, não suportava a intromissão.

Tentei acompanhá-lo. Quando me virei, vi Evelyn se levantando para vir ao nosso encontro. Ela era alta, sinuosa como uma pantera, com lábios carnudos e cabelo escuro que emoldurava o rosto atraente. Mason tinha muito dela.

— Você conhecia meu pai? — perguntei, apesar de tudo.

— Conhecia sua mãe. Ah, você se parece muito com ela.

— Não fala com ela! — explodiu Mason, como um terremoto.

Ele estava a poucos centímetros do rosto dela, cuspindo aquelas palavras. Eu sabia que a presença da mãe lhe fazia mal, sabia que ele queria excluí-la da sua vida, mas o fato de não poder fazer isso era o que o machucava tanto.

Quantas vezes já tinha se olhado no espelho e visto a imagem dela?
— Você quer privá-la do direito de falar comigo? — desafiou a mãe, com aquela ironia intocável. — Como você é possessivo, Mason. Quem é você para essa garota?
— Algo que você jamais seria capaz de *entender*.
Fomos parar no corredor, onde uma enfermeira nos olhou de longe. Sua mãe captou a mensagem e me olhou com uma curiosidade inesperada.
— Eu conhecia os pais dela. Talvez ela *queira* ficar aqui e conversar comigo.
Mason contraiu a mandíbula e olhou para mim. Bastou isso para que ele entendesse que talvez ela tivesse razão. Tirando John, eu nunca tinha encontrado alguém que conhecesse meus pais, e minha hesitação foi o equivalente a uma resposta.
— Mason...
Tentei impedi-lo, mas ele me soltou e se afastou de mim, sem olhar para trás. Fiquei ali, vendo-o desaparecer com uma sensação de vazio no peito.
— Quem diria — murmurou Evelyn, impactada. — A filha da Candice e meu filho...
Eu me virei para ela. Seus olhos me devoravam com uma atenção quase cirúrgica. Era um olhar faminto, daqueles que nos prendem.
— Como você a conheceu? — perguntei, com cautela.
— Éramos colegas de quarto na faculdade. A garota mais bagunceira do campus — respondeu, com um sorriso, abrindo os belos lábios.
— Vocês eram amigas?
Evelyn pareceu refletir.
— De certa forma, sim. Saíamos juntas de vez em quando. Foi assim que conheci John. Quando ela começou a sair com Robert, foi inevitável nos encontrarmos.
Fiquei olhando para ela, surpresa. John e Evelyn tinham se conhecido por causa dos meus pais?
— A semelhança é impressionante — comentou ela, me estudando de perto. — Por um segundo, achei mesmo que fosse Candice.
— Como ela era?
Mordi os lábios. Ela notou o ímpeto na minha voz e cravou os olhos nos meus, com uma nova percepção.
— Você não se lembra de nada? — perguntou, com delicadeza.
A resposta estava estampada no meu rosto. Mesmo assim, não desviei o olhar, e isso pareceu impressioná-la.
— Eu sabia que ela sonhava em voltar para casa — começou a dizer. — Ela enchia as paredes de pôsteres com paisagens de neve. Amava aquele

lugar... Não tinha nada lá, mas ela insistia em dizer que eu não entendia a beleza daquela parte do mundo. Era uma garota estranha, mas talvez por isso fosse tão fascinante. Emanava pureza. Quando ela se mudou para o Canadá com seu pai, nunca mais a vi.

"Você se parece mais com ela do que imagina", me dissera meu pai certa vez. Achei que estivesse se referindo apenas à aparência, mas não. Ouvir as palavras de Evelyn me provocou uma sensação estranha. Aquilo tornava minha mãe ainda mais real.

— Eu soube do Robert — admitiu ela. — Fiquei triste quando descobri o que aconteceu. Que desperdício. Ele poderia ter feito coisas grandiosas com uma mente daquelas. — Evelyn balançou a cabeça, agitando o cabelo grosso. — Destruir uma descoberta tão importante... Que loucura. Ele deveria ter vendido para o melhor comprador — acrescentou, com uma pontinha de inveja, como se quisesse ter estado no lugar do meu pai. — Conquistar uma posição de prestígio e viver como um dos maiores criadores dos tempos modernos. Ele poderia ter tido o mundo a seus pés... e escolheu abrir mão de tudo. — Ela sorriu como um tubarão deslumbrante. — A vida às vezes é um paradoxo, né? Nos leva a rejeitar a realidade como se houvesse algum conforto nisso. Robert teria sido um dos designers de armas mais ilustres dos últimos tempos se não tivesse se convencido de que estava errado. Assim como meu filho. Ele não suporta ser tão parecido comigo e não se dá conta de que somos iguais.

Fiquei olhando para a mulher à minha frente e ela deu uma risadinha irônica, deleitando-se com aquelas palavras.

— Você está enganada — falei, bastante calma. Evelyn se virou na minha direção e eu lhe lancei um olhar firme. — Vocês dois são completamente diferentes.

Ficamos em silêncio. Ela me analisou por um bom tempo e algo mudou no jeito que me encarava.

— Preciso me corrigir — falou, devagar. — Você tem a mesma perspicácia do seu pai. Olhar nos seus olhos é como olhar nos dele.

Fiquei mais um tempo a encarando antes de lhe dar as costas e me afastar.

Senti seus olhos me acompanharem, tentando me perfurar, mas os deixei para trás assim que desapareci no fim do corredor.

Porque pessoas como Evelyn não conseguem ver o coração das coisas.

Só enxergam a superfície, sem nunca as entender de verdade.

Acham que conhecem tudo.

E esse é justamente o maior erro delas.

Quando cheguei em casa, no fim da tarde, o carro de Mason já estava na garagem.

Tirei o boné e os sapatos e fui até o quarto dele, batendo de leve antes de entrar.

Estava tudo escuro. Avancei com passos delicados e vi sua figura deitada na cama. Estava de costas para mim, mas eu já o conhecia bem o bastante para saber que não se viraria.

Quando cheguei mais perto, me sentei no colchão, tentando não interromper aquele silêncio. Após um momento de hesitação, fiz cafuné no cabelo dele com gestos desajeitados. Queria confortá-lo, encontrar um jeito de alcançá-lo. Sempre me sentia inadequada nesses momentos, como se todo mundo tivesse uma sensibilidade que eu, por outro lado, não tinha. Mesmo assim, escolhi tentar.

— Não importa o que vocês dois têm em comum, e sim as diferenças. — Procurei as palavras certas, escolhendo-as com todo o cuidado do mundo. — Vocês podem até ser parecidos... mas você tem um coração que ela nunca vai ter. E isso faz toda a diferença. — Inclinei a cabeça e fiz uma pausa, acariciando suavemente aquele cabelo macio. — Sabe o que mais me impressionou em você? — sussurrei, revelando pela primeira vez um pensamento muito íntimo. — A lealdade. A lealdade que você tem pelos amigos, por John e pelas pessoas que ama. Você não é como ela. É isso que você não consegue ver.

Mason continuou de costas.

Eu queria ter as palavras certas para abrir um caminho que levasse à alma dele. Queria percorrê-lo de cabeça erguida, sabendo exatamente o que fazer e para onde ir.

Mas não conseguia.

Olhei para baixo e afastei os dedos, vencida por meus limites. Por fim, me levantei devagarinho e a cama rangeu.

Mas, no momento seguinte, minhas mãos envolveram seu peito. Eu me deitei atrás dele e o abracei, sentindo seu peito forte vibrar sob minhas mãos. Apoiei a bochecha nas suas costas e o apertei com todo o afeto que não conseguia expressar em palavras.

Sermos nós mesmos não era um obstáculo.

Era o que nos tornava autênticos.

Com o tempo, aprendi que não é a semelhança que torna algo especial.

É conseguir se encontrar de qualquer maneira, apesar das próprias diferenças.

Acordei com o som distante das gaivotas.

A luz do amanhecer atravessava as persianas da janela. Pisquei, meio grogue, tentando me concentrar no quarto.

Eu tinha dormido ali? No quarto de Mason?

Naquele momento, percebi a posição em que estava. Em outra história, seria a garota que acordaria nos braços fortes de um rapaz, aninhada no peito dele.

Mas a minha história era diferente.

Na minha, era eu quem estava agarrada a ele, ao rapaz que, por sua vez, ainda estava de costas para mim.

Senti as bochechas queimarem e me contraí. Será que eu tinha realmente passado a noite agarrada nele? *Meu Deus...* E se ele me achasse grudenta? E se tivesse sentido vontade de se mexer?

Encarei o contorno do seu rosto. Observei a curva convidativa do pescoço e, após um momento de hesitação, afundei o nariz atrás da orelha dele e inspirei seu perfume.

Maravilhoso.

Deixei que meus pulmões se inebriassem com aquele cheiro suave e provocante e suspirei. Mas, naquele momento, percebi pela respiração que Mason estava acordado.

Corei de vergonha.

Será que ele tinha percebido?

— Conta um pouco do seu pai — murmurou para mim.

A surpresa me deixou paralisada por um tempo. Processei aquele pedido e relaxei a cabeça no travesseiro, buscando as palavras certas.

— Ele... era bem diferente do John — comecei a falar, sem saber bem o que Mason queria ouvir. — Era um cara excêntrico, meio desajeitado. Nunca aprendeu a enrolar o cachecol direito, uma das pontas sempre acabava arrastando no chão. Amava criptografia e tudo relacionado a códigos... Foi isso que o fez se apaixonar pelo mundo da informática. Ele tinha uma mente incrível, mas sabia sorrir como ninguém. Morreu de câncer no estômago.

Engoli em seco, sem saber bem o que dizer. Minha tentativa em falar do meu pai fora péssima. Eu não era muito boa em descrever as pessoas com palavras, só com as mãos. Sempre tive dificuldade em me expressar e sentia inveja de quem conseguia falar de maneira aberta dos próprios sentimentos. Mason se mexeu. Deslizou a mão pelo meu pulso e, quando entrelaçou os dedos nos meus por cima da camiseta, senti o coração disparar. Eu era minúscula em comparação àquele corpo imenso, mas me aconcheguei nele e fechei os olhos.

— Ele tinha o sol no olhar — sussurrei, sentindo a voz ficar mais fina.

— O sol daqui, um sol quente, forte e brilhante. Ele via o mundo inteiro com essa luz. E me dizia: "Olhe com o coração". Acho que queria me ensinar a enxergar a alma das coisas, a amá-las pelo que são. A vê-las de verdade, como ele fazia.

— E você conseguiu? — perguntou.

Entreabri os lábios e voltei os olhos lentamente na direção de Mason.

— Talvez.

Depois de um instante, senti o lençol roçar minhas pernas. Mason se virou e, enfim, encontrei suas íris escuras. O cabelo repousava delicado no travesseiro e os lábios emanavam uma sensualidade arrebatadora. Ele estava a um suspiro de distância, quente, sonolento e sedutor.

Uma atração inesperada me deixou sem ar. Senti uma vontade súbita de beijá-lo, de afundar os dedos naquele cabelo bagunçado e trazê-lo para perto. Mason encarou meus olhos e minha boca, intensificando um desejo que me invadiu como uma onda de calor.

Então, me beijou.

Devagarinho.

Meus lábios cederam aos dele e permitiram que ele me saboreasse com calma e profundidade. Sua língua quente me invadiu e levou meus sentidos a uma dimensão lânguida e fervente, que me fez perder o fôlego.

Mason beijava como um deus. Mexia os lábios com uma confiança e uma carnalidade que ferviam meu sangue, mas, ao mesmo tempo, me intimidavam. Eu queria agradá-lo mais, só que, quando ele me tocava, meus nervos se agitavam e os músculos se derretiam feito mel.

Arfei baixinho enquanto o som dos beijos molhados ecoava nos meus ouvidos, me deixando à mercê de um prazer irresistível. Tentei controlar a respiração, mas não consegui. Quando Mason me pegou pelos quadris com aquelas mãos enormes, meu corpo foi tomado por uma série de reações incontroláveis.

Estava vergonhosamente sensível.

— Mason... — sussurrei, sem fôlego.

Ele me pegou pelas alças da calça e me puxou para mais perto. Sua aura ardente me envolveu enquanto ele pressionava o corpo no meu, como se quisesse me possuir. Inteira.

Tentei não entrar em colapso.

Nunca tínhamos compartilhado uma intimidade assim, nunca tínhamos nos explorado dessa maneira. Aquilo me deixou eufórica e, ao mesmo tempo, apavorada.

Eu me sentia quente e elétrica. Não conseguia nem o deixar me beijar sem desabar nos braços dele, como poderia controlar todas as sensações que agitavam meu peito?

— Quero te sentir — murmurou ele, pressionando os lábios na minha orelha. — Quero... te tocar.

Quase tive um ataque do coração. Sua voz rouca e intensa vibrou nos meus ossos até me tirar o fôlego.

Cheguei à conclusão de que talvez ele sempre tivesse se controlado, que por baixo daquela personalidade dominante ardesse uma natureza voraz e apaixonada, reservada só para mim. Só de pensar nisso, tive vontade de gritar.

Senti seus dedos no fecho da minha calça jeans. Torci o tecido de sua camiseta, mas ele inclinou o rosto e grudou aqueles lábios maravilhosos no meu pescoço, me deixando sem ar. Então lambeu a pele sensível daquela área e a mordeu com desejo, desmanchando na minha boca qualquer intenção de impedi-lo. Comecei a tremer, o coração disparou, e um estranho torpor tomou conta da minha barriga.

Eu estava enlouquecendo.

Não estava acostumada a senti-lo assim, não estava acostumada com aquela atenção. A simples noção de que Mason estava me tocando me fazia perder a cabeça. Não conseguia lidar com o turbilhão de emoções que agitava meu corpo, era demais.

Era como tentar combater um incêndio e descobrir que as chamas estavam dentro de mim.

Senti a calça deslizar pelas pernas. Prendi a respiração.

Quando a removeu por completo, me senti nua, apesar de ainda estar de camiseta e coberta pelo lençol. Fechei as pernas por instinto, mas Mason não parecia concordar. Ele segurou minha coxa e a acomodou ao redor do seu quadril, respirando fundo.

Uma mistura de emoções insanas me consumiu por dentro. Senti o tecido da calça de Mason roçar meu corpo e meu coração explodiu no peito.

Será que ele não percebia o que estava fazendo comigo?

Será que não se dava conta de que me deixava em êxtase com um toque, me incendiava com um suspiro e me dominava com um olhar?

Minha alma inteira estava nas mãos dele.

E ele não tinha medo de usá-la.

Quando senti sua língua na minha boca de novo, explodi.

Afundei as mãos no seu cabelo e o satisfiz com uma intensidade quase desesperada. Eu estava pegando fogo. Nunca tinha me sentido assim antes, e era devastador.

Seus dedos ásperos envolveram meu tornozelo e começaram a subir, deixando um rastro de arrepios até chegarem à bunda e apertando-a com vontade. Ele estava me deixando louca. Senti o coração martelar na garganta.

Queria não arfar daquele jeito, só que Mason não parava de atiçar meu corpo frágil, como se gostasse de me ver naquele estado.

De repente, ele me pressionou contra o quadril e eu me arqueei, me moldando a ele e sentindo *tudo*. Mason gemeu na minha boca e eu mordi seus lábios inchados, completamente fora de mim.

Com um movimento firme, ele segurou a curva do meu joelho e nos levantou juntos.

Quando dei por mim, estava montada em cima dele, só de calcinha. Eu me encaixei no seu quadril e a dureza que senti entre as coxas me tirou o fôlego.

Parei de respirar. Arregalei os olhos e senti as bochechas pegarem fogo, mas Mason afundou os dedos no meu cabelo e me puxou para sua boca, abafando meu espanto.

Eu o havia deixado assim.

Eu havia provocado aquela reação.

Não uma das tantas garotas encantadoras da Califórnia.

Não Clementine, com seu corpo perfeito e sua ousadia sedutora que atraía olhares.

Eu.

Mason queria a mim.

Só a mim.

Queria ser tocado por mim, beijado por mim, abraçado por mim. Mesmo que fosse por toda a noite, se necessário, mas só por mim.

Mason nunca tinha levado nenhuma garota para aquela casa, porque, para ele, sua casa simbolizava as portas da sua intimidade, da sua família e de tudo o que havia de mais importante na sua vida.

Eu tinha invadido aquele espaço. Mas foi ele quem me trouxera de volta quando fui embora.

Nós pertencíamos um ao outro.

De um jeito louco, desmedido e estranho.

Mas era verdade.

— Eu também quero te sentir — confessei, baixinho.

Segurei seu rosto nas mãos e ele ergueu os olhos, me encarando com o peito trêmulo.

Percebi algo naqueles olhos. Um ardor, uma necessidade que, para dizer a verdade, eu já tinha visto nele várias vezes ao me olhar. Quando brigávamos, quando gritávamos um com o outro, quando eu o desafiava com aquele meu olhar intenso e profundo.

Agora eu, enfim, podia enxergar. Estava nos olhos dele.

E gritava meu nome.

Levantei seu rosto e voltei a unir nossos lábios, me entregando por completo. Relaxei e deixei meus pensamentos o inundarem. Explodi como uma onda tórrida, gigantesca e sensacional.

Mason me segurou pelos quadris, surpreso, e eu me agarrei a ele com tudo que havia em mim. Comecei a beijá-lo até tirá-lo do eixo, até deixá-lo sem ar, e ele retribuiu com a mesma intensidade que queimava meu corpo.

Nós nos perdemos um no outro, até que um som de passos e uma voz nos fez pular de susto.

— Mason? Está acordado?

Nós nos separamos às pressas e, pouco depois, a porta foi aberta.

— Queria falar com você sobre ontem...

John congelou assim que me viu. Aliás, ficou petrificado. Literalmente. Apertei o lençol que cobria minhas pernas e torci para que o rubor não me entregasse. Ele alternou o olhar entre mim e o filho e, de repente, um estranho constrangimento dominou o recinto.

— Ivy, você tem que dormir no seu quarto — disse John, e o significado implícito daquelas palavras atingiu os três em cheio.

Mason desviou o olhar, John engoliu em seco e eu corei ainda mais. Foi a situação mais embaraçosa da minha vida.

— C-claro — balbuciei.

— Eu não estava fazendo nada — retrucou Mason, arqueando a sobrancelha, e senti o sangue subir à cabeça.

Nada?

— Eu sei — disse John, com a voz rouca, mas claramente não parecia saber. — É que eu... ainda preciso me acostumar com isso.

Torci para que o lençol estivesse nos cobrindo bem, senão seria bem difícil ignorar aquele "nada".

— Enfim... Ivy... eu te vi crescer. E você... Bom, você é meu filho, então...

Ele engoliu em seco mais uma vez, e o desconforto daquela situação só aumentou.

Eu queria lhe dizer que seu filho pegava tudo o que queria, mesmo sem permissão. Acontecia muito de sermos interrompidos, seja conversando ou só estando juntos. Viver rodeados de amigos que apareciam a qualquer hora, ainda mais na casa de um homem tão presente como John, não nos oferecia muitas oportunidades de termos momentos íntimos.

Mas sem dúvida Mason não era do tipo que se deixava abater por essas coisas.

Precisávamos ter paciência. Dar a John um tempo para que se acostumasse. Eu sabia que, no fim das contas, a ideia de estarmos juntos o deixava feliz. O que o desestabilizava era saber *até que ponto* estávamos juntos.

— Vem, vamos — disse ele, com um sorriso afetuoso. — Vou preparar seu café da manhã.

Eu não me mexi. Fiquei ali, encarando-o, e ele me olhou confuso.

— Ivy?

— Já vou — falei, tentando disfarçar o pânico com meu tom impassível de sempre.

Eu estava de calcinha e minha calça estava jogada em algum lugar daquela cama, mas fiz um esforço para não demonstrar.

— Te encontro daqui a um pouquinho.

John nos lançou um olhar hesitante. Tentei convencê-lo de que não íamos nos agarrar assim que ele desse as costas, e ele pareceu acreditar em mim. Com certa relutância, deu meia-volta e seguiu em direção à escada.

Afastei o lençol, procurei a calça jeans e a vesti na mesma hora. Enquanto me vestia, senti que Mason me olhava. Assim que me virei, eu o encontrei com o cotovelo no joelho e a cabeça apoiada nos nós dos dedos.

— Mason, sobre sua mãe...

— Ouvi o que você disse ontem — interrompeu ele, com a voz calma. — Cada palavra.

Mason cravou os olhos nos meus e eu fiquei em silêncio, sem acrescentar nada. Em seguida, estendi a mão e acariciei seu rosto. Suas pupilas dilataram um pouco. Eu estava começando a me mostrar mais espontânea nos gestos, e ele também tinha percebido.

— É a verdade.

Ele continuou me observando com aquele olhar que dava a entender muitas coisas, e eu sorri com um toque de ternura.

Mason já tinha dito que gostava do meu sorriso. Que o achava raro e maravilhoso.

E, ao ver a intensidade com que ele me olhava, entendi que talvez... fosse verdade mesmo.

Naquele dia, depois da aula, tínhamos marcado um encontro na casa de Carly.

Sam tinha ficado de me buscar de moto em casa, para onde eu tinha voltado só para me trocar e vestir algo mais confortável. Eu sabia que Carly morava perto da praia, e ir de calça comprida não era uma boa ideia.

Vesti um presente que Fiona tinha me dado: um short jeans escuro comprado na loja de roupas vintage da prima. Ela dissera que, assim que o viu, pensou em mim, já que combinava com meu estilo. O short tinha uma etiqueta de couro bordada em filigrana e ótimo acabamento. Não tinha nenhum rasgo ou partes gastas. Era simples, com a barra dobrada, mas eu gostava assim.

Revirei as roupas da neta da sra. Lark e vesti uma blusa branca com elástico na cintura, amarração no peito e mangas largas, para me sentir mais leve e fresca. Peguei a mochila, coloquei o boné e, enquanto esperava Sam vir me buscar, fiquei do lado de fora da casa.

Percebi que a bandeirinha da nossa caixa de correio estava levantada.

John já tinha recolhido a correspondência aquela manhã, então me aproximei para ver o que era. E encontrei uma carta para mim.

Estava escrito: "De Evelyn".

O que aquela mulher ainda queria comigo?

Abri o envelope. Ali dentro havia um papel com algumas linhas escritas, e comecei a ler enquanto o vento acariciava meu cabelo.

"Acho que deveria ficar com você."

— Que bom, já chegou!

Tomei um susto.

Sam estacionou a moto na minha frente e eu guardei o envelope. Um sorriso satisfeito iluminou seu rosto por trás do capacete vermelho.

— Que diferença de quando eu vou buscar Fiona! Você não me faz mofar por horas. Que beleza! — Então, deu uma risadinha e me entregou um capacete, que logo coloquei. — Segura firme, hein?

Eu a abracei pela cintura e fomos embora. Não senti medo algum. Sam não era imprudente e eu confiava no seu senso de responsabilidade ao dirigir. Quando chegamos, eram só três da tarde. Carly nos recebeu com seu entusiasmo de sempre.

— Oi!

A casa dela era quase toda de madeira branca, com janelas enormes e cortinas brancas que dançavam com a brisa da praia. Conheci seus pais, um casal muito unido, dono de uma rede de lojas de artigos esportivos na orla. Tentei não expor minha falta de jeito ao me apresentar, mas eles sorriram para mim desde o início, me transmitindo uma sensação inesperada. Observei como os dois riam juntos, cheios de carícias, e depois sorriram de orelha a orelha assim que Fiona chegou. A cumplicidade entre eles intensificou a sensação estranha dentro de mim.

— Ivy?

Carly pôs a mão no meu ombro.

— Tudo bem?

— Tudo — sussurrei, e ela inclinou o rosto com um sorriso preocupado.

— Tem certeza? Você parece... triste.

Desviei o olhar dos pais dela e tentei afastar aquela sensação que cobria meu coração como um véu.

— Está tudo bem.

Logo em seguida, me esquivei dos olhos de Carly e segui as garotas para o lado de fora, até a tenda instalada na areia.

Nós nos acomodamos nas almofadas, e Carly trouxe uma bandeja cheia de doces e sucos.

O vento deixou nossa visita mais agradável. Fiona contou que Travis a tinha levado ao parque de diversões junto com seu irmãozinho, e percebi que nunca a tinha visto tão feliz. Ainda reclamava de tudo, mas havia naqueles olhos um brilho novo e radiante.

— Essa semana fui me informar sobre a faculdade — comentou Sam. — O último ano está acabando. Falta pouco agora...

Em seguida, pegou algo da bandeja e se virou para Carly.

— E você?

Ela deu de ombros.

— Nada de mais. Cuidei das filhas dos Thompson. Dei uma ajudinha lá na loja dos meus pais... Ah, é! Tommy disse que gosta de mim.

Engasguei com o suco.

— O quê? — perguntou Sam, com uma rosquinha na boca.

— Ele tentou me beijar.

Ficamos olhando para ela, em estado de choque.

— E você nos conta isso assim, do nada? — exclamou Fiona, com seu orgulho de amiga ferido. — O que você fez?

Carly deu de ombros de novo.

— Falei que o vejo como amigo. O que mais eu poderia fazer?

— Você...

Fiona empalideceu.

— Você jogou ele na friendzone?

Franzi a testa. Eu nunca entenderia por completo aquele jeito delas de falar.

— Bom, mas é verdade... E nós somos amigos.

— Carly, aquele pobre garoto corre atrás de você há anos! Chegou até a aceitar ser o fotógrafo da festa da Wilson só para poder tirar todas as fotos que você queria! É sério que você nunca reparou no jeito que ele te olha?

Ela cruzou os braços.

— Tommy é como um irmão para mim. Eu o amo. Ele sempre esteve ao meu lado quando precisei!

— E daí? Você não está dando o devido valor a ele — analisou Fiona, apontando o dedo para ela. — Está acostumada a tê-lo sempre por perto, a sair com ele como amigo, mas nunca parou para pensar que vive indo atrás dele! Como pode ter certeza de que é só amizade?

— Eu saberia se fosse algo a mais — disse Carly, com convicção.

— Então quer dizer que, se ele começasse a sair com outra garota, você não ia ficar incomodada?

Carly piscou, surpresa. Parou por um segundo e, pela primeira vez, eu vi a incerteza se insinuar em seu rosto sincero.

— Ela nunca pensou nisso — explicou Sam, e Carly olhou feio para ela.

— E daí?

— Bom, você precisa pensar nisso! — retrucou Fiona. — Talvez um dia você possa se arrepender de não ter refletido sobre o assunto. E, além do mais, Tommy merece uma resposta decente. Você não pode deixá-lo assim!

Carly baixou a cabeça e começou a brincar com a ponta de uma almofada. O cabelo cor de mel balançava com a brisa enquanto ela refletia sobre aquelas palavras.

Eu sabia que Tommy era importante para ela. Nesse seu jeito meio infantil eu não via rejeição, e sim medo.

— Ivy, o que você acha? — perguntou ela, sem levantar a cabeça.

Eu dei voz aos meus pensamentos.

— Acho que você está assustada. — Carly me olhou sem entender. — Você não tem certeza do que disse, mas acabou reagindo dessa maneira porque pensar no assunto te dá um pouco de medo. Enfrentar a situação significa lidar com a possibilidade de perdê-lo. E você não quer.

Fiona estalou os lábios, concordando comigo.

Carly ficou pensando no que dissemos. Conversamos mais um pouco e ela nos ouviu em silêncio, até um brilho de serenidade iluminar seu rosto.

— De todo modo, obrigada — disse uma hora depois, ao se despedir de mim à porta de casa. — Eu... vou tentar pensar no que vocês falaram.

Assenti e ela me encarou.

— Tem certeza de que está bem?

Desviei o olhar e respondi que sim, mas a verdade era que eu tinha voltado a pensar na carta de Evelyn e no pouco que eu tinha visto dentro do envelope. Carly pareceu notar meu desconforto, mas me despedi antes que ela pudesse fazer mais perguntas.

Eu precisava ficar sozinha, me reconectar com aquela parte de mim que encontrava conforto na solidão. Então me lembrei do lugar onde John tinha me levado uma vez para comer *corn dog*. Era o lugar perfeito.

Subi a rua e cheguei a um ponto de onde dava para ver o mar. O celular não pegava, e isso aumentou a sensação de paz que aquele lugar proporcionava. Sentei a uma mesa de piquenique e tirei o envelope da mochila.

Havia apenas um cartão ali dentro.

Não.

Era um cartão-postal da minha mãe e do meu pai. Tinham feito a partir de uma foto, porque, em vez de uma paisagem, o cartão mostrava os dois em frente à nossa casa. Ele ria, com aquele nariz vermelho e cara de garoto. Ela estava agarrada ao braço dele e fazia um V com os dedos. Eram novinhos.

Deviam ter se mudado pouco tempo antes da foto. Engoli em seco e virei o cartão.

No verso havia poucas linhas, numa caligrafia que percebi ser da minha mãe.

> "Não te disse? Olha só quanta neve! Pendure-a na geladeira e você vai ver que John não vai mais reclamar do calor...
> P.S.: Resolvi deixar Robert escolher o nome da menina. Deveria me preocupar?
> Até breve,
> Candice"

Eu queria explicar o que estava sentindo, mas não consegui.

Talvez nunca conseguisse.

Eu tinha encontrado uma nova vida.

Tinha aceitado que meu pai não voltaria mais.

Mas ver meus pais e perceber que eu só os teria para sempre assim, através de uma foto, exigia uma força que eu não tinha.

Às vezes eu achava que não ia conseguir.

Às vezes, enquanto eu percebia que já não existia no mundo um coração em sintonia com o meu, era como se eu desmoronasse.

Era nesses momentos que eu voltava à dor.

Não importava se vinha até mim ou se eu voltava para ela.

De uma forma ou de outra, nós sempre conseguíamos nos encontrar.

Voltei para casa supertarde. A hora do jantar já tinha passado havia um tempão, mas eu sabia que John ficaria no escritório até de noite. Tinha um compromisso importante com um cliente internacional e já havia nos avisado.

Entrei em silêncio, deixando a penumbra me envolver. Tirei a mochila dos ombros e segui em direção à escada, mas, ao passar pela sala, parei.

Havia uma presença silenciosa sentada na poltrona.

Senti o coração disparar, mas me acalmei ao reconhecer aquele rosto familiar.

O que estava fazendo ali?

— Onde você estava? — perguntou num tom estranho.

Sua voz flutuou no ar de um jeito que não consegui decifrar.

— Você me deu um susto — admiti em voz baixa.

Aquela atitude me fez sentir um certo desconforto, mas Mason não parecia se importar. Ele me encarava com olhos sombrios feito abismos, vazios e caóticos ao mesmo tempo.

Bastou aquele olhar para eu perceber que havia algo errado.

— Carly ligou — declarou, com calma. — Disse que vocês se encontraram na casa dela. Que te achou estranha... E depois seu celular ficou fora do ar. Até agora.

Havia uma frieza naquele tom de voz, um distanciamento assustador. Pela primeira vez, entendi que era assim que ele manifestava a sensação de abandono. Construindo um muro para esconder a dor.

Olhei para baixo e apertei o envelope que ainda segurava na mão.

— Desculpa — falei, sem olhar para ele. — Eu... precisava de um tempo sozinha.

Mason me observou de um jeito indecifrável. Eu o tinha deixado preocupado. Entendi que, se estava me olhando daquela forma, era porque, mais uma vez, eu tinha agido sem pensar nas outras pessoas.

— Achei que você tivesse ido embora de novo.

Levantei a cabeça. Aquelas palavras me acertaram em cheio. Minha força se perdeu e minha fragilidade veio à tona. Soltei um suspiro trêmulo. Queria mergulhar nos braços dele.

Queria me agarrar a Mason, me perder no seu perfume e esquecer tudo.

Era ali que eu me sentia em casa.

Dei um passo à frente, mas vi brilhar nos olhos de Mason uma emoção desconhecida, intransponível, que me afastou com uma violência inesperada.

Ele viu o envelope com as palavras "De Evelyn" na minha mão e, na outra, a foto da neve. Então, na mesma hora, se levantou e seguiu em direção à porta.

Quando passou por mim, fiquei olhando para ele, confusa.

Eu gostaria de poder dizer que, àquela altura, já o conhecia, que sabia exatamente o que estava acontecendo, mas estaria mentindo. Ainda havia fios que moviam seu coração nos quais eu continuava tropeçando.

— Mason...

— Se tiver que ir, vai.

Ele tinha parado no meio do hall. Sua figura esbelta destacava-se à luz da lua, mas dava para ver os ombros tensos e os punhos cerrados nas laterais do corpo.

— O quê?

— Se você tem intenção de ir embora... não espera. Vai logo.

Fiquei olhando para ele, imóvel. Até meu coração tinha parado.

— Como assim?

Vi seus pulsos tremerem um pouco, mas ele voltou a andar. Reprimindo a angústia com dificuldade, fui atrás dele e o segurei pelo braço, determinada a detê-lo.

— O que significa isso? O que está querendo dizer? Mason — chamei. — Quer me explicar o que...

— Eu estou me apaixonando por *você!* — explodiu ele, virando-se com um ímpeto que me deu um susto. Nos seus olhos vi fúria e um desespero excruciante. — Você está tomando tudo de mim, mas, se não é aqui que quer ficar, então vai embora de uma vez, não espere o tempo passar. Vai *logo*. Porque, do jeito que as coisas estão, vai chegar uma hora em que não vou conseguir te ver partir, e aí vai ser tarde demais — murmurou. — Aí eu não vou conseguir suportar. Aí... você não vai mais poder ir.

Eu o encarei com olhos arregalados, e ele cerrou os dentes. Em seguida, me deu as costas e levou consigo toda a sua fúria, me deixando ali, confusa e chocada com aquelas palavras, como se tivessem destruído minha alma.

Enquanto eu processava o que Mason tinha acabado de jogar na minha cara, senti meu coração bater em cantos inesperados.

De repente, me recuperei. Saí correndo atrás dele e, com ímpeto, o abracei. Minhas mãos envolveram seu tórax largo e meu lindo colosso parou. Senti aquele coração ríspido batendo no peito, mas também a doçura com que se moldava ao meu.

Eu o abracei com toda a força que havia em mim, porque não tinha mais medo de fazer isso.

— Eu nunca quis tomar tudo de você — confessei. — Sempre quis só você. Éramos jovens, teimosos, incapazes de canalizar nossos sentimentos.

Incapazes de conviver.

Mas nós nos queríamos.

Não importava o restante.

— Encontrar alguém parecido com a gente já é raro. Mas encontrar a si mesmo na pessoa mais diferente do mundo é algo que não dá para explicar.

— Fechei os olhos e reuni coragem para expressar em palavras o mundo que ele havia esculpido dentro de mim. — Quando te vi pela primeira vez, me lembrei de casa — revelei. — Queria poder explicar por quê, mas nem eu sei.

Você me lembrava daquilo que eu mais sentia falta no mundo. E, desde aquele momento, nunca consegui deixar você de fora.

Deixei minha voz acariciar o coração de Mason, porque eu não queria fugir de novo.

— Eu me apaixonei por você — sussurrei. — Lenta e inexoravelmente, sem sentir mais nada além disso. Não vou a lugar nenhum, Mason...

Fiquei ali, grudada nas costas dele, absorta naquele corpo quente e esculpido. Eu não sabia se tinha conseguido convencê-lo do quanto me sentia ligada a ele, mas, após um tempo que pareceu eterno, Mason se virou.

Eu o olhei ali, ao pé da escada, e foi como se tivesse me apaixonado tudo de novo. As emoções tomaram conta de mim e eu fechei os olhos, mostrando-lhe pela primeira vez meu lado mais vulnerável.

— Você vai aprender a ter paciência? — perguntei. — A confiar em mim? Quando eu precisar do meu espaço e do meu tempo... você vai continuar ao meu lado?

Mason alternava a atenção entre meus olhos, como se não quisesse perder um só detalhe do meu rosto.

Ele poderia ter me dito sim.

Poderia ter sussurrado a resposta, exatamente como seu olhar já estava fazendo.

Poderia ter respondido: "Não importa o que aconteça."

Mas, em vez disso... ele escolheu me beijar.

Fez isso porque, por mais que nunca tivéssemos sido bons com palavras, uma parte de nós já vivia no outro.

E era verdade que não havia mais um coração em sintonia com o meu.

Mas, naqueles batimentos que nos uniam, havia uma música poderosa e indestrutível.

Vibrante como o fogo.

Delicada como a neve.

E era só nossa... Nossa e de mais ninguém.

Eu o envolvi com os braços, deixando que ele me levantasse. Enganchei as pernas nele para convencê-lo de que eu pertencia a ele e, quando Mason me abraçou a ponto de me deixar sem fôlego, soube que ele também pertencia a mim.

Eu me perdi nos seus lábios, no seu sabor, no ardor explosivo que nos incendiava toda vez que ficávamos juntos. Queria continuar a invadir seus pensamentos, a arder no seu peito, a esculpir sua alma como uma obra-prima. *Queria que ele nunca mais me deixasse*, porque tudo o que eu queria era caminhar dentro do seu coração.

— Quero ficar com você — sussurrei, como se fosse uma prece. — Não me deixa mais ir. Não me deixa mais ir, Mason...

Senti seu coração acelerar, a emoção ardente que o dominou ao voltar a me beijar. Mason me envolveu como labaredas e eu apertei ainda mais as pernas em volta dele, sentindo os ossos do seu quadril perfurando minhas coxas.

Mal dava para respirar enquanto ele me tocava, mas no instante seguinte sua camiseta caiu no chão sem que eu percebesse que eu mesma a tinha tirado. Percorri cada centímetro do seu peito ardente, venerando-o e acariciando-o.

Eu me agarrei a ele com todas as forças e mal notei que estávamos subindo a escada. Antes que eu me desse conta, já estávamos no quarto dele, e senti o tecido da minha roupa deslizando pelos ombros.

Tremi, respirando com a boca colada na dele. Mason mordeu meu queixo bem devagar, intensificando as sensações que mexiam com a minha alma. Em seguida, ele a beijou e a sugou, enquanto seus dedos encontravam o fecho do meu sutiã.

Dentro de mim, tudo se embaralhou. Queria pedir a ele que fosse mais devagar, porque meu corpo estava tenso, a garganta latejava e a pele parecia quente e gelada ao mesmo tempo.

Mas eu não queria.

Queria tocá-lo.

Queria sentir medo, mas me embriagar com sua respiração.

Queria tremer feito uma garotinha, mas em seus braços.

Queria vivê-lo de verdade, sem que nada mais me detivesse.

Ele abriu meu sutiã, libertando minhas costas. Em seguida, puxou as alças e o jogou no chão, percorrendo minhas vértebras até chegar à nuca. Seus dedos me incendiavam e as palmas ásperas arranhavam minha pele, despertando sensações avassaladoras.

Cheguei a me perguntar se ele me achava magra demais. Se minha pele era suave o suficiente.

Será que ele preferia garotas mais curvilíneas?

E se acabasse não gostando do meu corpo?

As inseguranças me consumiam, mas Mason enfiou a mão no meu cabelo e beijou a curva do meu pescoço como se estivesse prestes a enlouquecer.

Uma descarga elétrica me atravessou por completo. Prendi a respiração e me joguei no seu perfume sedoso e sensual, me embriagando com sua essência tanto quanto ele se embriagava com a minha.

"Eu estou me apaixonando por você", dissera ele, e uma onda de emoção me invadiu a alma e o fôlego. De repente, me senti tão reconfortada que por pouco não chorei.

Ele não me queria por eu ser perfeita.
Ele me queria por eu ser quem sou.
Porque eu buscava estrelas no céu.
E meu sorriso brilhava para poucos.

Porque eu era orgulhosa, teimosa e taciturna, mas, com a minha singularidade, tinha sido a única pessoa a conseguir entrar em seu coração.

E, quando ele me puxou para si, apertando minhas omoplatas como se fossem asas brancas, entendi que eu era dele com cada pedacinho da minha alma.

— Eu te amo — falei fora de mim, puxando seu cabelo desesperadamente. — Te amo desde antes de saber o que isso significava.

Beijei seu peito, na altura do coração, e ele estremeceu. Eu amava as reações do seu corpo, amava senti-lo respondendo daquela maneira. Eram reações impetuosas, instintivas e autênticas. Assim como ele.

Fui parar na cama e Mason veio por cima de mim. Perdi o ar quando ele se colocou entre minhas pernas e me pressionou contra o colchão, me beijando com desejo.

Meu seio nu pressionava seu tórax, despertando em mim uma sensação tão assustadora e eletrizante que tive medo de desmaiar. Senti-lo daquele jeito era algo perturbador. Maravilhoso, sim, mas também aterrorizante.

Mason me levantou e tirou meu short lentamente. Em seguida, fez o mesmo com a própria calça. Engoli em seco ao ver aquele corpo escultural à minha frente. Senti a garganta fechar e o coração afundar. Era, para dizer o mínimo, de tirar o fôlego. Mason tinha um corpo harmonioso e monumental, ombros largos e músculos capazes de fazer qualquer um tremer.

Quando ele observou cada detalhe do meu corpo magro, coberto só por uma calcinha de algodão, eu me encolhi. De repente, me senti exposta, frágil e consciente de todos os meus defeitos como nunca tinha estado. Pela primeira vez, desejei que Mason não me olhasse.

— Eu... — balbuciei, incapaz de lidar com a intensidade daquele olhar, enquanto procurava de maneira frenética o lençol.

Ele percebeu minhas intenções e me pegou pelo braço. Quando dei por mim, estava lutando feito uma tola por um pedaço de tecido, mas Mason me puxou para debaixo de si e prendeu meus pulsos acima da cabeça.

Eu o encarei com olhos grandes e indefesos, tremendo como um passarinho.

— Você se escondeu esse tempo todo — sussurrou, com aquela voz que me derretia por dentro. — Vive escondida dentro de roupas largas. Eu quero te ver.

A profundidade vibrante e masculina da sua voz me arrancou um suspiro entrecortado. Ele não estava me obrigando, estava pedindo, mas minhas inseguranças ainda prevaleciam. Virei o rosto de lado, vencida pela falta de jeito e pela natureza reservada que faziam parte de mim.

Eu era uma idiota. É provável que qualquer garota no meu lugar ficasse felicíssima em ser admirada por Mason. Mas, apesar de tudo, nem naquele momento eu conseguia ser algo além de mim mesma.

Ele inclinou o rosto, me olhando com toda a calma do mundo. Senti seus olhos me percorrendo enquanto eu seguia de cara virada, encarando um ponto além dos meus braços erguidos. A intensidade crua daquele olhar era um prelúdio lento, quase pulsante, que me manteve imóvel e tensa debaixo dele.

No instante seguinte, senti sua mão quente pousar na minha barriga. Prendi a respiração. Minha pele começou a formigar e o coração acelerou.

Mason me tocou devagarinho, com gestos cautelosos, para absorver as reações silenciosas do meu corpo. O mundo se reduziu àquele único toque, calmo, imperturbável, mas nem por isso menos decidido. Sua mão foi subindo até o esterno, roçando cada uma das minhas costelas, e um arrepio me atravessou de cima a baixo.

Meu Deus.

Eu sentia vergonha do efeito que um toque tão leve causava em mim. Ele só estava me acariciando, mas meus sentidos tremiam, abrindo-se como botões de flores túrgidas e indecentes. Sua respiração era um terremoto, e os dedos, faíscas que despertavam desejos ocultos e secretos, que me atravessavam como tempestades.

Constrangida com minha sensibilidade extrema, me forcei a ficar imóvel enquanto ele continuava a me explorar, prolongando aquela lenta loucura.

Quando acariciou a curva do meu seio, um arrepio percorreu meu ventre. Cheguei a me contrair, numa tentativa de controlar aquelas sensações, mas meu corpo gritava tudo o que eu não tinha coragem de admitir.

Senti os mamilos rígidos de tantas carícias, tão sensíveis que meu rosto esquentou. Quase enlouqueci quando ele os roçou com a mão áspera. Em seguida, esfregou o polegar naquele ponto hipersensível e a fricção me fez arquear o corpo, até ficar sem ar.

Senti a pele arrepiar e me vi impaciente e eletrizada. Não dava mais para segurar o que eu estava sentindo, meu corpo alternava entre calor e frio, dominado por uma necessidade urgente de apertar as pernas e me contorcer ao redor do seu joelho. Arfei levemente enquanto ele continuava me provocando com cada vez mais intensidade, irradiando choques extenuantes por todo o corpo.

Deixei escapar um gemido. Encostei a testa no braço e olhei para ele sem desviar o rosto, com olhos trêmulos e brilhantes graças a emoções que só ele era capaz de provocar em mim.

Mason me admirou como se eu nunca tivesse estado tão linda.

Segurou meu queixo e pôs a pontinha do polegar entre meus lábios úmidos e entreabertos, fazendo de mim o que quisesse. A outra mão não parava de me provocar, até que eu fechei os olhos, inundando sua pele com meus arquejos.

Eu estava tonta, ofegante. Já não tinha mais a menor noção do que estava acontecendo. Eu o sentia por toda parte, como uma marca na minha carne, gravado como uma queimadura.

Mal tive tempo para raciocinar. Mason invadiu minha boca já entreaberta com a língua, encontrando-a quente e pronta para ele. Após me deixar completamente extasiada, abriu minhas pernas e pressionou a pelve entre as minhas coxas.

Arregalei os olhos. Senti aquela turgidez poderosa pressionando o tecido da minha calcinha e uma onda de calor subiu do ventre até a garganta, passando pelo peito. Eu me debati nos seus braços e fiquei sem fôlego, enquanto Mason soltava um suspiro profundo, desfrutando daquele contato tão íntimo.

Minha cabeça girou.

Ele estava gostando.

Estava gostando do meu suspiro. Do tremor do meu corpo tenso. Gostava da suavidade ardente que sentia ali e da forma como minhas pernas tremiam e cediam.

Gostava do meu corpo debaixo do dele.

Quanto tempo ele tinha esperado por aquele momento?

Quantas vezes, durante nossas brigas, tinha imaginado arrancar de mim aquele olhar combativo e me ter assim, quente e trêmula diante de si?

Só de pensar, me arrepiei.

Ele se moldou a mim, cada canto do seu corpo encaixado no meu. A protuberância na sua cueca era tão dura e massiva que achei que fosse morrer. Mason era grande e forte, por isso me senti dominada por completo quando ele voltou a me beijar e começou a se movimentar com mais intensidade.

Minhas bochechas pegaram fogo. Agarrei seus ombros com mãos trêmulas, abrindo os dedos na musculatura flexível das costas que subiam e desciam entre minhas coxas. Senti palpitações na garganta e mal conseguia respirar contra aqueles lábios impetuosos. Toda a energia pulsava e convergia para o ponto em que Mason esfregava o corpo no meu.

Ele afundou a mão no meu cabelo e agarrou minha coxa para intensificar o contato entre nós. Eu ardia por dentro, todos os nervos vibravam e eu implorava por piedade.

De repente, deixei escapar um suspiro suave. Mason se afastou um pouco e segurou meu peito, colocando-o na boca. Comecei a gemer, desorientada.

Ele dissera que queria me sentir, me tocar, mas, daquele jeito, acabaria me fazendo ter um ataque cardíaco.

— Mason — falei, arfando.

Sua língua umedeceu a auréola rosada do meu mamilo e eu cravei as unhas nas suas costas.

Quase quis empurrá-lo, de tão intensa que era a avalanche de sensações que estava me consumindo por dentro. Era como se eu estivesse delirando. Não conseguia mais distinguir o que estava em cima e o que estava embaixo, o que era corpo e o que era alma.

Era demais. *Demais.*

Um arrepio violento atravessou minhas costas e Mason aumentou o ritmo dos movimentos, me devorando sem piedade. Ele mordia e lambia, agarrava e marcava a minha pele com os dentes, deixando claro o desejo que tinha de me penetrar.

— E-espera — falei, tremendo.

A pulsação entre minhas coxas se intensificava a cada momento. Estranhos formigamentos percorriam meu ventre à medida que sua virilidade roçava meu centro, provocando espasmos involuntários. Havia um ponto tão sensível que, cada vez que era pressionado, parecia explodir e brilhar, depois explodir e brilhar de novo.

Tentei detê-lo, mas ele segurou meu cabelo com mais força e inclinou minha cabeça para trás, me fazendo abrir a boca em meio àquele êxtase angustiante.

Não dava mais para resistir. Eu estava à beira da loucura, estava prestes a... Prestes a...

Todos os meus músculos se contraíram ao mesmo tempo. Eu o senti chegar como uma onda avassaladora. Arqueei o quadril e arregalei os olhos, enquanto um calor ardente subia das pernas ao estômago, me deixando sem ar.

Curvei os tornozelos e aquele delírio me dominou. Um prazer vibrante explodiu em cada terminação do meu corpo, me inundando com uma força implacável. O coração disparou e eu até teria gritado, se ainda restasse ar nos meus pulmões. Foi absurdo. Inédito e arrebatador. Minhas coxas vibraram, ampliando o tremor dos meus músculos. A vista ficou embaçada e, por um instante, tudo se misturou.

Eu me joguei no colchão, exausta. As paredes do quarto flutuavam ao meu redor. O centro das minhas pernas ainda pulsava, sensível e quente, e só naquele momento encontrei os olhos de Mason. Eu o encarei sem dizer uma palavra, apenas com os olhos arregalados.

Eu tinha acabado de...? Ah, meu Deus.

Cruzei os braços e escondi o rosto.

— Não olha pra mim — murmurei, envergonhada.

— Por quê? — perguntou ele, quase rindo.

— Porque não — respondi, parecendo uma criancinha.

Mason inclinou a cabeça e percebi que ele percorreu meu corpo inteiro com os olhos antes de murmurar, com a voz rouca:

— Você não gosta... de fazer isso comigo?

Um arrepio suave percorreu os recônditos do meu prazer. Espiei entre os cotovelos e vi aquela maldita boca pertinho do meu rosto, a mesma que tinha me provocado. Empurrei seu rosto com a mão e ele começou a rir.

Meu Deus, como eu odiava aquela risada maravilhosa.

— Você não pode me pedir para não te olhar... — sussurrou, com uma voz quente e provocante, e levantou meus braços de novo. Então, acariciou-os com os dedos até chegar aos pulsos e, num tom de voz absurdamente viril, disse: — Seria cruel demais.

De maneira involuntária, fechei os joelhos nos seus quadris. Senti-lo excitado me causava um pânico estranho. Eu, que sempre tinha sido tão avessa ao contato físico, não conseguia parar de temer e desejar que ele me tocasse.

— Eu não sei... não sei te tocar.

Eu não tinha dito aquilo. Não podia ser.

Mordi a língua e engoli em seco quando Mason encontrou meus olhos. Ele me olhou intensamente, mas, nas profundezas das suas íris, não vi nenhuma pressão, apenas calma.

— Não precisa fazer isso, se não quiser.

Eu quero!, gritou minha parte mais apaixonada. A frase ficou presa na garganta, sem que eu conseguisse tirá-la dali. Eu nunca senti algo assim por outra pessoa. Estava diferente, muito frágil, movida por desejos que temia seguir... então cravei os olhos nos dele, esperando que entendesse sem a necessidade de palavras.

Que ele era o único que eu queria tocar.

Que nunca haveria mais ninguém.

Que eu queria ele e somente ele, porque seu nome estava gravado no meu coração, e certas marcas nos acompanham para sempre.

Tímida, botei a mão no seu quadril. O rosto dele pairava sobre mim, com o braço apoiado ao lado da minha cabeça. Mason examinou com cuidado meus olhos enquanto, com uma pontinha de coragem, fui descendo os dedos até chegar ao centro do seu desejo.

Depois de um momento de hesitação, eu o toquei bem de leve através do tecido fino da cueca. Meu coração disparou no peito, eu não fazia ideia do que estava fazendo. Me sentia muito desajeitada, mas mantive os olhos fixos nos dele e não parei. Eu o acariciei com dedos cuidadosos, buscando no seu rosto alguma pista que me levasse a entender que estava fazendo tudo certo. Mason não emitiu som algum, mas, quando desci um pouco mais a mão, vi uma turbulência dominar e ofuscar seus olhos.

Continuei a tocá-lo, temendo meus próprios gestos. Será que havia algum perigo de machucá-lo?

De repente, ele pegou minha mão e a parou. Seus olhos pulsavam e me engoliam, e a intensidade daquele momento fez meu coração bater mais rápido e mais forte.

Então, ele guiou minha mão para baixo do elástico da cueca.

Contraí os dedos dos pés e entreabri os lábios ao sentir seu calor. Toquei sua ereção com dedos frios, e Mason estremeceu. Passou a respirar devagar. O ar vibrava no peito e o tom das íris se tornou tão vívido e penetrante que me perdi nelas.

Movimentei a mão lentamente, tocando-o de verdade, e pude senti-lo pela primeira vez. Era... era aveludado. Duro e poderoso, mas... liso...

Quando aumentei de leve a pressão, os músculos do seu peito se expandiram maravilhosamente.

Observei seus olhos líquidos, obscurecidos e cheios de desejo. Eu tremia, acometida por emoções fortíssimas, com batimentos que jamais compartilharia com mais ninguém. Um sentimento único e sem limites me fazia vibrar, porque, no fim das contas, eu tinha entendido que, quando se ama de verdade, nem mesmo o tempo pode impor barreiras.

Afundei a outra mão no seu cabelo e o puxei para mim, beijando-o com vontade. Continuei a tocá-lo enquanto ele puxava minha calcinha, arrancando-a com tanta urgência que o elástico arranhou minha pele.

Nós nos unimos e nos devoramos, enfim nos livrando das últimas barreiras que nos separavam.

Queríamos um ao outro como nunca, ou, melhor, como sempre quiséramos desde o início. Deixamos que nossos corações se tocassem, se misturassem e se aniquilassem até criar um grande caos, até sentir na alma corais e oceanos de estrelas do mar, auroras brilhantes e abismos esplêndidos.

Vi Mason mexer numa embalagem prateada que tirou da gaveta. De repente, me vi arfar, ofegante e atordoada. A urgência me fez fechar os olhos. Entrelacei as mãos na sua nuca e ele agarrou minha coxa, levantando-a de leve.

Arqueei o quadril quase por reflexo e ele se posicionou diante do meu centro. Só então nossos olhos se encontraram.

Respirações entrecortadas, corpos quentes, olhares entrelaçados e envolvidos.

Mason apoiou uma das mãos na cabeceira da cama, pairando sobre mim, e eu fiquei ali, debaixo dele, com os dedos firmes na sua nuca e a alma entrelaçada à dele, vívida nos meus olhos.

Estava pronta para me entregar por completo.

Sem deixar de me olhar, ele me penetrou lentamente.

Sufoquei um grunhido. Eu respirava com dificuldade, contraí o corpo e comecei a suar. Os músculos tremiam e uma pontada de dor me fez cerrar os dentes, só que, dessa vez... eu não desviei os olhos.

Não me escondi atrás das mãos.

Não escapei com o olhar.

Continuei ali, com o coração e o espírito, acorrentada àqueles batimentos, formando uma única harmonia.

E, quando por fim nos tornamos um só... Quando, no fim das contas, eu e Mason unimos corpo e alma, consegui sentir toda solidão dentro de mim ser preenchida até sumir.

Só restava ele.

O que construiríamos juntos.

Segurei seu rosto e o gravei no coração, nos lábios saturados daquele amor que tinha crescido dentro de mim igual àquelas flores que rompem o gelo. E que lutam, crescem e então florescem com uma força impressionante, criando uma combinação tão perfeita que o mundo fica maravilhado com sua existência.

Não importava se éramos diferentes.

Não importava se não conseguíamos nos entender.

Os mosaicos mais bonitos são feitos de peças que não se encaixam.

E talvez nós também fôssemos assim.

Desordenados.

E cheios de imperfeições.

Mas unidos, de alma e coração...

Desde o início.

EPÍLOGO
QUATRO MESES DEPOIS

O barulho do sininho na porta de entrada se espalhou pelo ar. O cheiro de cerveja me atingiu na mesma hora, assim como a música em volume razoável. O pub do Joe continuava o mesmo: as torneiras de chope no balcão, os letreiros de neon e o ruído das conversas dos clientes nas mesas.

Um cãozinho se aproximou de mim, desajeitado como todo cachorro. Começou a lamber minha panturrilha enquanto eu olhava ao redor, perplexa, sem saber quem poderia ser o dono.

— Ivy!

Mandy me cumprimentou com um sorriso caloroso e entusiasmado. Ela se aproximou de mim e parecia tão radiante quanto da última vez que nos vimos.

O cabelo chamativo, vermelho-fogo, estava preso em um coque improvisado, e um avental preto contornava as curvas de seu corpo.

— Que alegria te ver de novo!

— Oi, Mandy — respondi, encarando-a diretamente nos olhos.

Eu estava vestindo a mesma coisa de sempre: regata branca, short jeans, coturno e boné, mas senti que tinha algo em mim causando uma certa estranheza.

— O que te trouxe pra essas bandas? — perguntou ela, antes de se entusiasmar. — Veio passar o verão?

— Fico só alguns dias — respondi, ajustando o boné. — Enquanto durar esse clima gostoso...

O cachorro latiu para mim, exigindo um pouco de atenção. Abanou o rabo e, despretensioso, coçou atrás da orelha. Ao fazer isso, perdeu o equilíbrio de um jeito muito fofo.

— De quem é esse cachorro? — perguntei enquanto o via brincando e pulando pelo bar.

— Do Joe.

— Do Joe? — indaguei, incrédula — Achei que ele não gostasse de cachorros. Ele não ficava o dia todo dizendo que queria eles longe do pub?

Mandy suspirou e esboçou um sorriso.

— O que você quer que eu diga? O coração é como a neve... Ele acabou encontrando o cachorro na rua e derreteu feito manteiga. Inclusive está querendo chamá-lo de "Mini Joe". Que original, né?

Trocamos um olhar cúmplice e ela fez um leve movimento com a cabeça. Percebi que passou a me encarar de maneira mais intensa.

— Seu cabelo cresceu tanto — comentou ela, apontando para os fios, que já estavam na altura do peito. — Esse tamanho fica ótimo em você.

— Ei! — rosnou uma voz mal-humorada. — Cadê minha cerveja?

Um cara sentado em uma das banquetas do balcão havia se virado. Não fiquei surpresa ao reconhecer o rosto de Dustin lançando um olhar hostil para Mandy, e também não foi difícil deduzir que ele era cliente da casa. Embora já tivesse sido expulso algumas vezes, agora ele já tinha 19 anos, idade em que o consumo de álcool era permitido no meu país.

— Nolton... — murmurou ele, com a voz arrastada, me encarando.

Um sorriso irônico se formou no seu rosto.

— Já está de volta? Imagino que o sol não é muito do seu gosto...

— Cala essa boca, Dustin — repreendeu-o Mandy, colocando a mão na cintura. — E vê se me paga as duas cervejas que eu já te servi — retrucou, sem cerimônia.

Depois de lhe dar as costas e ignorar sua presença desagradável, Mandy retomou a conversa que estávamos tendo, agora mais calma.

— Quanto tempo pretende ficar? Você veio sozinha?

— Na verdade...

— Olha ali!

Travis surgiu pela porta com o olhar encantado, como se fosse criança. Atrás dele, Nate e Fiona observavam tudo ao redor com a mesma expressão.

— ... estou com meus amigos — esclareci a Mandy, envergonhada, apontando para eles com o polegar.

— Tem uma machadinha fincada na parede — cochichou Nate.

— É tudo tão peculiar... — comentou Fiona, tirando os óculos escuros.

— Ai, meu Deus, aquela coisa ali... está morta?

— Não falei para vocês me esperarem no carro? — murmurei, mas fui completamente ignorada.

Mandy ficou olhando para meus amigos barulhentos e bronzeados, enquanto Dustin também os encarava com cara de nojo.

— Estão hospedados na sua casa? Quanto tempo vocês vão ficar? — indagou ela.

— Ainda não sei — respondi, enquanto Travis pedia para que Fiona o fotografasse ao lado de uma marmota empalhada. — Viemos só pegar algumas bebidas e...

— Ivy — chamou Nate ao se aproximar com suas pernas longas e desajeitadas. — O pessoal pediu para comprar algumas besteiras para a gente beliscar.

De repente, ele notou a presença de Mandy e parou. Ela o encarou com curiosidade e estampou um sorriso enorme em meio às esplêndidas sardas de seu rosto. Nate corou, como eu já vi acontecer tantas vezes, e Mandy pareceu simpatizar com ele.

— Querem comer alguma coisa? Os pratos do dia são...

— Ah, é? — interrompeu ele, exibindo seu típico sorrisinho malicioso — O que você tem de bom que eu possa... *experimentar*?

Nate deu um pulo com a cotovelada que eu lhe dei. Massageou a lateral da barriga e me lançou um olhar ofendido. Voltei a conversar com Mandy:

— Vamos para o lago. Quer encontrar a gente mais tarde?

Ela me olhou surpresa. Não devia estar esperando o convite, mas, pelo sorriso que me deu, pareceu ter gostado daquele gesto.

— Claro...

Ela olhou de novo para Nate antes de se afastar para buscar as bebidas que pedimos, e ele retribuiu o olhar.

— Para de fazer essa cara de peixe bêbado — aconselhei a ele. — Mandy gosta de espontaneidade.

Ele olhou para mim de cara feia, depois para o cabelo ruivo de Mandy, ocupada atrás do balcão. Nate foi pessoalmente buscar a sacola com as latinhas e o pacote de batatas fritas que ela havia preparado, e dessa vez esboçou um sorriso tímido.

— *Você!*

Uma voz ecoou de repente. Olhei para trás e vi Fiona apontando o dedo para Dustin.

— É, você mesmo! Seu grosso. Babaca!

Eu tinha contado a ela sobre Dustin uma vez. Fiona deve ter reconhecido o cabelo bagunçado e o rosto do tamanho de um prato, difícil de confundir com qualquer outro, depois de ver a foto no chão do meu quarto naquele dia.

— Aquela van ali fora é sua? Porque só pode ter sido estacionada por um idiota!

Ele olhou para ela como se fosse louca.

— Mas que merda...?
— Que foi? Algum problema? — vociferou Travis, impondo uma voz grossa que soou ridícula.

Eu sabia que ele era covarde, mas Dustin, não, então logo ficou pálido quando viu aquela montanha de músculos avançando em sua direção. Tive que fazer um esforço enorme para não rir.

— Vamos embora — falei, com calma, enquanto o arrastava para fora dali.

Não cheguei a ver a cara do meu antigo colega de escola, mas tenho certeza de que foi impagável.

Travis subiu na traseira da picape e o restante de nós se acomodou no banco da frente. Fizemos o caminho de volta e estacionamos na frente de casa para caminharmos até o lago, onde os outros nos esperavam.

Uma clareira se abriu diante de nós. Vimos ali as montanhas verdes contornando o horizonte, lindas como se estivessem vestidas para o verão. A água azul-turquesa cintilava com a luz do sol, e um campo com milhares de flores cobria o vale, formando um manto perfumado. Era mágico.

— *Ahhh*! — gritou Tommy ao perder tanto o equilíbrio quanto a vara de pesca que segurava, e caiu com tudo na água.

— Meu Deus! — exclamou Carly, correndo para socorrê-lo. — Você está bem?

— Um a zero para os peixes! — zombou Sam, gritando com as mãos ao redor da boca.

Travis gargalhava e, quando Tommy saiu do lago, em vez de ajudá-lo, começou a jogar mais água em cima dele. Mas não era só ele que estava por perto e, sem querer, acabou acertando Fiona em cheio, deixando-a encharcada.

De boca aberta, acabou engolindo água, e o rímel escorreu pelo rosto. Ela se virou para Travis com os olhos pegando fogo, dominada por um instinto assassino incontrolável.

— Seu imbecil! — gritou ela com o punho erguido enquanto cuspia metade do lago. — Vou enfiar a mão na sua cara! Talvez uma pancada te deixe esperto! Posso saber do que você está achando graça? Hein? TRAVIS!

Ela continuou o xingando até que as vozes foram abafadas pelo barulho dos respingos de água.

— Cadê o Mason? — perguntei enquanto o procurava ao meu redor.

— Falando com John no telefone — respondeu Sam, apontando para a figura ao longe, perto das árvores.

Quando o vi, senti um calor, e uma profunda sensação de paz tomou conta de mim. Ouvi as risadas dos meus amigos, o barulho do vento balançando as folhas e a batida da água nas pedras claras.

Escutando toda aquela bagunça dissonante, me perguntei se não era justamente disso que a felicidade era feita: luzes e contrastes, caos e amor, com todas as nuances que carregam.

Carly colocou uma toalha sobre os ombros de Tommy. Deu uma risada ao ouvi-lo espirrar com o cabelo molhado, todo grudado na cabeça, parecendo um pé de alface. Eles não estavam juntos, não eram um casal, mas sem dúvida não se viam mais como meros amigos. Talvez com o tempo os dois percebessem como desde o início eles já se olhavam de um jeito especial.

Ajeitei meu boné e anunciei:

— Vou dar um pulo em casa para preparar algumas coisas.

Carly se virou quando me ouviu.

— Vou com você!

— Não, não precisa — falei, com toda sinceridade. — Fiquem aqui. Divirtam-se. E cuidem do Tommy para que ele não quebre a vara de pesca.

Eles me perguntaram se eu tinha certeza e eu os assegurei de que estava tudo bem. Em seguida, me despedi e voltei para casa.

Verifiquei se o aquecedor estava funcionando e coloquei um pouco mais de lenha no fogo. Essas tarefas mundanas, longe de me incomodarem, me traziam paz de espírito.

Assim que terminei, peguei uma moldura de dentro da minha mochila. Atravessei a sala e coloquei a foto no centro da lareira, ao lado de um outro retrato que tinha com meu pai.

A foto tinha sido tirada no dia vinte e um de junho, durante a festa que fizemos na praia para comemorar os 18 anos de Mason. Estávamos eu, ele e John abraçados na beira do mar. Adorava essa foto, porque no meio de todos aqueles tons quentes e bronzeados, eu me destacava como um floco de neve. Mas havia um laço dourado que nos unia, uma força invisível que envolvia o nosso olhar e os fazia brilhar com a mesma intensidade.

Eu só faria 18 anos no inverno, então aquele havia sido o primeiro aniversário que comemoramos juntos. O primeiro de muitos.

Um barulho me chamou a atenção. Olhei para trás e uma brisa leve me guiou pela porta aberta até encontrar alguém ali na varanda.

Eu o reconheci na mesma hora. Cada ângulo e cada curva daquela figura já estavam esculpidos dentro de mim.

Mason estava com os antebraços apoiados no parapeito de madeira e vestia uma jaqueta verde-escura com as mangas arregaçadas até o cotovelo, com três botões soltos que deixavam o peito à mostra. O vento bagunçava levemente o cabelo castanho, fazendo-os dançar diante do rosto.

— O que está fazendo aqui?

Quando ele se virou, eu já estava à porta. Havia algo especial na maneira que nos olhávamos que sempre me surpreendia.

— Estava te esperando.

Três palavrinhas. Poderiam até parecer banais para qualquer outra pessoa, mas para mim eram perfeitas.

— Por que não entrou?

Mason ficou em silêncio. Com calma e serenidade, ele me encarou, e era como se estivesse me respondendo com o próprio olhar: "Achei que gostaria de um momento só seu".

Meu coração sorriu. Ele estava aprendendo a me entender, a respeitar as necessidades do meu jeito de ser, mesmo as mais inusitadas, aquelas que pouca gente compreenderia. E o mais importante de tudo era que ele me demonstrava isso com sua paciência.

Eu me aproximei e, enquanto ele me encarava, passei alguns instantes o analisando.

— O que foi?

— Você está mais alto — apontei, sem deixar de observar suas pernas, seus braços, suas costas perfeitamente definidas.

Mason ergueu a sobrancelha enquanto eu deslizava a mão pelo seu cabelo sedoso e o jogava para trás. Estávamos no auge da vida, em pleno processo de transformação. Estávamos crescendo juntos e não havia nada mais belo.

— Não fique com ciúme.

Franzi os lábios com uma expressão cativante. Ele estava me provocando porque eu tinha confessado que, quando o conheci, o que eu mais odiava nele era seu tamanho. Vê-lo impondo sua altura com aquelas caretas teimosas, das quais agora eu tanto gostava, mais de uma vez já tinha sido motivo de eu querer dar uma bela de uma rasteira nele.

— E o John? — perguntei, sem parar de acariciar seu cabelo.

Eu não era muito disso, mas aprendi que carinhos espontâneos sempre o agradavam.

— Te mandou um beijo. E falou para tomarmos cuidado.

— Ele ainda se preocupa com nós dois sozinhos?

— Com certeza — admitiu ele, com um tom de voz profundo. — Mas está feliz que estamos juntos. Falou para eu não te perder de vista.

— Ele... mandou essas suas mãos tomarem conta de mim? — brinquei enquanto erguia a sobrancelha.

Mason me respondeu com um olhar tão sugestivo quanto minhas palavras, já que ambos sabíamos bem ao que estava me referindo.

John não entrava mais nos nossos quartos para ficar de olho na gente, não nos lançava mais aqueles olhares tensos e cautelosos. Certa vez, já faz um tempo, ele nos pegou sentados no jardim, com minhas pernas sobre as de Mason. Eu com meu caderno de desenho e um lápis nas mãos e Mason rindo enquanto eu fazia seu retrato. Depois de um tempo, reparei na forma como ele nos observava, tomado por uma emoção que não precisava de palavras para ser expressa.

John não só havia se acostumado a nos ver juntos. Também estava feliz com isso.

Uma brisa acariciou meu coração. Coloquei minha mão sobre a de Mason no parapeito e encaixei meus dedos entre os dele. Ele contemplou aquele gesto e, quando voltou a olhar nos meus olhos, senti minha alma se encher de paz. Havia surgido uma estranha cumplicidade entre nós, feita de olhares, toques e silêncios. Todos repletos de significado.

— Quero te mostrar uma coisa — sussurrei.

O sol estava prestes a se pôr. A luz começava a alcançar aquela tonalidade caramelo que enchia o ar de magia. Mason se endireitou e percebi um vislumbre de curiosidade em seus olhos, quebrando a seriedade habitual que carregava no rosto. Dei um puxãozinho nele e o convidei a me seguir.

Fechei a porta, peguei um alforje no galpão e o levei até a floresta. Adentramos no matagal envoltos pela luz rosada do crepúsculo.

Caminhamos um bom trecho, imersos nos sons da natureza e, depois de alguns minutos, uma abertura no bosque surgiu diante de nós.

Era uma clareira. O musgo formava um tapete macio que cobria as pedras, e o calor dos raios de sol penetrava os galhos, dando luz própria ao local. A grama brilhava como um colar de pérolas, ainda úmida devido à garoa matinal. Havia uma certa magia no ar, tudo parecia banhado em ouro.

Mason olhou ao redor, observando a estranha atmosfera que nos rodeava.

— O que estamos fazendo aqui?

Levantei a mão para indicar que aguardasse. A natureza exigia um tipo especial de paciência. O tempo me ensinou a apreciar com calma as maravilhas que ela era capaz de me oferecer. Esperamos por vários minutos em silêncio total. Até que, de repente... surgiu.

Mason se virou ao ouvir um farfalhar. Uma criatura colossal e silenciosa emergiu de trás de uma árvore e atravessou o tapete de musgo.

Percebi como ele ficou paralisado ao meu lado. Alcancei seu punho e o segurei com um gesto suave. As patas compridas da criatura pararam e o alce ergueu a cabeça. A luz oblíqua contornava a galhada imensa do animal, conferindo-lhe uma aparência ainda mais majestosa.

Ele farejou o ar, e imaginei como seria a sensação de vê-lo pela primeira vez. Observar seus movimentos, sua própria existência.

Mason havia me mostrado o seu mundo...

Agora queria apresentar-lhe o meu.

— Faz muitos anos que ele vem para cá — sussurrei para não assustar o animal. — Sempre durante o pôr do sol.

O alce se movia lentamente. Manifestava uma força primordial. Era a natureza em sua essência mais íntima.

— São animais protetores. Os cervos costumam ter medo de se aproximar, mas os alces...

Meu rosto se iluminou quando ele apontou o focinho enorme na nossa direção.

Com movimentos suaves, peguei o alforje que tinha pendurado no ombro e o abri no chão. Estava repleto de sementes de cereais, uma mistura de centeio e trigo. O alce se aproximou com calma, até que, de maneira brusca, Mason se mexeu.

— O que você está fazendo?

— Dê um passo para trás — respondi, gesticulando para que me obedecesse.

Era essencial evitar que o animal se sentisse ameaçado. Mason tinha que entender a singularidade daquela situação e, sobretudo, que eu estava ciente do que estava fazendo.

— Não podemos chegar perto deles — expliquei em voz baixa. — Jamais. Quando nos deparamos com um, devemos dar espaço para que recuem e depois nos afastamos. São criaturas muito poderosas e, caso se sintam ameaçadas, podem se tornar agressivas. Por isso é importante respeitá-las. Mas esse aqui... — O alce se aproximou de mim de maneira dócil, com o focinho levemente abaixado. — ... nós o encontramos nessa clareira há muitos anos, quando era filhote. Alguns caçadores escondidos na mata haviam atirado nele e logo notificamos as autoridades. Depois de solto, ele passou a voltar para cá.

O alce se aproximou com cautela e me farejou. Respirei devagar e fiquei quieta, para que ele pudesse se certificar de que não éramos uma ameaça. Ele me conhecia havia anos, só por isso permitia essa proximidade. Em seguida, começou a examinar o alforje que eu trouxe. Chamá-lo de imenso era quase um eufemismo. Era um macho adulto de mais de dois metros de altura.

— É por isso que eu uso esse boné — confessei, com um toque de ternura na voz. — Foi meu pai que me deu depois que o vimos pela primeira vez.

Mason ouviu tudo em silêncio, ainda observando o animal. Analisei o rosto dele discretamente, tentando descobrir o que estava pensando.

— Nunca imaginei que fossem tão grandes — sussurrou ele.

Estar ali com Mason, naquele lugar que só eu e meu pai conhecíamos, me fez sentir algo muito intenso, sem começo nem fim.

— Me dá a mão.

— Quê? — perguntou ele, com uma tensão na voz que eu nunca tinha visto antes.

Contive um sorriso. Estava com medo?

— Vem cá — falei, com doçura.

Ele me encarou no fundo dos olhos, como se estivesse dizendo que não queria vir comigo. Tive que acariciar o pulso dele e entrelaçar nossos dedos para que me obedecesse.

— Confia em mim.

Puxei-o devagar e me aproximei do animal com cuidado, permitindo que me visse a todo momento para evitar quaisquer reações imprevisíveis. O alce continuou comendo as sementes. Aos poucos, sem movimentos bruscos, levantei a mão de Mason e a conduzi até a galhada aveludada.

Percebi como seus dedos estavam rígidos, hesitantes. Até que enfim os relaxou. Ficou imóvel enquanto a imensidão daquele gesto explodia na ponta dos dedos. Um momento único, inesperado, inebriante. Mantive minha mão sobre a dele e a conduzi pela pelagem quente e macia do alce, fazendo-o sentir como aquele organismo enorme vibrava, respirava, vivia.

No instante seguinte, Mason ergueu o canto do lábio. Ele se virou para mim e meu coração explodiu de alegria. Abriu um sorriso infinitamente carinhoso, com o nariz franzido e as bochechas coradas, carregando no olhar um sentimento vívido, intenso.

Sempre sonhei em vê-lo no meu mundo. Amando o que eu amava. Admirando toda aquela beleza com meu olhar.

Temi que isso nunca fosse acontecer, mas ali estávamos, em um instante alheio ao tempo. Dois olhares fixos no crepúsculo de um novo começo.

Estávamos compartilhando algo único para mim: o amor pela minha terra. Não havia maneira mais profunda de me sentir amada.

Eu não sabia o que viria no futuro.

Não sabia as dificuldades que surgiriam.

Não sabia o que teríamos que enfrentar.

Mas sabia que faríamos isso juntos.

Com nossos sonhos. E nossas esperanças.

Simplesmente sendo nós mesmos.

Quando voltamos ao lago, já havia anoitecido. Mandy já tinha chegado e o grupo nos recebeu com muita animação. Reparei que tinham estendido lençóis e almofadas sobre a grama. A noite estava um espetáculo. As estrelas preenchiam todo o céu como uma explosão de diamantes.

Mason e eu nos deitamos na traseira da picape e contemplamos aquele céu que aprendi a amar.

No meio de toda aquela felicidade plena e silenciosa, fechei os olhos e senti que não desejava mais nada.
— Eu te amo.
Foi um sussurro imperceptível.
Abri os olhos devagar. Virei o rosto e fui acariciada pelo perfume das flores. Mason, banhado pelo brilho leve das estrelas, olhava para o céu. Já estava assim havia um bom tempo, contemplando a noite, e por um momento pensei ter ouvido errado.
— Quê? — murmurei.
Ele acariciou meu pulso. Os dedos desceram até minha mão e a levantaram.
Quando se virou, seus olhos preencheram cada canto do meu rosto. Aquelas íris escuras e incríveis que eu jamais esqueceria. Seu olhar brilhava na escuridão e lá dentro encontrei as palavras que havia muito tempo sonhava ouvir.
— Olhei você com o coração — sussurrou ele. — Agora... você não pode mais ir embora.
Ele pousou os lábios na minha mão branca.
Foi um gesto ao mesmo tempo forte e delicado, com um sentimento que fez a própria terra tremer.
Reparei que meus olhos estavam cheios de lágrimas. As estrelas desapareceram da minha vista e eu... eu sorri.
Sorri com a alma, com minhas rachaduras, com as maravilhas que guardava dentro de mim.
Sorri com todo o amor que vibrava no meu peito, porque era ali dentro que eu sempre levaria as pessoas que amava.
Talvez o sentido da vida fosse exatamente esse. Um milagre chamado esperança, vivendo em dois adolescentes como nós.
Acariciei o rosto de Mason. Ele viu minhas lágrimas, mas logo falei que não precisava se preocupar.
Era apenas o meu coração de neve.
Que havia derretido por ele, e assim o faria para sempre.
Tínhamos crescido sem nos conhecermos, mas envelheceríamos juntos.
Devagar, no nosso tempo, no nosso ritmo. Para sempre.
Aproveitaríamos cada instante, cada momento, em todos os dias daquela nova vida.
Sempre obstinados, irrefreáveis...
Como a neve cai.

AGRADECIMENTOS

Desde o início

E então chegamos...
    Quando a história de Ivy e Mason nasceu no meu computador, já faz uns bons anos, nunca imaginei que um dia eu chegaria até aqui, escrevendo essas frases.

Quem me acompanha há algum tempo e conhece minhas aventuras sabe que *Como a neve cai* foi o primeiro romance que escrevi. E mesmo que tenha levado "mais tempo" até ser publicado, ele tem a voz de uma garota mais jovem, de humor distinto e despreocupado, que chora e volta a sorrir, típico de alguém dessa idade tão característica.

Desde então, muitas coisas mudaram na minha escrita. Ainda assim, tanto o vínculo que me une a esses personagens quanto o nascimento deles me convenceram a não mexer na história, e sim dar valor ao que ela é, com suas limitações e seus pontos fortes. Espero ter conseguido preservar sua autenticidade e expressá-la através do olhar de uma menina de 17 anos, quieta e introvertida, *mas que guarda tanto dentro de si.*

Agradeço a Ilaria Cresci, minha editora, que trabalhou noite e dia para que o livro nascesse e que esteve ao meu lado durante toda essa jornada. O apoio dela tem sido constante e valioso, e sou muito grata por isso.

Agradeço novamente a Francesca e a Marco, que me deram a oportunidade de publicar este romance e que me acompanham desde o início, concedendo o apoio e a confiança a cada passo que percorro.

Agradeço às minhas amigas tão queridas, minhas companheiras, que sempre caminharam comigo, ora calmas e pacientes como a Lua, ora resplandecentes como o Sol. Também quero agradecer a toda minha família, principalmente ao meu pai, que me ensinou o amor pela natureza e por lugares imaculados, com toda a beleza de quem sabe *enxergar* de verdade.

Acham que estou esquecendo de alguém?

Nada disso.

Sempre deixo os leitores para o final, como aquele último pedaço do bolo favorito, que deixamos reservado para saborear melhor. Falo para todos, tanto os mais recentes quanto os de longa data. Os que já conhecem esta história há algum tempo e os que a estão descobrindo pela primeira vez.

Para quem chegou através do olhar glacial de Ivy e para quem me conheceu através do olhar escuro e brilhante de Nica.

Dirijo-me a todos vocês... e agradeço por tudo que deram a mim e aos meus personagens ao longo desses anos.

Não tenho palavras para expressar o carinho e o apoio que, mesmo nos momentos de maior dificuldade e incerteza, vocês não deixaram de me oferecer um instante sequer.

Espero ter conseguido transmitir para vocês, mesmo que só um pouquinho, que o sofrimento é algo comum. Chorar é tão normal quanto respirar. Sempre acreditei que força não tem a ver com vigor ou potência bruta, e sim com a capacidade de suportar pequenas e grandes batalhas todos os dias.

Vamos tentar seguir dessa maneira...

Vamos lutar, respirar, chorar e voltar a sorrir.

Olhemos para o nosso coração, que, mesmo congelado, ainda é capaz de se derreter se assim permitirmos.

Vamos errar e tropeçar. Isso faz parte. Ninguém disse que seria fácil.

Acima de tudo, não vamos parar. Vamos em frente, um passo de cada vez.

Avancemos, irreprimíveis, do jeito que a neve cai. Mesmo que tudo pareça estar contra nós, sempre haverá um motivo para continuarmos.

Se até mesmo a campânula-branca consegue... Por que não nós?

Obrigada.

MINHAS IMPRESSÕES

Início da leitura: ____ /____ /____

Término da leitura: ____ /____ /____

Citação (ou página) favorita:

Personagem favorito: _____

Nota: ☆☆☆☆☆ ♡

O que achei do livro?

Este livro foi impresso pela Vozes, em 2025, para a Editora Pitaya e fez o editorial sentir muitas coisas, mas especialmente frio, e também calor... O papel do miolo é Avena 70g/m², e o da capa é Cartão 250g/m².